ICONOGRAPHIE DU VIEUX PARIS.

I

Avant d'entrer en matière, quelques explications. J'entends par *iconographie* la description des *images* ou *portraits* du vieux Paris, et cette désignation de *vieux Paris* s'applique à tout édifice de fondation ancienne, à toute localité qui n'existe plus, ou qui a subi, à une époque moderne, d'assez notables modifications pour avoir perdu sa physionomie primitive.

Ce mot *iconographie* devrait s'étendre, à la rigueur, à tout objet qui, sous n'importe quelle forme, peut donner une idée matérielle d'un édifice, aujourd'hui effacé du sol parisien. A la description raisonnée des tableaux, dessins et estampes, que je vais entreprendre, on pourrait donc annexer un catalogue de reliefs, tapisseries, vitraux, médailles, etc., relatifs au même sujet; mais je laisserai de côté ces sources de documents, dont je n'ai pas fait une étude spéciale, me bornant, à leur égard, à une simple dissertation. Puis, immédiatement je signalerai, dans les trois catégories énoncées ci-dessus, et par ordre chronologique, les pièces capitales, c'est-à-dire les plus curieuses, les plus rares ou les moins connues.

PLANS EN RELIEF. — Je n'ai jamais trouvé nulle part de bas-reliefs, exécutés n'importe sur quelle matière, qui représentassent un site, un édifice, ou une scène historique du vieux Paris. On voit à Prague, à l'église Saint-Veit, une grande vue perspective de cette capitale de la Bohême, sculptée en bas-relief, vers 1600, sur des panneaux de chêne. Je n'ai rencontré rien de semblable, au sujet de ma ville natale, mais je pourrai citer des effigies en plein relief de plusieurs de ses monuments.

Tous nos archéologues connaissent ces plans de la Bastille, taillés dans des pierres provenant de cette prison d'État, et garnis, aux fenêtres, de grilles façonnées avec du fer tiré du même édifice. Le *patriote* Palloy, architecte, eut l'idée, en 1789, de faire sculpter à ses frais un grand nombre de ces modèles, pour en faire hommage au chef-lieu de chaque département. J'en ai remarqué aux Musées de Lyon, de Chartres, et, je crois, de Tours, et aussi chez des particuliers : chez feu madame Doulcet, née de Luynes, chez M. Hennin, possesseur du recueil le plus riche et le mieux entendu d'estampes historiques, enfin chez feu le colonel Morin, qui avait acquis le musée de Palloy (1).

M. Morin possédait deux modèles, en pierre, de la Bastille, de dimensions différentes. Le plus grand, d'environ 80 ou 90 centimètres de longueur, était fort endommagé, parce que c'était celui-là même qui figura au Champ-de-Mars sur l'autel de la patrie, et devant lequel Louis XVI fit serment de fidélité à la Constitution. Après cette cérémonie, il avait été colporté dans chaque municipalité et aux domiciles des chefs de sections; de là ses avaries. Le petit modèle (M. Hennin en possède un semblable) était moindre de moitié environ, et accompagné des murs de contrescarpe des fossés.

Tous les *exemplaires* que j'ai vus offraient dans leur ensemble des proportions à peu près identiques, mais différaient un peu par les détails, dans le nombre des créneaux, par exemple. Sur l'un, la porte d'entrée (au sud) était en ogive, sur un autre, en arc surbaissé.

Vers 1847, le colonel Morin me proposa l'acquisition de son petit modèle, mais je préférai en faire construire un de bois et carton, moins embarrassant et plus exact, d'après des plans géométriques contemporains, très-détaillés et gravés tout exprès dans ce but. Je confiai son exécution à un artiste d'une incontestable supériorité dans ce genre de travail, à M. Cardinal, dont le nom mériterait certainement d'être connu. Il mourut avant d'avoir entièrement achevé ce plan de la Bastille (2). Si son œuvre n'a

---

(1) Le colonel Morin est décédé après 1848, âgé de plus de 84 ans. Il possédait une nombreuse collection de livres, manuscrits, estampes, médailles, etc., sur la révolution de 1789 : entre autres pièces uniques, les gazettes manuscrites du *Père-Duchène*. J'ai vu chez lui de nombreux souvenirs de la Bastille, tels que clefs, chaînes, etc., ainsi que les outils et la célèbre échelle de Latude. Je ne sais au juste où sont passés tous ces trésors, dont M. Morin a vendu une partie, quelques années avant sa mort.

(2) M. Auguste Cardinal, né à Nevers ou aux environs, mourut à Paris, d'une affection de poitrine, à l'âge de 43 ans, en février 1848, l'avant-veille du jour où Paris fut encombré de barricades. Il avait servi dans la marine et dans l'armée. Cet

pas le mérite d'être façonnée dans une pierre de la forteresse de Charles V, elle a celui d'avoir pour base des dessins d'une précision remarquable, tandis que les modèles de Palloy, sculptés à la hâte, ne sont que des à-peu-près. Les planches de Millin ont permis à M. Cardinal de reproduire les cinq statues placées au-dessus de la baie ogivale (murée) qui regardait le faubourg, et les deux qui ornaient l'horloge assez moderne du bâtiment intérieur.

J'ajouterai que j'ai rencontré deux petits plans, en bois, du même édifice, mais si grossiers, qu'à mon avis ils ont dû avoir été établis à titre de jouets d'enfants, à cette époque où il n'était partout question que de la démolition de la *prison de la Tyrannie*.

On a exécuté un assez grand nombre de plans en relief de Notre-Dame, de nos jours surtout. Le plus ancien que j'aie vu, et dont je conserve un souvenir assez confus, était de bois et carton. Il datait, je crois, de la fin du dernier siècle, ou peut-être d'une époque plus moderne. Il était alors en vente chez un marchand de curiosités du quai Malaquais. Je ne me souviens pas qu'il fût surmonté de l'ancienne flèche, ni accompagné des bâtiments du vieil évêché, démolis pendant les orgies populaires de 1831. En tout cas, il était exécuté sur une trop petite échelle pour offrir des détails complets et reconnaissables.

C'est peut-être ce même petit plan qui fut, plus tard, avant 1848,

---

artiste, dans un genre exceptionnel, a beaucoup produit : il faisait vite et bien. Il consacra dix-huit ans de sa vie à reproduire en relief des édifices très-compliqués, bien qu'il ne fût par état ni sculpteur ni architecte. Il travailla d'abord, avec M. Regnard (fabricant spécial en ce genre), au relief, extérieur et intérieur, de la cathédrale de Bourges, à celui du château de Chambord, puis à celui de l'hôtel des Invalides, fossés et jardins compris. Retiré, vers 1830, à Saint-Omer, où il se maria, il commença le plan de la cathédrale de cette ville, et celui des ruines de l'abbaye Saint-Bertin. Revenu plus tard à Paris, il se fixa dans une maison de l'ancien cloître Notre-Dame, et entreprit le plan de notre église métropolitaine, qu'il acheva vers 1844 (j'en parlerai ci-après). Il fabriqua, de plus, une grande quantité de petits navires. Je possède de lui, outre le plan de la Bastille, son dernier ouvrage, — ceux de Notre-Dame de Paris, de Notre-Dame de Saint-Omer, des ruines de Saint-Bertin, et une petite frégate. J'ai vu en 1848, chez M. Regnard, le château de Chambord et les Invalides. M. Cardinal excellait à rendre, en très-petit, et dans la perfection, l'architecture ogivale, avec ses ornements variés et ses figures symboliques. Je doute qu'on trouve rien à comparer à ses ouvrages. Ce n'était pas seulement des œuvres de patience, mais de véritables morceaux d'art. Il mourut plein de sentiments religieux, et, comme tant d'autres artistes inconnus, dans l'indigence.

et à mon insu, mis en loterie, à raison de deux cents billets
à un franc chaque, lesquels se distribuaient chez un portier du
passage des Bernardins. Il fut gagné par un boucher, de qui
j'ignore l'adresse, et qui le possède peut-être encore.

Je pourrais signaler trois autres plans, dont un immense en
liége ou plutôt en bouchons, encore vineux, qu'eut la bonhomie
d'acquérir, de loger à l'aise et d'admirer, un marchand de nouveautés, à l'enseigne des *Tours Notre-Dame*.

A l'Exposition de 1849, on en vit deux, dont un seul méritait
l'attention du public. Il représentait notre vénérable cathédrale
au dedans et à l'extérieur, dans tout son ensemble et dans de
justes proportions, à l'échelle d'environ un centimètre pour
mètre. Il était de plâtre sculpté. C'était l'œuvre d'un jeune homme
(M. Galouzeau) initié, je pense, à la pratique de la sculpture.
Je l'ai revu chez lui avec beaucoup d'intérêt, mais en regrettant
que les ornements et les sculptures fussent seulement ébauchés,
indiqués, et non finis, vu la friabilité de la matière.

Déjà, à cette époque, je possédais moi-même un plan composé
de bois, carton et pâte dure, d'un fini parfait, puisqu'on y distingue les moindres détails de l'original, à l'échelle d'une ligne
pour pied, c'est-à-dire au cent quarante-quatrième. Ce travail
remarquable, que j'achetai dans une vente publique, rue des
Jeûneurs, en février 1847, est dû à M. Cardinal, l'artiste dont j'ai
parlé ci-dessus. On peut dire que chaque pierre y a sa place et
sa teinte naturelle. En un mot, c'est l'édifice tel qu'il était à
l'extérieur avant les restaurations de M. Lassus. Il n'y a, dans
l'ensemble du monument, qu'une méprise grave, dont on ne
s'aperçoit pas d'abord. L'axe de la nef dévie en nature de quelques pieds vers le nord; sur mon plan, cette déviation se dirige
vers le sud; c'est donc un contre-sens complet. J'y ai fait ajouter
les statues des rois de France (ou de l'Ancien Testament), d'après
l'estampe fort imparfaite insérée dans l'*Histoire de Paris*, de
Félibien, et l'ancienne flèche gothique, d'après un dessin détaillé
de Garnerey, que possède M. Lassus. Au reste, un tel plan, pour
avoir une grande valeur archéologique, devrait remonter au
moins à une époque antérieure aux dégradations et mutilations
de l'architecte Soufflot (1).

(1) Le plus ancien plan de ce genre que je connaisse est celui de l'église Saint-

Un fabricant de bronzes eut l'idée (avant 1830) de faire de la
façade de Notre-Dame un sujet de pendule. Le cadran occupe la
place de la grande rosace. Il est inutile de dire qu'un fabricant,
limité par le prix de revient, ne saurait en ce genre produire
qu'un à-peu-près. La proportion de la masse peut avoir une certaine exactitude, mais les fins détails ne sont pas rendus, et les
sculptures, si multipliées sous les trois portails, y sont figurées
par des saillies sans formes précises. On a traité dans le même
goût l'élégante façade de la cathédrale de Reims.

L'idée de faire d'un édifice le modèle d'une pendule de bronze
peut remonter au règne de Louis XV, à l'époque où les horloges
d'appartement commencèrent à orner les tablettes des cheminées,
au lieu d'être placées isolément dans une cage vitrée, ou montées
sur des socles à culs-de-lampe. Un vieillard m'a dit avoir vu un
modèle de pendule, exécuté sous Louis XVI ou un peu avant, qui
représentait la façade du Grand-Châtelet, du côté de la rue Saint-
Denis, et un autre, offrant le portail de Saint-Pierre-aux-Bœufs.
N'ayant jamais rencontré ces modèles, je n'oserais garantir qu'ils
aient existé.

Je vais maintenant en citer un que j'ai vu plusieurs fois, et qui
pouvait donner une idée complète de la Samaritaine, telle qu'elle
existait sous Louis XVI, édifice, au reste, dont les portraits
abondent. Ce monument en relief était à vendre, en 1845
ou 1846, chez un marchand de curiosités de la rue Jacob.
Il était de bois, peint en blanc, avec statues et ornements en
cuivre. Son échelle, réduite de moitié, eût été bien suffisante. Ce
relief, assez dégradé, surtout au sommet, avait servi de pendule
et appartenu à Marie-Antoinette. La console en bois sculpté et
doré, qui le soutenait, offrait, en plusieurs endroits, au milieu de
gracieuses volutes, de figures et de guirlandes d'un magnifique
travail, le chiffre de cette reine : un A et un M entrelacés, surmontés de la couronne de France.

Cette riche console, bien que mutilée et dédorée en partie, a
été achetée fort cher, pour servir de jardinière, dans quelque

Maclou, à Rouen, conservé au Musée d'antiquités de cette ville. Il est façonné de
bois et carton, avec ornements en papier mâché et en parchemin. On y voit l'admirable clocher de pierre, aujourd'hui abattu, les vitraux et le jubé à l'intérieur, etc.
Il fut exécuté par un religieux et terminé en 1562, date inscrite sur cette œuvre de
patience.

boudoir aristocratique. Quant à la Samaritaine, elle resta longtemps en vente. Sur la façade de l'édifice était un petit cadran,
semblable, je suppose, à celui de l'édifice réel. Le groupe de
Jésus et de la Samaritaine, les autres ornements et les balcons
des fenêtres étaient de bronze doré. Il y avait, de plus, deux ou
trois personnages sur le trottoir du Pont-Neuf; à l'intérieur était
un petit carillon qui autrefois peut-être répétait précisément, à
chaque heure, les airs de la sonnerie originale. Mais le jeu des
clochettes, sans doute détraqué, ne produisait plus qu'un petit
bruit criard et insignifiant.

Vers la même époque, on m'indiqua un ancien plan en relief,
que possédait M. Flamant, collectionneur d'antiquités généralement peu intéressantes. Ce plan, de bois et carton, exécuté sous
Louis XIV, par un architecte, représentait toute la façade des
Tuileries, développée sur une longueur de deux mètres. C'était
le bâtiment que nous voyons aujourd'hui. Si ce relief eût été
exécuté avant la reconstruction du palais, vers 1664, il eût offert
de curieux détails, tels que l'ancien dôme circulaire qui renfermait l'escalier de Philibert Delorme, et les portiques élevés sous
Catherine de Médicis, dont il ne reste plus que des colonnes au
rez-de-chaussée. Ce plan, vendu vers 1848, a passé je ne sais où,
ainsi qu'un autre représentant l'église du Saint-Sépulcre à Jérusalem.

Il y aurait à faire un livre assez curieux sur les plans en relief
de monuments ou même de villes entières. Chez les Romains, on
promena quelquefois en triomphe, dans les rues de la capitale, des
reliefs, de bois ou d'ivoire, des villes conquises. Au moyen âge,
on fabriquait souvent, pour renfermer les reliques d'un saint, une
châsse de cuivre ou de vermeil, qui affectait la forme de l'église
dont il était le patron. Du reste, si l'on retrouvait à Paris de ces
sortes de châsses, je doute qu'on pût les regarder comme des
sources de documents précis.

Je jugerai de même ces *édicules* en pierre sculptée, que portait
l'effigie du roi fondateur de l'édifice. Ainsi la statue de Charles V,
qui ornait le portail de l'église des Célestins, de Paris, tenait
dans la main droite un petit modèle de cette église. Assurément
on ne peut se flatter de trouver dans ces édicules une représentation fidèle des bâtiments primitifs, bien qu'ils puissent rappeler
la forme et le style de l'ensemble.

A-t-on jamais, à une certaine époque, exécuté en relief un plan
général ou partiel de la capitale? C'est une question que je ne
saurais résoudre. Je me souviens d'avoir vu exposé à Paris, vers
1820, le plan de Lyon, et plus tard, sur le terrain de la place de
la Bourse, alors en construction, un grand plan, en bois, de Saint-
Pétersbourg, divisé en plusieurs compartiments. J'ai, de plus, une
idée vague d'avoir vu également, sous Louis XVIII, le relief d'une
portion de Paris, d'une exécution plus ou moins moderne; mais
je n'oserais rien affirmer à cet égard, dans la crainte de confondre
mes souvenirs. Peut-être retrouverait-on un semblable plan dans
un Musée de province ou de l'étranger; car le public s'intéresse
particulièrement à ce qui est d'origine exotique. Notre bibliothèque Sainte-Geneviève possède un relief de Rome; celui de
notre capitale fait peut-être l'ornement de quelque cabinet
européen.

Je terminerai ce chapitre en citant un relief, en bois, de la
maison d'où Fieschi tira, en 1837, sur Louis-Philippe; il se
trouve chez M. Regnard. Je mentionnerai enfin deux plans en
relief, concernant la reconstruction des halles, dont celui de
M. Horeau. Ces modèles assez curieux, en plâtre sculpté et peint,
étaient exposés en 1850 dans une des salles du Palais-Royal.
On y reconnaissait un grand nombre de maisons, leurs façades,
leurs cours, etc. Ces reliefs sont, je crois, aujourd'hui à l'hôtel de
ville.

TAPISSERIES. — J'ai longtemps nourri l'espoir de rencontrer,
dans mes excursions d'antiquaire, quelque tapisserie dont le fond
offrirait une vue ou un monument inédit du vieux Paris; mais, à
ma grande surprise, je n'ai jamais rien trouvé en ce genre. Les
tapisseries représentant des chasses royales aux environs de
Paris ne sont pas rares; car ces sortes de sujets, ainsi que ceux
tirés de la Bible ou de la mythologie, ornaient habituellement les
résidences de nos souverains. A coup sûr, il doit exister quelque
part des échantillons des vues que je cherche, soit chez des particuliers, soit dans les dépôts des Gobelins ou du Garde-meuble.

Un des morceaux les plus célèbres pour les archéologues de
Paris est un plan de cette ville, exécuté vers 1540. J'en ai parlé
au long dans mes *Études sur les plans*. L'opinion générale est
que cette tapisserie n'existe plus; j'ajouterai ici le détail suivant,
que je tiens de feu M. Villot, chef des bureaux de l'état civil, à

l'hôtel de ville. Il m'assurait (vers 1840) avoir vu *autrefois,* dans les bureaux, des tapis de pied, taillés dans de vieilles tapisseries, représentant des plans de villes à vol d'oiseau. Il est possible, du reste, qu'on ait sacrifié à cet usage d'autres plans que celui de Paris, puisque, sous Louis XVI encore, l'hôtel de ville conservait et étalait, le jour de la Fête-Dieu, plusieurs tapisseries du même genre.

Je possède une estampe moderne, gravée au trait, signée : *Barré delin. — Biyant sc.*, provenant d'une suite de planches (c'est la 5ᵉ) sur les tapisseries de Beauvais. Elle en représente une, relative à la fondation de la ville de Paris, par le *noble roy Pâris.* Ce roi idéal, costumé comme François Iᵉʳ et accompagné de trois personnages, y figure debout, sur un sol parsemé de fleurs. Le fond est rempli par une vue partielle de Paris ; on y distingue le mur et le rempart de Charles V, interrompus par deux portes crénelées, fortifiées de tours, avec fossés, pont-levis, etc. Ces deux portes ainsi rapprochées, vu la position des tours Notre-Dame dans le lointain, ne peuvent être que les *Bastides* Saint-Denis et Saint-Martin. Les tours et clochers qui s'élèvent au delà du rempart, sans aucune dégradation de perspective, sont tout à fait méconnaissables, et, sans le profil des deux tours Notre-Dame, et surtout sans le mot Paris inscrit au haut en lettres gothiques, on pourrait y voir n'importe quelle ville.

Ces sortes de fonds topographiques sont à peu près toujours ainsi traités de fantaisie, comme sur les anciennes miniatures ; c'est pourquoi je m'afflige fort peu de la rareté de ces documents, qui peuvent amuser un instant les yeux, mais jamais instruire l'antiquaire. Ce ne fut guère que sous Louis XIII qu'on commença à sentir l'utilité de tracer les *pourtraicts* de villes avec le même scrupule que ceux de personnages célèbres. Si quelqu'un de nos dépisteurs d'antiquités nationales découvre, un jour, sur quelques vieilles tapisseries, des souvenirs du Paris d'autrefois, je souhaite qu'ils soient moins grossiers que l'échantillon signalé, et qu'ils fournissent l'image d'un édifice dont il ne reste aucun dessin, mais j'appréhende que ce souhait ne s'accomplisse jamais, surtout sous le point de vue de l'exactitude et du fini.

Vitraux. — Je n'ai pas eu plus de succès en fait de recherches sur l'ancienne topographie de Paris, dessinée sur des vitraux. Je n'ai même jamais vu en nature aucun vitrail de ce genre. Millin en a signalé et fait graver un, d'une époque, je crois, assez moderne, qui éclairait la crypte de Sainte-Geneviève. Il représentait une procession de la châsse de cette sainte, sortant de Notre-Dame. Les détails topographiques de cette peinture sur verre ne méritent notre confiance qu'à un assez faible degré. On aperçoit au loin le portail de la cathédrale de Paris, au bout de la rue Neuve-Notre-Dame, où passe la procession sur deux rangs. Sur le premier plan s'étend le côté oriental de la rue du Marché-Palu. On y distingue des maisons ornées de sculptures gothiques assez mal rendues (sur l'estampe du moins); le portail en pignon de la salle de l'Hôtel-Dieu, dite du Légat, construite sous le cardinal Duprat; à côté, un autre portail, édifié, je crois, sous saint Louis; puis, à la suite, les maisons du Petit-Pont, qui vont se relier au Petit-Châtelet.

Il est probable que d'autres églises parisiennes offraient sur leurs vitraux plus d'un souvenir analogue, mais où retrouver ces vitraux?

Je possède une gravure à l'aquatinte, assez médiocre, signée : *Arnaud delineavit — Amédée Perée sculp*[t]. Elle provient d'un recueil moderne, in-folio, sur les antiquités de Troyes, en Champagne, et reproduit un vitrail de la maison ou chapelle de l'Arquebuse. On y voit le portrait équestre de Louis XIII encore très-jeune. Le fond est occupé par une vue de Paris, prise à peu près de l'endroit où est aujourd'hui le pont du Carrousel. N'ayant pas sous les yeux l'original, je ne puis juger que d'après l'estampe. Cette vue se rapporte à l'année 1616 ou environ. Or, les divers détails, tels que la porte de Nesle, le pont Marchant, etc., n'offrent aucune exactitude, comparés à des pièces contemporaines qui méritent bien davantage notre confiance.

M. de Lasteyrie, dans son *Histoire de la peinture sur verre*, a fait graver un vitrail de l'église de Saint-Alpin, à Châlons-sur-Marne, représentant le juif de la rue des Billettes, qui perce l'hostie à l'aide d'une sorte de grattoir. Dans d'autres ouvrages sur la peinture sur verre, on aurait chance, je crois, de retrouver, décrits ou dessinés, quelques autres sujets ou vues analogues.

SCEAUX, MÉDAILLES, JETONS. — Je n'ai jamais songé à étudier cette catégorie de monuments iconographiques, qui peut être fertile en renseignements précieux. Plusieurs de nos archéologues s'en occupent; je citerai MM. Arthur Forgeais, de la *So-*

ciété de Sphragistique, Eugène Grésy, Guénebault, Troche, etc.

Tout le monde a vu de grandes médailles en cuivre ou en plomb, représentant la prise de la Bastille et autres épisodes de la même époque; en fait de médailles commémoratives de cérémonies ou d'événements, il en existe de bien plus anciennes. On a frappé, sous Louis XIV, un grand nombre de ces médailles, et surtout de jetons en cuivre jaune, où figurent, au revers, des monuments fondés ou restaurés, des fêtes publiques, etc. On rencontre assez souvent de ces jetons, qui ont été gravés dans des ouvrages spéciaux. Ils offrent surtout de l'intérêt en ce qu'ils constatent des dates. Quelques-uns peut-être représentent des édifices dont on ne possède aucune image dans les autres catégories. Du reste, les estampes du même temps éclairent infiniment mieux l'archéologue.

On frappait des jetons de cuivre bien avant le règne de Louis XIV. J'en puis citer un que j'ai vu et dessiné, vers 1846, dans la collection numismatique de M. A. Morel. Au droit se présente un écu triangulaire, renfermant les trois fleurs de lis. La base du triangle, tournée vers le haut, est surmontée de la couronne royale ouverte; chacun des côtés est accosté d'un F. Autour se lit cette légende : F. (Franciscus) R. FRANCORVM HVIVS NOMINIS PRI. — Au revers est un pavillon à toit aigu, flanqué de deux tours à trois étages et crénelées, ainsi que le mur de face. La porte du milieu, de forme ogivale, est surmontée de trois fenêtres. On distingue une herse, mais pas de pont-levis. Au bas est écrit LE LOVVRE, et en haut : IN HOC (ædificio) ÆRARIVM FRANCIÆ. Je ne saurais dire au juste de quel côté était tournée cette porte du Louvre (1).

On m'a signalé comme probablement riche en jetons du même genre la collection numismatique de M. Legras, à Paris, que je n'ai jamais visitée.

En fait d'anciens sceaux pendants ou cachets, de plomb et de cire, on peut trouver, relativement à Paris, des documents pleins d'intérêt. On en conserve un grand nombre aux archives. J'y ai vu, entre autres curiosités, un sceau de cire, de grande dimension, représentant Saint Louis, qui ouvre à des aveugles la porte de la

---

(1) Ce jeton fut probablement frappé en 1533, époque où, selon Sauval (t. II, p. 17), François 1er établit au Louvre l'administration des octrois.

chapelle des Quinze-Vingts. La façade de cette chapelle est certes fort grossièrement rendue, mais cette pièce n'en est pas moins très-importante à titre de souvenir contemporain.

M. Forgeais possède beaucoup d'anciens sceaux de cire ou de plomb, en nature, ou moulés sur les originaux, et aussi de nombreuses médailles, ou *enseignes,* généralement en plomb, trouvées à l'époque où l'on creusait le petit bras de la Seine; elles sont relatives aux anciennes corporations des métiers de Paris. M. Eugène Grésy en a collectionné aussi un grand nombre, sur lesquelles il prépare un mémoire, qui sera, sans aucun doute fort intéressant; car M. Grésy traite la numismatique, comme le blason, avec une conscience et une sagacité exceptionnelles. Ces sortes de médailles, bien interprétées, pourront jeter un nouveau jour sur l'étude des coutumes parisiennes, sinon sur la topographie de la capitale.

Dans le journal de *Sphragistique* (j'aimerais mieux le mot *Sigillographie*), de M. Forgeais, on a reproduit les empreintes des sceaux de plusieurs chapitres, abbayes ou maisons seigneuriales de Paris. Je citerai celui de la compagnie des soixante arbalétriers, fondée par Charles V. On y voit figurer la nef du blason de Paris, avec ses mâts surmontés d'arbalètes. Le champ est semé de traits empennés, dits *carreaux*.

Quant aux sceaux religieux, en général ils concernent plutôt l'hagiographie que l'histoire parisienne; néanmoins, il est évident qu'ils en sont le complément.

J'ignore si, parmi les vieux poinçons, coins et médailles, conservés à l'Hôtel des monnaies, il existe des pièces intéressantes sur le sujet qui nous occupe.

Pour ne rien oublier, je mentionnerai encore les anciens émaux. J'en ai vu beaucoup dans les ventes publiques ou dans nos musées, qui reproduisent de curieux portraits, des sujets de sainteté, de mythologie ou d'histoire romaine. Serait-il possible d'en découvrir quelqu'un qui concernât l'histoire ou la topographie de Paris? Pourquoi non? N'ai-je pas trouvé sur le dos d'une vieille basse, dite en italien *viola di gamba*, contemporaine de François Ier, un plan de Paris en bois de rapport, le plus ancien que j'aie pu citer?

Maintenant que j'ai indiqué avec quelques détails toutes les sources de documents que j'ai dû exclure de ce catalogue, je vais immédiatement aborder la description raisonnée des tableaux relatifs au vieux Paris, commençant, autant qu'il est possible d'en juger, par les plus anciens, et choisissant les pièces, *capitales* sous le rapport de la curiosité du sujet ; car mon but est de m'en occuper plutôt sous le point de vue de l'archéologie que sous celui de l'art.

TABLEAUX DU VIEUX PARIS. — Il n'existe, à ma connaissance, qu'un nombre assez borné de monuments de ce genre, soit dans nos musées, soit dans des collections particulières. Les derniers, on le comprend, doivent échapper pour la plupart à mes recherches. Je souhaite donc que ces lignes parviennent aux amateurs qui en possèdent, et qu'elles les engagent à me les faire connaître.

Paris n'a pas eu, comme Venise, son Canaletti, ni, comme la Flandre, son Peter Neefs. Je ne vois apparaître que sous Louis XV un artiste d'un talent passable, qui s'occupât spécialement de peindre des vues de notre capitale. Si nous voulons remonter plus haut, nous ne rencontrons que quelques tableaux isolés, offrant presque toujours des perspectives prises des bords de la Seine, ou du Pont-Neuf, seuls points d'où l'on pût autrefois découvrir une portion notable de la grande ville.

Sous Louis XIV encore, Paris ne consistait guère qu'en un immense réseau de rues étroites et sombres. Tous ses monuments intérieurs, sauf sur quelques grandes places, manquaient d'horizon, étouffés par des groupes serrés de vieilles maisons, qui ne permettaient guère d'en faire le sujet d'un tableau. Aussi se bornait-on à peindre des vues générales, prises de points assez éloignés, de Belleville, de Montmartre, quelquefois aussi du pont Barbier qui traversait la Seine à la hauteur de la rue actuelle de Beaune.

Quelques artistes néanmoins, dès le règne de Henri IV, entreprirent de dessiner et de graver les principaux édifices de l'intérieur, ceux mêmes qui s'élevaient dans des rues fort étroites, comme nous le verrons plus loin à l'article *estampes ;* mais en ce genre il existe fort peu de tableaux.

TABLEAU VOTIF PEINT VERS 1400. — La plus ancienne peinture où je trouve de curieux détails sur Paris est un tableau peint à l'huile et sur bois, aujourd'hui exposé, vers l'extrémité de la grande galerie du Louvre, sous le n° 650. Selon la *notice* de M. Frédéric Villot, qui l'a classé, à tout hasard, dans l'*école fran-*

18

çaise (article des artistes *inconnus*), il a 1 mètre de haut sur 2,04 de long. Ses dimensions sont, je crois, moindres, si l'on ne·comprend pas la bordure.

C'est un tableau *votif,* exécuté *vers* 1400, et assez connu des archéologues parisiens, depuis la copie partielle qu'en fit graver en 1724 Jacques Bouillart, bénédictin, dans son *Histoire de l'abbaye Saint-Germain-des-Prés*, dont il était religieux. Il se trouvait alors (1724) placé dans la sacristie de l'église de l'abbaye, mais antérieurement il ornait une des chapelles. Pendant la tourmente révolutionnaire, Alexandre Lenoir le sauva, en le déposant au Musée des Petits-Augustins, ce palladium de tant de précieux monuments religieux ou monarchiques. De là il passa, j'ignore au juste à quelle époque, dans la collection du duc d'Orléans (depuis Louis-Philippe), qui apparemment en fit don aux religieux de Saint-Denis, puisque ce fut là qu'en 1841 M. de Clarac le vit et en copia, à l'exemple de dom Bouillart, la partie relative au Louvre et au Petit-Bourbon (1). Enfin en 1845, ce tableau, en vertu de je ne sais quelle convention, entra dans la collection du Musée du Louvre. M. Albert Lenoir, fils de l'illustre fondateur du Musée des Augustins, est le premier qui l'ait reproduit en entier, mais sur une très-petite échelle, dans sa *Statistique monumentale de Paris.*

Je serai bref dans la description de son ensemble. Il représente Jésus descendu de la croix, entouré des saintes femmes, etc. A droite, le Calvaire où les deux larrons sont encore en croix. A gauche, un vieillard, vêtu d'une riche chape, soutient le corps du Christ. Suivant dom Bouillart (p. 169), c'est le donateur du tableau, Guillaume (troisième de ce nom) dit *Lévêque,* 63e abbé de Saint-Germain-des-Prés. Comme il fut élu en 1387 et décéda en décembre 1418, c'est donc à tort que M. de Clarac fixe la date du tableau entre 1370 et 1380.

Le coloris en est assez terne, mais l'expression des figures dénote un artiste habile pour l'époque. Quant au fond qui va nous occuper, il est traité avec finesse et me semble assez correct

(1) Voy. le *Musée de sculpt.,* de M. de Clarac, t. Ier. L'architecte Baltard, dans son ouvrage in-folio, intit. *Paris et ses monuments,* 1803, a reproduit le Louvre, d'après le même tableau, alors au dépôt des Petits-Augustins. A cette époque, un catalogue l'attribuait à Van Eyck dit Jean de Bruges, et M. Alex. Lenoir, à Fabrino, peintre vénitien qui vint à la cour de Charles VII.

sous le rapport de la perspective. Il représente, sur un second plan, une partie de l'abbaye Saint-Germain, et, sur un plan plus éloigné, l'ensemble du vieux château du Louvre et de l'hôtel du Petit-Bourbon, le tout dominé par la colline de Montmartre.

Discutons la valeur archéologique de ces détails, la seule partie du tableau qui rentre dans notre sujet. J'en vais parler d'après l'original, dont malheureusement on ne peut examiner d'assez près tous les détails. L'artiste avait-il à cœur de léguer à la postérité un portrait de la portion de Paris qu'il représente, aussi fidèle que le portrait de l'abbé Guillaume? Je ne le pense pas; néanmoins, on peut supposer qu'il s'est aidé d'un croquis d'après nature, et non d'un simple souvenir des localités.

A gauche du donataire, au delà d'une muraille crénelée, fortifiée de piliers-boutants et d'une tourelle en encorbellement, s'élève l'église abbatiale, avec ses trois clochers de style roman, dont un seul subsiste encore, celui dont la base sert de façade. Cet édifice est assez bien rendu. Seulement, entre le clocher occidental et les deux autres on ne distingue pas la toiture de la nef. Quelquefois, à la vérité, dans les anciennes églises, le toit de la nef était moins élevé que celui du chœur (comme à Saint-Médard); néanmoins, cette lacune semble être ici une négligence.

Le détail le plus curieux est l'entrée orientale de l'abbaye, avec son pont-levis, jeté sur le fossé qui entoure la clôture, et précédé, du côté de la contrescarpe, d'un ouvrage avancé, d'une sorte d'avant-porte. On remarque dans l'enclos quelques tours et divers bâtiments gothiques, dont je ne garantirais pas l'exactitude. Des dessins à vol d'oiseau, beaucoup plus modernes, nous font bien mieux comprendre cet ensemble. Près de cette avant-porte sont quelques personnages, dont une laitière qui porte sur la tête un vase à deux anses.

Si la vue de l'église abbatiale figure sur ce tableau votif, c'est pour indiquer la qualité et la résidence du donataire qui le fit exécuter. Le peintre aurait pu se borner à retracer cette localité; mais, soit pour orner son œuvre, soit pour expliquer la position de l'abbaye, il y a ajouté deux palais situés au delà du Pré-aux-Clercs et de la Seine. C'est pour nous le détail le plus intéressant.

Je ne m'étendrai pas sur l'abbaye de religieuses, qui couronne le sommet de Montmartre. Ses divers bâtiments, alors groupés autour de l'église Saint-Pierre qui subsiste encore, paraissent tracés avec un certain soin. A mi-côte, à l'endroit où plus tard on transporta le couvent, est une maison ou plutôt une petite chapelle bâtie sur la place où l'on suppose que saint Denis fut décapité avec ses deux compagnons.

Venons au Louvre, et d'abord notons l'intention formelle du peintre de donner une juste idée de ce château (restauré sous Charles V) et de l'hôtel contigu, dit du Petit-Bourbon, celui-là même que François Ier fit barbouiller de jaune, en mémoire de la trahison du Connétable qui y faisait sa résidence. L'artiste a dû supprimer, pour développer ces deux façades, la tour, la porte et l'hôtel de Nesle, qui eussent masqué en partie les édifices qu'il avait à cœur de reproduire.

La principale entrée du Louvre était située sur la face méridionale du château, celle qui regardait la Seine. Elle offre ici un gros pavillon à toit élevé, garni d'une crête, et fortifié de deux tours cylindriques. Ces tours à demi engagées sont couronnées d'un parapet crénelé, en saillie. Cette porte ressemblait beaucoup à celles de Paris, que Philippe-Auguste avait élevées vers la même époque. Une baie ogivale introduisait au château. Des deux côtés de cette baie sont des rainures où se logeaient les flèches du pont-levis, quand il était relevé. Au-dessus de la baie sont deux fenêtres carrées (ou plutôt une seule séparée en deux par un trumeau), surmontées d'un ornement circulaire, d'une sorte de rosace assez difficile à distinguer. Dom Bouillart et M. de Clarac y voient un cadran d'horloge (machine de récente invention); Baltard, l'écusson royal. Cet architecte avance à tort que ce tableau nous offre le Louvre de Philippe-Auguste : il oublie que Charles V l'avait réparé et, sans aucun doute, modifié.

De chaque flanc du pavillon central part un long bâtiment couvert de tuiles. Celui de gauche a trois rangs d'étroites fenêtres carrées ; celui de droite en a deux seulement. Les toits portent quelques cheminées et plusieurs lucarnes aiguës. Les deux bâtiments se terminent à l'est et à l'ouest par des tours angulaires, rondes, à trois étages, couronnées de parapets crénelés, et surmontées de tours d'un moindre diamètre, également crénelées et coiffées de toits coniques. On voit sur plusieurs eaux-fortes de Callot et de Silvestre figurer encore la tour d'encoignure orientale, enclavée dans de nouveaux bâtiments. Les autres tours qui s'élèvent dans l'enceinte du château sont d'un style analogue, toutes terminées par des girouettes et des épis très-ornés.

M. de Clarac a donné une vue générale restaurée de cet ancien château royal; il a rétabli beaucoup de menus détails d'ornements, ici à peine indiqués. Il doit toujours nécessairement y avoir un peu de fantaisie dans la reconstruction sur papier d'un édifice effacé du sol depuis des siècles. Je ne sais d'après quel document il a ajouté, entre le pavillon central et la tour d'encoignure de l'ouest, une tour à demi engagée dans le bâtiment.

A gauche de ce même pavillon s'élève, sur un second plan, un toit crêté, celui, je pense, de la chapelle du Louvre, et, à droite, une énorme tour ronde, à toit aigu, qui ressemble plus à un colombier qu'à un royal donjon : c'est la *grosse tour*, si célèbre dans notre histoire. M. de Clarac, en lui restituant ses créneaux et autres accessoires, lui a donné un air plus élégant, plus féodal, celui sans doute qu'elle avait autrefois.

Devant cette face du Louvre court un long mur crénelé, qui à l'orient se relie à une haute tour, tête d'enceinte de Philippe-Auguste, nommée, dans les anciens comptes, *tour qui faict le coing*. Elle s'élevait au bord de la Seine et faisait pendant à celle de Nesle, flanquée comme elle d'un tourillon qui contenait l'escalier à vis et dominait sa plate-forme.

Ce long mur aboutissait vers l'ouest à la tête d'enceinte de Charles V, dite *la tour de bois*, laquelle ne figure pas ici, vu la limite du tableau. Il est percé d'une baie à plein cintre vis-à-vis de l'entrée du château, et fortifié, à gauche de cette baie, d'une tour ronde assez élevée, et, à droite, d'une échauguette ou hémicycle à créneaux, soutenu par une trompe. Cette disposition peut être exacte; il est possible pourtant qu'il manque ici une tour de fortification ou même deux. Au delà de la baie, que garde une sentinelle, on entrevoit le mur d'appui, qui surmontait le talus de contrescarpe du fossé creusé tout autour du parallélogramme du Louvre.

Entre le mur crénelé et la Seine s'étend une berge étroite, avec deux descentes-degrés. Sur cette berge sont plusieurs personnages et un cavalier lancé au galop.

Au delà de la *tour qui fait le coin*, devant l'hôtel du Petit-Bourbon, s'étend un large quai, muni d'un parapet et d'un escalier de descente à la rivière. Sous ce quai passe un égout ou un fossé (peut-être celui du Louvre) qui débouche dans le fleuve, sous une voûte. Entre un rang de maisons (dont les derrières regardent le fossé oriental du Louvre) et l'enclos du Petit-Bourbon, s'ouvre une rue étroite, celle, je crois, nommée *d'Oste-riche,* qui allait joindre la rue Saint-Honoré, à peu près dans la direction de la rue actuelle de l'Oratoire.

Le grand bâtiment du Petit-Bourbon qui longe le quai n'a au-dessus du rez-de-chaussée qu'un étage, percé de douze fenêtres de front, carrées et sans doute ornées de riches moulures. Le toit, couronné d'une crête, est entrecoupé de cinq *mansardes,* ou plutôt lucarnes gothiques, très-élevées et sans doute dans le goût de celles de l'hôtel Cluny. L'entrée du palais est un portail en saillie sur le quai et qui paraît orné de sculptures et de clochetons de style ogival.

Ce long corps de logis se relie, vers l'est (à l'endroit où s'ouvre aujourd'hui sur le quai la place du Louvre), à un grand bâtiment, en retour d'équerre, dont le pignon qui regarde la Seine est percé de plusieurs fenêtres d'inégales dimensions, et orné d'un grand balcon couvert ou pavillon en saillie, qui se retrouve sur quelques estampes du XVIIe siècle. C'est *peut-être* de ce balcon, et non d'une des fenêtres du Louvre, que Charles IX arquebusa les huguenots qui traversaient le fleuve. La pointe du pignon est surmontée d'une effigie de pierre, ou, du moins, d'un ornement qui ressemble beaucoup à une statue. C'est dans ce grand corps de logis, dit la *grand'salle* du palais Bourbon, que fut établi le théâtre où s'illustra Molière.

Derrière les divers bâtiments de l'hôtel, on distingue les toits coniques de deux tours, qui fortifiaient soit le mur de Philippe-Auguste, soit la porte Saint-Honoré, placée où est la façade de l'Oratoire. Une longue toiture, dominée par un campanile, indique la chapelle du Petit-Bourbon. Un autre toit aigu, qui s'élève à droite de l'hôtel, vers l'est, et que termine une sorte de clocher bas, à six faces, représente peut-être une dépendance de l'église Saint-Germain-l'Auxerrois.

Sur la Seine, vis-à-vis la face du palais décrit, passe un coche dirigé par deux mariniers. Au sommet du mât est un câble, que tirent deux chevaux placés sur le quai, près du parapet. Enfin, sur ce quai figurent plusieurs personnages, trop petits pour qu'on puisse préciser d'après leurs costumes la date du tableau.

En somme, cette peinture est fort précieuse à consulter, et je souhaiterais qu'on en retrouvât quelque autre de la même époque et aussi soignée dans ses détails, bien que ces détails soient plutôt indiqués que finis.

Tableau votif peint vers 1430. — Au-dessus du précédent tableau, on en voit un plus grand (n° 651), que je mentionnerai seulement. Bernard de Montfaucon l'a fait graver, mais M. Gavard en a donné une bien meilleure copie, à l'époque où ce tableau se trouvait au Musée de Versailles. Il représente la famille de Jean Juvenel des Ursins, en tout treize personnages agenouillés, dont cinq femmes. Il était autrefois placé à Notre-Dame, dans la chapelle de Saint-Remy, dite aussi, à cause de ce tableau votif, chapelle des Ursins. Le fond représente des voûtes à nervures, dont le plafond est peint d'azur, étoilé d'or, avec des niches ornées de saints (autant qu'il y a de personnages), etc. Le peintre a sans doute voulu (vers 1430) donner une idée de la chapelle destinée à conserver son tableau, mais tous ces ornements me semblent tracés de fantaisie, et la perspective de la chapelle paraît tout à fait exagérée. Cette peinture est curieuse, surtout sous le rapport des portraits et des costumes.

Tableau du palais de justice. — Dans la grande salle de la Cour impériale est un tableau gothique qui a été le sujet d'une *notice* de M. A. Taillandier (1). Il a été peint sur bois vers 1440, peut-être un peu avant, en 1436, époque où Charles VII réintégra au Palais le Parlement de Paris. Ce tableau a, selon M. Taillandier, 3 mètres 30 cent. de large sur 2 mètres 28 cent. de hauteur, non compris un exhaussement, de forme ogivale, au milieu du cadre, lequel est de la même époque que la peinture.

Au centre est le Christ en croix, devant qui ont été prononcés des serments bien souvent violés ; au-dessus de la croix, le Saint-Esprit sous la forme d'une colombe, et plus haut, sous l'ogive, le Père-Éternel au milieu des anges ; au pied de la croix, les saintes femmes, etc. ; à l'extrême droite, saint Charlemagne, et à côté saint Denis, tenant, l'un le globe du monde, l'autre sa tête mitrée; entre eux, un bichon barbu, gravement assis.

A l'extrême gauche est un roi de France, et à côté saint Jean-

(1) Brochure in-8° de 31 pages (1844), extraite des *Mém. de la Soc. des Antiquaires de France.*

Baptiste. On a voulu reconnaître dans ce roi Charles VII ; mais M. Taillandier y voit saint Louis, se fondant sur cette raison, très-admissible à mon avis, que l'intention de l'artiste fut de placer aux extrémités de son tableau les deux rois-saints qui ont fondé la justice en France.

Tous les efforts de l'auteur tendent à prouver que cette œuvre remarquable, qu'on attribuait à Albrecht Dürer, à l'époque où elle était exposée au Musée du Louvre, est due au pinceau de Jean Van Eyck, dit Jean de Bruges, qui vint à Paris sous Charles VII. Ce n'est pas moi qui le contredirai (1). Saint Jean l'Évangéliste figure peut-être ici à titre de patron du célèbre peintre.

Derrière le Christ, on aperçoit les dômes de Jérusalem ; derrière saint Denis, le portail gothique et l'escalier à trois pans de l'ancien Palais de Justice ; enfin, derrière saint Louis et saint Jean l'Évangéliste, la porte de Nesle, et, au delà de la Seine, une portion du château du Louvre et le Petit-Bourbon. Voilà pour nous les points les plus intéressants ; mais, comme je viens de décrire ces deux localités, mieux détaillées sur un précédent tableau, je n'en dirai que quelques mots, non d'après l'original (je n'ai pas eu le loisir de l'aller examiner de près), mais d'après la gravure au trait, de M. Fremy, qui, selon M. Taillandier, en est une *image très-fidèle*.

Le bâtiment de la porte de Nesle, vu du côté de la ville, est peu remarquable. La tour du même nom présente son flanc méridional, celui que flanque la tourelle qui contient l'escalier. Vis-à-vis s'élève la tour *qui fait le coin*.

Le Louvre offre un groupe assez confus de tours et de toits aigus, et sa face orientale se développe de trois quarts. Devant le Petit-Bourbon passe un mur crénelé qui n'existe pas sur le tableau précédent ; c'est peut-être celui qui longeait le Louvre, que le peintre aura transposé. Sur le quai sont trois arbres.

Ce tableau peut être fort important sous le point de vue de l'art, mais il offre un intérêt assez médiocre à l'archéologue. La salle du Palais, où il était et est encore placé, conservait, avant 1790, de curieux pendentifs et de riches sculptures, dont Louis XII

(1) Voir la *Revue universelle des Arts,* article Vanderweyden, n° 7, p. 26 et suivantes.

l'avait fait décorer vers 1506. A cette époque, cette peinture de
la Crucifixion, exécutée sous Charles VII (comme semblent le
témoigner les costumes des personnages du fond), fut dignement
installée au milieu des tentures de velours de la *chambre dorée*.
Cette salle, comme le fait remarquer l'auteur de la *notice*, se voit
dans son état primitif sur une estampe signée *De Poilly,* gravée
vers la fin de 1715, et dont je parlerai en son lieu. Le tableau en
question y est assez bien rendu, mais on n'y distingue pas les
fonds. Une estampe, plus médiocre mais plus rare, de 1723,
nous fait voir que, pendant cet intervalle de huit années, on avait
renouvelé les vieilles tentures fleurdelisées, les bordures qui les
encadraient et les tribunes en saillie, mais sans déplacer le
tableau.

M. Taillandier nous apprend que cette vieille peinture fut restaurée en 1842 par M. de la Roserie. J'aurais voulu l'examiner
avant cette restauration. Quelque soin qu'on y mette, il est rare
que les retouches n'amènent pas quelques altérations dans les
menus détails des fonds.

A. Bonnardot.

(La suite à un prochain numéro.)

ICONOGRAPHIE DU VIEUX PARIS.

(SUITE) (1).

LE CIMETIÈRE DES INNOCENTS VERS 1570. — Entre le dernier tableau signalé et celui qui va nous occuper, se trouve une immense lacune chronologique, un espace de plus d'un siècle. Je suis, je l'avoue, fort étonné de n'avoir rencontré aucune peinture d'une époque intermédiaire. Celle que je vais décrire nous fournira des détails précis et fort intéressants; comme j'en suis le possesseur, j'ai pu l'étudier à loisir, et en faire jaillir de curieux documents sur notre antique cimetière du centre, spécialement destiné à la bourgeoisie et aux classes indigentes de la population parisienne.

Ce tableau provient de la vente après décès de M. Maingot, inspecteur des bâtiments de la ville. Il me fut adjugé le 11 novembre 1851, à la salle de la rue des Jeûneurs, au prix de quatre cent vingt francs. J'ignore de quelle source il provient. M. Maingot y attachait une grande valeur, et n'admettait à le contempler que ses amis intimes. Il est fort probable qu'il n'a jamais permis à personne d'en prendre copie; aussi, quand un jour j'en donnerai la reproduction photographique, cette pièce sera, je pense, tout à fait inédite. Elle causera à coup sûr un vif plaisir aux amateurs du vieux Paris, et complétera la curieuse série de planches publiées par M. Alb. Lenoir dans sa *Statistique monumentale.*

Ce tableau, peint sur bois, a (hors cadre) 54 centimètres de hauteur, sur 45 de largeur. Il est possible qu'il ait été autrefois un peu rogné en ce dernier sens, dans l'unique but d'utiliser un cadre de quelques francs : on a plus d'un exemple de ces sottes mutilations. Il ne porte ni signature, ni monogramme, ni millésime ; mais les costumes indiquent assez sa date approximative :

(1) Voir la livraison précédente.

il a été exécuté vers 1570, ou même un peu avant. Il a été lavé, reverni et parqueté, mais jamais retouché. Ce n'est pas un monument artistique, car le coloris en est assez lourd; la perspective manque d'air, et les lignes n'en sont pas toujours très-correctes. Ce qui constitue son plus grand mérite, c'est que les détails en sont finement accusés; c'est qu'il a été évidemment tracé d'après nature, avec intention de ne rien oublier. Les nombreux personnages qui l'animent sont nettement dessinés, et groupés avec intelligence. C'est, pour une siècle où l'on songeait si rarement à *pourtraicter* un site parisien, une œuvre passable, et même exceptionnelle, en ce qu'elle reproduit une localité centrale, en ce qu'elle donne une idée complète du cimetière des Innocents, non-seulement sous Charles IX, mais même sous Charles VII, car je ne crois pas que sa physionomie ait été modifiée entre ces deux règnes.

Ce point du territoire parisien, établi (on le croit communément) sur l'emplacement d'une ancienne forêt défrichée, se nommait autrefois *Champeaux* (Petits-champs, *campelli*). Ses limites primitives sont vaguement connues; tout ce qu'on sait, c'est que, pendant près de dix siècles, il a dévoré par millions les cadavres de nos pères. Leurs débris, nobles, roturiers ou plébéiens, aujourd'hui confondus dans nos Catacombes, rangés en murailles, en autels, en piliers, en pyramides, forment un ossuaire souterrain, interdit au public depuis plus de trente ans. A partir de décembre 1785, le vieux terrain de Champeaux a été fouillé sur tous les points et renouvelé à une profondeur de cinq à six mètres (1).

Faire ici une monographie complète du cimetière des Innocents, ce serait sortir de mon sujet : néanmoins, pour faciliter l'interprétation de ce curieux tableau, je dois entrer dans quelques détails.

Sous la première race de nos rois, on enterrait dans les cours et les jardins des habitations, ou, selon la coutume romaine, aux bords des grandes routes. On a retrouvé des traces d'anciens cimetières gallo-romains aux faubourgs Saint-Jacques et Saint-Marcel, aux environs de l'église Saint-Gervais, et sur le sol que

_____

(1) M. Héricart de Thury a signalé des dessins de Hubert Robert, qui reproduisent des scènes de cette exhumation générale; je n'ai pu en rencontrer aucun.

traverse la rue Vivienne. Ce fut, je suppose, vers le viii° ou
ix° siècle, que le terrain de Champeaux, alors situé en dehors de
la ville, fut destiné à la sépulture du peuple.

En 1186, Philippe-Auguste fit clore de hautes murailles ce
champ mortuaire, déjà fort ancien, qui fut agrandi en 1218, au
moyen d'un terrain cédé par Pierre de Nemours, évêque de Paris.
Quant à la fondation de l'église des Saints-Innocents (1), on la
fait remonter à l'an 1156.

Avant la clôture du cimetière de Champeaux, aucun respect ne
protégeait la cendre des morts. Selon les chroniques contemporaines, il était le réceptacle d'immondices de toutes sortes, et, la
nuit, un lieu de rendez-vous pour les courtisanes de bas étage :
« *Et, quod pejus erat, meretricabatur in illo,* » dit Guillaume le
Breton.

La muraille ne supprima guère que le scandale nocturne, car
le cimetière, dont les portes restaient ouvertes tout le jour, continua à servir de passage public. Il était hanté par les gamins,
les badauds, les vagabonds, les gueux et les chiens errants ; et
il en fut ainsi jusqu'au xviie siècle. Rabelais parle (vers 1540), en
un endroit de son *Pantagruel*, des « guenaulx de Sainct-Innocent »
qui « se chauffoient le c.. des ossemens des morts. »

Sous Charles IX, époque où fut peint notre tableau, la même
irrévérence subsistait toujours. Sur les sépultures des gens riches
qui, par humilité chrétienne, voulaient être inhumés dans la terre
des pauvres, on dressait des tombes en forme de tables, ou de
pierres levées, surmontées de croix ; mais, dans un espace si
resserré, où il fallait sans cesse renouveler les places, on ne pouvait songer à établir de petits jardins. Partout où il ne s'élevait
pas de pierres sépulcrales, c'était, je pense, la fosse commune.

Sous Louis XVI même, on respectait peu la mémoire des trépassés. Un auteur du temps, dont le nom m'échappe, s'élève
contre « l'horreur indécente qui règne dans les sacrés Portiques (2) qui entourent le charnier des Saints-Innocents. »

(1) J'écrirai toujours : *église des Innocents*, puisque cette église fut bâtie en
l'honneur de deux des enfants massacrés à Bethléem, dont elle croyait posséder des
reliques. Les auteurs qui écrivent *église Saint-Innocent* semblent admettre (et ils
sont dans l'erreur) qu'elle fut élevée en mémoire de Richard, enfant crucifié par
des Juifs, on ne sait au juste en quel lieu, ni à quelle époque.

(2) Nous parlerons bientôt de ces *portiques*.

22

D'après son récit, sous ces voûtes, d'une toise et demie de largeur, était établi un double rang de petites boutiques, occupées par des écrivains publics, des lingères et des marchandes de modes, sans doute dans le genre de celles que nous voyons au Temple. Souvent, au milieu de cette espèce de *bazar*, on venait procéder à une exhumation, « ouvrir des tombes et relever des cadavres qui n'étaient point encore *consommés*. » Il ajoute que, « même dans les plus grands froids, » le sol du cimetière exhalait des odeurs méphitiques.

Un peu avant l'année 1400, on commença à *substituer*, ou à *adosser* à la muraille de Philippe-Auguste une suite d'arcades de pierres, à peu près uniformes. Leur réunion forma autour du cimetière quatre galeries voûtées, surmontées d'une sorte de grenier, couvert en tuiles, toujours encombré d'ossements, et nommé *galetas*. On voyait en outre s'élever au-dessus de quelques arcades, comme le prouve notre tableau, des bâtiments à plusieurs étages, également remplis de crânes et de tibias, jusqu'au sommet du toit. Pendant la famine occasionnée par le siége de Paris (1590), on essaya de fabriquer du pain avec ces ossements pulvérisés, mais on n'en put tirer aucune ressource.

Sous les voûtes, comme aussi sur quelques points du cimetière, étaient inhumés de riches particuliers, nobles ou bourgeois, dont les épitaphes et les blasons ont été recueillis sous Louis XIV. Mais le cimetière était plus spécialement destiné, je le répète, à la sépulture des pauvres. Dans les derniers temps de son existence, on comptait jusqu'à vingt-deux paroisses qui y apportaient leur contingent de cadavres. En 1780, ce sol, gonflé de débris humains, se trouvait exhaussé de huit pieds au-dessus du niveau des rues voisines. Enfin, un éboulement de ce terrain infect dans la cave d'une maison (rue de la Lingerie) décida la ville à fermer ce cimetière, dont les médecins Fernel et Houiller avaient, dès 1554, regardé la suppression comme nécessaire à la salubrité publique. Entre décembre 1785 et janvier 1788, on enleva tout, terre, ossements, tombes, église et charniers.

Au xvᵉ siècle, cette terre si peu vénérée des passants jouissait-elle d'une certaine réputation de sainteté comme celle de Jérusalem, dont on forma l'intérieur du Campo-Santo de Pise? Selon l'abbé Lebeuf, Louis de Beaumont, évêque de Paris, décédé en 1492, voulut que sa fosse, creusée à Notre-Dame, fût comblée avec de la terre provenant du cimetière des Innocents.

Corrozet, Sauval et autres ont attribué à cette terre, sans se soucier de vérifier le fait, la propriété de consumer un corps en *neuf* jours. Un pareil résultat ne s'obtiendrait guère que dans un lit de chaux vive. Je me souviens d'avoir vu, vers 1830, aux cours de chimie de la Sorbonne, des portions de cadavres saponifiés, ou plutôt convertis en une matière nommée *adipocire,* analogue au blanc de baleine. Ces échantillons, qui provenaient du cimetière des Innocents, s'étaient formés sans doute sous l'influence de matières alcalines, ajoutées, et non naturelles au sol. On y ouvrait sans cesse de grandes fosses communes, qu'on vidait le plus tôt possible pour reprendre l'espace; il est donc probable qu'on y jetait la chaux par charretées.

Un fait curieux est consigné dans le *Journal d'un bourgeois de Paris sous François Ier* (édité par M. Lalanne). Gaillard Spifame, trésorier de Normandie, convaincu de dilapidation des deniers du roi, fut enfermé à la Bastille, puis au Palais. Le vendredi 26 mars 1535, il se laissa tomber d'une fenêtre et « se rompist le col. » Tous ses biens, et notamment sa maison située près de la fontaine Saint-Leu et Saint-Gilles, ayant été confisqués, il était mort indigent. En conséquence, son corps « fut porté au cyme-« tière des Innocens, en la fosse des *misérables* qu'on dit de « *Saincte-Catherine.* Cest enterrement faict simplement... en « présence d'un huissier (de la Cour) avec un garçon portant une « lanterne. Et défences aux parens de n'en *faire dueil ne aucune* « *mondanité.* »

Notons qu'avant l'établissement de la Morgue, dans la cour occidentale du Grand-Châtelet, les cadavres trouvés dans la Seine ou dans les rues étaient transportés au couvent des religieuses hospitalières de Sainte-Catherine, rue Saint-Denis, près du cimetière des Innocents. Les pieuses sœurs se chargeaient de fournir un linceul pour les morts non reconnus, et de les faire inhumer dans une des fosses qui leur étaient réservées.

En qualité de grande place située au centre de Paris, le cimetière servait de lieu de réunion en certaines circonstances. Le *Journal de Paris sous Charles VI et Charles VII* nous apprend qu'en avril 1429, cinq à six mille personnes y vinrent entendre prêcher un célèbre cordelier nommé *Frère Richart.* En 1450, selon Corrozet, on y assembla « douze mil enfans masles, » qui de là firent une procession à Notre-Dame, portant chacun un cierge allumé, pour rendre grâces à Dieu de la victoire remportée à Formigny sur les Anglais.

Dans le même siècle, on y voyait souvent des alchimistes « par « *bandes* et *regimens* se promenans aux cloistres Sainct-Inno- « cent... visitans la *danse Marcade*, Poëte Parisien, que ce savant « et belliqueux Roy Charles le Quint y fist peindre, où sont repre- « sentées au vif les effigies des hommes de marques de ce tems « là, et qui dansent en la maison de la mort (1). »

Dans un opuscule de 32 pages, sur les barricades de Paris en 1588, on trouve, sous la date du 11 mai de cette année, ce passage curieux pour l'histoire du cimetière et celle de la *garde nationale* du temps : « A neuf heures du soir, se trouuerent dans « le Cymetiere des Saincts Innocens plusieurs Colonels et Capi- « taines de diuers quartiers, au nombre d'onze compagnies... Là « le Comte Escheuin tenant toutes les clefs dudit Cymetiere, parla « à aucuns desdits Capitaines, leur déclara que l'intention du Roy « estoit, qu'ils se tinssent en ce lieu pour garder sa ville, contre « quelques méchans ses ennemis. Qu'il fermeroit toutes les portes « dudit Cymetiere, reste (sauf) un guichet... Plusieurs dirent « leur aduis,... entr'autres vn Capitaine dit tout haut qu'il n'estoit « d'aduis de s'enfermer... etc. »

Au résumé, les uns restèrent au cimetière, les autres en sorti- rent et allèrent se ranger dans la rue Saint-Honoré et la rue *au Feurre* (aux Fers), « pour la seureté de leurs maisons (2). »

Nicolas Bonfons rapporte (édition de Corrozet, 1586) que, le jour même du massacre de la Saint-Barthélemy (14 août 1572), au cimetière des Innocents, une aubépine desséchée se mit tout à coup à fleurir *à vue d'œil*. Ce prétendu miracle et la visite du roi à son sujet sont une fable inventée par un fanatique ou un plat courtisan, et je n'ai cité le fait que pour mémoire.

Je ne dirai rien des monuments que renfermait l'intérieur de l'église : son extérieur seul, ainsi que tout ce qui concerne le cime- tière, doit ici nous occuper, car avant tout il s'agit d'un tableau.

---

(1) Ces détails se trouvent dans une pièce manuscrite (que cite M. Langlois, au- teur de l'*Essai sur les Danses des morts*), intitulée *Des bons larrecins*. Je parlerai plus loin des peintres de la *Danse Macabre*.

(2) La suite du texte, qui ne se rapporte plus à notre sujet, offre d'autres détails fort piquants sur la *garde nationale* de cette époque.

Il existe, à la Bibliothèque impériale et à celle de l'Arsenal, des recueils manuscrits d'épitaphes prises sur les tombes du cimetière et des galeries. Ces notes, souvent accompagnées de dessins d'armoiries, ont, dit-on, servi à d'Hozier pour ses recherches héraldiques. Elles datent d'environ 1670, et furent rédigées pour la bibliothèque de M. de Guénégaud. On y voit çà et là apparaître quelques noms de familles célèbres à divers titres, tels que : Beauvilliers, Bureau, Dormans, L'Huillier, Neuville, Rivière, Sanguin, etc. Plus tard, figura sur cette liste celui de François Eudes de Mezeray, qui fut inhumé sous un des charniers en 1683. Corrozet et tous les historiographes parisiens qui l'ont suivi, mentionnent l'épitaphe, gravée sur cuivre, de Yolande Bailly, morte en 1514, à 88 ans, après avoir vu vivants 295 enfants issus d'elle. Cette inscription ne se voyait déjà plus du temps de Sauval (vers 1650). « Quelques *curieux du cuivre*, dit-il, l'ont dérobée et fondue, pour en tirer de l'argent. »

A l'occasion des places qu'occupaient les épitaphes, on cite divers monuments du cimetière : la chapelle de Villeroy, *dite vulgairement* de Neuville (qui paraît être aussi la même que celle nommée : d'Orgemont) ; la chapelle Pomereux, fondée en 1453, qui ressemblait assez à un regard d'aqueduc, voûté en pierres ; la *tour du milieu* (de forme octogone, d'un style voisin de l'époque romane), nommée quelquefois aussi *tour de Notre-Dame-de-Pitié*, à cause d'une effigie de la Vierge qu'on adossa à l'une de ses faces, je ne sais au juste à quelle époque (1). On y signale assez fréquemment : la *figure* ou l'*image de la Mort* (ou simplement *la Mort*), cadavre sculpté en albâtre, dont il sera question plus tard ; un puits, placé devant ou sous une des arcades de la galerie du sud ; le *Pressoir* où l'on dit l'absoute, ou simplement l'*Absoute* (on veut désigner le *Prêchoir*, édifice qui sera décrit en son lieu) ; la chapelle du *Dieu-de-Pitié* (2), près de la porte de la rue Saint-Honoré (une des quatre du cimetière) ; l'*Image Notre-Dame*, peinte ou sculptée, sous une arcade du côté de la rue aux Fers, et

(1) Quelques auteurs l'appellent aussi tour *Notre-Dame-des-Bois*. J'en reparlerai ailleurs.

(2) Une planche de la *Statistique monum. de Paris* représente, sous une arcade ogivale, la statue du Christ debout. Sous ses pieds, un écusson, soutenu par deux anges, porte un cœur entouré d'une couronne. On a inscrit au bas : *Le Dieu de Cité*. On a sans doute voulu désigner le Dieu de *Pitié*.

qui n'est autre, sans doute, que celle de Notre-Dame-de-Pitié.

En fait de croix érigées sur le sol du cimetière, on mentionne souvent celle de la *famille* des *Bureau,* bourgeois de Paris ; son soubassement offrait plusieurs inscriptions, dont la plus ancienne datait de 1438, et, en un certain endroit, probablement sur la croix de métal qui la terminait, on lisait : « Jehan Angran (fondeur) m'a faict ; » la croix des *Barreaux,* distincte, je pense, de la précédente, et peut-être ainsi nommée parce qu'elle était entourée d'une grille de fer ; la croix *pyramidale* de *Thomas Rouillart,* marchand parisien, mort en 1529 ; la croix de *Bouteiller de Senlis,* élevée vers 1461, et rétablie en 1640 ; la croix *Gastine,* transportée au cimetière en 1571, postérieurement à l'époque de notre tableau (1).

On signale un nombre immense de tombes, les unes levées, les autres couchées, mais sans autres détails que les épitaphes et les armoiries qui souvent les accompagnent, de sorte que ces notes manuscrites n'ont pu m'aider à reconnaître aucune des tombes indiquées sur le tableau. On y mentionne aussi, mais sans descriptions particulières, plusieurs fresques, peintes sous les galeries : le tableau de la *Résurrection de Lazare ;* celui de *l'Enfant ingrat ;* celui du *Jugement* (sous le *petit charnier*) ; le mur au tableau de *Saint Sébastien.*

On n'y parle pas des peintures de la Danse Macabre, bien qu'il dût en rester au moins quelques vestiges, vers 1670. Peut-être trouverait-on, à ce sujet, quelques détails, en parcourant tous les tomes de cette collection, assez mal classée.

J'ai rencontré deux fois le nom de la *loge-aux-fossoyeurs* (destinée sans doute à abriter les ustensiles funèbres), mais pas une

---

(1) C'était la plus moderne et la plus riche de toutes ces croix. Une planche de la *Statistique* en donne une idée très-exacte. Philippe Gastine, marchand, rue Saint-Denis, fut étranglé en 1569, pour avoir tenu chez lui une assemblée de calvinistes. Sa maison fut rasée, et, sur son emplacement, on éleva ce magnifique monument obéliscal, attribué à Jean Goujon. Une inscription sur cuivre contenait l'arrêt du Parlement. En décembre 1571, on enleva l'inscription et l'on ordonna la translation de la croix au cimetière voisin, translation qui fut le prétexte de trois émeutes. Le principal bal-relief du piédestal représentait le Triomphe du Saint-Sacrement. En 1786 elle fut transportée avec d'autres monuments dans la cour de la ferme dite *la Tombe-Issoire,* principale entrée des Catacombes. La croix Gastine existe encore : Je tiens de M. Troche qu'on la voit à l'intérieur de l'église de Saint-Denis, au-dessus de l'entrée septentrionale des caveaux.

seule, celui de la *tombe Morin,* sorte de caveau voûté en pierres, en forme de parallélogramme, composé de trois assises, avec une porte basse.

Sauval (t. I, p. 359) signale « le bas-relief du *Foudroyé,* de la main de *Ponce.* » Ce sujet me paraît devoir s'appliquer à la croix Gastine. Je l'admets d'autant plus volontiers que G. Brice, dans sa *Descr. de Paris* (édit. de 1687), parle de la *pyramide de Maître Ponce.* Faut-il en conclure que la croix Gastine aurait été à tort attribuée au ciseau seul de Jean Goujon ?

Plusieurs auteurs parlent d'un monument, peint ou sculpté, placé je ne sais sous quelle voûte des charniers, et qu'on appelait le *Calvaire.* Je ne ferai que citer ici la célèbre fontaine des Innocents, bâtie en 1550 (pour remplacer celle établie du temps de saint Louis), contre les hautes maisons qui formaient l'encoignure des rues Saint-Denis et aux Fers.

Voici enfin un autre renseignement de Sauval, mais si vague, que je ne me charge pas de l'éclaircir : « Il y a dessus l'arcade « proche de l'Église, une très belle figure ; mais elle est perchée « si haut, et si mal orientée, qu'il faut avoir les yeux très bons et « très fins pour juger que c'est une des *meilleures figures* de « Paris. »

La nef principale de l'église passe pour avoir été bâtie sous Louis le Jeune, en 1156. Plus tard, en 1445, comme l'attestait une inscription, elle fut reconstruite (1), dédiée, et augmentée, au sud, d'une nef supplémentaire, qui avait aussi sa petite façade sur le cimetière, et contenait, entre autres chapelles, celle dédiée à saint Michel.

La double église figure au fond de notre tableau, dont la vue est prise de l'ouest, d'un point peu éloigné, je pense, de la chapelle Villeroy. On voit presque de face les deux portails. Parlons d'abord de l'église principale. Sa tour carrée, un peu antérieure à Philippe-Auguste, et refaite à son sommet vers 1750, est ici cachée par la perspective. Sa façade consiste en un haut pignon renforcé, aux angles, de contre-forts carrés, que terminent des clochetons fort élégants. Dans le *gable,* ou sommet du pignon, est percée une rosace triangulaire, dont chaque côté est

(1) Ces réparations, terminées, je suppose, en 1445, ont pu être commencées vers 1400, c'est-à-dire vers l'époque où l'on bâtit les premières arcades des charniers.

curviligne (1). Vers le haut des contre-forts, sont deux statuettes dans des niches, celles sans doute des deux Innocents de Bethléem. Sur la toiture en plomb, à l'angle occidental, s'élance un svelte campanile, contenant une cloche et surmonté d'un drapelet.

Au-dessous de la rosace, s'ouvre une grande fenêtre ogivale, divisée en quatre compartiments, par trois meneaux de pierre, en forme de colonnettes. Le style flamboyant des ornements de la partie ogivale atteste l'époque de la reconstruction. Cinq contre-forts en arcs-boutants soutiennent, au nord et au midi, les entre-fenêtres de la nef.

La façade est précédée d'une sorte de porche rustique, comme on en voit devant les églises de village. C'est un toit d'ardoises, que surmontent trois hautes lucarnes remplies d'ossements, et qui repose sur trois gros piliers carrés. Sous le porche on aper-çoit deux portes, l'une communiquant avec le bas-côté du nord, l'autre avec la grande nef. Sur le tympan, de forme ogivale, de la principale porte, on distingue une peinture, ou plutôt un bas-relief colorié, dont le sujet, vu l'éloignement, n'est pas assez détaillé pour se faire comprendre. C'est sans doute la légende des *trois vifs et des trois morts,* dont parle Du Breul : « Au portail de « l'Église (des SS. Innocents) l'on void les figures *en bosse* de trois « Chevaliers passans par dedans un bois. Lesquels fit faire et « eriger Monsieur Iean, Duc de Berry, en l'année 1408, pour l'or-« nement de ce lieu. » Puis il cite en témoignage 22 petits vers français « grauez le long de la corniche qui soustient lesdites figures. » Il ajoute : « Aux quatre coins dudit portail sont peintes « les armes de la maison des Ducs de Berry, etc. »

Cette légende, probablement d'origine française, se reproduit souvent sur nos anciens missels. J'en possède un, de la fin du XVe siècle, aux armes de la famille Du Terrail. En tête de l'Office des Morts, une fine miniature représente cette allégorie parlante de la fragilité de la vie. Trois nobles jouvenceaux, pleins de santé, joyeux et vêtus de brillants costumes, chevauchent à travers champs. Tout à coup, au carrefour d'un chemin, derrière une croix de pierre, surgissent devant eux trois cadavres desséchés, placés près d'une fosse, et tenant l'un une bêche, l'autre une pioche, et le

---

(1) Sur une eau-forte d'Isr. Silvestre (vers 1650) cette rosace a été remplacée par une fenêtre à fronton semi-circulaire.

troisième, un linceul. Ce sujet, d'un effet énergique, a une grande analogie avec les tableaux de la Danse Macabre, dont il est comme l'introduction.

Au sud du grand portail (à la droite du spectateur) se présente un pignon plus petit : c'est la façade de l'aile ajoutée à l'église en 1445. La rosace et la grande fenêtre, percées dans ce pignon, annoncent bien cette époque : le style en est flamboyant. Sur le côté méridional de cette nef supplémentaire s'élèvent deux frontons ou pignons de pierre, de forme aiguë. L'un d'eux est surmonté d'une statue, difficile à reconnaître, celle probablement de saint Michel, puisque, selon l'abbé Lebeuf, cette petite nef contenait la chapelle dédiée au patron spécial de nos cimetières (1).

Les deux façades sont séparées par un intervalle assez grand, que remplissent plusieurs petits bâtiments, percés au hasard de quelques fenêtres étroites. Il est permis, je pense, de voir dans une de ces masures une *logette-aux-recluses.* Du Breul nous apprend qu'Alix-la-Bourgotte s'enferma « en vn petit logis qui « estoit proche du grand portail de l'Église, à main droicte, où se « tient à present (1612) le Vicaire d'icelle Église. »

Quatre recluses au moins moururent dans des cellules, au cimetière des Innocents. Jehanne de la Vodrière (dont M. Paul Lacroix a fait une héroïne de roman), voulant expier ses fautes par une dure pénitence, fit bâtir près de la façade de l'église une *logette,* d'où elle pouvait entendre la messe par une ouverture treillissée. Elle s'y renferma le 11 octobre 1442 et mourut l'année suivante. Après elle, une sœur hospitalière du couvent de Sainte-Catherine, occupa cette même cellule, où elle décéda le 29 juin 1466. C'était Alix-la-Bourgotte, que vénérait Louis XI, et à laquelle il fit construire dans l'église une tombe plate en marbre noir, élevée au-dessus du sol, sur quatre lions de bronze. L'effigie de la recluse (du même métal) était couchée sur le marbre ; elle avait une corde pour ceinture, et tenait à la main un livre ouvert.

La troisième recluse fut une prisonnière forcée. Renée de Vendomois, convaincue d'avoir fait assassiner son mari, fut

(1) La statue de saint Michel a deux attributs : Il terrasse le démon (comme à Saint-Michel-du-Palais) ; ou il pèse dans une balance les âmes du purgatoire (sous forme de têtes d'anges), comme on le voyait sur le pignon de Notre-Dame-des-Vignes, église qui devint celle du couvent des Carmélites (faub. Saint-Jacques), où mourut mademoiselle de la Vallière.

condamnée, par arrêt du Parlement de 1485, à être recluse au cimetière. L'abbé Lebeuf pense qu'elle fut enfermée, non dans la cellule d'Alix, mais au rez-de-chaussée de la tour octogone. Le même cite une quatrième recluse (volontaire) : Jehanne Pannoncelle, à laquelle les marguilliers firent bâtir une logette, vers 1496. A coup sûr, une de ces cellules doit figurer parmi les maisonnettes basses qui avoisinent les deux façades.

A la suite et à droite de l'aile supplémentaire, mais sur un plan plus reculé, s'élève un haut bâtiment à trois étages, en saillie sur les voûtes du charnier. Il est suivi de plusieurs autres corps de logis, d'une disposition irrégulière, difficile à décrire. C'est ici qu'un dessin du tableau en dirait plus que toute explication écrite. Ce grand bâtiment, couvert de tuiles, a sa façade ouverte sur toute sa surface, et ses poutres à claire-voie laissent entrevoir des ossements entassés ; ses trois hautes lucarnes de bois, sans vitres, et à frontons trilobés, en sont également remplies. Comme ce vaste ossuaire est établi au-dessus de quelques arcades bâties aux frais de Nicolas Flamel, on pourrait le lui attribuer. Les derrières de ces vieux bâtiments étaient adossés à des maisons ayant vue sur la rue Saint-Denis.

Les deux églises et les diverses constructions qui s'y reliaient au nord ou au sud, formaient dans leur ensemble le côté oriental du vaste parallélogramme du cimetière. Occupons-nous maintenant des charniers, et d'abord, jetons un coup d'œil général sur cette longue galerie voûtée qui entourait le cimetière, hors à l'endroit où la double nef de l'église s'avançait sur son terrain, et l'échancrait dans le coin nord-est.

Ces voûtes furent construites, à partir d'environ l'an 1390, sur un même alignement (mais non d'après des plans précisément uniformes), au moyen de dons ou de legs de divers particuliers, qui leur donnèrent leurs noms et y firent préparer leur sépulture. Elles ne furent pas élevées toutes à la fois, mais commencées isolément sur divers points. On connaît en partie les noms des divers fondateurs. Le plus populaire est sans contredit celui de Nicolas Flamel, qui en fit bâtir plusieurs, dont une en 1389, selon l'abbé Villain, et une autre postérieurement à 1400. La plus grande portion des charniers est due à la générosité de Jean le Meingre, dit *Boucicaut*, maréchal de France, mort prisonnier des Anglais en 1421.

Selon la plupart des historiens, le nombre de ces voûtes, de forme ogivale, s'élevait à quatre-vingts ; Sauval le porte à quatre-vingt-quatre. Sur un plan très-détaillé, qu'a publié M. Albert Lenoir, on n'en compte que soixante-dix ; mais il faut observer que ce plan n'est pas très-ancien puisqu'on y distingue un mur en zigzag, qui ménage un étroit passage entre le pourtour de l'église et le cimetière. La galerie du côté de la rue de la Féronnerie a été, je crois, reconstruite en 1671, et en même temps surmontée des hautes maisons qui forment encore le côté septentrional de cette rue. Ces modifications ou reconstructions eurent pour effet de rétrécir un peu la largeur du cimetière. Quelques arcades durent être supprimées du côté de la rue Saint-Denis, et la nouvelle galerie, que je suppose avoir été reculée vers l'intérieur, pour élargir la rue de la Féronnerie, offrait peut-être moins d'arcades que l'ancienne.

« Rien de plus petit, écrivait en 1761 l'abbé Villain, que ces « arcades. Leur forme, leur étendue, leur hauteur, tout est petit « et d'une bâtisse fort simple. » Il dit ailleurs que la plupart de ces voûtes portent les armes ou les chiffres (lettres initiales) des *citoyens* qui les ont fait élever.

Au-dessus de ces funèbres portiques régnaient, comme je l'ai dit plus haut, des *galetas* couverts d'un toit en tuiles, qui reposait, du côté du cimetière, non sur le mur de la galerie, mais sur de courts piliers de bois, qui laissaient des intervalles à claire-voie entre la toiture et les voûtes. Tout cet espace était comblé d'ossements. La pente du toit, à l'intérieur, était çà et là interrompue par de hautes lucarnes sans vitres, formées de poutres, et trilobées au sommet de leur ouverture, forme gothique qu'elles ne possèdent plus sur les dessins du xviiie siècle. Les os ainsi exposés à tous les courants d'air devaient promptement se dessécher et se réduire en poudre. En plusieurs endroits même la toiture était dépourvue de tuiles.

On commença, vers la fin de 1785, à transférer aux Catacombes tous les corps exhumés et tous les ossements enfouis sous les galetas, et ailleurs, autour de l'église ; ensuite on démolit toutes les galeries. Beaucoup de pierres chargées d'épitaphes, arrachées du cimetière ou des galeries, furent vendues sur place, comme matériaux, pour l'achèvement du Louvre. M. Héricart de Thury, dans son *Histoire des Catacombes*, nous apprend qu'une multitude de monuments de pierre ou de métal, y compris la croix Gastine, furent transportés dans la cour de la ferme dite la *Tombe-Issoire,* et il ajoute que la plupart de ces curieux débris furent pillés, détruits, ou utilisés pour des constructions.

A. BONNARDOT.

(La suite au prochain numéro.)

REVUE UNIVERSELLE

DES

ARTS.

BRUXELLES
IMPRIMERIE DE A. LABROUE ET COMPAGNIE,
56, rue de la Fourche.

REVUE UNIVERSELLE

DES

PUBLIÉE PAR

M. PAUL LACROIX (BIBLIOPHILE JACOB).

TOME TROISIÈME. — 1856.

PARIS

BUREAU CENTRAL DE LA REVUE UNIVERSELLE DES ARTS,

CHEZ

BORRANI ET DROZ, LIBRAIRES-ÉDITEURS,

9, RUE DES SAINTS PÈRES.

—

1856

ICONOGRAPHIE DU VIEUX PARIS.

(SUITE) (1).

LE CIMETIÈRE DES INNOCENTS VERS 1570. — Parlons en détail de quelques-unes de ces arcades, dont l'ensemble formait une galerie de cloître, rétrécie (du moins aux xviie et xviiie siècles) par un rang de petites boutiques, qui en faisait une sorte de bazar et de promenoir public, communiquant, par quatre portes ouvertes dans les angles, avec les halles et les rues Saint-Denis, Saint-Honoré et aux Fers.

Le portique oriental était le plus court des quatre, vu que les côtés de l'église en saillie sur le cimetière l'empêchaient de se relier à la galerie du nord. Il se composait, dans l'origine, de six ou sept arcades ou travées, dont deux ou trois furent supprimées quand, sous Louis XIV, comme je l'expliquerai plus tard, on élargit la rue de la Ferronnerie, aux dépens du sol du cimetière.

Sous une de ces travées, on voyait un vaste bas-relief de forme ogivale, appliqué contre le mur du fond, monument tumulaire, ou seulement commémoratif, construit aux frais du célèbre Nicolas Flamel.

Ce fut, selon l'abbé Villain (*Histoire de N. Flamel,* p. 104), à sa femme Pernelle, décédée en 1397, que Flamel éleva « l'espèce de « mausolée que l'on voit (1761) à l'entrée des Charniers, du côté « de la rue Saint-Denis, vis-à-vis de l'arcade bâtie en 1389 (par « le même), le cimetière entre deux (2) ». Il conjecture que ce bas-relief, ainsi que la travée qu'il décorait, fut exécuté *peut-être* en 1407, mais plus probablement avant cette année.

Beaucoup d'historiens ont admis que les restes de Pernelle avaient été déposés sous ou derrière le bas-relief, mais le fait est fort douteux ; l'abbé Villain n'ose l'affirmer, car il s'exprime ainsi (p. 112) : « L'arcade où *l'on croit* que Pernelle a été

---

(1) Voir les livraisons du 15 janvier et du 15 février 1856.
(2) Je parlerai ci-après de l'arcade bâtie en 1389.

« inhumée. » Après la brève description que j'en vais donner, les archéologues de nos jours verront, je crois, dans ce monument non une tombe, mais une sculpture votive, analogue aux peintures qu'on exécutait dans le même but, assez souvent sous forme de triptyques.

Il se composait de divers sujets tirés de l'Écriture sainte. Vers la naissance de l'arc ogival, les deux époux étaient représentés agenouillés, Flamel à gauche, aux pieds de saint Paul, Pernelle à droite, devant l'effigie de saint Pierre. Au-dessus de leur tête ressortaient, en creux ou en relief, les lettres initiales de leur nom, un *f* et un *p* gothiques, encadrés dans une sorte de petit portail ou de niche, brodée de délicats ornements. Au milieu et sous la pointe de l'ogive, le Sauveur, debout, tenait dans la main gauche le globe du monde, qu'il bénissait de la droite. Autour de sa tête, trois anges, portant des rouleaux chargés de pieuses inscriptions, étaient disposés de manière à figurer les trois branches de la croix. Deux autres, sous ses pieds, jouaient chacun d'un instrument. Au-dessous de la naissance de l'arc, une rangée de cinq petits bas-reliefs juxtaposés offraient des personnages et des anges entourés de devises. Le compartiment du milieu, sous les pieds du Christ, représentait une résurrection des morts. Aux extrémités de la ligne, selon l'abbé Villain, qui avait le monument sous les yeux, on voyait à gauche le bœuf de saint Luc et l'aigle de saint Jean ; à droite, l'homme symbolique de saint Mathieu et le lion ailé de saint Marc. Plus bas, à gauche, dans un petit encadrement gothique, étaient les armoiries parlantes de l'écrivain Flamel : une main tenant un encrier. Enfin, au milieu, sur la même ligne, un dernier cadre à trois compartiments offrait la scène d'Hérode présidant au massacre des enfants de Bethléem, scène qui rappelait les deux Innocents à qui était dédiée l'église du cimetière.

On a noirci bien du papier en l'honneur de ce bas-relief votif, colorié suivant la coutume du temps (1), pour en interpréter les sujets sous un point de vue étrange. Cette classe de fous nommés, du xve au xviiie siècle, philosophes hermétiques, alchimistes,

---

(1) Dulaure, dans sa *Nouvelle Description de Paris* (petit in-12, 1787), s'exprime ainsi : « La *dorure* dont ce monument étoit couvert, existoit encore dans « quelques parties, et les inscriptions qui étoient au dessous se lisoient au mois de « Mai 1786 ; mais on les a enlevées quelque temps après. »

chercheurs de la pierre philosophale, du grand-œuvre, etc.,
voyaient dans ces figures, comme dans celles du portail de Notre-
Dame, des hiéroglyphes, des énigmes mystérieuses et cabalisti-
ques, où la couleur elle-même jouait un grand rôle ; billevesées
qui, après tout, et c'est là leur bon côté, nous ont conduits à cette
admirable science de la chimie, aujourd'hui le grand ressort de
la civilisation européenne (1).

Sur le tableau qui nous occupe, nous devons avoir de face et
sous les yeux l'arcade de Flamel, mais il serait difficile de la désigner, car on ne distingue pas le mur du fond de la galerie. Un
in-4° de 1611, intitulé : *Trois traitez de Philosophie natvrelle*, etc.,
où se trouve une estampe sur bois du bas-relief, nous dit : « Les
« figvres de Nicolas Flamel... en la *quatriesme* arche du cyme-
« tiere... entrant par la porte ruë Sainct-Denys, deuers la main
« droicte. » Cette arcade, sans aucun doute, perdit le rang qu'elle
occupait en 1611, par suite du rétrécissement du cimetière, vers
la fin du xviie siècle. On lit, en effet, dans les *Curiositez de Paris,*
publié chez Saugrain, 1716, in-12° (p. 79), que les *figures* de
Flamel « sont placées sur le gros mur de la *seconde* arcade, du
« côté droit en entrant par la porte (placée de biais) qui donne
« sur la rue Saint-Denis et la rue de la Ferronnerie. »

Sur un plan général du cimetière, gravé par M. Albert Lenoir,
et postérieur à 1671, la galerie orientale n'a que quatre travées,
tandis que sur une eau-forte d'Israël Silvestre (vers 1650), on en
voit six. Notre tableau offre trois arcades, suivies de quatre autres
plus étroites, à demi cachées par des bâtiments irréguliers en
saillie sur la ligne générale de la galerie. Un des arcs, au-dessus
desquels surplombe un grand bâtiment-ossuaire, décrit précédemment, est décoré au dehors, dans l'espace nommé les *reins* de la
voûte, de peintures ou de reliefs coloriés en rose, et une inscription paraît entourer son archivolte. La baie en est fermée, dans le
bas, au moyen d'une grille de bois à hauteur d'appui. Est-ce là la
travée construite par Flamel? Au milieu de l'arc, sur un fond
obscur, se détache une petite statue blanchâtre très-finement
accusée. Elle est debout, son bras droit paraît levé vers le haut de
la voûte, et sa main droite repose sur une sorte d'écusson. C'est,

---

(1) L'abbé Villain donne une liste des principaux ouvrages des alchimistes. La
Description de Paris, de Germain Brice, édit. de 1717, t. I, contient d'assez curieux détails sur l'interprétation hermétique du bas-relief de Flamel.

je pense, la statue de la Mort, dont je parlerai ci-après. Sur l'eau-
forte de Silvestre, déjà citée, on voit également, sous une des six
arcades du charnier, figurer une statue debout, mais la pose en
est moins facile à saisir ; peut-être était-elle placée devant le
bas-relief de Flamel.

A l'autre extrémité du cimetière, la galerie occidentale qui longeait la rue de la Lingerie renfermait une travée célèbre parmi
les alchimistes. Son arcade faisait face, ou à peu près, à celle
dont nous venons de parler, à une distance d'environ 120 mètres,
représentant la longueur du cimetière. Nous n'avons pas à chercher cette arcade sur notre tableau, puisque, d'après le point de
sa perspective, elle se trouve derrière le spectateur ; je lui consacrerai néanmoins quelques alinéas.

Ce fut une des premières bâties par Flamel, et sa construction
date de 1369, selon l'abbé Villain, qui assure avoir déchiffré ce
millésime sur un des piliers ou jambages de l'arc, ainsi que les
initiales en gothique de Flamel et de sa femme.

Le détail le plus intéressant pour les alchimistes, c'était la
figure (assise ou debout?) d'un homme *tout noir,* peinte à fresque
probablement sur le mur qui faisait face à l'ouverture de l'arcade.
Il tenait à la main un rouleau sur lequel on lisait : *Ie voy mer-
ueille dont moult ie mesbahi* (1), devise qui intriguait beaucoup les
chercheurs du secret de faire l'or, secret dont on avait attribué à
Flamel la possession.

Les yeux du mystérieux personnage devaient, à travers l'espace, correspondre à un point du bas-relief votif de Flamel. Or,
dans les idées des alchimistes, ce point était telle ou telle de ces
figures *hiéroglyphiques,* laquelle, bien interprétée, selon sa couleur et son attitude, révélerait aux *clairvoyants* le *grand-secret.*
Il s'agissait d'abord de déterminer où se fixait au juste la prunelle
de l'homme noir, ensuite de deviner une sorte de rébus fort compliqué.

Au temps de l'abbé Villain (1761), l'homme *tout noir* avait déjà
disparu, effacé peut-être par un alchimiste égoïste, envieux ou
désespéré. Mais au bas de la place que la figure occupait, on
lisait encore neuf vers, çà et là incomplets, et commençant ainsi :

---

(1) Jacques Gohorri, auteur d'un livre d'alchimie, ajoute qu'il étendait les bras
(en signe d'étonnement).

Hélas! mourir convient. — Homme et femme sans remède, etc.
Dulaure, en son ouvrage cité dans l'avant-dernière note, dit
qu'en 1786, avant qu'on eût enlevé les inscriptions des charniers,
celle-ci se lisait encore.

Selon l'auteur des *Trois traitez, etc.*, qui fait parler Flamel,
cette figure était *charbonnée* et peinte *grossièrement* sur un des
piliers du charnier ; mais l'abbé Villain suppose (p. 116) qu'elle
avait été *noircie par le temps,* et que les merveilles dont le personnage se disait ébahi, étaient des éclipses de soleil et de lune,
signes précurseurs de la fin du monde et de la résurrection, représentées sur trois plaques de fer et de cuivre doré, placées à
l'orient, à l'occident et au midi de l'arche.

M. Langlois, dans son *Essai sur la Danse des Morts* (1851), a
cherché à résoudre la question de l'homme tout noir. Ses conjec-
tures sont assez vraisemblables. Cette qualification s'appliquait à
la couleur de son épiderme : c'était un nègre, ou, comme on
disait au Moyen-âge, un Éthiopien, un More, qui se rattachait
à une procession, peinte à fresque sur le mur de fond de la travée,
avec cette inscription au bas : *Moult plaist à Dieu Procession, —
S'elle est faicte en deuotion.*

L'homme noir, placé dans cette condition, ne sera plus une
énigme. M. Langlois cite des fresques de cimetière du même
genre, où figure en tête un *More.* Selon quelques érudits, cette
figure, grâce à un pitoyable jeu de mots (dans le genre de ceux
que nos pères appliquaient aux enseignes et aux armoiries parlantes) désignait *la Mort* ou plutôt *le Mort,* conduisant l'espèce
humaine au grand jour du Jugement. A mon avis, ce nègre représentait tout simplement la partie noire de la race humaine, invo-
quant ses droits à la grâce du salut ; sur les anciens tableaux de
l'Adoration des Mages, on oubliait rarement le roi d'Éthiopie.
En définitive, si je ne puis préciser le rôle allégorique de l'homme
tout noir dans la décoration de l'arcade de Nicolas Flamel, au
moins puis-je affirmer qu'il n'était pas le mystérieux révélateur
du *grand-secret.*

Revenons à la galerie des charniers, du côté de la rue Saint-
Denis. Sous l'une de ses arcades, on conservait une effigie de la
Mort (sculptée vers le milieu du XVIe siècle), qui fut plus tard
placée ailleurs. Je l'ai déjà mentionnée plusieurs fois, mais j'y
reviens pour la décrire.

Le jour de la Toussaint, jusqu'au lendemain midi, on découvrait au peuple l'effigie d'un *squelette*, ou plutôt d'un cadavre en dissolution, image beaucoup plus énergique. Ce cadavre animé, debout, au regard ironique et menaçant, n'avait qu'un mètre de hauteur ; il était d'albâtre, et non de marbre blanc ou d'ivoire, comme on l'a dit par méprise. On a longtemps attribué cette statue au ciseau de Germain Pilon, mort en 1590 ; mais Alexandre Lenoir, qui la recueillit au Musée des Augustins, sous le n° 91, l'attribue, avec un *ancien* auteur qu'il ne nomme pas, à un sculpteur natif de Troyes, François Gentil (ou Gentyl), qui vivait encore en 1540 : « Ce morceau, ajoute-t-il dans sa notice, est « *mal* sculpté et peu exact dans son dessin. »

De son bras droit, le cadavre retenait les plis d'un linceul, et sa main gauche reposait sur « un rouleau déployé, » dit Piganiol, sur un *bouclier*, suivant Alexandre Lenoir ; c'était, pour parler juste, sur un cartouche à enroulements, au milieu duquel se lisaient quatre vers, qu'indiquait une sorte de dard placé entre les doigts de la statue, et qui commençaient ainsi : *Il n'est vivant tant soit plein d'art*, etc. A la suite du quatrain était gravé une espèce de monogramme consistant en deux traits, formant une croix, dont la tige portait au bas un M (1).

Germain Brice, dans sa *Descr. nouv. de Paris*, éd. de 1687, cite « le *squelette d'albâtre*, d'une *très bonne main*, que l'on a « déplacé *depuis peu*, pour le mettre dans un endroit *plus propre*; « en attendant, Neret, marchand de soye dans la ruë aux Fers, « le conserve chez luy ; on lit sur un *Cartel...* etc. »

Du temps de Piganiol (1765), le bras gauche de la Mort était déjà rompu, et les lettres *gothiques* de l'inscription *très-difficiles* à déchiffrer : « Elle étoit placée, dit-il, dans une petite *armoire* « fermée, contre le *corridor* qui est du côté de la rue Saint-« Denis. »

Quelques années plus tard, elle fut transportée ailleurs. D'Argenville fils, dans son *Voyage pittor. de Paris* (éd. de 1778, p. 179), nous apprend qu'elle était, cette année, renfermée dans une « petite armoire attachée à une *tour* (la tour octogone) dans « le cimetière. » Elle conserva cette place jusqu'à l'année 1786.

---

(1) Ce détail se remarque sur le dessin, probablement très-exact, qu'a donné de cette statue M. Albert Lenoir, dans sa *Statistique*, dessin exécuté avant la restauration de la statue, car les deux bras sont brisés en partie.

M. Alexandre Lenoir dit, de son côté, qu'elle était *autrefois* renfermée dans une *boîte* attachée à la tour nommée *tour des Bois*. Il ajoute qu'on la porta (lorsqu'on eut abattu la tour) à Notre-Dame, où on la fit *bronzer* et restaurer par le *citoyen* Deseine, sculpteur distingué.

La coutume d'exhiber, le jour de la Toussaint, cette hideuse effigie, rappelle celle des capucins de Palerme, qui, ce même jour, habillent et exposent de véritables cadavres, conservés et préparés dans leurs cryptes funèbres. Des usages analogues doivent se retrouver dans plus d'une localité de l'Europe catholique. Je rencontrai, en 1835, sur une route des États Romains ou Napolitains, une chapelle isolée; devant l'autel on avait dressé un cadavre à peine desséché, et couvert d'un suaire en lambeaux : c'était peut-être un vestige de la cérémonie de la dernière Toussaint.

M. Paul Lacroix, dans son roman de *la Danse Macabre,* suppose que la statue de la Mort du cimetière des Innocents avait remplacé le cadavre momifié de Macabre, depuis longtemps réservé pour cet usage et enfin détruit par un accident quelconque.

Reprenons la description du tableau. A gauche se développe de trois-quarts la galerie septentrionale des charniers, qui s'engage, à son extrémité-est, dans un groupe de divers bâtiments attenants à l'église. Cette partie du tableau, bien que dans l'ombre, est néanmoins assez distincte dans ses détails. Il est à noter que les arcades, soutenues de contre-forts, ont une forme presque cintrée, bien qu'elle fût en réalité ogivale. J'ai déjà expliqué que les anciens peintres ou miniaturistes n'y regardaient pas de si près, et substituaient souvent le plein cintre à l'ogive.

Le toit en tuiles qui recouvre les *galetas* est interrompu, sur un point rapproché de l'œil, par quatre hautes lucarnes de bois, sans vitres, de forme trilobée au sommet. Le tout est comblé d'ossements. Derrière la toiture des galetas, apparaissent les maisons de la rue aux Fers, dont cette galerie formait un des côtés. Ces vieilles maisons, de hauteurs inégales, offrent des pignons bordés de toits dont les profils s'avancent en saillie sur la rue. La plupart sont construites en charpentes, qui se dessinent à l'extérieur sur un fond de plâtre, telles qu'il en existe encore plus d'une aux environs des Halles. Quelques têtes de personnages s'encadrent dans leurs étroites fenêtres. Deux de ces maisons paraissent occupées par des teinturiers ou des marchands de toiles, car on voit pendre, des fenêtres supérieures, des pièces d'étoffes roses, jaunes et *noires*. Les magasins d'étoffes de deuil ne manquaient pas sans doute aux environs du grand cimetière, non plus que les marchandes de couronnes funèbres, comme on en voit aujourd'hui encore de ce côté de la Halle.

Passons à la galerie opposée, celle du sud, qui bordait la rue de la Ferronnerie, dite plus anciennement *de la Charonnerie*. Une partie de cette galerie (construite en 1399, comme l'annonçait une inscription citée par N. Bonfons) se voit sur notre tableau, mais un peu plus de profil que celle du nord ; néanmoins, la perspective permet de distinguer sous les premières travées, éclairées en plein, des inscriptions, des retombées de voûtes et des peintures murales. On compte treize arcades. Le toit en tuiles du galetas est si dégradé, sur le premier plan, que l'amas d'ossements qu'il renferme est complétement à découvert.

Vers l'extrémité qui se relie aux charniers de la rue Saint-Denis, la galerie n'est plus surmontée d'un simple toit à deux pentes, mais de quatre bâtiments, couverts d'ardoises et juxtaposés, présentant du côté du cimetière d'étroits pignons construits en poutres, des sortes de hangars, trop élevés pour être considérés comme des lucarnes. A leur suite et sans intervalle se développent quatre autres pignons semblables, mais un peu moins hauts. Tous leurs étages à claire-voie sont encombrés d'ossements jusqu'au faîte. Cet ensemble, vu un peu de profil, offre des découpures, des redans fort pittoresques.

Au-dessus des divers bâtiments qui constituent la galerie du sud, s'élèvent les pignons inégaux de huit maisons de la rue de la Ferronnerie. Quatre de ces maisons sont bâties de poutres qui ressortent sur les parties crépies de leurs faces. Au dernier étage de l'une d'elles flottent des étoffes verdâtres et noires. Au-dessus de leur groupe s'élance une haute tour carrée, couronnée d'une balustrade gothique et flanquée, au nord, d'un tourillon que surmonte un campanile. C'est le clocher de Sainte-Opportune (supposé que cette église en possédât un), ou celui, mal rendu, de Saint-Jacques-la-Boucherie.

Au sujet de la rue de la Ferronnerie, dont l'étroitesse fut la cause première de l'assassinat de Henri IV, abordons une ques-

tion neuve, sur laquelle j'ai déjà hasardé quelques mots. La
galerie méridionale du cimetière, substituée ou adossée à la muraille de Philippe-Auguste, et achevée, je le suppose, en 1399,
formait un des côtés de la rue (1). Des auvents ou échoppes, qui
s'y appuyaient à l'extérieur, contribuaient encore à en rétrécir la
largeur. En 1671, il fut résolu que cette rue serait élargie. Cette
année même, ou un peu plus tard, on commença à abattre les
vieilles maisons à pignon que je viens de décrire, et on les remplaça par de nouvelles, rebâties plus au sud. D'autre part, à une
époque un peu postérieure, on détruisit la galerie de 1399, après
en avoir enlevé les épitaphes et les sépultures; puis on en reconstruisit une autre, plus rapprochée du nord, de sorte que le cimetière fut rétréci de plusieurs toises dans le sens de sa largeur.

A l'ancien portique on en substitua un dont les voûtes massives, à plein cintre, assez basses, et plus larges sans doute que
les premières, formèrent moins d'arcades. Ces voûtes subsistent
encore, mais on ne passe plus, comme il y a quinze ans, sous
la galerie qui traversait leur ensemble, car chaque travée a été
convertie en boutique.

Aucun auteur contemporain, témoin de cette métamorphose,
n'est entré dans ces détails; mais les plans de Paris ne sont pas
muets. Sur ceux de Gomboust, 1652, et de Bullet, 1672, le cloître
du cimetière est presque un parallélogramme régulier, et la rue de
la Ferronnerie y est très-étroite; mais sur des plans plus modernes, sur celui de La Caille, par exemple, 1714, la rue est
plus large et le cimetière se rétrécit à mesure qu'on avance vers
la rue Saint-Denis. Ce rétrécissement dut entraîner de toute nécessité la démolition totale de l'ancienne galerie du nord, et la
suppression de deux ou trois travées de celle de l'est (2).

Le nouveau portique, élevé sous Louis XIV, ne fut pas surmonté d'un simple galetas, mais de hauts bâtiments uniformes à
cinq étages (marqués sur le plan de La Caille), qui subsistent encore, bien que modifiés en certains endroits. On distingue, au-

(1) Je n'ai jamais vu ni dessin ni estampe qui représentât cette galerie du sud.
Sur l'eau-forte de Silvestre, comme sur un dessin curieux lithographié par M. Albert Lenoir, on ne voit figurer que la galerie qui bordait la rue aux Fers.

(2) Alors disparurent toutes les vieilles fresques dont il va être question tout à
l'heure. Mais on ne supprima aucune portion des charniers du côté de la rue de la
Lingerie; ce qui explique l'obliquité de la nouvelle galerie.

dessus des voûtes, une rangée de grilles de fer, basses et serrées, placées aujourd'hui devant les fenêtres des entre-sol. C'étaient, dans l'origine, des cages destinées à loger les ossements exhumés, en remplacement des anciens galetas. Peut-être sous les nouvelles voûtes, appartenant de nos jours à des particuliers, replaça-t-on une partie des tombes et des inscriptions du vieux charnier, mais je doute qu'on ait continué à y faire des inhumations. Quant aux deux autres galeries, celles du nord et de l'ouest, elles ne furent jamais ni remplacées ni raccourcies ; seulement, à l'époque où l'on détruisit le cimetière, de hautes et hideuses maisons, sises rue de la Lingerie, touchaient et dominaient celle de l'ouest.

Reprenons la description des charniers de la Ferronnerie. Chaque arcade, sur notre tableau, est fermée vers le bas, et séparée du cimetière par un parapet ou mur à hauteur d'appui. Sur les profils de quelques contre-forts, on distingue ici un petit bas-relief colorié de la Crucifixion, là une croix de Malte ou *pattée* ; en deux endroits, des inscriptions sur tablettes de pierre ou de marbre.

Sous les quatre premières voûtes les plus rapprochées de l'œil, on entrevoit distinctement des fresques, sur les murs du fond. Au bas de chaque sujet sont inscrits huit vers, disposés sur deux colonnes. Ces fresques ne peuvent se méconnaître : c'est une partie des célèbres peintures de *la Danse Macabre*. Sur chaque sujet, on discerne un squelette, ou plutôt un cadavre blanchâtre, animé, qui entraîne un personnage. Voilà, sans aucun doute, le plus curieux détail du tableau (1).

Plusieurs historiens, depuis, ont admis que la Danse Macabre des Innocents n'avait consisté qu'en un spectacle, en un *mystère* ou *moralité,* jouée sur un échafaud ou sous une baraque établie au milieu du cimetière, par des personnages en chair et en os. Ils supposent que les Anglais, alors nos maîtres, avaient importé de leur pays ce genre de parade pieuse. Je ne récuse pas le

---

(1) Le premier quatrain de l'inscription exprimait les réclamations de la victime ; le second, la réplique inflexible et souvent moqueuse de la Mort. Les plus anciennes éditions de *la Danse Macabre,* publiées à Paris, en français, avec figures sur bois, sont de 1485 et 1486. Je pense que ces figures offraient une reproduction, plus ou moins fidèle, des fresques du cimetière des Innocents et de leurs inscriptions.

fait; je ne nierai même pas qu'un individu fort maigre, poëte, ménétrier ou *acteur forain*, nommé ou surnommé Macabre, n'ait pu jouer le principal rôle sur ce théâtre étrange, où la Mort gourmandait, raillait et entraînait vers l'abîme chaque membre de la société, depuis le pape jusqu'au mendiant. Si le clergé, comme on l'assure, s'est élevé en effet contre ces représentations d'une sauvage énergie, c'est sans doute parce qu'il n'était pas épargné dans cette vivante satire du néant de la race humaine. Cette satire a pu être mise en action, mais à coup sûr la peinture a existé; probablement même elle a précédé et inspiré les représentations vivantes.

On a souvent cité cette phrase du *Journal de Paris sous Charles VI et VII* : « Item, l'an 1424, fut *faicte* la Danse *maratre* « aux Innocens, et fut commencée environ le moys d'aoust et « achevée en Karesme ensuyvant. » Le mot *marâtre*, soit dit en passant, offre un sens qu'on pourrait à la rigueur expliquer; mais partout ailleurs on lit *macabre* sur ce même *Journal*, comme aussi sur les titres des plus anciens livres imprimés sur cette matière.

L'expression *fut faicte* est, convenons-en, fort amphibologique. Pour moi, je l'interpréterai de préférence par : *fut commencée*, ou *achevée*, à titre de *peinture*. Si l'on admet qu'il s'agit d'un spectacle, on avouera qu'il a duré bien longtemps (et encore pendant les rigueurs de l'hiver!), en dépit des vives protestations du clergé, qui alors avait, ce me semble, une grande puissance. Dans l'hypothèse contraire, l'espace de temps annoncé pour l'achèvement des fresques (dont j'ignore le nombre) paraît fort raisonnable. Je crois donc que cette série de sujets funèbres (d'origine française ou étrangère) a été commencée ou achevée en 1424. Mais, dans cette hypothèse, comment nous expliquer une phrase citée plus haut (page 344, t. II de la *Revue*), où il s'agit d'un poëte Marcade, et de tableaux de la Danse des Morts, exécutés sous Charles V, c'est-à-dire avant 1380? Y a-t-il quelque méprise dans ce texte que cite M. Langlois? Je l'ignore, mais je suis porté à le croire. Ces fresques n'auraient pas été peintes sous une galerie, si cette galerie ne fut commencée qu'en 1399, mais sur l'ancienne muraille même de Philippe-Auguste, en plein air; c'est assez peu vraisemblable. Ensuite, on peut objecter que le millésime 1399, gravé sur une plaque, annonçait la *fin* de la con-

2

struction de la galerie et non le commencement, qui pouvait remonter à une époque bien antérieure, en ces temps où l'on bâtissait avec une lenteur excessive.

Guillebert de Metz (1), qui écrivait avant 1432, dit, à propos des Charniers des Innocents : « Illec sont paintures notables de « la *danse macabre* et aultres, auec escriptures pour esmouuoir « les gens à déuotion. » Nous avons déjà parlé, d'après le *Journal* ci-dessus cité, d'un cordelier nommé Frère Richart. Il vint prêcher chaque matin au cimetière, dans le courant d'avril 1429. Il se tenait sur un échafaud, « le dos tourné vers les Charniers, « encontre la Charonnerie (rue de la Ferronnerie), à l'endroit de « la *Dance macabre*. »

Notre tableau atteste que les fresques existaient encore sous Charles IX, quoique Corrozet, Bonfons, Du Breul et Malingre n'en parlent pas. Ils regardaient sans doute ces peintures, probablement fort grossières, comme indignes d'occuper l'attention du lecteur (2). Mais je suis étonné que Sauval, qui écrivait vers 1650, avant la reconstruction de la galerie du sud, n'en fasse aucune mention. Quant au silence de Brice, Le Maire et autres, il s'explique : ces historiens écrivaient sans doute postérieurement à la destruction de ces peintures.

Le nom *Macabre* est-il celui, altéré, du poëte parisien *Marcade?* je ne le pense pas. Selon quelques bibliographes, il appartiendrait à un poëte allemand (*Macaber, Macabrus* en latin), inventeur d'une poésie funèbre et fantastique, sous forme de dialogues, entre la Mort et les divers personnages de l'échelle sociale. On a signalé une édition latine de la Danse des Morts (1490), dont le titre semble désigner le nom de Macabre comme un nom propre : *Chorea ex eximio* Macabro *versibus edita à* P. *Desrey.*

D'autres l'ont regardé comme celui d'un magicien, d'un méné-

---

(1) Historiographe de Paris, dont j'ai, en 1845, signalé quelques passages. Son manuscrit se trouve à Bruxelles (*Bibl. des ducs de Bourgogne.* n° 9564 du catalogue imprimé). M. Leroux de Lincy vient de publier le manuscrit complet.

(2) J'ai lu, je ne sais plus dans quel ouvrage moderne, que la Danse Macabre du cimetière des Innocents pourrait bien avoir consisté dans une suite de bas-reliefs, comme on en voit un échantillon dans le cimetière de Dresde. Cette hypothèse n'est plus admissible. Le bas-relief de Dresde, que j'ai vu en 1845, se compose de trente personnages, divisés en deux séries, précédées chacune d'une image de la Mort. Cette sculpture remonte à l'an 1500 ou environ.

trier, ou d'un acteur *forain,* pour m'exprimer en style moderne. On a aussi émis l'opinion que ce mot est un adjectif, dérivant de *macer,* maigre, squelette. Le savant bibliothécaire Van Praet lui attribuait pour origine le mot altéré de *Magbarah* ou *Magabir,* qui en arabe signifie : cimetière. Qu'on choisisse! *Adhùc sub judice lis est.*

Occupons-nous maintenant du sol du cimetière et de ses monuments. Un gazon chétif et flétri fait verdoyer çà et là le terrain funèbre ; mais nulle part une fleur ni un arbuste, pas même une branche de la miraculeuse aubépine que vint y visiter Charles IX, si l'on en croit N. Bonfons, le jour de la Saint-Barthélemy.

J'ai plusieurs fois en passant cité la tour octogone, nommée, dans les *Recueils d'épitaphes*, *tour du Milieu*, et aussi *tour de Notre-Dame-de-Pitié. .*Plusieurs auteurs l'appellent aussi *tour Notre-Dame-des* (ou *du*)-*Bois.* La première dénomination est assez impropre, car cette tour ne se trouvait à peu près au milieu du cimetière que par rapport à sa longueur; dans l'autre sens, elle a toujours été plus voisine de la galerie du sud que de celle du nord, notamment depuis l'élargissement de la rue de la Ferronnerie, aux dépens du sol du cimetière. Le dernier nom provient d'une statue de la Vierge, qui ornait une de ses faces depuis plusieurs siècles(1). On voit figurer cette statue sur un dessin exécuté vers 1785 et lithographié dans le recueil de M. Albert Lenoir; elle est adossée à la tour, sous un dais de pierre assez richement sculpté et protégé par un large auvent. Le nom de *Notre-Dame-de-Pitié* doit s'appliquer à la même sculpture.

La tour octogone, construite de petits cubes de pierre, se composait d'un rez-de-chaussée mesurant environ deux toises de diamètre, entre deux faces opposées. Un étage plus étroit s'élevait sur le rez-de-chaussée et portait sur sa plate-forme (à laquelle conduisait, à l'intérieur, un petit escalier à vis) une lanterne ou portique à huit arcades, d'un diamètre encore moindre. Cette lanterne, octogone comme la tour, était coiffée d'un toit de pierre en pointe, garni de tores sur les arêtes que formaient

(1) Cette *madone* sculptée, qui aurait donné son surnom à la tour, provenait, je crois, de l'église Sainte-Opportune, où elle était vénérée sous le nom de *Notre-Dame des Bois.* Peut-être, au contraire, la tour s'appela-t-elle, dans l'origine, *tour du* (ou *des*) *Bois,* à cause de sa proximité du lieu où était jadis une chapelle isolée, bâtie dans un bois, et que remplaça Sainte-Opportune.

ses huit pentes, et terminé par un bouquet ou fleuron de pierre, que surmontait une croix. Au xviiie siècle, le rez-de-chaussée, enterré, assure-t-on, de sept ou huit pieds, par suite de l'exhaussement successif du terrain, ressemblait à un soubassement. La hauteur totale de l'édifice, du sol du cimetière à la croix, était évaluée à quatorze ou quinze mètres.

Quelques détails de la lanterne peuvent révéler aux archéologues la date approximative de sa construction : d'abord, deux cordons de moulures dentelées, en usage aux xiie et xiiie siècles; ensuite la forme des arcades. Sur quelques anciennes estampes, ainsi que sur notre tableau, le détail de cette forme a été négligé, et les arcs offrent plutôt des pleins-cintres que des ogives (1). Mais le dessin, probablement fort exact, publié par M. Albert, atteste que ces arcades étaient ogivales. L'abbé Lebeuf, le premier peut-être, en avait fait la remarque : « Les *cintres*, dit-il, sont « *un peu pointus.* » A nos yeux, la question est résolue : la tour fut élevée sur le sol de Champeaux en même temps que l'église, ou un peu avant; peut-être même seulement en 1186, époque où Philippe-Auguste fit clore de murs le cimetière.

Les anciens historiographes de Paris, auxquels échappait le caractère architectonique de la lanterne, y ont vu, comme de Montfaucon, un phare bâti sous la domination romaine, pour éclairer un *bois* ou la navigation de la Seine. La méprise aujourd'hui est évidente : c'était, comme l'a soupçonné l'abbé Lebeuf et confirmé M. de Caumont, un *fanal de cimetière* (2), comme il en reste plusieurs échantillons en France, par exemple, à Bayeux, dans une rue voisine de la cathédrale. Sur la plate-forme, entre les huit ouvertures, on allumait le soir une lanterne ou un feu de résine, qui brûlait en l'honneur des morts.

Sur notre tableau on ne voit pas l'effigie de la Vierge, adossée à la tour; sans doute, elle regardait la façade de l'église; elle se trouve donc cachée derrière le côté de la tour qui est sous nos

---

(1) Dom Bernard de Montfaucon, dans ses *Antiquitez expliquées* (t. IV du supplément), a fait graver un dessin de cette tour, qu'il classe parmi les *phares* de l'époque romaine. Les arcades très-étroites de la lanterne sont à plein-cintre, mais autour de l'arc règne une moulure qui forme au-dessus une pointe en accolade.

(2) Voir quelques détails sur ces *lanternes des morts,* dans la chronique de la 10e livraison de la *Revue,* p. 320, t. II.

yeux. On remarque seulement, sur une de ses faces, deux inscriptions sur des tablettes, et quelques étroites ouvertures rectilignes, destinées à éclairer l'escalier à vis. On ne voit pas, à cause de la position de la tour, la porte basse qui donnait accès à cet escalier.

La lanterne de la tour octogone a pu, à une certaine époque, servir de guérite à un crieur de nuit, qui, placé sous le petit dôme conique, annonçait, de ce poste, l'heure aux passants et les avertissait de prier pour les trépassés. Cette opinion est d'autant plus admissible qu'en 1411 la confrérie des *Crieurs de nuit* fut établie dans l'église des Innocents. M. Paul Lacroix nous apprend qu'on appelait quelquefois la tour le *petit guifs,* mot qui signifie, je pense, *guet* ou *guérite.*

Je reproduirai ici la singulière tradition rapportée, au sujet de cette tour, par Guillebert de Metz (cité plus haut). En ce cimetière « est une tournelle en lieu d'ung tombel, où il y a une ymage de « Nostre-Dame entaillée de pierre moult bien faicte, delaquele « tournelle *l'en dit* que ung home fist faire sur sa sepulture, pour- « ce qu'il s'estoit vanté en son viuant que les *chiens* ne pisseroient « point sur son sepulcre. » Ce *dit-on* populaire semble attester que, vers 1430 comme encore sous Charles IX, les chiens avaient leur entrée libre dans le grand cimetière de Paris.

Devant la façade de l'église, à environ 32 mètres, et à 20 à peu près de la galerie du nord, s'élevait au milieu des tombes une chaire ou tribune isolée. C'est cet édifice que les Recueils d'épitaphes nomment *l'absoute* et *preschoir-aux-absoutes ,* du haut duquel on donnait au peuple l'absolution le Jeudi saint. Le rez-de-chaussée de cet édifice avait environ trois mètres de côté et à peu près la même mesure en hauteur. Ses murs étaient formés d'assises d'assez grosses pierres. Du côté de l'occident (d'après notre tableau) une entaille permettait de parvenir à la plate-forme, à l'aide d'un escalier extérieur de huit marches. Vers le sud, une petite porte communiquait à une sorte de caveau ou de salle basse, à laquelle la plate-forme servait de plafond. Cette plate-forme était bordée d'un mur à hauteur d'appui, à chaque angle duquel s'élevait une colonne de pierre, assez courte, dont le chapiteau était orné peut-être de feuilles enroulées. Les quatre colonnes soutenaient la charpente d'un comble à quatre pentes, d'une forme très-élevée, et couvert d'ardoises. La pointe aiguë du toit était couronnée par un fleuron (en plomb, je le suppose), que surmontait une croix de fer.

Une lithographie de la *Statistique monum. de Paris* représente ce monument très-détaillé et tel qu'il était vers 1780. L'entre-colonnement est comblé au moyen d'un mur de briques crépies, fort délabré. Mais, en 1570 et encore sous Louis XIV, l'édifice ressemblait à un pavillon ouvert des quatre côtés. Sa construction est peut-être contemporaine de l'époque où l'on commença les galeries. Si les ornements des chapiteaux étaient plus nettement accusés, on saurait au juste à quoi s'en tenir à cet égard.

Il serait difficile d'indiquer avec précision le nombre de croix de pierre et de tombes de toutes formes, qui s'élevaient sur la sur-face du cimetière. Sur notre tableau on compte quatre hautes croix, de style gothique, dont deux, assez espacées entre elles, se dressent devant la façade de l'église. Il en existait quelques autres (vers l'extrémité ouest) qu'on ne peut voir ici, car elles avoisinaient les chapelles de Villeroy-Neuville et de Pommereux, auxquelles le spectateur tourne le dos. La plupart de ces croix signalaient des sépultures, comme les autres tombes, et leurs soubassements, plus ou moins richement décorés d'ornements de style ogival, portaient une ou plusieurs inscriptions.

Entre le porche qui précède la façade principale de l'église et le prêchoir, non loin .de la galerie du nord, on reconnaît, à sa taille élevée, la croix de la famille *Bureau,* une des plus remar-quables, dont j'ai déjà parlé. Sa tige, comme celles de deux ou trois autres, était, en cinq endroits, *annelée,* c'est-à-dire divisée par des renflements ou bourrelets, qui lui donnaient un peu l'ap-parence d'un bambou. Devant la galerie orientale (côté de la rue Saint-Denis), on en voit une plus petite et de même style, dont la tige de fer ou de cuivre est toute dorée. Entre cette croix et les arcades voisines est une tombe levée, brodée de sculptures à jour. Cette tombe, lithographiée par M. Albert Lenoir, avec tous ses détails, consistait en un socle que surmontait un crucifix de pierre enchâssé dans des ornements de style flamboyant. Je pense que, dans son texte, M. Lenoir nous donnera les noms de toutes les tombes qu'il a reproduites. Celle-ci indique peut-être la sépul-ture de Guillaume le Maçon, mort en 1486 (1).

(1) Je possède trois estampes gravées, je crois, sous Louis XVI, et provenant

La plus riche de toutes ces croix, mais aussi la plus moderne, était la croix *Gastine* dont j'ai parlé plus haut (note de la page 346, t. II). Elle ne figure pas sur notre tableau, non qu'elle soit cachée par la tour octogone, mais simplement parce que la peinture est antérieure à l'année 1571, année où cette croix fut transportée au cimetière et placée entre la galerie de l'est et la tour.

On compte, sur le tableau, sept tombes levées, y compris celle que je viens de décrire. Ces pierres plates, posées de champ sur le sol, ont toutes leur sommet de forme ogivale. Le milieu de la pierre porte des inscriptions, quelquefois accompagnées d'armoiries, et le contour est orné de moulures. La pointe de l'ogive est toujours surmontée d'une croix de pierre ou de métal, ornée à ses extrémités, et quelquefois au point d'intersection des deux branches. Une d'elles est enchâssée dans une sorte de cadre en losange qui en protége les branches contre la pluie.

On compte dix-neuf tombes plates, ou posées horizontalement, élevées au-dessus du sol sur un cube de maçonnerie massive, ou sur quatre supports de formes plus ou moins élégantes. Sur le plat de quelques-unes, apparaissent en raccourci des effigies couchées, sculptées en creux ou en très-faible relief.

Les personnages qui animent le tableau n'en sont pas la partie la moins intéressante : on en compte près de cinquante, disséminés sur divers plans, outre deux groupes, l'un de dix personnes, l'autre dix fois plus considérable. De plus, on distingue sept chiens, dont l'un ramasse un des ossements dont le sol est jonché près des fosses ouvertes. Quelques seigneurs et bourgeois sont vêtus de manteaux assez longs, et coiffés de toques. Les uns traversent le cimetière, d'autres sont arrêtés et conversent, deux ou trois ensemble. Quelques femmes en deuil, portant des capes noires, cherchent des sépultures, ou sont agenouillées devant des tombes. On y remarque plusieurs femmes du peuple, dont l'une porte un éventaire; une autre, un vase à deux anses posé sur sa tête; une troisième, deux seaux suspendus aux extrémités d'un bâton qui pèse sur son épaule. Sur la gauche, un écrivain public, appuyé sur une tombe-plate exhaussée, dont il s'est fait un bureau, compose une lettre, sous la dictée de deux femmes, d'une

---

de je ne sais quel recueil. Chacune représente une des croix du cimetière, mais aucun nom ne les désigne.

condition inférieure. Un peu plus près du spectateur, un fossoyeur, à demi engagé dans une fosse, présente un crâne à un grave vieillard, accompagné de deux *jouvenceaux*, dont l'un semble essuyer une larme.

Au premier plan, à gauche, sur un gazon maigre et flétri, se tiennent assis quatre hommes à peu près nus. Sont-ce des *guenaulx* de Rabelais, des *lazzaroni* parisiens, en train d'assainir leurs débris de haillons? Je croirais volontiers qu'il faut y voir quatre fossoyeurs aux membres hâlés, qui se reposent à l'ombre. A l'extrême droite et sur le même plan, est assis sur le sol jaunâtre un mendiant, vu de dos. Il a pour tout vêtement une toile blanchâtre plissée autour de ses reins, et, sur sa tête, un morceau de linge sale, roulé, figure une manière de turban. Il tend sa sébile à un jeune seigneur, qui y laisse tomber une pièce de monnaie.

Le milieu du tableau (toujours au premier plan) est occupé par un groupe d'au moins cent personnages, rassemblés autour d'une fosse où deux agents des inhumations descendent, à l'aide de cordes, un cadavre enveloppé dans un linceul qui en dessine la forme. Les deux hommes ont les bras nus, ainsi que les jambes jusqu'au-dessus du genou. L'un d'eux porte une jaquette d'un rouge éclatant, et sur ses épaules apparaissent deux plaques ou insignes, de la même couleur, assez semblables à deux épaulettes.

Autour de la fosse se tiennent plusieurs membres du clergé en surplis et de nombreux assistants, tous vêtus (même des enfants) de longues robes de bure, noires ou grises, avec des sortes de capuchons relevés ou abaissés sur le visage. Ce costume (ou cape) est porté sans doute par les membres d'une confrérie religieuse dont le mort faisait partie. Dix d'entre eux tiennent des cierges allumés; trois autres, des croix de métal, à hautes tiges; quelques-uns, des livres d'Heures, ouverts. Derrière le groupe principal, se presse une foule de gens, hommes et femmes, qui n'assistent sans doute qu'à titre de curieux à cette cérémonie, dont un prêtre en surplis, placé en avant, semble régler l'ordonnance. Près de la fosse, au-dessus de la tête du défunt, un autre prêtre récite l'office des trépassés. Il y a assez de naturel, de variété et de mouvement dans les poses et la disposition des personnages.

Plus loin, vers la gauche, un autre petit groupe, bien moins compacte, paraît se rattacher à la cérémonie de l'enterrement. On y distingue un prêtre, un confrère en cape et huit personnages coiffés de toques et vêtus de longues robes noires. Sur leur dos et leur poitrine ressortent des plaques d'étoffe rouge-vermillon, en forme d'écussons traversés horizontalement par une bande jaune ou dorée. Est-ce encore les membres d'une confrérie, décorés de leurs insignes? J'y verrais plutôt les porteurs du corps, et ces insignes sont peut-être les armoiries de la personne qu'on enterre. Deux d'entre eux tiennent de la main gauche une petite cloche suspendue à une corde. Cet attribut distinguait, sous Louis XIV encore, les *jurés-crieurs* des confréries, comme aussi ceux chargés d'annoncer les ventes publiques, ou de proclamer les ordonnances du lieutenant de Police et des prévôts.

A. Bonnardot.

(La suite à un prochain numéro.)

ANTOINE PESNE,

PEINTRE FRANÇAIS (1).

Antoine Pesne naquit à Paris en 1683. Il reçut de son père, Thomas Pesne, portraitiste et frère du célèbre graveur Jean-Thomas Pesne, les premières leçons, et devint ensuite élève de Charles de la Fosse, son oncle maternel. En 1706, il alla en Italie, à Rome d'abord pour y étudier les œuvres des grands maîtres du XVIᵉ siècle ; puis, à Naples, et de là à Venise où il travailla beaucoup d'après le Titien et le Giorgione. Il se lia à Venise avec Celesti, très-excellent peintre de portraits, des préceptes duquel il profita beaucoup ; et en étudiant les maîtres vénitiens, il développa toutes ses grandes qualités de coloriste (2).

Sa réputation commençait à s'établir. Il avait fait, en 1707, à Venise, le portrait du baron de Kniphausen, qui, de retour à Berlin, montra ce tableau au roi de Prusse, auquel il plut tant, que le roi appela Pesne à son service en 1710 (3). Avant de se rendre à Berlin, Pesne alla d'abord à Rome, pour y épouser la fille du peintre de fleurs, J. B. Gayot-Dubuisson, avec lequel il vint plus tard en Prusse ; et comme il voulait devenir membre de l'Académie royale de Peinture de Paris, il peignit à Rome le portrait du directeur de l'Académie de France, N. Vleughels. Ce portrait réussit parfaitement et Vleughels l'envoya à Paris à l'Académie, qui n'hésita pas à s'adjoindre l'auteur de cette peinture (4).

Pesne se rendit alors à Berlin où il eut commandes sur commandes, non-seulement de la cour, mais encore des grands personnages du royaume. Il était de bon ton, à cette époque, de faire faire son portrait par un artiste français (5), et Pesne devint le peintre à la mode.

---

(1) Nous extrayons cette biographie de la seconde édition des *Artistes français à l'étranger*, qui paraîtra prochainement.

(2) *D'Argens*, p. 227.

(3) *Description de Berlin*, par *Nicolaï*, p. 589.

(4) *Nagler*. — Ce portrait est aujourd'hui au Musée de Versailles.

(5) *Nagler*.

ICONOGRAPHIE DU VIEUX PARIS.

(suite) (1).

LE PALAIS DE LA CITÉ, ETC., SOUS CHARLES IX. — On voit au rez-de-chaussée du *Musée de Versailles*, sous le n° 769, une peinture sur toile, enchâssée avec d'autres plus modernes dans les boiseries de la salle. Au bas on lit : *Vue de Paris, prise de la pointe de la Cité, vers* 1556. « Cette peinture, dit M. Eud. Soulié (*Notice « du Musée de Versailles,* 1854), offre la disposition d'un pont qui « devait être bâti sur l'emplacement où se trouve aujourd'hui le « Pont-Neuf et dont les habitants du faubourg Saint-Germain... « avaient demandé l'établissement en 1556. Au delà de ce pont « projeté se trouve le palais de la Cité... On distingue la Sainte- « Chapelle avec sa flèche, les tours de Notre-Dame et le pont « *Notre-Dame* construit en *bois.* »

La première idée du Pont-Neuf remonte en effet à l'an 1556 (2), mais le tableau est fort probablement postérieur à cette date. Les costumes des petits personnages, leurs toques, leurs collerettes et leurs manteaux nous signalent l'époque de Charles IX, ou même celle de son successeur. La première pierre du Pont-Neuf fut posée à la fin de mai 1578 ; l'exécution du tableau a certainement précédé la date de cette cérémonie ; c'est tout ce que je puis affirmer. Il a tourné au noir, et un ton verdâtre, peu agréable à l'œil, domine dans sa teinte générale. Il a de long environ 133 centimètres sur 90 de haut. Il ne porte ni signature ni monogramme, et l'on ignore sa provenance. Il a été transporté où il est, dès la formation du Musée en 1833.

Ce tableau offre un assez curieux reflet des principaux quais de Paris vers la fin du XVIᵉ siècle. La partie la plus soignée, mais

---

(1) Voir les livraisons du 15 janvier, du 15 février et du 15 avril 1856.

(2) Un rare volume in-8°, imprimé à Paris (vers 1556) a pour titre : *Dicœar- chiæ Henrici regis... Progymnasmata.* Il se compose d'une longue suite d'arrêts fictifs, que l'auteur (qui fut interdit comme fou), Raoul Spifame, suppose signés du roi Henri II. Le 291ᵉ arrêt ordonne la construction d'un pont, à l'endroit même où, en 1578, fut commencé le Pont-Neuf.

pour nous la moins intéressante, c'est le modèle du pont projeté.
A chacune de ses extrémités s'élève un arc de triomphe surmonté
d'un fronton triangulaire et de statues. Vers le milieu figure, sur
un terre-plein, un grand pavillon, une sorte de *châtelet*, dans le
même goût que les arcs de triomphe. A l'endroit des piles se dressent des obélisques.

Le style de ces divers bâtiments rappelle les projets d'édifices
gravés dans l'œuvre de Du Cerceau, et il ne serait pas impossible
que cet architecte, qui commença le Pont-Neuf actuel, eût lui-
même fait peindre d'après un de ses *dessins* le tableau qui nous
occupe. En tout cas le plan adopté fut, par économie sans doute,
beaucoup plus simple et mieux approprié aux besoins de la circulation, déjà fort active à Paris sous Henri III.

Ce qui pour nous a le plus de valeur, c'est la représentation
réelle des quais, des ponts et de la Cité de Paris, vus du point où
est aujourd'hui le pont des Arts ; malheureusement le sujet n'est
pas traité avec tout le fini désirable. On y reconnaît beaucoup de
monuments, assez bien placés selon leurs distances respectives,
mais les détails en sont négligés ou mal rendus ; ou plutôt, on
n'aperçoit que des masses confuses. D'ailleurs la teinte en est si
obscure, que les détails, s'il en existait, ne seraient guère appréciables, d'autant plus que la salle qui renferme cette peinture est assez
mal éclairée. La perspective a été évidemment faussée sur certains points, afin de mieux mettre en évidence toutes les localités
que l'œil pourrait embrasser, dans la longueur du pont projeté.
C'est une licence que se permettaient les anciens dessinateurs
d'architecture ; ils donnaient volontiers à leurs tableaux plusieurs
points de perspective, d'où résultaient dans l'espacement des dis-
proportions choquantes, comme sur les plans de ville dits *à vol
d'oiseau*.

Passons sur ces défauts et sur d'autres que j'omets peut-être,
et promenons-nous sans rancune sur les quais de Charles IX. A
la gauche du tableau, au delà du pont en projet, se développe de
trois quarts le quai de la Mégisserie, suite de pignons en plâtras,
d'une architecture nue et sans caractère. Les dentelures de cette
rangée de pignons obscurs sont dominées par la tour Saint-Jacques-
la-Boucherie, les deux tours de Saint-Jean-en-Grève (dont celle du
nord porte un clocher de pierre), enfin par la toiture et la tour
de Saint-Gervais, tous édifices reconnaissables dans leurs masses,

mais dépourvus de détails et mal placés en perspective ; aussi
M. Pernot, qui a donné de cette peinture une copie partielle, peu
exacte et arrangée à sa manière, en a t-il résolûment déplacé
presque toutes les lignes.

Sur le quai de la Mégisserie circulent plusieurs personnages,
et, comme encore de nos jours, un groupe serré de *badauds*,
accoudés sur les garde-fous, regardent couler la Seine verdâtre.

Sautons à l'autre extrémité du tableau. Là fuit, un peu de profil, la ligne de maisons à pignons qui bordent le quai des Grands-
Augustins. Au premier plan s'élève l'église du couvent de ce nom,
avec ses hautes verrières ogivales, séparées par des intervalles de
pierres, que consolident des contre-forts. De la toiture du chœur,
qui dépasse en hauteur celle de la nef (détail qui s'accorde avec
des vues plus modernes), s'élance une haute flèche semblable à
celle de la chapelle du collége de Lisieux, dont M. Albert Lenoir
a publié le plan.

La flèche des Grands-Augustins fut foudroyée sous Louis XV,
comme l'atteste un dessin au crayon du Cabinet des Estampes
(*Topogr. de Paris*). Elle fut alors abattue, mais on en conserva la
base, sorte de pavillon à arcades trilobées, et on la surmonta d'un
petit toit en forme de cloche : la flèche devint ainsi un simple *campanile*.

Les maisons du quai offrent des surfaces de plâtre d'une nudité
uniforme et sans cachet. L'une d'elles pourtant, au coin de la rue
Pavée, se distingue par une tourelle d'encoignure en encorbellement ; et au coin de la rue des Grands-Augustins, ressort un bâtiment dont le pignon n'est pas tourné vers le quai, et dont la toiture est hérissée de quatre hautes lucarnes. On a voulu rendre
tant bien que mal l'hôtel du prévôt de Paris Nantouillet, dit aussi
l'hôtel d'Hercules, à cause des fresques d'une de ses salles, qui
représentaient les travaux de ce demi-dieu.

Cet hôtel (remplacé depuis par un hôtel de Nemours, abattu
en 1671) est célèbre par une déprédation inouïe, commise
en 1573, au préjudice du prévôt, par le roi de France Charles IX,
en compagnie du roi de Pologne (récemment élu et qui devint
Henri III), et du roi de Navarre, depuis Henri IV. Cette anecdote,
citée avec empressement par Dulaure, et fort peu croyable, à mon
avis, est tirée je ne sais de quels mémoires.

Près et en retour d'équerre du pont Saint-Michel, est un groupe de maisons, qui forment un des rangs de la rue de Hurepoix et qui ont leurs bases au-dessous du niveau de la Seine. Près de ce groupe un escalier descend à la rivière ; il existe encore sur plusieurs estampes du siècle dernier.

Au fond du tableau se présentent de face les ponts Saint-Michel et aux Meuniers. Le premier, qui enjambe le petit bras du fleuve, et qu'on voit presque en entier, au moyen d'une perspective un peu forcée, était alors construit en charpentes et chargé de maisons de bois, crépies de plâtre. Il fut rebâti de pierre, ainsi que ses maisons, au commencement du siècle suivant. Il offre ici une ligne de neuf ou dix pignons au-dessus desquels apparaissent les combles des maisons établies sur le Petit-Pont.

Le pont aux Meuniers traversait le grand bras de la Seine presque côte à côte avec le pont au Change, son voisin. Son extrémité sud aboutissait sur le quai, entre la tour carrée dite de l'Horloge et les deux vieilles tours jumelles de la Conciergerie, qu'on reprend en sous-œuvre en ce moment.

Sur notre tableau, ce pont, construit de bois, supporte une douzaine de maisons de plâtras qui présentent presque toutes leurs pignons de face. Sous la plupart des arches tournent des roues de moulins. Ces maisons basses sont dominées par les toits de celles du pont au Change, également construit en bois à cette époque. Quant au pont Notre-Dame, bâti de pierre ainsi que ses maisons, et achevé depuis 1512, il ne peut s'apercevoir. C'est par erreur que dans sa *Notice* M. Soulié en a mentionné la présence : il n'a pas réfléchi que les ponts au Change et aux Meuniers devaient en masquer la vue.

Cette représentation du pont aux Meuniers serait plus intéressante si l'aspect de ses habitations était moins confus et présentait d'autres détails que quelques fenêtres carrées, percées sans symétrie. Quand M. Pernot, il y a une vingtaine d'années, fit lithographier une portion de ce tableau (que M. Gavard, je ne sais pourquoi, ne jugea pas à propos de reproduire au diagraphe), il trouva ces maisons bien sèches et bien nues, et crut devoir en relever le style par l'addition de *pittoresques* détails qui manquent à l'original. Il substitua, selon son habitude, à la réalité son imagination fort sujette aux anachronismes. Chaque pignon est enjolivé d'un arc gothique et le pont d'une balustrade de bois à losanges. J'ignore s'il a trouvé quelque part le modèle de cet

appendice au tableau ; il devait en tout cas exister, d'un côté de
ce pont, qui appartenait à des particuliers, une sorte de barrière,
car on y avait ménagé un passage public pour les piétons, dans
le but de diminuer l'encombrement continuel du pont au Change.

Si M. Pernot avait tenu à s'adresser aux archéologues, il n'a-
vait qu'un système à suivre : donner de son modèle un *fac-simile*
le plus exact possible ; mais il voulait toujours rectifier, interpréter, et, dans son zèle mal éclairé, il n'a réussi qu'à fausser les
documents iconographiques, même ceux les plus connus, par
exemple les eaux-fortes de Silvestre.

Le pont aux Meuniers du tableau de Versailles ne ressemble
guère à celui représenté dans le *Paris ancien* de M. de Mauperché, « d'après un dessin, dit l'auteur, que fit faire en 1578 Nicolas
« Houel, alors Intendant des Arts de Catherine de Médicis. »

Je n'ai pu retrouver ce dessin, que Mauperché assure être au
Cabinet des Estampes, sous le nº P. D. 28. Le pont s'y développe
de trois quarts, et les maisons qu'il porte (sauf deux, plus en saillie
que les autres sur le fleuve, à l'extrémité méridionale) n'ont pas
leurs pignons tournés vers l'ouest. Au premier plan, à l'entrée du
pont se présente un pavillon de pierre, qui s'étend en partie sur le
quai de la Mégisserie. Sur le tableau, au même endroit existe un
bâtiment analogue, mais on n'en peut distinguer les détails.

Sur tous les plans de Paris dessinés ou gravés au xvie siècle, le
pont aux Meuniers est vu de face et ressemble à celui du tableau.
Il figure de même sur une petite estampe (sur bois) intercalée
dans le texte d'un recueil d'ordonnances relatives à la navigation
de la Seine, recueil imprimé en caractères gothiques vers 1500.

Il restait encore, il y a vingt ans, sur la Loire et sur la Seine,
plus d'un vieux pont de bois, dont les masures destinées à loger
des meuniers, pouvaient donner une idée de celui construit à Paris
pour le même usage.

Revenons au dessin cité et reproduit par Mauperché. Il peut
avoir été exécuté en 1578, mais beaucoup de dessins analogues
et de la même époque sont tracés plutôt de souvenir que d'après
nature ; d'ailleurs celui-ci n'offre peut-être qu'un projet de reconstruction.

Notons en passant l'embarras où se trouve l'antiquaire, quand,
essayant de rétablir le portrait de tel personnage ou de tel édifice
qui n'existe plus depuis longtemps, il rencontre plusieurs monu-

ments contemporains qui ne s'accordent pas. Il lui faut alors recourir à une longue dissertation pour établir la vérité ou seulement une hypothèse vraisemblable. Dans le cas présent, je suis
d'avis qu'une peinture, exigeant un assez long travail d'exécution, et ayant pour but de faire ressortir l'effet du nouveau pont,
par rapport aux localités voisines, doit avoir pour base une
esquisse d'après nature; aussi m'inspire-t-elle plus de confiance
que le dessin de Mauperché, qui a contre lui cinq ou six témoignages iconographiques contemporains.

Le vieux pont aux Meuniers, emporté en décembre 1596 par
une inondation, fut remplacé par un autre également de bois,
chargé de maisons uniformes, ayant chacune sa boutique, et au-
dessus pour enseigne un oiseau peint : ce qui lui fit donner le nom
de pont aux Oiseaux. Il portait aussi celui de pont *Marchand* (ou
Marchant, comme écrit Du Breul), du nom de son constructeur.
Achevé en 1609, il fut, douze ans plus tard (1621), incendié ainsi
que son voisin le pont au Change. Ce dernier seul fut reconstruit
où nous le voyons encore, mais de pierre cette fois et assez large
pour la circulation, bien qu'il fût toujours chargé de hautes maisons, démolies vers la fin du dernier siècle.

Le point le plus intéressant du tableau, c'est la portion de la Cité
qui se terminait en cône, vers l'endroit où passe la rue du Harlay.
Si son terrain se prolonge maintenant jusqu'au terre-plein du
Pont-Neuf, cet accroissement est dû à la réunion de plusieurs
îlots. On combla de gravois les petits bras de rivière qui les iso-
laient, et l'ensemble de leurs surfaces est aujourd'hui représenté
par la place Dauphine et le terre-plein.

Cette peinture serait assurément plus curieuse si, au lieu du
projet de pont qui traverse le premier plan, elle laissait apercevoir les îlots, avec leur forme primitive, celle même qu'ils affec-
taient au temps de Jules César. Il n'est guère possible de se
rendre compte au juste de leur nombre, de leurs limites, ni surtout des noms particuliers assignés à chacun d'eux. Selon les
anciens documents, il n'y avait que deux îles, et il existe sept
noms qui s'y appliquent. Comment les distribuer? Je suis tenté
d'imiter l'individu, peu expert sur l'article *ponctuation*, qui tra-
çait à la fin de sa lettre deux lignes de points et de virgules, laissant à son lecteur le soin de les placer.

Les plans de Paris antérieurs à 1578 représentent à la pointe de la Cité deux îles seulement. Est-c e entre elles deux qu'il faut partager les sept noms, dont aucun n'est inscrit sur ces plans? Les basses eaux n'en découvraient-elles pas une ou deux autres qui réclament leur part?

Une seule, au reste, est célèbre dans l'histoire parisienne : celle où furent brûlés vifs Jacques Molay, Grand-maître des Templiers, et Guy, commandeur de Normandie. Elle était vraisemblablement une dépendance des jardins de Philippe le Bel, qui avait fait reconstruire le palais et y avait fixé sa résidence. Il choisit, je le suppose, une de *ses* îles comme lieu de *Justice* (mot singulier à propos d'une pareille iniquité!) pour faire sentir que la condamnation des Templiers était une initiative personnelle de son autorité royale.

Selon d'anciennes chroniques, l'île où fut supplicié Jacques Molay était la plus méridionale, c'est-à-dire celle la plus rapprochée des Grands-Augustins. Elle s'appelait *l'île-aux-Juifs*, peut-être parce que le roi spoliateur y avait déjà fait exécuter plusieurs victimes, sous prétexte de religion. Dulaure croit que c'est à la même que s'applique la désignation de *île-aux-Treilles* (sans doute à cause d'un jardin établi sur sa surface) et aussi celle de *île-aux-Vaches* ou *du Passeur-aux-Vaches* (1). En tout cas, cette île aux Vaches ne doit pas être confondue avec celle du même nom, qui formait la portion orientale de l'île actuelle Saint-Louis, à l'époque où un canal la partageait en deux.

La seconde île de la pointe de la Cité bordait au nord le grand bras de la Seine. On lui attribue quatre noms : île-*aux-Vaches*, île *Bureau* ou *au Bureau* (en 1462 elle était la propriété de Hugues Bureau); île *de la Gourdaine*, nom qui, selon Dulaure, signifie *bac* ou *bachot*. Ce dernier nom lui appartenait sans aucun doute, puisqu'il désignait aussi un moulin contigu, dont je vais parler ci-après. Dulaure admet que le nom de *la Gourdaine* peut avoir appartenu à l'île méridionale, dite *aux Juifs* : c'est fort probablement une erreur. La Tynna avance que l'île à la Gourdaine s'appelait aussi *du Patriarche*. Enfin Dulaure lui attribue encore le nom de *île de Buci*, à cause de sa proximité d'un moulin de Buci, le même, je pense, que celui dit *de la Monnoie* ou *de la Gourdaine*.

Bien qu'on ne voie pas sur le tableau les îles de la pointe,

_____

(1) Cette désignation est celle adoptée par Victor Hugo, dans son roman de *Notre-Dame de Paris*.

puisqu'elles sont supposées réunies et former le terre-plein du
Pont-Neuf, néanmoins on distingue nettement la forme conique
de l'extrémité occidentale de l'antique Cité, et le mur crénelé qui
ceignait le palais de Philippe le Bel. Ce mur, fortifié çà et là de
quelques tours, renfermait plusieurs cours ou préaux et de nombreux bâtiments assez irréguliers, dont plusieurs subsistent encore,
soudés à des constructions plus ou moins modernes.

Dans l'espace angulaire formé par la convergence vers l'ouest
des murs de clôture, il exista, jusqu'à la construction sous Henri IV
de la place Dauphine, un assez vaste jardin, dont on voit ici les
touffes d'arbres verdoyer au-dessus des créneaux. Sur les plans
de Paris du XVIe siècle, il paraît divisé en plusieurs compartiments
par des berceaux, et on le nomme *les Iardins du Roy*.

Sur le quai actuel des Orfévres, au coin de la rue de Jérusalem,
on peut reconnaître une des tours qui fortifiaient la muraille de
clôture. Si l'on s'en rapporte à une médiocre estampe de Nicolas
Berey, que je signalerai en son lieu, une grande portion du mur
crénelé tenait encore à cette tour vers 1650 (1).

Le peintre a placé avec assez d'exactitude : la tour carrée de
l'Horloge, dont on n'aperçoit que le sommet ou campanile, les
deux tours contiguës du quai du même nom, celle à parapet crénelé, située plus à l'ouest, le double pignon de la Grand'Salle, reconstruite après l'incendie de 1618, enfin les toits coniques des
tourelles qui fortifiaient les deux portes orientales du Palais.

On y distingue aussi, dans la cour de la Conciergerie, la haute
tour cylindrique, dite de *Montgommery*, depuis l'époque où le
meurtrier involontaire de Henri II y fut détenu. Elle fut abattue
peu de temps après l'incendie de la vieille Conciergerie (janvier 1776); j'en signalerai un jour deux dessins particuliers. On
reconnaît également un donjon carré et crénelé, qui subsiste toujours (ainsi que d'autres anciens bâtiments) dans l'étroite cour
ou passage qui, du quai de l'Horloge, mène à la cour de la Prési-
dence, aujourd'hui de la Préfecture de Police.

Au point de réunion des murs du jardin du Roi, au sommet

_____

(1) En réunissant les divers documents fournis par ce tableau, les vieux plans
de Paris et quelques dessins et estampes, que je décrirai par la suite, il serait possible de reconstituer l'ensemble et les détails du Palais de la Cité, tel qu'il était
sous Philippe le Bel, d'autant plus qu'il reste çà et là en nature un assez grand
nombre de ses vieux bâtiments, enclavés dans les constructions modernes.

tronqué du triangle, s'élève de face un bâtiment fort remarquable, puisque, malgré son isolement, il faisait partie de l'ensemble du Palais au xive siècle. Il surplombe sur la muraille de clôture, soutenu par des consoles de pierre ou de bois ; son toit est percé de quelques lucarnes gothiques.

Ce pavillon figure en petit sur tous les anciens plans ; il est fâcheux qu'ici, dessiné beaucoup plus en grand, il n'offre pas plus de détails sur sa surface. Les peintres du xvie siècle ne se doutaient guère qu'au xixe, des antiquaires *nationaux* auraient retrouvé avec un suprême plaisir l'image de ce vieux débris de pierre ! Quelques constructions plus basses, en retour d'équerre avec le bâtiment décrit ci-dessus, s'étendaient le long de la berge dite aujourd'hui le quai de l'Horloge. Cette berge semble être une pelouse, où se promènent plusieurs personnages.

Un autre point qui attire l'attention, c'est un grand moulin hydraulique, établi sur le grand bras de la Seine près de la pointe de la Cité. Il est construit en charpentes, et porté sur deux bateaux, avec une grande roue dans l'intervalle qui les sépare. Ce moulin est tracé sur tous les plans antérieurs à 1578. Sur celui de Belleforest, il est nommé aux renvois « Moulin *de la Monnoye* dict *de la Gourdaine*. » Ce surnom lui venait sans aucun doute du voisinage de l'île dont nous parlions tout à l'heure, et qu'on ne peut confondre avec celle située plus au sud, qui, assure-t-on, fut témoin du supplice de Molay.

Du temps de François Ier, un moulin existait déjà à cet endroit, comme le prouvent les copies du plan dit *de Tapisserie* et celui de G. Braun ; mais servait-il dès cette époque à fabriquer le numéraire ?

Notons d'abord que ce fut toujours aux environs du pont au Change et de la pointe de la Cité, quartier des joailliers et des orfévres, que furent établis tous les bâtiments pour le monnayage. La position des rues de la Monnaie et de la Vieille-Monnaie atteste assez ce que j'avance. De notre temps même, où les industries du même genre, loin de se concentrer en un même lieu, se dispersent sur tous les points, l'Hôtel des Monnaies est toujours voisin du quai des Orfévres, et à une faible distance de l'emplacement de l'île de la Gourdaine.

Il est certain que sous François Ier on fabriquait la monnaie non loin du centre de la capitale. Cependant il est possible que le moulin en question n'ait été que plus tard destiné à cet usage

(à moins qu'il n'en eût existé deux simultanément) ; car il résulte
d'un ancien *Rolle des Acquictz,* conservé aux Archives, et cité par
M. de Laborde dans sa *Renaissance des arts* (addit. au tome 1,
page 947), que François Ier paya vers 1534, en plusieurs fois, à
maistre Mathieu Dalnazar, huit cents livres tournois « à quoy le
« Roy a verballement faict marché avec luy, pour la construction
« et ediffice d'un moulin qui doit estre assis et porté sur basteaulx
« en la riuiere de Seyne pres la poincte du Palays de Paris, pour
« seruir a pollir dyamans, aymerauldes, agattes et aultres espe-
« ces de pierres. » Si cet article, comme il est présumable, s'applique au moulin du tableau qui nous occupe, on en conclura
qu'il ne fut que postérieurement à 1534 destiné à la fabrication
de la monnaie.

M. Gatteaux me faisait, il y a quelques mois, l'honneur de
m'adresser cette question : « Où était situé (à Paris) le *jardin*
« *des Étuves*, dans lequel Henri II fit construire un bâtiment pour
« fabriquer la monnaie *au balancier?* » Je n'ai pu trouver aucun
renseignement sur ce jardin, mais j'ai supposé qu'il devait faire
partie d'un des domaines du roi, où se trouvait d'ordinaire un
bâtiment spécial pour les étuves. Était-ce à l'hôtel des Tournelles,
résidence habituelle de Henri II, que cette construction fut élevée?
Je croirais plutôt que ce fut dans le jardin du Palais, dont un compartiment avait pris ce nom, de sa proximité d'une *salle aux estu-
ves du Roy.*

Revenons au tableau de Versailles. La berge méridionale de la
Cité, élargie depuis et dite : quai des Orfévres, est cachée en partie
derrière le grand pavillon, élevé en projet sur l'emplacement du
terre-plein actuel du Pont-Neuf. Ce qu'on en découvre offre un
espace limité par le mur d'enceinte du Palais et couvert d'une
pelouse où circulent des promeneurs. Une sorte de chaussée élevée,
partant du terre-plein, et se dirigeant vers le pont Saint-Michel,
semble indiquer le projet d'élargissement, exécuté plus tard, du
quai actuel des Orfévres.

A l'horizon surgissent les tours de Notre-Dame, avec leurs longues baies qui se terminent ici en plein-cintre et non en ogive :
négligence commune, je le répète, à tous les anciens peintres ou
miniaturistes. Aux balustres de pierre découpés à jour, qui couronnent les plates-formes des tours, on a substitué une rampe de
fer. La tour septentrionale est à demi masquée par la flèche de la

Sainte-Chapelle, élevée sous Charles V, remplacée, peu après 1630, par une autre de style moderne, qui fut abattue à la fin du dernier siècle, et qu'on vient de reconstruire, autant qu'il a été possible, sur le modèle de celle que nous offre le tableau. Ce clocher obéliscal est orné de crossettes sur ses arêtes, et, vers le milieu de son triangle aigu, accosté de sveltes clochetons de pierre richement fleuronnés, qui s'y relient au moyen de petits arcs-boutants. Cet ensemble, vu de loin, s'accorde assez bien avec une estampe de Jean Boisseau, gravée d'après un dessin antérieur à 1630, laquelle, je pense, a aidé M. Lassus à rétablir la flèche actuelle.

Une longue tige de fer doré, qui a pour base une grosse fleur de lis, surmonte la flèche et se termine par une croix que domine un coq. La façade à pignon de la Sainte-Chapelle n'apparaît pas ici avec tous les délicats ornements qui la décorent, mais la forme en est assez reconnaissable dans son ensemble.

J'ai peu de chose à dire des autres édifices, trop confusément tracés, qu'on aperçoit dans le lointain. Le pittoresque clocher de Saint-Séverin (qui a conservé son ancienne forme, bien qu'il ait subi de nos jours une reconstruction) est ici assez fidèlement rendu, avec son toit d'ardoises élancé en obélisque et couronné par un lanternon. A droite, une tour avec clocher domine les maisons du quai des Grands-Augustins : c'est celle sans doute de Saint-André-des-Arts.

Au résumé, cette peinture, malgré ses imperfections et son manque de menus détails, n'en offre pas moins sur le vieux Paris certains documents qu'on ne trouverait pas ailleurs. Elle mérite certainement d'être reproduite par la gravure, au tiers de sa grandeur. La lithographie de M. Pernot n'en donne qu'une idée incomplète et déformée. Je compte un jour la faire copier et graver, si aucun amateur ne m'a prévenu.

M. de Laborde a cité le peintre flamand Jehan Raf qui, sous François Ier, peignit pour ce roi des vues de villes (1). « Ne pourrait-on lui attribuer ce tableau? » me disait un collègue en recherches iconographiques. Je crois que ce serait à tort. Raf florissait vers 1534; il faudrait reculer beaucoup trop la date du tableau ou admettre que ce peintre a vécu fort longtemps. D'ail-

(1) Je n'ai jamais rencontré de vues de Paris peintes sous François Ier. Peut-être Raf aura-t-il dessiné le modèle du *plan* dit *de Tapisserie*, exécutée, selon l'opinion générale, vers 1540.

leurs, pour se décider, il serait nécessaire d'avoir sous les yeux quelque échantillon de ses œuvres.

DE QUELQUES TABLEAUX DE LA FIN DU XVIᵉ SIÈCLE. — Je n'ai jamais découvert aucuns tableaux, dessins ou estampes du temps, exécutés à Paris, concernant cette infâme conspiration d'un roi contre ses sujets, qu'on nomme la Saint-Barthélemy. L'imprimerie parisienne a osé, dès l'année même du massacre, en flétrir la mémoire, mais les dessinateurs contemporains ont reculé devant un sujet trop pénible à reproduire, ou devant un ordre émané de l'autorité royale. Ce n'est qu'en Allemagne et, je crois, postérieurement à la mort de Charles IX (1594), qu'on a publié sur ce honteux épisode de l'histoire parisienne quelques médiocres eaux-fortes où les chercheurs de renseignements historiques n'ont rien à récolter. Le sujet en effet y est traité tout à fait de fantaisie, portraits et localités. Aux xviiᵉ et xviiiᵉ siècles ont paru en France, en Hollande, et même en Espagne, quelques ouvrages à vignettes, où figure la Saint-Barthélemy; mais toutes ces compositions n'ont aucune valeur pour l'antiquaire.

En visitant (1835) le palais du Vatican, je remarquai, dans la salle dite *royale,* qui précède la chapelle Sixtine, salle construite vers 1550 par le pape Paul III, deux fresques représentant, l'une l'amiral Coligny blessé à la main droite par la *traîtreuse* arquebuse de Maurevert, au moment où il regagne son hôtel, rue de Béthisy; l'autre, le corps de l'amiral jeté par une fenêtre. Ces fresques sont-elles, ou à peu près, contemporaines de la Saint-Barthélemy? je l'ignore; mais en tout cas elles ne sont nullement curieuses pour l'iconographie : les localités en sont purement imaginaires, ainsi que les portraits. Des temples à colonnes remplacent les vieux pignons déjetés et ventrus du Paris de 1572. Je ne sais si l'on voit toujours, dans le palais des papes, figurer ces tristes compositions, comme une apologie permanente des crimes de Catherine de Médicis.

Misson, au iiiᵉ tome de son Voyage en Italie, signale, décrit (*de visu*) et reproduit une médaille contemporaine frappée à l'occasion de la Saint-Barthélemy. D'un côté est l'effigie de Grégoire XIII, qui approuva le massacre; au revers, un ange tient d'une main une croix, de l'autre une épée; et à ses pieds est un monceau de cadavres, avec cette inscription : VGONOTTORVM

STRAGES, 1572. Je n'ai jamais pu voir un seul *exemplaire* de cette médaille de bronze. Elle est rarissime, introuvable, ou maître Misson nous a servi, à son insu peut-être, et par suite d'une méprise, ce qu'aujourd'hui nous nommerions un *canard* numismatique.

Je vais citer ici plusieurs tableaux qui se rattachent un peu à mon sujet. En juillet 1845, visitant le chétif musée de Bayeux, je remarquai une peinture (sur bois?) de moyenne grandeur, et d'un coloris criard. Elle représentait un bal sous Charles IX, donné probablement en une salle du Louvre. Si j'ai bonne mémoire, chaque personnage était désigné par son nom inscrit au bas. Entre autres figurait le duc d'Anjou, qui devint Henri III. C'est un monument curieux sinon pour la topographie de la capitale, du moins pour les costumes et les mœurs de la cour à cette époque. Ce tableau ferait bon effet au Louvre, à côté des deux suivants.

Le n° 656 de notre Musée (École française) représente un bal à la cour de Henri III. Cette toile porte 183 centimètres de long, sur une hauteur de 120. La Notice du Musée, par M. Fréd. Villot (1855), la décrit ainsi : « Dans l'intérieur d'une vaste salle (au Louvre?), « des seigneurs et des dames de la cour dansent en formant un « grand cercle et en se tenant par la main. A gauche, différents « personnages debout, parmi lesquels on remarque, en avant, le « roi Henri III près de sa mère... dans le fond, des musiciens, et « à droite, au premier plan, deux petits chiens (1). Le parquet est « jonché de fleurs. » L'ampleur peut-être exagérée des costumes donne à tous les personnages l'apparence la plus ridicule.

Je préfère le tableau suivant, peint sur cuivre et numéroté 657. Il offre un sujet analogue, mais d'une touche beaucoup plus fine. D'abord il est plus petit : grand avantage à mes yeux (65 centimètres sur 41). « Dans une salle (dit M. Villot) ornée de pilastres et « de niches, où sont placées des statues, on remarque à gauche, « assis sous un dais, Henri III, Catherine de Médicis et Louise de « Lorraine. » Il croit reconnaître en outre le duc de Mayenne, le duc de Guise, dit *le Balafré*, et Marguerite de Navarre. Il continue : « Au milieu de la composition, le duc de Joyeuse s'avance,

(1) En outre, Henri III est accompagné d'un grand lévrier blanc. L'admission des chiens aux bals de la cour n'a rien de surprenant : ils avaient alors partout entrée libre. N'en avons-nous pas compté sept au cimetière des Innocents? Aujourd'hui ils ont perdu tous leurs priviléges, bien qu'ils payent impôt.

« conduisant sa femme Marguerite de Lorraine par la main... Au
« deuxième plan, des musiciens jouant du luth, des seigneurs,
« des femmes et des hallebardiers. »

Cette même fête se trouve gravée en tête du petit in-4° intitulé :
Balet comique de la Royne, faict aux nopces du Duc de Ioyeuse,...
par Baltazar de Beauioyeulx... Paris, 1582. Sur cette vignette
(eau-forte de Jacques Patin, que cite M. Villot), on voit une salle
qui diffère de celle du tableau, car elle est tapissée de feuillage,
en forme de bosquet, selon la coutume galante de l'époque,
coutume déjà en usage sous François Iᵉʳ qui fit ainsi revêtir la
cour de la Bastille (décembre 1518) pour y fêter les fiançailles du
Dauphin avec la fille de Henri VIII, roi d'Angleterre, et son alliance avec ce roi.

Cette eau-forte représente, je crois, la salle du Petit-Bourbon
où eut lieu le ballet. Toutes les épreuves que j'ai vues sont d'un
effet fort désagréable à l'œil. Jacques Patin était peintre : ne
pourrait-il être l'auteur du tableau? M. Villot fait observer en
note qu'on avait attribué à tort (dans la *Notice* de 1841) les deux
tableaux cités à *Clouet*. Il les regarde comme l'œuvre d'un artiste
italien, ou d'un peintre français, soumis à l'influence de l'école
italienne du temps. Il est notoire que Catherine de Médicis atti-
rait à Paris beaucoup d'artistes de son pays, et qu'à cette époque,
les objets d'art en tout genre, exécutés à Paris, sont souvent
signés de noms italiens.

Quoiqu'il se soit passé à Paris sous Henri III des événements
bien plus importants que des bals de cour ou des processions de
pénitents, par exemple les journées des barricades de mai 1588,
et la fuite du roi, par la porte Neuve, etc., aucun monument iconographique contemporain n'en a, à ma connaissance, conservé le
souvenir.

Sous ce règne eut lieu en décembre 1579 l'institution de l'Ordre
du Saint-Esprit, au couvent des Grands-Augustins. Mais aucun
tableau du temps ne représente cette cérémonie. Ce n'est que plus
tard qu'on fit exécuter sur ce sujet une suite de compositions
pour en orner le chœur de l'église où ces cérémonies avaient lieu.
Le n° 524 du Musée représente la première, celle de 1579; elle
est de J. B. Van Loo qui peignit ce tableau sous Louis XV.
Le n° 581, où l'on voit Henri IV recevant chevaliers Henri de

Bourbon et Henri d'Orléans, est signé : *De Troy*, 1732. Ces compositions ne peuvent intéresser vivement les archéologues.

Les nombreux événements qui se passèrent à Paris sous l'interrègne nommé *la Ligue* (1589-1594) auraient pu fournir matière à de curieux tableaux historiques : je n'en connais aucun qui soit du temps. Je n'ai rencontré, sur le siége de Paris en 1590, que des compositions plus ou moins modernes et sans couleur locale. En ce temps de calamité et de dévastation, nul ne songea à en confier à la toile le lugubre reflet. Restait-il même un seul artiste à Paris, cette année où l'herbe croissait dans la *Grant rue S. Denis?* On mourait de misère, ou l'on se faisait soldat.

Plus tard, sous Henri IV on voit reparaître des peintres qui, comme Porbus, nous ont laissé des portraits ; mais aucun d'eux n'eut l'idée de retracer des scènes dont le souvenir eût affligé le cœur d'un roi sans rancune et sincèrement affecté des souffrances publiques. Ce ne fut guère qu'un siècle plus tard que des artistes choisirent pour sujet d'étude le siége de 1590. L'archéologue n'a rien encore à demander à ces compositions sans parfum.

Il a été, je crois, exécuté, vers 1593 ou un peu postérieurement, un tableau historique et satirique, souvent reproduit par la gravure, au temps même où il apparut ; je veux parler de la représentation de la *Procession de la Ligue,* dont il nous reste trois ou quatre grandes estampes, outre une infinité de petites copies, annexées comme vignettes à diverses éditions de la *Satyre Ménippée.* Cette célèbre et grotesque marche triomphale et monacale de 1593, décrite par des littérateurs du temps avec une verve d'esprit si remarquable, méritait bien d'exercer le pinceau d'un artiste. Je ne mets ici en avant qu'une hypothèse, mais il est fort probable qu'elle répond à une réalité. Où se cache le tableau original, dont il est question dans les écrits de l'époque? Peut-être le retrouvera-t-on quelque jour.

J'ai vu, il y a environ douze ans, traîner pendant plus d'une année, dans la boutique d'un bric-à-brac de la rue du Carrousel, au coin de celle Saint-Thomas-du-Louvre, une croûte d'assez grande dimension, aux couleurs opaques et blafardes, laquelle représentait cette procession telle qu'elle figure sur les estampes contemporaines. Espérait-on vendre cette grande toile huilée comme tableau original? En tout cas l'acquéreur s'est fait longtemps attendre, quoique tous les connaisseurs de Paris passassent tous les jours dans ce quartier de la vieille imagerie, qui vient d'être remplacé par les nouveaux et majestueux portiques du Louvre.

Quelques années après, j'ai revu la même croûte chez un marchand de tableaux de l'avenue des Champs-Élysées, près du Rond-Point. Elle était affichée aux vitres comme pièce importante. Je ne sais si quelque aveugle amateur s'est laissé prendre aux charmes de ce mauvais pastiche, badigeonné sous Louis XV, d'après des estampes bien connues. Ces estampes, je les décrirai un jour avec soin : je me bornerai à dire ici que la Procession défile évidemment dans la rue du Marché-Palu, revenant de Notre-Dame et se dirigeant vers le Petit-Pont. Elle débouche, enseignes déployées, de la rue Neuve-Notre-Dame, à côté de laquelle s'ouvre une ancienne ruelle dite des Sablons, aboutissant jadis au Parvis; mais en 1593, ce n'était déjà plus qu'une impasse, dont l'emplacement fait aujourd'hui partie du jardin de l'Hôtel-Dieu.

Je vais classer ici à tout hasard une peinture sur bois, qui forme le devant de l'autel de Sainte-Geneviève, en l'église Saint-Merry. M. Guénebault devant publier ou ayant publié un mémoire sur cette peinture, exécutée probablement vers la fin du XVIe siècle, je n'en dirai que quelques mots. Elle représente la patronne de Paris, au milieu de moutons parqués dans la plaine Saint-Denis, en une sorte d'enclos formé de pierres brutes, dressées comme des *menhirs* druidiques.

Cette composition a un type exceptionnel, car ce n'est guère qu'à partir de Louis XIV qu'on donne à sainte Geneviève pour attribut la garde d'un troupeau de moutons. Sur les miniatures, bas-reliefs, vitraux ou estampes, antérieurs à ce roi, ses attributs font allusion à sa miraculeuse procession entre Paris et Saint-Denis. De la main gauche elle tient un livre d'heures, et de la droite un cierge allumé. Son cierge, dit la Légende, s'étant éteint, se ralluma de lui-même. Pour rendre le miracle matériellement sensible, on plaçait au-dessus de sa tête (sur ses épaules quand il s'agissait d'une statue), d'une part un diable hideux, armé d'un soufflet qui éteint le cierge, de l'autre un ange qui le rallume à l'aide d'un flambeau céleste.

L'expression naïvement chaste et religieuse du visage de la sainte rappelle trop, à mon avis, la touche gothique, pour qu'on attribue cette œuvre au siècle suivant.

Au fond du tableau apparaît la ville de Paris vue du nord. A droite s'élève la colline de Montmartre surmontée de quelques bâtiments vaguement tracés, qui figurent l'Abbaye. C'est un anachronisme par rapport à l'époque de sainte Geneviève, mais avec les anciens artistes, il n'y faut pas regarder de si près. La vue de Paris en est un autre, puisque cette ville est ceinte d'une fortification achevée sous Charles V, consistant en un mur crénelé, bastides et large fossé.

Au delà du rempart se dresse un amas confus de toits de clochers et de buttes surmontées de moulins, au milieu desquels on reconnaît à leurs formes, d'une dimension exagérée, la Bastille et la Tour du Temple. On ne distingue pas dans le voisinage de la Bastille les bastions à deux faces exécutés sous Henri II. En conclura-t-on que le tableau est antérieur à ce règne? Ce serait mal raisonner. Le peintre s'inquiétait fort peu de l'exactitude topographique et de l'état de Paris au temps de sainte Geneviève. Il lui suffisait d'indiquer par quelques édifices, tracés de souvenir, que le fond de son tableau représente Paris, n'importe à quelle époque. En somme, le devant d'autel de Saint-Merry ne nous offre aucun document inédit sur la capitale.

ENTRÉE DE HENRI IV A PARIS. — A l'occasion de cette mémorable entrée (22 mars 1594), furent publiés plusieurs écrits, devenus rares, et quelques estampes, gravées d'après des tableaux inspirés par cet heureux événement ou commandés par le roi lui-même. Que sont devenus ces tableaux? je l'ignore. Je sais seulement qu'ils ont existé(1). Ainsi trois estampes contemporaines, publiées par Jean Le Clerc (je les décrirai en leur lieu), représentent Henri IV entrant à Paris par la porte Neuve, se rendant à Notre-Dame, puis à la porte Saint-Denis, pour y voir *déguerpir*, par une pluie battante, les troupes espagnoles. Au bas de chaque pièce, à gauche, on lit : *N* (Nicolas) *Bollery pinxit.*

Abordons maintenant un monument contemporain que j'ai sous les yeux. C'est une peinture à l'huile, qui décore un panneau enchâssé dans une moulure bien conservée. Elle se voit à la Biblio-

(1) Je décrirai, à l'article *Estampes*, beaucoup de pièces gravées d'après des tableaux en général perdus ou cachés je ne sais où. Toutes les fois que je retrouverai les peintures originales, c'est elles naturellement que je décrirai, et non leurs copies, que je ne ferai que mentionner.

thèque de l'Arsenal, entre deux fenêtres, dans une salle dite : le
Cabinet de Sully. Cette chambre, demeurée à peu près intacte, faisait partie de l'appartement de l'illustre ministre, qui résidait à
l'Arsenal, à titre de Grand-maître de l'Artillerie de France.

Cette fresque est, à quelques années près, contemporaine de
l'événement qu'elle représente. Henri de Mauperché en a publié
en 1816 une copie gravée, assez médiocre, signée Al. Giboy. Il
faut lui savoir gré de l'intention : si le panneau eût été détruit depuis 1816 (ce qui heureusement n'est pas arrivé), nous en aurions
au moins une idée.

Consacrons quelques lignes à cette peinture plus intéressante
qu'artistique. Le panneau a 119 centimètres de long sur 33 de
hauteur. La couleur en est terne, en certains endroits un peu
effacée et dégradée, soit par l'humidité, soit par une tentative de
lavage mal entendue.

Parlons d'abord de la partie topographique, que le peintre a
traitée avec une naïve insouciance. On dirait qu'il a fait poser
devant lui quelques maisonnettes en bois peint, telles qu'on en
fabrique à Nuremberg, pour l'amusement de l'enfance. Néanmoins
rendons-lui cette justice, qu'il n'a pas oublié un seul des édifices
placés dans le champ du théâtre de l'événement ; seulement il les
a réduits à l'apparence d'un jouet, sans détails ni proportions.

La partie de Paris qui fut témoin des diverses circonstances de
l'entrée du roi embrasse l'espace compris entre l'extrémité occidentale du jardin des Tuileries et Saint-Germain-l'Auxerrois. Le
tableau est donc beaucoup trop court par rapport à la dimension
des détails qui doivent entrer dans son champ. Cette invraisemblance acceptée, parcourons cet espace tronqué, en partant de la
gauche.

Un mur que dominent des arbres *touffus* (au 22 mars!) indique
le jardin des Tuileries, alors séparé du palais par une bordée de
murailles. Quant au palais, qui déjà consistait en un gros pavillon
central à coupole circulaire, accompagné de riches portiques, il
est figuré par un petit cylindre coiffé d'un dôme, qui ressemble
assez à un modèle de volière.

La porte Neuve (voisine de l'endroit où s'ouvrent les trois guichets de la cour du Carrousel) consiste en un simple mur, percé
d'un trou en forme de baie cintrée. Cet édifice est rendu avec
tous ses détails architectoniques, sur un tableau d'environ 1650,

que nous examinerons plus tard. A côté de la porte Neuve s'élève la haute tour dite *de Bois* (1) (bien que bâtie de pierres), et aussi tour *Neuve*, du nom de la porte construite en 1536. Cette tour achevée sous Charles V, sur le modèle de celle de Nesle, bien qu'elle ne lui fît pas vis-à-vis, est mal représentée et mal comprise. Quand Gérard exécuta son tableau (si estimé sous le rapport de l'art) de l'entrée de Henri IV, il n'a pas su se procurer un bon modèle pour dessiner cette tour. Elle dominait un large fossé, qu'on devait franchir sur un double pont pour arriver sous la porte Neuve; on ne voit ici aucunes traces ni des ponts, ni du fossé qui débouchait dans la Seine (2).

De la tour Neuve part une muraille parallèle au quai, laquelle se relie à un gros bâtiment circulaire. Ce bâtiment est le rez-de-chaussée (seul étage subsistant) de la tour *qui-fait-le-coin*, qui faisait face à la tour de Nesle, et se trouvait dans le voisinage de l'entrée septentrionale du *pont* actuel *des Arts*. Elle fut ainsi abaissée des deux tiers, probablement à l'époque où, sous Henri II, furent commencés les nouveaux bâtiments du Louvre qui regardent la Seine.

Le mur qui relie les deux tours était, sous Henri II encore, crénelé et fortifié çà et là de tours plus basses : ici il ressemble à la muraille d'un jardin. Il est probable, au reste, qu'en 1594 il se présentait ainsi modifié; peut-être même avait-il été remplacé. Quant au rez-de-chaussée de la tour *qui-fait-le-coin*, il subsista jusque sous Louis XV.

Au delà du mur, plusieurs groupes de maisons représentent le quartier compris entre les Tuileries et le Louvre. On distingue, situés à peu près à leurs places respectives, mais tracés de fantaisie et sans détails, les édifices suivants : la chapelle des Quinze-vingts et l'église Saint-Thomas-du-Louvre, toutes deux surmontées d'une flèche. Sur le quai, un grand pavillon carré est suivi vers l'orient d'un bâtiment plus bas, flanqué dans l'angle d'une vieille et haute tour : c'est la face du Louvre du côté de la Seine, face qui fut refaite une ou deux fois depuis 1594.

Au grand pavillon se rattache une aile en saillie vers le quai : celle que nous appelons aujourd'hui la Galerie d'Apollon. De cette

(1) Ainsi nommée parce qu'au xvᵉ siècle elle était contiguë à un *castel* de bois.

(2) J'ai donné des détails précis sur cette porte et sur la tour de Bois, dans mes *Dissertations sur les enceintes de Paris*.

aile partent, en retour d'équerre, les deux premières travées de la Grande-galerie, l'une couronnée d'un fronton en demi-cercle, l'autre d'un fronton triangulaire. Les travaux de cette galerie, commencés sous Charles IX, avaient été interrompus par les troubles de l'époque; néanmoins, il est probable qu'en 1594 on avait terminé plus de deux travées.

A la suite du Louvre (toujours de gauche à droite), on rencontre sur le quai un ensemble de plusieurs grands bâtiments sans caractère, dont la disposition fait reconnaître l'hôtel du Petit-Bourbon, hôtel tracé et détaillé avec beaucoup plus d'exactitude sur le tableau décrit dans notre premier article.

Enfin, à l'extrémité de droite du tableau, se présente isolée une église que devraient cacher les vieilles maisons du quai de l'École : c'est Saint-Germain-l'Auxerrois, avec son haut clocher, aujourd'hui démoli.

Dans la longueur du panneau, on compte environ soixante-trois petits personnages, tant cavaliers que piétons. Les escadrons qui précèdent et suivent le roi, rappellent ces armées que lèvent les directeurs de petits théâtres, où un individu représente cent hommes. Le peintre ne visait nullement à l'effet, mais tenait à bien faire comprendre chacune des dispositions de cette entrée, solennelle bien qu'improvisée et opérée par surprise. Il fixa chaque escadron au nombre de cinq à six cavaliers précédés d'un chef. Il y a donc véritablement dans cette composition enfantine une intention d'exactitude locale qui lui donne de l'intérêt.

Je dois ajouter que ces petites figures sont traitées avec un certain *chic*. On reconnaît les soudards aguerris du roi de Navarre, sous leurs casques dépolis par la rouille, sous leurs vêtements de cuir délabrés. Le graveur de la copie publiée par Mauperché n'a pas senti les *finesses* de son modèle, sous le rapport des poses et des détails de costumes. Il a vu des culottes collantes et des bas de soie, où il y a des hauts-de-chausses et des guêtres de buffle. En un mot, il n'a pas compris ces petits riens qui constituent la couleur locale et attestent l'époque d'un tableau.

Le roi vient d'arrêter son cheval à une assez grande distance de la porte Neuve; il est suivi d'un groupe de cavaliers, commandés par des chefs dévoués à sa personne. Il porte un chapeau de feutre un peu conique, à bords relevés, avec une plume blanche couchée, qui flotte *crânement* en arrière. Le graveur a métamorphosé cette

coiffure caractéristique en une ridicule toque de cour. Henri,
penché sur sa selle, présente son écharpe blanche à un soldat
(à pied) qui s'incline avec respect devant son souverain. Plus
loin se tiennent, debout et chapeau bas, plusieurs personnages en
robes : c'est le prévôt des marchands (L'Huillier) et les échevins.
Ce groupe est précédé d'un vieux soldat qui se dresse d'un air
martial sur sa jambe de bois. Je regrette de n'être pas en mesure
de citer son nom, car cette mutilation doit se rapporter à un fait
historique. Derrière le prévôt et les échevins apparaissent des soldats armés de hallebardes.

Au delà de la porte, sur le quai du Louvre, s'avancent au galop
deux escadrons, leurs chefs en tête. Plus loin vers la droite, en
face des bâtiments du Louvre et du Petit-Bourbon, de zélés roya-
listes arquebusent, ou *lardent* à coups de hallebardes, des individus armés qui prétendaient barrer le passage. Plus d'un récalci-
trant, lancé par-dessus bord au delà du garde-fou du quai, fait un
flac dans la rivière.

Quelques phrases de textes contemporains vont nous expliquer
toute la disposition des petites figures du tableau. Citons d'abord
une plaquette de huit feuillets, imprimée à Tours, en 1594, sur
les événements de la journée du 22 mars. On y lit que, tandis que
Monsieur d'O et le baron de Salagnac se rendaient, le long du rempart, à la porte Saint-Honoré, pour la garder, entraient par la porte
Neuve « le gros de M. le Mareschal de Matignon qui auoit auec
« luy M. le Comte de Torigny son fils, deux cens Suisses de Heild,
« le regiment de la Garde, la cauallerie et infanterie de Senlis,
« des sieurs de Boudeuille, de Haraucourt et Edouuille, entra
« par apres, et en entrant pource qu'il y auoit des Lansquenets
« de la ville qui tardoient, ce sembloit, à crier Viue le Roy, il en
« fut tué vingt-cinq ou trente, et autant qui *se ietterent* dans
« l'eau. Cela appaisé ledit sieur Mareschal de Matignon... lais-
« sant vn gros souz l'arche deuant sainct Thomas du Louure :
« Monsieur le Grand... fit faire halte deuant la porte du Louure du
« costé de l'eschole sainct Germain. M. le Comte de sainct Pol,
« la Cornette du Roy, les compagnies de Chartres... entra puis
« apres. Le Roy qui s'auança deuant ledit gros fut receu par
« le Preuost des Marchands et des Escheuins, ayans auec eux
« tous les Archers de la ville. »

Voici maintenant un extrait du texte qui entoure une des es-

tampes éditées par J. Le Clerc d'après Bollery, et citées plus haut :
— Le mardi 22 mars, le roi qui, dès la première heure du jour,
s'était bravement rendu de Saint-Denis aux Tuileries, apprit que
les portes Neuve, Saint-Honoré et Saint-Denis, étaient ouvertes,
et que la première était gardée par le comte de Brissac et Forçais,
sergent-major de la ville. La porte Neuve lui ayant été livrée, ainsi
que les deux autres, le roi « entra glorieusement en sa ville par la
« mesme Porte, par laquelle six ans auparauant (13 mai 1588)
« on auoit veu tristement sortir son predecesseur, et le Roy estant
« entré donna son escharpe blanche au sieur de Brissac qu'il
« honora en l'accolant du titre de Mareschal de France, et receut
« les clefs des Portes qui luy furent presëntées par le sieur Luil-
« lier Preuost des Marchands... Et ceste reduction fut faicte
« sans... perte d'hommes fors de 25 ou 30 Lansquenets qui estans
« pres la porte Neufue lors de ceste entrée, firent contenance de
« vouloir resister, et furent incontinent taillez en pieces, ou *iettez*
« *en l'eau* portans sur le champ la peine de leur temerité. »

Je terminerai par une remarque peut-être trop minutieuse et
pourtant, à mon avis, très-essentielle, à propos de peinture historique. J'ai signalé plus haut une invraisemblance concernant la
saison ; en voici une autre relative à l'heure de l'événement : les
ombres du tableau (pour qui connaît les localités) indiquent que
la lumière vient de l'ouest. Pourquoi ce contre-sens? L'entrée du
roi eut lieu vers six heures du matin ; c'est le soleil levant qui
devrait éclairer la scène.

Je n'ai rien à dire ici de la grande et noble composition de Gérard. *Son siége est fait,* son œuvre est justement appréciée de tous
les artistes. A quoi servirait une analyse qui démontrerait froide-
ment que son entrée de Henri IV pouvait être plus exacte sous
le rapport des localités et même aussi, peut-être, des costumes?

Pendant le règne d'Henri IV on a publié un assez grand nombre
d'estampes historiques ou topographiques sur Paris ; on a peint
beaucoup de portraits des principaux personnages de l'époque ;
mais quant à moi, je n'ai pu rencontrer un seul tableau qui représentât une cérémonie quelconque ou un événement notable qui ait
eu Paris pour théâtre, entre 1594 et 1610. Je vais donc, à mon
grand regret, être obligé de passer immédiatement au règne de
Louis XIII.   A. BONNARDOT.

(*La suite à un prochain numéro.*)

ICONOGRAPHIE DU VIEUX PARIS.

(suite) (1).

Avant de reprendre le cours de ces dissertations, quelques lignes relatives aux sujets traités dans le dernier article (n° du 15 juin), sont nécessaires. A propos du tableau exécuté sous Louis XV, représentant la cérémonie de l'institution de l'Ordre du Saint-Esprit, au couvent des Grands-Augustins (janvier 1579), j'ai omis de mentionner un passage de Piganiol, attestant qu'il existait autrefois une peinture contemporaine de cette cérémonie. Il s'exprime ainsi, t. VII, p. 126, édit. de 1765 : « On avoit mis dans cette cha-« pelle (celle dite du Saint-Esprit) un tableau (avec inscription) où « Henri III étoit représenté, donnant le Collier de l'Ordre du « Saint-Esprit à plusieurs Chevaliers... Ce tableau subsista jus-« qu'à la mort du Duc et du Cardinal de Guise. » Il ajoute que le *Peuple Ligueur,* à la nouvelle du meurtre de ces deux *rebelles* (1588) « vint en fureur aux Augustins, et mit en pièces le tableau et « l'inscription. »

Au sujet de peintures concernant l'entrée à Paris de Henri IV, en mars 1594, j'ajouterai qu'on voyait autrefois à l'hôtel de ville, dans la salle des Audiences, un tableau non signé, et probablement du temps. Thiéry le cite dans son *Guide des amateurs* (1787, t. I, p. 560) : « On y voit Henri IV à cheval faisant son entrée à « Paris... et reçu à l'Hôtel de Ville par les Prévôt des Marchands « et Échevins. » J'ignore ce qu'il est devenu; vu les préparatifs actuels de la fête, au sujet du baptême du prince impérial, je n'ai pu me procurer aucun renseignement à l'hôtel de ville.

J'aurais pu aussi noter en passant qu'un des quatre bas-reliefs de bronze, qui ornaient le piédestal de l'ancienne statue de Henri IV sur le Pont-Neuf (érigée en 1614, détruite en 1792 et remplacée sous Louis XVIII), représentait cette entrée. Une petite estampe de 1614 reproduit ce bas-relief ; je la décrirai un jour. Je me hâte maintenant de reprendre mon récit.

---

(1) Voir les livraisons du 15 janvier, du 15 février, du 15 avril et du 15 juin 1856.

On a publié sous Louis XIII une grande quantité d'estampes historiques et topographiques qui se rapportent à Paris. Je connais aussi plus d'un dessin analogue et de la même époque, mais je suis fort surpris de n'avoir positivement qu'un seul tableau à citer. Parmi les nombreuses gravures qui reproduisent des fêtes, destinées à amuser ce roi encore enfant ou à célébrer ses diverses entrées dans la capitale, lors de son mariage, de son retour de la Rochelle, etc., plusieurs sont vraisemblablement des copies de peintures originales, qui ont été détruites, ou qui végètent inconnues dans quelques collections obscures.

Avant cette fatale année 1793, qu'il faut sans cesse, à propos de l'art français, rappeler pour la maudire, on voyait à l'hôtel de ville deux tableaux où le prévôt et les échevins se tenaient agenouillés devant Louis XIII. Sur l'un, le monarque était encore enfant ; sur l'autre, jeune homme (1). On conçoit que ces témoignages de respect, exagérés jusqu'à l'avilissement, n'ont pu trouver grâce devant les farouches ennemis du pouvoir royal.

A propos de vues de Paris peintes sous Louis XIII, touchons à une question qui déjà plus d'une fois a été discutée sinon résolue. Jacques Callot, si habile à tracer une eau-forte, maniait-il aussi le pinceau. Je penche pour l'affirmative. J'ai vu à Rome en 1830 et revu cinq ans plus tard, dans la galerie, aujourd'hui dispersée, du cardinal Fesch, plusieurs petits tableaux hardiment et finement touchés, représentant des scènes des misères de la guerre, semblables, mais en plus grand, aux estampes si connues, gravées par l'artiste lorrain. Ces peintures lui étaient attribuées.

Vers cette même année 1830, on avait exposé à Paris, dans une salle de vente rue du Gros-Chenet, entre autres tableaux, une peinture tracée de verve et néanmoins d'un précieux fini. C'était une *Tentation de saint Antoine* exactement semblable à l'eau-forte de Callot, et d'une surface à peu près double. Elle fut vendue comme son œuvre authentique. Je ne me souviens pas si le tableau était signé, mais je me souviens fort bien qu'il fut très-apprécié des amateurs présents à l'exposition. Deux jours après je m'informai, à la salle de vente, du prix auquel il fut adjugé : ce prix avait dépassé *trente mille francs.*

(1) Une fort belle estampe signée *A. Bosse Jn.* représente un sujet semblable. Elle est en tête d'un ouvrage sur le retour du roi du siége de la Rochelle, et il faut peut-être y voir la copie du second tableau dont il s'agit ici.

On peut, à mon avis, admettre sans invraisemblance que Callot a peint quelques-unes des compositions dont il nous a laissé des eaux-fortes, quoiqu'il semble assez étrange qu'il ait signé ces dernières, et jamais peut-être ses peintures. Cette croyance, bien ou mal fondée, m'engage à supposer qu'il aura peint, avant de les graver, ses deux vues de Paris, où apparaît au premier plan la tour de Nesle. Mais ce n'est qu'une hypothèse, et n'ayant jamais rencontré les tableaux originaux, je ne pourrai décrire que les eaux-fortes, à l'article *Estampes*. J'ajouterai qu'on rencontre assez fréquemment dans des musées de province ou de pays étrangers, ou dans les expositions publiques de nos salles de vente, diverses compositions dont les fonds offrent des perspectives du vieux Paris, prises du nord ou de l'ouest, et dont les détails semblent copiés d'après des estampes de Mathieu Mérian, Callot, et autres graveurs en topographie. Sous Louis XIV surtout les peintres paysagistes avaient la manie de fourrer partout des vues du Pont-Neuf, et plus d'un décor d'opéra présentait au premier plan un port de mer ou une colonnade grecque, et au fond la place Dauphine, la statue équestre de Henri IV et la flèche de la Sainte-Chapelle. Citons maintenant une vue de Paris peinte certainement sous Louis XIII ; c'est le tableau suivant.

LE PONT-NEUF ET LA SAMARITAINE, ETC., VERS 1635. — Cette toile du Musée de Versailles, n° 770, est enchâssée dans les boiseries d'une salle du rez-de-chaussée, déjà citée plus haut (n° de juin, p. 203), au sujet d'un projet du Pont-Neuf sous Charles IX. Elle a environ 205 centimètres de long sur 115 de haut. Elle ne porte aucune signature et l'on ne désigne pas sa provenance. M. Eudoxe Soulié lui attribue la date approximative de 1635 : aucun détail n'est en désaccord avec ce millésime. M. Gavard l'a reproduite au diagraphe et l'a fait graver, réduite au septième environ de l'original. La couleur en est assez artistique, mais les édifices y sont nus ; leur dimension et leur distance, assez rapprochée de l'œil, comportaient plus de détails. Le spectateur, tournant le dos à l'entrée de la place Dauphine, fait face au terre-plein du Pont-Neuf et au *Cheval de bronze* (comme on disait alors), qui occupent le milieu du tableau. La statue équestre est entourée d'une grille assez mesquine et très-resserrée autour du piédestal. On distingue à gauche les tour et porte de Nesle, et tout auprès, le long de la berge fort basse, une suite de quelques masures que doivent submerger les hautes eaux. La face de la porte de Nesle, qui regarde la ville, est fort peu remarquable, d'autant plus qu'elle est masquée en partie par le voisinage de vieux et sales bâtiments sans aucun caractère. Plus près de l'œil, sur l'emplacement où nous voyons aujourd'hui la Monnaie, s'élève l'hôtel de Nevers, qui remplaçait celui de Nesle, et qui bientôt se nommera hôtel de Guénégaud, puis plus tard, de Conti.

A la descente du pont, vis-à-vis de l'endroit où, vers 1641, on ouvrit la rue Guénégaud, apparaît un groupe de masures établies sur la berge. C'est le château Gaillard, édifice du XIVe ou XVe siècle, dont on ignore la destination primitive; au XVIIe, Brioché y établit son théâtre de marionnettes. Le château Gaillard, marqué sur le plan de Gomboust (1652), est du reste beaucoup plus nettement tracé sur une grande estampe de La Belle, que sur ce tableau.

A l'horizon s'étendent les hauteurs de Chaillot et de Passy. Elles dominent un pont qui traverse la Seine, de la rue de Beaune à la galerie du Louvre, porté sur quatorze piles de charpentes, avec balustrade en losange. On le nommait vulgairement pont Rouge, parce qu'il était couvert d'une couche de minium, et aussi pont Barbier, du nom de l'ingénieur qui l'avait construit vers 1632 (1). A la sixième arche, à partir de la galerie, se dresse sur pilotis un bâtiment qui contenait une machine hydraulique mue par une roue à aubes.

Passons maintenant sur la rive droite qu'inonde la lumière. A l'extrémité occidentale du mur qui enferme le jardin des Tuileries, s'élève la porte de la Conférence, tout récemment reconstruite; puis viennent, assez mesquinement rendus, le pavillon de Flore, la galerie du Louvre dont la tour de Bois interrompt la ligne, tour qui domine le logis du Grand Prevôt et la porte Neuve. Puis la galerie continue, et à sa suite s'étend la façade méridionale du Louvre, telle qu'elle existait depuis Henri III. En attendant que Louis le Vau la prolonge vers l'est, elle aboutit encore à un débris de l'ancien château, à une vieille tour d'encoignure, qui, du côté

---

(1) Il s'est appelé aussi pont Sainte-Anne en l'honneur d'Anne d'Autriche, et, pont des Tuileries, à cause de sa proximité de ce palais. Emporté par une débâcle en 1684, il fut remplacé par un autre pont en pierre, situé un peu plus à l'ouest : c'est celui que nous nommons aujourd'hui pont Royal ou des Tuileries.

de Saint-Germain-l'Auxerrois se relie à d'autres tours du XIIIᵉ siècle, enclavées dans divers pavillons, ou accolées à d'ignobles
masures. Un peu plus tard, la majestueuse colonnade de Claude
Perrault remplacera tout cet ensemble, d'une hideur pittoresque.

A la suite du Louvre s'ouvre, sur le quai, la rue d'*Osteriche* ou
d'*Austruche*, que Gomboust, sur son plan, nomme rue du Louvre.
Le bout qui subsiste encore s'appelle, depuis 1780, rue de l'Oratoire. Les bâtiments du Petit-Bourbon sont assez mal représentés ;
en 1635 on méprisait beaucoup le style gothique ; on croyait de
bon goût d'en *corriger* la forme, et d'en supprimer les broderies
délicates.

Pour nous le point le plus intéressant, le plus *inédit* du tableau,
c'est le bâtiment primitif de la Samaritaine, dont la façade orientale se développe presque de face, sur un plan rapproché. Je n'ai
trouvé nulle part une autre représentation de cette façade, qui
dura peu d'années.

Le Pont-Neuf, commencé en 1578 sur les *desseins* de Jacques
Androuet Du Cerceau, ne traversait, à l'avénement de Henri IV,
que le petit bras de la Seine ; sur le grand bras, quelques piles
seulement s'élevaient à fleur d'eau. Dix ans plus tard, en 1604,
le pont était achevé par Guillaume Marchant, parent sans doute
de Charles Marchant qui avait reconstruit le pont-aux-Meuniers.
Vers la même époque 1604, et non sous Henri III comme l'avancent beaucoup d'historiens, on établit sur la Seine, près de la
seconde arche du pont, non loin du quai de l'École, un grand
bâtiment sur pilotis, contenant le mécanisme d'une pompe hydraulique, mue par un système assez compliqué de roues à aubes, et
destinée à alimenter les bâtiments du Louvre, ainsi que les pièces
d'eau des Tuileries.

Il paraît que la Samaritaine, dans l'origine, ne contenait pas
de réservoir. Brice, dans sa *Description nouvelle de Paris* (édit.
de 1684), s'exprime ainsi : « On y voïoit *autrefois* quelques
« machines assez jolies, que le temps a détruites. Cette eau alloit
« dans un réservoir proche le Cloître de S. Germain l'Auxerrois,
« où l'on voit encore quelques arcades du côté de la rivière, qui
« ne sont pas d'un méchant dessein. »

L'édifice à cinq arcades qui contenait ce réservoir se distingue
en petit sur la *Perspective du Pont-Neuf* de La Belle, gravée en
1646, et aussi sur une estampe de J. Marot. Dans son édition de

1717, le même Brice en reparle et ajoute qu'il en « reste encore
« des voutes sur pié, soûtenuës d'arcades... sous lesquelles on a
« ménagé depuis des appartemens assez logeables. »

Ces voûtes existèrent jusqu'à l'année dernière, époque où l'on
démolit le quai de l'École. Les iconophiles n'ont pas oublié le
doyen de nos marchands de vieilles estampes, le père Deflorenne,
qui mourut en 1847 ou 1848. C'est sous l'une de ces voûtes qu'é-
tait établie sa boutique, d'où sont sorties tant de belles épreuves
de pièces remarquables.

L'an dernier, plusieurs journaux ont répété, à propos de la
démolition de ces arcades, que là étaient autrefois les Étuves de
Catherine de Médicis. Singulière rêverie! Si cette reine fit
construire un bâtiment pour prendre des bains, ce dut être, ce
me semble, aux Tuileries ou en son hôtel de Soissons, et non sur
un quai. D'ailleurs, il est à noter que ce terrain dépendait du
cloître de *Saint-Germain* (l'Auxerrois), nom qui lui inspirait une
terreur superstitieuse.

On nomma la pompe du Pont-Neuf, ainsi que le bâtiment qui la
contenait, *la Samaritaine*, à cause des sculptures qui, dès l'origine, décorèrent sa face orientale. Cet édifice, qui seul interrom-
pait la ligne du garde-fou, çà et là ondulée par des hémicycles,
était l'œuvre d'un architecte flamand nommé Jean Lintlaër, le
même peut-être qui plus tard fut chargé par Louis XIII de réparer
une portion des ruines du vieux château de Wincestèr (Bicêtre),
pour y loger les soldats estropiés qui mendiaient dans les
rues (1).

Le bâtiment de Lintlaër fut achevé en 1607, tel qu'il nous
apparaît sur le tableau de Versailles. On ne doit pas le confondre avec l'édifice du même nom, mais d'un aspect bien différent, élevé à la même place avant 1680, refait encore en 1712 et
modifié de nouveau, du moins dans son ornementation, en 1772.
C'est cette dernière Samaritaine que nos pères ont vue et entendu
carillonner, celle dont j'ai mentionné un plan en relief, dans le
numéro de janvier 1856, p. 270.

Notons ici que les historiographes parisiens du dernier siècle
se trompent quand ils assurent que la Samaritaine fut recon-

(1) Une partie de ces ruines, provisoirement replâtrées, tardèrent peu à être
remplacées par des bâtiments neufs augmentés successivement et formant l'ensemble
que nous voyons aujourd'hui.

struite seulement en 1712. Plus d'une estampe gravée avant 1700, celle notamment de Perelle publiée vers 1680, offrent un tout autre édifice que celui du tableau, une sorte d'élégant pavillon au lieu d'une bâtisse fort vulgaire. Brice, dans son édition de 1684 (la première de son livre), nous apprend que : « Toutes « ces choses (les détails de la pompe) ne sont *plus* dans l'état où « elles ont esté, non plus que l'Horloge qui ne fait plus le carillon « qu'elle faisoit autrefois. La Statuë de Nostre-Seigneur et de la « Samaritaine, que l'on voit à côté du bassin, ne sont que des « copies de celles qui y estoient autrefois, qui estoient de *Germain* « *Pillon* (1). » Le même, dans son édition de 1717, s'exprime ainsi : « Les réparations nécessaires faites *en divers temps…* s'étant « trouvées absolument inutiles… on entreprit en l'année 1712 « une réparation générale. » Il ajoute que cette entreprise, abandonnée assez longtemps, fut enfin terminée en août 1715, sur les *desseins* de Robert de Coste. Je reviendrai un jour sur ce sujet, à propos des nombreuses estampes concernant la Samaritaine.

L'édifice primitif représenté sur ce tableau ressemble assez, avec son toit élevé, bosselé de deux rangs superposés de lucarnes inégales, à une boucherie du temps, dont il existe encore un échantillon, rue du faubourg Saint-Antoine, à l'endroit où cette rue reçoit celle de Montreuil. Du sol du Pont-Neuf, on ne voyait de son profil que cette immense toiture de tuiles. Le pignon qui forme façade du côté du pont est percé de quelques fenêtres. Son sommet tronqué est surmonté d'un campanile fort simple qui contient une seule cloche, et non, comme celui qui le remplaça plus tard, un carillon. Le toit du campanile se termine par une grosse fleur de lis dorée. Dans le triangle ou *gable* du pignon est placé, sur un vaste piédestal en encorbellement ou piédouche, orné de l'écu royal, un groupe de bronze (ou d'autre matière) qui a donné son nom au bâtiment. A gauche se tient Jésus debout (il est assis sur les estampes de Perelle et autres), à droite la femme de Samarie. Au-dessus des deux figures s'échappe d'une ouverture

---

(1) G. Pilon est mort vers 1590. Pour admettre qu'il exécuta ces figures, il faut supposer, ou que la pompe fut élevée avant l'établissement du pont sur le grand bras de la Seine ; ou que Henri III les avait commandées d'avance au célèbre artiste. Dulaure assure, je ne sais sur quel témoignage, que les sculptures primitives étaient de bronze doré.

une petite nappe d'eau qui retombe, je crois, dans un puits (le
puits de Jacob) placé plus bas. Au reste, les divers détails de cette
décoration ne sont pas faciles à distinguer. Au haut du pignon,
sous le campanile, est un cadran qu'un auvent protége.

Le père Du Breul a vu construire cet édifice ; il en parle ainsi
dans son *Théâtre des antiq.*, éd. 1612, d'après André Du Chesne
qui écrivait en 1609 : « Les anciens auoient ignoré l'industrie
« de faire esleuer et remonter les eaux plus haut que leur source :
« Et le roy (Henri IV) a cy deuant employé les plus ingenieuses
« et hardies inuentions... C'est vne Samaritaine laquelle *verse de*
« *l'eau* à Nostre Seigneur : Et au dessus vne industrieuse hor-
« loge. » Cette horloge indiquait les heures, le cours du soleil,
celui de la lune, les mois et les signes du zodiaque. Du Breul
ajoute au récit de Du Chesne : « Plus quant l'heure est preste à
« sonner, il y a *derriere* l'orloge certain nombre de clochettes,
« lesquelles representent tantost vne chanson, tantost vne aultre,
« qui s'entend de bien loing et fort recreatiue. »

Ces détails n'indiquent pas le système de la machine, mais à
coup sûr ce n'était pas une pompe *à feu*, fonctionnant par l'effet
de la vapeur (1), comme celle de Chaillot, puisque cette dernière
fut inventée sous Louis XVI par les frères Perrier.

Sur le tableau de Versailles on ne distingue aucun carillon
extérieur, comme sur les estampes éditées sous Louis XIV, ni le
jaquemart dont parle le poëte d'Assoucy, dans une pièce de vers
citée par Dulaure.

Les personnages qui animent le premier plan du tableau sont
d'une touche fine et assez hardie ; on y distingue, isolés ou en
groupes, des gens de toute condition, à pied ou à cheval, grands
seigneurs, bourgeois, ecclésiastiques, soldats, paysans, gueux,
marchands, installés en plein air ou sous des échoppes le long
des trottoirs. Sur la droite, défile devant la Samaritaine, capitaine en tête, une compagnie de hallebardiers, coiffés de toques
et vêtus d'étoffes d'un bleu éclatant. Je ne saurais désigner le
nom de cette milice. Au bas de la toile grimacent les mascarons

---

(1) La pompe à feu de MM. Perrier n'a aucun rapport avec celles mues par nos
machines à vapeur modernes (celles de Marly par exemple), dont la puissance
réside dans la tension de cette vapeur accumulée. L'action de la vapeur, dans le
système des pompes à feu, consistait à produire simplement le vide dans des
tuyaux, sans pression de plusieurs atmosphères.

si variés que, d'après le plan de Du Cerceau, on sculpta à la base des consoles qui supportent les garde-fous.

Ce tableau, en définitive, est un curieux reflet du Paris de Louis XIII ; mais, je le répète, il ne fournit qu'un renseignement vraiment neuf, l'image de la façade de la première Samaritaine dont on n'aperçoit sur quelques autres monuments iconographiques que la face occidentale, simple pignon percé de quelques ouvertures et dépourvu de tout ornement.

M. Pernot a compris que cette façade était le plus curieux point du tableau, et il en a publié une copie, mais cette fois encore en y appliquant son malheureux système qui consiste à vieillir son modèle et à l'enjoliver de détails imaginaires, *anachroniques,* qui en altèrent la physionomie. C'est donc un travail à refaire, car la copie de M. Gavard est trop petite pour donner particulièrement de l'édifice une idée complète.

Je me bornerai ici à mentionner un tableau placé dans la même salle, le n° 771, qui porte 81 centim. sur 58. On y voit au fond le Pont-Neuf, etc., et au premier plan, à droite, la tour de Nesle toute couverte de ronces. Cette toile médiocre, tournée au noir, n'est peut-être qu'un pastiche, composé, je ne sais au juste à quelle époque, d'après une des deux eaux-fortes de Callot, comme j'en ai vu tant d'autres. Elle ne mérite aucunement notre attention, et on l'a reléguée avec raison dans un coin obscur. Mon ami M. Eug. Preschez, ex-notaire, aujourd'hui maire de Saint-Cloud, possède une toile, contemporaine peut-être de Louis XIII, représentant la tour et la porte de Nesle vues de l'est, le Louvre, etc. Cette peinture nue et sans effet de coloris ne contient aucun détail qui mérite une description spéciale.

Passons au règne de Louis XIV. On a sous ce roi beaucoup produit en fait de peintures en tout genre, mais presque toutes les toiles historiques ou topographiques représentent soit des batailles livrées sur le sol étranger, soit des cérémonies célébrées à Versailles, résidence habituelle du roi.

Je n'ai jamais rencontré le plus chétif tableau relatif aux événements passés à Paris sous la Fronde, ni même la moindre estampe, tandis qu'il existe sur ce sujet des centaines de documents imprimés. En somme, j'aurai encore fort peu de peintures à signaler, d'où puissent jaillir des détails nouveaux sur la topographie parisienne.

PERSPECTIVE DE PARIS PRISE DE L'OUEST, VERS 1647. — L'illustre élève de Simon Vouet, Eustache Le Sueur, mort en 1655, peignit, pour décorer le petit cloître des Chartreux, une suite bien connue de toiles représentant la vie de saint Bruno. Si l'on s'en rapporte à une notice manuscrite, placée en tête du recueil des dessins originaux qui servirent à ces compositions (dessins aujourd'hui exposés sous cadre dans une des salles du Louvre), Le Sueur exécuta ces peintures, de 1645 à 1647. Ce fut de 1645 à 1648, selon la notice de M. Villot. Piganiol avance qu'elles furent commencées en 1649 et terminées en trois ans.

Le tableau qui va nous occuper était un complément de cette suite. Le Sueur avait orné les angles du cloître de vues des Chartreuses de Rome, de Pavie, de Grenoble (la Grande-Chartreuse) et de Paris. C'est cette dernière que nous allons décrire.

Comme ces peintures commençaient en 1776 à se dégrader beaucoup sur les murailles humides qu'elles décoraient, les Chartreux les donnèrent (ainsi, je pense, que les dessins originaux) au roi Louis XVI, qui les fit restaurer. Plus tard Louis XVIII en était possesseur; puis elles furent placées au Musée du Luxembourg et enfin au Musée du Louvre, d'où, je l'espère, elles ne sortiront jamais.

Le tableau relatif à la Chartreuse de Paris, placé à l'extrémité occidentale de la grande galerie, porte le n° 549. La toile, selon M. Villot, a 290 centim. de longueur, et de hauteur deux mètres, en dedans, je le suppose, de la ligne arquée qui forme la limite supérieure du champ. Au premier plan, à gauche, deux Pères de l'Église (ou deux philosophes de l'antiquité) s'entretiennent à l'ombre de deux arbres. Sur le ciel se détachent deux anges qui déroulent le plan, peint au bistre, en manière de camaïeu, de la Chartreuse de Paris. Ce plan pris de l'est et tracé à vol d'oiseau est curieux et assez finement détaillé; il mériterait une reproduction à part et de grandeur naturelle (1). Tout le reste du tableau est occupé par un *profil* de Paris (comme on disait alors), vu du point à peu près où se trouve aujourd'hui le pont des Tuileries. J'en possède une esquisse au trait et non signée, beaucoup trop petite pour donner une idée exacte des détails; mais

(1) Perelle a publié sur cette Chartreuse un plan du même genre, mais pris d'un point un peu différent. Je ne pense pas que ce soit une copie modifiée du plan tracé sur le tableau.

une grande estampe (64 centim. sur 27) gravée à l'eau-forte et
signée *Siluestre Incidit Parisijs* 1650 (1) est, à mon avis, une
reproduction très-fidèle est très-détaillée de l'œuvre de Le Sueur ;
elle contient même beaucoup plus de petits personnages. Mais on
n'y voit ni le plan de la Chartreuse ni les deux vieillards. Il ne
serait pas impossible, au reste, que la peinture ait eu pour base
le dessin original de Silvestre, gravé quelques années plus tard.

On distingue à gauche (il s'agit ici du tableau) le pavillon de
Flore, en partie masqué par les deux vieillards du premier plan,
pavillon qui n'existe pas sur l'eau-forte signalée. Puis les yeux
rencontrent la tour de Bois, la porte Neuve avec tous les détails
de son architecture de style romain (2), l'hôtel du Grand Prévôt,
qui touche à cette porte, la galerie du Louvre avec ses frontons
alternativement cintrés et triangulaires, l'orangerie du jardin de
ce palais, et le rez-de-chaussée de la vieille tour *qui fait le coin.*
Quant au Louvre, il se trouve caché derrière le bâtiment en
saillie, dont le premier étage se nomme aujourd'hui galerie
d'Apollon.

Plus loin s'étendent de profil les quais de l'École et de la Mégisserie, et de face, le Pont-Neuf, le pignon occidental de la
Samaritaine de 1607, puis plus loin, le nouveau Pont-au-Change
(achevé vers 1659) avec ses hautes maisons, que dominent les
tours de Saint-Jacques-la-Boucherie, de Saint-Jean-en-Grève et
de Saint-Gervais, la toiture du Grand-Châtelet et le dôme lointain de l'église des Jésuites de la rue Saint-Antoine.

Ramenant l'œil sur la Cité, on distingue la Sainte-Chapelle et
sa flèche dorée (celle élevée après l'incendie de 1630), le quai de
l'Horloge et les vieilles tours du Palais, la place Dauphine, Notre-
Dame, etc. ; enfin, sur la droite, le toit de l'hôtel Guénégaud
(ci-devant de Nevers), la tour et la porte de Nesle, suivies de
trois vieilles arcades, débris de l'hôtel de Nesle, le campanile des
Petits-Augustins, enfin quelques hôtels du quai actuel Malaquais.

Tous ces édifices sont bien placés en perspective et détaillés
avec précision, plus ou moins finement, selon leurs distances.

(1) J'en possède une épreuve rarissime et peut-être unique avant les inscriptions
et certaines tailles ajoutées depuis. On lit au bas : *Israel Siluestre delineauit et
Sculpcit Parisijs* 1650.

(2) J'ai décrit ces détails, d'après l'estampe de Silvestre, dans mes *Dissert. sur
les enceintes de Paris.*

On ne ferait guère mieux, je crois, aujourd'hui avec l'aide du daguerréotype. Aussi la gravure de Silvestre, exécutée sur un dessin qui fut la copie ou le modèle du tableau, est-elle, à mon avis, la plus parfaite image de cette portion de Paris. Elle forme un digne pendant à la *Perspective du Pont-Neuf* (prise du côté opposé) gravée par La Belle en 1646.

Le tableau en question doit paraître d'un coloris un peu pâle, aujourd'hui que nos artistes nous ont habitués aux tons ardents et aux effets de contrastes lumineux ; néanmoins il y a dans cette peinture, bien qu'elle ait été retouchée sous Louis XVI, je ne sais quoi de mélancolique qui porte à l'âme. C'est Paris vu sous un jour tranquille, à travers un air calme et limpide ; c'est l'image silencieuse de la bruyante capitale, reflétée comme un rêve dans l'imagination paisible d'un chartreux, tout préoccupé de l'autre vie. Cette sérénité de ton, cette uniformité de douce lumière communiquent à l'ensemble un charme particulier et semblent révéler l'inspiration du cloître. Cette vue, bien qu'elle remplisse presque toute la toile, n'y est que l'accessoire : le principal, c'est le groupe des deux vieillards du premier plan, qui semblent s'entretenir de la grandeur de Dieu.

Cette perspective de Paris n'est pas, assure-t-on, l'œuvre de Le Sueur ; le célèbre artiste n'aurait peint que les anges et les deux sages de l'antiquité, ou Pères de l'Église. Selon une note de M. Villot, qui adopte, sur ce point, l'opinion de M. Guillet de Saint-Georges, le *paysage* serait de Nicolas Le Brun (frère de Charles), peintre paysagiste sur lequel on n'a aucun renseignement.

PORTE DE NESLE, PONT-NEUF, ETC., VERS 1660. — Dans la grande galerie du Louvre est placé, sous le n° 578 de l'École hollandaise, une toile d'un dessin et d'un coloris fort remarquable, de 170 centimètres de longueur, sur une hauteur de 136. On lit au bas de la bordure : PIETER WOUWERMAN (1). Cette peinture, selon M. Villot, aurait été exécutée vers 1664.

Cette vue de Paris, aux personnages près, est tellement semblable à l'eau-forte de Callot (le Pont-Neuf vu de l'ouest), qu'il est

---

(1) J'ai toujours lu et entendu prononcer *Wouwermans*. A-t-on eu tort ou raison de retrancher ici l's final.

permis de croire que l'estampe exécutée vers 1630 a servi à
Wouwermans de motif à sa composition ; néanmoins je n'oserais
l'affirmer. En tout cas, les tons vigoureux du coloris et les effets
si bien dégradés des plans les plus éloignés, sont assurément la
création, pleine de vie et de chaleur, de l'artiste hollandais. Mais
si l'on en étudie de près les détails topographiques, on n'y trouve
guère d'exactitude. Ce n'est, comme l'estampe, qu'un à peu près,
et c'est même cette reproduction des négligences de Callot, en
fait de localités, qui m'engage à regarder cette toile, non comme
une étude d'après nature, mais comme une copie de l'œuvre du
graveur, copie rendue plus vivante, plus lumineuse, par une
palette artistique.

A mon avis donc, ce tableau a fort bien pu avoir été peint par
Wouwermans en une ville de Hollande et non précisément à
Paris. Comme il excellait à animer un tableau de petits personnages, il s'est ici livré à toute son inspiration. Un carrosse à quatre
chevaux débouche de la porte de Nesle et roule sur le pont de
pierre à cinq arches, jeté sur le large fossé creusé, du côté de
l'Université, au pied du mur de Philippe-Auguste, sous Charles V.
Un autre carrosse, attelé de quatre chevaux blancs, précédé d'un
groupe de cavaliers qu'accompagnent deux lévriers, arrive au
grand trot, de la rue des Fossez-de-Nesle, chemin de contrescarpe
devenu la rue Mazarine.

On ne devine guère où tout cet attirail se dirige ; sous peine
de se fourvoyer et de se noyer dans la Seine, il ne peut chercher
une autre issue que le quai Malaquais ; aussi ce détail me conso-
lide-t-il dans l'idée que Wouwermans n'a pas peint son tableau
à Paris. D'autres chevaux, libres ou tenus en main, courent se
baigner dans le vaste abreuvoir que forme l'embouchure du fossé
de la ville.

Au premier plan, à droite, un mendiant robuste, à la face
empourprée (un vrai type flamand plutôt qu'un bohémien de
Paris), joue de la vielle ; près de lui se tient debout et pensif un
chien maigre, et, à ses côtés, un enfant en guenilles tend aux
passants un chapeau à larges bords. Un grand nombre de bateaux
voguent ou stationnent sur la surface paisible de la Seine. L'un
d'eux porte un pavillon vert croisé de rouge. Tous ces détails
sont traités de main de maître ; mais ces bateaux, ces figures,
ces costumes ne sont pas, ce me semble, la nature parisienne.

J'eusse préféré des personnages moins parfaits et des détails topographiques plus précis; car, dans ces sortes de tableaux, c'est la jouissance archéologique que réclame avant tout mon imagination.

L'AUTEL GOTHIQUE DE NOTRE-DAME, 1663. — La grande toile n° 1990 du Musée de Versailles (Salon de Mercure, 1er étage) est la représentation contemporaine, d'après les cartons de Charles Le Brun (1), d'une cérémonie qui eut lieu à Notre-Dame de Paris en 1663, à l'occasion du renouvellement d'alliance entre Louis XIV et les envoyés de la Suisse. Ce que cette peinture offre d'intéressant pour nous, outre les costumes et les portraits, probablement fidèles, de nombreux personnages de la cour, c'est la disposition de l'ancien autel de notre cathédrale, tel qu'il était avant 1699. Cet autel, comme aussi ceux de la Sainte-Chapelle et d'autres églises parisiennes du xiiie ou xive siècle, était placé entre quatre colonnes de bronze, surmontées de figures de chérubins ou de statues allégoriques. Ces statues sont dorées sur le tableau qui nous occupe. Les colonnes étaient reliées, à la hauteur des chapiteaux, par des traverses de fer, sur lesquelles glissaient des rideaux d'étoffes ou de tapisseries, plus ou moins précieuses, suivant la pompe des cérémonies. L'autel, richement décoré de brocatelle ou de velours brodé, est donc comme entouré d'une sorte d'alcôve sans plafond, ouverte du côté de la nef.

Au-dessus du tabernacle est suspendu un petit dais en forme de cloche, revêtu d'étoffe brodée. Derrière cet appareil devrait s'élever la splendide châsse de saint Marcel, mais ici elle est cachée par des tentures (2).

Les cartons originaux de Le Brun avaient, je crois, été commandés pour l'exécution d'une tapisserie des Gobelins.

VUE PRISE DU PONT-NEUF VERS 1666. — Le tableau n° 772 du

(1) Quel artiste a peint ce tableau? Sur une remarquable copie gravée du temps, dont la planche existe encore à la Chalcographie, on lit au bas du sujet : *Jo. Nolin sculpsit*, et au bas de la bordure d'encadrement : *Car. Le Brun jnuen.* — PETIT SEUE PINXIT — *Simon Le Clerc sculps.* 1680.

(2) On distingue tous ces accessoires, autel, dais, colonnes, et châsse de saint Marcel, sur une estampe assez médiocre, gravée par Jean Marot, et représentant la cérémonie du mariage de Louis XIV, à Notre-Dame, en 1660.

Musée de Versailles (rez-de-chaussée), de 131 centimètres sur 89, représente, dit l'inscription de la bordure, Paris vers 1664. Je lui attribue une date un peu postérieure, puisqu'on y voit figurer le pavillon oriental du collége Mazarin (Institut), édifice élevé après la démolition et sur l'emplacement de la tour de Nesle. Cette démolition eut lieu en 1665 et non 1663, comme on lit dans les *Antiquités* de Sauval. Les dessins de Louis le Vau, conservés aux Archives, en font foi; ce fut cet architecte qui bâtit ce collége (dont la construction avait été décidée en 1661), après avoir reçu ordre du roi, en 1665, de lever un dessin de la tour de Nesle et des lieux environnants, avant de l'abattre.

Sur la vue prise du Pont-Neuf qu'offre ce tableau, d'une main et d'une provenance inconnues, on voit donc s'élever près de l'hôtel Guénégaud, jadis de Nevers, les deux pavillons du collége Mazarin; mais le dôme central n'est pas encore construit. On y distingue encore la porte de la Conférence, la tour de Bois et la porte Neuve, abattues toutes deux vers 1670, le pont Barbier, la façade méridionale du Louvre, depuis peu accrue vers l'est, aux dépens du Petit-Bourbon, de nouveaux bâtiments qui, un peu plus tard, se cacheront derrière une nouvelle façade à pilastres (celle que nous voyons aujourd'hui), plus en harmonie avec la colonnade de Claude Perrault (1).

Il reste du Petit-Bourbon quelques bâtiments, qui servirent de garde-meuble de la Couronne, jusqu'à l'époque où Louis XV fit élever les deux palais de la place actuelle de la Concorde. On ne voit pas encore dominer au-dessus des maisons du quai des Théatins (Voltaire) la haute nef de l'église des religieux de ce nom (2). Sur le Pont-Neuf sont rassemblés grand nombre de personnages, seigneurs, manants, soldats, gueux, marchands débitant leur marchandise en plein air ou sous des échoppes; plusieurs carrosses dont un attelé de six chevaux blancs; des

(1) Un marchand de curiosités de la place de la Bourse possédait, il y a 8 ou 9 ans, un grand tableau où l'on voyait en train d'exécution la construction de cette façade (celle qui subsiste encore), élevée à très-peu de distance des anciens bâtiments de Henri III, augmentés tout récemment par Louis le Vau.

(2) Cette église paraît presque achevée sur une estampe en trois feuilles, représentant Louis XIV passant sur le Pont-Neuf et se rendant au Palais, vers 1680. Cette estampe, dont la planche est à la Chalcographie, est gravée par I. V. Huchtenburgh, d'après A. F. Van der Meulen. J'ai ouï dire que le tableau original de Van der Meulen se voit au Musée de Lyon.

charrettes, un haquet, des chaises à porteurs, etc. Les figures sont touchées avec finesse et les costumes minutieusement détaillés. Du reste, cette toile ne nous apprend rien de bien neuf sur le Paris du xviie siècle, après celles précédemment décrites.

DE QUELQUES TABLEAUX HISTORIQUES PEINTS SOUS LOUIS XIV. — Sous un règne si propice aux talents en tout genre, si libéral à l'égard des artistes, apparurent, soit sur commandes, soit sous la seule inspiration de l'art, beaucoup de toiles historiques, aujourd'hui dispersées ou perdues ; mais fort peu d'événements, je le répète, ont la ville de Paris pour lieu de la scène. Quand le roi, après son mariage en 1660, fit son entrée triomphale dans la capitale, parut-il à cette occasion quelques tableaux destinés à en consacrer le souvenir? pour moi, je n'en ai aucune nouvelle. Il est vrai qu'en 1660 la grande impulsion donnée aux arts ne faisait que de naître.

On voyait encore en 1787, au rapport de Thiéry, à l'hôtel de ville, plusieurs tableaux historiques ou allégoriques, peints par Troy père, Largillière et autres, relatifs à des naissances ou des mariages de princes du sang sous Louis XIV. Dans la salle des Petites Audiences, ce monarque était représenté recevant en 1654 les hommages des échevins agenouillés devant son trône (1). Dans la Grande salle, un autre tableau rappelait le festin offert au roi le 30 janvier 1687, à l'occasion de sa convalescence. De cette œuvre capitale de Largillière, il ne nous reste plus peut-être qu'une assez médiocre estampe, gravée par Chenu, vers 1785, d'après un dessin de Ch. N. Cochin (2). Du reste, la partie topographique du tableau aurait pour nous une bien faible impor-

(1) Feu M. le général Rebillot, dont on a fait la vente le 6 mai de cette année, possédait une estampe de Claude Mellan (no 170 du catalogue), qui m'a paru être une reproduction de ce tableau.

(2) Cette estampe fait partie du recueil de vues de France publiées par M. Alexandre de Laborde vers 1785. On a aussi frappé une médaille à l'occasion de ce festin. On en voit encore la représentation sur un grand almanach en deux feuilles, pour l'an 1688, dont quelques parties sont dues à d'habiles artistes du temps. J'en ai vu vendre une magnifique épreuve, adjugée à 40 francs, il y a deux ans, à la vente de M. Callet, architecte. Un frontispice, appartenant je ne sais au juste à quel ouvrage, et gravé par Séb. Le Clerc, représente aussi, dans quatre médaillons, les différentes cérémonies qui eurent lieu à l'occasion de cette fête du 30 janvier 1687.

tance, car la Grande salle du festin existe encore, à quelques modifications près, telle qu'elle était alors. Le roi, occupant le centre
d'une grande table en forme de fer à cheval, tournait le dos à une
vaste cheminée de marbre, construite sóus Henri IV, ornée de
cariatides et d'un grand cartouche contenant le blason de Paris.

Un autre tableau de la même salle représentait le mariage
célébré (à Notre-Dame, je pense) le 7 décembre 1697, du dauphin
Louis, duc de Bourgogne (qui fut père de Louis XV), avec Marie-
Adelaïde de Savoie.

Ces peintures historiques et autres, qui décoraient l'hôtel de
ville, ont probablement été détruites à l'époque où cet édifice
devint le siége du gouvernement antimonarchique de 1792. Je
vais maintenant en citer quelques autres, que j'ai pu avoir sous
les yeux, mais elles ont un si faible intérêt pour l'archéologie ou
l'histoire de Paris, que je les mentionnerai en bloc et aussi briève-
ment que possible.

Le 21 avril passé, on adjugea, à la vente de feue madame
Martin, à l'hôtel de la rue Drouot, salle 5, pour 6,150 fr., un grand
tableau attribué à Pierre Wouwermans, et provenant de la collection Dufresne. Il était ainsi décrit dans une notice (que j'abrége) au
Moniteur des Ventes : « N° 46 — Carrouzel donné sous Louis XIV
« à la place Royale, à l'occasion de la naissance du *Dauphin* (1).
« — Au milieu de la place s'élèvent les tribunes royales... La
« reine Marie-Thérèse préside cette solennité, dont le *héros prin-*
« *cipal* est le jeune roi qui, sous le costume d'un *chevalier rouge*
« et la lance au poing, charge impétueusement son adversaire.
« Des escadrons représentant les *anciens preux* occupent la partie
« droite de la composition. Sur le devant, une mascarade... entoure
« un riche carrosse dans lequel sont des dames masquées... Le
« spectateur a le dos tourné à la rue Saint-Antoine; en face de
« lui est le pavillon des Minimes; à droite, au fond, l'entrée de la
« rue du Pas de la Mule. Quelques édifices du vieux Paris, les
« églises *Notre-Dame-des-Champs* (sise au haut du faubourg
« Sàint-Jacques!), Saint-Eustache, la tour Saint-Jacques,
« Saint-Gervais et les hauteurs de Montmartre dominent la com-
« position. »

(1) Le docte commentateur du tableau veut désigner sans doute le dauphin Louis
dit *Monseigneur*, premier fils du roi, né à Fontainebleau le 1er nov. 1661, ce qui
devrait fixer à peu près à cette année la date du tableau.

Cette attrayante description devait m'attirer à la vente. Il me parut difficile de reconnaître dans ce tableau la place Royale. Les lointains édifices avaient bien quelque analogie avec Saint-Eustache, la tour Saint-Jacques, etc.; mais leurs positions respectives ne s'expliquaient guère. Je crus reconnaître que ce tableau, remarquable comme œuvre d'art, mais animé par une fête sans doute imaginaire, avait été composé, quant à la topographie, d'après une estampe de Claude Chastillon, représentant le carrousel donné en 1612 à la place Royale, et offrant en perspective un grand nombre d'édifices parisiens, dessinés de fantaisie, enjolivés et réunis en groupe pour l'effet. Quant à un carrousel donné à Paris vers cette époque, je n'en connais d'autre que celui exécuté le 5 juin 1662 sur la place qui en retint le nom.

Dans l'*Athenæum français* (n° du 26 avril) parut à ce sujet l'article suivant : « Dimanche (à l'hôtel de la rue Drouot), on voyait « un tableau que le rédacteur du catalogue, M. Febvre (expert de « la vente) annonçait pompeusement, et qui ne répondait guère « à tant d'éloges... Ce tableau ne représente *nullement* la place « Royale; c'est une place flamande assez semblable à celle où se « tient la Bourse à Anvers, et si l'on voit au milieu la statue « équestre de Louis XIII, c'est une réminiscence pure et simple, « et non pas une exacte reproduction. Ce tableau donc, loin de « présenter un intérêt historique et topographique, a dû être fait « fort loin de Paris, par un *artiste* qui ne connaissait guère la « place Royale. »

Je suis de l'avis du rédacteur de l'article. J'ajouterai que ce n'est pas la première fois, à ma connaissance, que, par ignorance, ou par spéculation, on a donné à certains tableaux une fausse attribution historique, afin d'en élever la valeur intrinsèque. C'est aux amateurs d'apprendre à juger et de se tenir sur leurs gardes.

Le n° 1991 du Musée de Versailles (Salon de Mercure) a rapport à la fondation de l'Observatoire (vers 1667). On y voit Claude Perrault, qui présente au roi le plan géométral de cet édifice, dont on aperçoit l'élévation dans le lointain.

Une autre toile de la même salle, je crois, est relative à la fondation de l'Hôtel des Invalides. Ces deux peintures et autres analogues n'apprennent rien de neuf aux archéologues, d'autant plus que les monuments projetés subsistent toujours.

Le n° 773 du même Musée (rez-de-chaussée), portant 265 centimètres de long sur 198 de haut, représente, cette fois authentiquement, la place Royale. C'est l'œuvre de J. Parrocel.
M. Soulié croit qu'il fut exécuté vers 1680, et l'explique ainsi :
« Le pavillon qui fait face à la rue Royale se nommait Pavillon
« du Roi... Le cortége d'un ambassadeur fait le tour de la place
« et va sortir par le Pavillon du Roi : les voitures, attelées de huit
« chevaux, sont conduites par des laquais à la livrée du roi. »

Quel ambassadeur vint à Paris en 1680? Hénault, fort exact
sur l'article des ambassades, n'en signale aucune cette année-là.
Peut-être s'agit-il de l'envoyé d'Alger, qui vint se soumettre au
roi le 4 juillet 1684, ou des envoyés du roi de Siam, qui arrivè-
rent à Versailles le 27 novembre de la même année.

Mais c'est nous occuper trop longtemps d'une peinture de peu
d'importance, en dehors du mérite de l'art; car la place Royale
offre encore aujourd'hui, sauf quelques modifications, à peu
près le même aspect que sous Louis XIV, dans l'ensemble de ses
constructions.

Je possède une sorte de peinture fort curieuse représentant les
mascarades de la rue Saint-Antoine vers 1690; mais, comme cette
apparence de tableau à l'huile n'est au fond qu'une gouache sur
vélin, un ancien éventail appliqué sur un panneau de chêne, rac-
cordé dans les vides que laissaient les parties cintrées, et recou-
vert d'un vernis, je me bornerai à le mentionner et je le décrirai
plus tard, dans la catégorie des dessins.

Quelques lignes sur le n° 305 du Musée du Louvre. C'est une
toile de Jean Jouvenet, exécutée avant 1713 (1) et représentant
l'abbé De la Porte, qui officie au maître-autel de Notre-Dame, en
présence de quelques personnes prosternées, dont deux chartreux.

La partie qui pourrait nous intéresser, c'est l'ensemble du
chœur et de l'autel; par malheur, à l'époque où fut peint le tableau, plusieurs fois reproduit par la gravure, l'ancien autel
décrit plus haut (page 312) était démoli depuis 1699, et n'était pas

(1) En 1713, Jouvenet eut la main droite paralysée; il s'exerça aussitôt à peindre
de la main gauche, et mourut quatre ans plus tard. Ce tour de force, très-admiré
dans le temps, est moins étonnant que celui de César Ducornet (récemment décédé)
qui promenait son habile pinceau sur la toile avec l'orteil du pied. — Ce tableau de
Jouvenet lui fut commandé par le chapitre de Notre-Dame, en 1709. L'abbé De la
Porte mourut en 1710.

encore remplacé. J. H. Mansard avait commencé l'ornementation nouvelle; mais, après sa mort, arrivée en 1708, on substitua à ses plans ceux de Robert de Cotte, et le groupe de marbre blanc qui devait orner le nouvel autel, — la célèbre *Descente de croix*, de Nicolas Coustou, — ne fut terminé qu'en 1723.

Toute la décoration du chœur et de l'autel est donc, sur ce tableau, à peu près imaginaire, ou du moins tracée d'après des plans non encore arrêtés. Les ornements des piliers, les grilles dorées, le retable de l'autel avec son bas-relief doré de la Cène, tous ces détails ne représentent rien de réel. Le retable de l'autel offrit une Mise au tombeau du Christ, et le groupe de la Descente de croix, une autre disposition de personnages que celle indiquée sur la toile de Jouvenet. Il suffit, pour s'en convaincre, de jeter les yeux sur un grand nombre d'estampes postérieures à 1723.

Le chœur de Notre-Dame, dégradé en 1793, fut rétabli, mais moins richement que sous Louis XV, en 1803. On y replaça le groupe de marbre, de Coustou, conservé grâce au zèle d'Alexandre Lenoir. Il en a été quitte pour la restauration de quelques mutilations subies à l'époque où l'on brisait les saintes images; coulé en bronze, il n'en existerait plus rien.

M. Villot attribue la partie architecturale du tableau à un artiste nommé Feuillet, que Jouvenet employait pour ces sortes de travaux. Cet artiste aura consulté des dessins d'architecte qui ont été modifiés dans l'exécution.

A. BONNARDOT.

(*La suite à un prochain numéro.*)

ICONOGRAPHIE DU VIEUX PARIS.

(SUITE) (1).

LA CHAMBRE DORÉE DU PALAIS, 1715. — Le règne de Louis XV va nous fournir une assez longue série de toiles curieuses pour l'histoire ou la topographie du vieux Paris. Le tableau n° 172 du Musée de Versailles (106 centimètres de long sur 75 de haut), dû au pinceau de Dumesnil, artiste contemporain, représente le lit de justice, tenu le 12 septembre 1715 par Louis XV, qui n'avait pas encore six ans. La cérémonie eut lieu dans la grand'chambre du Parlement, dite aussi *chambre dorée*, depuis l'époque où Louis XII la fit splendidement décorer. (*Voy. le 1er article*, janvier 1856, t. II, p. 284-285).

L'ensemble de cette séance solennelle se découvre ici d'un autre point de vue que sur l'estampe (citée *ibidem*) gravée par De Poilly, d'après un dessin, exécuté *sur lieu*, de F. Delamonce. Sur la droite, on aperçoit de profil le tableau gothique de la Crucifixion, décrit dans le même article. Au fond de la salle, dans l'angle, est assis sous un dais et sur une sorte de divan, le jeune roi vêtu d'une étoffe d'un bleu éclatant, que je suppose avoir eu primitivement une teinte violette, vu qu'il portait le deuil de son grand-père Louis XIV, décédé depuis onze jours. Près et au-dessous du roi siége avec majesté une femme jeune et belle que les renvois de l'estampe de Poilly nomment : la duchesse de Ventadour, gouvernante du roi.

Le malheureux prévôt de Paris était, à ce qu'il paraît, en toute occasion, condamné à une posture des plus humbles, dont au reste il ne s'affectait guère. C'est lui qui, selon la notice de M. Soulié, est ici, à titre de premier magistrat municipal de la *bonne* ville de Paris, *couché* sur les degrés du trône. Je dois ajouter qu'il n'est pas fait mention de sa présence dans les renvois de l'estampe citée ci-dessus.

(1) Voir les livraisons du 15 janvier, du 15 février, du 15 avril, du 15 juin et du 15 juillet 1856.

Plus loin, des huissiers de la chambre du roi se tiennent agenouillés devant l'enfant-monarque. Ils sont vêtus d'une étoffe violette, en signe de deuil, ainsi que beaucoup d'autres personnages,
et portent sur l'épaule des masses de vermeil. Les princes du sang
occupent, à la droite du roi, des siéges voisins du trône, et un
grand nombre d'assistants de tout rang sont échelonnés sur des
gradins.

Parlons maintenant de la topographie. Vu le peu de hauteur
de la toile qui peut-être aura été rognée dans sa ligne supérieure,
on ne distingue que quelques pointes des magnifiques pendentifs
du plafond. Au premier plan de droite s'avance en repoussoir une
portion de loge ou de *lanterne*, comme on disait alors, réservée aux
dames de la cour. La décoration de cette lanterne témoigne assez
qu'elle fut élevée sous Louis XII, époque où les arabesques de la
Renaissance se mêlaient aux caprices de l'ogive. Quelques années
après 1715, elle fut remplacée, ainsi qu'une autre de même style
(placée en encorbellement à l'autre angle du tableau, vers la
gauche, et réservée aux ambassadeurs et à leurs femmes), par
une tribune aux formes galbées, aux ornements contournés en
volute. Les parois de la salle, divisées en compartiments par de
riches pilastres, sont tapissées de tentures bleues de soie ou de
velours, parsemées de fleurs de lis d'or sans nombre.

Je l'avoue : l'estampe, également contemporaine, gravée par
De Poilly et représentant le même sujet, me plait mieux sous le
rapport des localités; les divers détails de la salle s'y développent
plus nettement et dans leur ensemble; il y manque seulement
l'illusion du coloris.

La cour de la Sainte-Chapelle, 1715. — Le tableau n° 173 du
même Musée, relatif à la même cérémonie, offre à l'archéologue
des documents plus précieux et plus nouveaux que le précédent.
Il représente le départ du jeune roi, après la séance du lit de justice. Cette peinture sur toile, qui porte 125 centimètres de longueur sur 88 de hauteur, est le produit de l'habile et patient pinceau de Jean-Baptiste Martin, artiste renommé de l'époque. Elle
est d'une finesse étonnante, et en même temps d'une exactitude
topographique qu'il n'est point permis de mettre en doute, si l'on
considère la Sainte-Chapelle, la seule partie du tableau qu'il soit
possible de juger sur nature. Ce tableau est l'unique monument

iconographique qu'on puisse consulter avec confiance, pour se
faire une idée de la physionomie de cette portion du vieux Paris.
On s'y promène en plein xvi° siècle, abstraction faite des personnages à perruques de 1715.

Parlons d'abord, mais sommairement, de ces personnages, qui
animent par milliers la place, les degrés de la Sainte-Chapelle,
l'escalier en forme de galerie de la Chambre des Comptes, enfin,
tous les balcons, lucarnes et terrasses des maisons qui ont vue sur
la place.

Le jeune roi vient d'apparaître sur le perron de l'escalier de la
Sainte-Chapelle ; il est entouré des princes du sang et des hauts
dignitaires de l'État, qui vont le reconduire à son carrosse. Tous
les regards naturellement convergent vers ce point du tableau,
mais nos regards à nous, antiquaires de 1856, doivent se reposer
sur toute sa surface.

La cour est encombrée de curieux de toute condition. Au milieu
de cette foule compacte, dominent les équipages richement décorés des princes, et des lignes de gens d'armes à cheval, couverts
d'habits rouges-écarlates. Du côté où la cour se rétrécit et s'étend
autour du chevet de la Sainte-Chapelle, sont rassemblés de nombreux carrosses aux brillantes livrées, qui attendent leurs maîtres,
empressés autour de l'enfant-roi.

Les édifices ou habitations particulières qui bordent cette
place, de forme irrégulière, sont minutieusement dessinés, et
sur une échelle assez étendue pour nous offrir un intéressant
sujet d'études. Je m'abstiendrai de parler du profil méridional de
la Sainte-Chapelle, qui occupe le milieu de la toile, puisque cet
admirable monument subsiste toujours, savamment restauré dans
son état primitif. L'escalier couvert d'un portique, qui conduisait au porche élevé devant le portail de l'église, paraît avoir
perdu en 1715 la physionomie gothique qu'il avait au temps de
Louis IX. Une flèche dorée, resplendissante au soleil, surmonte
le toit de la chapelle, et l'on regrette que la limite du ciel du
tableau ne permette pas de la voir en son entier.

Assurément cette œuvre, exécutée postérieurement à l'incendie
de 1630, n'était qu'une imitation abâtardie du style ogival ; néanmoins le piédouche octogone sur lequel posait et s'enlevait la
flèche donnait à l'ensemble une légèreté, une svelte élégance qu'on
ne peut méconnaître. Mais il n'était point permis au bon goût de

M. Lassus d'hésiter dans le projet de reconstruction de ce clocher obéliscal ; il devait choisir et il a choisi le modèle plus ancien de la flèche élevée sous Charles V, laquelle, d'après plusieurs témoignages iconographiques, était pareillement dorée. Cette flèche, sans être précisément d'un style contemporain de saint Louis, s'harmoniait beaucoup mieux avec le chef-d'œuvre d'Eudes de Montreuil.

A gauche du tableau se présente de profil le bâtiment de la Chambre ou Cour des Comptes, gracieux édifice, terminé sous Louis XII, où la décoration ogivale se mêlait aux coquettes arabesques de la Renaissance. Les fleurs de lis semées sur sa surface, ses fines moulures, ses clochetons effilés, ses légères dentelures, ses majestueuses lucarnes élancées, et splendides comme celles du Palais de Justice de Rouen, la cage de son escalier, portique rampant, formé d'arcades en arcs déprimés, et décoré de fleurs de lis, de blasons et de devises ; tous ces détails sont nettement accusés sur la toile de J.-B. Martin, et comme projetés sur une vitre dépolie par l'objectif-réfracteur d'une chambre noire (1). Toute cette portion de la Chambre des Comptes mérite assurément d'être reproduite avec soin et gravée à l'échelle de l'original, car la moindre réduction nous déroberait quelques touches intéressantes (2).

Je citerai un jour plusieurs dessins et estampes relatifs à la Chambre des Comptes ; mais ils ne sont que des à-peu-près, comparés à la représentation fidèle, que nous a laissée J.-B. Martin, de ce pittoresque édifice, si piètrement remplacé par des murailles froides et nues, après le fatal incendie de 1737.

Passons à la droite du tableau : nous allons y voir se développer, suivant la forme circulaire de l'abside de la Sainte-Chapelle, une ligne de vieilles maisons dont nous parlerons bientôt. Ces localités, bien qu'elles figurent sur un plan assez éloigné du spectateur, sont encore très-minutieusement détaillées. Aux yeux de l'artiste au jet fougueux, habitué à rendre les lointains avec quel-

---

(1) Peut-être J.-B. Martin s'est-il aidé, en effet, de cet instrument d'optique, bien moins parfait en 1715 que de nos jours, mais déjà connu et utilisé depuis au moins un demi-siècle.

(2) M. Gavard n'a pas osé reproduire un tableau chargé de tant de personnages et de détails d'architecture. Je compte, l'année prochaine, si un amateur ne me prévient, en faire dessiner les portions les plus remarquables.

ques hardis coups de pinceau, il y aurait délit ; il accuserait ces
fonds d'être léchés, trop arrêtés, trop distincts, puisqu'on y
compte toutes les assises de briques, de diverses teintes, qui composent les cheminées, puisque les plus menus ornements des
fenêtres et des balcons sont indiqués comme si l'œil les voyait à
travers une lorgnette bien achromatisée.

Cette netteté, au contraire, bien qu'exagérée peut-être par rapport à la portée habituelle de la vision, est une bonne fortune
pour l'archéologue, friand de ces petits détails qui révèlent le type
architectonique d'une époque, admirateur de ces peintures qui
réunissent à l'exactitude de Canaletti la netteté linéaire de Peter
Neef et la finesse microscopique de François Miéris.

A droite au premier plan se présente de trois quarts la façade
d'une chapelle, bâtie avant Philippe le Bel, qui l'enferma dans
l'enceinte du Palais, et dont je n'ai retrouvé nulle part de représentation détaillée : il s'agit de celle de Saint-Michel, qui a donné
son nom à un pont voisin. Sa façade consiste ici en un grand
pignon de pierre, bordé sur ses rampants de chaperons taillés en
biseau. A la naissance du gable ou portion triangulaire s'élève de
chaque côté un autre petit pignon du même genre, en forme
de clocheton, surmonté d'un socle qui porte, je crois, des statuettes.

La pointe du grand pignon se prolonge sous forme d'une colonne basse. Sur le chapiteau, orné de feuillages enroulés, est
couchée l'effigie d'un monstre, qui se tord avec d'étranges gri-
maces sous le poids d'un puissant ennemi. C'est le démon terrassé,
que saint Michel perce de sa lance et va précipiter dans l'abîme.

Dans la partie supérieure du gable est percée une rosace à jour,
composée de six lobes réunis à un cercle central, et au-dessous,
une grande verrière terminée en ogive, dont les sveltes découpures de pierre annoncent l'époque du xiiie siècle. Cette baie se
divise en deux arcades, réunies au sommet par une rosace semblable à celle placée plus haut ; et chacune de ces arcades est sub-
divisée en deux autres, soutenues par des meneaux fluets en forme
de colonnettes à chapiteaux ornés.

La portion inférieure de cette verrière bigéminée est ouverte
et permet à un groupe serré de spectateurs d'apercevoir ce qui
se passe sur la place. Au-dessous règne un appentis en tuiles, qui
recouvre un bas et long bâtiment, construit de bois ou de plâtre,

percé d'un seul rang de fenêtres, très-rapprochées et treillissées. Au-dessous de cette ligne de fenêtres on voit saillir un auvent et bleuir une longue enseigne à fond d'azur, cintrée au milieu vers le haut. Dans le cintre on distingue deux L majuscules, de formes galbées, brodés de feuillages et entrelacés. On lit plus bas : *Au Chiffre Royal Gamot* (ou Garnot) *graveur sur tous métaux*. De nos jours, c'est encore aux environs du Palais, notamment sur le quai des Orfévres, qu'on rencontre en nombre les graveurs pour cachets, timbres et écussons de notaires.

A la suite de la chapelle Saint-Michel, et en retrait sur sa façade, s'élève un pavillon de pierre qui fait face à la Chambre des Comptes, et dont la construction doit remonter à peu près à la même date. Il est décoré, au-dessous de la base du toit, de deux rangs superposés de compartiments carrés, qui contiennent alternativement des dauphins, sculptés en relief, de grosses fleurs de lis et des écussons. Une haute lucarne (pour ne pas dire une *mansarde*) à fronton triangulaire, avec fenêtre à croisillon de pierre, se détache sur le toit d'ardoise qu'il domine. A droite, la muraille est mouchetée de fleurs de lis rangées en quinconces.

Je citerai un jour un dessin de François Stella, qui représente en 1630 le même bâtiment et les maisons qui lui font suite au nord, avec de notables différences. Mais, à mes yeux, le tableau si fini de J.-B. Martin a seul droit à notre entière confiance, et doit représenter exactement cette localité, à part quelques modifications qui ont pu survenir entre 1630 et 1715.

Je reprends mon récit. Une grande lucarne du même genre, mais à fronton semi-circulaire, s'élève sur une portion de bâtiment plus voisine de la chapelle Saint-Michel et presque de niveau avec sa façade. Ce bâtiment, que nous cache en partie la chapelle, est-il une dépendance du pavillon qui nous occupe, bien que sur un plan plus en saillie? c'est probable.

Sur le haut du toit du pavillon est une petite terrasse décorée d'un berceau verdoyant de feuillage et si détaillé qu'on est libre de compter le nombre de lattes qui forment son treillis. Une autre terrasse étroite, qui règne au-dessus du mur où l'on voit sculptés des dauphins, fourmille de spectateurs.

Le pavillon que je décris ici n'est autre sans doute que celui d'une des deux portes orientales du Palais. Il aura été reconstruit sous Louis XII ou un peu plus tard, du côté qui regarde la

Chambre des Comptes, afin qu'il fût digne de lui faire vis-à-vis.
Il n'est percé que d'un premier étage de fenêtres rectilignes, divisées en quatre compartiments par un croisillon de pierre, et garnies de petites vitres en losanges.

Au rez-de-chaussée du pavillon et dans l'alignement de la lucarne à fronton triangulaire, s'ouvre une baie terminée en ogive,
qui conduisait par une voûte à la rue de la Barillerie, baie remplacée par celle qu'on voit aujourd'hui, au même endroit, ou à
peu près, au-dessous d'un froid bas-relief, et qui fait face au
moderne et triste bâtiment de la Cour des Comptes actuelle, incorporée, je crois, à la Préfecture de police.

A gauche de la baie ogivale, est une fenêtre dé rez-de-chaussée
à balcon saillant, surchargé de curieux. De chaque côté de cette
fenêtre, sur le mur, est peint un cep de vigne garni de grappes,
et au-dessus s'étend cette inscription sur fond blanc : *A l'Épée de
bois.* Plus haut sont représentées sur un tableau deux épées croisées, les poignées en bas. Cette enseigne est sans aucun doute celle
d'un café du temps, d'un *cabaret* ou, si l'on préfère, d'une *buvette,*
où venaient se rafraîchir les clercs, voire peut-être les graves
magistrats du palais.

J'ai nommé cette baie une *fenêtre,* mais je crois plutôt qu'il faut
y voir une porte, à laquelle du dehors on arrivait à l'aide de quelques degrés de pierre, établis à l'intérieur (cachés ici par la foule
des spectateurs) et aboutissant à un perron ou plate-forme munie,
comme un balcon, d'un grillage de fer.

Au cabaret de l'Épée de bois, voisin de la porte du Palais, commence une ligne de basses échoppes en bois peint, occupées spécialement, je pense, par des écrivains publics, fabricants de
requêtes et placets, par des libraires, des graveurs de timbres,
et sans doute aussi par des marchands de pieuses bimbeloteries.

Cette ligne non interrompue de baraques, plaquée aux pieds
des hautes maisons, comme un stylobate gigantesque, va se perdre
derrière le profil du chevet de la Sainte-Chapelle. Le mur du vénérable édifice en est lui-même garni dans tout son pourtour. Les
plus somptueux chefs-d'œuvre du Moyen-âge étaient ainsi, et dans
toute l'Europe, défigurés à leur base par la lèpre des échoppes;
mais l'amour-propre des architectes ne s'en choquait nullement,
puisque c'était un usage général. Aussi, était-ce vers le sommet
des édifices, portion que nul obstacle ne pourrait dérober aux

regards du public, qu'ils accumulaient les plus délicieux caprices de leur art.

Je suis, en vérité, affligé que les beaux carrosses des grands seigneurs, qui assistaient au lit de justice de 1715, aient été remisés le long de ce double rang de baraques. Si la place eût été vide, l'œil, j'en suis sûr, eût deviné quelles sortes de marchandises on débitait dans chacune d'elles. Au reste, on distingue presque chaque enseigne. De près, sous un jour favorable, et à l'aide d'une loupe, sans aucun doute, on en déchiffrerait plus d'une.

Au-dessus du pavillon aux dauphins, s'élance le toit conique d'une des deux tours qui donnaient un air monumental à la porte du Palais, du côté de la rue de la Barillerie. La pointe du cône se termine par des ornements en plomb, consistant en des touffes de feuilles contournées, d'où s'élance une fleur de lis. Les deux tours figurent sur une petite estampe de Jean Boisseau, vues du côté de l'est. Elles y paraissent à peu près aussi hautes que celles, aujourd'hui en réparation, du quai de l'Horloge. Elles dataient au moins de l'époque de Philippe le Bel.

Revenons à la cour de la Sainte-Chapelle. A la suite du pavillon aux dauphins se pressent l'une contre l'autre onze ou douze maisons hautes, étroites, bâties de pierres ou de charpentes. Leurs cheminées sont en général en briques et leurs façades se terminent en pignons aigus, d'inégales hauteurs, dont les rampants sont protégés par les profils en saillie des toits. Ces maisons sont accidentées de divers appendices qui rompent la monotonie des lignes, tels que appentis, auvents, terrasses, jardins sur les fenêtres, etc., tous détails rendus avec autant d'exactitude que de patience, du moins c'est fort probable.

Au-dessus des combles de ce rang de maisons, s'élancent deux autres toits coniques, cuirassés d'ardoises et terminés par des fleurons. Ils coiffaient les tours, de moyennes dimensions, qui, suspendues en encorbellement, décoraient l'entrée du Palais faisant face au grand escalier à trois pans, au bas duquel la Basoche plantait son mai. Cet escalier extérieur conduisait au principal bâtiment de la résidence royale du XIVᵉ siècle. Je possède deux dessins qui représentent cette porte.

Tout cet ensemble fut remplacé, après l'incendie du 10 janvier 1776, par le palais actuel, précédé du large escalier que nous voyons s'étendre sur une grande partie de la cour.

33

Lorsque toutes les reconstructions furent achevées (ce fut aux dépens de la nef gothique annexée au nord de la Sainte-Chapelle, et destinée à conserver le *Trésor des Chartes*), on abattit la porte féodale, et on lui substitua une *belle* grille dorée qui ne rappelle plus aucuns souvenirs du Moyen-âge, mais seulement quelques tristes épisodes de 1793.

Si J.-B. Martin nous avait légué une vingtaine de toiles aussi intéressantes que celle-ci, reproduites par un habile graveur, elles eussent formé un atlas des plus curieux pour l'histoire du vieux Paris. Malheureusement je n'ai pu en découvrir d'autres du même genre ; toutes celles conservées à Versailles offrent des sites étrangers à la topographie de la capitale.

JARDIN DES TUILERIES, 1721. — Le n° 177 du même Musée est une grande toile de 329 centimètres de long sur 228 de haut, due au pinceau de Charles Parrocel. Elle représente l'ambassadeur turc Mehemet-Effendi arrivant aux Tuileries par le pont tournant, le 21 mars 1721. Un cortége militaire et un nombreux concours de curieux accompagnent l'envoyé de la Porte. Parrocel excellait à rendre ces foules bariolées de mille couleurs, au milieu desquelles se détachent des chevaux et des carrosses.

Quelques lignes seulement sur les localités qui apparaissent au fond du tableau. Nous avons sous les yeux la terrasse septentrionale du jardin, et une ligne de bâtiments, aujourd'hui remplacés par le commencement de la rue de Rivoli et la place de Concorde, qui n'existe pas encore sur ce tableau.

L'édifice qui attire d'abord l'attention, c'est le dôme de l'église du couvent de l'Assomption, ce lourd modèle de pâtisserie que flanque à l'est un portique d'une exiguïté ridicule. On distingue de face, à travers un air brumeux ou poussiéreux, une longue file de maisons. Je n'oserais assurer qu'elles fussent exactement tracées. En tout cas elles ne présentent dans leurs constructions aucun détail d'architecture saillant, *appétissant* pour les amateurs du vieux Paris. Vers la droite on remarque quelques corps de logis d'un style plus ancien, mais fort simple ; ils dépendaient du couvent des capucins, fondé sous Henri III.

Examiné de très-près, sous un jour plus favorable, peut-être ce tableau offrirait-il quelques particularités dignes d'être signalées, et que n'a pu saisir l'objectif de ma lorgnette ; mais c'est

peu probable, car, en 1721, il n'existait, que je sache, de ce côté
de la capitale aucun édifice ancien, sinon l'église primitive de la
Madeleine, qui n'est pas en vue.

Quant au jardin d'André Le Nôtre, qui subsiste encore, il n'a
rien qui puisse nous intéresser ; nous sommes au 21 mars ; ses
arbres attendent les feuilles, et ses plates-bandes, les fleurs au
doux parfum. On n'y peut voir le marronnier dit du 20 mars, qui
sans doute existait déjà. C'est dommage : il eût été curieux de
vérifier si en 1721 il jouissait de cette précocité de végétation qui
l'a rendu célèbre.

OBSERVATIONS SUR LE MUSÉE DE VERSAILLES. — Avant de reprendre le cours de ces dissertations, j'éprouve le besoin d'exprimer mon antipathie, sous le point de vue archéologique, contre
l'organisation du Musée de Versailles, si fastueusement nommé
galeries historiques. Il contient infiniment trop de productions
dues à la fantaisie, souvent mal éclairée, de peintres modernes.
Pourquoi ces toiles sont-elles mêlées à celles des anciens artistes,
exécutées d'après nature, ou du moins sous l'impression récente
des événements ? Si c'étaient de simples copies d'originaux bien
authentiques, rien de mieux.

A côté des curieuses peintures de Dumesnil, J.-B. Martin et
Ch. Parrocel, que je viens de décrire, se trouvent des compositions de fraîche date, tracées d'après des *mémoires*. Ces œuvres
fictives, quel que soit d'ailleurs leur mérite comme art, seront
toujours reniées par l'archéologue et l'historien sérieux, qui, pour
les monuments du passé, réclament, avant tout, des signatures de
témoins oculaires. Le plus parfait tableau moderne, fondé sur un
alinéa d'une ancienne chronique, n'a pas à leurs yeux la moindre
valeur historique, pas plus que la représentation d'un édifice
chinois, dessiné, d'après le récit d'un voyageur, par un artiste
qui n'a jamais quitté Paris.

Un livre ne peut se traduire en peinture, surtout après des
siècles d'intervalle, que sous une forme fausse, ornée de détails
de convention. Les idées qu'un livre adresse à la postérité per-
dent toute leur valeur locale, dès qu'un pinceau d'un autre temps
veut les revêtir d'une forme matérielle, précise, palpable au sens
de la vue. Les paroles écrites se font accepter de l'imagination
humaine, sans avoir besoin de limites bien arrêtées ; mais un

dessin, pour se faire comprendre, doit préciser tous les détails, accuser nettement toutes les lignes. Or, quand un artiste n'a pas devant lui la nature, il ne peut qu'*inventer*. En deux mots, l'homme de lettres peut très-bien décrire un tableau, mais le peintre, fort rarement, interpréter avec fidélité les idées d'un auteur, qui n'existe plus que dans son livre.

Quand je préparai ma liste de tableaux du vieux Paris, j'enregistrai par méprise un certain nombre de peintures de fantaisie, placées au Musée de Versailles à côté de productions contemporaines, avec lesquelles elles se confondaient, grâce à l'imitation de la touche et du coloris des xviie et xviiie siècles. Ainsi, j'avais noté comme anciennes toiles les n°s 174 et 175. L'une, due à madame Hersent, représente la visite que fit, le 10 mai 1717, Louis XIV encore enfant, au grand-duc de Varsovie, Pierre le Grand, logé à l'hôtel de Lesdiguières près de l'Arsenal; l'autre, œuvre de M. Lestang Parade, offre une revue passée, à la même époque, dans la cour du Carrousel, devant le même souverain, fondateur de l'empire russe.

Le petit tableau de genre de madame Hersent ne manque ni de grâce ni d'expression; les portraits y sont sans doute tracés d'après de bons modèles; mais néanmoins il fut exécuté (sous Louis XVIII, je crois) uniquement d'après une phrase des *Mémoires* de Saint-Simon. J'ai donc exclu de ma liste ces tableaux et plusieurs autres de même nature, dont je suis loin de contester le mérite sous le rapport de l'art.

On devrait isoler, classer à part toutes ces compositions. Qu'on les multiplie! j'y consens; c'est encourager les arts et faire éclore les talents; mais qu'on n'en forme pas les éléments d'un musée d'antiquaires, qu'on ne les érige pas au rang de nos souvenirs historiques! Les galeries de Versailles, pour avoir une valeur archéologique, devraient être réduites à quelques salons, où seraient admis exclusivement les tableaux historiques *du temps,* ou, à leur défaut, les copies *exactes* d'originaux existants dans d'autres musées.

Un jour, je l'espère, s'effectuera la séparation de ces deux sortes de peintures hétérogènes, dont le mélange est une monstruosité, car c'est celui de la réalité et de la fiction. On devrait agir de même à l'égard des recueils de gravures historiques de notre Cabinet des Estampes.

DE QUELQUES TABLEAUX QU'ON VOYAIT A L'HOTEL DE VILLE. — D'Argenville fils, dans son *Voy. pitt. de Paris*, édit. de 1778, et
Thiéry, dans son *Guide des amateurs,* etc., 1787, citent un grand
tableau, peint en 1740 par Carle Van Loo, portant (selon d'Argenville) 13 pieds de long sur 11 de haut, et placé dans la Salle
des Gouverneurs. Il était relatif à la publication de la paix
en 1739. On y voyait Louis XV, entouré de figures allégoriques,
recevant les actions de grâces du prévôt des marchands et des
échevins. Le fond représentait un édifice d'une *belle* architecture
(probablement un portique à colonnes), au delà duquel on apercevait une *perspective* de Paris, prise de je ne sais quel point.
D'Argenville cite un autre tableau allégorique sur le même sujet,
peint par Du Mont, et placé dans la Grande-salle. Que sont deve-
nues ces peintures? je l'ignore, et je ne sais s'il en existe des
copies gravées (1).

Les mêmes auteurs mentionnent encore une toile de Roslin (2),
qui ornait la Grande-salle (on y voyait Louis XV reçu par le prévôt
et les échevins, à l'occasion de sa maladie à Metz et de son retour
à Paris, 1744), et une autre dont je vais citer la gravure.

Cet autre tableau, peint par Vien, représentait la cérémonie
d'inauguration de la statue équestre du roi régnant, élevée au
milieu de la place Louis XV, aujourd'hui de la Concorde. Cette
inauguration, selon Béguillet, Thiéry et autres, eut lieu le 20 juin
1763 ; cependant Piganiol, dans sa *Descr. de Paris,* éd. de 1765,
ne parle encore de cette statue que comme d'un projet.

Le tableau aura été détruit, je pense, en 1793 : parlons-en d'après
la copie insérée dans le Recueil de vues de France de M. de Laborde
Cette estampe (n° 13 de *l'Ile-de-France*), gravée vers 1785, est
signée : *Vien pinx. — C. N. Cochin del. — Née sculp.* La statue
équestre, élevée sur son riche piédestal, est vue presque de face.
Un cortége de personnages à cheval fait le tour du monument. Au
milieu de l'estampe, un de ces personnages, décoré d'un grand
ruban en sautoir, et assez chargé d'embonpoint, salue la foule.

(1) Je possède une vue d'optique représentant le cortége royal arrivant à l'hôtel
de ville, à l'occasion de la proclamation de la paix, probablement celle de 1739. Une
autre image du même genre offre une cérémonie analogue, mais relative à la paix
de 1783.

(2) Ce tableau est décrit dans la belle étude de M. de Chennevières sur Roslin.
Voir la livraison précédente, p. 394.

Est-ce le roi lui-même? il lui ressemble assez; cependant il doit
paraître étonnant que Louis XV ait assisté en personne à l'inauguration de son effigie. Autour du roi, ou de tout autre grand
seigneur, qui préside à la cérémonie, on remarque des officiers
municipaux, le prévôt des marchands et ses échevins, cette fois
dans une posture assez majestueuse puisque tout le cortége est à
cheval.

Tous ces portraits sont-ils ressemblants? c'est probable. Néanmoins leurs visages ont été sans aucun doute embellis par Vien,
selon les us et coutumes des peintres de la cour. Il est permis aux
artistes habiles, tout en conservant la ressemblance, de dissimuler
ou d'exagérer, à leur gré, les imperfections de leurs modèles.

A droite on entrevoit deux colonnes du palais du Garde-meu-
bles, et plus loin, en retrait, un hôtel (dont j'ignore le nom, et
qui a, je crois, été reconstruit) placé à l'entrée méridionale de la
rue des Champs-Élysées, rue dite alors, à cause d'une enseigne
de cabaret, de la Bonne-Morue.

Une autre estampe, gravée avec plus de talent, représente cette
même inauguration; elle est signée : *H. Gravelot invenit.* — *Aug:
de St Aubin sculpsit.* 1766. La statue est vue en profil, et l'on distingue sur le premier plan à peu près les mêmes personnages,
mais différemment groupés.

FANCHON LA VIELLEUSE, VERS 1760? — Je possède un petit tableau ovale (25 centim. dans le sens du grand axe sur 21 et demi
dans l'autre sens), exécuté sur toile, mais appliqué sur une tablette de chêne, *marouflé,* pour employer le mot technique. Le
sujet qu'il représente a peut-être été extrait d'une toile de plus
grande dimension. Ce petit tableau, avec sa bordure moderne, me
fut adjugé pour 37 francs à la salle des Jeûneurs, le 25 novembre 1845. Il portait sur la notice de la vente le n° 27. Cette notice,
à tort ou à raison, mais probablement d'après une note du possesseur, l'attribuait au chevalier *Faveray,* artiste dont parle
M. Villot, à l'occasion du n° 193 du Musée du Louvre, École française (1).

(1) Selon M. Villot, Antoine de Favray ou Fauray, né en 1706, séjourna longtemps à Malte. Il se présenta à l'Académie royale de Paris (vers 1760?) et y fut
reçu membre le 30 octobre 1762. Il resta peu de temps à Paris, et je ne sais au juste
à quelle époque il aura peint ce tableau, supposé qu'il soit son œuvre. Je ne connais
aucun portrait gravé, contemporain de Fanchon la Vielleuse.

Onvoit au milieu figurer Fanchon la Vielleuse, jouant de son instrument. Elle est assise sur une chaise fort vulgaire, dans une des contre-allées du boulevard du Temple, promenade très en vogue sous Louis XV. Sa tête et en général toute sa personne sont touchées avec plus de soin et de finesse que le reste du tableau. Près d'elle, sur la gauche, se tient debout un abbé de bonne tournure et encore jeune, son tricorne à la main. Il s'accoude sur une barrière de bois, peinte en vert, comme on en voyait çà et là des échantillons avant 1830, sur toute la ligne des boulevards. Il semble écouter avec plaisir les sons de la vielle et en même temps *conter fleurette* à Fanchon.

Fanchon, qui n'est plus une fillette mais une femme de 26 à 30 ans, tourne la tête vers le galant abbé, et l'on devine à son air qu'elle repousse du regard quelques propos trop hasardés. Sa physionomie est pleine de douceur et de distinction. La notice de la vente nomme l'abbé de Lattaignant (ou plutôt L'Attaignant); nous reviendrons tout à l'heure sur ce personnage.

A droite, fuient dans l'éloignement les lignes d'arbres du boulevard. Près d'un banc de pierre, derrière un arbre qu'il entoure de son bras gauche, un jeune compatriote de Fanchon, un Savoyard (*Savoisien*, si l'on préfère) de dix à douze ans, désigne du doigt M. l'abbé avec une intention ironique.

Un détail remarquable de ce petit sujet de genre, c'est une médaille circulaire en argent, où ressort en relief une fleur de lis, suspendue à un ruban bleu, sous le sein gauche de la Vielleuse. Elle aura, je le présume, joué devant la cour, et on lui aura remis cette décoration, entre autres souvenirs de la munificence royale. Peut-être encore cette médaille était-elle la récompense d'un de ses actes de noble charité que signale M. J. N. Bouilly, dans une notice qu'il lui a consacrée (1).

Il paraît que la Fanchon, à l'époque où on l'a ici représentée,

---

(1) Aucun de nos dictionnaires intitulés : *Biographie* UNIVERSELLE, ne parle de Fanchon, du moins sous ce nom populaire qui assurément ne s'applique pas à un personnage idéal. Un feuilletoniste du temps du Consulat et de l'Empire, Geoffroy, lui a consacré quelques lignes. Quant à M. J. N. Bouilly, auteur de la pièce de *Fanchon la Vielleuse,* il a donné sur son compte de nombreux détails dans le second tome de ses *Récapitulations* (ou *mémoires*), publiées, je crois, en 1836. Il déclare tenir tout ce qu'il raconte d'elle, d'une femme d'esprit, très-âgée, qui, à l'époque de sa jeunesse, avait souvent vu la Vielleuse.

était dans un état de fortune assez satisfaisant. Elle a les cheveux poudrés et porte une robe de soie couleur marron clair, garnie au bas de trois rangées de rubans de même nuance. A son cou brille une petite croix *patée* en or, dite vulgairement croix de Jeannette. Sa coiffe, rejetée gracieusement en arrière, selon la mode de son pays, son fichu, ses larges manchettes, son tablier, tous ces accessoires de sa toilette paraissent être de fine dentelle ou de mousseline des Indes brodée.

D'après des documents recueillis au commencement de ce siècle, la jolie Vielleuse se serait assez enrichie, grâce à la seule estime qu'inspirait son talent de musicienne, pour acquérir une importante propriété en Savoie, et pour se permettre de rendre à de pauvres diables des services pécuniaires importants.

Je n'ai pu me procurer sur la Fanchon de détails contemporains. Elle sera morte, dans son pays peut-être, vers 1790. Au milieu des orages politiques de l'époque, nul n'aura songé à la biographie de cette célébrité du boulevard. Mais plus tard des vieillards ont pu fournir des renseignements sur son compte (voir la note ci-devant). D'après le récit de M. Bouilly, elle demeurait rue de l'Arbre sec, en face d'un faïencier, recevait les visites de grands seigneurs et réunissait les poëtes-chansonniers en renom, l'abbé de L'Attaignant, Vadé, Collé, Panard et Piron. Elle chantait avec eux leurs couplets, en s'accompagnant de sa vielle, dont elle jouait avec un vrai talent d'artiste.

Ce fut, à ce qu'il paraît, par goût, par attachement à ses premières habitudes, qu'elle continua, après sa fortune faite, à paraître sur la voie publique et à collecter, sans rougir, les plus modiques offrandes des passants. Je décrirai un jour une estampe de P. F. Courtois d'après Aug. de Saint-Aubin, où figure la Fanchon (plus jeune que sur mon tableau) jouant de la vielle devant le café Caussin, au boulevard du Temple.

Quelques lignes sur Gabriel de L'Attaignant, chanoine de Reims. Selon les biographes, cet abbé à bonnes fortunes trèsmélangées, auteur de poésies légères publiées en 1757 (4 vol. in-12), serait né en 1697 et mort en 1779. Or, vers 1760, date probable de mon tableau, le sémillant abbé aurait compté soixante-trois printemps, total que la franche et gracieuse Savoisienne avait le droit de trouver excessif, sous le point de vue de la galanterie.

Son portrait, dont les traits rappellent assez ceux de l'estampe placée en tête de ses œuvres, paraît donc sur notre peinture, attribuée à Faveray, beaucoup trop jeune. L'abbé possédait-il le secret de Ninon de Lenclos? Les biographes ont-ils trop reculé la date de sa naissance? Le peintre a-t-il représenté un autre abbé, ou trop rajeuni le chanoine de Reims?

Je n'ai pas ici le loisir de tenter de résoudre ces questions. Ce que je sais, c'est que le nom de L'Attaignant se mêle à la célébrité de Fanchon la Vielleuse... Je pensais qu'il lui aurait dédié quelques pièces, mais je n'en ai trouvé aucune, dans la table de ses poésies, qui s'adressât à cette musicienne si populaire. Il est possible, au reste, qu'il ait échangé son nom vulgaire contre celui de quelque nymphe ou divinité mythologique, selon la coutume des poëtes musqués de cette époque.

LA PLACE DE GRÈVE, VERS 1760. — Raguenet, artiste de second ordre, a peint beaucoup de vues de Paris sous Louis XV et peut-être aussi sous le commencement du règne de Louis XVI .Les biographies *universelles* ne font aucune mention de ce peintre (1); je me bornerai donc à décrire les tableaux qu'on lui attribue et à en rechercher la date probable, dans les sujets qu'ils représentent. Raguenet affectionnait spécialement les quais de la capitale, qu'il a reproduits sous divers points de vue. Il nous a aussi conservé le souvenir de quelques événements contemporains, tels que fêtes et incendies.

Je connais une douzaine de toiles de moyenne grandeur, qu'on lui attribue, mais j'ignore encore s'il s'en trouve qui soient positivement signées (2). Comme j'ai vu passer dans les ventes plusieurs doubles de certains tableaux , je suis porté à croire qu'il copiait ou faisait copier sous ses yeux certains sujets dont on lui faisait la commande. Ce ne serait pas l'unique exemple d'un atelier d'artiste converti en une sorte de fabrique industrielle.

Je citerai d'abord une petite toile représentant la place de Grève,

(1) Peut-être descendait-il d'un marchand de fers, du même nom, qui, sous la Fronde, joua un rôle assez actif, et réclama avec énergie, à la tête d'un groupe très-animé, la liberté du conseiller Pierre Broussel. Il y a aussi l'historien Raguenet qui mourut en 1722.

(2) Je vais tâcher de retrouver tous ces tableaux chez leurs possesseurs, afin de les décrire, dans le prochain article, *de visu*, et non de souvenir.

le quai Pelletier, etc., vers 1760. Je possède une estampe assez médiocre, mais peu commune, qui en est la copie exacte, et à peu près de même grandeur. On lit au bas de cette gravure sans date : *Raguenet pinx.* — *L. Legrand sculp.* Chez François, rue Basse des Ursins (la vue est prise d'une maison de cette rue) au Triangle d'or, et chez Basset l'aîné, rue Saint-Jacques, à la Comète. Sur la marge inférieure s'étalent en deux colonnes huit alexandrins d'un sieur Moraine, poëte de force à *travailler* dans les devises de mirlitons.

Je vis vendre un jour, avant 1848, rue des Jeûneurs, le tableau original, joint à une vue de la place de Saint-Pierre de Rome. Les deux toiles furent adjugées pour un peu moins de 200 francs à un amateur de la rue de l'Odéon, que je viens de retrouver, mais que, conformément à son désir, je ne nommerai pas ici. Si je n'ai pas moi-même acquis le tableau, c'est que j'en possédais, dès cette époque, la gravure, et qu'avant tout je fais des sacrifices pour des pièces inédites que je compte reproduire.

Ce tableau, que je viens de revoir, porte approximativement 45 centimètres sur 32. Le coloris en est peu brillant, d'autant plus, je le soupçonne, qu'on l'aura nettoyé, à une certaine époque, avec trop de vigueur. La perspective en est assez remarquable et les détails vont nous offrir de l'intérêt.

Vers le milieu se développe de trois quarts la façade de l'hôtel de ville, et, à sa suite, vers le nord, cinq maisons à pignons inégaux, soutenues au rez-de-chaussée par des piliers de bois formant galerie. Derrière ces maisons se cachaient l'hôpital et la chapelle du Saint-Esprit, fondés en 1362, dont on a mis à nu quelques arrachements de voûte, lorsque en 1842 on commença à agrandir l'hôtel de ville.

A droite de cet édifice, et plus près du spectateur, s'élèvent d'autres vieilles maisons à piliers de bois, dont une à large pignon, faisant le coin de la rue de la Mortellerie. J'ai souvent, avant 1842, vu cette maison, assez peu curieuse du reste, notamment quand j'étais de garde au poste de l'hôtel de ville. Le premier étage, en surplomb sur la place, s'appuyait, non comme autrefois sur des piliers, mais, ainsi que le représente déjà le tableau en question, sur des potences ou consoles de charpentes. Au rez-de-chaussée était établi un petit restaurant-estaminet ayant pour enseigne

A l'Image Notre-Dame (1). Toutes les fenêtres, celles surtout du dernier étage, étaient basses et très-rapprochées, mais sans aucuns détails d'architecture remarquables.

On distingue ensuite de face, sur le quai de la Grève (à droite du tableau), une suite de maisons hautes, sales et déjetées, dont une seule présente un pignon. Elles étaient fort laides, mais non pas curieuses. Je les ai vues telles encore, ou à peu près, que les a dessinées Raguenet. La première, celle faisant le coin de la rue de la Mortellerie, portait en 1840, comme sur le tableau, les traces noirâtres des cheminées d'une maison contiguë, abattue, j'ignore à quelle époque, pour élargir le quai. Sur les ruines de ces bâtiments s'épanouit en hémicycle le jardin actuel de la Préfecture de la Seine.

Une lithographie du comte Turpin de Crissé, qui parut vers 1833, représente ces maisons avec assez d'exactitude ; néanmoins, on a donné à quelques-unes une physionomie plus vieille qu'elle n'était en réalité. Je me souviens que des marchands de sel et de paille habitaient les caves ouvertes sur le quai, et aussi qu'une de ces maisons avait au dehors un escalier de pierre aboutissant à un perron.

La dernière formait le coin de la ruelle étroite dite : rue de Pernelle, non pas, je pense, en souvenir de la femme de Nicolas Flamel. Sur la maison située au delà de cette ruelle (et la dernière que comprenne le champ de la toile), on distingue sur le mur un crucifix sculpté en pierre ou en bois, que protège un petit auvent. Qui l'avait placé là ? peut-être les Filles-Haudriettes qui possédaient rue de la Mortellerie une chapelle, fondée au xiv⁰ siècle. On peut supposer que cette effigie du Sauveur agonisant fut destinée, soit à conjurer les inondations de la Seine (2), soit à réconforter au

---

(1) Feu M. C. F. Muller, peintre en miniature du boulevard Saint-Denis, possédait le fragment d'une toile, probablement de Raguenet, représentant en plus grand cette maison vers 1760 avec son enseigne. J'ai pris note des principales pièces (curieuses pour l'histoire de Paris) de la collection de M. Muller, décédé l'an dernier. J'ai pu racheter quelques dessins assez intéressants de cette collection, dont M. Destailleurs possède aujourd'hui une grande partie. Je ne sais où a passé le fragment de peinture en question, acquis et revendu par M. Basset, marchand de tableaux.

(2) Si ma mémoire n'est pas en défaut, c'est au coin de cette maison qu'était indiquée par des lignes rouges la trace du niveau des débordements de la Seine. Une de ces marques dépassait le premier étage.

passage les condamnés, qu'on traînait par cette route à la place de Grève, cette sanglante arène des gémonies et des tortures.

Tout le groupe d'habitations que je viens de décrire est dominé par la toiture géante et les deux grosses tours carrées de l'église de Saint-Jean-en-Grève. Ces tours, richement brodées d'ornements du xve siècle, étaient séparées par la façade en forme de pignon, qui ne fut jamais ornée d'un portail, car il n'existait qu'un étroit couloir entre cette façade et le bâtiment de derrière de l'hôtel du Dauphin, ou Maison-aux-Piliers, remplacé sous François Ier par l'hôtel de ville. Les longues baies ogivales des tours sont garnies sur le tableau de cinq traverses de bois, placées de biais, et formant des *abat-son*; sur l'estampe on n'en distingue que quatre.

La tour septentrionale est surmontée d'un svelte clocher de pierre, décoré de légères sculptures et peut-être çà et là découpé à jour. En outre, à chaque angle de la plate-forme s'élève un élégant clocheton ou pinacle de pierre, qui se relie par de légers arcs-boutants au corps du clocher.

Du reste ces détails sont imparfaitement rendus par le peintre et par le graveur. Le clocher central me semble trop fluet, et les quatre clochetons paraissent s'y rattacher au moyen de cercles de fer en forme de berceaux. Plusieurs estampes que je décrirai un jour nous rendront un meilleur compte de ce clocher pyramidal, élevé au xve siècle, et le seul échantillon de ce genre qui existât à Paris.

Passons à la gauche du tableau. On y voit le quai Pelletier aboutir à la place de Grève. Les maisons de ce quai, reconstruites au xviie siècle, n'ont rien de remarquable, sauf celle de l'encoignure, qui n'existe plus, ou qui du moins a subi de notables modifications après 1830, époque où elle fut vivement canonnée. Dans l'angle, construit en bossage, qui regarde la place, au premier étage, s'avance en saillie une enseigne peinte en forme de blason, protégée par un auvent, et représentant le *Signe de la Croix*. On y distingue un cygne, dont le cou s'enlace autour de la tige d'une croix; mauvais rébus encore apprécié, de nos jours, par certains boutiquiers, en province et même à Paris.

Le quai Pelletier, qu'on voit ici, fut refait entre 1773 et 1786. Établi sous Louis XIV, par ordre de Claude le Pelletier, alors prévôt des marchands, il faisait l'admiration des historiens du dernier siècle. Comme celui de l'Horloge, il s'avançait en saillie sur la rivière au moyen d'une trompe de pierre hardie : ingénieux moyen d'élargir un quai, sans même rétrécir la berge. Le trottoir et le garde-fou faisant, à l'encoignure du quai, un retour d'équerre légèrement arrondi, se prolongeaient vers le nord, puis se repliaient à angle droit vers l'est, et formaient ainsi sur la place une séparation, entre elle et la berge ou grève, qui servait de port de débarquement aux bateaux de foin et de bois flotté. « Ce quai, dit Piganiol, fut construit (il veut dire achevé) en 1675, « sous la conduite de Pierre Bullet... sur les ruines de quelques « *vilaines* maisons de Tanneurs. » Puis il s'extasie sur la coupe *très-savante* de la voussure.

C'est dommage que Raguenet n'ait pas vécu un siècle plus tôt; il nous eût laissé le portrait de ces *vilaines* maisons qui nous sembleraient aujourd'hui *très-pittoresques*. Au reste je décrirai un dessin de ma collection, représentant des maisons du même genre, qui leur faisaient face, de l'autre côté de la Seine, où s'étendent aujourd'hui les arbres du quai aux Fleurs.

Quand plus tard on élargit de nouveau le quai Pelletier, ce fut cette fois au moyen d'une robuste muraille, bâtie sur la berge et soutenant le trottoir d'à-plomb. Sur le plan de Verniquet, levé vers 1786, on voit ce quai rétabli tel qu'il était encore en 1850.

Vu la perspective du tableau, on ne peut apercevoir cette élégante tourelle suspendue dans un angle de la place, riche débris d'un hôtel du xvᵉ siècle, nommé, je crois, hôtel de Dunois. Ses pierres étaient à vendre en 1852, mais ces fragments mal détachés ne trouvèrent point d'acquéreur, et deux ans plus tard, je les reconnus gisant solitaires, avec la charpente fracassée du toit, dans un terrain triangulaire, vis-à-vis de la grille de la barrière Blanche, à l'intérieur de Paris.

J'ai fixé l'époque du tableau vers 1760. La forme des carrosses qu'on y voit circuler et les costumes des petits personnages (que la gravure n'a pas tous reproduits) indiquent à peu près cette date.

INCENDIE DE LA FOIRE SAINT-GERMAIN, 1762. — Je possède un tableau sur toile, de 75 centimètres de long sur 53 de haut, attribuable à Raguenet ou peut être à Demachy, peintre dont il sera question plus tard. Il représente le terrible incendie qui dévora

l'ancienne Foire Saint-Germain, dans la nuit du 16 au 17 mars
1762. Il me fut adjugé en novembre 1845, à l'hôtel de la place de
la Bourse, pour douze francs, dans une vente borgne où n'assistaient guère que des bric-à-brac et des *charabias*. Nul d'entre
eux ne sut reconnaître la curiosité du sujet, et ils me le lais-
sèrent, pour se disputer avec acharnement des nudités mythologiques, scandaleusement ternes, difformes, flasques et empâ-
tées.

Mon tableau de douze francs n'est certes pas un chef-d'œuvre ;
la couleur en est assez lourde, ainsi que la touche, mais il ne
manque pas de mérite sous le rapport de la mise en perspective
et de la composition.

Il est nuit encore ; des flammes seules éclairent d'un reflet
blafard la partie du quartier Saint-Germain voisine de la Foire,
notamment l'église Saint-Sulpice, vue de l'est, encore inachevée
et assez exactement rendue. On devine que l'incendie a produit
ses plus grands ravages et touche à sa fin. Il ne reste plus debout,
à gauche, au premier plan, qu'un des deux vastes pignons du
bâtiment de la Foire, élevé sous Louis XI, mais restauré et modifié depuis, à diverses époques. Le pignon contigu n'est pas
indiqué, vu que la toile ne se prolonge pas assez sur la gauche.

Les deux pignons soutenaient une double et immense toiture,
sous laquelle se croisaient à angles droits plusieurs ruelles ou
galeries, garnies de boutiques où se voyaient des marchandises
et des curiosités en tout genre, y compris les baraques de phé-
nomènes vivants et de saltimbanques.

Cet épais et très-large pignon, soutenu à l'extérieur par quatre
robustes contre-forts, est percé d'une baie de porte en plein-cintre,
d'une grande fenêtre de même forme au-dessus, et d'une plus
petite de chaque côté de la grande. Toutes ces baies sont garnies
de barreaux de fer.

En retour d'équerre avec ce pignon, et de trois quarts, s'étend
un très-long mur de façade, que surmontent, de distance en distance, les faces de pierre de hautes lucarnes, également treillissées de solides barreaux ; elles sont au nombre de dix, et leurs
frontons sont de forme triangulaire. Seuls restes survivants de
la toiture embrasée, dont les débris alimentent encore le feu, ces
cadres de lucarnes, isolés sur un gros mur, comme les merlons
d'un rempart crénelé, projettent en noir leurs silhouettes sur la

lueur du foyer toujours ardent. Leur ligne est interrompue au milieu par un haut bâtiment de pierre, flanqué de deux étroits pavillons en appendice, et dont le toit commence à prendre feu ; c'était l'entrée principale de cette immense halle couverte.

Au fond du tableau apparaissent, éclairés par les flammes, les combles des maisons voisines, qui, dans leurs formes variées, n'offrent aucuns détails particuliers, dignes de notre attention. Sur la place dite le *Préau* qui s'ouvre au premier plan on distingue, dans un clair-obscur qui pourrait avoir plus de transparence, plusieurs baraques et appentis en planches, que le feu n'a pas atteints, et des dépôts opérés à la hâte de poutres, les unes intactes, les autres en partie carbonisées par l'incendie.

Une foule très-active de curieux et de travailleurs, femmes, ouvriers, bourgeois, se remue sur la place. Dans ces groupes, on remarque des magistrats municipaux qui dirigent les secours, et des soldats en habits bleus ou rouges, qui maintiennent l'ordre. Le sol présente, sur le devant, une large flaque d'eau, une sorte de mare improvisée où l'on emplit les seaux qui alimentent plusieurs pompes en activité. D'autre part, de hautes échelles appliquées contre le gros mur du bâtiment de la Foire se courbent sous le poids de gens qui font la chaîne, et les travailleurs, placés sur le profil du mur, vident les seaux sur le foyer ardent. Des porteurs d'eau, mis en réquisition, amènent, comme il arriverait de nos jours, leurs voitures à tonneau, attelées d'un cheval.

Il y a beaucoup de mouvement et d'animation dans cette partie du tableau, et assez d'habileté dans l'agencement de tous les personnages qui se pressent et réunissent leurs efforts sur le théâtre du sinistre, comme on dirait aujourd'hui. Ces personnages qui, de loin, semblent se perdre dans le clair-obscur du premier plan, rappellent par leur tournure ceux que dessinait Demachy.

Je décrirai un jour un certain nombre de dessins et d'estampes relatifs à ce même événement, qui anéantit tant de richesses accumulées et réduisit à la misère plusieurs familles marchandes de Paris.

J'ai vu l'année dernière, chez un marchand de curiosités, une toile, de moyenne dimension et d'un coloris assez habile, qu'on attribuait au peintre Demachy, ou qui, je crois, était signée de ce nom. Elle représentait une partie du préau de la Foire, dessinée assez longtemps après l'époque de l'incendie. On y distinguait quelques pans de murailles, des débris d'escaliers et d'échoppes, plusieurs maisons sur un second plan, et, si j'ai bonne mémoire, une partie de Saint-Sulpice.

Ce tableau, au résumé, offrait trop peu d'intérêt pour que je consentisse à m'en embarrasser, car ces sortes de monuments iconographiques exigent beaucoup plus de place qu'un dessin ou une estampe, qu'on glisse tout simplement dans un carton. Il a depuis été vendu. J'ignore le nom de son possesseur actuel, et je ne perdrai certes pas mon temps à le rechercher.

A. BONNARDOT.

(La suite prochainement.)

REVUE UNIVERSELLE

DES

ARTS.

BRUXELLES
IMPRIMERIE DE A. LABROUE ET COMPAGNIE,
56, rue de la Fourche.

REVUE UNIVERSELLE

DES

PUBLIÉE PAR

M. PAUL LACROIX (BIBLIOPHILE JACOB).

TOME QUATRIÈME. — 1856.

PARIS

AU BUREAU DE L'ADMINISTRATION, RUE DES DEUX PONTS, 12,

et chez

J. F. DELION, LIBRAIRE, SUCCESSEUR DE R. MERLIN,

QUAI DES AUGUSTINS, 47.

—

1856

ICONOGRAPHIE DU VIEUX PARIS.

(SUITE) (1).

DIX VUES DE PARIS PEINTES PAR RAGUENET. — Je vais décrire ou mentionner, sous ce titre collectif, un assez grand nombre de tableaux attribués à ce peintre. Malheureusement les localités de Paris qu'ils représentent sont, à quelques exceptions près, trop modernes pour mériter d'occuper longtemps l'attention des archéologues. M. Defer, expert de nos ventes de tableaux et d'estampes, m'assure avoir lu au bas de plusieurs toiles la signature de *Raguenet* : celles-ci n'en portent aucune.

J'ai feuilleté en vain, dans l'espoir de trouver quelques notes sur cet artiste, les ouvrages sur Paris imprimés du temps où il vivait : aucun ne cite ni son nom ni ses œuvres. Peut-être les gazettes de la fin du XVIIIᵉ siècle et les anciens livrets d'exposition fournissent-ils quelques détails sur Raguenet; pour moi je n'ai pas poussé plus loin mes recherches, car, après tout, les noms d'artistes m'importent peu, mon principal but étant l'explication *de visu* des œuvres qui peuvent nous éclairer sur l'ancienne physionomie de notre capitale.

Raguenet, comme Canaletti, aimait spécialement à peindre des quais et des maisons qui se mirent dans une eau calme ou ondulée; mais il ne possédait ni le moelleux de sa touche, ni la richesse de son coloris, unie à l'exactitude de l'ensemble et des détails. (Je parle ici des œuvres originales de l'artiste italien, et non de ces fades imitations qu'on lui attribue pour peu qu'une ancienne toile reproduise un canal de Venise.)

Les lignes des édifices de Raguenet sont en général trop dures; la couleur en est si chargée de bistre, qu'on a peine à deviner la nature de leurs matériaux. Du reste, il entend fort bien la perspective et sait donner à chaque détail une juste proportion; ses personnages sont en général traités avec finesse et groupés avec art.

(1) Voir les livraisons du 15 janvier, du 15 février, du 15 avril, du 15 juin, du 15 juillet et du 15 septembre 1856.

Le vendredi 15 novembre 1850 ou 1851 (1), j'assistai, dans une des salles de vente de la rue des Jeûneurs, à l'adjudication de dix vues de Paris, peintes (sur toile), approximativement entre 1770 et 1775. L'expert, M. Defer, qui sans doute était bien renseigné, les annonça comme œuvres de Raguenet. J'en aurais acheté volontiers deux ou trois, mais voici comment la vente en fut réglée : On mit sur table les deux tableaux les plus remarquables comme art, avec faculté à l'acquéreur de choisir parmi les autres un ou plusieurs couples, au prix d'adjudication. Les deux premiers mis aux enchères me séduisaient fort peu sous le rapport des sujets ; je les laissai adjuger, pour environ 180 francs, à M. Evans, qui prit le reste au même taux. M. Evans voulut les revendre en bloc, comme il les avait achetés, et non en détail, et il fit bien dans son intérêt. Le tout fut acquis par le propriétaire des bains de la Samaritaine (M. Javal, je crois), établissement qui appartient aujourd'hui à une société d'actionnaires.

Je viens de les revoir dans les salles d'attente de ces bains flottants, construits tout près de la place où s'élevait, sur la Seine, non loin du quai de l'École, l'édifice qui leur a donné leur nom. Je commencerai par la description des cinq tableaux placés dans la salle de gauche, au premier étage.

1. — Le plus curieux, le plus pittoresque, à mon avis, bien qu'il offre une localité gravée plusieurs fois avec assez d'exactitude, c'est celui qui représente de fort près le pont Notre-Dame, achevé en 1512, et sa ligne de maisons qui regarde l'ouest. Cette toile a environ, hors cadre, 85 centimètres de long sur 48 de haut, mesure qui doit être également celle des neuf autres.

Le pont, vu dans sa longueur, occupe tout le fond de la toile. Vers le milieu s'avancent en saillie les bâtiments de la pompe du même nom, construite vers 1670. Leur ensemble consiste en une sorte de tour carrée entre deux pavillons, ici, je pense, embellis pour l'effet ; le tout assis sur un assemblage de pilotis qui *émergent* de l'eau. Ces bâtiments, réparés ou reconstruits à diverses époques, offrent, de nos jours, un groupe de chétives masures de plâtre, percées de quelques fenêtres ; ils sont destinés à une prochaine démolition.

(1) J'ai pris note du jour et du mois, mais j'ai oublié l'année, qu'on pourrait retrouver en consultant d'anciens almanachs.

Les sombres voûtes du pont se découpent sur un *paysage*, lumineux surtout par le contraste ; au delà de leurs ouvertures s'étend sur la gauche une rangée de maisons insignifiantes, qui bordent le quai de la Grève. Sous la deuxième arche, à droite, est un moulin porté sur bateau et muni de deux roues à aubes.

Sur le premier plan, occupé par la Seine, on assiste à des assauts de bateliers (à des *régates*, si l'on préfère), donnés probablement à l'occasion du mariage du Dauphin (mai 1770), devenu plus tard Louis XVI.

Le point de perspective est pris de la berge de la rive gauche, près de l'une des piles du Pont-au-Change. Le spectateur voit surgir devant lui, dans toute leur hauteur, une suite de maisons qui surchargeaient le pont Notre-Dame, maisons un peu inégales en élévation comme en largeur, et disparates dans quelques détails. Les sommets de leurs pignons forment sur le ciel une ligne dentelée assez pittoresque. Chaque face, en général, présente quatre ou cinq étages, à raison de deux fenêtres de front par étage, et non compris des baies plus étroites, pratiquées dans le triangle du pignon, sous la saillie des pentes du toit.

D'après un plan géométral de la Cité, très-détaillé et publié en 1754 par l'abbé Delagrive, ce côté du pont supportait une ligne de trente et une maisons. Si l'on n'en compte ici que vingt-cinq (y compris les trois ou quatre que nous cachent les bâtiments de la pompe), c'est que les autres ne peuvent se voir, en raison de la limite du tableau, et vu aussi l'interposition, sur la gauche, d'un bâtiment qui borde le quai de Gèvres. L'image de ces maisons m'inspire assez de confiance sous le rapport du nombre des fenêtres, mais le vieux style de leur construction est-il fidèlement rendu ? je n'oserais l'affirmer. On ne peut reconnaître à leur couleur, dont la couche est partout uniforme, si elles sont de bois ou de pierre (1). Chaque étage est indiqué par un cordon en saillie si durement accusé, qu'on le prendrait volontiers pour un auvent. Au reste, comme chaque maison sans doute fut bâtie isolément, ces corniches forment çà et là des lignes de niveaux différents, qui rompent la monotonie de cette vaste surface de murailles.

---

(1) Elles étaient de pierre, du côté de l'eau, et de pierre, je crois, mélangée de briques, du côté de l'intérieur du pont.

Aux murs du rez-de-chaussée (un peu au-dessus de la ligne où commence la maçonnerie du pont) et même à quelques piles sont appliqués, sans symétrie et en saillie sur la rivière, plusieurs petits pavillons de bois en appentis, sortes de balcons couverts, suspendus sur des potences. Je les nommerais volontiers des moucharabys, si le nom n'était trop pompeux pour désigner ces *cabinets*, ici chargés, par exception, de spectateurs, mais destinés probablement à un usage des plus vulgaires (1).

A chacune des fenêtres des bâtiments du pont et de la pompe s'encadrent et se penchent vers la Seine les bustes d'un ou de plusieurs personnages qui suivent des yeux les régates. Toutes ces petites figures, de couleurs claires et assez criardes, ressemblent un peu à des poupées.

Le pont Notre-Dame, séparé par un court intervalle du pont voisin, est si rapproché du spectateur, que la scène des joutes a l'air de se passer dans une cour que traverserait une eau courante. Le sujet, il faut en convenir, était ingrat ; un artiste de nos jours ne voudrait pas le traiter dans une limite si resserrée ; il réclamerait un théâtre plus spacieux, un horizon plus vaste, et ferait peu de cas du tableau de Raguenet. Mais l'archéologue n'est pas si difficile : il lui suffit qu'un peintre d'un autre temps le transporte dans un site, aujourd'hui effacé, du vieux Paris, pour qu'il s'intéresse à son œuvre.

On compte douze barques en concurrence, mues chacune par trois rameurs vêtus de costumes de nuances variées ; mais les jouteurs portent des habits et des toques de couleur blanche et se distinguent seulement par la ceinture, qui est bleue ou rouge. Chaque lutteur, debout sur l'avant de la barque, est muni, comme de nos jours, d'un long bâton terminé par une boule. Le plus fort ou le plus adroit jette au passage son adversaire à l'eau. On voit ici un échantillon de ces culbutes forcées, qui constituent tout l'intérêt de ces sortes de *tournois de rivière,* où une barque remplace le cheval bardé de fer, et une perche à champignon la lance aiguë des chevaliers.

Une femme vêtue de blanc, au poignet solide, se cambre fièrement en tête d'une des barques et se prépare à la lutte : c'est

---

(1) Ces appentis sont représentés avec quelques différences sur diverses estampes que je décrirai.

la seule particularité de cette fète nautique. Peut-être une gazette
du temps a-t-elle rendu compte des prouesses de cette amazone
de la Seine et du résultat des joutes.

En somme, il y a pour nous sur cette toile, qui mériterait
d'être reproduite, un souvenir curieux à recueillir : la physionomie du pont Notre-Dame, vu du Pont-au-Change en 1770. Il
est à regretter que ces maisons, bâties vers 1510, ne présentent aucuns détails architectoniques qui rappellent l'époque de
Louis XII. Les hôtels de ce temps offrent de précieux échantillons en fait d'ornements, mais les maisons vulgaires n'avaient,
en général, d'autres cachets que leurs formes à pignons, leurs
petites vitres et quelques appendices en saillie, qui égayaient la
nudité monotone de leurs surfaces. Du reste, pourquoi eût-on
prodigué la décoration à des bâtiments qui, de ce côté, ne pouvaient être aperçus du public, mais seulement de quelques voisins dont les chambres avaient vue sur la Seine, dans l'intervalle,
fermé de toutes parts, existant entre les deux ponts? C'est à l'intérieur du pont, du côté où une véritable rue le traversait dans
sa longueur, qu'il faut chercher des ornements, dont nous parlerons ci-après.

J'assistai, en 1853 ou 1854, à une vente qui eut lieu dans un
hôtel du faubourg Saint-Honoré (rue des Champs-Élysées, je
crois); on y adjugea pour 165 francs un tableau identique,
comme sujet, à celui que je viens de décrire, mais d'une exécution inférieure; ce qui m'engagea à modérer mes enchères.
L'acquéreur était un vieillard décoré, peu communicatif, et nullement disposé à permettre à un inconnu de visiter sa collection.

Les neuf autres tableaux de Raguenet n'occuperont pas à eux
tous beaucoup plus de place que le premier décrit, vu qu'ils sont
pour nous moins importants.

2. — Vue prise du Pont-au-Double, dit aujourd'hui de l'Hôtel-
Dieu. — A gauche, profil méridional de Notre-Dame, dont le
toit est surmonté, à l'endroit du transept, d'une flèche octogone, que terminent une croix et un coq dorés; les baies ogivales de sa base sont garnies d'abat-son, qui en altèrent les
formes élégantes. — Bâtiment de l'ancien Évêché, avec ses tourelles en encorbellement, ses murs et sa grosse tour carrée, couronnés de créneaux. C'est la partie la plus intéressante du tableau;
mais il existe sur cet édifice des dessins et des estampes dé-

taillés ; j'en ai vu moi-même de curieux restes avant 1831. — A droite, profils en raccourci de quelques maisons, peu curieuses, du quai de la Tournelle. — Au fond apparaissent le pont de la Tournelle et la porte Saint-Bernard. — La couleur de ce tableau est peu séduisante.

3. — Vue prise du quai de la Tournelle. — A droite, ligne de maisons du quai d'Orléans (île Saint-Louis), que domine un clocher lointain, vaguement tracé, celui, je le présume, de Saint-Jean-en-Grève. — Au fond se présente le chevet de Notre-Dame, dominant un groupe de maisons sans intérêt, dont la Seine baigne les murs. — Jardin de l'Archevêché, planté d'arbres, d'un vert peu agréable à l'œil ; — au fond, Pont-au-Double, chargé d'un grand bâtiment dépendant de l'Hôtel-Dieu ; — à gauche, au premier plan, quelques hautes maisons, d'un style insignifiant, sont vues de profil ; — entre la pointe orientale de la Cité et l'île Saint-Louis, échappée de vue qui n'offre aucun détail remarquable ; la tour Saint-Jacques est trop massive et mal rendue.

4. — Pont-Neuf vu en enfilade. — A droite, la Samaritaine, vue de près, avec ses deux statues de bronze dorées ; cet édifice, d'un ton un peu dur, se détache en repoussoir sur l'hôtel de la Monnaie, dont le bâtiment, éclatant de blancheur, a été élevé depuis peu à la place de l'hôtel de Conti ; — partie du quai de l'Horloge et pointe de la place Dauphine, qui nous cache le couvent des Grands-Augustins ; — entrée de la rue Dauphine ; rien à remarquer. — Cette toile est postérieure à 1771, époque où fut commencé l'hôtel de la Monnaie.

5. — Vue prise de la place de Grève, au coin du quai Pelletier. — A gauche, entrée de la rue de la Mortellerie ; rien de curieux, sinon la vieille maison à l'enseigne de l'*Image Notre-Dame* (1), décrite dans l'article précédent, et qui mériterait d'être reproduite. — A droite, portion de la Cité, où passe aujourd'hui le quai Napoléon ; groupe de maisons peu pittoresques ; celle formant encoignure à l'orient est contiguë à une tour ronde, à toit conique. — Ligne de maisons, encore subsistantes, qui bordent le quai Bourbon (île Saint-Louis). — Entre la pointe

_____

(1) Ce nom était dû, à ce qu'il paraît, non pas à la perspective lointaine de la cathédrale, mais à une statue de la Vierge. Du moins ici on en voit une figurer dans une niche, près de l'une des potences qui soutiennent la saillie des étages supérieurs.

occidentale de cette île et la Cité s'étend le pont de bois dit *Pont-Rouge* ou *Saint-Landry*, parce qu'il aboutissait, au moyen d'un zigzag, au port de ce nom. Celui qui le remplace se nomme : Pont de la Cité.

Visitons maintenant la salle d'attente, à droite (toujours au premier étage). C'est le *côté des dames* : soyons discrets! Sur cette salle s'ouvrent de temps en temps (nous sommes en juillet) des cabinets où un œil *humain* ne doit pas pénétrer. Nous n'abuserons pas de cette circonstance, et nous n'examinerons que les peintures de Raguenet. Continuons donc notre examen.

6. — « L'incendie arrivé dans la nuit du 29 au 30 décembre « 1772, dit Hurtaut, dans son *Dictionnaire de Paris*, imprimé « en 1779, a été plus funeste (que celui d'août 1737) par le « grand nombre de malades qui ont péri sous les ruines de plu- « sieurs salles, désastre qui n'a pu être oublié jusqu'à présent, « mais que l'humanité de Sa Majesté Louis XVI se propose de « réparer par la construction (non exécutée) de plusieurs Hôtels- « Dieu en différents quartiers de la ville. »

L'édit publié à ce sujet est de 1773. Dulaure porte le nombre des morts à *plusieurs centaines;* ce serait une catastrophe encore plus affreuse que celle du 8 mai 1842 sur le chemin de fer de Versailles.

Le tableau de Raguenet représente cet incendie, vu du pont Saint-Michel, au moment où il se développe avec fureur. Les flammes éclairent la portion de Paris que nous avons sous les yeux ; mais l'effet est assez médiocre. A gauche on domine une partie du Marché-Neuf, garni, le long du quai, de baraques, formées de quatre bâtons fichés en terre, soutenant une toiture en toile : telles étaient les boutiques du Marché-Neuf. Le point de perspective ne permet pas de voir un assez ancien bâtiment, servant alors de boucherie, et depuis devenu la Morgue.

Au-dessus des maisons peu curieuses qui bordent le Marché-Neuf, s'élève une tour carrée, de la fin du xvie siècle, massive et surchargée d'un toit de tuiles : c'est le clocher de Saint-Germain-le-Vieux. Attenant à la culée septentrionale du Petit-Pont, et en retour d'équerre, se présente un groupe de trois hautes maisons, qui subsistaient encore il y a deux ou trois ans. La rivière baigne leurs bases, et leurs rez-de-chaussée, bâtis de fortes pierres, forment la levée du quai. Ces trois bâtiments nus et sans aucun cachet ne sont pas à regretter : ils n'offraient d'autre curiosité

2

que leur position, et d'ailleurs ils ont été plusieurs fois dessinés
et même photographiés, avant leur disparition.

Ce groupe malheureusement nous dérobe ici la vue de deux
édifices importants, situés rue du Marché-Palu : un portail gothique, très-orné, bâti sous le règne de Louis IX contre le pignon
de la salle de l'Hôtel-Dieu, dite salle Saint-Louis, et, tout à côté,
vers le nord, un autre portail richement décoré en style Renaissance, élevé par le cardinal Du Prat, de qui la salle dite du Légat
tenait sa dénomination. Un dessin très-curieux, que possède
M. Albert Lenoir, représente en grand ce que l'incendie épargna
de ces deux portails, dont j'ai vu, je crois, quelques débris dans
mon enfance.

Au delà du Petit-Pont (celui rebâti sans maisons, après l'incendie de 1718), on aperçoit le bâtiment méridional de l'Hôtel-
Dieu, dont la base, construite en pierres solides, au XIIIe ou
XIVe siècle, existe encore en partie avec ses vieilles voûtes et ses
descentes à la rivière. Des flammes s'élancent du toit et de toutes
les fenêtres de ce vaste bâtiment sans caractère architectonique,
du moins sur la toile de Raguenet (1).

Sur la droite, on voit, tout à fait de profil, une maison appuyée
sur la maçonnerie du quai. A son encoignure apparaît un angle
de pierre arrondi : c'est une portion si minime du Petit-Châtelet,
qu'il faut savoir qu'il était là, pour s'en apercevoir. Au delà du
Petit-Pont est le pont Saint-Charles, et derrière, interceptant
l'aspect de l'horizon, un grand bâtiment, dépendant de l'Hôtel-
Dieu, et que l'incendie n'atteignit pas.

Des groupes assez nombreux de divers personnages couvrent
les deux ponts nommés ci-dessus, et se dirigent vers le lieu du
sinistre. Les fenêtres des maisons commencent à se garnir de
curieux vivement impressionnés ; les marchands du Marché-Neuf
ont entr'ouvert leurs boutiques, et, debout sur le seuil de leurs
portes, font tous à peu près le même geste : ils élèvent le bras
droit du côté de l'incendie. Les personnages des fenêtres ayant
des poses analogues, il en résulte un effet grotesque, qui rappelle
les uniformes attitudes des comparses ou des cantonniers de
chemins de fer, qui font leurs signaux. Sans doute, en pareil cas,
il est naturel que chacun exprime son émotion par des signes à

_____

(1) Peut-être avait-il été rebâti, sauf le rez-de-chaussée, après l'incendie de 1757.

peu près semblables; mais un habile compositeur saisirait un autre moment de la scène, et éviterait la monotonie, sans néanmoins s'écarter de la nature.

Au résumé, cette toile est, à mon avis, sèche, sans animation et sans effet. Elle pouvait nous offrir de curieux détails topographiques, mais son point de perspective nous les cache tous. Au reste, les artistes de cette époque avaient plus à cœur de dissimuler les édifices du Moyen-âge, que de les mettre en évidence, car ils en regardaient le style comme *grossier* et *barbare*. Heureusement la catégorie des dessins et des estampes nous fournira des pièces plus curieuses sur l'incendie de 1772, et sur les vieux bâtiments voisins du Petit-Pont.

Ce tableau est le seul qui porte une inscription, sur une tablette, placée au-dessus de la bordure; on y lit : *Incendie de l'Hôtel-Dieu en* 1769 : il y a là une erreur de trois ans en moins.

7. — Vue prise du quai des Grands-Augustins. — Le couvent de ce nom est caché par le profil d'une maison en saillie, laquelle forme repoussoir, au premier plan, à gauche. On domine le quai, où circulent un grand nombre de personnages et une file de carrosses. — Aux abords du Pont-Neuf sont alignées des sortes de tentes en toile, destinées sans doute à la vente de la volaille, car là déjà était le marché spécial dit *la Vallée*. L'horizon est borné par le Pont-Neuf, le Cheval de bronze, la galerie du Louvre, etc.

A droite du tableau s'étend une partie des maisons du quai des Orfévres, telles à peu près qu'elles existent aujourd'hui; on y voit déboucher la rue de Harlay (qu'on abat à cette heure), mais celle de Jérusalem est cachée par une grande maison du premier plan de droite. Cette maison, le point le plus curieux du tableau, terminait une ligne de hauts bâtiments, élevés vers 1643, et formant, à partir du pont Saint-Michel, avec ceux adossés à l'enceinte méridionale du Palais, une rue dite Saint-Louis, laquelle, à la hauteur de la rue de Jérusalem, faisait place au quai des Orfévres. Leurs bases reposaient sur la berge de la rivière, ou plutôt sur la levée du quai.

Cette maison offre un échantillon assez semblable à celui que nous a fourni le précédent tableau, à propos du Petit-Pont. Elle est, au reste, si chargée de bistre, qu'on a peine à deviner si elle est de pierre ou de bois; on y compte cinq étages, à partir du niveau du quai, et les rangs des fenêtres sont très-serrés. Le mur du rez-de-chaussée, qui encaisse la Seine, est, construit de fortes pierres, et percé de plusieurs voûtes ou descentes à la rivière, que les eaux envahissaient dans les grandes crues.

A la façade de cette haute maison est adossé un corps de logis à deux étages, en saillie, soutenu comme un balcon par trois grandes consoles de pierre. Presque à chaque fenêtre s'encadre le buste d'un personnage, qui regarde l'eau couler. Cet ensemble, bien que sans cachet archéologique, mériterait néanmoins d'être reproduit par la gravure; au reste, nous signalerons un jour une aquarelle de la collection de M. Destailleurs, architecte, où se trouve dessiné ce même bâtiment et aussi, je crois, celui qui le suit vers l'est. La rue Saint-Louis-du-Palais n'existe déjà plus sur l'*Atlas de Paris* par Maire, 1808.

8. — Vue prise du quai Conti. — On aperçoit les faces est et sud de la Samaritaine, le Cheval de bronze, le quai de l'École, etc. Rien à remarquer.

9. — Vue prise du quai de l'École. — Face occidentale de la Samaritaine, percée de trois étages de fenêtres; au sommet, on distingue un grand cadran de couleur azurée; — partie occidentale du quai de l'Horloge; — au dernier plan, à la droite des maisons de brique et pierre, qui regardent le terre-plein du Pont-Neuf, apparaît le couvent des Grands-Augustins, mais sans détails appréciables. — Sur le quai Conti s'élève encore le grand pavillon de l'hôtel du même nom; le tableau est donc antérieur à 1771, année où ce pavillon fut abattu, pour faire place à l'hôtel des Monnaies.

J'ai vu vendre un double de cette toile et aussi de celle n° 3 ou 4, à la vente de feu M. Odiot, orfévre, vente qui eut lieu vers 1851, à son domicile, rue de l'Oratoire-du-Roule, à côté de la cité actuelle qui porte son nom. Ces tableaux de Raguenet étaient plus artistement traités que ceux décrits ci-dessus; aussi se sont-ils vendus le double. Ils avaient pour moi un intérêt très-minime, et de cette vente je n'ai rapporté qu'un dessin, représentant la façade septentrionale du Grand-Châtelet.

10. — Vue de face du quai de Billy (?), prise de la rive gauche. — On distingue plusieurs rangs de maisons et de jardins, étagés sur une pente. Un seul détail attire les regards : c'est, sur le quai, un grand pavillon à deux étages, avec neuf fenêtres de front. Un large fronton semi-circulaire le couronne au milieu, et, au rez-de-

chaussée s'étend un perron auquel conduit un escalier à double rampe. Ce bâtiment ressemble assez à celui, représenté vers 1650, sur une eau-forte d'Isr. Silvestre, au bas de laquelle on lit : *Veuë du Chasteau de Challiot proche de Paris*. Ce château depuis cette époque aura subi diverses transformations.

Pour clore mon chapitre sur Raguenet, qui, sans doute, a produit beaucoup d'autres toiles, dispersées chez divers particuliers, j'en mentionnerai une, appartenant à M. Bassereau, rue Saint-Hyacinthe-Saint-Michel, et représentant l'hôtel de ville. C'est un double, finement touché, du tableau décrit dans le précédent article, t. III, page 522.

Je vais signaler ici une toile peinte par Robin en 1774. Thiéry nous apprend qu'elle était placée à l'hôtel de ville, au-dessus de la cheminée de la Salle d'audience, et représentait Louis XVI faisant son entrée à Paris, pour y rétablir la *Justice*. J'ignore s'il existe une gravure de cette composition.

Pour en finir avec les tableaux de l'hôtel de ville, je citerai, d'après le même auteur, une peinture de Ménageot, placée dans la Grande-salle. Elle représentait la naissance du Dauphin, le malheureux fils de Louis XVI, né à Versailles en 1785. Le tableau offrait peut-être un souvenir des fêtes données à Paris à cette occasion.

Tableaux d'Hubert Robert. — Cet artiste, bien plus connu que Raguenet, naquit, selon M. Villot, en 1733, et mourut en 1808. Il a produit un grand nombre de tableaux et de dessins (le plus souvent exécutés à la sanguine) entre 1760 et 1800. Il séjourna au moins douze ans à Rome, et l'aventure de son *égarement* dans les catacombes de cette ville a fourni à Delisle le sujet d'une pièce de vers, très-admirée de son temps, mais d'une facture aujourd'hui un peu surannée.

Robert a peint ou dessiné par centaines des ruines antiques. On a de lui aussi un certain nombre de tableaux ou de dessins de ruines *parisiennes*, dues, non pas aux ravages du temps, mais à des incendies ou à des décrets de démolition. Suivant M. Villot, il fut incarcéré en 1793 pendant dix mois, et, durant cette captivité, dont il fut délivré par une méprise fatale à un homonyme, il produisit *cinquante-trois* tableaux, et un nombre immense de dessins, qu'il distribua entre ses compagnons d'infortune. M. Villot ajoute que, lorsque la nuit, à la lueur des torches, on transporta dans des charrettes découvertes les prisonniers de Sainte-Pélagie à Saint-Lazare, il fit un tableau remarquable de cette scène. Ce tableau pourrait avoir pour nous un grand intérêt, mais où est-il à cette heure?

Le lundi 11 octobre 1852 eut lieu la vente (dont je n'ai pas eu connaissance) de feu M. le comte de G*** (Gervilliers), au faubourg Saint-Honoré. M. Théret, aujourd'hui marchand de curiosités rue Lepelletier, était l'expert de cette vente. Il a eu la complaisance de rechercher et de me donner le catalogue. Le n° 7 (adjugé pour 510 francs à *Mahmoud-Bey*) était un tableau d'Hubert Robert, ainsi décrit, peut-être d'après une note du possesseur : « ROBERT (Hubert). Le *charnier* des Innocents... Belle « page de ce maître, intéressante sous le rapport historique, le « monument qu'elle représente n'existant plus. »

D'après les renseignements que vient de me donner, de souvenir, M. Théret, cette toile ne représentait pas un *charnier*, mais bien l'intérieur de l'église des Innocents, au moment de l'exhumation des sépultures, qui précéda la démolition de l'église en 1787 (1). Je ne sais si ce tableau se trouve encore à Paris dans quelque galerie particulière.

Le n° 776 du Musée de Versailles (rez-de-chaussée, salle 37), toile de 161 centimètres de long sur 115 de large, peinte par Hubert Robert, représente la démolition des maisons du pont Notre-Dame.

Selon Dulaure, ces maisons furent abattues en 1786. Thiéry dans son *Guide,* imprimé en 1787, s'exprime ainsi : « D'après... « l'Edit du Roy de septembre 1786, nous verrons abattre *inces-* « *samment* les maisons qui couvrent les ponts. » Dans ses *omissions*, à la page 684, il nous apprend que le pont Notre-Dame vient d'être totalement dégagé de ses maisons.

Cette peinture peut nous intéresser autant que les estampes

---

(1) Je possède sur le même sujet trois dessins dont il sera question plus tard. Je rappellerai ici la note de la page 340 (n° de février 1856), où je cite des dessins d'H. Robert, signalés par M. Héricart de Thury, dans sa *Descr. des catac. de Paris,* dessins relatifs aux exhumations du cimetière. Je compte faire un jour quelques démarches pour retrouver le tableau signalé. En cas de succès, je le décrirai à part, s'il mérite notre attention.

qui représentent le pont en son entier. Il est vu ici de profil, de la Grève. Le rang de maisons qui regardait l'hôtel de ville est déjà démoli, moins deux à l'extrémité sud, et il en reste encore debout quinze du rang opposé, dont les façades à pignons avaient vue sur la rue intérieure du pont.

Ce pont, achevé en 1512, réparé en 1577 et 1659, a duré jusqu'à nos jours et a été reconstruit, sauf les piles, en 1853. Il supportait dans le principe, selon Dulaure, soixante-dix maisons, mais quand, vers 1675, on fit passer devant son extrémité septentrionale le quai Pelletier, on abattit, de ce côté, *neuf* maisons, si Dulaure est exact. Le grand plan de la Cité par Delagrive atteste qu'en 1754 il n'en restait plus que soixante-une, trente du côté de l'est, et trente-une du côté opposé. Sur les estampes qui représentent le pont vu de loin, le nombre de pignons varie de vingt-trois à vingt-huit : c'est qu'une partie en est cachée par des bâtiments qui se reliaient à la culée méridionale.

Revenons au tableau. Chacun des quinze pignons encore debout est orné d'un arc ogival en charpente, qui soutient, en forme d'auvent, les deux profils du toit. Cet arc repose de chaque côté sur une des deux consoles de bois ou de pierre, placées à la base de chaque pignon. Toutes les anciennes estampes sont d'accord sur ce point.

Ces pignons (comme nous l'avons déjà noté, au sujet du tableau de Raguenet, où on les voit du côté opposé) n'étaient pas tous égaux en hauteur ni en largeur, mais, vus en masse, ils paraissaient à peu près uniformes. Chaque façade est ici percée de trois fenêtres superposées, y compris celle placée dans le triangle du pignon. Du côté de la rivière, la disposition était différente : il y avait deux fenêtres de front, du moins à s'en rapporter à Raguenet. Au reste, sur le tableau de Robert, on voit çà et là une étroite fenêtre supplémentaire, à côté de la principale.

Cette peinture ne conserve aucune trace des canéphores, ou cariatides portant des corbeilles de fleurs sur la tête et se donnant la main, figures établies en 1660, je crois, à l'occasion des fêtes du mariage de Louis XIV, au-dessous des doubles consoles qui recevaient la chute de l'arc ogival de chaque pignon. Ces ornements, formés sans doute d'éléments peu solides, étaient détruits en 1787. On les voit représentés sur plusieurs estampes

du xviiᵉ siècle, notamment sur l'estampe, gravée en 1662 par
Jean Marot (1).

Le rez-de-chaussée de chaque maison, servant de boutique,
était surmonté d'une enseigne. Il se compose ici d'une voûte de
pierre en arc cintré et un peu déprimé. Dès l'origine (1512), la
dernière maison de chaque rang, celle formant tête de pont, était
flanquée dans l'encoignure d'une tourelle en encorbellement,
coiffée d'un toit conique et surmonté, ainsi que chaque pointe
des pignons, d'une fleur de lis en métal. Ces quatre tourelles
figurent sur les estampes signalées. On aperçoit encore ici, près
de la Cité, un des quatre bâtiments, orné de sa tourelle.

Vers le milieu du pont, contre une des maisons du rang occidental, s'élevait une arcade à plein cintre, entre deux colonnes
qui soutenaient un entablement. Cette porte, élevée par Bullet,
servait d'entrée au bâtiment de la pompe : on la voit encore debout sur le tableau de Robert.

Au premier plan s'étend une partie de la berge de la rive
droite, que dominait le quai Pelletier. Sous une des arches du
pont, à gauche, on distingue le moulin marqué sur le tableau des
régates, et à travers les autres arches apparaissent les pilotis
sur lesquels s'appuie la pompe, le Pont-au-Change, enfin, dans
l'éloignement, quelques arches du Pont-Neuf. Les maisons du
Pont-au-Change, visibles dans toute leur hauteur, à travers un
large vide, paraissent avoir dix étages : l'exagération est évidente. D'autre part, la tour carrée de l'Horloge, qui se dresse
près de la porte d'entrée de la pompe, est d'une proportion beaucoup trop petite; il est donc certain que tout ce qui est accessoire
sur ce tableau est tracé avec négligence.

Je citerai plus tard une aquarelle habilement dessinée, que possède M. Arthur Forgeais, et qui représente également la démolition du pont Notre-Dame, prise du même point de vue et à la
même époque. Elle est peut-être plus digne de notre confiance
que le tableau de Robert. Les maisons encore debout sont en
plus petit nombre et paraissent de brique (2).

(1) Sur cette représentation gravée de l'intérieur du pont, on compte 33 maisons
d'un côté, de l'autre 34 : on n'en avait encore retranché aucune pour livrer passage, au nord, au quai Pelletier.

(2) Sur le tableau de Robert, si j'ai bonne mémoire, ces façades sont de pierres,
mélangées çà et là de quelques briques.

La Tynna nous apprend qu'en 1793 le pont Notre-Dame fut nommé Pont de la *Raison*, parce qu'il conduisait au temple, baptisé du même nom, à notre vieille cathédrale.

Le n° 777 du même Musée de Versailles, d'une dimension égale à celle du précédent, et du même artiste, représente la démolition, commencée en 1788, des maisons du Pont-au-Change. Le point de perspective est pris de la place actuelle du Grand-Châtelet; le pont est donc vu de face, en enfilade.

D'après le plan de la Cité de Delagrive, 1754, on comptait, sur le Pont-au-Change, trente-trois maisons du côté oriental, et vingt-huit seulement sur le rang opposé, parce que, à l'extrémité sud, on en supprima plusieurs, je ne sais à quelle époque, pour élargir le passage du quai de l'Horloge (1). Dans le nombre total de soixante-une maisons sont comprises celles qui, au delà de la culée septentrionale du pont, formaient, avec un pâté triangulaire de bâtiments en pointe, une bifurcation, c'est-à-dire deux rues divergentes, aboutissant, l'une au Grand-Châtelet, l'autre au quai de Gèvres. Le sommet tronqué du triangle, dit la *pointe* du Pont-au-Change, offrait une façade monumentale, ornée des statues en bronze de Louis XIII, d'Anne d'Autriche et du Dauphin; chefs-d'œuvre de Simon Guillain, aujourd'hui conservés au Musée du Louvre.

Vues de l'extérieur, les maisons de ce pont présentaient une longue surface de pierre, régulièrement rompue, de distance en distance, par d'étroits bâtiments en saillie. Elles étaient percées de quatre ou cinq étages de fenêtres, non compris les mansardes du toit. A l'intérieur du pont, elles formaient de chaque côté un seul bâtiment uniforme, mais la largeur des boutiques, composées chacune d'une arcade, et une chaîne de pierres en bossage, indiquaient les lignes de séparation. Si l'on s'en rapporte à une médiocre estampe d'Aveline, un auvent uniforme protégeait l'entrée de chaque boutique, et chaque enseigne, d'une dimension déterminée, était suspendue à une potence de fer contournée en volutes élégantes (2).

(1) Ce vide faisait face à la tour carrée de l'Horloge. Sur le mur de profil de la première maison, en tête du rang occidental, on traça en 1763 un grand méridien, ou cadran solaire, construit avec luxe, car les accessoires étaient de bronze doré. Une médiocre vue d'optique nous en a conservé le souvenir.

(2) On trouvera des détails sur ce pont, et aussi, je pense, sur ses maisons, dans un manuscrit in-quarto, conservé à la Bibl. de l'Arsenal (H. F. 325bis). Ce manu-

Voyons maintenant le tableau de Robert. La démolition des maisons est déjà bien avancée, car il n'en reste plus que les galeries du rez-de-chaussée, que recouvre de part et d'autre un amas de plâtras et de débris assez semblable à une colline ; on croirait assister à une exhumation de portiques, à Pompeïa. On aperçoit encore debout quelques bâtiments à l'extrémité du rang oriental. La rue qui traversait le pont est ici d'une largeur exagérée. Cette rue était large d'à peine huit mètres, et bien que des tas de gravois, amoncelés devant les arcades, rétrécissent encore le passage, on voit s'étendre à l'aise, en travers de la voie, une charrette attelée de trois chevaux en flèche. Évidemment Robert a ici, pour l'effet, agrandi de beaucoup le champ de perspective, ou, si l'on préfère, a donné à ses chevaux de trop petites proportions.

Au delà du pont, sur la droite, s'élève la tour de l'Horloge, suivie de bâtiments modernes et irréguliers, qui se relient aux deux grosses tours jumelles de la Conciergerie. Plusieurs estampes nous donneront des détails plus précis sur cette partie du quai.

A droite de la tour de l'Horloge, sur un plan assez éloigné, apparaît la flèche de la Sainte-Chapelle : elle est lourde et pas assez élancée. Au résumé, ce tableau est inférieur au précédent.

Ils ont été l'un et l'autre reproduits au diagraphe par M. Gavard et gravés par Skelton. J'ignore pourquoi la gravure qui représente le dernier tableau est plus rare que l'autre dans le commerce. Je n'ai jamais pu me la procurer ni à Versailles, ni chez les marchands d'estampes de Paris, mais seulement au magasin de M. Gavard, rue de Verneuil.

TABLEAUX DE DEMACHY. — Je ne possède aucun renseignement particulier sur cet artiste, qu'ont pu connaître des peintres encore vivants ; je sais seulement qu'il travaillait approximativement entre 1760 et 1800. J'ai vu ou je possède de Demachy un assez

scrit offre l'état des dépenses faites pour la construction du Pont-au-Change, par *Jehan* Androuet Ducerceau, fils ou neveu du célèbre *Jacques*. Les comptes commencent le 28 octobre 1639 et finissent le 28 septembre 1643 ; ils sont tous signés *Jehan Androuet Ducerceau*. En attendant l'achèvement de ce pont, qui remplaçait celui incendié en 1621, on en avait établi un provisoire, en charpentes, garni d'échoppes sur les côtés avec une croix au milieu ; c'est ce qu'attestent un dessin que je possède et les trois éditions du plan de Paris (1630, 1631, 1635) de Melchior Tavernier.

grand nombre de dessins et de gouaches et un tableau. Deux de
ses toiles ont été gravées en couleur par Charles Melchior Descourtis. Sur l'une de ces estampes on distingue le port Saint-Paul,
les Célestins, etc.; sur l'autre, la porte Saint-Bernard, le quai
de la Tournelle, etc. Je les décrirai en leur lieu. J'ai vu un jour
passer en vente un tableau représentant cette dernière vue; je ne
l'ai pas acquis, d'abord parce qu'il en existe une reproduction
gravée avec beaucoup de soin; ensuite parce que ce tableau, au
lieu d'être l'original, pouvait être une copie, ou même un pastiche
moderne, exécuté d'après l'estampe.

L'an dernier, M. Théret, déjà cité, avait à vendre une peinture
(mentionnée dans l'article précédent) qu'il attribuait à Demachy.
Elle était remarquable comme coloris et représentait quelques
pans de murailles échappés à l'incendie de la Foire Saint-Germain.

Le Musée de Versailles conserve, sous les numéros 774 et 775
(salle 37), deux vues de Paris du même artiste. La première, exécutée vers 1778 selon M. Soulié (76 centim. sur 48), est prise du
pont des Tuileries. On n'y voit aucun détail curieux pour l'antiquaire, sinon dans le lointain le Pont-au-Change couvert de
maisons. L'autre, de plus grande dimension, prise de l'est et du
Pont-Neuf (vers 1775), est tout à fait dépourvue d'intérêt : c'est à
peu près le Paris actuel.

Je signalerai enfin comme œuvres probables de Demachy deux
peintures sur bois, dont l'une m'appartient, ainsi que son dessin à
la gouache; quant à l'autre, je n'en possède que le dessin. Toutes
deux représentent, sous un point de vue un peu différent, la
démolition (vue à l'intérieur) de l'église Saint-Jean-en-Grève,
comme l'attestent les inscriptions autographes (et fort mal ortho-
graphiées) que l'artiste a placées avec son nom au bas des deux
dessins signalés.

Mon tableau a de long 43 centim. sur 35 de haut; je l'ai payé
45 fr., en 1848 ou 1849, chez un marchand rue Saint-Lazare. Il
a été peint sur un panneau de noyer, que les vers ont criblé en
tous sens. Demachy, contre son habitude, n'a figuré ici aucun
accessoire, aucun édifice lointain, qui serve au spectateur à
s'orienter. On se trouve dans l'intérieur d'une église qu'on est en
train de démolir. Placé dans un des bas-côtés de la nef, on aperçoit de trois quarts, sur la gauche, une suite de cinq travées,
indiquées par de grandes arcades ogivales, assez obtuses. Chaque

arcade soutient une tribune ou galerie, composée de cinq petits arcs trilobés, qui retombent sur des faisceaux de colonnettes; l'ensemble en est svelte et gracieux. Au-dessus de chaque tribune s'ouvre une large baie, où s'encadre le fond azuré du ciel, car les vitraux en ont été enlevés. Quelques touffes de verdure, plantées çà et là dans l'interstice des pierres, me semblent d'assez mauvais goût; c'est un pur caprice du peintre, car la démolition, que je sache, ne fut pas interrompue.

Entre chaque arcade de la nef, au niveau de la naissance de l'arc, un faisceau de colonnettes, appuyé sur un cul-de-lampe, dont il ne reste que la trace, s'élance jusqu'au-dessus des tribunes, et là commence à s'épanouir jusqu'à la voûte pour y dessiner des arcs-doubleaux.

On reconnaîtra à la description de ces détails le style du xive siècle. C'est en effet en 1326 que cette église fut reconstruite, « sur les dessins de l'architecte Pasquier de Lisle, » selon Dulaure. Il ajoute qu'elle fut démolie *en partie* pendant la Révolution, et en partie conservée et réunie aux bâtiments de l'hôtel de ville. « On « y a établi, continue-t-il (édition de 1825), la Bibliothèque de la « Ville, et construit une salle appelée la *salle Saint-Jean,* destinée « aux séances publiques des sociétés savantes. »

Dès 1824 je fréquentais déjà cette bibliothèque, non pour y chercher des documents sur Paris, mais bien, de fidèles traductions d'Homère, Sophocle et autres génies grecs, mes ennemis personnels. Or, je ne me souviens pas d'avoir remarqué dans les salles de lecture le moindre vestige gothique. M. Bailly, sous-bibliothécaire de la Ville, depuis bien des années, m'assure qu'on n'avait conservé de l'église qu'un appendice moderne : la chapelle de la Communion, achevée en 1735, et que la Bibliothèque en occupait une partie, appropriée à cette nouvelle destination.

Quant à la salle Saint-Jean, c'était une bâtisse provisoire, où dominait le plâtre, enjolivée d'arcades en plein cintre. Elle occupait une portion de l'emplacement du bas côté méridional de la vieille église, mais ne comprenait, je pense, dans sa construction aucun reste de piliers ou de voûtes. On donna dans cette salle un grand bal, en 1825, je crois, à l'occasion du sacre de Charles X, et je la vis sans regrets abattre vers 1842, quand on eut décidé l'agrandissement de l'hôtel de ville.

Revenons au tableau de Demachy. Sous les grandes arcades de

la nef, on entrevoit les chapelles des bas côtés, dont les voûtes à nervures aboutissent à un centre commun, à une clef de voûte annulaire, en pendentif, et sans autre ornement qu'une double moulure. Du reste, on ne distingue, au fond de ces chapelles, que des surfaces de murailles nues; nuls vestiges de fresques, de boiseries, de sculptures, qui rappellent le souvenir d'une décoration. Les chapiteaux des principaux piliers sont, en général, ornés de feuillages recourbés en volutes; mais un grand nombre de colonnettes, réunies en groupe, n'ont pour chapiteaux qu'un renflement de pierre, qui semble attendre le ciseau du sculpteur; les détails de l'édifice ne furent probablement jamais achevés.

Sur le sol en partie dédallé de la nef sont accumulées de grosses pierres que des manœuvres vont enlever. Sur le devant, à gauche, une mère nourrice converse avec un maçon coiffé d'un tricorne, vêtu d'une veste rouge et d'un pantalon bleu, et tout en causant, débarbouille son poupon, du côté opposé au visage. Non loin de là se dresse une grande pierre carrée, couverte de broussailles et bordée d'ornements de style grec. A droite, une autre pierre est ornée de guirlandes de feuillage sculptées. Plus loin, un bourgeois et sa femme regardent travailler les manœuvres; à leurs costumes on reconnaît l'époque de 1792.

Je compte faire lithographier ce tableau, réduit de moitié. La perspective en est remarquable, et même le coloris : on y voit un effet de soleil, assez bien rendu.

L'autre tableau, du même artiste, un peu plus grand et mieux conservé, également peint sur panneau de bois, représente la démolition de la même église, prise d'une autre chapelle des bas côtés. On y remarque d'autres personnages, mais les détails topographiques sont tout à fait analogues. J'en reparlerai, à propos du dessin original que j'en possède, signé : *Demachy*, avec inscription du sujet. Ce tableau fut adjugé pour 70 francs, à la vente de M. Maingot (novembre 1851), à M. Muller, déjà cité; j'ignore qui le possède aujourd'hui.

DES VUES DE PARIS PEINTES AU XIXᵉ SIÈCLE. — Ici se termine la série de tableaux que je me suis proposé de décrire, l'année 1804 étant la limite que j'ai assignée à mes recherches iconographiques. Néanmoins on peut trouver encore, dans les œuvres de peintres modernes, plus d'un document à recueillir sur le vieux Paris; il suffit qu'elles reproduisent des sites ou des monuments, aujourd'hui effacés du sol parisien, pour mériter d'être classées dans cette catégorie : tels seraient des tableaux représentant la démolition du Grand-Châtelet, de la tour du Temple, de Saint-Landry, etc. Je connais peu de peintures en ce genre, mais, au contraire, beaucoup de dessins ou d'estampes, dont un certain nombre fait partie de ma collection. Je décrirai ces dessins originaux, de préférence aux gravures qui en auraient été faites, toutes les fois que je pourrai le faire *de visu*, car les dessins offrent presque toujours de menus détails, assez importants, omis ou mal compris par les graveurs.

Je citerai ici pour mémoire une petite toile remarquable, exécutée vers le commencement de ce siècle, qui s'est vendue assez cher dans une vente à la salle des Jeûneurs, il y a dix ou douze ans. J'ai, par malheur, perdu ou égaré la note qui la concernait. Je me souviens qu'elle représentait la cour d'un hôtel parisien, richement décoré dans le style Renaissance, un ancien hôtel d'Aligre peut-être, ou tout autre, construit sous Henri II. Un des côtés des bâtiments, couronné de magnifiques lucarnes, était éclairé par un effet de soleil, fort remarquable.

M. Bouchot a peint vers 1818 un petit tableau représentant la rue Saint-Victor et le bâtiment de l'Hospice de la Pitié. A gauche on y voit la tour hexagone, servant jadis de prison, et dite *tour Alexandre*. Ce dernier vestige de l'enceinte de l'abbaye Saint-Victor était situé près de l'endroit où nous voyons la fontaine Cuvier; il fut détruit en 1839 (1).

Cette toile faisait partie de la galerie de la duchesse de Berry. Ne sachant ce qu'elle est devenue, je décrirai plus tard la lithographie remarquable que nous en a donnée J. B. Arnout. Si, au contraire, j'avais pu voir la peinture originale, c'est elle naturellement que j'aurais décrite de préférence.

Les nombreux tableaux qu'ont fait naître les journées de Juillet 1830 et celles de Février et de Juin 1848, tableaux dispersés

---

(1) A la tour Alexandre était adossée une fontaine de style romain, construite sous Henri IV, sur la place qu'occupait la maison de Jean Châtel (vis-à-vis du Palais), et transportée là, je ne sais à quelle époque. Quand, en septembre 1839, je pris le dessin de cette tour, qui allait disparaître, elle se reliait vers le nord à plusieurs arcades ogivales, dépendances de l'abbaye, qui depuis longtemps étaient restées cachées au fond d'une cour.

dans diverses collections, rappellent quelques localités, aujour-
d'hui disparues, mais pour nous peu curieuses; néanmoins ils
pourront acquérir avec le temps une certaine importance topographique et intéresser les archéologues à venir.

J'ai dû exclure de ma liste les tableaux qui ne sont que des
pastiches, de pures compositions concernant le vieux Paris; ces
œuvres fictives ne pouvaient figurer à côté de celles qui nous fournissent des documents positifs et contemporains. Je citerai néanmoins ici, par exception, une toile de l'Exposition de 1850 (qui
eut lieu cette année-là au Palais-Royal dit alors *National*). Elle
était inscrite sur le livret sous le numéro 2,576, et représentait le
cimetière Saint-Joseph, aujourd'hui remplacé par le marché du
même nom, rue Montmartre. C'est l'œuvre de M. Auguste Regnier : il en a fait hommage à MM. les sociétaires de la Comédie
Française, qu'elle intéressait par un motif qu'on va connaître.

M. Regnier, à qui j'ai demandé à ce sujet des renseignements,
qu'il s'est empressé de me donner, m'a dit avoir exécuté son tableau *de souvenir*. Cette base, à mon avis, est un peu légère, mais
néanmoins peut fournir quelques reflets de la réalité. M. Regnier
a entendu gronder l'ouragan de 1792, et, dans son enfance, il a
souvent visité le cimetière Saint-Joseph, converti en marché vers
le commencement de ce siècle. Sur le plan de Maire (1808) on
voit encore figurer la chapelle, bâtie en 1640, à la place d'un
petit oratoire, sur un terrain qui appartenait à la paroisse Saint-
Eustache.

Sur la gauche du tableau en question on distingue, à la clarté
de la lune, le profil triste et nu de la chapelle, que surmonte un
petit campanile. Un simple mur à pignon, percé d'une grande fenêtre cintrée, indique le côté du chœur. Sa façade sur la rue
Montmartre était contiguë à deux hautes maisons fort laides,
dont on voit ici les murs de derrière. Au nord de la chapelle verdoyait le cimetière, sorte de petite cour non pavée, humide,
herbue, parsemée de quelques croix de bois noirci. Au chevet de
la chapelle est soudé un petit bâtiment semi-circulaire, couvert
de tuiles moussues, et percé, dans une portion de son pourtour,
d'une large baie cintrée et treillissée. Près de ce charnier, au premier plan, est couchée, au milieu des funèbres orties, une pierre
sur laquelle se lisait un grand nom, inscrit là depuis 1673, le
nom de MOLIÈRE. Là aussi, en quelque coin obscur du cimetière

ou de la chapelle, un nom brillant du même éclat était gravé sur une autre dalle, accompagné du millésime 1695 : c'était la sépulture de LAFONTAINE; deux pierres réunies, depuis 1818, dans un même enclos, au cimetière du Père-Lachaise.

Cette composition est empreinte de la mélancolie qu'inspire un cloître désert. Il est à regretter sans doute que le tableau ne date pas du temps de Louis XIV, néanmoins ma confiance dans la mémoire du peintre m'a engagé à mentionner son œuvre avec quelques détails (1).

DES VIEILLES ENSEIGNES PEINTES. — Je terminerai cet article par des observations sur quelques enseignes peintes, qui rappelaient le souvenir d'un site ou d'un monument du vieux Paris. Au reste, de telles peintures offrent des sources de documents d'un faible intérêt. C'était, en général, de misérables croûtes, péniblement barbouillées par de pauvres Piémontais, fort étrangers à l'art de Raphaël; cependant elles méritent au moins quelques lignes. Elles sont fort rares, car on les traitait selon leur mérite : on les laissait dépérir sous les pluies d'hiver et sous le soleil de la canicule, puis on les brûlait, ou on les remplaçait. Ce n'est guère que de nos jours que la capitale a vu éclore un certain nombre d'enseignes assez artistiques; on en trouve peu d'exemples dans le passé. D'après un feuilleton signé *Alfred de Bougy* (*Presse* du 21 juillet 1856), Lancret et Lantara, quand ils étaient *à court d'argent,* ne dédaignaient pas de peindre des enseignes.

Antoine Watteau lui-même en a peint une pour son ami Gersain, marchand de tableaux sur le pont Notre-Dame. Une grande estampe signée *A. Watteau pinxit — P. Aveline sculp.* est une reproduction de cette peinture, représentant un élégant salon rempli de tableaux à riches bordures, que contemplent des personnages de qualité. On lit au bas que le tableau *en plat-fond,* de 9 pieds 6 pouces de longueur sur 5 pieds de hauteur, est présentement (vers 1720 ?) dans le cabinet de M. de Jullienne.

Je crois qu'avant Louis XIV, les enseignes de Paris étaient, en

(1) M. Auguste Regnier a dessiné d'après nature, d'après d'anciennes estampes, et malheureusement aussi d'après de simples hypothèses, un grand nombre de vues, plus ou moins fidèles, du vieux Paris. Ses dessins, lithographiés par M. Champin, illustrent l'ouvrage peu archéologique de M. Ch. Nodier, intitulé *Promenades dans les rues de Paris,* ouvrage terminé en 1838.

général, plutôt sculptées que peintes (1), bien qu'on puisse citer
des exceptions, telles que les enseignes des boutiques du pont
Marchant (*voy*. t. III, page 208).

Une petite vue générale de Paris, prise du sud, et signée : 1607.
L. Gaultier sculp., est gravée sur les titres de plusieurs ouvrages
in-folio, dont je parlerai un jour; c'est *peut-être* la reproduction
de l'enseigne peinte d'un libraire (non nommé sur ces titres) établi près de la place de l'Estrapade, au faubourg Saint-Jacques.

Je décrirai à l'article DESSINS une petite aquarelle de ma collection, représentant, en 1776, un cabaret assez rustique, situé
près de la porte Saint-Antoine. Son enseigne représentait cette
porte, peinte sur le mur. Elle nous en donnerait une bien pauvre
idée, s'il n'existait sur ce sujet un grand nombre d'estampes,
mais enfin elle nous fournirait encore un renseignement : on y
remarque ses trois arcades de front.

L'étroite ruelle du Tourniquet-Saint-Jean, derrière l'hôtel
de ville, devait son nom à un moulinet de bois, qui barrait le
passage aux voitures, du côté de la rue du Martroi. Il me semble
bien me rappeler que vers 1813 (j'avais alors cinq ans) je l'ai
fait pirouetter plus d'une fois, avec un certain plaisir. La Tynna
écrit, en 1816, qu'il a été supprimé « depuis peu d'années. »

Un marchand de vins, dont la boutique faisait face au tourni-
quet, l'avait pris pour enseigne. On le voyait figurer sur son *tableau*,
ainsi que quelques maisons de la ruelle. Sur la gauche se dressait
un clocher couvert d'ardoises, assez analogue à celui de Saint-Séverin, et qui m'a toujours intrigué. Avait-on voulu figurer le clocher de la tour septentrionale de Saint-Jean-en-Grève? mais assurément ce clocher était de pierre, du moins encore en 1785.
C'était peut-être le campanile, ici exagéré, qui surmontait le toit
du chevet de l'église; peut-être encore celui mal rendu de l'hôtel
de ville. Je me promettais sans cesse de prendre copie de l'enseigne, mais je différais toujours, vu la difficulté, car elle était haut

---

(1) Une des plus célèbres enseignes sculptées (à Paris) au xvᵉ ou au xvıᵉ siècle est
celle de *la Truie-qui-file*. Il y a trois ans, on la voyait encore, incrustée dans le
mur d'une assez vieille maison à pignon de la rue du Marché-aux-Poirées. La
pierre de la Truie-qui-file doit être, à cette heure, au Musée Dusommerard (hôtel de
Cluny).—Le nom de l'impasse des Peintres ou de la Porte-aux-Peintres, rue Saint-
Denis, est dû peut-être à une association de peintres ou enlumineurs d'enseignes,
qui habitaient cette ruelle, placée au centre de leurs occupations.

placée et bien ternie. Enfin, un jour, vers 1846, passant par là, je n'ai plus revu ni l'enseigne ni la maison : tout avait disparu.

Plus loin, sur la petite place triangulaire, qui fait face à Saint-Gervais, était le célèbre magasin d'outils de Dherbecourt Son enseigne, un bas-relief colorié, représentait l'orme Saint-Gervais, entouré, au pied, d'une bâtisse circulaire semblable à la margelle d'un puits (1). On voit figurer l'orme et la maçonnerie qui l'entoure, sur plusieurs estampes, notamment sur une gravure de Jean Marot, exécutée vers 1660.

Je finirai par quelques détails sur une enseigne, peinte (barbouillée si l'on veut) à l'huile et sur toile vers 1820, peut-être d'après une plus ancienne. Je l'ai en nature sous les yeux. Cette toile, tout écroûtée, portant un mètre sur 60 centimètres, était placée au-dessus de la porte d'un marchand de vins (ou d'un boulanger?) de la rue Saint-Germain-l'Auxerrois, en face de l'*Arche-Popin*, nommée *Pepin* par altération. Vers 1840 elle se trouvait, à l'état de rouleau, parmi un tas de ferrailles, chez un bric-à-brac, établi sur l'emplacement même de la ruelle; il me la vendit deux francs.

Elle représente tant bien que mal cette hideuse ruelle en pente, aboutissant à la Seine par une voûte pratiquée sous le quai de la Mégisserie. Cette localité, que j'ai vue maintes fois, avait une physionomie assez curieuse. Des blanchisseuses et des porteurs d'eau hantaient surtout cette voie souterraine, encombrée d'immondices. Au-dessus de l'arcade s'élevait une maison basse, habitée par un quincaillier qui avait, du côté du quai, sa boutique, à l'enseigne des *Deux-Clefs*.

Sur la droite du *tableau* se présentent de trois quarts, et mal placées en perspective, deux vieilles maisons en poutres crépies de plâtre, percées de trois étages de fenêtres. La maison voisine de l'arche est flanquée à l'extérieur d'un escalier de pierre, à neuf degrés; au-dessus est suspendu, appuyé sur deux potences, un appentis de bois. Des fenêtres supérieures, et aussi de celles qui leur font face, s'élancent de longues perches, d'où pendent des loques de toile de toutes couleurs. Les rez-de-chaussée des

---

(1) M. Gauthier, quincaillier, rue du Temple 20, second successeur de M. Dherbecourt, possède encore, en un coin obscur de ses magasins, cette enseigne en bois sculpté, exécutée probablement sous Louis XV.

deux maisons, bâties de grosses pierres grises, et datant peut-être du xve siècle, sont en retrait sur les étages supérieurs.

Sous la voûte, au delà de laquelle passe la Seine, sont deux personnages, dont une femme chargée d'une hotte. Au milieu de la ruelle, dont le pavé ressemble ici à une grossière voie romaine, passe un porteur d'eau, qui revient de la rivière.

Sur la gauche du tableau s'élève une maison à trois étages, qui n'a rien de remarquable. Elle paraît construite de pierres, du moins au rez-de-chaussée. Devant son étroite porte d'entrée stationne un haquet, chargé de petits tonneaux, dont le conducteur, en costume de garçon brasseur, converse avec un homme, assis sur un cheval, qu'il ramène de l'abreuvoir Popin.

Au premier plan, contre la muraille est appliqué un assemblage de poutres, formant une sorte de grue, avec une poulie au sommet. Cette machine, que je n'ai jamais remarquée, servait probablement autrefois à charger les tonneaux d'un brasseur. Un vieillard, qui regardait l'enseigne au moment où je la déroulais, m'assura avoir vu, dans sa jeunesse, cette grue employée à hisser au niveau d'une fenêtre du premier étage des cadavres pêchés dans la rivière.

Je m'explique cette circonstance, qui ne peut être une fable inventée à plaisir. Quand en 1802 on démolit le Grand-Châtelet, où l'on exposait alors, dans une salle basse de la cour occidentale, les cadavres inconnus, trouvés dans les rues ou au fond de la Seine, on dut, en attendant que la Morgue actuelle fût disposée dans la vieille boucherie du Marché-Neuf, chercher un local provisoire dans les environs : on aura fait choix de cette maison de la sale ruelle de l'Arche-Popin (1).

Je possède une petite aquarelle, pochée avec talent, d'après

(1) Nous avons déjà remarqué (t. III, p. 343) que les Filles-Hospitalières de Sainte-Catherine se chargeaient autrefois de prendre en dépôt et d'ensevelir les corps des inconnus trouvés dans les rues ou tirés de la rivière. Plus tard, ce fut au Grand-Châtelet qu'on les déposa. La Morgue du Châtelet est déjà indiquée en 1714 sur le plan de La Caille. J'ai visité deux fois, rue Pierre-à-Poissons, une cour très-étroite, dépendance d'un petit restaurant établi sur la place du Châtelet. Dans un coin était un puits dont l'eau servait à laver les corps, qu'on portait ensuite dans une salle basse de la cour du Châtelet, près du vestibule du principal escalier. Sous ce vestibule, à gauche, une lucarne (vitrée sans doute) avait vue sur ce lugubre caveau. Un vieux serviteur de mon père a souvent monté les marches de cet escalier et appliqué l'œil à cette lucarne.

nature, en 1830, par M. feu Goblain, artiste dont il sera question plus d'une fois à l'article DESSINS. Elle représente cette même ruelle, mais plus exactement que l'enseigne. On y sent la pente du terrain et la saillie des maisons de droite sur le vieux mur de leurs rez-de-chaussée. L'agencement des principaux détails est rendu par quelques traits de plume rehaussés de couleur. On n'y voit pas figurer la grue, qui certes n'est pas une fantaisie du badigeonneur d'enseignes, car l'inventer, c'eût été se créer une difficulté gratuite.

Je n'ai plus à signaler d'autres enseignes; ce n'est pas un grand malheur, car la description des *monuments* de ce genre ne peut mener qu'à des documents assez vagues, quoique susceptibles, par exception, d'offrir un certain intérêt.

A. BONNARDOT.

(Fin des TABLEAUX *du vieux Paris. A une livraison prochaine, la description des anciens* DESSINS.)

Notes supplémentaires. — J'ai parlé dans l'article du nᵒ d'août (2ᵉ alinéa de la page 512) d'une baie moderne, surmontée d'un bas-relief. Cette baie, qui faisait face à la rue de la Calandre, ne subsiste plus depuis quelques années, vu qu'on a reconstruit cette portion du Palais. Quant au bâtiment moderne de la Cour-des-comptes, substitué à l'élégant édifice de Louis XII, il n'a plus aujourd'hui cette destination, et dépend de la Préfecture de Police.

— A propos des tableaux de Raguenet, je viens de voir chez M. Théret (cité plus haut) une toile fort dégradée, signée *Raguenet*. Elle représente, mais en beaucoup plus petit, le même point de vue que le nᵒ 3, mentionné page 20. Ce qui reste de la main de cet artiste est d'une touche fine et habile, les personnages surtout. Assurément, les tableaux que nous avons décrits ci-dessus ne sont pas tous ses œuvres.

LE VIEUX PARIS AU SALON DE 1857.

Parmi les toiles de l'exposition, quelques-unes (celles où l'on a mis en scène le vieux Paris) sont du ressort de ma critique.

Le n° 137, œuvre de M. Anatole de Beaulieu, est un petit tableau en hauteur représentant, nous apprend le livret, la rue de la Vieille-Lanterne démolie en 1855. Cette rue, devenue célèbre de nos jours par le suicide de Gérard de Nerval, portait aussi autrefois le nom de rue de la Tuerie, parce qu'on y égorgeait les bestiaux destinés à la Grande-Boucherie voisine. Je l'ai souvent visitée de 1840 à 1855. C'était une ruelle étroite, sale, infecte, bordée de hautes maisons du siècle dernier, nullement pittoresques, habitées par des blanchisseuses, des porteurs d'eau, etc. C'était une sorte de coupe-gorge, d'un aspect en harmonie avec son ancienne destination, une vraie rigole à recevoir du sang. Comme elle était plus basse d'environ deux mètres que le sol de la place du Châtelet, on y descendait de ce côté par quelques degrés de pierres à demi déchaussés. Vers le milieu on rencontrait une voûte ténébreuse, au bout de laquelle verdoyait la Seine. Ce tunnel fétide, encombré d'immondices, passait sous le quai de Gêvres. On n'en voyait sortir que quelque pauvre diable en train de relever ses chausses; la nuit, l'imagination y eût volontiers entendu des cris étouffés, ou entrevu des assassins allant jeter au fleuve les morceaux de leur victime. Je ne l'ai jamais pu visiter en entier, tant le sol était impraticable, mais j'ai trois ou quatre fois arpenté la longueur de la rue de la Tuerie, au risque d'être coiffé de ce qu'à Clermont en Auvergne on nomme un *passarès*.

Revenons au n° 137. Le peintre a représenté cette ruelle en enfilade : au reste, je l'aurais mis au défi de la dessiner autrement, puisque c'était un long boyau, un fond de précipice. Aussi, pour en tirer parti, a-t-il visé au fantastique plus qu'à l'exactitude. Il n'a pas eu la patience de faire sentir le profil des cinq étages de fenêtres rectilignes, qui seules empêchaient ces maisons de ressembler aux parois d'une tranchée ouverte dans une falaise. Il n'a demandé ses effets qu'au coloris des masses, et il a supprimé les détails.

Le point de vue est pris de l'extrémité orientale, comme l'indique la place des ombres. A gauche s'élève un pan de mur noyé dans les ténèbres; le côté opposé, vers le sommet du moins, est illuminé de quelques reflets de lumière; au fond rayonne un espace éclairé, en contraste avec l'intérieur de la ruelle, qui sert de repoussoir. Cette éclaircie doit être la place du Châtelet. Je le répète, on ne devine guère une rue puisqu'on ne distingue pas de fenêtres; on croirait plutôt voir l'entrée d'une sombre impasse du Caire.

Sur le premier plan du tableau est concentré l'effet dramatique. Le pavé fangeux de cette rue semblait destiné à servir de voirie. Le peintre a saisi le côté poétique de cette hideuse physionomie. Le spectateur, placé dans un bas-fond, voit s'élever une série de onze degrés formant deux paliers non parallèles.

D'après cette peinture, le niveau de la rue à son extrémité orientale (du côté du pont Notre-Dame) aurait été plus élevé que celui de la rue de la Vieille-Place aux Veaux, à laquelle elle aboutissait, puisqu'on y monte de ce côté, tandis que du côté opposé on y descendait. Je dois l'avouer : mes souvenirs, sur ce point, sont très-confus, et je dois accepter la disposition qu'offre le tableau.

Au haut d'un perron se dresse un chiffonnier, dont la lugubre silhouette s'harmonise avec l'aspect de ces parages infects. Sur la gauche ressort dans le clair-obscur un treillis de fer, une grille d'égout qui donne envie de se calfeutrer les narines. Près de là, au milieu des ténèbres, que le soleil ne saurait dissiper, se tient accroupie je ne sais quelle forme indécise de femme, tout ce qu'on voudra imaginer, une folle, une victime éplorée, un cadavre ou un fantôme. Le vague même de cette figure en constitue toute la poésie.

Au résumé, cette composition ne saurait donner une idée du vieux Paris, mais seulement de ce sale et horrible Paris qui, en partie encore de nos jours, avoisine les quais. Cette rue n'avait d'ancien que sa position, que sa forme, reste du tortueux réseau des ruelles de la capitale sous saint Louis. Le portrait qu'en donne M. de Beaulieu est une sorte d'abstraction ; c'est une crevasse ouverte dans une colline de nature calcaire. J'admets qu'il a tiré le meilleur parti possible d'un sujet aussi ingrat.

J'ajouterai que j'ai essayé maintefois moi-même de dessiner l'aspect fantastique de ce défilé de pierre, mai j'y ai toujours renoncé comme à un projet impraticable. Je sentais que la plume et non le crayon pouvait se saisir de cette localité informe, moins curieuse en elle-même que par les accessoires que l'imagination peut se permettre d'y rattacher.

Le n° 1857 est une pure composition. Au fond du tableau, saint Louis et sa mère, montés sur des haquenées, se rendent à Notre-Dame, selon le livret, et passent sur le grand pont, dit depuis pont au Change. Derrière eux s'élève un groupe de tours assez semblables au donjon du Temple : c'est sans doute le Grand-Châtelet.

Je cite cette toile de M. Charles Marquis, mais je n'aurai pas la naïveté de lui demander des renseignements. Ce serait tirer ma poudre aux moineaux... qui s'échappent de leurs cages, en longues files, sur le passage du roi, à l'occasion de son avénement. Ce tableau peut avoir un grand mérite sous le rapport du dessin et du coloris, mais n'est pas à l'adresse des archéologues parisiens.

Sous le n° 2246, M. Jacques-Augustin Régnier a représenté, m'apprend encore le livret, l'ancien cimetière de la paroisse Sainte-Marguerite, au faubourg Saint-Antoine, cimetière où fut inhumé le malheureux fils de Louis XVI, le 10 juin 1795. Je n'ai pu rencontrer cette toile, qui a peut-être pour base un dessin d'après nature. Il est fâcheux que le catalogue n'indique pas la place de chaque tableau. Je compte au reste voir celui-ci chez l'artiste, dont j'ai déjà signalé dans cette Revue une vue du cimetière Saint-Joseph. (Numéro d'octobre 1856, p. 35.)

Passons aux dessins. Je n'en ai à mentionner que deux. Le n° 2117, tracé à la mine de plomb et dû à M. Fr.-Alex. Pernot, représente d'après nature la cour de l'hôtel de la Trémouille (rue des Bourdonnais) démoli en 1841, hôtel auquel je consacrerai un jour un assez long article. Le point de vue est pris de l'ouest. On a devant soi la portion des bâtiments qui bordaient la rue des Bourdonnais. La perspective, du côté opposé, offrait plus d'intérêt, vu qu'elle permettait de distinguer à gauche une gracieuse tourelle brodée de sveltes ornements de la fin du xvᵉ siècle, et à droite une cage d'escalier d'un effet assez pittoresque ; deux dé-

bris qui doivent se trouver dans les cours de l'École d'Architecture.

La plupart des dessinateurs choisissaient le dernier point de
perspective. On doit savoir gré à **M.** Pernot de nous avoir conservé le souvenir de la façade orientale, négligée par les autres
artistes. Son ornementation était moins splendide que celle des
bâtiments opposés, mais c'était le même style quant aux détails
des fenêtres et des balcons. Le rez-de-chaussée du bâtiment, qui
se présente de face, se compose de quatre arcs en ogives. Dans
l'un d'eux est percée la baie qui servait d'entrée principale. Après
l'avoir franchie, on se trouvait sous une voûte oblique qui débouchait sur la rue des Bourdonnais. J'ai l'espoir que **M.** Pernot fera
lithographier ce dessin, fort probablement tracé avec exactitude
en 1841.

Abordons maintenant une pièce devant laquelle ont dû s'arrêter tous les amateurs du vieux Paris : c'est un immense dessin
(n° 3443) de **M.** Fr.-Victor Sabatier, ainsi décrit au livret : « Es-
« quisse d'un parallèle entre les quais de Paris sous Napoléon III
« et sous Louis XIII. Six dessins à la suite. Quais actuels dessi-
« nés sur place. Échelle : deux millimètres et demi pour mètre. »

Ce dessin, tracé vivement à la plume, rehaussé d'encre de
Chine, et, en quelques endroits, d'une teinte rougeâtre, mesure
une longueur approximative de sept mètres. Dans sa largeur
(d'environ un mètre) il se compose de deux bandes superposées
représentant, celle du bas, les quais de 1857, depuis la place
de la Concorde jusqu'à l'hôtel de ville, et celle du haut, les mêmes
quais sous Louis XIII. Il se distingue du style ordinaire des dessins d'architecture par une hardiesse de traits qui dégénère en
brouillis quand il s'agit des personnages et des carrosses, qui circulent sur les ponts aux premiers plans.

Dans l'ensemble de ce long dessin il y a une perspective de
convention ; le spectateur est censé marcher le long des quais ;
acceptons cette perspective sans laquelle nous ne pourrions examiner tous les points dignes de notre curiosité. Quant aux ponts,
qui servent de rues, l'œil les domine d'un point élevé, de manière
à en bien saisir la structure.

Procédons à la revue de la bande supérieure et promenons-
nous sur nos vieux quais. Celle du bas ne sert qu'à faire contraste,
et j'admets que, dessinée d'après nature, elle n'est pas sujette à

. critique; il ne sera donc ici question que de la première. Elle abonde malheureusement en anachronismes topographiques, car une partie représente le Paris de 1680, et une autre partie rentre dans le domaine de l'imagination. Commençons par la gauche.

Sous Louis XIII (prenons, pour préciser, la date de 1640), la place actuelle dite de la Concorde faisait partie des marais Saint-Honoré; c'était un terrain presque partout inculte. Les plans de Paris sous Louis XIII s'arrêtant tous à l'extrémité du jardin des Tuileries, il est difficile de se rendre compte de l'espace occupé par la place actuelle. Sur le plan de J. Gomboust (1652) on distingue, en remontant vers le nord, des terres en culture; mais près de la Seine on ne voit qu'un terrain vague, où, sous Louis XIV, vers 1660 peut-être, on établit un dépôt de blocs de marbre.

M. Sabatier a bordé le sol de la place, près de la rivière, de murs délabrés et de clôtures de planches, auxquels se relient quelques baraques, et que domine, au second plan, un rideau d'arbres assez timidement accusés, destinés peut-être à cacher les maisons (dont les dessins nous manquent) placées en tête du faubourg Saint-Honoré. On aperçoit au loin la porte monumentale de ce nom, élevée vers 1633, et attenante à la face d'un bastion.

Une porte du même style, celle de la Conférence, s'ouvrait dans l'axe du quai, ou plutôt de la berge, qui longeait le jardin des Tuileries. On la voit figurer, précédée d'un petit dormant en pierre, d'une seule arche, qui traversait le fossé de Charles IX. On en possède plusieurs gravures. Je ne sais si elle occupe ici sa véritable place. La précision sur ce point est, je crois, chose impossible, vu qu'il n'a jamais existé au delà de la Seine aucune rue qui fît face à son profil et qui, de nos jours, pourrait servir de repère.

Le jardin de Catherine de Médicis est ici représenté par une ligne d'arbres uniformes, placés à distances égales. D'après les anciennes estampes, il consistait en groupes d'arbres variés, offrant l'aspect d'un parc; Le Nôtre n'avait pas encore imaginé ses ennuyeux plans, tracés symétriquement au compas.

Avant d'atteindre au palais, le mur est interrompu par un long bâtiment, composé de trois petits pavillons, reliés par deux corps de logis. Je ne sais où le dessinateur a trouvé ce modèle. Sur diverses estampes on voit une sorte de corps de ferme, que le plan de Gomboust nomme la Volière. Une note inscrite sur le dessin désigne ainsi cette habitation : Maison du Poussin, donnée par Louis XIII. J'ignore à quelle source a été puisé ce renseignement.

Entre le jardin et la façade des Tuileries existait, déjà sous Henri IV, une rue qui ne disparut que vers 1664, année où Louis XIV donna ordre à Louis le Vau de reconstruire et d'achever la façade. Ici cette rue est absente. Mais, ô méprise plus capitale! on aperçoit la façade refaite en 1664 et non pas celle antérieure, commencée par Catherine de Médicis. Comment M. Sabatier n'a-t-il pas eu l'idée de consulter Dulaure, l'auteur le plus répandu, et le recueil de Topographie de Paris, au Cabinet des Estampes? Il y aurait recueilli tous les documents désirables, écrits ou gravés sur le palais primitif. Jusqu'en 1664, le dôme du milieu était circulaire, entouré de quatre tourelles. Ce dôme a été refait de forme quadrangulaire et rehaussé sous Louis XIV, ainsi que les corps de logis qui le touchent; on ne conserva que quelques portions des rez-de-chaussée du palais de Catherine.

Qui empêchait M. Sabatier de faire apparaître derrière les arbres du jardin, à la place qu'occupe la rue actuelle de Rivoli, les combles des bâtiments des Capucins et des Feuillants, dont il existe des vues gravées ou dessinées? Il s'est borné à garnir son dessin de quelques bâtiments dépendants de la Grande-Écurie et copiés, je crois, sur une eau-forte (gravée vers 1660) signée : *Daumont exc.*, sur les épreuves de deuxième état.

Vient la longue galerie du Louvre qui, avant Louis XIV, n'était pas achevée dans tous ses détails. Près de l'endroit où s'ouvrent les trois guichets s'élève la haute tour dite : de Bois, débris de l'enceinte de Charles V. Elle domine la porte Neuve (par laquelle Henri IV entra à Paris) et un bâtiment qui touche la galerie et qu'on nommait sous Louis XIV : le logis du Grand Prévost. Ces détails nous paraissent tracés d'après le grand profil de Paris d'Isr. Silvestre, qui est une bonne source.

Il existe de la face méridionale du Louvre, telle qu'elle était avant 1660, plusieurs tableaux et des estampes très-connues, par Callot, Silvestre et autres. La représentation la plus détaillée est peut-être le tableau de Zeeman, conservé au Louvre sous le n° 586 de l'école flamande.

Vient la rue d'Austeriche ou d'Austruche, qui séparait cette face du Louvre (alors plus étroite qu'aujourd'hui et terminée par une ancienne tour d'encoignure) de l'hôtel du Petit-Bourbon. Cet hôtel figure dans son ensemble sur plusieurs tableaux anciens, y compris celui de Zeeman, et sur quelques estampes où il se présente un peu de profil. Le long bâtiment qui bordait le quai offrait une porte gothique assez ornée, qui subsistait encore sous Louis XIII, comme l'atteste la *Perspective du Pont Neuf*, gravée par La Belle en 1646. Pourquoi l'avoir négligée? M. Sabatier connaissait sans doute cette curieuse estampe; elle lui a probablement servi à dessiner les maisons du quai de l'École.

Le pont Neuf était sous Louis XIII tel à peu près qu'il était encore, il y a quelques années, avant qu'on l'eût abaissé. Le bâtiment de la Samaritaine, dont on voit de face le côté méridional, et de profil celui qui regardait l'orient, est ici un anachronisme. C'est un pavillon élégant à plusieurs étages, dont le toit est surmonté d'une tour décorée d'une statue de la Renommée, assez semblable à celle qui couronne la colonne de Juillet. C'est une copie de Pérelle. Mais le bâtiment de la première Samaritaine, comme je l'ai prouvé dans un article de cette Revue (juillet 1856), a été renouvelé sous Louis XIV vers 1665, et plus tard modifié (vers 1712 et aussi sous Louis XVI). Il est à regretter que M. Sabatier n'ait pas eu connaissance du tableau n° 770 du Musée de Versailles, reproduit par M. Gavard et représentant la Samaritaine de 1635.

Pourquoi avoir placé sur le pont Neuf de Louis XIII des potences de fer supportant des lanternes? Les premières lanternes de ce genre n'apparurent que vers 1666.

Le quai de la Mégisserie se compose ici d'un rang d'une quarantaine de maisons, la plupart gothiques et pittoresques, mais par malheur tracées de fantaisie. M. Sabatier aurait-il eu la bonne chance de découvrir comme modèle un dessin ou un tableau du temps? Pour moi, je n'ai jamais vu figurer ce quai que de profil, sur des estampes postérieures à Louis XIII, où il paraît bordé de maisons fort insignifiantes.

Voici le pont au Change avec ses hautes maisons, terminées vers 1650, pont qui en remplace deux autres, incendiés en 1621. C'est tout au plus si, à l'époque de la mort de Louis XIII, il était complètement achevé, tant les travaux de maçonnerie au XVIIe siècle marchaient avec lenteur. La face méridionale du Grand-Châtelet, à laquelle aboutissait le pont, n'est pas bien connue.

Elle fut remplacée vers 1684 par de nouveaux bâtiments, dépourvus de tout caractère monumental.

Entre le pont au Change et celui Notre-Dame (rebâti sous Louis XII), dont il existe des vues exactes, règne ici un quai décoré d'une douzaine de maisons imaginaires. En 1642, un an avant la mort de Louis XIII, il n'y avait encore là qu'une berge, où aboutissaient les derrières des habitations de la rue de la Tuerie. Sous Louis XIV on encaissa la Seine entre les deux ponts; on bâtit une levée de pierre, mais non pas précisément un quai. Des maisons neuves et de style fort vulgaire avaient cette levée pour base, et l'on ménagea une galerie, ouverte du côté de la rivière, à l'usage des piétons. Ce fut vers 1786 qu'on établit là un véritable quai. Je n'ai jamais trouvé de dessins ou d'estampes représentant les maisons situées entre les deux ponts avant Louis XIV.

Passé le pont Notre-Dame, il est permis, sur le dessin que nous analysons, d'arriver à la place de Grève par un quai fort proprement bâti et garni de vieilles maisons pittoresques, dont deux ont leurs pignons dentelés à la mode flamande. Par malheur, il n'y eut là de quai qu'à partir de 1675. Commencé à cette époque par le prévôt des marchands Claude le Pelletier, il fut restauré, environ un siècle plus tard. Bullet, qui le construisit, prolongea la maçonnerie de la levée en forme d'équerre jusque vers le milieu de la place de Grève.

Avant 1675 il y avait là une berge sans quai, bordée de masures de bois et de plâtre, soutenues par des piliers, que baignait la Seine, et occupées par des teinturiers et des tanneurs.

Si j'avais eu l'honneur de connaître M. Sabatier, je lui aurais donné une idée de ce site en lui faisant voir un ancien dessin représentant une rive semblable, selon les historiens, à celle qu'a remplacée le quai aux Fleurs.

Cet artiste a oublié un pittoresque détail, une sorte de demi-pont de charpente, commençant vis-à-vis une ruelle, qui descendait à la rivière, entre le pont Notre-Dame et la place de Grève. Sous trois de ses arches tournaient des roues de moulins. Ce pont tronqué conduisait à des baraques très-anciennes, dites : les *Chambres de Maistre Hugues Restoré*, qui figurent encore sur le plan de Gomboust et aussi sur une estampe de Nicolas Bérey.

La place de Grève n'est pas celle de Louis XIII, puisqu'elle est divisée en deux par une sorte de terrasse coudée, commencée seulement en 1675. Les maisons à piliers qui accompagnent l'hôtel de ville pouvaient être plus exactement.dessinées. Entre le quai de Grève et l'ouverture de la rue de la Mortellerie existait un espace, comportant au plus deux étroits pignons ; on en voit ici quatre, et, ce qui est plus étonnant, on rencontre au delà de ces pignons, non pas encore le quai, mais une rue imaginaire, qu'un nouveau pignon sépare de la rive. J'ai peine, je l'avoue, à m'expliquer cette erreur étrange.

M. Sabatier a entrepris là un travail bien ingrat et qui, même avec toutes les rectifications possibles, ne satisferait jamais un antiquaire, ami du positif, sauf sur certains points bien connus. Je ne nie pas que son œuvre ne mérite l'attention du public et ne soit remarquable comme dessin hardiment tracé ; mais celui qui croirait s'éclairer sur l'état comparatif de nos quais actuels et de ceux de Louis XIII serait entraîné souvent dans de graves méprises. Que n'ai-je le talent et la patience de M. Sabatier ! Je referais ce portrait de nos vieux quais, ou plutôt... je ne le referais pas, car il y aurait trop de lacunes, que je ne voudrais pas remplir en substituant mon imagination à la réalité, toutes les fois que la réalité échapperait obstinément à mes recherches.

A. BONNARDOT.

ICONOGRAPHIE DU VIEUX PARIS.

(suite) (1).

DESSINS.

CONSIDÉRATIONS GÉNÉRALES.

DESSINS INCONNUS ; MOYEN DE LES DÉCOUVRIR. — Mon catalogue
de dessins, relatifs à la topographie et aux événements de Paris,
sera bien plus considérable que celui des tableaux ; encore n'en-
registrerai-je en général que des pièces non gravées.

J'aurai à signaler fort peu de dessins représentant des événements ; la catégorie des estampes, au contraire, fournira un grand
nombre de sujets historiques. Quant aux dessins concernant les
costumes, mœurs ou ridicules des Parisiens, je n'en citerai aucun,
à moins qu'il ne se relie à la topographie de la capitale. J'agirai
de même à l'égard des estampes ; autrement ce serait m'engager
à signaler des milliers de pièces offrant des scènes d'intérieur,
des caricatures, etc. Par la même raison si je rédige un jour le
catalogue de tous les livres écrits sur Paris, j'en exclurai les
ouvrages sur nos mœurs, sinon il faudrait citer des myriades de
romans anciens ou modernes.

Cette liste est nécessairement susceptible de s'accroître sans
cesse par suite de nouvelles découvertes. Assurément il existe à
Paris et ailleurs un grand nombre de dessins de ce genre, inac-
cessibles à mes recherches, possédés qu'ils sont par des particuliers, qui peut-être y attachent peu d'importance. Ces dessins
dispersés, auxquels l'isolement ôte toute leur utilité, ne se révèlent de loin en loin aux antiquaires, que par l'effet du hasard ou
à l'occasion de ventes après décès. Par malheur chaque localité

(1) La première partie de cet important travail, consacrée spécialement aux
TABLEAUX, après un examen rapide des *plans en relief, tapisseries, vitraux,
sceaux, médailles* et *jetons*, a été publiée dans sept numéros de la *Revue.* Voir le
tome II (octobre 1855-mars 1856), pp. 236 et 339, le tome III (avril-septem-
bre 1856), pp. 11, 203, 299, 506, et la livraison d'octobre dernier, p. 15 de ce
4e volume en cours de publication.

n'a pas son *Moniteur des ventes*, et d'ailleurs il serait impossible aux amateurs du vieux Paris de se mettre au courant de toutes celles de la province et de l'étranger. Ils ont connaissance tout au plus des ventes célèbres, détaillées dans des catalogues adressés à quelques libraires de la capitale. Mais combien de ventes mobilières s'effectuent chaque semaine, dans telle ou telle localité de l'Europe, dont les annonces ne franchissent pas une limite très-étroite! Si, dans ces ventes vulgaires et obscures, il se rencontre quelque objet remarquable sous le rapport artistique ou archéologique, il a chance d'être adjugé à vil prix à un enchérisseur inconnu : c'est assez dire qu'il va rentrer dans une nouvelle phase d'obscurité.

Donc, sans tenir compte de tout ce que détruit l'incurie ou l'ignorance, des myriades de peintures, dessins, estampes rares, livres ou manuscrits de haute importance, etc., sont condamnés depuis des siècles à rester incompris entre les mains de possesseurs étrangers aux arts et à l'archéologie.

Y aurait-il un moyen d'exhumer, de produire au grand jour ces trésors inédits et inappréciés? Je le crois, et je vais proposer un système efficace, réalisable à mon avis, si chaque gouvernement civilisé de l'Europe l'aidait du prestige de sa protection.

On organiserait, à Paris par exemple, une association centrale, composée d'érudits et d'artistes en tout genre, association puissamment constituée, et assez secondée par les journaux influents pour se faire connaître de suite dans les moindres villes des États civilisés. Dans chaque ville, on choisirait, parmi les amateurs voués à l'étude de l'art et de l'archéologie, des correspondants qui se chargeraient, avec l'appui moral des autorités locales, d'un recensement d'un genre nouveau et applicable seulement aux gens de bonne volonté : ils se mettraient en quête, dans un rayon plus ou mois étendu de leur pays, de tout possesseur ou collectionneur de tableaux, dessins, tapisseries, estampes, armes, médailles, etc. ; ils prendraient, avec leur permission bien entendu, des notes détaillées sur les objets les plus remarquables, soumis à leur examen, puis adresseraient à l'association centrale les résultats de leurs recherches. Ces renseignements seraient consignés dans un catalogue mensuel, imprimé à très-grand nombre et réparti dans les principales villes d'Europe, à un prix très-modique.

Cette sorte d'inquisition, exercée au nom de l'érudition nationale, révélerait, à coup sûr, bien des trésors inconnus en tout genre (1), dont la publicité triplerait la valeur. Mon projet sera peut-être traité de rêverie ; un jour pourtant, c'est fort probable, si l'élan donné aux études historiques ne se ralentit pas, un jour, j'ose l'affirmer, il se réalisera sous une forme plus ou moins grandiose, et c'est alors qu'il sera permis à ceux qui font des recherches de toute nature, de compléter leurs ouvrages.

Assurément cette réalisation rencontrerait des obstacles : il est même facile de les prévoir et de les énumérer. D'abord il existe des collectionneurs semblables à l'avare, qui se complaît à jouir seul de ses écus, à en dissimuler à tous la possession. On peut ensuite compter sur un refus formel de communication de la part d'individus qui posséderaient sciemment des objets provenant de sources déloyales. Ensuite l'association ne pourra partout établir des correspondants judicieux ; de certaines localités, on lui adressera des listes annonçant de prétendus chefs-d'œuvre de peinture, qui ne seront que d'ignobles copies, de fausses médailles, des livres ou estampes, enregistrés à tort comme choses précieuses et rarissimes.

D'autre part, l'ignare vanité de certains collectionneurs leur donnera de monstrueuses illusions ; ils s'imagineront posséder des objets d'une incalculable valeur, que des recenseurs érudits seront loin d'apprécier sous leur point de vue. De là des amours-propres froissés, des récriminations, en un mot mille sujets de controverse, inévitables en tout et partout. Mais, quoi qu'il advienne, je pense qu'en dernier résultat la moisson de curieux et utiles renseignements serait abondante, malgré une certaine quantité d'ivraie et de mauvais grains.

Bien entendu, des propositions d'achats ou d'échanges seraient la conséquence, le corollaire d'une telle association ; et plus d'une lacune pourrait être comblée, dans les principales collections publiques ou particulières.

En attendant ce catalogue universel des collections privées (2), revenons à notre sujet et à l'état positif des choses. A mon avis,

(1) On pourrait en même temps recenser toutes les raretés en fait d'histoire naturelle, d'instruments de physique, etc.

(2) Je devrais ajouter : et celui de tous les musées et bibliothèques publiques des principales villes de l'Europe.

dans nos provinces et à l'étranger, plus d'une famille doit posséder d'anciens dessins concernant notre capitale, œuvres d'ar-
tistes-voyageurs qui la visitèrent à des époques plus ou moins
reculées. Notre Cabinet des Estampes possède, je crois, un certain
nombre d'anciennes vues de villes étrangères, dessinées par des
Français en voyage au xviie siècle. On peut supposer que, par réciprocité, plusieurs bibliothèques publiques d'Allemagne, d'Angleterre, etc., conservent des vues de Paris, dessinées et rapportées par d'anciens touristes.

Cependant je dois ici l'avouer : j'ai, sans réussir, cherché dans
diverses bibliothèques germaniques, des *albums* de ce genre,
pour employer une expression moderne. Mais cet insuccès provient peut-être du motif suivant : on tient dans les familles allemandes aux souvenirs des aïeux, on les conserve de génération
en génération avec un respect tout patriarcal, qui n'est guère
dans nos mœurs à nous Parisiens, peuple léger et oublieux par
excellence. Cependant, par suite de circonstances exceptionnelles, un certain nombre de tableaux et de dessins relatifs à
Paris, conservés longtemps de père en fils, peut nous revenir par
la voie du commerce, tout aussi bien que les estampes histori-
ques-françaises, trouvées en Allemagne, en si prodigieuse quantité, par M. Hennin, et provenant de touristes allemands qui, à
diverses époques, les avaient achetées chez nos éditeurs en
vogue.

Parmi les albums de cette nature, ceux mêmes qui ne date-
raient que d'un demi-siècle seraient encore susceptibles d'être
pour nous très-intéressants ; mais comment les retrouver, sinon
en se tenant au courant de toutes les ventes qui se font dans les
principales villes de l'Europe ?

LIMITES DE LA PRÉSENTE LISTE DE DESSINS. — En attendant ces
trouvailles, à cette heure encore chimériques, mais que le temps
amènera, je vais, simple amateur d'archéologie, perdu dans la
foule, décrire tout ce que j'ai pu voir ou acquérir, dans l'espace
de quinze ans, en fait de dessins concernant les édifices aujour-
d'hui disparus de la capitale, ou les événements dont elle fut le
théâtre.

Ces sortes de dessins ont été, en réalité, exécutés en très-
grand nombre. Pour s'en convaincre, il suffit de réfléchir qu'à la

rigueur il n'existe pas un seul tableau, une seule estampe de ce genre, qui n'ait eu pour base un dessin, aujourd'hui perdu, ou conservé quelque part. Prendre souci de rechercher tous ces dessins, ce serait gaspiller son temps à la poursuite de l'inconnu.

Quand je m'occuperai des estampes, je mentionnerai toujours les noms des dessinateurs qui s'y trouveraient inscrits ; mais comme le dessin original qui a servi de modèle au graveur doit nécessairement inspirer plus de confiance que la copie, toutes les fois que le hasard me le fera découvrir, je le décrirai de préférence à l'estampe.

Ce qui alimentera surtout cette série d'articles, ce sera l'interprétation des dessins qui, n'ayant pas été gravés, peuvent passer pour des monuments inédits, et constituent des pièces uniques, sauf quelques-uns néanmoins dont il existe des doubles.

Loin de moi l'idée de décrire sans aucune exception tout ce que j'ai pu voir en pièces de ce genre ; il en est de si peu importantes, que je n'en parlerai même pas. A d'autres, au contraire, dignes de tout notre intérêt, je consacrerai d'assez longs chapitres. C'est parmi les plus curieux de ces dessins inédits que je choisirai les sujets de l'*Atlas du vieux Paris,* que je compte un jour publier, comme appendice à la *Statistique monumentale* de M. Albert Lenoir.

Je n'enregistrerai pas, soit dit en passant, dans cette présente liste, les dessins qui sont la base du recueil de M. Lenoir, mais, dans la catégorie des *Estampes,* je consacrerai un article spécial à leur analyse. M. Lenoir a encore en réserve un grand nombre d'autres dessins inédits, dont la reproduction doit accroître l'importance de la plus curieuse publication entreprise jusqu'ici au sujet du vieux Paris.

POURQUOI LES GRANDS ARTISTES DÉDAIGNAIENT JADIS LA TOPOGRAPHIE. — Les dessins que je vais cataloguer, les plus anciens surtout, ne brilleront pas, en général, sous le rapport de l'art. C'est qu'autrefois les artistes d'un mérite supérieur dédaignaient de consacrer leur temps à la représentation minutieuse d'un édifice d'après nature. Sous Louis XIV encore, quand un grand peintre historique avait besoin, pour les accessoires de son tableau, d'une localité parisienne, le plus souvent il chargeait un artiste secondaire d'en prendre le dessin, se réservant comme les points les plus dignes de ses pinceaux, les portraits, l'agencement des personnages et la composition de l'ensemble. Le Sueur, vers 1646, veut orner d'une perspective de Paris le petit cloître des chartreux : il laisse à un artiste peu connu le soin de ces détails (*voy.* IIIe volume, p. 310). Plus tard, Jouvenet représente une messe célébrée à Notre-Dame par l'abbé de la Porte : il charge un de ses élèves de peindre le fond du tableau, le chœur de notre cathédrale (*ibid.*, p. 318).

L'application de l'art à la topographie était donc encore fort restreinte au XVIIe siècle. En fait de dessins d'après nature, les artistes de premier rang trouvaient dans le portrait un aliment à leur génie, et à la fois une source de grands bénéfices. Tout en conservant aux traits d'un personnage le prosaïque mérite de la ressemblance, il leur était permis d'y ajouter l'expression et la pensée, de les poétiser. La copie d'un beau paysage était encore à leurs yeux une occasion de faire briller leur imagination ; ils pouvaient, par des contrastes de lumière, lui donner une âme : Claude le Lorrain l'a prouvé. Mais la vue pure et simple d'un édifice, d'un quai, d'une place publique, paraissait se prêter peu aux grands effets, à la puissance de l'art, en un siècle surtout où l'on ne connaissait pas encore toutes les ressources de l'aquarelle.

Cette catégorie de dessins rentrait donc spécialement dans les attributs des architectes, plus habiles (sauf exceptions) à manier l'équerre et le compas que le crayon de l'artiste. Le portrait d'un monument, pensait-on, n'exige d'autres connaissances que celle de la perspective : c'est l'*abc* du métier. Entre l'inspiration qu'exigent les compositions historiques ou les sujets de la Fable, et le talent qui consiste à tracer des lignes de perspective, on mettait la différence qui sépare le poëte du grammairien ; la topographie spéciale n'était plus de l'art, mais une sorte d'industrie manuelle, de calligraphie linéaire.

De nos jours, grâce surtout à l'aquarelle, mode de dessin perfectionné au dernier siècle par Moreau, Nicolle, H. Robert, Vauzelles, G. Wille, etc., nos artistes ont cessé de regarder la topographie monumentale comme une étude ingrate et stérile pour la gloire. Ils sont parvenus à appliquer à des portraits d'édifices toutes les ressources de l'art du dessin, toute la magie du coloris. Les aquarelles de Bonnington, de Justin Ouvrié et d'autres, attestent qu'on peut, tout en copiant avec fidélité cette nature immobile qu'on nomme un édifice, produire des œuvres dignes d'admiration. Ensuite, il faut l'avouer, peu de sites, peu de monuments de Paris prêtent à l'inspiration artistique; il manque à leurs physionomies cette poésie particulière qui distingue Venise, la reine des lagunes, presque toutes les cités de l'Orient, et certaines villes gothiques du Nord.

Avant notre siècle néanmoins, la topographie a été traitée par quelques véritables artistes. J. Callot, entre autres pièces de ce genre, a dessiné deux vues de Paris, prises du Pont-Neuf. A coup sûr, les dessins originaux, passés je ne sais où, ne devaient manquer ni d'effet ni de mérite; mais, sous le rapport de l'exactitude, comme je le démontrerai un jour, ils ne sauraient être comparés à ce que nos dessinateurs produisent aujourd'hui, dans leurs luttes contre le daguerréotype. La froide symétrie et la monotone précision des lignes architecturales répugnaient à l'imagination fougueuse et inventive de Callot. Pour corriger la froideur de nos édifices modernes, il en déformait les proportions, et y mêlait un peu de fantaisie.

Son compatriote, Israël Silvestre, est le premier dessinateur habile qui ait eu l'idée de tracer d'après nature et de graver à l'eau-forte une longue suite de portraits de nos édifices, de nos quais et de nos places publiques. Certaines pièces (parmi les plus grandes surtout) témoignent qu'il savait allier à la patience de l'architecte la verve de l'artiste; mais le plus souvent, se sentant, comme Callot, mal à l'aise dans le cercle étroit de la topographie, il embellit, il réchauffe ses eaux-fortes, qui sont de véritables dessins, d'accessoires étrangers; il ne les anime pas seulement de petits personnages tracés avec esprit, il leur donne pour fonds des sites pittoresques de cette belle Italie, toujours mêlée à ses souvenirs.

Vers la même époque, un dessinateur spécialement architecte reproduisait aussi nos anciens monuments, mais avec plus de patience, plus de zèle pour l'exactitude : je veux parler de Jean Marot. Il est certainement comme artiste au-dessous de Silvestre, mais ses œuvres ont pour nous plus de valeur, parce qu'il visait avant tout à la précision des détails.

J'ai vu des dessins de villes hollandaises et allemandes, dus au crayon de Van der Meulen, et exécutés avec une fidélité scrupuleuse, qui n'excluait ni la verve ni les grands effets de l'art. Je regrette qu'il ne nous ait laissé qu'une seule vue de Paris, prise du Pont-Neuf.

Des raisons que je viens d'exposer, il résulte que j'aurai en général à enregistrer des dessins bien moins intéressants sous le rapport artistique que sous le point de vue de l'archéologie. L'archéologue en effet n'exige pas qu'un édifice ou un fait historique ait été reproduit par un dessinateur de premier talent : il estime avant tout les dessins que distingue un cachet d'exactitude dans l'ensemble et les détails ; il ne leur demande pas de savants effets d'ombres, de lumière et de coloris, mais une netteté parfaite dans la forme des accessoires, dans les contours de chaque ornement : à ses yeux c'est là le *nec plus ultrà* de la perfection, comme, dans les livres de science, l'éloquence, le génie, c'est la clarté et la justesse des observations.

En conclura-t-on qu'un archéologue doit être nécessairement insensible à la poésie des compositions fougueuses, telles que les paysages de Poussin ou de Claude le Lorrain? On se tromperait. Lui aussi se laisse galvaniser au contact des chefs-d'œuvre de l'art; mais, sous le point de vue de ses études, il préfère à ces splendides productions une froide esquisse minutieusement élaborée, qui lui offre un reflet positif d'un autre âge. Un médiocre dessin, par exemple, qui mettrait sous ses yeux un épisode de la Fronde, et qui serait contemporain, lui causerait plus d'émotion que la plus sublime composition d'un grand artiste moderne. C'est que les souvenirs palpitants de couleur locale font vibrer une corde, inconnue aux amis exclusifs de l'art, dans l'âme qui s'est passionnée pour cette étude, en apparence si calme et au fond si émouvante, de l'archéologie, cette ardente *évocatrice* du passé. Toute la verve chaleureuse que verse sur sa toile le plus inspiré de nos artistes, le véritable archéologue sait en décorer les plus vulgaires débris du Moyen-âge. Rencontre-t-il sculpté sur une pierre fruste un portrait, un fait illustre dans les fastes de l'histoire? il trouve à cette pierre, tout aussi bien qu'au tableau le plus célèbre, un parfum d'ineffable poésie.

Nos plus grands peintres eux-mêmes ne méconnaissent pas ce genre d'émotions : tout au contraire; plus d'une fois la rencontre d'un monument archéologique a inspiré leur génie. N'est-ce pas aux briques du Colisée qu'ils demandent des inspirations pour représenter les morts sublimes de nos premiers martyrs?

DESSINS CONSERVÉS AUX ARCHIVES. — Avant d'aborder indivi-
duellement chaque dessin enregistré sur ma liste, quelques observations sur les recueils de ce genre. Je ne connais guère que
ceux conservés à Paris : aux Archives, à la Bibliothèque impériale et chez divers particuliers.

On voit aux Archives un assez grand nombre de dessins et surtout de plans géométraux manuscrits, relatifs à nos anciens édifices. J'en ai, il y a dix ans, parcouru le catalogue (rédigé sur des
fiches) et j'en ai extrait beaucoup de titres de pièces concernant
le département de la Seine (1). Je signalerai les plus remarquables, celles surtout relatives à des localités peu connues, les seules
dont j'aie pris communication. Ces pièces ne datent guère, en
général, que des XVIIe et XVIIIe siècles; quelques-unes remontent
au XVIe. Le plus ancien dessin d'édifices conservé aux Archives,
que j'aie à citer, provient de l'abbaye Saint-Antoine, et représente
sur parchemin cette abbaye en 1482, si toutefois l'inscription
moderne, tracée au bas de cette pièce, n'est pas une erreur.

Il existe peut-être, aux Archives, bien d'autres dessins que je
ne connais pas, car je n'ai visité que la section topographique,
où se trouvent des plans isolés. Or, dans les sections historique
et judiciaire, il doit s'en trouver çà et là d'autres, annexés à des
manuscrits ou à des liasses d'anciens procès-verbaux. Ainsi M. Du
Sommerard a reproduit dans son recueil : *les Arts au Moyen-âge,*
une miniature sur vélin, conservée aux Archives, et représentant
la grande salle de la Chambre-des-Comptes. On m'a cité aussi
un plan à vol d'oiseau des *Gobelins* et environs, que M. Lacor-
daire, administrateur de cette manufacture, doit reproduire,
d'après un dessin des Archives, dans sa *notice* sur cet établissement. Aujourd'hui je demeure si loin des Archives que je remets
à un autre temps de nouvelles recherches. Le présent catalogue,
tel qu'il est, m'offrira déjà une tâche assez compliquée.

DESSINS DE LA BIBLIOTHÈQUE IMPÉRIALE. — Au département des
Manuscrits se trouvent des centaines de chroniques de France, des
XVe et XVIe siècles, offrant quelquefois des miniatures qui repré-
sentent des localités parisiennes. J'en vais parler tout à l'heure,

(1) Après l'iconographie du vieux Paris, je compte publier celle des localités
anciennes renfermées dans le département de la Seine, limite de mes recherches;
je citerai alors un assez grand nombre de plans conservés aux Archives.

et l'on apprendra pourquoi je n'ai pas, de ce côté, poussé loin mes recherches.

Je citerai aussi un manuscrit, ou plutôt un recueil calligraphique, où se trouvent plusieurs dessins à la plume, concernant Paris, tracés sous Henri III. Peut-être, en cherchant bien, découvrirait-on, dans nos diverses bibliothèques, des recueils du même genre; je parlerai, un peu plus loin, de celui-ci.

La collection de topographie parisienne du Cabinet des Estampes, divisée par quartiers, contient çà et là par exception des dessins assez curieux. Je donnerai des détails sur les plus importants, sur ceux surtout qui n'ont pas encore été gravés. Mais, tenant avant tout à ce que mon catalogue soit alimenté de pièces vraiment curieuses pour l'archéologie, j'exclurai de ma liste tous les plans sans intérêt, concernant des hôtels et des sites connus, ou de simples maisons vulgaires, plans disséminés dans cette collection, que grossissent trop de pièces insignifiantes. Je me bornerai à mentionner, parmi les dessins de ce genre, ceux relatifs aux anciens édifices détruits, et célèbres dans l'histoire parisienne.

Je dois faire observer que cette collection sur Paris, formée par feu M. Duchesne aîné, est susceptible de s'augmenter, d'année en année, de nouvelles pièces, découvertes non encore classées, léguées au cabinet ou provenant d'acquisitions. Comme il s'est écoulé douze ans depuis que j'ai parcouru tous les tomes de cette collection (y compris les petits et grands cartons supplémentaires), il est possible qu'on y ait intercalé de nouveaux dessins. Or, je ne puis recommencer ce travail; seulement je reverrai, avant de les décrire, les plus remarquables, jadis enregistrés sur ma liste.

Le Cabinet des Estampes possède encore d'autres collections particulières, où se trouvent quelques dessins concernant l'iconographie de Paris : tels sont les portefeuilles de costumes et portraits de Gaignières, et ceux de Fevret de Fontettes, formant la collection dite l'*Histoire de France par estampes,* que j'ai feuilletée jusqu'au règne de Louis XVI exclusivement.

Les dessins historiques qui se rencontrent dans ce dernier recueil n'ont en général aucune valeur, vu qu'ils ne sont pas contemporains et consistent en compositions fort médiocres tracées à l'encre de Chine et sans aucun goût. Les localités parisiennes représentées sur ces dessins sont seulement des copies des estampes de Perelle ou autres. Ainsi, le calque d'une vue de la porte Saint-Antoine, de ce graveur, sert de fond à un épisode de la Fronde, représenté après un demi-siècle. Il y a néanmoins quelques pièces dignes de notre attention : tel est un dessin contemporain, représentant une procession de pénitents dont Henri III faisait partie.

Enfin, tous les autres dessins que je signalerai, en dehors des recueils de notre Bibliothèque, se trouvent dispersés dans diverses collections particulières, y compris la mienne (1).

DES MINIATURES SUR VÉLIN RELATIVES A PARIS. — Les personnes étrangères aux études archéologiques croient peut-être que je vais signaler d'abord, à titre de dessins les plus anciens, ceux des architectes qui ont élevé nos vieux édifices civils ou religieux : je dois les détromper.

Les architectes à qui nous devons Notre-Dame, le château du Louvre, le Palais, la Sainte-Chapelle, etc., ont dû nécessairement tracer sur parchemin les divers détails des bâtiments dont ils dirigeaient la construction ; mais, par malheur pour notre curiosité, on ne connaît aucune pièce en ce genre antérieure au xvie siècle (2). Apparemment, chaque portion des édifices une fois achevée, le modèle dessiné était jugé inutile, et anéanti. Cette insouciance, au reste, ne doit pas nous étonner, puisque les noms mêmes des créateurs de nos splendides cathédrales nous sont pour la plupart inconnus. Les découvertes de cette nature auraient une immense valeur pour l'histoire topographique de notre capitale, mais nulle part on n'en mentionne aucune ; il faut donc en prendre notre parti, et attendre, à ce sujet, les caprices du hasard.

Les plus anciens dessins que je connaisse, représentant des localités ou des événements relatifs à Paris, sont des gouaches sur

(1) Il existe aussi au Louvre une collection de dessins de maîtres. J'ignore si, parmi ceux conservés en portefeuilles, on remarque des vues ou des sujets historiques concernant la capitale. Parmi les dessins exposés sous cadres, je n'en ai distingué qu'un seul de ce genre ; encore a-t-il été retiré depuis 1855. C'était une vue générale de Paris, à l'aquarelle, par le chevalier de l'Espinasse, vers 1775.

(2) On a signalé par exception, il y a quelques années (dans les *Annales* de M. Didron, je crois), la découverte des dessins d'architectes de je ne sais plus quelle église du Moyen-âge ; il ne s'agissait pas d'une église de Paris.

vélin disséminées dans nos anciens manuscrits, chroniques, romans ou livres d'heures, du xive au xvie siècle inclusivement (1).
J'ai feuilleté un assez grand nombre de ces manuscrits. D'autre
part, j'ai vu beaucoup de copies de ces miniatures, plus ou moins
exactes, éditées isolément ou insérées dans divers recueils archéologiques, anciens ou modernes, tels que les portefeuilles de
Gaignières, l'ouvrage de Willemin, les *Arts au Moyen-âge* de
M. Du Sommerard, etc.

J'ai conclu de mes recherches sur ces anciennes gouaches, que
la topographie parisienne, à bien peu d'exceptions près, y est
traitée tout à fait de mémoire ou de fantaisie, et ne mérite aucunement notre attention, puisque nous cherchons avant tout le
positif. On y peut trouver de curieux renseignements sur l'ameu-
blement des maisons, les costumes, les traits de certains personnages, etc., mais les sites du vieux Paris ne s'y reconnaissent
qu'à quelques détails, qui caractérisent de suite l'aspect de cette
ville, tels sont : les tours Notre-Dame, le donjon du Temple, la
Bastille, etc. On n'y retrouve de Paris que le type général, pourvu
toutefois que ces gouaches aient été exécutées à Paris même.
Ainsi les maisons, les palais, les clochers, les quais, les portes
et les tours d'enceinte, offriront des accessoires, des détails, usités à l'époque du manuscrit; mais les dessinateurs appliqueront
ce même type aux villes de Rome, de Constantinople, de Baby-
lone, si ces villes antiques figurent au fond de leurs miniatures.
Par réciprocité, les miniaturistes flamands, allemands ou italiens,
donnaient aux maisons de Paris le style des constructions usi-
tées dans leurs pays, à l'époque où ils travaillaient (2).

Ce n'est donc pas à de semblables compositions que les antiquaires parisiens demanderont des documents, puisque l'œil ne
peut s'y fixer avec confiance, sur aucun point spécial. Les tours,
les portes fortifiées, les clochetons aigus, ressemblent à certaines

(1) Ce n'est guère qu'à partir du xve siècle que les fonds de ces miniatures sont
ornés de vues topographiques. Avant ce siècle, ces fonds consistent en une surface
d'or, soit unie, soit entremêlée d'ornements disposés en rosaces, en treillis ou en
damiers, à compartiments carrés ou en losanges.

(2) Beaucoup plus tard on retrouve encore la même insouciance pour les localités, dans des estampes historiques. Sous Louis XIV par exemple, Romain de
Hooge et autres graveurs, quand ils représentaient des événements passés à Paris,
donnaient à ses maisons et à ses clochers des types tout à fait hollandais.

pièces d'un échiquier, qu'on aurait disposées sur une table pour les faire servir de modèles. Les fonds représentent le plus souvent des montagnes pyramidales, d'une teinte bleuâtre : c'est pittoresque, mais tout à fait imaginaire.

Les miniatures qui représentent les intérieurs de nos palais royaux sont également traitées de mémoire ou de fantaisie. Les ornements des meubles, des lambris, des tapisseries, sont d'un style contemporain, voilà tout; encore bien souvent voit-on dans les voûtes le plein-cintre substitué à l'ogive. Qu'elles représentent une salle du Louvre ou de l'hôtel Saint-Paul, on y distingue à peu près les mêmes dispositions : des ornements de style ogival ou Renaissance (selon l'époque), des tentures fleurdelisées, un trône surmonté d'un dais, des fenêtres à petites vitres losangées et armoriées au centre.

Si ces fenêtres sont ouvertes, elles laissent entrevoir au loin un préau où s'élèvent des corps de logis, fortifiés de grosses tours ou flanqués de tourelles, avec des toits aigus, décorés de lucarnes à clochetons, ou bien c'est un jardin, orné d'une fontaine et de treillis en berceaux, le tout tracé au hasard, sans intention d'exactitude, ni dans l'ensemble, ni dans les détails. Le texte seul indique si la scène se passe à Paris, à Rouen ou ailleurs.

Les ameublements et les costumes des personnages offrent, je le répète, plus d'intérêt,—supposé encore que l'artiste obscur qui a gouaché ces miniatures ait visité quelquefois les salles de nos palais royaux et ait assisté à des réceptions. Je citerai, à leurs places, dans le cours de mon catalogue, un certain nombre de ces miniatures. J'ajouterai que les estampes historiques exécutées sous Henri II et Charles IX, par exemple le recueil gravé par Tortorel et Perissin, sont traitées, quant à la topographie, avec le même sans-façon que ces miniatures.

DESSINS D'ÉDIFICES PARISIENS AU XVIᵉ SIÈCLE. — Dans le cours du XVIᵉ siècle il exista un certain nombre de dessinateurs-géomètres spécialement voués à la levée de plans et perspectives de villes. Quelquefois leurs œuvres ne manquaient pas d'un certain mérite sous le rapport de l'exactitude topographique, à en juger par les copies gravées qui nous en restent (1).

_____

(1) Je ne m'occuperai pas ici des plans de Paris, généraux ou partiels, dont il

Un traité de perspective, en latin, imprimé à Toul en 1521, et dont, selon Brunet, la première édition remonte à l'année 1505, offre quelques vues de Paris, gravées sur bois, que je décrirai à l'article *Estampes,* mais je constaterai ici qu'un de ces dessins, représentant assez grossièrement la grand' salle du Palais, a probablement été exécuté sur lieu (1).

J'ai cité, d'après M. de Laborde (t. III, p. 213), Jehan Raff qui, vers 1534, dessinait spécialement des vues de villes, et qui fut employé par François Ier, mais je n'ai rencontré aucune pièce qui fût signée de lui ou pût lui être attribuée.

Georges Braün, dans la préface de son ouvrage intitulé : *Civitates orbis terrarum,* signale comme habiles dessinateurs en topographie de son temps (vers 1570), Van der Noevel, Fr. Hogenberg, Abr. Ortellius, Georges Hoefnagel et Corneille Chaymox. Dans la *Cosmographie* de Fr. de Belleforest, qui est à peu près de la même époque (1575), on lit, au bas de certaines pièces gravées sur bois, des noms de dessinateurs probablement français.

Sous Charles IX, deux architectes-praticiens en renom, Jacques Androuet Ducerceau et Philibert de Lorme, ont dessiné quelques édifices de Paris ; leurs dessins ne nous sont connus que par des copies gravées sur bois ou à l'eau-forte.

Sous le règne suivant on peut citer au moins deux noms de dessinateurs de nos monuments. Jean Rabel, peintre, exécuta, d'après nature, des dessins, reproduits sur bois dans l'édition des *Antiquités de Paris* de Corrozet et Bonfons, publiée en 1586. Ces dessins représentent des tombes de Saint-Denis et de diverses églises de Paris. Celles des trois favoris de Henri III, Quélus, Maugron et Saint-Mégrin, élevées en l'église Saint-Paul et détruites en 1589, ne se trouvent représentées que là.

On voit à la Bibliothèque impériale un manuscrit in-4° (S. F. 153) qui renferme plusieurs édifices de Paris dessinés

---

nous reste des dessins ; j'en ai parlé en détail dans mes *Études archéol. sur les plans de Paris.* Je ne mentionnerai ici que les plans spécialement relatifs à tel ou tel édifice de Paris.

(1) Cet ouvrage intitulé *De artificiali perspectivâ viator, etc.,* se voit à la Bibl. impér. (V, 151) et à celle de l'Arsenal (n° 9148 *ter*). C'est un petit in-folio gothique de 29 feuillets. M. Lassus m'a fait connaître ce curieux opuscule dans une de ses brochures relatives à Notre-Dame de Paris.

par un calligraphe, très-peu habile quand il sortait de l'écriture et des ornements ; ce manuscrit a pour titre : « Recherche de « plusieurs singularités par Francoys Merlin... Portraictes et « escrites par Iacques Cellier demourant à Reims, commencées « le 3ᵉ iour de Mars 1583 et acheué le 10 sept. 1587. » Vers la fin du volume, après une longue suite d'ornements, d'instruments de musique et de figures astronomiques, se trouvent quelques dessins à la plume, représentant Notre-Dame, les Célestins, etc., pièces au reste fort grossièrement dessinées.

Je dois la connaissance de ce recueil aux indications données par M. Pernot, dans le texte qui accompagne ses lithographies du *Vieux-Paris,* lithographies que j'ai critiquées souvent sous le rapport des sujets, sans intention d'attaquer le talent de l'artiste ; je le ferai ressortir au contraire avec impartialité, dès que l'occasion se présentera.

Dessins de Paris sous Henri IV. — Sous ce roi, l'iconographie des villes, châteaux et abbayes, commence à être en vogue et à se perfectionner, à en juger par quelques dessins du temps, qui, du reste, ne concernent pas la capitale. Le *topographe* Claude Chastillon (le même qui fournit les plans de l'hôpital Saint-Louis) dessina, d'après nature, un grand nombre d'édifices civils ou religieux de la France et particulièrement de Paris, dessins qui furent gravés, non sans doute par le dessinateur lui-même, mais plutôt, à mon avis, par divers graveurs, la plupart fort médiocres.

Plus tard, les planches furent achetées par l'imagier, *enlumineur du Roi,* Jean Boisseau. Il y réunit beaucoup d'autres vues, grandes et petites, et forma du tout un recueil in-folio intitulé : *Topographie Françoise ov représentations de... villes, châteaux, etc., de France,* DESIGNEZ *par deffunct Clavde Chastillon, et mise en lumière par Jean Boisseau, etc.* Il y eut trois tirages ou éditions de ce recueil, mais aucune ne parut avec le texte que promettaient les lettres de renvoi, tracées sur chaque estampe. La plus ancienne édition, selon M. le colonel Augoyat, conservateur des plans en relief aux Invalides, est celle de 1641, qu'il a vue à la Bibliothèque du Dépôt de la guerre (1) ; les deux autres,

(1) Voir *Notice sur les Chastillon, ingénieurs des armées, etc.* (*Spectateur militaire* du 15 août 1856). L'édition de 1641 n'est, je pense, que le premier tirage des

de 1645 et 1648, sont augmentées de quelques pièces nouvelles.

Sous Henri IV vivait un autre dessinateur spécial d'édifices et de villes, Joachim Duniers, à qui l'on attribue les dessins d'une partie des vues signées : *par* (ou *Faict par*) *Claude Chastillon.* Cette particule *par* est fort vague et indique tout aussi bien le dessinateur des vues que le graveur. En tout cas il faudrait reconnaître que Chastillon avait trois ou quatre styles de gravure. Telles de ces vues signées ainsi ne sont que médiocres ; telles autres sont l'œuvre d'un ouvrier grossièrement inhabile. Au reste, je remets à la catégorie *Estampes* ma dissertation sur Claude Chastillon, puisque je n'ai retrouvé aucun des dessins originaux de la *Topographie Françoise,* dessins fort probablement supérieurs aux images, en général détestables, qui nous les ont fait connaître.

A la même époque on dessina un petit nombre de pièces (connues par les gravures qui en existent) relatives aux mœurs, coutumes et événements passés à Paris.

DESSINS SOUS LOUIS XIII. — Sous ce règne, les dessinateurs de topographie parisienne se multiplient. On peut citer en ce genre Léonard Gaultier, Mathieu Mérian, Abraham Bosse, Balthazar de Montcornet, Étienne de La Belle, Callot, Claude Goyrand, etc. La plupart ont dessiné les pièces qu'ils gravaient. Jusque-là on n'avait pas encore produit autant de sujets historiques. Les noms les plus célèbres qui s'y rattachent sont ceux déjà cités de Gaultier, Mérian, Bosse, Montcornet, auxquels il faut joindre ceux, connus en partie sous le règne précédent, de Thomas de Leu, Fornazeris, Pierre Firens, Halbeeck, Ziarnko et autres que je citerai plus tard. J'ai enregistré, en ce genre, un grand nombre d'estampes du temps, mais fort peu de dessins.

Je signalerai ici un recueil de vues dessinées, pour la plupart, vers 1630, avec verve et d'après nature. Un certain nombre concerne Paris et les environs. Ce recueil, composé de deux tomes in-folio, se trouve au Cabinet des Estampes (U. B. 8. A). Il est précédé de ce titre, plus moderne, je crois, que les dessins :

pièces à l'état de recueil. J'ai acheté, il y a quinze ans, un assez grand nombre d'épreuves de petites planches, tirées isolément à grandes marges, probablement vers 1615. Les meilleures (en petit nombre) sont dues évidemment au burin de Mathieu Mérian, de Bâle.

*Recueil contenant plusieurs veues de villes, abayes, châteaux, etc.,
de France, dessinées d'après nature par F. Stella.*

F. Stella, selon une annotation ajoutée au titre, est né à Lyon
en 1601, et mort en 1661 (1). Aucune des pièces, du moins
parmi celles qui nous intéressent, ne porte la signature de
l'artiste; c'est apparemment d'après l'écriture des inscriptions
originales et le style du dessin qu'on les lui aura attribuées.

A la suite du titre est une carte itinéraire, indiquant les villes
où l'artiste s'est arrêté pour dessiner; c'est : Paris, Saint-Denis,
Chartres, Le Mans, Rennes, La Flèche, Blois, Orléans, Bourges,
Nevers, Dijon, Besançon, Dôle, Bellegarde, Autun, Moulins,
Rouanne, Châlons-sur-Saône, Mascon, Lion, Montbrisson,
Vienne, Le Puy, *Chambery, Ambrun*, Sisteron, Carpentras,
Orange, Avignon et Beziers.

Ce recueil provient d'Angleterre ou d'Allemagne, et fut acheté
pour le Cabinet par feu **M.** Duchesne aîné. Tous ces dessins, sur
feuilles grand in-folio, pliées en deux et collées sur onglets, sont
tracés à la mine de plomb, ou à la pierre dure, ombrés d'encre
de Chine, de sépia ou de bleu de Prusse. Quelquefois on a passé
la plume sur les contours. Les onze premiers dessins nous
occuperont seuls et nous les décrirons à leur rang.

Malheureusement à cette époque le style ogival était déjà fort
déconsidéré; Stella n'a donc pas eu à cœur de représenter les
ornements de ce genre dans leurs plus minutieux détails; néanmoins il paraît avoir donné ses soins à rendre avec fidélité l'ensemble du style de chaque édifice. Les amateurs qu'intéresse l'histoire
des villes citées y trouveront de précieux documents. Je compte
faire graver deux de ces dessins, à moins qu'on ne les reproduise
avant l'époque où j'aurai le temps de m'en occuper. Une de ces
vues, le couvent des Dames de Montmartre, 1631, a déjà été
publiée dans la *Statistique* de **M.** Albert Lenoir.

DESSINS SOUS LOUIS XIV. — Vient le long règne littéraire et
artistique de Louis XIV. Inutile de dire qu'il ajouta un grand

---

(1) Ce F. (François?) Stella serait-il le fils du premier François Stella (mort à
Lyon en 1605 à l'âge de 42 ans), et le frère de Jacques Stella, l'imitateur du Pous-
sin? Suivant le catalogue du Musée de Paris (1855), François Stella, frère de
Jacques, serait mort en 1647, à l'âge de 42 ans comme son père.

(Note de la Rédaction.)

nombre de noms de dessinateurs à ceux précédemment signalés. La topographie et les événements de la capitale (la plupart sont des fêtes) ont pour principaux interprètes : Israël Silvestre, Jean Marot, Albert Flamen, Le Pautre, Cochin, Poilly, Sébastien Le Clerc, etc., et, vers la fin du siècle, les Perelle, Aveline, Gueroult Du Pas et beaucoup d'autres dont les noms ne se présentent pas sous ma plume, sans comprendre les dessinateurs spéciaux de costumes et de scènes de mœurs, en tête desquels brille le nom de Bonnard. Ces graveurs, pour la plupart, reproduisaient au burin ou à l'eau-forte leurs propres dessins.

Il est heureux pour les archéologues de nos jours que du temps où dessinaient Silvestre et Marot (vers 1650), le Paris de Louis XIV fût encore en partie celui de François Ier et même, sur certains points, celui de Philippe le Bel. Vers 1680 la capitale avait déjà, en proie aux architectes, ennemis du style gothique et de la Renaissance, subi bien des métamorphoses, notamment sur ses quais et sur la ligne de ses anciens remparts. Les cloîtres de nos vieux couvents et les façades d'un grand nombre d'églises avaient été reconstruits à partir de 1660.

Sous Louis XIV on commença à graver, d'après des dessins assez exacts et certainement tracés d'après nature, des recueils d'estampes spécialement destinés aux étrangers qui affluaient de toutes parts, et désiraient emporter des souvenirs de nos édifices les plus importants. Dès le temps de leur apparition ces recueils furent reproduits en Allemagne, en Hollande et en Belgique, à Paris même, peut-être avec la permission des graveurs privilégiés.

Ce qui prouve le grand succès des vues de Silvestre, Marot et Perelle, c'est assurément ces contrefaçons en pays étrangers, dont il nous revient aujourd'hui plus d'un échantillon. Le recueil en ce genre le plus volumineux que je connaisse, c'est sans contredit celui que publia à Francfort-sur-Mein Gaspard Mérian, successeur de la maison d'imagerie qu'y tenait déjà vers 1620 Mathieu Mérian, de Bâle. Cet atelier, monté en grand pour la reproduction de nos gravures topographiques, est sans doute le premier de ce genre qu'on puisse citer.

Quant aux centaines de dessins originaux qui ont été la base des gravures de nos principaux topographes, que sont-ils devenus? C'est ce que j'ignore, sinon je les décrirais ici de préférence aux estampes, dans la supposition qu'ils devaient être plus exacts que leurs copies.

J'ai çà et là retrouvé dans des ventes publiques ou chez des amateurs quelques dessins (généralement tracés à la plume) d'Israël Silvestre, J. Marot, Perelle et La Belle, mais ils n'offraient pas plus de détails que les estampes dont ils étaient probablement les modèles. Au reste, il faut être à cet égard très-circonspect : plus d'un dessin de ce genre, au lieu d'être un original, n'est souvent qu'une copie, plus ou moins ancienne, de l'estampe, copie exécutée comme étude de dessin. J'en citerai néanmoins plusieurs qui sont authentiques et qui (du moins c'est fort probable) n'ont jamais été gravés. Pour mon compte, je n'accorde de l'importance qu'à ceux qui offrent des monuments ou des sites inédits.

De 1670 à 1715, Paris fut, sur certains points, remué de fond en comble, notamment, je le répète, sur la ligne de ses remparts bastionnés, entre la Bastille et l'extrémité occidentale du jardin des Tuileries, et, du côté de la rive gauche, sur toute la ligne de la clôture de Philippe-Auguste. On vendit alors à divers particuliers de vastes portions de terrains à bâtir. A cette occasion, on fit lever un grand nombre de plans, dessinés par des architectes ou de simples géomètres-toiseurs, plans géométraux ou en élévation, qui offrent de l'intérêt sous le rapport archéologique. On en retrouve une partie aux Archives ou au Cabinet des Estampes. J'en ai cité un assez grand nombre et reproduit quelques-uns dans mes *Dissertations sur les enceintes de Paris*. J'en signalerai encore d'autres, mais spécialement relatifs à certains édifices disparus.

Parlons maintenant d'un célèbre et très-zélé amateur de nos antiquités nationales qui, vers la fin du XVIIe siècle, dessina ou fit dessiner, d'après nature ou d'après diverses sources, telles que : anciennes gouaches, vitraux, tombes, tapisseries, une prodigieuse quantité d'édifices, costumes et portraits; il s'agit de Gaignières, dont les recueils conservés au Cabinet des Estampes sont malheureusement incomplets, puisqu'une partie a été dispersée dans diverses collections et même, ce qui est plus fâcheux, a passé dans une bibliothèque étrangère.

Voici ce que dit de ce personnage Piganiol de la Force, à propos de la *Bibliotèque du Roy* : « Le 19 février de l'an 1711,

« le Roi acheta le cabinet de *François Roger de Gaignières,*
« ancien Gouverneur de la ville et Principauté de Joinville, dans
« lequel il y avait plus de deux mille volumes de Manuscrits,
« qui, après sa mort arrivée le 27 Mars 1715, furent portés en
« partie au Louvre dans le cabinet où sont gardés les registres
« de la Secrétairerie des affaires étrangères; et en partie à la Bi-
« bliothèque du Roi. »

Mauperché, dans son *Paris ancien,* etc., page 94, cite « Roger
« de *Gaynières,* gouverneur du château et de la principauté de
« *Joigny,* et écuyer d'une princesse de la maison de Guise. »

Dans le recueil de topographie de Paris, au Cabinet des
Estampes (*quartier Saint-Thomas d'Aquin*), est un dessin exécuté
de la main de Gaignières ou par ses ordres, représentant la
« veüe de la maison de Monsievr de Gaignières, rue de Seue
« (Sèvres) au fauxbourg Sainct Germain, vis-à-vis les Incura-
« bles. » Je décrirai ce dessin en son lieu. Nous remarquerons
seulement ici les armoiries de Gaignières (qui était, je crois,
chevalier), tracées dans le ciel, au-dessous de l'inscription. Son
écu est écartelé au 1ᵉʳ et au 4ᵉ, de gueule, au lion d'or; et au
2ᵉ et 3ᵉ, d'or à deux lions (passant) de gueule. Parlons maintenant de ses recueils (1).

Gaignières, malgré bien des négligences dans *ses* dessins, a
rendu d'innombrables services à tous ceux qui s'occupent de nos
antiquités nationales, et spécialement aux archéologues parisiens. Affligé sans doute de voir tant de monuments civils ou
religieux remplacés de son temps par des constructions et des
détails modernes, les anciens jubés abattus, les autels et les
stalles ouvragées du Moyen-âge refaits à neuf, les riches verrières multicolores remplacées par des vitres blanches et sans
vie, les tombes séculaires déplacées pour livrer de l'espace à de
somptueux mausolées, les nouveaux hôtels à pilastres substitués
aux vieux manoirs des nobles familles; Gaignières, par anticipation, et contre le goût général de son siècle, sentit ce qu'offraient de curieux ces vieilleries si dédaignées. Il semble qu'il
ait prévu nos regrets et qu'il ait eu à cœur de travailler pour l'a-

---

(1) Au moment où je livre cet article à l'impression, j'apprends que M. Hennin,
dans son premier volume des *Monuments de l'Histoire de France,* a donné, sur
Gaignières et sur ses recueils, une notice détaillée, que je n'ai plus le temps de
consulter. J'y renvoie donc le lecteur, et je conserve ma rédaction telle quelle.

venir, pour les approbations d'un autre siècle. Qu'eût-il fait de plus, s'il eût pu prévoir qu'une formidable révolution détruirait en masse plus des trois quarts de nos monuments du Moyen-âge? Il fut le précurseur de Millin et d'Alexandre Lenoir, et, s'il existait à Paris, au Louvre par exemple, une salle destinée spécialement aux réunions des antiquaires-parisiens, son buste mériterait d'être placé à côté de celui de l'illustre fondateur du musée des Petits-Augustins.

Notre Cabinet des Estampes possède plusieurs recueils in-folio des dessins de Gaignières. La plupart sont tracés à la plume, rehaussés d'ombres à l'encre de Chine, et souvent coloriés. Les copies d'anciennes miniatures de manuscrits sont exécutées, comme les originaux, à la gouache et sur vélin.

Ces dessins, il faut l'avouer, sont généralement médiocres, mais toujours curieux et importants sous le point de vue des sujets et des souvenirs qu'ils rappellent. Cette observation s'applique aussi à un grand nombre de pièces, paraissant provenir de la même source et dispersées dans les collections de la topographie de la France. Du reste, on attribue trop légèrement peut-être à Gaignières (ou plutôt aux copistes à ses gages et sous sa direction) tous les dessins de ce genre.

Sous Louis XIV il n'existait pas encore d'artistes habiles en aquarelles, ou plutôt l'aquarelle elle-même n'existait pas, dans le sens que nous attachons à ce mot. Quant aux gouaches du temps, appliquées spécialement aux éventails et à l'imagerie religieuse, elles n'étaient pas merveilleuses, inférieures même sous certains rapports à celles du xv⁰ siècle. Les grands artistes ne produisaient guère que des dessins incolores, à la mine de plomb, à la plume, au crayon noir ou à la sanguine.

Les dessins des recueils de Gaignières affectent une forme d'aquarelles, mais au fond ils consistent simplement en une esquisse à la plume que rehausse un fond de couleurs appliquées dans l'intervalle des contours, inhabilement fondues, renforcées d'ombres sans transparence et trop durement accusées. Ces esquisses ainsi coloriées, appliquées aux portraits ou à la topographie, se rapprochent beaucoup trop de l'imagerie sur bois enluminée.

Cette addition de couleurs, que je viens de critiquer, contribue néanmoins souvent à donner une idée plus complète des objets représentés et ajoute de l'intérêt, notamment aux blasons et aux costumes (1). Je citerai plusieurs dessins du même genre dispersés dans quelques collections particulières, ce qui (soit dit en passant) ne prouve pas qu'ils aient été détachés des recueils de Gaignières, d'autant plus que, du temps même où il vivait, on a pu faire de ses dessins des copies, supérieures même comme exécution aux originaux.

Je ne saurais désigner au juste la quantité de pièces rentrant dans notre spécialité, qui est contenue dans les recueils de la Bibliothèque impériale; mais il est certain qu'un nombre assez important de volumes de la même suite, ou provenant de celle déposée au Louvre, comme l'assure Piganiol, a été, je ne sais au juste dans quelles circonstances ni à quelle époque (peut-être au temps si funeste de la Révolution), isolé et vendu à des particuliers.

Tous les archéologues parisiens ont aujourd'hui connaissance d'une suite d'in-folio contenant des dessins dans le genre de ceux de Gaignières et qui ne sont pas, du moins en partie, des doubles de ceux conservés dans notre Bibliothèque. Ces dessins, se trouvent à Oxford, à la bibliothèque Bodléienne. M. Hennin a fait copier les inscriptions placées au bas de chaque pièce, et les publiera prochainement, je l'espère. Mais, par la suite, sans aucun doute, nous aurons mieux que de simples titres : nous en posséderons des calques ou des copies exactes. Il y a longtemps que je projette le voyage d'Angleterre, pour aller voir et copier à Oxford ceux de ces dessins inédits qui concernent ma ville natale. Il y a environ huit ans, j'eus occasion de voir M. le duc de Mortara qui habite Oxford. Il m'avait promis de me faire obtenir la permission de calquer ces dessins, qu'il avait visités plus d'une fois et qu'il m'assurait être des œuvres remarquables. J'ai regretté de n'avoir pu mettre à profit cette bonne volonté. Mais j'espère qu'à une époque plus ou moins prochaine, il sera pris copie de ces recueils, sous les auspices de notre ministre de l'instruction publique.

(1) Parmi les dessins dus à Gaignières se trouve un assez grand nombre de vues spéciales d'édifices de Paris ; mais il est à noter qu'on rencontre aussi de curieux détails d'édifices dans ses recueils de costumes et de portraits, par exemple, les anciens portails de Saint-Yves et de Sainte-Catherine du Val-des-Écoliers. C'est que les portails de nos églises, comme les tombes et les vitraux, lui fournissaient souvent des effigies de personnages historiques.

D'après des renseignements, que venait de recevoir d'un correspondant d'Oxford, vers 1845, M. Potier, l'érudit bibliothécaire de Rouen, renseignements dont il me fit part, cette collection de dessins, provenant de l'antiquaire anglais Gough, se compose de quinze volumes in-folio. Je signalerai ceux relatifs à Paris : — Épitaphes recueillies dans les églises de Paris (probablement accompagnées d'armoiries), 4 tomes ; — sur Notre-Dame et son cloître, sur la Sainte-Chapelle et autres églises, 4 tomes où sont reproduits des tombes, vitraux, statues et bas-reliefs. Le tome I (spécialement consacré à notre cathédrale) contient 138 pièces ; le tome II, 101 ; le IIIᵉ, 120 ; le IVᵉ, 99.

En outre, dans deux autres tomes relatifs aux tombes de rois, reines, princes du sang, etc., se trouvent encore de curieux documents sur Paris. Enfin un volume spécial contient 102 pièces relatives à Saint-Denis et à l'Ile-de-France.

Plusieurs de ces pièces sont *peut-être* des doubles de celles que nous avons à Paris. Notamment les quatre volumes d'épitaphes doivent être une répétition des documents consignés dans de nombreuses collections du même genre qu'on trouve à la Bibliothèque impériale (section des Manuscrits), à celle de l'Arsenal, à celle aussi, je crois, de Sainte-Geneviève ou de la Ville.

Ce que je regrette surtout, c'est de ne pouvoir examiner ces volumes afin d'en extraire des documents topographiques.

Au tome IV de la *Bibliothèque historique* du père Lelong (édition en 5 volumes) sont signalées en assez grand nombre des tombes dessinées par les soins de Gaignières, lesquelles ne se retrouvent plus dans les recueils de la Bibliothèque impériale. Feraient-elles partie des volumes d'Oxford, ou de celui dont je vais parler immédiatement ?

Le 6 décembre 1848 eut lieu, quai Conti, la vente de M. Jérôme Bignon, à laquelle j'assistai. On y vendit un recueil de dessins, dans le genre de ceux de Gaignières, d'une exécution assez artistique. Ce recueil fut adjugé pour *mille* francs (sans les frais) à M. Gailhabaut, me dit-on. Ce précieux volume, aujourd'hui en la possession de M. Albert Lenoir, est ainsi désigné sous le nº 89 du catalogue de la vente : « Recueil de tombeaux des « hommes et femmes de distinction, des premiers temps de la mo- « narchie jusqu'au xviiᵉ siècle, qui se voyaient dans les églises « de Paris, l'abbaye de Saint-Denis et autres lieux de France. 258

« dessins à la plume, faits d'après les monuments; plusieurs
« lavés à l'encre de Chine, et d'autres coloriés selon l'exigence
« de la matière dont était le cénotaphe, soit pierre colorée,
« cuivre, ou marbres de diverses couleurs... Un vol. in-4°, car-
« tonné. »

Ce volume, plus petit de format que ceux des recueils Gaignières, contenait sur Paris soixante dix pièces ou plus; je me
souviens d'y avoir vu des tombes Moyen-âge existant dans la
première église des Blancs-Manteaux, ou couvent de Sainte-
Croix de la Bretonnerie, etc. J'ai regretté d'abord d'avoir été trop
timide dans mes enchères, mais je me suis consolé dès que j'eus
appris que ces curieuses pièces étaient tombées entre si bonnes
mains; il est à peu près sûr qu'elles seront reproduites tôt ou
tard avec le plus grand soin. Je n'en décrirai aucune, ne les
ayant pas sous les yeux et mettant d'ailleurs en dehors de ma
liste tout ce qui doit paraître dans cet admirable atlas nommé
Statistique monumentale de Paris.

A. BONARDOT.

(*La suite au prochain numéro.*)

ICONOGRAPHIE DU VIEUX PARIS.

(suite) (1).

DESSINS.

Dessins sous Louis XV. — Sous ce règne, les touristes qui voulaient emporter des souvenirs de nos édifices achetaient encore les anciennes eaux-fortes de Silvestre et de Marot, et surtout les estampes plus modernes et plus détaillées de Perelle et d'Aveline, réunies en recueils. A cette époque, un grand nombre d'artistes, en général peu connus, dessinèrent des vues ou des détails des édifices parisiens, qui, gravés, illustrèrent les in-folio de Félibien, de dom Bouillart et autres, où il s'agit des antiquités de Paris. Au bas de toutes ces estampes se trouvent des noms de dessinateurs, dont les œuvres originales sont probablement perdues. Vers le même temps on tirait parti des portefeuilles de dessins de Gaignières, et Bernard de Montfaucon, dans sa *Monarchie Françoise,* en faisait graver un grand nombre, malheureusement par des artistes peu habiles.

Vers 1730 parut une nouvelle suite de vues de France et notamment de Paris, dessinées et gravées par J. Rigaud. Ces vues sont en général assez exactes, et quelques-unes offrent de l'intérêt. Je n'ai jamais rencontré aucun des dessins originaux. Les estampes qui les reproduisent sont assez médiocres comme exécution. Les épreuves coloriées furent quelquefois employées à titre de vues d'optique.

Vers la même époque, ou un peu postérieurement, on publia une masse d'imageries spécialement destinées à cette sorte de jouet fort à la mode. La plupart des vues d'optique sont de grossières imitations, gravées en sens inverse (parce qu'un miroir les redressait), des estampes de Perelle et autres ; mais plusieurs, par exception, ont été gravées d'après des dessins inédits, représentant des édifices, des fêtes et divers événements, qu'on ne retrouve pas ailleurs. Je citerai la foire Saint-Ovide, place

(1) Voir la livraison précédente.

Vendôme, diverses vues des boulevards, une procession sur la route de Saint-Denis, les incendies de la foire Saint-Germain et du théâtre de l'Opéra, au Palais-Royal, etc., toutes pièces intéressantes, dont les dessins ont probablement été détruits.

L'architecte Blondel a fait graver, sous Louis XV, un grand nombre de plans géométraux ou en élévation d'édifices, dont plusieurs assez importants pour l'histoire de Paris. Vers 1735 un ingénieur de la marine, Milcent, a dessiné quatre longues vues panoramiques de Paris, prises de Belleville, de Meudon, de Chaillot, et de la pointe de l'Arsenal. Ces vues, qui m'ont paru fort exactes et qui offrent plus d'un curieux renseignement, ont peut-être été dessinées avec l'aide d'une chambre noire. Les quatre dessins originaux, lavés à l'encre de Chine, existent au Cabinet des Estampes, dans un des grands cartons supplémentaires à la topographie de Paris.

Vers la fin du règne qui nous occupe, Gabriel et Augustin de Saint-Aubin, Garnerey, L. G. Moreau et autres artistes, ont dessiné beaucoup de pièces concernant des édifices, des fêtes, divers événements historiques; je citerai d'eux plusieurs dessins non gravés. On trouve en outre un nombre infini d'autres noms de dessinateurs inscrits au bas d'estampes de mœurs, de caricatures relatives au système du financier Law, aux Jésuites, au diacre Paris, etc. Mais ces dessins ne nous sont connus que par les gravures qui en restent.

Dessins sous Louis XVI et la République. — Sous Louis XVI, des artistes plus ou moins habiles dessinèrent spécialement des vues de Paris, des fêtes et des cérémonies publiques. Je signalerai des dessins non gravés, dus à Moreau jeune, Hubert Robert, Demachy, Victor Nicolles, etc. Je pourrais rappeler en outre les noms de dessinateurs qui se rattachent aux recueils de vues de Paris gravées en tête du *Voyage pittoresque de la France*, publié par Alex. de Laborde; mais ici encore je renvoie la citation de ces noms à l'article *Estampes*.

Sous Louis XVI, des graveurs d'un burin agréable et artistique, parmi lesquels se distingue Moreau jeune, ont produit des masses d'estampes gracieuses, représentant des scènes de mœurs de toutes les classes de la société. J'ai vu en ce genre quelques dessins inédits, mais je ne citerai que ceux où la scène se passe à Paris, dans une localité reconnaissable. Un catalogue de dessins et d'estampes de ce genre (aujourd'hui très-apprécié) serait sans doute fort curieux; mais ces sortes de sujets sont en dehors de mes recherches, qui ont pour but principal la topographie et les événements historiques.

La même observation s'applique aux très-nombreux dessins, gravés ou non gravés, qui concernent notre révolution, de 1789 à 1796. Je m'occuperai des pièces qui représentent des *faits positifs*, mais je négligerai toutes les pièces allégoriques et satiriques, qui abondent dans les collections de notre Cabinet des Estampes et dans celles de MM. Hennin et Laterrade.

L'année fatale 1793 vit abattre ou mutiler un grand nombre d'édifices religieux. Une partie des artistes déjà signalés et quelques autres nous ont conservé par leurs dessins les souvenirs des scènes révolutionnaires et des démolitions successives de nos principaux couvents; tels sont les dessinateurs des *Tableaux de la Révolution*, ceux employés par Millin et par Alexandre Lenoir.

DESSINS DU XIXᵉ SIÈCLE. — Notre siècle compte beaucoup d'habiles dessinateurs en topographie. Par malheur le vieux Paris est anéanti presque en entier; c'est peut-être même pour cette raison que nos artistes modernes ont tant à cœur d'en recueillir les derniers vestiges, qui demain peut-être auront eux-mêmes disparu. Tel est le cœur humain : il fait à peine attention à ce qui est plein de vie, mais il s'intéresse à ce qui est mort ou va mourir.

Quelques lignes d'abord sur les dessinateurs du commencement de ce siècle, qui avaient encore sous les yeux de précieuses ruines d'édifices civils ou religieux à reproduire. Je ne parlerai plus des artistes signalés ci-dessus et qui pouvaient vivre encore à cette époque.

Je possède un assez grand nombre de dessins (acquis à la vente Maingot), à la plume et au bistre, représentant des églises en démolition, et signés *D. Duchâteau*, artiste d'un talent fort ordinaire, et que je soupçonne être une femme, car sur l'un des dessins on en remarque une, assise sur une pierre, en train de dessiner l'intérieur de l'église Sainte-Geneviève en démolition.

Vers 1800, Dunouy dessina à la sépia plusieurs édifices de

Paris, aujourd'hui disparus. J'en ai vu plusieurs que M. Muller (déjà cité ailleurs) avait achetés vers 1844, dans une vente de la rue des Jeûneurs. M. Siret, auteur du *Dictionnaire des Peintres* (Bruxelles, 1848, in-4°), cite Alexandre-Hyacinthe Dunouy, né à Paris en 1757 ; il veut, je pense, désigner l'auteur de ces dessins.

Le même ouvrage signale « Antoine-Louis Goblain, élève de Moreau, Nicolles et Thiébault, né en 1779. » Je possède un assez grand nombre de dessins à la mine de plomb ou à l'aquarelle, œuvres de cet artiste, qui mourut, je crois, vers 1840. M. Bertaux (parent du célèbre Duplessis), graveur-amateur, qui a laissé quelques eaux-fortes dans le genre de Boissieu, connaissait la veuve Goblain. Cette dame, par son entremise, céda à M. Muller, ainsi qu'à moi, un certain nombre de dessins de son mari, concernant les Cordeliers, Saint-Jean-de-Latran et autres localités, aujourd'hui détruites, du département de la Seine.

C'est le même M. Goblain qui a dessiné une suite nombreuse d'édifices modernes de Paris, gravés par Beaugean et autres ; mais ces vues en général ne méritent pas notre attention. Les aquarelles dont il s'agit ici sont traitées avec talent et portent un cachet d'exactitude. Celles que je décrirai n'ont pas, que je sache, été gravées, mais plusieurs amateurs en ont des doubles ou des calques. M. Goblain dessinait encore en 1830 les anciens édifices voués à la démolition.

C'est surtout à partir de cette année 1830 qu'un grand nombre de vieux monuments civils ou religieux, la plupart déjà à l'état de ruines, commencèrent à disparaître tout à fait du sol, à l'occasion de percements ou d'alignements de rues. Depuis cette époque jusqu'à nos jours, les dessinateurs des restes du vieux Paris se sont multipliés. Leurs dessins, pour la plupart, ont été reproduits dans des recueils lithographiques. Je pourrais citer beaucoup de noms, tels que Chapuy, Turpin de Crissé, Arnout, Pernot, Regnier, etc.

Les estampes historiques, représentant les épisodes révolu- tionnaires, les fêtes, cérémonies, bals publics, etc., de 1830 à 1856, se comptent par milliers. Arnout, Bellangé, Victor Adam et autres, ont signé des pièces qui acquerront avec le temps, comme les vins précieux, un intérêt de curiosité qui leur manque encore pour nous antiquaires, trop voisins de cette époque.

Pour ce qui est des caricatures politiques ou de mœurs, le

nombre en est prodigieux, et si les artistes en ce genre, si rares avant l'invention de la lithographie (vers 1816), continuent à se multiplier ainsi, je ne sais quel amateur pourra parvenir à réunir, à loger leurs produits. Ces lithographies, œuvres autographes des célèbres artistes Vernet, Bellangé, Charlet, J. J. Grandville, etc., etc., peuvent passer pour de véritables dessins multiples ; mais je ne m'en occuperai pas, puisqu'elles sortent des limites de mes études, et rentrent dans l'histoire *morale* de Paris.

Depuis l'invention du daguerréotype, depuis surtout l'année 1848, les vues de Paris pullulent par milliers, tracées sur plaques, sur papier ou sur verre (pour le stéréoscope). Malheureusement ces vues si exactes reproduisent rarement des restes du vieux Paris, sauf quelques exceptions que je signalerai. Ce sont de véritables dessins, que le soleil prodigue à qui sait bien s'y prendre, et ils font vivement regretter que le procédé qui les a produits n'ait pas été inventé un demi-siècle plus tôt.

A l'époque (février 1841) où fut démoli l'hôtel de la Trémouille (ou maison de la *Couronne-d'or*), rue des Bourdonnais, on commençait déjà à prendre sur plaques des vues de nos édifices. J'engageai plusieurs opticiens à daguerréotyper ce curieux hôtel, dont quelques portions sont conservées à l'École d'Architecture ; mais je ne pense pas qu'ils aient profité du conseil. Au reste, il ne manque pas de vues gravées ou lithographiées avec soin sur cet édifice, du moins du côté de la cour principale (1).

J'ai vu chez un opticien du quai de l'Horloge, en 1843, plusieurs vues sur plaques d'édifices remarquables, aujourd'hui anéantis, notamment la tourelle de l'hôtel de Schomberg (rue Bailleul) et la riche maison de style Renaissance, située sur la place du Marché-des-Innocents, maison que M. Turpin de Crissé dessinait dès 1828 et qui était en pleine démolition en avril 1846.

De nos jours, les derniers restes de nos vieux édifices et de nos anciennes maisons replâtrées disparaissent en masse, mais, en compensation, il n'en tombe pas une parcelle, du moins sur la voie publique, sans qu'on en prenne le dessin par un procédé

(1) Les bâtiments de la seconde cour, du côté de la rue Tirechape, offraient aussi dans leur ensemble assez d'intérêt. J'ai ouï dire, au reste, que M. Viollet le Duc a fait relever, à l'époque de la démolition, les dessins de toutes les parties de ce curieux hôtel.

quelconque. Au bureau des Plans à l'hôtel de ville, on avait même commencé en 1852 un atlas de dessins en élévation, représentant toutes les rues vouées à la démolition, avec toutes les maisons et les enseignes. Mais on a renoncé à ce projet trop dispendieux, et l'on se borne à faire photographier les points les plus intéressants comme antiquités ou comme souvenirs.

Le système de démolitions simultanées de quartiers tout entiers de la capitale a singulièrement stimulé le zèle des archéologues, écrivains ou dessinateurs. Aujourd'hui plus que jamais les études sur le vieux Paris, naguère encore appréciées seulement de quelques obscurs amateurs comme moi, ont pris une sorte de vogue. Il n'est pas de journal qui, de temps à autre, ne produise, sur les démolitions projetées ou en train, un article plus ou moins fertile en *errata*. Le nombre des amateurs du vieux Paris a décuplé depuis deux ou trois ans, et leur présence dans les ventes publiques a singulièrement fait hausser le prix des estampes topographiques, historiques ou de mœurs. Si je n'avais commencé ma collection en 1837, je ne l'entreprendrais certainement plus aujourd'hui.

De 1837 à 1848, j'ai moi-même dessiné, tant bien que mal, d'après nature, des restes peu connus du vieux Paris, dont la destruction était prochaine ou en activité. C'est même à ce métier que j'ai acquis quelques principes pratiques de dessin et de perspective. Mais j'ai cessé de me livrer à ces exercices dès que j'ai vu les artistes et les photographes s'occuper de nos moindres monuments.

Depuis 1852 on a vu tomber dans les divers quartiers de Paris bien des vestiges curieux ; mais, je dois l'avouer, mes regrets d'antiquaire se sont calmés à cette pensée qu'il en restera comme souvenirs des dessins exacts. Je ne suis pas d'ailleurs de ces amis du passé, moroses et égoïstes, qui, logés dans une rue bien aérée de la capitale, se plaignent très-haut de voir de larges chaussées substituées à des ruelles infectes. Le pauvre profite, indirectement du moins, de ces vastes éclaircies qui chassent le mauvais air. La philanthropie m'émeut plus encore que la jouissance d'archéologue ; mais c'est toujours avec un vif regret que j'apprendrais qu'un détail vraiment curieux du vieux Paris aurait disparu sans avoir eu l'honneur d'être dessiné.

Aujourd'hui j'ai peu de craintes à ce sujet ; je suis sûr de revoir un jour, photographiées ou reproduites par la gravure, toutes ces sombres ruelles abattues par douzaines, et que j'ai tant de fois visitées. Je ne m'inquiète plus des démolitions opérées sur la voie publique, mais beaucoup encore de celles exécutées dans des propriétés particulières, dans des cours intérieures ; ce sont malheureusement les plus difficiles à découvrir, et celles que j'ai surtout à cœur de surveiller.

Tous les jours on abat ou l'on renouvelle des bâtiments faisant partie d'une habitation privée. J'ignore si les bureaux de la Ville en ont connaissance et y envoient des inspecteurs intelligents pour examiner s'il y a lieu d'y prendre dessin de quelques intéressants débris d'architecture. Au printemps dernier, par exemple, on a vendu en plusieurs lots, rue Saint-Lazare, le terrain où s'élevait l'ancien *Château-Le-Coq* ou *des Porcherons,* château où Louis XI passa la nuit qui précéda son entrée royale à Paris. Il n'existait plus, à ma connaissance, sur ce terrain que des bâtiments, ou plutôt des bicoques modernes, au milieu d'une sorte de parc d'un hectare peut-être de superficie. J'ai suivi de loin en loin ces démolitions, qui n'ont amené rien de remarquable, sinon quelques voûtes de caves, une sculpture de bois ou de pierre que je n'ai point vue, et des traces des anciens fossés qui entouraient le château. Quant à la porte à pilastres et à fronton angulaire, ornée d'arabesques Renaissance, et en partie cachée sous le sol de la rue Saint-Lazare, je ne sais ce qu'on a fait de ses matériaux (1).

Je ne puis trop recommander à nos dessinateurs ou photographes de tâcher de se mettre au courant des démolitions qui ont lieu dans les propriétés particulières, celles surtout élevées sur l'emplacement d'anciens couvents ou d'hôtels remarquables. C'est là surtout, je le répète, que des débris intéressants pour l'archéologie peuvent disparaître incognito, tandis que les démolitions opérées à la suite d'expropriations, étant annoncées au public, sont sûres, comme le donjon de Saint-Jean-de-Latran, d'attirer les dessinateurs, et d'obtenir dans les journaux des articles nécrologiques, plus ou moins exacts.

Parmi ces monuments du passé, enclavés dans des cours

---

(1) Il existe une lithographie de cette porte, d'après le dessin de M. Regnier. Je parlerai du château des Porcherons, ce vieux manoir fondé en 1320, à propos de quelques dessins qui s'y rapportent.

d'habitations particulières, je citerai un corps de logis du
XVI⁰ siècle, résidence du prévôt de Paris sous Charles IX (comme
l'atteste le plan de Ducerceau), qu'on voit en traversant la suite
de trois cours, nommée passage Charlemagne, rue Saint-Antoine.
Je citerai surtout le célèbre donjon de l'hôtel de Bourgogne (rue
Pavée, près la rue Françoise), l'échantillon le plus curieux qui
survive de nos hôtels princiers du XV⁰ siècle. Sa disparition serait
un deuil pour les archéologues. Espérons que cette superbe tour
historique, plus heureuse que le donjon de Saint-Jean-de-Latran,
serait conservée, même si un projet d'alignement passait par là,
heurtant tout sur son passage. Si l'acquisition isolée de cette
tour eût été possible, je la posséderais depuis 1843. En cas
d'expropriation, la Ville, je l'espère, l'achèterait pour la sauver;
l'abattre serait un des actes de vandalisme le plus honteux de
notre siècle, qui en a tant commis.

CLASSEMENT DES DESSINS. — Avant d'aborder mon sujet, une
importante question se présente : quelle classification adopter?
Pour les tableaux du vieux Paris, qui, à mon grand regret, sont
en petit nombre, j'ai suivi l'ordre chronologique autant qu'il m'a
été possible, car en général ils ne portent point de dates; il en
est de même de la plupart des dessins : il faut leur en attribuer
une approximative, et ils n'en ont une certaine, que lorsqu'ils
représentent un événement enregistré dans l'histoire.

Pour gagner du temps et suivre un système plus facile, plus
utile aux recherches archéologiques, je rangerai cette fois les
dessins par ordre alphabétique des sujets. Seulement, quand
plusieurs se rapporteront au même édifice ou au même fait
historique, je placerai en tête ceux que j'estime être les plus
anciens. Ce classement m'offre, sous un autre point de vue, un
nouvel avantage : si je vis assez longtemps pour remanier un
jour et perfectionner ces articles, entachés çà et là, malgré tous
mes efforts, de quelques erreurs, je compte en former un
Dictionnaire iconographique. Or, dans la description de ces
monuments du passé, tableaux, dessins ou estampes, l'intérêt
du sujet l'emporte presque toujours sur le mérite artistique
intrinsèque. Je dois donc citer tout d'abord, non pas le nom de
l'auteur de telle pièce, mais la localité ou l'événement qu'elle
représente; les noms d'artistes n'entreront ici qu'en seconde ligne.

Grâce à cette méthode, si je reprends un jour l'ensemble de mon travail, il sera, pour ainsi dire, tout fait. Il est évident que ces dissertations s'adressent directement aux amis du vieux Paris, et par contre-coup seulement aux amateurs de l'art. Cette classification est d'autant plus rationnelle que je ne suis pas un artiste praticien. Mes études et mes observations ont pour but, avant tout, la topographie et l'histoire de Paris ; mes considérations artistiques ne sont que des questions accessoires, subsidiaires, que je dois traiter, sous peine de me compromettre, avec une extrême réserve, y appliquant ce bon sens naturel, cet *instinct* de l'art, qui n'a jamais été développé chez moi par la pratique. Quant à la portion de ma tâche qui consiste à faire ressortir les points intéressants des dessins de ce genre, je puis m'en acquitter avec plus de certitude de succès ; je suis là dans mon élément, sur mon terrain, puisque depuis dix-sept ans j'étudie si spécialement les détails du vieux Paris, que je me suis comme identifié à toutes les époques de son existence, à force de m'occuper, sans intermittence, des livres et des vieilles images qui le concernent.

REPRODUCTION DE DESSINS DU VIEUX PARIS. — J'ai, çà et là, fait part au lecteur de mon projet de reproduire, par un procédé quelconque, certains tableaux, dessins ou rarissimes estampes, pour en former un atlas, qui accompagnera les présentes dissertations. Je vais à ce sujet agiter une question délicate et assez importante : *La fidèle copie d'un original, tableau ou dessin, augmente-t-elle ou diminue-t-elle sa valeur commerciale?*

Disons d'abord que la reproduction, ou même le fac-simile des pièces conservées dans nos établissements publics, ne leur ôte rien de cette valeur, puisque jamais, du moins c'est à supposer, elles ne seront mises aux enchères. Elles constituent le trésor de tous, et ce trésor ne révèle évidemment son utilité qu'autant qu'il est propagé, vulgarisé par d'habiles copies.

Quant aux pièces inédites qui m'appartiennent, je les reproduirai sans m'inquiéter si la publicité en est avantageuse ou préjudiciable à leur valeur pécuniaire. Je trouverai à ce sacrifice, si c'en est un, une compensation suffisante dans l'approbation et la reconnaissance des amateurs du vieux Paris. Mais par rapport aux tableaux, dessins ou estampes uniques, qui appartiennent à divers particuliers, la question doit être discutée avec une loyale franchise.

Je compte demander à quelques amateurs la permission de copier, calquer ou photographier, certaines pièces rares en leur possession. Or ils pourraient m'objecter que leurs originaux ont plutôt à perdre qu'à gagner, non pas à être décrits (c'est évidemment à leur avantage), mais à être reproduits, à être livrés à la curiosité publique.

Plus une toile d'artiste célèbre est souvent reproduite par la gravure, plus elle acquiert de valeur vénale intrinsèque : c'est de toute évidence. La gravure ne donne qu'une idée des beautés de la composition. Si la copie est parfaite, elle fait d'autant mieux ressortir le mérite de l'original ; elle inspire aux amis de l'art un plus vif désir de le voir, de le savourer, de le posséder s'il est possible. Le génie du peintre reste toujours imprégné tout entier dans son œuvre ; sa touche, son faire, son coloris, ne se retrouvent que là. L'estampe n'excite qu'à l'admirer, comme la description bien faite d'un monument donne au voyageur la tentation de le contempler en nature.

Mais il en est peut-être autrement quand il s'agit d'un tableau ou d'un dessin vulgaire, dont le principal mérite consiste dans la curiosité du sujet représenté, édifice ou portrait. Si une estampe le reproduit fidèlement dans ses moindres détails, l'intérêt qui s'attache à l'original passe pour ainsi dire tout entier dans la copie, à laquelle il ne manque, pour le valoir, aux yeux de l'antiquaire, que la qualité de *contemporanéité*, qualité occulte que tout le monde ne sait pas apprécier. Pour les gens du monde, pour le vulgaire, cette condition n'a pas une grande valeur.

Il en sera de même d'un livre gothique, unique ou rarissime. Dans une réimpression soignée, le lecteur retrouve toutes les idées de l'original, et il s'en contente ; mais le bibliophile pur sang estime qu'il manque à cette réimpression, fût-elle un fac-simile, ce je ne sais quel parfum *latent* du temps passé, qu'exhalent un papier et des caractères contemporains de l'auteur. Évidemment l'édition originale ne conservera tout son prix que pour ces bibliophiles, en petit nombre, qui attachent à la confection matérielle et à l'époque du livre une grande importance. Que l'original réimprimé paraisse en vente, ceux qui

apprécient avant tout les idées qu'il contient ne se laisseront pas
entraîner à des enchères élevées. A la vérité, on peut assurer que
la concurrence des *vrais* bibliophiles, appréciateurs ardents des
éditions originales, ne lui manquera pas, et que leurs rivalités
suffiront seules à opérer la hausse de sa valeur.

Si, pour revenir à mon sujet, l'on mettait en vente un dessin
du vieux Paris, dont la fidèle copie serait partout répandue, la
majorité, étrangère aux goûts archéologiques, n'y attacherait
plus, pécuniairement parlant, autant de prix qu'à un original
vierge de toute reproduction, bien qu'elle lui en accordât
néanmoins plus qu'à la simple copie. Dans ces sortes de dessins
où, en général, ce n'est pas la qualité artistique qui domine,
mais la curiosité du sujet, une copie exacte s'est comme approprié la portion la plus attrayante de sa substance.

Si ma manière de voir est juste, il en résulte, contre l'intérêt
peut-être du but que je me propose, qu'un tel dessin, à moins
qu'il ne soit, par exception, l'œuvre d'un véritable artiste, risquera
de perdre de sa valeur vénale, s'il a été vulgarisé par la gravure.
Il ne restera plus à l'original de dignes appréciateurs que les
vrais amateurs des souvenirs authentiques du passé. Ils sont
assurément en minorité; mais leurs enchères en concurrence ne
suffiraient-elles pas pour établir le prix réel de la pièce en question?

Au résumé, les particuliers qui me permettraient de prendre
copie de monuments de ce genre en leur possession peuvent
risquer de faire un sacrifice, si l'on admet que la *grosse*, comme
dirait un notaire, peut remplacer la *minute* pour les besoins de
l'archéologie. Après cette discussion sincère, je ne désespère
pas néanmoins de trouver des collectionneurs prêts à seconder
mon projet. Leur amour-propre en recueillera, à titre de dédom-
magement (si dommage il y a), l'honneur d'avoir contribué à une
œuvre qui restera nécessairement comme une source de documents authentiques pour l'histoire de notre célèbre capitale.
Leurs noms s'y rattacheront et les archéologues de l'avenir en
conserveront religieusement la mémoire.

A. Bonnardot.

(Au prochain numéro le commencement du catalogue des Dessins.)

Erratum. — C'est par inadvertance que j'avance dans l'article d'octobre 1856,
p. 36, que les anciennes pierres sépulcrales de Molière et de la Fontaine se voient
au cimetière du Père-Lachaise. Ces deux tombes sont modernes, et les anciennes
ont été détruites.

ICONOGRAPHIE DU VIEUX PARIS.

(SUITE) (1).

DESSINS.

DES VUES GÉNÉRALES. — Il est évident que ces sortes de dessins sont intéressants pour l'archéologie, considérés, non pas dans leur ensemble, mais dans leurs détails. Quand donc ils n'indiquent que confusément les formes d'édifices très-éloignés, on n'en saurait tirer d'autres renseignements que ceux relatifs à la distance respective de ces édifices; or, sur ce point les plans géométraux nous fournissent des données beaucoup plus précises.

En fait de vues générales, nous ne devrons donc nous occuper que de celles tracées avec assez de finesse pour se prêter à l'analyse des détails; et parmi ces détails les plus curieux sont ceux qui ne sont pas reproduits à l'état de vues isolées. Par exemple, on ne trouve que sur les anciens plans et panoramas de l'ensemble ou de certaines portions de Paris, les vieilles portes du Temple et Saint-Martin, la butte Saint-Roch (ou des Deux-Moulins), etc., enfin plusieurs sites d'anciens faubourgs, devenus aujourd'hui des quartiers populeux de la capitale. Malheureusement ces divers détails y sont presque toujours tracés en petit et avec trop de vague pour nous en donner une idée complète; néanmoins ces documents, tout imparfaits qu'ils sont, valent mieux que rien, et offrent à notre imagination un reflet plus ou moins fidèle de ces localités.

A la rigueur, j'aurais pu supprimer cet article, et ne citer les parties importantes de ces vues générales qu'au sujet de tel ou tel édifice décrit isolément; mais, toute réflexion faite, j'ai préféré les signaler, avec quelques détails, en tète de la catégorie des dessins, à la charge de revenir au besoin sur les particularités qu'ils renferment, relativement à certains sites ou monuments, dont il existe des vues spéciales.

(1) Voir la livraison précédente.

La ligne de démarcation entre les vues générales et les vues particulières n'est pas toujours facile à établir nettement. Je rangerai parmi les premières les dessins qui offrent des portions notables de la capitale, aperçues d'un quai, d'un pont, d'une terrasse ou d'une fenêtre. Mais, quand le *paysage* lointain, très-vaguement tracé, ne sera évidemment qu'un accessoire, placé là sans aucune prétention à l'exactitude, pour faire ressortir ou interpréter le sujet du premier plan, je cesserai de le considérer comme vue générale. Par exemple, sur presque tous les tableaux, estampes, etc., représentant sainte Geneviève, on voit derrière la sainte un simulacre de vue de Paris, qui certes ne peut occuper sérieusement notre attention.

Les anciens plans de Paris, généraux ou partiels, tracés en élévation, pourraient à la rigueur être classés parmi les vues générales : tel est le dessin du plan exécuté en tapisserie, et quelques autres ; mais, ayant publié à part des *études* sur ces plans, j'y renverrai ceux de mes lecteurs pour qui cette matière aurait de l'attrait. Néanmoins, de temps à autre, pour éclairer la topographie de certains sites ou édifices du vieux Paris, je rappellerai les détails que nous fournissent les plans.

DIGRESSION SUR QUELQUES PLANS DE PARIS. — Je vais me permettre ici, précisément pour les personnes que la question intéresse, une digression qui sera la moins prolixe possible. Depuis ma publication sur ces plans (mai 1851), j'en ai découvert quelques-uns que je n'avais pas enregistrés. Je citerai les pièces les plus importantes, et d'abord le plan de Paris au Moyen-âge (encore inachevé) que publie M. Albert Lenoir, plan fictif, basé d'une part sur des fouilles récentes, et d'autre part, sur des pièces et actes authentiques de nos archives. On y représente l'ancienne surface de Paris, avec désignation de ses anciens hôtels, fiefs, clos, etc. C'est un travail de bénédictin, très-compliqué et tout à fait neuf, qui, malgré des erreurs inévitables, sera le chef-d'œuvre du genre, vu que les plans de De Lamarre et autres ne peuvent compter pour des productions sérieuses. Passons aux plans *réels*.

1567. — Plan en 1 feuille, gravé sur cuivre, intitulé : PARISE — *In Venetia*, 1567. Ce plan, extrait d'un ouvrage italien (peut-être d'une édition en cette langue de la *Cosmogr.* de Séb. Munster),

est cité sur le catalogue de la vente L. R. de L. faite en nov. 1855,
n° 696. Je ne l'ai point vu.

1591. — Plan italien en 1 feuille grand in-folio (n° 697 de
la même vente). Il représente Paris et quelques villes peu
éloignées. C'est une gravure sur cuivre, finement exécutée, qui
appartient aujourd'hui à M. Bérard, architecte-ornemaniste. Il
fut dressé pour donner une idée du siége de Paris en 1590. Au
haut, à gauche, un cartouche contient une dédicace au pape
Grégoire XIV par *Pigafetta.* Au bas du cartouche, on lit : *In
Rome* 1591 — *Natal* (Noël) *Bonifatio da Sibennico fece,* et, au
bas du plan à droite : *Appresso Bartholomio Grassi.* Au centre
de la feuille est le petit plan de Paris, pris de l'orient, reproduit
d'après quelque plan allemand. Les édifices, représentés en
élévation, y sont tout à fait informes. Les petites villes situées
dans un rayon plus ou moins étendu, Lagny, Meulan, etc., y
sont tracées de fantaisie et placées à des distances beaucoup trop
rapprochées. Ce plan n'est curieux que relativement aux dispositions stratégiques du siége et de la défense de notre capitale
en 1590.

1625. — Je décris, dans mes *Études sur les plans,* celui en
deux feuilles de Melchior Tavernier, édit. de 1630, 1631 et 1635.
Je viens d'en voir chez M. Destailleurs, architecte, une magnifique
épreuve avec texte daté 1625. C'est sans aucun doute l'édition
primitive de cette copie du plan de Mathieu Mérian, éditée dix
ans avant cette date. M. Destailleurs, en ayant comparé la gravure
à une petite vue générale de Lyon, signée : *S. Maupin inventor* —
A. Bosse, fecit, en conclut avec raison, je crois, qu'on peut
attribuer la gravure de ce plan, au moins quant aux ornements
des cartouches, au même Abr. Bosse, qui, à cette époque, s'il est
né réellement en 1611, n'aurait eu que quatorze ans. Au reste,
j'ai déjà signalé de lui une pièce (une grotte du Château-Neuf
de Saint-Germain-en-Laye) qui porte son nom et la date de 1623.

1637. — Le *Bulletin du bibliophile* d'octobre 1856 mentionne
un projet de fortifications autour de Paris, dessiné en 1637 par
le général-ingénieur comte de Pagan. Ce plan, exécuté sur la
demande de Louis XIII, fut adjugé à Londres, à la vente Dawllson,
à un *armateur* hollandais pour 87 liv. sterl. Je regrette de ne
pas le connaitre.

Vers 1684. — Plan gravé sur cuivre en douze feuilles, mesurant réunies environ 147 centimètres sur 145. Au haut est l'inscription : *Lvtetia — Paris*. Sur la troisième feuille est une petite vue de Paris, et, au-dessous, un cartouche où on lit que « ce plan fut présenté à Messire Gabriel Nicolas de la Reynie... par F. Jollain. » Au bas de la douzième feuille est écrit : « Se vend APAris. Chez Jollain rue S. Iacques à la Ville de Cologne. » Il est encadré d'une bordure de feuillage enroulée autour d'une baguette, avec une fleur de lis à chaque coin; les édifices y figurent en élévation. Au nord, on y distingue quelques restes des bastions établis sous Louis XIII, et les nouvelles portes Saint-Denis et Saint-Martin; au sud, les anciennes portes Saint-Jacques et Saint-Marceau, abattues en 1684 et 1686. Ce plan rappelle beaucoup celui de Bullet, dont il est sans doute une copie. Je l'ai vu en 1854 chez M. Hennin, qui l'avait reçu d'Allemagne.

Vers 1700. — Plan en 1 feuille, de 47 centimètres sur 34 1/2, intitulé : « Enceinte ecclesiastique | ancienne et moderne de la « Ville et Fauxbourgs | de Paris | divisé en 42 Paroisses, etc., « —par A.-D. Menard — à Paris chez Pierre Gallays.» Ce plan grossier, mais rare et curieux pour ses divisions, se voit à la Bibliothèque du Louvre, dans un grand in-folio intitulé : *Topographie*, et marqué E — 131 — (o).

1736. — Plan de Gaspard de Baillieul, en 4 feuilles portant ensemble 92 centimètres sur 75. J'ai signalé les éditions de 1724 et 1732.

1765. — Quatrième édition du plan-atlas de Pasquier et Denis. La première est de 1758. Cette nouvelle édition offre d'assez nombreuses corrections et des additions au texte.

1780. — J'ai cité un plan de Pichon, 1784, indiqué sur le catalogue des Archives (2ᵉ cl., nᵒ 121). Il en existe une édition de 1780 ainsi décrite sur un catalogue de vente de 1855 : « Plan de la Ville et Fauxbourgs de Paris avec ses principaux Monumens, par Pichon, 1780, collé sur toile; hauteur : 112 centimètres; largeur : 150. » Je ne l'ai pas vu.

Le même catalogue enregistre le suivant :

1788. — « Plan de la Ville... de Paris, par Deharme et Desnos, 1788, collé sur toile... hauteur : 146 centimètres; largeur : 175. » C'est probablement une troisième édition du plan-atlas de Deharme, 1763.

VUES DE PARIS GOUACHÉES AU XVᵉ SIÈCLE. — Les plus anciennes vues de Paris se trouvent dans nos vieilles chroniques manuscrites, qu'accompagnent des miniatures; je n'en connais aucune qui soit antérieure au XVᵉ siècle. Celles que j'ai vues, à l'état d'originaux ou de copies, sont toutes tracées évidemment de fantaisie; aussi n'ai-je point perdu mon temps à parcourir un grand nombre de ces chroniques, dans l'espoir d'y rencontrer par hasard une pièce digne de notre attention. D'ailleurs, pour obtenir à la Bibliothèque impériale communication de ces sortes de manuscrits, qui y abondent, il faut d'abord en connaître d'avance les titres, puis rédiger une demande motivée dont un conseil (qui se tient le mercredi) apprécie la valeur avant de donner ou de refuser son autorisation. Cette complication a contribué, je l'avoue, à me dégoûter de recherches qui, fort probablement, n'eussent abouti à aucune découverte sérieuse.

Plusieurs vues de Paris, copiées par Gaignières sur d'anciennes chroniques nationales ont été reproduites sans goût dans les *Monuments de la monarchie françoise* de B. de Montfaucon. Elles représentent le plus souvent des entrées dans la capitale de souverains ou d'ambassadeurs. Sur le premier plan se présente une porte : c'est d'ordinaire la porte Saint-Denis, dite par excellence la *porte royale*. Au loin s'élève, en forme de pain de sucre, quelque montagne idéale, couronnée d'un fort. On voit fuir devant soi un fossé, une muraille fortifiée de tours rondes ou carrées, et, au delà du mur, apparaît un fouillis confus de toits de tuiles ou d'ardoises, de clochers invraisemblables, de tours et tourelles, groupées ou isolées, de toutes formes, couronnées de créneaux ou coiffées de toits aigus, et terminées par des coqs, des girouettes ou des panaches de plomb. On ne se douterait guère qu'on a Paris sous les yeux, si une étiquette placée sur la porte d'entrée ne l'indiquait, ou, à son défaut, le titre même du chapitre, inscrit au bas de la miniature en lettres rouges.

Si la scène se passe de l'autre côté de la porte, à l'intérieur de la ville, derrière les personnages du premier plan, chevauchant sur des haquenées, on voit un rang de cinq ou six pignons, percés de quelques trous où s'enchâssent les têtes démesurément grosses des spectateurs. On dirait des maisonnettes de sapin coloriées dont un enfant aurait garni chaque fenêtre d'une poupée. Ceci représente la *grant chaussée Monseigneur Sainct*

Denis. Sur un plan plus éloigné sont des murs et des tours crénelés, des clochers, des montagnes pyramidales, le tout placé au hasard et sans respect pour les lois de la perspective. Quelquefois un grand donjon, flanqué de quatre tourelles, rappellera la tour du Temple, et deux espèces de piliers carrés, l'église Notre-Dame. Il n'y a là assurément aucun renseignement à recueillir, du moins quant aux localités.

M. Du Sommerard a fait lithographier dans son atlas des *Arts au Moyen-âge* (7e série, pl. XXVI) une miniature tirée d'un Froissart du xve siècle (n° 8,322 de la Bibliothèque impériale). Elle représente une vue de Paris prise du nord. On a devant soi un mur fortifié de tours, de diverses formes, et une porte ou *bastide* munie de tourelles en encorbellement. Au loin sont quelques toits et clochers, que dominent les deux tours jumelles de Notre-Dame, seul indice qu'on a sous les yeux Paris plutôt qu'une ville de Bohême. Encore n'en acquiert-on la certitude qu'en lisant au-dessous : « Coment le Roy Loys d'Anjou entra à Paris, etc. »

Dans la *Chronique de Saint-Denis* de la même bibliothèque (F. S. — 6), folios 419 et 446, sont des vues de Paris analogues. Sur toutes deux figure la porte Saint-Denis, que je décrirai à l'article concernant cette porte. Sur l'une on distingue, comme signe reconnaissable de Paris, le donjon du Temple; sur une autre du même volume, la Bastille, récemment construite.

Dans un autre manuscrit in-folio (*ibid.*, n° 10,025) intitulé : *Passages d'outre-mer*, composé par *Sébastien Mamerot* (?), manuscrit auquel on attribue la date de 1474, et que j'ai parcouru il y a bien douze ans, j'ai remarqué une miniature (la troisième, je crois) représentant Paris vu de l'ouest. Au premier plan et de face passe la Seine, dont quelques maisonnettes garnissent les bords. Au loin s'élèvent les tours Notre-Dame. Au bas est le titre du chapitre : « Coment les ambassadeurs... de l'empereur de Constantinople arriverent *a Paris* deuers Charlemaigne. » Charlemagne n'a peut-être jamais mis le pied à Paris, mais peu importe cette fiction : l'archéologue s'estimerait en bonne fortune si cette miniature lui offrait quelque idée de l'état de la capitale en 1474.

Je citerai encore une de ces gouaches, dont je ne connais pas l'original, vu que, le manuscrit étant dans la réserve, il eût fallu

faire, pour le voir, plus de démarches que ne valait le renseignement à recueillir. J'en parlerai donc d'après la copie lithographiée
qu'en a donnée M. Devéria dans le recueil *l'Artiste*. Elle est tirée
d'un traité manuscrit (xve siècle) sur les *Miracles de saint Louis*.

Derrière les personnages du premier plan s'étend la plaine
Saint-Denis. A gauche apparaît une portion de la ville de ce nom
avec sa clôture fortifiée et le clocher, fort mal rendu, de son
église abbatiale. A droite est une autre enceinte, flanquée de
tours *rondes* : c'est celle de Paris. On aperçoit au loin Notre-Dame,
la flèche de la Sainte-Chapelle, etc. ; le tout figuré d'une manière
fort confuse. Au fond se dressent des montagnes taillées à pic et
couronnées d'églises imaginaires. Entre les deux villes, un
faisceau de tours fort minces ou plutôt de piliers, établis sur un
monticule, indique le gibet de Montfaucon. Une route serpente à
travers la plaine, ondulant comme les détours d'une rivière, et
bordée en trois endroits d'une croix à la tige élancée qui surgit
d'un soubassement gothique. On a voulu sans aucun doute
représenter les *Mont-Joie*, les croix marquant les lieux où
stationnèrent les porteurs du cercueil de saint Louis. Il nous
reste de ces croix des gravures et dessins qui attestent qu'elles
sont ici figurées sans aucune prétention à l'exactitude. On devine
l'intention du miniaturiste : voilà tout.

Je pourrais multiplier mes citations ; mais à quoi bon ? Ce
serait toujours les mêmes déceptions, les mêmes stérilités de
détails. Néanmoins, par exception, quelques miniatures des xve et
xvie siècles nous fourniront sur certains édifices des renseignements un peu plus substantiels.

Comme il n'est ici question que de pièces contemporaines, je
ne parlerai pas des vues *fictives* dues à des crayons modernes,
représentant Paris à une époque plus ou moins éloignée. La
fantaisie de retracer des sites pittoresques du vieux Paris est
venue à plus d'un artiste de nos jours ; mais, pour approcher
quelque peu de la vérité, il leur faudrait commencer par une
étude approfondie de l'ancienne topographie de la capitale. Tout
ce que j'ai vu en ce genre est à peu près nul sous le rapport de la
composition. Cependant je citerai volontiers ici les deux grands
dessins (conservés sous cadres, à la Bibliothèque de la Ville)
exécutés avec verve par M. Pernot, que j'ai si souvent critiqué à
propos de ses vues isolées de nos vieux édifices. Ces dessins, qui

ont été lithographiés par M. Champin, représentent Paris au
xve siècle, vu, sur l'un, de la plate-forme des tours Notre-Dame,
sur l'autre, de l'endroit où passe le pont des Arts. Ils ne sauraient
supporter dans leurs détails un examen critique; mais l'ensemble
en est très-pittoresque et donne certainement une idée de cet
océan de tours, de pignons, de clochers et de toits qui constituaient
le Paris de Louis XI. Ils sont artistement tracés, et composés sans
doute sous l'inspiration du roman de Victor Hugo; mais, pour
conserver l'illusion, il ne faut pas les soumettre à une froide
analyse : ce serait en détruire tout le charme. Parmi les détails, les
uns, en grand nombre, sont nés de la fantaisie de l'artiste; les
autres sont des copies libres de vieilles estampes.

Victor Hugo, qui décrivait avec la plume le Paris de 1482,
pouvait se permettre une vague poésie; mais le crayon du dessinateur ne jouit pas du même privilége : il faut qu'il fixe nettement
tous les contours. M. Pernot, dans sa vue prise de Notre-Dame,
a fait intervenir ingénieusement çà et là des flocons de fumée ou
de vapeurs qui cachent sans invraisemblance une partie des
fonds, mais ce qui se distingue nettement ne saurait soutenir la
loupe de l'antiquaire. Il manquait à M. Pernot l'assistance, les
conseils d'un érudit sur cette matière. A l'époque où il commença
ces dessins (vers 1835, je crois), M. A.-P.-M. Gilbert, le doyen
des collectionneurs de vues du vieux Paris, aurait pu lui servir
de guide.

Ces sortes de vues fictives pourront un jour être exécutées avec
un certain succès par quelque artiste archéologue, qui saura
s'aider avec discernement de toutes les pièces contemporaines.
Le présent catalogue lui sera certainement de quelque utilité, s'il
a la patience de consulter toutes les sources qui y sont indiquées;
en ce moment, j'équarris des pierres dont on pourra construire
un curieux édifice.

Vues générales de Paris, xviie et xviiie siècles.—Je passe tout
de suite à une époque bien moderne, car je n'ai trouvé à signaler
aucun dessin de ce genre, intermédiaire entre Louis XI et
Louis XIV, sinon quelques plans en élévation, sortes de dessins
que nous sommes convenus d'exclure de ce catalogue. Au
xvie siècle, on a dessiné sans aucun doute plus d'une vue générale
de Paris, puisqu'il y avait alors un certain nombre de dessinateurs

spécialement voués aux panoramas et profils de villes, notamment ceux, presque tous flamands, cités dans la préface de l'ouvrage *Civitates orbis terrarum*, 1572; mais je n'ai pu en retrouver un seul de cette époque.

Sous Henri IV et sous Louis XIII, on a dessiné beaucoup de vues générales de Paris, connues par des estampes; mais je n'ai jamais rencontré aucun des dessins de Claude Chastillon, de Mathieu Mérian et autres.

Sous le règne suivant, les vues de Paris gravées existent encore en plus grand nombre; mais la plupart des dessins originaux, qui en sont la base, sont perdus ou se cachent je ne sais en quelles collections. Pour les découvrir, il faudrait posséder la baguette d'une fée, ou plutôt (pour parler comme aujourd'hui) une *somnambule extra-lucide*. Passons maintenant en revue notre maigre récolte.

Vers 1675. — On peut approximativement rapporter à cette date un dessin finement tracé à la plume et attribuable à Israël Silvestre. Ce dessin, long de 55 centimètres et haut de 32, fut vendu vers 1840 à M. F.-C. Muller, déjà cité, par M. Steenhaut, marchand de tableaux; il fait aujourd'hui partie de la collection de dessins de M. Destailleurs, architecte. Il représente une partie des faubourgs Saint-Jacques et Saint-Marceau, vus de l'orient. A l'extrême gauche s'élève l'Observatoire, achevé vers 1672, et tout auprès, le Port-Royal, devenu l'hospice de la Maternité. A l'extrémité opposée se détachent sur l'horizon le dôme et les bâtiments du Val-de-Grâce. Dans l'espace intermédiaire sont disséminés, en trop petit nombre, des groupes de maisons peu remarquables, bien que, de ce côté, abondassent alors de vieux logis et manoirs portant le cachet du xvᵉ siècle.

Vers le milieu du dessin se trouve le point le plus intéressant pour nous, vu qu'il figure avec de fins détails : c'est l'ensemble des bâtiments, élevés sous Louis IX, du couvent des Cordelières, dont il reste à peine quelques murs debout, incorporés à l'hôpital de la rue de l'Oursine. On y distingue nettement la disposition des différents corps de logis et les découpures, de style ogival, des fenêtres, etc., tous détails qui s'accordent avec d'autres représentations fournies par divers plans, dessins ou estampes. Je reparlerai plus tard de cette portion du dessin (article *Cordelières*) dont je possède un calque que m'a donné à titre d'échange M. Muller.

3

1687. — Petit dessin en longueur, à la plume et relevé de bistre, probablement de Séb. Le Clerc, représentant une vue prise du point où passe le pont des Tuileries. Ce dessin (collection Destailleurs) est vraisemblablement le modèle d'une petite vue, gravée au bas d'une estampe, en forme de frontispice, au milieu de laquelle figure le blason de Paris, entouré de médaillons relatifs au banquet offert par la Ville à Louis XIV, le 3 janvier 1687, à l'occasion de sa convalescence. Je ne m'étendrai pas davantage sur ce petit dessin, assez dépourvu d'intérêt et offrant d'ailleurs un site très-souvent gravé en grand, avec beaucoup plus de détails.

Vers 1690. — Dessin de ma collection (38 1/2 centimètres sur 24), exécuté assez artistement à la plume et rehaussé d'encre de Chine. Il n'est pas signé. On lit au bas, sur la marge, en écriture cursive : « Veü de Paris du costez de Monlouis (Père-la-Chaise). »

Il existe plusieurs vues gravées prises à peu près du même point, mais ce dessin n'en est pas le modèle. Du reste, il n'offre aucuns détails bien particuliers. Au premier plan est un terrain accidenté ; sur la pente et au bas de la colline sont des champs de blé, des vignes, diverses cultures, des maisons de maraîchers, des bâtiments servant de fabriques et des cabarets. On y distingue un clocher assez voisin, celui, je pense, de l'église Saint-Ambroise, et sur la gauche, la Bastille et le grand boulevard (ou bastion) Saint-Antoine. On reconnaît, dans un lointain un peu trop accusé, l'Observatoire, et, à côté, la haute tour obéliscale en charpente, destinée à la machine de Marly et donnée par le roi à l'Observatoire, pour y essayer les objectifs à très-longs foyers.

Je citerai encore le clocher de Sainte-Geneviève, la tour de Saint-Paul, Saint-Jean-en-Grève, etc., tous détails qui n'offrent rien de spécialement remarquable.

1729-1735. — En tête du Recueil topographique sur Paris, du Cabinet des Estampes, on trouve, dans le tome intitulé : *Vues générales*, plusieurs dessins que je vais signaler, me réservant de les analyser plus tard.

Il existe une suite de quatre estampes au burin, assez communes, composées chacune de deux feuilles, d'inégales dimensions, représentant des vues de Paris très-étendues, avec de nombreux chiffres de renvois. Elles ont une longueur approxima-

tive de 1 mètre, sur 32 centimètres de hauteur. Trois portent au
bas l'inscription : *Milcent delin. et sculp.* ; et sur la quatrième on
lit : *Dessiné et gravé par le Sr Milcent, Ingénieur de la Marine.*
Or, les dessins en question sont fort probablement ceux de cet
ingénieur, car les estampes offrent identiquement les mêmes
détails topographiques, et de mêmes dimensions, ou à peu près.

Le premier qui se présente (141 centim. sur 36) est tracé avec
assez de verve, à la plume, ombré d'encre de Chine, et porte, au
haut, cette inscription : « Veüe de Paris dessinée du clocher de
l'église de Chaillot, au mois de septembre 1729. » Au premier
plan, on voit fuir devant soi la toiture de l'église (Saint-Pierre) ;
au bas s'étend un petit cimetière avec une croix au milieu ; suivent, vers la droite, quelques habitations d'agrément ; à gauche
se développe au loin la colline de Montmartre, sur laquelle se
détache le clocher de l'ancienne église du Roule, Saint-Jacques-
Saint-Philippe. Je ne sais à qui attribuer ce dessin.

Un peu plus loin on en voit un autre, à mon avis moins artistique et sentant un peu le compas et l'équerre. Il est également
lavé à l'encre de Chine et offre identiquement les mêmes détails,
sauf ceux du premier plan. Il mesure 104 centimètres sur 34 ; au
verso est inscrit le titre cité précédemment, cette fois avec la
date 1733. Ce dessin est, sans aucun doute, celui que Milcent a
gravé.

On voit *ibid.* un dessin de 123 centimètres sur 34, de la même
main que le précédent, et sans inscription, offrant une vue de
Paris prise de la pointe de l'Arsenal, du point où le fossé de la
Bastille débouchait dans la Seine. L'estampe de Milcent en est
l'exacte reproduction, et il n'y a, cette fois encore, de variantes
que dans les divers détails ou personnages du premier plan.

Suit un dessin de 96 centimètres sur 25, exécuté à la plume
avec une grande finesse ; c'est une vue lointaine de la capitale,
prise de la terrasse de Meudon.

Un autre dessin, de la même dimension, ombré d'encre de
Chine, offre la même perspective et les mêmes détails. Enfin, un
troisième, esquissé à la plume, est une répétition des deux premiers, sauf toujours quelques variantes dans les repoussoirs du
premier plan. La seconde de ces pièces paraît être le modèle de
la gravure.

Presque tous ces dessins, tracés en conscience et avec préci-

sion (peut-être avec l'aide d'une chambre noire), portent des
réseaux de lignes croisées, qui indiquent le mode de travail du
graveur.

J'ai cité, ci-dessus, de Milcent *quatre* vues gravées. Le dessin
de la quatrième, prise de Belleville, et datée 1736, n'est pas ici;
mais j'ai souvenir de l'avoir rencontré un jour, dans je ne sais
plus quel carton supplémentaire, annexé à l'estampe qui le reproduisait. Cette vue est peut-être la plus intéressante des
quatre; on y voit la ligne du boulevard, la porte du Pont-aux-
Choux, les principaux faubourgs de la rive droite, les trois derniers piliers de Montfaucon, un grand nombre de moulins, de
guinguettes, de fours à chaux, etc.

En somme, il y a à extraire plus d'un curieux renseignement
de l'examen de ces immenses dessins d'après nature; mais j'en
remets les détails à l'article *Vues générales*, de la catégorie des
estampes, parce que les gravures qui les reproduisent sont l'œuvre
du dessinateur lui-même, et me paraissent en être la traduction
correcte, et bien arrêtée.

Vers 1740. — Dessin à l'encre de Chine, de 48 centimètres de
long sur 22 de haut, représentant Paris vu de la colline de
Chaillot; à gauche s'élève au loin Montmartre, qui domine les
maisons du Roule. Vers le milieu du dessin, une grille entre
deux pavillons ferme l'extrémité occidentale du Cours-la-Reine.
A droite, les Invalides. Le long de la berge de la Seine se grou-
pent les maisons rustiques, cabarets et chantiers de bois à brûler,
du *Gros-Caillou* (1).

Ce dessin, finement tracé, fait partie de la collection de M. Destailleurs. Il offre un point de vue qui diffère un peu du dessin de

---

(1) Ce nom succéda, selon Piganiol, à celui plus ancien de *Lalongray;* il fut
donné au quartier, dit cet historien, « parce que, dans le lieu où est sise aujourd'hui
« l'église (Sainte-Marie), étoit une maison publique de débauche, à laquelle un
« caillou énorme servoit d'enseigne. » Jaillot nous révèle la véritable origine de ce
nom. Le quartier s'appela *Gros-Caillou* à cause de hautes bornes dressées en cet
endroit pour séparer la seigneurie de Sainte-Geneviève de celle de Saint-Germain-
des-Prés. Ces bornes, assez semblables à des menhirs, sont figurées et désignées
sur le plan du quartier Saint-Germain par La Caille, 1714, plan que Piganiol
lui-même fit réduire pour en orner son ouvrage sur Paris. Il est, au reste, très-
admissible qu'un cabaret ait pris une de ces bornes pour enseigne et même lui ait
donné par malice la forme d'un phallus.

Milcent, cité ci-dessus; mais, en raison de ses proportions plus petites, il contient beaucoup moins de détails.

Vers 1770. — (Même collection.) Vue prise du quai de la Tournelle. Ce dessin, d'une grande finesse, est tracé à la plume et rehaussé de couleurs. Il a 34 1/2 centimètres de long, sur 21 1/2 de haut, et est signé : *Germain del*. A gauche apparaissent le pont au Double (dit aujourd'hui de l'Hôtel-Dieu); Notre-Dame avec sa flèche détaillée, l'ancien évêché avec son donjon crénelé et sa grand'salle en forme de chapelle, dont l'abside regarde l'orient; le jardin de l'archevêché, la pointe orientale de la Cité, bordée de maisons dont les jardins ont pour limites non pas un quai, mais le parapet de la chaussée qui domine le fleuve. Ces maisons, dépendant du cloître Notre-Dame, sont très-détaillées, mais n'offrent aucune particularité; elles paraissent de construction assez moderne. Une seule est remarquable par une sorte de donjon ou tour carrée qui lui est contiguë et qui conserve une physionomie féodale.

A droite s'étend, au delà de la Seine, le quai Dauphin (île Saint-Louis), dont les maisons n'ont guère changé d'aspect depuis l'époque du dessin. Au delà du pont Rouge ou Saint-Landry, on aperçoit le rang de maisons, fort laides sans être curieuses, qui bordent le port au blé et que dominent les deux tours de Saint-Jean-en-Grève. Le clocher de la tour du nord s'élève avec élégance, brodé d'ornements gothiques et tout hérissé de *crochets* sur ses arêtes. Il est teinté d'une légère couche bleuâtre, ce qui semble indiquer qu'il était, non pas de pierre, comme je l'ai avancé en plusieurs endroits, mais de charpentes recouvertes d'ornements en plomb. Au reste, nous verrons encore figurer cette flèche sur plusieurs dessins et estampes (1).

Ce même point de vue a été plusieurs fois gravé, mais avec bien moins de finesse dans les détails; aussi je pense que la reproduction très-fidèle de ce dessin aurait du succès.

1786. — Un dessin de ma collection (44 centimètres sur 25),

(1) Bien qu'il y ait sur l'extérieur de Saint-Jean-en-Grève abondance de sources iconographiques, il ne nous sera guère possible de savoir au juste si son élégant clocher était de plomb ou de pierre découpée à jour. Il est à noter qu'aucun des historiographes parisiens, y compris l'abbé Lebeuf, si minutieux dans ses descriptions d'églises, ne parle de ce clocher, si remarquable, d'après les témoignages iconographiques

signé au bas, à gauche : *Moreau fec.* 1786, offre en perspective
une portion du quartier de Paris dit aujourd'hui *Chaussée-
d'Antin*. Il est à l'encre de Chine, rehaussé de blanc et de quelques teintes rougeâtres.

Sur le premier plan règne un coin de terrasse où se promènent
une dizaine de personnages. Cette terrasse dépend d'un corps de
logis situé entre la rue Louis-le-Grand et celle (percée sous l'Empire) de la Paix. De là, on aperçoit presque de face le boulevard et
les maisons de la rue Basse-du-Rempart, parmi lesquelles on
reconnaît l'hôtel de Sainte-Foix, nommé plus tard d'Osmond, où
est établi aujourd'hui le concert Musard.

Devant la terrasse du premier plan, s'élève un bâtiment qui
borde le boulevard dit aujourd'hui des Capucines. Le toit en est
terrassé et porte un jardin assez curieux. Peut-être était-ce une
dépendance de l'hôtel d'Egmont, dont l'entrée était rue Louis-le-
Grand. Ce jardin à la babylonienne se compose de plusieurs bosquets et de longs berceaux couverts de feuillages. On y remarque
aussi quelques arbustes assez vigoureux; dans un coin à droite,
une sorte de kiosque ou belvédère, et, au milieu, une élégante
fontaine, à deux vasques, qu'alimente un jet d'eau qui retombe
en cascades.

Je n'ai aucun détail à fournir sur ce jardin, peut-être public,
établi au sommet d'un bâtiment qui faisait face à l'hôtel de
Montmorency, situé au coin de la rue actuelle de la Chaussée-
d'Antin. Thiéry, qui décrivait minutieusement les hôtels de son
temps (1787), ne nous donne aucun renseignement sur ce
jardin; mais (t. I, p. 156) il en mentionne un du même genre,
situé sur le boulevard, à l'angle gauche de la rue Caumartin :
« Au lieu de comble, dit-il, il règne sur la totalité du bâtiment
« une terrasse formant jardin de 120 toises de superficie; des
« colonnes tronquées, des arcs de triomphe en treillage... y font
« décoration et servent à cacher les tuyaux de cheminées, etc. »

Au dessus des maisons de la rue Basse on aperçoit des arbres,
et les combles de divers hôtels encore subsistants. Plus loin vers
le nord, un bouquet d'arbres assez considérable indique, je pense,
le vaste jardin du château des Porcherons (dont on ne voit pas les
bâtiments), jardin dont les derniers arbres vont disparaître.

Le fond du dessin est limité par les lointaines hauteurs de
Montmorency, sur lesquelles tranche et domine la pittoresque

colline de Montmartre. On y compte seize moulins et l'on y distingue, mais assez vaguement, les bâtiments de l'abbaye groupés
à mi-côte, et surmontés du dôme de l'église, élevée, je crois, sous
Louis XIII.

Ce dessin offre assurément de l'intérêt, mais pas assez cependant pour mériter une reproduction, vu qu'il touche de trop près
au Paris de nos jours. Il provient de la vente Maingot, citée dans
le numéro de février 1856, p. 339.

Vers 1786. — Un dessin de la collection de M. Destailleurs,
tracé à l'encre de Chine, de 84 centimètres sur 52, représente
une vue de Paris, prise du pont Marie. C'est identiquement le
même point de vue et les mêmes détails qu'offre une gravure en
plusieurs couleurs, exécutée à la même époque par Melchior
Descourtis, d'après Demachy.

Ce dessin, rien qu'à en juger par les personnages, doit être de
Demachy lui-même. Il lui aura peut-être servi à peindre le tableau dont l'estampe remarquable de Descourtis est la reproduction. Il est d'une dimension plus grande que l'estampe et n'a pas
grand mérite, à mon avis, sous le rapport de l'art. On y remarque
le port et le quai Saint-Paul, les Célestins, l'Arsenal, l'île Louviers, une portion du quai d'Anjou (île Saint-Louis) et, au loin, le
quai Saint-Bernard. Je donnerai un jour une description détaillée
de l'estampe de Descourtis, qui me plaît beaucoup mieux que le
susdit dessin.

1786. — Avant 1855, on voyait sous cadre, au Musée du
Louvre, dans le salon où sont exposés aujourd'hui les dessins des
maîtres flamands, une curieuse aquarelle qu'on a déplacée. Grâce
à l'obligeance de M. Frédéric Reiset, conservateur des dessins
du Louvre, j'ai pu la revoir dans son bureau.

Ce dessin (n° 12,828 du catal. encore manuscrit), placé
dans une bordure du temps, a un mètre de long sur 48 centimètres de hauteur. Un cartouche adhérent au haut du cadre porte :
« Par M. le Chevalier de l'Espinasse en 1787. » Comme ce dessin
a toujours été au Louvre, on peut croire qu'il aura été acquis à
l'exposition de cette année-là, où l'on admit, outre les tableaux,
les dessins remarquables.

Sur la marge inférieure, on lit en caractères ronds, habilement
tracés : « Vue intérieure de Paris — prise du *Belveder* de la
« maison de M. Fournel, rue des Boulangers, fossés Saint-Victor,

« c'est-à-dire 200 pieds du niveau de la rivière. — Dessin
« éclairé entre 11 h. et midi. » Un *nota* ajoute : « Au pied du
« Belveder... on distinguera sans doute avec plaisir... le jardin
« et la *maison de repos* que le célèbre Le Brun, 1er peintre de
« Louis XIV, s'étoit fait construire, non loin des Gobelins qu'il
« occupoit et dirigeoit. » Plus bas, on lit : « D'après nature
« en 1786, par M. de l'Espinasse, chevalier de Saint-Louis. »

Ce dessin à la plume, d'une finesse à laquelle je n'ai rien à
comparer, est légèrement teinté de plusieurs couleurs qui en font
une aquarelle. La perspective en est parfaite, et il a en même
temps le mérite artistique. Ce qui m'étonne, c'est que les milliers de toits qu'on y découvre, de près et de loin, sont, presque
sans exceptions, couverts de tuiles et non d'ardoises. Les moindres détails des maisons les plus rapprochées sont si minutieusement accusés, qu'on est tenté de croire que le premier croquis
de l'Espinasse aura été tracé à l'aide d'une chambre noire.

Les détails des édifices, même fort éloignés, sont exprimés de
manière à les rendre tout à fait reconnaissables, malgré la petitesse que leur impose la distance. Celui qui posséderait la stérile
patience du naturaliste qui compta je ne sais combien de milliers
de poils sur la croupe d'un bourdon, parviendrait peut-être à
énumérer dix ou quinze mille maisons, qu'encadrent les collines
de Montmartre, Ménilmontant, Belleville et Charonne. Pour moi,
je vais me borner à signaler en quelques lignes les points les plus
remarquables pour l'archéologie.

Sur la gauche, les maisons voisines et vues de haut appartiennent au rang occidental de la rue des Fossés-Saint-Victor. L'une
d'elles offre des lucarnes (ou mansardes) de formes assez anciennes. Au delà du premier plan, formé de toits et de cheminées
aux nombreux capuchons de terre cuite, et servant de pittoresques
repoussoirs, l'œil parcourt les jardins vastes et irréguliers où,
selon l'inscription, se promenait Charles Le Brun. Sa *maison de
repos* n'était rien moins qu'un bel hôtel entre cour et jardin, un
grand bâtiment à trois étages, solidement construit. On voit ici
la face qui regarde l'ouest. Au milieu, ressort en légère saillie
un avant-corps à pilastres, avec trois arcades et un perron au
rez-de-chaussée. Il est couronné d'un fronton triangulaire, orné
d'un bas-relief. Devant les fenêtres du premier étage court un
grand balcon de fer artistement ouvragé.

Le jardin qui accompagne cette habitation aristocratique est divisé en plusieurs compartiments. On y remarque des berceaux symétriques, des parterres et plusieurs petits bâtiments rustiques, le tout limité par des murs formant çà et là des replis et des coudes.

Sur le perron du grand pavillon et dans les parterres causent ou se promènent des personnages de 1786, fort gracieusement tournés. La reproduction de cette portion du dessin ferait, sans aucun doute, plaisir aux amis des gloires artistiques de notre grand siècle. Du reste, sans avoir recours à l'aquarelle de l'Espinasse, on peut aujourd'hui même, d'une fenêtre ou d'un jardin de la rue des Boulangers, photographier cet hôtel, conservé intact, et occupé par l'Institution-Reusse, dont l'entrée est rue des Fossés-Saint-Victor, 13.

Parmi les divers bâtiments qui ont vue sur la maison de Le Brun, aucun ne mérite notre attention : ce sont de laides bâtisses, peu anciennes et sans intérêt; aussi passerons-nous à la droite du tableau. Sur un plan assez rapproché (pas assez peut-être) s'élève avec majesté l'église du prieuré de Saint-Victor, rivale de Saint-Eustache, qu'on eût bien fait de nous conserver. Les parties qu'on en distingue paraissent très-fidèlement rendues, et l'on devine aux ornements le style encore gothique du commencement du xv1ᵉ siècle.

Cette église, circonstance exceptionnelle, était mal orientée; son abside regardait plutôt le nord que l'orient d'été. Les cathédrales du xiiiᵉ siècle, au contraire, ont leurs chevets tournés vers l'orient d'hiver, c'est-à-dire vers Jérusalem ou à peu près.

Sa façade resta toujours inachevée, comme il arriva pour les Bernardins, Saint-Martin-des-Champs, etc. (1); seulement, le vaste pignon qui devait être orné d'un portail, reçut plus tard un maigre et chétif commencement de *décoration :* quelques moulures accompagnées de pilastres ridicules qu'on voit ici figurer. Les gracieuses découpures des fenêtres de la nef et d'un des croisillons en vue sont nettement accusées. La flèche qui s'élance du toit, au point où la nef coupe le transept, construite de bois et

(1) La plupart des églises de Florence manquent de portails. On a voulu, assure-t-on, éluder le tribut énorme qu'il fallait payer au pape pour droits d'achèvement. Serait-ce pour le même motif qu'un assez grand nombre de nos églises sont aussi privées de façades?

d'ardoises, n'a rien de remarquable et n'offre plus l'élégance de
celles des xive et xve siècles.

Près du chevet s'élève la tour du clocher, isolée de l'église.
Cette tour, crénelée, est surmontée d'un toit aigu, couvert d'ardoises, terminé par une croix et un coq, et flanqué aux quatre
angles de clochetons de pierre. Ses baies, de style roman à plein
cintre, témoignent assez qu'elle est un reste de l'église primitive,
fondée vers l'an 1100. Le pignon du croisillon du transept est
brodé de crosses ou crochets sur ses rampants, et, dans le gable
est sculpté l'écu de France. La baie ogivale qui s'ouvre sous cet
écusson est ornée de compartiments d'un riche dessin, dont le
style rappelle celui des verrières de Saint-Eustache.

Au loin court une ligne bleuâtre horizontale : c'est la Seine.
On distingue très-nettement l'île Louviers, couverte de piles de
bois, les bâtiments de l'Arsenal, la double chapelle des Célestins, le clocher de Saint-Paul, le sot obélisque de pierre, percé
de larges trous, de Saint-Louis-en-l'île, Saint-Jean-en-Grève, dont
la flèche, toute rugueuse d'ornements, paraît être ici de *pierre* et
non de plomb.

Sur un plan plus voisin, on reconnaît la longue église des Bernardins, qui resta toujours inachevée du côté de l'orient. Le toit
est surmonté d'une flèche fort vulgaire. A cette église se relie, en
retour d'équerre, l'immense bâtiment du réfectoire, aujourd'hui
modifié, après avoir servi à toutes sortes d'usages. J'en parlerai
en détail à l'article *Bernardins,* ainsi que d'autres bâtiments
contigus.

Notre-Dame n'a pas encore perdu sa flèche haute et svelte, et
l'ancien évêché conserve sa tour crénelée. Près du nouveau Palais de Justice surgit le toit de la Sainte-Chapelle et sa flèche
de 1630. Enfin apparaissent cent autres détails si précisément
figurés à leur place, qu'on peut croire, je le répète, que ce dessin
a été tracé avec l'aide mécanique d'une chambre noire, comme
tous les dessins (gravés) qu'a produits le même artiste.

Vers 1790. — Une petite aquarelle, très-légèrement coloriée
et signée : *J. Vinkeles,* représente une vue prise du quai de la
Tournelle, comme celle signalée ci-dessus à l'année 1780, mais
elle n'offre aucun détail curieux. Ce sont les mêmes sites, mais
moins fidèlement rendus. Je ne citerai que Saint-Jean-en-Grève,
vu de loin. Son clocher est une sorte de tourelle coiffée d'un toit

conique, teinté en bleu. Serait-ce un nouveau clocher substitué à
l'ancien? Je ne le pense pas. Les baies des tours sont inexactement dessinées. La toiture de l'abside est un peu plus élevée que
celle de la nef, et sur la pointe s'élève un petit campanile. Ce
dessin, vendu le 9 décembre dernier à la vente de M. Van Lancre,
appartient aujourd'hui à M. Destailleurs.

Je ne ferai que citer un petit dessin de la même vente, artistement exécuté, mais représentant simplement, vers 1785, le
pont-tournant des Tuileries. Les personnages en sont très-remar-
quables.

Vers 1800. — Je vais signaler une curieuse aquarelle (même
collection) signée, à gauche : V.-J. Nicolle, mesurant 60 centimètres sur 38, et représentant le petit bras de la Seine, vers la fin
du dernier siècle.

La vue paraît prise du milieu de la rivière, d'un bateau placé
un peu au-dessous du pont Saint-Michel. A gauche, sur le quai
des Augustins, on aperçoit de profil une ligne de onze arcades
ogivales, dont les pieds-droits sont fortifiés de contre-forts. Ce
sont les restes de l'église des Grands-Augustins, dont la démolition fut commencée vers 1797, pour faire place au marché actuel
de la Vallée. Au fond du dessin passe le pont Neuf, et au delà
s'étend la galerie du Louvre.

Sur le premier plan, à droite, s'élèvent les dernières maisons
qui, vers l'ouest, formaient l'extrémité du rang méridional de la
rue Saint-Louis-du-Palais. J'ai déjà parlé de ces maisons au sujet
d'une toile attribuée à Raguenet (n° d'oct. 1855, p. 23). Cet ensemble de constructions, en surplomb sur la rivière, est ici plus
détaillé que sur le susdit tableau. Elles appuient sur de massives
arcades semblables à celles qui soutiennent le quai de Gèvres, et
forment galerie au-dessus de la berge.

Ces hautes bâtisses, de style du xvii° siècle, ne sont guère
remarquables par elles-mêmes ; mais leur physionomie tire du
pittoresque de cinq ou six bâtiments en appendice, suspendus
au-dessus du fleuve sur des potences de bois ou des consoles de
pierre. Un de ces bâtiments en saillie comporte même trois
étages, ayant chacun plusieurs fenêtres de front. Quelques balcons affectent la forme d'un moucharaby et plusieurs terrasses
sont chargées de caisses à fleurs.

On reconnaît dans ces détails un certain type italien, ce qui tient peut-être un peu à la fantaisie du dessinateur. Nicolle, ainsi que Silvestre et Hubert Robert, séjourna longtemps à Rome et aimait à en rappeler le souvenir; ses pièces les plus recherchées sont même des vues de cette ville et de ses environs. Quoi qu'il en soit, cette portion du dessin mériterait une reproduction.

Il y a un pendant à cette aquarelle; mais, comme le sujet se concentre presque uniquement sur l'ancien *évêché* de Paris, j'en parlerai à ce mot.

Vers 1828. — Dans la même collection, j'ai remarqué quatre aquarelles (de 47 centimètres sur 21) qui sentent un peu l'équerre, mais sont très-finement exécutées et fort exactes. Ces dessins sont trop modernes pour intéresser vivement les amis du vieux Paris; aussi n'en citerai-je qu'un seul, représentant le panorama lointain d'une portion considérable de la rive droite, pris du sommet de la grande galerie du Louvre, ou plutôt d'un point fictif plus élevé. On domine à vol d'oiseau la place du Carrousel, la rue de Rivoli et l'ensemble de maisons contenues, il y a encore peu d'années, entre la galerie du Louvre, la rue Saint-Honoré, le Louvre et la place du Carrousel.

Entre autres détails assez curieux, vu qu'ils ont disparu, on y distingue, rendu avec fidélité, l'hôtel dit au siècle dernier « la Ferme des Tabacs. » Il faisait face au palais des Tuileries, et, sous la Restauration, on en fit une annexe aux écuries du roi. C'était le célèbre hôtel de la duchesse de Longueville, abattu en 1833, pour élargir la rue du Carrousel, dont l'emplacement est aujourd'hui absorbé par l'immense cour que limitent les nouveaux bâtiments du Louvre.

Cette rue provisoire, percée à la hâte sous l'Empire, était bordée en 1840 de hautes murailles zébrées de traces noirâtres de cheminées, et tachées de grandes affiches de toutes couleurs. Au bas de ces murs hideux rampaient, l'été dans la poussière, l'hiver dans la fange, d'ignobles baraques de bois ou de plâtras. Cette rue néanmoins mérite d'occuper le souvenir des iconophiles. Là, avant 1848, ils trouvaient à bas prix, chez de nombreux marchands d'estampes étalagistes, des pièces aujourd'hui fort recherchées, qui ont centuplé de valeur.

C'est dans ces humbles masures que j'ai exhumé plus de mille estampes de ma collection sur le vieux Paris. Je ne m'embourbais jamais dans ces boueux parages (qui pouvaient donner un

avant-goût de notre *macadam* actuel), sans en rapporter quelqu'une de ces curiosités qu'on n'obtient plus à cette heure
qu'avec de l'or californien. Là se trouvaient les magasins, aujour-
d'hui disparus ou transplantés ailleurs, de Lemière, madame
Laurent, Coingt, Vignères (devenu un habile expert de nos
ventes d'estampes), Leloutre, Danlos jeune, Letort, le vieux père
Esnault et dix autres au moins dont les noms m'échappent.

Un beau jour, vers 1843, Louis-Philippe, qui avait cette rue
en perspective, eut la fantaisie de *l'embellir*. Il fit simplement
construire de chaque côté un rang de boutiques en bois peint,
couvertes en zinc. C'était du luxe par rapport aux anciennes
échoppes, mais un luxe peu digne du quartier. Alors régnait la
mesquinerie dans tous les projets; c'est aujourd'hui l'opposé. Il
y a vraiment excès d'embellissement, et l'on perce, à travers ce
pauvre ancien Paris, d'immenses trouées qui l'anéantiront tout
entier, si cet amour du vide se prolonge encore dix ans.

Revenons à l'aquarelle de M. Destailleurs. On y voit donc cette
rue du Carrousel, mais elle y est rétrécie par la présence de
diverses maisons et, notamment vers l'entrée, par la saillie que
forme l'hôtel de Longueville. On y distingue aussi toutes ces
ruelles infectes et mal habitées qui avoisinaient au nord le palais
du Louvre et dont les noms rappelaient d'anciens souvenirs (1).
La rue de Rivoli commence à prendre de la tournure; mais on
y remarque encore, entre la place des Pyramides et la rue de la
Paix, plusieurs hautes maisons qui forment tache, et n'ont pas
d'arcades.

Mais c'est me laisser trop entraîner au Paris de ma jeunesse :
il est temps de revenir au véritable *vieux* Paris. C'est qu'il est
difficile de bien fixer le sens de ce mot, qu'on accorde souvent
volontiers à tout site qui n'existe plus. Il est évident pourtant que
la mort, aux yeux de l'antiquaire, n'égalise pas tous les édifices,
comme elle égalise tous les hommes; sinon j'aurais à signaler
bien des pièces qui, âgées à peine de quinze ou vingt ans, offrent
un certain degré d'intérêt, aujourd'hui que la capitale change
comme un décor d'opéra. Le temps seul peut donner à ces détails,

(1) C'est dans une de ces ruelles (celle de Pierre-Lescot) que vivait sous les
tuiles d'un galetas le Diogène moderne, Chodruc-Duclos, dit *l'Homme à la longue
barbe*, qui pendant plusieurs années se promena en haillons sous les portiques du
Palais-Royal, affrontant les huées des gamins et les aboiements des chiens.

comme aux vins de haut crû, un parfum qui leur manque encore.
On trouvera certainement un jour bien des renseignements à
recueillir sur les vues générales de Paris photographiées depuis
1842 ; mais, je le déclare ici pour la dernière fois, il s'agit pour
nous surtout du Paris antérieur à Louis XVI ; je serai donc très-
sobre en fait de descriptions d'édifices postérieurs à ce règne.

A. BONNARDOT.

*(Dans un prochain numéro commencera la description des édifices dessinés du vieux
Paris, par ordre alphabétique.)*

NOTA. — J'ai oublié, dans mon dernier article, de citer un
assez grand nombre de dessins qui se trouvent à l'Hôtel-de-
Ville, au bureau des plans. Il s'agit de plans géométraux, très-
détaillés, de quelques-unes de nos vieilles églises démolies. Ces
dessins, levés et tracés sous les yeux de Verniquet, étaient
destinés à compléter son atlas de Paris, sur lequel, au grand regret
des archéologues, les églises paroissiales ou monacales, etc.,
sont figurées simplement par un placard de noir. Il paraît que
Verniquet avait l'intention d'y tracer les plans des chapelles et
des piliers, mais il n'a pas, je ne sais pourquoi, jugé à propos
de compléter son œuvre grandiose. J'ai vu une partie de ces plans
exécutés sur une assez grande échelle. L'Hôtel-de-Ville les tient,
si j'ai bonne mémoire, de la veuve Verniquet. J'en citerai plusieurs
à propos de certaines églises dont je ne connais pas de plans
particuliers.

PEINTURES DU VIEUX PARIS. — Depuis que j'ai terminé mes
articles sur les tableaux, j'en ai retrouvé plusieurs que je me
réserve de décrire plus tard, dans cette Revue ou ailleurs. Je
vais me borner ici à en mentionner trois : 1° Petit tableau
représentant, vers 1650, les bâtiments du Louvre, construits
sous Henri II et Charles IX, qui regardent la Seine, le Petit-
Bourbon complet, etc., signé : *Remi* (ou Reinier) *Zeeman ;*
tableau d'une grande finesse, conservé au Louvre, n° 586 de
l'école flamande ; 2° Dessus d'autel à Saint-Médard, représentant
une sainte Catherine, et au fond une vue de la place de Grève,
ici figurée à titre de lieu de supplice ; peinture du XVIIe siècle
(très-détériorée), signalée par M. de Guilhermy dans son *Itin.
archéol. de Paris ;* 3° Tableau de l'église Saint-Leu, cité par le
même, représentant la légende du Suisse de la rue aux Ours,
toile de 1772.

ICONOGRAPHIE DU VIEUX PARIS.

(SUITE) (1).

DESSINS.

ALAIS (PONT). — Ainsi se nommait une pierre plate, jetée sur un ruisseau, à l'extrémité méridionale de la rue Montmartre, à peu de distance du chevet de Saint-Eustache. Cette sorte de ponceau, supprimé en 1719, est célèbre dans l'histoire de Paris par son origine, vraie ou fausse. Un riche bourgeois, Jean Alais, qui vivait on ne sait au juste à quelle époque, proposa un impôt sur le poisson. Le roi établit l'impôt et en bailla le fermage à Jean Alais, pour le récompenser d'un prêt d'argent qu'il en avait reçu. Mais Alais, quoique financier, était un Aristide, un philanthrope, si l'on préfère; il reconnut que cet impôt était un abus, dont les pauvres surtout étaient victimes, et il en sollicita l'abolition, consentant à résigner sa charge. Le roi, peu sensible à ces considérations, maintint l'impôt et l'afferma à un homme moins scrupuleux. Alais en mourut « de regret et de contrition, » dit le père Du Breul, et voulut, en expiation de sa fatale idée, être enterré sous le ruisseau qui se jetait dans l'égout des halles. Cette dalle qui servait de pont, c'était sa tombe (2).

Piganiol, comme le remarque M. de Gaulle, a confondu ce personnage avec un Jean du Pont-Alais, compositeur et joueur de farces et moralités. La Tynna, qui adopte la méprise de Piganiol, en fait une autre, je crois, en admettant que l'expression *Pont-Alais*, signifie seulement : le pont des *Halles*, mot qui jadis s'écrivait : *ale*.

On lit dans le *Journal de Paris sous Charles VI*, à l'année 1414, que, le jeudi 13 septembre, « un jeune homme eut le poing coupé

---

(1) Voir la livraison d'avril.

(1) Corrozet ajoute (édit. de 1561, folio 156, v.) qu'Alais avait fait édifier, à titre d'expiation, la chapelle Sainte-Agnès, qui, rebâtie, devint plus tard la paroisse Saint-Eustache.

sur le *Pont-Allais* devant sainct Huistache, » pour avoir déchiré une image de ce saint.

Ce pont figure sur plusieurs plans de Paris détaillés, antérieurs à 1719 ; mais j'en puis citer une représentation plus en grand (de la proportion de 28 millimètres sur 12), tracée sur un plan géométral manuscrit, inséré dans l'Atlas des propriétés des Chartreux, dessiné au XVIIe siècle, et conservé aux Archives (section topogr. *Atlas* — n° 20).

Assurément cette pierre plate est un détail assez insignifiant du vieux Paris ; néanmoins sa célébrité la rend digne de quelque attention. D'après ce plan, elle couvrait le ruisseau de la rue Montmartre, qui coule dans le sens de sa longueur ; elle reposait sur deux cubes de pierre, du côté du chevet de Saint-Eustache, et sur un seul, du côté opposé. Peut-être cachait-elle le regard d'un égout, ou l'ouverture d'un *trou punais*, comme on disait autrefois.

ANDRÉ-DES-ARTS OU DES-ARCS (SAINT-). — M. Destailleurs possède un petit dessin, de 15 centimètres de haut sur 9 de large, tracé à la plume et légèrement colorié, dans le genre de ceux de Gaignières (1), représentant, vers 1700, cette église vue de l'orient. L'ensemble du portail indique l'époque de la Renaissance, mais les détails en ont été refaits sous Louis XIV. Ces détails sont ici assez finement accusés.

A gauche s'élève une tour carrée, à baies ogivales (du XVe ou du XVIe siècle), flanquée, à l'angle nord-est, d'un tourillon, contenant une vis qui, mise à couvert par un lanternon, débouche sur la plate-forme. Devant le portail est un étroit parvis, clos d'une muraille, percée à droite et à gauche d'une porte, d'architecture moderne.

M. Destailleurs pense que ce dessin était destiné à servir de modèle au graveur, assez médiocre, qui illustra de nombreuses vues de Paris la *Géométrie Pratique* de Manesson Mallet, 1703. La vue gravée que Jean Marot nous a laissée de cette église vers 1660 est plus nettement détaillée, et probablement plus fidèle que ce petit dessin.

Une lithographie de Langlumé, peu agréable à l'œil, a pour sujet

_____

(1) Voir ce que je dis de ces dessins, n° de février 1857, page 405.

la démolition de Saint-André-des-Arts (1800), prise du chœur. J'ai vu, il y a environ douze ans, chez M. Lassus, le dessin original, plus grand du double, sur chaque sens, que la lithographie. Ce dessin, attribué à Thierry, était tracé et ombré à la plume, rehaussé d'un léger coloris; les détails y étaient plus nets et plus faciles à saisir que sur la copie. M. Lassus le céda en échange à M. C.-F. Muller; mais il en possède encore le pendant : la démolition de l'église Saint-Sauveur.

Je ne sais où est passé, depuis le décès de M. Muller, le dessin en question; je ne pourrai donc en décrire que la copie, dans la catégorie des Estampes.

ANTOINE-DES-CHAMPS (ABBAYE SAINT-). — Cette abbaye, fondée sous le règne de Philippe-Auguste, fut agrandie par plusieurs rois, notamment par saint Louis, circonstance qui lui fit donner le titre d'abbaye *royale*. Je n'en connais aucune représentation assez détaillée pour mériter l'attention des antiquaires. Il n'en reste plus rien aujourd'hui, sinon peut-être quelques vestiges de ses fondations; son emplacement est occupé par l'hôpital du même nom.

En 1844, j'ai vu, au n° 212 du faubourg (dans le jardin d'un brasseur, établi sur une portion du terrain de ce monastère), quelques restes informes du mur de clôture et d'anciennes bâtisses sans caractère, et, dans l'angle d'une cour, je rencontrai un fragment de dalle tumulaire, où étaient sculptées en creux, sur les bords, quelques lettres gothiques.

Les vieux plans de Paris, antérieurs à ceux de Jouvin de Rochefort, ne s'étendent pas vers l'orient jusqu'à l'abbaye Saint-Antoine, et, si elle y figure, c'est grâce à un rapprochement fictif. Les divers plans détaillés (avec édifices en élévation) de Jouvin (1690), La Caille (1714), Turgot (1734) et autres, n'en donnent qu'une idée approximative, et d'ailleurs, à ces époques, les anciens bâtiments avaient été refaits en partie. J'en signalerai un jour plusieurs représentations gravées, mais les détails en sont vaguement rendus. En un mot, c'est un de nos anciens édifices les moins connus. Toutes les sources iconographiques s'accordent sur un point : c'est que l'église était en forme de croix latine, et surmontée, au point où la nef croisait le transept, d'une tour et d'une flèche octogone.

J'ai retrouvé à Angers un intéressant souvenir de cette abbaye de religieuses. Le 10 juillet 1845, j'allai visiter M. Barassé, libraire, rue Saint-Laud. Comme je lui parlais de mes recherches sur les antiquités de Paris, il me fit voir dans une chambre un petit chef-d'œuvre de sculpture, qu'il pensa devoir m'intéresser, puisqu'il provenait de l'abbaye Saint-Antoine. C'était une statue de la Vierge portant l'enfant Jésus, haute d'environ un mètre, en marbre blanc, si j'ai bonne mémoire, et due à un ciseau du XIIIᵉ ou du XIVᵉ siècle.

La physionomie de la mère du Christ, gracieuse et chaste, est animée de ce sourire bienveillant et consolateur, que les tailleurs d'images savaient si bien rendre, au temps où vivait saint Louis. Les draperies sont disposées avec goût, les plis habilement ondulés; il ne manque qu'un fleuron à la couronne qui ceint la tête de la Vierge. En un mot, elle ressemble, en plus petit, à l'effigie de Notre-Dame-la-Blanche, placée jadis à Saint-Denis dans la chapelle de Turenne, et installée de nos jours dans l'église Saint-Germain-des-Prés.

M. Barassé m'assura avoir refusé souvent de la vendre à un prix élevé, vu qu'elle était pour lui un souvenir de famille. Son père (ou son oncle) avait, à Paris, je ne sais plus quel établissement commercial, au faubourg Saint-Antoine, près de l'abbaye. A l'époque où fut démolie l'église (vers 1795), il aperçut la sainte effigie, qui gisait au milieu des décombres de l'édifice; il l'acheta à vil prix, et la conserva. Le règne des iconoclastes passé, il la plaça au-dessus de sa boutique, dans une niche fermée d'un treillis de fer, où elle attira plus d'une fois l'attention de connaisseurs qui tentèrent de l'acquérir; mais le possesseur y tenait comme à une madone protectrice; il la garda toute sa vie, et, à son décès, elle passa en héritage au libraire Barassé, à Angers.

Dessin de 1481. — Un dessin de 82 centimètres de long sur 54 de haut, tracé à la plume sur un parchemin tout ridé, et conservé aux Archives (*Topog.*, IIIᵉ classe, nᵒ 730), représente l'abbaye Saint-Antoine en 1481, selon l'annotation assez moderne d'un archiviste, fondée sur la provenance de cette pièce, qui appartenait, je crois, aux religieuses. Je l'ai calqué vers 1844 (1).

(1) Feu M. C.-F. Muller a pris de mon calque un double qui a passé je ne sais en

La touche naïve des arbres et des animaux, la gaucherie des lignes de perspective, les costumes des personnages, tous les détails, en un mot, rappellent la date qu'on lui attribue. Quant au sujet qu'il représente, c'est vraisemblablement l'abbaye Saint-Antoine, à en juger par la forme particulière de l'enclos et par certains accessoires topographiques, qui coïncident avec d'autres sources.

L'ensemble des bâtiments est vu du sud, et pris, non pas précisément à vol d'oiseau, mais d'un point culminant, probablement fictif, par exemple d'une terrasse, supposée située dans la rue actuelle de Charenton, qui n'était alors qu'une route à travers champs. A mon avis, ce dessin n'a pas été tracé d'après nature, mais exécuté, comme tous ceux de ce genre à la même époque, sous un point de perspective assez arbitraire, en partie de mémoire, en partie d'après des renseignements pris sur lieux.

Il serait impossible d'en décrire avec minutie tous les détails, car on y voit, outre l'église (vers le milieu), une quantité de bâtiments claustraux et d'habitations champêtres, éparses çà et là dans divers enclos et cours de ferme. Une reproduction fidèle en apprendrait plus que cette description; néanmoins, je puis ici consigner quelques remarques intéressantes.

La clôture de l'abbaye présente des saillies et des rentrées de lignes irrégulières, qu'un plan géométral ferait seul bien comprendre. Elle consiste tantôt en une haute muraille, munie çà et là de contre-forts, tantôt en un fossé ou saut de loup, au fond duquel passe un cours d'eau.

L'église a la forme d'une croix latine, mais on n'a guère songé à représenter avec exactitude le nombre de ses travées, ni la forme des fenêtres. Quatre murs, prolongés en pignons aigus, indiquent la façade, le chevet et l'extrémité de chaque croisillon du transept. Les pointes de ces pignons sont surmontées de grandes croix de métal. Au centre de la toiture, au point d'intersection du transept et de la nef, s'élève une tour assez massive, probablement de pierre, de forme octogone, couronnée de frontons gothiques ou clochetons, et percée de baies carrées qui devaient être, en nature, de style ogival ou peut-être roman. La

quelles mains. J'ai réduit de moitié mon dessin; il fera partie de l'*Atlas iconographique du vieux Paris*, que je compte publier un jour.

tour sert de base à un clocher en charpentes revêtues de plomb
ou d'ardoises, également octogone, sur la pointe duquel s'élance
une grande croix, qui supporte un coq. Quant aux fenêtres,
décorées, je pense, en réalité, de sveltes réseaux de pierre et de
riches vitraux coloriés, elles sont ici figurées par de simples
baies rectilignes, hautes et très-étroites.

Le chevet (ici non circulaire) de l'église regarde une grosse
tour ronde, une sorte de colombier, percé de fenêtres à plein
cintre, et coiffé d'un toit conique à lucarnes, dont la pointe est
surmontée d'une croix, que termine un coq, d'une dimension
exagérée. Peut-être le dessinateur a-t-il voulu rendre le chevet,
qu'il isole de la nef par pure fantaisie, peut-être encore le clocher
d'une chapelle, dédiée à saint Pierre, voisine de l'église principale et ouvrant du côté de la grande route, dite aujourd'hui la rue
du Faubourg Saint-Antoine.

Sur un plan plus rapproché de l'œil, apparaît de face le pignon
d'un bâtiment percé de trois fenêtres de front à plein cintre,
garnies de vitres ou de treillis en losanges. Sur la toiture est un
petit campanile fort simple, composé de deux poutres verticales,
réunies par une traverse à laquelle est suspendue une cloche; le
tout abrité par un petit toit. Ce type des anciens ermitages rappelait, sans doute avec intention, celui du saint qui avait donné
son nom au monastère.

A cette petite chapelle se relient des bâtiments soutenus par
des contre-forts. Devant son pignon s'étend une grande mare,
à peu près carrée, où se joue un cygne d'une taille colossale.
Enfin, sur la vaste surface de cette enceinte sans symétrie, sub-
divisée en plusieurs clos, on remarque des arbres, en groupes
serrés, ou plantés isolément, des bâtiments de fermes, des bosquets, des pièces en culture, un colombier et quelques basses-
cours, où des canards et des oies barbotent dans des mares ou
pièces d'eau.

Ces pièces d'eau, presque toutes de forme carrée, sont ali-
mentées par un petit canal ou *ru* (comme on dit encore en style
notarial), qui, après avoir traversé des murs sous des baies grillées, et coulé sous plusieurs ponceaux de bois, se déverse, après
maint capricieux détour, dans le fossé creusé au sud et à l'est de
l'abbaye. Cette eau, qui sans doute aboutissait de là à la Seine,
provenait peut-être de la colline de Charonne. A l'angle nord-

ouest de l'enclos est une ferme, renfermant une douzaine de bâtiments dont quelques-uns ressemblent à des tours ou donjons;
elle se divise en deux grandes cours où sont des poules et des
charrues.

Le fossé, du côté de l'ouest, paraît avoir pour limite une large
route, peut-être la rue dite aujourd'hui de Reuilly; mais, dans
cette hypothèse, la direction de cette route ne serait pas conforme à celle que nous lui voyons sur les plans modernes.

A l'endroit où le ru sort de l'abbaye et passe sous une voûte
de pierre (dans le coin inférieur du dessin, à droite), se dresse
une pierre plate, carrée, sur laquelle est gravée une inscription
de quatre lignes. Plus loin, tout à fait sur le premier plan du
dessin, s'élève une croix de pierre massive, d'une taille prismatique, qui a pour base un piédestal circulaire, orné de moulures
en forme de tores. Vers le milieu de la tige est rapportée ou
sculptée sur la pierre une plaque en forme d'écusson renversé,
la pointe en haut.

Cette croix est mentionnée par le père Du Breul dans son
Théâtre des antiquitez (1612, page 1242) : « L'an 1562, entre les
« ruines d'vne Croix, qui anciennement auoit esté erigee à la
« croisee du chemin tendant de Paris à Charenton, au carrefour
« de Reully, au derriere des murs de l'abbaye Sainct Antoine des
« Champs, fut par le Maistre des œuvres de Massonneries de
« l'hostel de la ville de Paris, trouué vne pierre en forme de *ta-*
« *bleau*, portant portion de la verge d'icelle Croix : auquel estoient
« escrits ces mots — *L'an* M. CCCC. LXV *fut icy tenu le landict des*
« *trahisons, et fut par vnes tresues, qui furent données : maudit*
« *soit-il qui en fut cause.* — Lequel tableau est encores à present
« dans les magazins de l'Hostel de ville. »

Il résulte de ce récit que l'inscription aurait fait partie de la
croix et aurait été tracée sur l'espèce d'écusson décrit ci-dessus (1).

Notons que, sur le dessin des Archives, on voit, à une certaine
distance de la croix, une pierre isolée où sont sculptées quatre
lignes malheureusement indéchiffrables, puisque le dessinateur
indique des lettres sans en reproduire les formes. A mon avis,
cette pierre devait offrir, sinon l'inscription, du moins des détails

---

(1) Cet écusson renversé est peut-être une allusion à la trahison des grands vassaux de Louis XI.

sur les motifs de l'érection de ce monument commémoratif.

On trouve aussi dans le tome III de Sauval, page 436, un extrait de comptes pour l'an 1479, relatif à ce souvenir historique : « A Jehan Chevrin, Maçon, pour avoir assis par l'ordonnance du « Roi une *Croix et Epitaphe* près de la *Grange du Roi*, au lieu où « l'on appelle le fossé des trahisons, derrière Saint-Antoine des « Champs. »

On a voulu conclure de ce passage de Sauval, que la croix ne fut élevée qu'en 1479 ; le raisonnement n'est pas juste : il s'agit peut-être ici d'un compte arriéré de quelques années. Ce compte paraît faire une distinction entre la croix et la pierre qui portait l'inscription.

Quelle est ensuite cette Grange du Roi, où Louis XI sans doute avait conclu en 1465 avec ses grands vassaux la trêve que ces derniers rompirent? C'était, à coup sûr, un bâtiment voisin de l'abbaye, ou même renfermé dans son enclos, car nos rois possédaient presque toujours quelque logis particulier dans les abbayes dites *royales* (1). Il ne peut être ici question de la Grange-aux-Merciers, célèbre par les conférences tenues sous Charles VI, car elle était distante de l'abbaye d'environ deux kilomètres (2) ; mais peut-être s'agit-il d'une dépendance de l'espèce de ferme nommée Reuilly, ancien domaine royal.

Passons à d'autres détails. Au fond du dessin, au delà de l'enclos du monastère, passe une route qu'aujourd'hui nous nommons la rue du Faubourg Saint-Antoine, et qui alors traversait des champs en culture ; car ce ne fut guère avant Henri IV qu'on commença à construire des maisons entre la Bastille et l'abbaye.

Sur cette route cheminent à pied plusieurs villageois, de proportions exagérées, en jaquettes, tenant des bâtons, et chargés de fardeaux. L'un d'eux est suivi d'un gros dogue fort replet. Leurs coiffures sont des espèces de chaperons usités vers la fin du

(1) Cette abbaye n'était pas de fondation royale, mais elle avait été agrandie et enrichie par plusieurs rois ; aussi était-elle nommée *royale*, comme celles de Saint-Denis, Longchamps, etc.

(2) La Grange-aux-Merciers, située à Bercy, dans la rue qui en a retenu le nom, faisait face à l'extrémité orientale de la rue de Bercy, comme l'atteste le plan de Paris, de Lacaille, 1714. C'était alors un ensemble de bâtiments qui bordaient de trois côtés une vaste cour. J'ai visité l'emplacement vers 1844 ; il n'en restait plus de vestiges, sinon peut-être quelques voûtes de caves, sur lesquelles s'élevait un corps de logis peu ancien, aujourd'hui démoli.

xv° siècle. Un seul personnage est à cheval, et paraît se diriger
vers Vincennes. Sa toque à plumes annonce un seigneur ou un
homme d'armes. Au loin, au delà de la route, sont vaguement tracées plusieurs autres routes et quelques maisons isolées.

Au haut du dessin, sur la gauche, on remarque une sorte de
groupe confus de piliers, indiquant, je pense, le gibet de Montfaucon, car il paraît exhaussé sur un monticule, et, à quelque
distance, s'élève une croix. Derrière ces piliers, et tout à fait dans
l'éloignement, quelques traits mal accusés désignent un assemblage de maisons que domine un clocher.

Revenons à la route dont nous parlions tout à l'heure. Sur le
côté septentrional de cette route, et à peu près dans l'alignement
de la façade de l'église, s'élève un singulier édifice. C'est une
colonne, ou pilier rond, surmonté d'une statue drapée, ayant à
ses pieds un gros oiseau : un aigle sans doute. Y faut-il voir un
Jupiter, une allégorie peut-être de la puissance royale, ou simplement saint Jean l'Évangéliste ? Vers le haut du fût de la colonne,
et aussi vers le milieu, sont suspendus à de longs crochets des
boucliers ou plutôt des écussons, qui donnent au monument l'apparence d'un trophée antique. La colonne repose sur un soubassement carré, flanqué, à chaque angle, d'une colonnette, dont la
sommité, de forme conique, est surmontée d'un drapelet. Sur la
face qui regarde l'abbaye, on voit comme une ouverture d'où
s'échappe un filet d'eau.

Cet édifice serait-il une fontaine monumentale, projetée, ou
élevée réellement vers l'endroit où débouche la rue Saint-Bernard ?
Ces détails seraient-ils une pure fantaisie du dessinateur ? Ces
écussons, pendus à des crocs, figureraient-ils ceux des seigneurs
qui combattirent Louis XI, et ce trophée serait-il comme le complément de l'inscription et de la croix ci-dessus décrites ? Voilà
des questions que je ne saurais résoudre, vu l'absence de preuves
positives.

On trouve encore aux Archives, dans la section topographique,
plusieurs plans géométraux manuscrits, relatifs à la même abbaye, mais ils sont trop peu anciens pour nous offrir un grand
intérêt. On y voit un tracé des bâtiments, cours et jardins, levé
vers 1740 par Legendre ; et, sur d'autres de la même époque ou
plus modernes, figurent des projets de rues nouvelles à ouvrir sur

le vaste emplacement occupé par ce monastère. Un de ces plans est coté IIIe classe, n° 858; et les autres portent les n°s 18, 19 et 20 de la IIe classe.

Je me souviens d'avoir vu entre les mains de M. Muller plusieurs paysages des environs de Paris, dessinés à la sépia par Dunouy, vers 1800. Au verso de l'un de ces dessins figurait une église, surmontée, au centre du toit, d'un lourd clocher octogone. Peut-être était-ce celle de l'abbaye Saint-Antoine. Du reste, on n'y remarquait aucun détail important. Je ne sais où est passée cette pièce.

J'ai pris note, il y a longtemps, d'un calque représentant l'intérieur de l'église de l'abbaye; mais il m'a été impossible de retrouver aucun renseignement sur le possesseur de ce calque. Peut-être y a-t-il eu de ma part quelque méprise. Je ne connais qu'une pièce où soit figuré (probablement sans exactitude) le chœur de cette église : c'est une rare estampe signée *Erresalde*, représentant la réception de madame Molé (en qualité de religieuse, je crois,) dans ce monastère.

ANTOINE (PORTE SAINT-). — A l'article *Bastille,* je signalerai un ou deux dessins peu anciens, où figure la porte de ce nom, celle s'entend que Blondel avait refaite sous Louis XIV et dont les vues gravées abondent.

Près de l'ancienne porte du même nom, construite sous Charles V (1), ont eu lieu, sous Louis XIII, des émeutes au sujet des calvinistes qui revenaient de leur temple de Charenton, et, à l'époque de la Fronde, des escarmouches entre les partisans et les ennemis de Mazarin, événements dont je ne connais aucune vue gravée.

Dans la collection Fevret de Fontettes, au Cabinet des Estampes, on trouve plusieurs dessins à l'encre de Chine, relatifs à ces faits historiques; mais ce ne sont pas des pièces contemporaines; ce sont des compositions tracées de fantaisie et sans goût, vers 1700, d'après des récits du temps. Les localités sont de simples copies

(1) Cette porte ou *bastide* fut, à diverses époques, restaurée et modifiée. Henri II la fit précéder, du côté du faubourg, d'un arc de triomphe provisoire (peut-être de bois peint), remplacé, sous son successeur, par un édifice de pierre, que plus tard rhabilla Blondel. C'est cet arc que, sous Louis XVI encore, on nommait la porte Saint-Antoine; il n'existait plus en 1789, lorsqu'on prit la Bastille.

des estampes de Perelle, et la porte représentée n'est pas l'ancienne (existant encore en 1650), mais l'arc de triomphe de Charles IX, restauré et modifié par Blondel.

Les dessins historiques de cette espèce n'ont à mes yeux aucune valeur. Quand de Fontettes ne rencontrait pas de pièces contemporaines, relatives à tel ou tel épisode de notre histoire, qui lui semblait curieux, il en faisait fabriquer par un dessinateur fort ignorant et peu habile. Le Musée de Versailles fut fondé d'après un procédé analogue; mais au moins y a-t-on employé des artistes assez habiles pour que l'*inanité* des sujets fût compensée par le mérite de l'art.

Décrire de telles pièces, ce serait perdre notre temps; hâtons-nous donc de passer outre. J'en vais citer ici une qui fait partie de ma collection. Elle représente un estaminet rustique, portant pour enseigne : *A la Porte Saint-Antoine,* et situé non loin de cette porte en 1776. C'est un dessin à la plume, colorié, ou, si l'on préfère, une aquarelle, de 29 centimètres sur 27, qu'on peut attribuer à un assez habile dessinateur du temps. Il nous transporte dans une sorte de basse-cour, où gisent sur l'herbe des ustensiles de ménage, baquets, balais démanchés, chaudrons, etc. De face se présente une mesure de plâtre, envahie, au sommet du pignon, par des festons de feuillage.

Cette champêtre habitation n'a, au-dessus du rez-de-chaussée, qu'un étage composé d'une seule fenêtre percée dans le pignon, avec volets en planches, rabattus sur la muraille. Au-dessus de la baie d'entrée est grossièrement peinte, à titre d'enseigne, la porte Saint-Antoine, qui n'est reconnaissable qu'à ses trois arcades de front. Au-dessous est charbonnée sur le mur, en majuscules peu régulières, cette inscription : « Bone bierre de mars et toutes sortes de liqueurs ratafiat et... de coignac. »

A gauche du dessin, au haut d'un mur en plâtras, est appliquée une affiche qui nous fournit une date approximative; on y lit : « Partie d'un terrein située à Menilmontant à vendre ce 5 de Juin 1776 par ordre de Justice. » Plus bas est une porte sur laquelle est collée une autre affiche, en majuscules alternativement noires et rouges; on y lit : « Cidre nouveau de Normandie. »

Maintenant que nous savons quelles drogues se débitent dans ce galetas, placé à la descente du faubourg Saint-Antoine, passons en revue les personnages. Contre la maison est assise une

femme en bonnet rond, celle probablement du liquoriste, en train
de rapiécer une étoffe bleue, placée sur une table à X, que sur-
charge un pot d'œillets. A côté d'elle se tient une épaisse petite
fille. Plus loin sont deux autres enfants, dont l'un tourmente un
chien fort bonasse. Près d'eux s'appuie sur un jonc un bourgeois
en lévite grise, avec tricorne bordé de jaune, queue à rosette
(dite, je crois, *catogan*), bas chinés et souliers à boucles d'argent. Dans l'ombre de la salle du rez-de-chaussée, près de la porte,
apparaît un robuste campagnard, chargé d'une hotte.

Dans l'unique fenêtre, à volets de bois, du rez-de-chaussée
s'encadre le buste béat d'un bonhomme replet, coiffé d'un bonnet
blanc, rejeté en arrière. Il a les bras croisés sur l'appui de la
fenêtre, et semble écouter le bourgeois ou regarder les mouches
voler. C'est sans doute le *maître de céans*, qui attend la pratique.

A vrai dire, la pratique ne manque pas : levez plutôt les yeux
vers la fenêtre au-dessus. Vous y verrez deux gaillards attablés,
qui se donnent des poignées de main et conversent, probablement
de ce qu'ils vont consommer. L'un porte un tricorne, l'autre offre
à nu sa tête poudrée. Derrière eux, dans le clair-obscur de la
chambre, se tient debout un grand benêt tout débraillé, qui m'a
l'air d'être le garçon, le factoton du logis. Sur sa tête se dresse
un haut bonnet de coton blanc, surmonté d'une houppe, et roide
comme un clocher (1). Il a les deux mains jointes derrière le dos,
mais on devine qu'au moindre signe il va les désunir, pour verser
le cidre nouveau ou le ratafiat.

Telle est la description complète de ce petit dessin artistique
et de ce coin fort exigu du Paris de Louis XVI ; je souhaite que
les historiographes de nos tavernes y trouvent quelque intérêt.
Celui qui voudrait faire graver ce dessin peut en venir prendre
un calque ; à coup sûr, ce n'est pas une composition purement
imaginaire.   A. BONNARDOT.

(*La suite au prochain numéro.*)

(1) L'usage du bonnet de coton blanc à mèche, surtout comme coiffure de jour,
n'a plus cours aujourd'hui que dans nos campagnes, notamment en basse-Norman-
die, où les deux sexes s'en couvrent le chef d'un air triomphant. Sous Louis XV,
cette ridicule pyramide se dressait sur la tête des garçons de cabaret et de café,
voire sur celle des joueurs de paume, comme l'atteste une rarissime estampe que je
décrirai un jour. Les grands criminels aussi allaient au supplice en bonnet de coton.
Il y aurait un livre à faire sur la grandeur et la décadence de cette *partie* de la bon-
neterie parisienne.

29 NIELLES ITALIENS

RETROUVÉS PAR M. ALVIN,

Conservateur de la Bibliothèque royale de Belgique (1).

On a bien raison de dire qu'on trouve tout dans les livres, car ils sont les conservateurs par excellence. Indépendamment de ce que leurs auteurs y ont mis, ils transmettent à la postérité une foule de choses intéressantes pour l'archéologue. Il y a tel volume dont on ne lira plus deux phrases et qu'on conserve avec un soin religieux, parce qu'il a plu à Grolier de le revêtir d'une enveloppe splendide, tel autre parce qu'il porte, à son titre ou au dernier feuillet, une date qui lui donne la valeur d'un document historique, tel autre, enfin, parce qu'un homme célèbre y aura griffonné quelques notes.

Dans une bibliothèque tous les livres sont égaux devant le catalogue ; il n'en est aucun qu'on ait le droit de rejeter sous prétexte d'insignifiance. Laissant au public qui fréquente la salle de lecture le soin de lire les livres mêmes, un bibliothécaire doit les explorer à l'intérieur et à l'extérieur, *intus et in cute ;* il doit sonder le carton que recouvre la basane ou le vélin : des trésors y sont quelquefois cachés. Quand je dis des trésors, je ne parle point au figuré. Sans faire mention des billets de banque trouvés quelquefois entre les feuillets de volumes vendus aux enchères, je puis citer, *de visu,* la trouvaille de 18 pièces d'or, des *angelots* et des *nobles à la rose,* qu'un des employés de la Bibliothèque royale de Bruxelles a fait tomber, il y a deux ans, du dos d'une vieille pharmacopée où un médecin du XVIᵉ siècle les avait cachés pour les soustraire sans doute aux soudards du duc d'Albe. Ces pièces font aujourd'hui partie du médaillier de notre établissement.

Nous avons fait sortir, du carton que recouvrait le cuir gaufré d'une reliure de 1525, seize fragments de gravures absolument inconnues des iconographes et dont plusieurs appartiennent au premier temps de l'invention de l'impression des estampes. Nous avons extrait de cachettes semblables une foule de documents intéressants, entre autres, un mandement promettant *pardons et indulgences* aux personnes qui feraient des

(1) Notre collaborateur M. Alvin a bien voulu nous communiquer cette notice inédite sur sa précieuse découverte, notice destinée à être publiée dans le *Bulletin de l'Académie de Belgique,* avec des *fac-simile* photographiques.

(*Note de la Rédaction*.)

emporté par le tourbillon révolutionnaire qui transformait alors l'esprit humain, Pierre-Paul devait être profondément matérialiste ainsi que Bacon, Locke et Spinosa : car le temps n'était pas venu, où l'art devait avoir la mission de répandre la vérité, en ne choisissant dans la nature que les formes les plus attrayantes, pour propager d'utiles enseignements. Rubens n'a point devancé ses contemporains, il n'a été, comme le dit M. Michiels, que le poëte plastique de l'âge où il a vécu.

FRÉDÉRIC BORGELLA.

(La fin à la prochaine livraison.)

ICONOGRAPHIE DU VIEUX PARIS.

(SUITE) (1).

DESSINS.

ANTOINE (MASCARADES DE LA RUE SAINT-) vers 1690. — La rue
Saint-Antoine était jadis, et de temps immémorial, une des plus
importantes de Paris, d'abord parce qu'elle conduisait à la résidence royale de Vincennes, ensuite parce que sa largeur contras-
tait avec l'étroitesse de la plupart des autres rues de la capitale.
Elle devint nécessairement la principale rue de Paris, quand,
vers la fin du xiv⁰ siècle, on y construisit deux palais : l'hôtel des
Tournelles et l'hôtel Saint-Paul, tous deux à proximité d'une
bonne citadelle ; alors, dans le voisinage de ces royales demeures,
se groupèrent les logis des plus importants personnages.

On y donnait des tournois et des *monstres* (revues) *de gens
d'armes,* surtout dans la partie la plus large, entre la rue Culture-
Sainte-Catherine et la Bastille. Je me bornerai à citer ce passage
du *Journal de Paris sous Charles VI,* à l'année 1414 : « A l'entrée
« de Février ensuivant (1415) jouxterent le Roy et les Seigneurs
« en la grant ruë S. Anthoine, entre *Saint Anthoine* et Sainte Catherine du Val des Escolliers (2), et y avoit Barrieres, etc. »

Depuis je ne sais au juste quelle époque, jusqu'à l'année 1830
environ, cette rue était une des plus fréquentées des mascarades
populaires, qui descendaient en grand nombre du faubourg pour
se répandre sur les quais et dans les carrefours du centre.

J'ai vu plusieurs curieux dessins des xvi⁰ et xvii⁰ siècles représentant des mascarades qui figuraient dans les bals de la cour.
On en trouve plusieurs dans la collection de Fontettes, citée ci-
dessus. On en a vendu de fort intéressants à la vente de feu
M. Tarbé, faite à Sens en 184.. Ces dessins offraient des cos-

---

(1) Voir la livraison de juin.
(2) Ce passage semble attester que l'ancienne porte *Baudets* ou Baudoyer,
construite sous Philippe-Auguste, n'existait plus déjà en 1415. *Saint Anthoine* désigne ici le couvent du *Petit-Saint-Antoine* dont il sera question plus loin.

tumes, la plupart de fantaisie, destinés aux grands seigneurs invités à une fête que donna ou devait donner au Louvre Catherine de Médicis (1). Mais je n'ai jamais rencontré de dessins ni d'estampes de cette époque, représentant les mascarades du peuple, le carnaval des rues de Paris. Le plus ancien que je connaisse est celui que je vais décrire (2).

Il y a douze ans environ, j'achetai (22 francs) dans une chétive vente, place de la Bourse, une sorte de tableau, déjà cité n° de juillet 1856, et que je dois décrire ici, puisque c'est une gouache sur vélin, servant d'éventail vers 1690 ou 1700, appliquée plus tard sur un panneau de chêne, et couverte d'une couche de vernis, comme les peintures à l'huile. C'était l'unique moyen de tirer parti de ces modèles surannés, sous Louis XV, époque où le luxe des éventails fut porté si loin, que les plus célèbres artistes ne dédaignèrent pas de les décorer de leurs mains.

Tel qu'il est, y compris le remplissage des vides qui existent au delà de la circonférence et à la base de l'éventail, ce dessin mesure 60 centimètres sur 33. J'ai vu beaucoup d'éventails du xviie siècle ainsi *marouflés,* mais j'en ai encore rencontré fort peu qui offrissent des faits historiques ou des scènes de la vie parisienne.

Avant 1848, un marchand de vieilles armes, domicilié boulevard des Batignolles, et dont cette année-là on pilla la boutique, possédait un éventail marouflé, représentant l'inauguration de la place des Victoires. Je me suis repenti, depuis, de ne l'avoir pas acheté, bien qu'il existât au moins deux estampes relatives à la même cérémonie; on doit en avoir conservé un certain nombre du même genre, mais où les retrouver? Les éventails exposés en vente publique sont toujours fermés, sous châssis vitré, et, si quelques-uns sont déployés, on y voit d'ordinaire des sujets gracieux, mythologiques, allégoriques ou pastoraux.

(1) J'ignore qui possède aujourd'hui ces dessins à la plume, coloriés, que M. Tarbé m'a fait voir plusieurs fois à Sens. Au bas de quelques costumes, Catherine avait inscrit de sa main les noms des personnages qui les devaient porter. On remarquait entre autres noms celui de l'Amiral (Coligny); circonstance qui assigne à ces dessins une époque un peu antérieure à 1572.

(2) On m'assure qu'il existe un almanach illustré, du siècle de Louis XIV, qui représente aussi les mascarades de la rue Saint-Antoine. J'en parlerai aux Estampes, si je puis le rencontrer, dans la collection de M. Hennin ou ailleurs.

Ma gouache est assez détériorée ; le vernis s'est écroûté çà et là, emportant quelques parcelles de l'ancien coloris. Néanmoins nous parviendrons à en déchiffrer tous les détails. Le dessin en est, en général, fort médiocre ; mais certains personnages, œuvre sans doute d'une main plus habile, sont traités avez assez d'esprit et de talent.

Un mot d'abord des localités. Au fond s'élève la façade occidentale de la Bastille, présentant trois des quatre tours rangées sur la même ligne, qui constituaient cette façade. Le parapet du fossé est caché par un rang de maisons à un seul étage qui y étaient adossées, et dont les rez-de-chaussée, servant de boutiques, terminaient la perspective de la rue Saint-Antoine.

Les hautes maisons ou hôtels, formant chaque côté de la rue, ne doivent pas nous occuper, car elles ne sont pas dessinées d'après nature. Sur la droite on reconnaît tout de suite l'église des Filles-Sainte-Marie (aujourd'hui temple protestant) avec son dôme, ses piliers boutants surmontés de vases ridicules, et son portail en arcade, d'un goût bien plat, aux yeux des admirateurs du style ogival. Les détails cités nous attestent suffisamment que nous stationnons rue Saint-Antoine, à peu près à la hauteur de la rue Beautreillis.

On remarque un seul carrosse, qui débouche de la rue du Petit-Musc. Dans l'intérieur est un *monsieur* qui regarde par la portière ce qui se passe sur la voie publique. Quant aux autres personnages, ils vont nous donner de la besogne. Sans comprendre ceux qui, à titre de spectateurs, s'accoudent sur des balcons pavoisés, on en compte environ soixante, hommes ou femmes, soit travestis, soit en habits à la mode du temps. On remarque parmi la foule plusieurs chiens en grand émoi (1).

Tous les assistants, mêlés aux mascarades, hors un peut-être, paraissent être des commis de boutique en belle humeur, ou plutôt des gamins de Paris de l'époque, que le dessinateur a couverts d'habits assez élégants, par l'unique raison, je pense, que ces éventails devaient frapper les yeux de dames de qualité.

Commençons par la gauche. Sur un arrière-plan, dans l'ombre que projettent les maisons, un marchand est assis devant une

(1) Quelques groupes de ce dessin ont été gravés dans un numéro du *Magasin pittoresque*, antérieur à 1848. Je ferai reproduire un jour, je l'espère, le calque de cet éventail avec le coloris, qui doit ajouter à la copie beaucoup d'intérêt.

table, sous un auvent, au bord duquel pendent cinq masques plus grands que nature, munis de longs nez fort tourmentés, et servant d'enseigne. Sur la table sont étalés des masques de grandeur naturelle ; il en présente un à deux quidams disposés sans doute à se divertir. A côté, un autre marchand se tient également devant une table où il n'y a rien. J'ignore ce qu'il débite ; il a l'air d'appeler la pratique ou de *s'aboucher* avec les mascarades qui passent.

Il paraîtrait, d'après ce dessin, que, vers 1700, les déguisements les plus en vogue étaient choisis parmi les costumes surannés de la fin du xvie siècle. Il y avait aussi des travestissements empruntés aux types bien caractérisés des charlatans de foire, des farceurs de l'hôtel de Bourgogne, et des acteurs d'opéra.

Avisons d'abord une sorte de paillasse sans masque, vêtu d'un *pantalon* et d'un justaucorps ou veste, d'une étoffe blanche, mouchetée de rouge. Son chapeau rond, en feutre blanc, a les bords relevés en arrière, en forme de casquette retournée ; son manteau vert flotte au vent ; il porte sur le flanc gauche une batte ou sabre de bois, et racle du violon avec un majestueux sang-froid.

Non loin de là, s'avance, en frappant sur un tambour, une manière de saltimbanque, coiffé d'une toque à plumes de coq, d'une forme usitée, je crois, sous Charles VIII. A sa droite gambade, avec accompagnement de gestes, un masque habillé de jaune, avec un manteau rouge.

Un autre personnage, faisant peut-être partie du même groupe, est porteur d'un long nez en bec de corbin. Son costume collant est d'une nuance vert-perroquet, rehaussé de boutons blancs. Sa toque, également verte, est hérissée de deux plumes triomphantes, et un sabre de bois s'agite sur sa cuisse gauche. C'est le plus ingambe de la troupe ; il affecte des minauderies et des allures de Scaramouche et paraît défiler un long chapelet de quiproquos à la Bruscambille.

Au premier plan, toujours à gauche, neuf personnages, dont deux femmes à la démarche cavalière, semblent avoir engagé une scène carnavalesque et s'adonner à des *niches* que je ne saurais interpréter. Ils portent tous des costumes civils de l'époque ; une des femmes (peut-être un homme déguisé) fait mine de vouloir enlever la perruque d'un jeune égrillard qui la salue ; l'autre

femme, qui tourne le dos au spectateur, a l'air de tenir tête vivement, des gestes et de la langue, à quatre courtauds fort animés,
tandis qu'un jeune cavalier d'assez belle tournure, ma foi ! lui
lance, au-dessous de la taille, sans qu'elle s'en émeuve, une boule
attachée à une courroie; sorte de plaisanterie dont, je l'avoue,
j'ai peine à comprendre le sel.

Au milieu de l'éventail se présentent, sur une même ligne,
trois personnages travestis, dont le signalement va suivre. A
gauche s'avance, le sourire sur les lèvres, un avocat, en robe et
en toque noires, cravaté d'une roide collerette à tuyaux, en usage
sous Henri III ; il tient de la main gauche son sac à procès. Près
de lui marche une femme d'une beauté grave, vêtue d'une étoffe
damassée de nuance carmin. Elle est coiffée d'une touffe de
plumes blanches, en forme de turban, avec une aigrette au-dessus du front. De la main droite, elle tient une houlette dont la
hampe est enjolivée de rubans en spirales. C'est une bergère de
convention, semblable à celles que dépeignaient les romans du
xviiⁿᵉ siècle et qui figuraient dans les opéras. Elle est accompagnée d'une autre femme sans houlette, coiffée dans le même
genre, sauf que les plumes sont rouges, et qu'elle porte un loup
de velours noir sur le visage. Sa robe est verte, et sur sa poitrine flotte en bandoulière une écharpe blanche à raies rouges.
Elle semble danser et déclamer tout à la fois.

Ensuite se présente de profil une sorte de bouffon, portant
culotte, justaucorps et manteau à fond blanc, bariolé de zigzags rouges. Les larges bords de son chapeau de feutre blanc se
relèvent sur le front, de manière à figurer deux cornes, ou des
serres de homard, genre de coiffure assez habituel à Turlupin.
Il tient sous le bras droit un grand carton brun ou un in-folio,
et, de la main gauche, une sorte de rouleau de même nuance, ou
tout autre objet. Assurément, il y a dans ces attributs une intention dont le sens m'échappe. J'ignore également si les quatre personnages décrits sont groupés par l'effet du hasard, ou font partie intégrante d'une même mascarade.

Passons à la droite de la gouache. Sous un large auvent, appliqué au mur d'un hôtel, est établi une sorte d'estaminet, de
buvette, comme on en improvise de nos jours dans les foires et
les fêtes publiques. On entrevoit vaguement, dans l'ombre, des tablettes et une table, chargées de flacons, de verres, etc. Aux bords

de l'auvent sont appendus des festons de fleurs rouges, ou plutôt,
je le soupçonne, de cervelas mal représentés ; je parierais pour
des cervelas.

Sous cette espèce de hangar sont trois personnages dont une
femme. L'un d'eux, que son chapeau blanc et son tablier vert désignent comme un artisan, ou un garçon de boutique, paraît, à
l'instigation de ses deux complices, préluder à l'exécution de
l'excellente farce qui va suivre. Il tient le bout d'une longue
ficelle, qui se rattache à un morceau de cuir ou d'étoffe brune,
étalé sur le pavé. Or, une villageoise qui passait, vient d'aviser
cet objet qui traîne. Elle s'est hâtée de déposer à terre son vase
de cuivre à deux anses et son panier aux œufs, et se baisse pour
ramasser à deux mains l'appétissante trouvaille. On devine que
l'homme au tablier vert va tirer prestement la ficelle, et que l'infortunée laitière doit s'empêtrer les mains dans un ignoble tas
d'ordures que recouvre la perfide amorce.

Conséquence : Perrette effarée ne saura plus comment reprendre son pot au lait ; de là imprécations, ripostes, apostro-
phes burlesques, jurons de carnaval et tout ce qui s'ensuit. On
savait en vérité s'amuser vers l'an de grâce 1690 ! Il est probable,
au reste, que le gamin du faubourg Saint-Antoine a conservé la
tradition de quelques bonnes recettes du même genre.

Abordons trois autres groupes placés sur le premier plan. Une
grande femme s'avance vers nous de face, non travestie, je pense,
mais plutôt dans le costume bourgeois de l'époque. Elle porte
une robe jaune-serin, sur laquelle tranchent en bleu des rubans,
des nœuds et une écharpe. Un mauvais plaisant, qui la suit à
pas de loup, lui plante sur le devant de la tête deux cornes ou
oreilles d'âne en papier, pendant qu'un second farceur s'apprête
à lui appliquer un coup de battoir. A l'extrême droite, deux
autres vauriens sont armés d'instruments semblables, auxquels
adhèrent des silhouettes de rats, découpées dans du drap et
frottées de blanc d'Espagne.

Ce procédé de gravure n'a été, que je sache, enregistré dans
aucun traité. Le moyen de tirer une épreuve était fort simple ;
on en voit ici un exemple. Nous avons sous les yeux une autre
vénérable dame, habillée de velours noir, et *vue de dos* comme on
dit en style de catalogue. Elle porte entre les deux épaules un
superbe échantillon de rat gravé en blanc, et les deux susdits

gamins s'apprêtent à la gratifier de deux nouvelles épreuves
avant la lettre. Au reste, la victime paraît bien prendre la plaisanterie et ne s'en pas émouvoir. Peut-être aussi la grande dame
vue de dos n'est-elle elle-même qu'un grand gamin déguisé qui
méprise les roquets acharnés à sa poursuite.

J'ai vu dans mon jeune temps, sous Louis XVIII, ce genre de
charge en grande activité aux jours gras, dans le quartier du
Marais. Seulement, le rat en drap découpé était collé sur une
mince et souple batte d'arlequin. Je me souviens fort bien de
m'être un jour échappé du logis maternel, pour suivre une bande
de gamins livrés à ces magnifiques exploits, et d'avoir reçu, en
échange de mes rats au blanc d'Espagne, certains horions qui
me dégoûtèrent du métier.

Arrivons au dernier épisode. A côté de la jeune dame jaune-
serin, passe un personnage en costume du temps de la Ligue :
chapeau noir, de forme conique, orné de rubans rouges, collerette tuyautée, touffe de barbe allongée en pointe sous le men-
ton. Il avance, les bras croisés, d'un air narquois et triomphant,
le dos courbé sous le poids d'une hotte au fond de laquelle est
accroupi un mannequin de femme en costume du même temps,
avec une immense collerette en éventail et la tête affublée d'une
étoffe noire, qui couvre le cou, puis se brise et revient à plat sur
le front, comme une sorte d'auvent (1).

La hotte est surmontée d'un balai de bouleau, attribut signi-
fiant que la femme est, non pas une sorcière, je pense, mais
bien une ménagère accomplie qui sait tout *faire marcher* dans la
maison, y compris son *homme*. Un véritable portefaix, chargé
d'une hotte vide, rencontre ce confrère suranné et l'interpelle,
tandis qu'un griffon tout effaré aboie obstinément après cette
figure grotesque.

Cette charge est très-connue et encore usitée; seulement, le
costume est différent. Ici, le mannequin est dans la hotte, tandis
qu'aujourd'hui il figure le portefaix, d'où résulte une scène plus
burlesque, vu que le personnage vivant de la hotte déclame et se
démène comme un diable dans un bénitier.

J'ai dit *aujourd'hui* : c'est bien hasardé, car, depuis 1844

_____

(1) Cette coiffure (dont le vrai nom m'échappe) est encore en usage dans les environs de Rome.

ou 1845, le carnaval des rues est à peu près mort. Les *mascarades réclames* de quelques magasins sont maintenant, avec le cortége de *plusieurs* bœufs gras, qui sont eux-mêmes des réclames, les seules apparitions carnavalesques qui, aux jours gras, animent nos boulevards; froides mascarades, dont le but est un intérêt mercantile, et non plus cette bonne grosse jovialité gauloise du temps passé. Décidément, nous tournons au flegme commercial britannique. La vile passion du lucre étouffe de plus en plus la folle gaieté parisienne; aussi la hotte en question est-elle déjà presque du domaine de l'antiquaire. Il y a bien dix ans que je n'en ai rencontré une sur la voie publique; ce n'est pas seulement le vieux Paris qui disparaît, c'est aussi le Parisien.

Dans les fonds reculés de l'éventail, on distingue encore un assez grand nombre de lointaines mascarades, qui dansent, pérorent ou gesticulent, entre autres une manière de *pierrot* portant un chapeau pointu et un costume blanc moucheté de rouge, etc., mais ces petits personnages sont difficiles à deviner sous le vernis terne qui les couvre; d'ailleurs, nous voici en plein carême, il est plus que temps de mettre fin à cette description.

ANTOINE (PETIT SAINT-). — Sur le terrain que traversait naguère encore un passage qui, de la rue Saint-Antoine, conduisait à celle des Juifs, existait autrefois un prieuré dit, par rapport à l'abbaye du faubourg, le *Petit Saint-Antoine*. Il ne reste plus de trace de cet ancien couvent (fondé sous saint Louis, et dont l'entrée principale était rue du Roi-de-Sicile); mais, il y a deux ou trois ans, on en voyait quelques bâtiments, reconstruits à une époque moderne.

Le catalogue des Archives (*section topogr.* IIIe classe, n° 819) signale un plan manuscrit de l'église, dont le profil méridional bordait la rue Saint-Antoine.

A ce prieuré se rattache un événement qui fit beaucoup de bruit, il y a plus de trois siècles. Gilles Corrozet, auteur contemporain, raconte ainsi le fait, dans sa *Fleur des antiquitez de Paris*, 1532 (première édition, *folio 48 verso*) : « Le Roy fist faire « et fabriquer une ymage Nostre Dame *dargent doré* laquelle lui « mesme mist et posa au lieu ou paravent aucuns pires que

« chiens ou barbares maulditz heretiques auoient couppé la teste
« a une ymage Nostre Dame faicte de pierre, le dernier iour de
« May 1528, laquelle ymage assise derriere le Petit Sainct An-
« thoine est de present appellée Nostre Dame de souffrance (1).»
Le même, dans son édition de 1561, fol. 155, ajoute que la statue mutilée fut gardée en grande révérence en l'église de Saint-
Gervais, et il nous apprend (*ibidem, fol.* 179 *verso*) les faits qui
suivent : cette image d'argent ayant été dérobée (il ne dit pas à
quelle époque) avait été remplacée par une autre, de pierre cette
fois comme l'ancienne; dans le courant de décembre 1551, on
mutila encore cette dernière, c'est-à-dire qu'on rompit la tête de
la Vierge et celle de l'enfant Jésus; le 27 décembre de cette
année, on fit, en expiation de cet acte sacrilége, commis quelques
jours auparavant, une procession de Notre-Dame à Saint-Gervais ;
enfin, ce même jour, le légat, accompagné de l'évêque de Paris
et du Parlement, etc., « posa en grand honneur... une image de
Nostre Dame *dorée et argentée* (de bois sans doute), » que portait
l'évêque, ce qui semble attester qu'elle était de petite dimension.

Plus d'un lecteur de l'histoire de Paris a pu confondre dans sa
mémoire ces quatre statues qui se succédèrent dans l'espace de
vingt-trois ans. Je lis sur un fragment de page imprimée, provenant, c'est très-probable, d'une édition de G. Brice (celle peut-
être de 1707), que François Ier accompagna la statue d'argent
d'un *bas-relief d'assez bon goût* (l'auteur l'avait-il sous les yeux?)
et que cette image d'argent ayant été dérobée, au *mois
d'avril* 1545, on y mit celle qui se voit *présentement*. Il n'est pas
ici question de la statue posée le 27 décembre 1551.

Dans la collection, déjà citée, de Fevret de Fontettes, on
trouve, à l'an 1528, un dessin à l'encre de Chine, signé *P. de Rochefort f.*, représentant l'acte de réparation de François Ier envers
l'image mutilée. C'est, fort *probablement,* une pure composition
exécutée vers 1700. On y voit l'évêque de Lisieux tenant dans
ses bras une statuette d'argent. Près de lui, sur la droite, François Ier, qu'à son costume et à ses traits même on prendrait pour
Henri IV mal dessiné, tient un cierge, et se dispose à recevoir la
sainte image des mains de l'évêque.

(1) L'édition de Corrozet de 1561 et les éditions posthumes, de 1581 et 1586,
écrivent : « May 1538 » L'erreur typographique est évidente, puisque le fait est
consigné en 1552.

Quant à l'ancienne, celle de pierre qu'on va remplacer, on l'aperçoit dans une niche, sorte de tabernacle, d'un grossier style romain, composé de deux colonnes et d'un fronton triangulaire, soutenu par un pilier massif qui fait l'encoignure d'une rue, probablement celle des Juifs. Les maisons de cette rue n'ont aucun caractère de l'époque. La tête de la Vierge et celle de l'enfant gisent au pied de la statue.

Ce dessin offrirait un certain intérêt, si l'on était sûr d'y voir représentée, même approximativement, la niche qui existait encore au temps de M. de Fontettes ; mais rien n'est moins certain. Le texte, inscrit au bas du dessin, annonce que la statue qu'on voit à *présent* (vers 1700) avait remplacé celle d'argent, volée en avril 1545 ; on oublie aussi celle placée en 1551.

On lit dans la même inscription : « Cette cérémonie extraordinaire est représentée en un *bas-relief de marbre* (sculpté par *Germain Pilon*), appliqué contre la maison (rue du Roi-de-Sicile) qui fait le coin de la rue aux Juifs. »

Le dessin serait-il une mauvaise copie du bas-relief cité ? Je ne le pense pas. En tout cas, cette sculpture, attribuée à Pilon, ne pourrait se rapporter qu'à la seconde réparation, celle de décembre 1551.

J'ai cherché plusieurs fois, sur les lieux mêmes, des traces de la niche et du bas-relief : je n'ai jamais rencontré, rue du Roi-de-Sicile, qu'un socle ou piédouche de style gothique, qui avait dû soutenir l'effigie d'une vierge ou d'un saint. Ce socle se voyait, à la hauteur d'un premier étage, dans l'angle d'une maison située au coin de la susdite rue, et de celle de Tiron, qui n'existe plus à cette heure.

ARGENSON (ANCIEN HÔTEL D'). — Un répétiteur, qui m'aidait à suivre la classe de sixième, au collège Charlemagne, vers 1819, demeurait au fond de la cour d'un hôtel fort délabré, situé Vieille rue du Temple, au coin de celle du Roi-de-Sicile. Cet hôtel est désigné sur plusieurs plans, notamment sur celui de Lacaille (1714), sous le nom de d'Argenson ; mais les locataires qui l'habitaient en 1819 y voyaient, ainsi que les voisins, une ancienne résidence de la *Belle Gabrielle*. Plus d'une maison à Paris revendique sans preuves l'honneur d'avoir appartenu à la populaire maîtresse de Henri IV, le *vert galant*. Aucuns ajoutaient que celle-ci était une de ses *maisons de campagne!* J'avais alors onze ans ; on pouvait me faire digérer tous les canards imaginables sur le vieux Paris (1).

Plus tard, vers 1840, époque où, depuis deux ans déjà, je m'intéressais à l'histoire de la capitale, une velléité me prit de revoir et de dessiner cette maison, qu'on abattit, je crois, quelques années après, si toutefois la date de mars 1840, inscrite sur mon croquis, n'est pas celle de sa démolition.

Un des corps de logis, celui qui regardait le sud, le seul que j'aie dessiné, pouvait appartenir, par le style de son ensemble, au règne de Louis XIII ou même de son prédécesseur ; mais on avait dû, sous Louis XIV, le décorer de guirlandes, mascarons, etc. En voici le signalement. La baie principale, introduisant au vestibule du grand escalier, est ornée de chaque côté d'une colonne dorique, dont celle de gauche, sciée à quelques pieds de son chapiteau, livre passage à une petite porte latérale. Au-dessus des chapiteaux, des corniches très-saillantes sont soutenues par de petites consoles ; plus haut sont sculptées, au milieu d'un ovale, trois lettres, malheureusement mal indiquées sur mon dessin. On distingue un H entrelacé, je crois, d'un C ; à la suite est un I ou un L. Si au lieu d'un C, il y avait un G, il pourrait y avoir du vrai dans la tradition populaire, mais c'est une question que je ne puis plus résoudre.

Au-dessus de l'arcade règnent deux étages, ayant chacun deux fenêtres de front. Chaque fenêtre avait été, depuis longtemps, partagée en deux : ingénieux moyen de doubler le nombre des étages ! Entre les fenêtres du premier est sculpté sur le mur un cadre richement décoré d'arabesques, de volutes et de fleurs. Au-dessus de chaque baie est une tête d'ange accompagnée d'enroulements et de guirlandes retombant sur les moulures qui encadrent la baie. Dans l'entre-fenêtre du second étage est un autre cadre du même style, au milieu duquel est tracé un cadran solaire. Au-dessus du cercle des heures est inscrit : « 23 septembre 1652. » C'est l'époque, je le suppose, où ce corps de logis

---

(1) L'édifice parisien qui jetait alors dans mon imagination la lueur la plus fantastique, c'était notre vieille cathédrale. J'ai rêvé plus d'une fois que je me promenais *en bateau*, à la lueur d'une torche, à travers la *forêt de pilotis* qui, disait-on, soutenait le monument.

fut modifié, rajeuni, pour agrandir la demeure de la famille d'Argenson.

La corniche, qui soutient la retombée du toit, est décorée de cubes de pierre en saillie, genre d'ornement en usage depuis bien des siècles et qui ne révèle précisément aucune époque. Au-dessus de l'entre-fenêtre du second étage, se dresse avec ma-jesté, interrompant la pente du toit, une haute *mansarde* à fron-ton circulaire, brodée, sur son contour intérieur, d'une série de très-petits cubes. Entre le cintre du fronton et l'ouverture supé-rieure de la fenêtre, grimace un mascaron accompagné d'enrou-lements et de fleurs. Deux ignobles cuvettes de plomb déparent ce pavillon, seul reste encore remarquable en 1840 de l'ancien hôtel d'Argenson.

Mon dessin, recommencé deux fois et retouché sur lieux, doit être assez exact dans ses proportions et ses détails ; mais ses lignes de perspective exigent certaines rectifications, vu qu'à cette époque je faisais à ma manière, toujours d'après nature, mon apprentissage de dessinateur. Il peut offrir un certain intérêt aux antiquaires qui font des recherches sur les habitations des anciennes familles, surtout si aucun artiste n'a songé à entrer dans la cour où il se voyait, pour en prendre un croquis. Quant à la réputation faite à cette maison d'avoir été une des résidences de Gabrielle d'Estrées, je ne me charge pas de l'accréditer, bien que le bâtiment décrit puisse être de son époque.

ARSENAL (GRAND). — Les portions encore subsistantes de l'Ar-senal, occupées par la bibliothèque de ce nom, n'offrent dans leur construction aucuns détails antérieurs à la fin du xvie siècle. Sous François Ier, comme le témoignent les anciens plans de Paris, son emplacement, limité par l'enclos irrégulier du cou-vent des Célestins et appartenant à la ville, était à peu près vide. On y voit une fabrique de cordes, et une sorte de grange, où l'on abritait sans doute des canons. Dès cette époque, je le suppose, on avait utilisé les onze grosses tours carrées (bâties sous Charles V) qui bordaient le quai, reliées entre elles par un gros mur. La haute tour de Billy avait été convertie en un dépôt de poudres, que le feu du ciel enflamma en juillet 1538.

Ce fut Henri II qui fonda là, vers 1550, un véritable *arcenac*, comme on disait autrefois. Il y fit construire de vastes bâtiments destinés à fondre et à remiser des pièces d'artillerie, ainsi qu'à loger tous les employés de l'établissement (1).

Le 28 janvier 1563 eut lieu une catastrophe analogue à celle de la tour de Billy, dans un de ces bâtiments, qui contenait plusieurs « caques et vaisseaux de poudre, » comme s'exprime N. Bonfons. Cette explosion ruina *cinquante* maisons aux alentours et brisa des verrières (pleurez, archéologues de 1857!) aux Célestins, à Saint-Paul, et même jusque dans la Cité.

On finit par témoigner à la poudre de guerre une grande méfiance, et, à partir de je ne sais au juste quelle époque, on la fabriqua à l'endroit où nous voyons l'hôpital de la *Salpêtrière*, dont le nom conserve le souvenir de la destination primitive de son emplacement.

J'ignore quelle était la physionomie de l'Arsenal, détruit au moins en partie en 1563. Sur le plan de Belleforest (1575), on ne voit encore dans l'enclos, dit l'*arcenacq*, qu'un seul grand bâtiment, parallèle à la ligne des onze tours carrées ou bastides, mentionnées ci-dessus. On y remarque trois canons sur affûts, dans une cour ou terrain, fermé vers l'ouest, d'un mur et d'une porte à fronton, bâtie probablement sous Henri II.

Sous Henri III furent terminés de grands et solides bâtiments, commencés le long du quai par son prédécesseur. Leurs dépendances se prolongeaient presque jusqu'à l'embouchure du fossé de la Bastille. Alors disparurent les tours de Charles V; ou plutôt, je le soupçonne, une partie fut incorporée sans être démolie aux nouveaux bâtiments; le mur qui reliait ces bastides servit peut-être au même usage (2).

On croit communément, mais j'ignore où s'en trouve la preuve positive, que Sully fut installé à l'Arsenal à titre de grand-maître de l'artillerie de France, et que son appartement y existe encore

(1) Sous Louis XIV, on utilisa une des anciennes fonderies de Henri II (ou de Charles IX). Il en sortit plusieurs groupes de bronze, destinés à décorer les jardins de Versailles.

(2) En 1844, on commença à combler le canal ou petit bras de la Seine qui formait l'île Louviers. On abattit alors plusieurs masures dépendant autrefois de l'arsenal, pour livrer passage à la rue Schomberg. J'eus occasion de remarquer, au milieu des démolitions, la coupe d'un mur de pierres massives, de plus de deux mètres d'épaisseur, qui avait une direction parallèle à celle des bâtiments de l'Arsenal. C'était sans aucun doute la muraille en question, et il est probable que les fondations des tours carrées se trouveraient sous le sol des bâtiments de la Bibliothèque.

en partie (1). L'arsenal vit, sous Henri IV, comme au temps de Charles VI, des hôtels de grands seigneurs s'élever dans son voisinage. Pour la seconde fois, ce quartier et celui de la place Royale constituèrent le faubourg Saint-Germain de l'époque, transféré, sous Louis XIV, dans la solitude du grand Pré-aux-Clercs, où il subsiste toujours.

On donna quelquefois, à l'Arsenal, de splendides fêtes. Le 18 janvier 1610, on y dansa le *grand ballet du duc de Vendôme*, comme l'atteste un opuscule du temps, qui figure dans le catalogue de la vente Soleine, sous le n° 3,253. On trouve (*ibidem*), sous un autre numéro, le titre du *Ballet de la Vallée de Misère*, dansé en 1634 à l'Arsenal, en présence de la reine et du cardinal de Richelieu.

Sous Louis XIII, ce quartier, aujourd'hui si solitaire, était fort animé, et la cour y venait prendre des divertissements. Une rare estampe de Mathieu Mérian nous apprend qu'en 1613 on procura au roi, encore enfant, le spectacle d'un feu d'artifice, tiré dans l'île Louviers. Il en donna lui-même le signal, du haut de la terrasse de l'hôtel de Fieubet, terrasse qui existe encore, sur le quai, au coin de la rue du Petit-Musc.

---

(1) Le père Du Breul, auteur contemporain, ne nous apprend rien à ce sujet. Je ne sais si Sully lui-même constate ce fait dans ses *Économies royales*.

(*Note de l'auteur.*)

Il est incontestable que Sully demeurait à l'Arsenal en qualité de grand-maître de l'artillerie. Henri IV allait l'y voir souvent, et il se rendait en carrosse à l'Arsenal. lorsqu'il fut assassiné par Ravaillac dans la rue de la Barillerie. Les Historiettes de Tallemant des Réaux font mention de la résidence de Sully dans les bâtiments de l'Arsenal, où il donnait des fêtes, des bals et des spectacles. Au reste, le séjour de ce grand ministre à l'Arsenal est encore mieux constaté par le nom de *Cabinet de Sully*, conservé traditionnellement à une chambre qui fut décorée de peintures par Simon Vouet, aidé de Fouquieres et du Bolognese, vers 1648. Cette chambre existe encore dans son ancien état, avec les peintures allégoriques et historiques qui ornent le plafond et les lambris ; elle est suivie d'un petit oratoire également peint par les mêmes maîtres. Le pavillon où se trouve, au premier étage, ce *Cabinet de Sully*, restauré et remanié pour l'usage de madame de la Meilleraye qui en avait fait sa chambre à coucher, avait été construit sur le vieux mur d'enceinte de la ville élevé sous le règne de Charles V ; il était autrefois posé sur ce mur en manière de terrasse ou de guérite, au moyen d'une charpente en encorbellement, qui est à présent cachée dans la maçonnerie. Il est à désirer que ce charmant spécimen de l'habitation d'une grande dame au xviie siècle soit préservé des atteintes du vandalisme des architectes. (*Note de la Rédaction.*)

Jusque vers l'année 1660, le quartier de l'Arsenal conserva son privilége aristocratique, et même, en dépit de la concurrence du faubourg Saint-Germain, eut longtemps encore l'honneur de loger d'illustres personnages. Ainsi, en 1717, le grand-duc de Moscovie (Pierre le Grand) choisit pour habitation l'ancien hôtel de Lesdiguières, rue de la Cerisaie, probablement pour être plus près de l'Arsenal, établissement qui l'intéressait plus que nos églises et nos palais.

Je connais beaucoup d'estampes, mais peu de dessins, concernant l'Arsenal. Dans le recueil topographique de Paris (quartier de ce nom), au Cabinet des Estampes, se trouvent plusieurs plans géométraux manuscrits, relatifs au grand et au petit Arsenal (1). On en voit aussi quelques-uns dans le grand carton supplémentaire à ce quartier (numéroté 5,465); mais ces plans ne m'ont paru offrir aucuns détails bien intéressants.

La portion la plus curieuse du grand Arsenal, c'est celle qu'habita probablement Sully et qui est en partie conservée intacte. Quant aux bâtiments sacrifiés en 1847 pour l'établissement de la caserne des Célestins, et parallèles à ceux qui bordent la quai, ils étaient plus modernes et ne sont pas à regretter.

Feu M. C.-F. Muller possédait un ancien dessin à la plume (passé je ne sais où), représentant avec détails la porte de l'Arsenal de Paris, qui faisait face au quai des Célestins, telle qu'elle est décrite par Germain Brice et autres historiographes parisiens. Cette porte monumentale, construite en 1584, était d'une architecture assez singulière. De chaque côté de la baie cintrée se dressaient de front, en guise de colonnes, deux canons debout, la culasse en bas, modèle de décoration spécialemen affectée aux entrées de nos arsenaux. Au-dessus régnait une frise ornée d'un rang de fleurs de lis, et surmontée d'un large fronton triangulaire contenant, entre autres sculptures, les armes de France. Au-dessus du fronton s'élevait un trophée, et de chaque côté était braqué un canon de pierre sur affût. Je ne me

(1) Le *petit* Arsenal, dont l'entrée principale était rue Saint-Antoine, à côté du fossé occidental qui entourait la Bastille, s'étendait presque jusqu'à la Seine. Il était de fondation plus moderne que le *grand*. Il en reste plusieurs bâtiments, où l'on raffine encore le salpêtre. Le grenier de réserve occupe une portion de son emplacement. En 1632, comme le témoigne le plan de Gomboust, une maison, sise au coin des rues Culture-Catherine et du Parc-Royal se nommait *l'arcenal de la ville*.

souviens plus si on lisait au-dessus du cintre de la baie le célèbre distique latin : *Ætna hæc Henrico* etc.

La grande porte d'entrée de l'Arsenal figure sur des estampes de Silvestre et de Perelle, mais on y voit des colonnes au lieu de canons debout, soit que ces gravures manquent d'exactitude, soit que la porte dont je cite le dessin, construite dans le genre de celle de l'entrée principale, se trouvât dans une des cours, à l'intérieur.

Sous Louis XV encore, divers bâtiments d'inégales hauteurs s'étendaient sur le quai, à la suite du corps de logis principal, presque jusqu'au fossé de la Bastille. Ce qui restait de ces constructions (parmi lesquelles figurait au moins une des anciennes tours carrées, convertie en habitation, comme le prouve une petite estampe de Lantara), a été abattu, d'abord en 1807, lorsqu'on commença le grenier de réserve, ensuite en 1844, quand on résolut de réunir l'île Louviers au quai de l'Arsenal.

Je possède une petite aquarelle de M. Goblain, faite de verve, mais non terminée, qui représente deux petits bâtiments couverts en tuiles, et peut-être contemporains de Henri III. Au reste, on n'y distingue aucun détail important ; l'un d'eux est percé d'une voûte en pierre, servant de porte. Des jardinets et de hauts arbres entourent ces espèces de masures qui semblent faire partie d'une ferme. Si au verso M. Goblain n'avait, selon son habitude, inscrit : « 28 avril 1828, à l'Arsenal, » on croirait avoir sous les yeux le détail d'un paysage. C'est donc un souvenir d'un bien faible intérêt et qui certes ne mérite pas une reproduction.

A. Bonnardot.

(*La suite à un prochain numéro*).

REVUE UNIVERSELLE

DES

ARTS

PUBLIÉE PAR

M. PAUL LACROIX (BIBLIOPHILE JACOB),

AVEC LA COLLABORATION DE MM. E. BÉGIN; CH. BLANC, anc. dir. des Beaux-Arts;
A. BONNARDOT; E. BRETON, de la Soc. des Antiquaires de France; G. BRUNET, de
l'Acad. de Bordeaux; CHAMPOLLION-FIGEAC, biblioth. du palais de Fontainebleau;
AIMÉ CHAMPOLLION, chef au Bureau des Arch. départ.; GEORGES DUPLESSIS; J. DU
SEIGNEUR; L. DUSSIEUX; FEUILLET DE CONCHES; A. DE LA FIZELIÈRE; A. JUBINAL,
de la Soc. des Antiquaires; comte LÉON DE LABORDE, de l'Acad. des inscr. et b.-l.;
A. LASSUS, archit. de Notre-Dame et de la Sainte-Chapelle; LEROUX DE LINCY,
de la Soc. des Antiquaires; A. DE LONGPÉRIER, de l'Acad. des inscr. et b.-l.;
CH. LOUANDRE; P. MANTZ; HENRY MARTIN; P. MÉRIMÉE, de l'Acad. franç. et de
l'Acad. des inscr. et b.-l.; A. MICHIELS; FRANCISQUE MICHEL, corresp. de l'Institut;
CH. MONSELET; A. DE MONTAIGLON; CH. NISARD; LOUIS PARIS, dir. du Cabinet
hist.; PAULIN PARIS, de l'Acad. des inscr. et b.-l.; TARRAL; baron TAYLOR, de
l'Acad. des Beaux-Arts, prés¹. des Soc. artist. de France; VALLET DE VIRIVILLE,
prof. à l'École des Chartes; F. VILLOT, cons. de la peinture, au Musée du Louvre;
— L. ALVIN, dir. de la Biblioth. r. de Bruxelles; E. DE BUSSCHER, de l'Acad. r.
de Belgique; F. DELHASSE; CH. DE BROU; E. GACHET, chef du Bureau paléogr.;
A. HENNE, secr. de l'Acad. des Beaux-Arts, de Bruxelles; J. LELEWEL; A. PIN-
CHART, empl. aux Archives; CH. PIOT, empl. aux Archives; CH. POTVIN;
A.-G.-B. SCHAYES, cons. du Musée d'armures, etc., de Bruxelles; A. STEECKX,
anc. dir. du Bibliophile belge; F. TINDEMANS; E. VAN BEMMEL, dir. de la Revue
trimestrielle; A. WAUTERS, archiv. de la ville de Bruxelles; — J. D. BLAVIGNAC,
archit. à Genève; G. CHAMPSEIX, prof. à Lausanne; — G. WAAGEN, dir. du Musée
de Berlin; — baron RASTAWIECKI, de Varsovie; B. PODCZASZYNSKI, prof. d'archit.
à l'École des Beaux-Arts, de Varsovie; — M. C. MARSUZI DE AGUIRRE; G. PO-
DESTA, etc., etc.

1ʳᵉ ANNÉE. — 2ᵉ VOLUME. — N° 10. — JANVIER 1856.

PARIS.

BUREAU CENTRAL DE LA REVUE UNIVERSELLE DES ARTS,

chez

BORRANI ET DROZ, LIBRAIRES-ÉDITEURS,

9, RUE DES SAINTS PÈRES.

REVUE UNIVERSELLE DES ARTS.

DEUXIÈME VOLUME.

La REVUE publiera dans ses prochaines livraisons :

LA SUITE A LA 3e PAGE DE LA COUVERTURE.

EXCENTRICITÉS ARTISTIQUES; — LES PEINTRES DE MOEURS, TENIERS, BRAUWER, etc.; — LES PEINTRES INCONNUS, par F. DE FONTAINE;

LA SCULPTURE EN ANGLETERRE; — EXAMEN CRITIQUE DE LA NOUVELLE CLASSIFICATION DU MUSÉE DE SCULPTURE DU LOUVRE, par TARRAL;

L'ART GAULOIS, par HENRY MARTIN;

ÉTUDES SUR LES MONUMENTS DRUIDIQUES, par E. VAN BEMMEL;

LE MUSÉE D'ARMURES, D'ANTIQUITÉS ET D'ETHNOLOGIE, de Bruxelles, par SCHAYES;

NOTICES BIOGRAPHIQUES D'ARCHITECTES BELGES DU XVe SIÈCLE; — INAUGURATION DE LA STATUE DE VAN EYCK, à Bruges, par A. WAUTERS;

LES HÔTELS-DE-VILLE DE BELGIQUE, § 1 : l'Hôtel-de-ville de Bruxelles, par A. WAUTERS; § 2 : l'Hôtel-de-ville de Louvain, par SCHAYES, etc.

LES PORTES DES ÉGLISES DE PLOTZK ET GIESEN, EN POLOGNE, 1117 ET 1155, par JOACHIM LELEWEL;

INVENTAIRES DE PLUSIEURS COLLECTIONS D'ART DU MOYEN-ÂGE, par PAULIN PARIS;

EXTRAITS DES ARCHIVES DÉPARTEMENTALES, relatifs à l'histoire des arts en France; — LES PEINTRES LORRAINS; extraits des comptes de la cour de Lorraine, par AIMÉ CHAMPOLLION;

INVENTAIRE DE CHARLES-QUINT, au point de vue de l'art, par FRANCISQUE MICHEL;

NOTICE SUR LA VIE DE PETITOT, et catalogue de ses portraits peints en émail; — LES PORTRAITS HISTORIQUES APOCRYPHES, par FEUILLET DE CONCHES;

NOTICES BIOGRAPHIQUES SUR DES PEINTRES DU XVIe SIÈCLE, fragments inédits, par EMERIC DAVID;

RECHERCHES SUR LA PEINTURE DES ANCIENS MANUSCRITS, mémoire inédit de l'abbé RIVE.

LETTRES DU PEINTRE DOUASSE, relatives à l'ancienne Académie de peinture, avec des notes, par A. DE LA FIZELIÈRE;

MARQUES D'IMPRIMEURS ET DE LIBRAIRES, dessinées par des artistes célèbres, en France, en Belgique, en Italie et en Allemagne, par W;

INVENTAIRE DU TRÉSOR DE L'ABBAYE DE SAINT-DENIS, avec les pièces originales relatives à la fonte des objets d'or et d'argent jugés inutiles, à l'époque de la Révolution.

LES PEINTRES BELGES, MM. GALLAIT, WIERTZ, LEYS, STEVENS, etc.

LA CATHÉDRALE DE FRIBOURG (Suisse);

LE MONASTÈRE D'EINSIEDELN (canton de Schwyz, Suisse);

LES MAÎTRES ALLEMANDS du XVIe siècle;

LES COLLECTIONS PARTICULIÈRES, en Hollande;

MÉMOIRES ORIGINAUX DU XVIe SIÈCLE SUR L'ÉGLISE DE BROU;

LES MUSÉES D'ARMES ANCIENNES, en Angleterre;

LES ROIS, LES REINES, LES PRINCES ET LES PRINCESSES ARTISTES, avec le catalogue de leurs ouvrages;

DOCUMENTS ET COMPTES ORIGINAUX pour servir à l'histoire des Bâtiments du Roi, sous le règne de Henry II;

RECHERCHES SUR LES FAYENCES FRANÇAISES;

LE CATALOGUE DES ESTAMPES, à la Bibliothèque nationale;

LETTRES INÉDITES DES ARTISTES ITALIENS DU XVIe SIÈCLE, avec la traduction en regard; DES ARTISTES FRANÇAIS DU XVIIIe SIÈCLE, etc., etc.

REVUE UNIVERSELLE DES ARTS.

Après une année d'existence, la *Revue universelle des Arts* ayant réuni des collaborateurs dans tous les pays de l'Europe et de nombreux manuscrits très-intéressants pour l'histoire de l'Art, a été dans la nécessité d'agrandir son cadre. Le 15 de chaque mois, elle donne à ses abonnés 6 feuilles (au lieu de 5), et elle formera ainsi, chaque année, deux forts volumes d'environ 700 pages chacun.

PRIX D'ABONNEMENT :

Paris et Bruxelles :	Départements français et provinces belges :	Étranger :
Un an fr. 24 »	Un an fr. 28 »	Un an fr. 32 »
Six mois » 12 »	Six mois » 14 »	Six mois » 16 »
Un numéro » 2 »	Un numéro » 2 50	Un numéro » 3 »

Bureau central de *la Revue universelle des Arts*,
à Paris,
Chez BORRANI et DROZ, Libraires-Éditeurs,
9, rue des Saints-Pères.

On s'abonne aussi :

A Paris, chez France, libraire, 9, quai Voltaire.
A Bruxelles, chez Ph. Hen, libraire, 22, rue de l'Empereur.
A Londres, chez Barthès et Lowell, 14, Great Marlborough street.
A Leipzig, chez Kiessling, Schnée et Cie.
A Livourne, chez Meline, Cans et Cie.
A Rome, chez Archini, libraire, Via del Collegio, 205.

Les demandes d'abonnements doivent être adressées, *franches de port*, avec un mandat sur Paris ou sur Bruxelles.

Toutes les correspondances littéraires, toutes les communications artistiques, doivent être adressées, *franches de port*, soit à M. Paul Lacroix (bibliophile Jacob), à Paris, rue de Sully, 1, soit à M. Marsuzi de Aguirre, à Bruxelles, rue Royale, 96.

Les deux premiers volumes, grand in-8° (ensemble 1000 pages environ), sont en vente au *Bureau central* et dans les autres bureaux d'abonnement. — Prix : 15 francs.

Bruxelles. — Imprimerie de A. Labroue et Cⁱᵉ,
50, rue de la Fourche.

REVUE UNIVERSELLE

DES

ARTS

PUBLIÉE PAR

M. PAUL LACROIX (BIBLIOPHILE JACOB),

AVEC LA COLLABORATION DE MM. E. BÉGIN ; CH. BLANC, anc. dir. des Beaux-Arts ;
A. BONNARDOT ; E. BRETON, de la Soc. des Antiquaires de France ; G. BRUNET, de
l'Acad. de Bordeaux ; CHAMPOLLION-FIGEAC, biblioth. du palais de Fontainebleau ;
AIMÉ CHAMPOLLION, chef au Bureau des Arch. départ. ; GEORGES DUPLESSIS ; J. DU
SEIGNEUR ; L. DUSSIEUX ; FEUILLET DE CONCHES ; A. DE LA FIZELIÈRE ; A. JUBINAL,
de la Soc. des Antiquaires ; comte LÉON DE LABORDE, de l'Acad. des inscr. et b.-l. ;
A. LASSUS, archit. de Notre-Dame et de la Sainte-Chapelle ; LEROUX DE LINCY,
de la Soc. des Antiquaires ; A. DE LONGPÉRIER, de l'Acad. des inscr. et b.-l. ;
CH. LOUANDRE ; P. MANTZ ; HENRY MARTIN ; P. MÉRIMÉE, de l'Acad. franç. et de
l'Acad. des inscr. et b.-l. ; A. MICHIELS ; FRANCISQUE MICHEL, corresp. de l'Institut ;
CH. MONSELET ; A. DE MONTAIGLON ; CH. NISARD ; LOUIS PARIS, dir. du Cabinet
hist. ; PAULIN PARIS, de l'Acad. des inscr. et b.-l. ; TARRAL ; baron TAYLOR, de
l'Acad. des Beaux-Arts, prést des Soc. artist. de France ; VALLET DE VIRIVILLE,
prof. à l'École des Chartes ; F. VILLOT, cons. de la peinture, au Musée du Louvre ;
— L. ALVIN, dir. de la Biblioth. r. de Bruxelles ; E. DE BUSSCHER, de l'Acad. r.
de Belgique ; F. DELHASSE ; CH. DE BROU ; E. GACHET, chef du Bureau paléogr. ;
A. HENNE, secr. de l'Acad. des Beaux-Arts, de Bruxelles ; J. LELEWEL ; A. PIN-
CHART, empl. aux Archives ; CH. PIOT, empl. aux Archives ; CH. POTVIN ;
A.-G.-B. SCHAYES, cons. du Musée d'armures, etc., de Bruxelles ; A. STERCKX,
anc. dir. du *Bibliophile belge* ; F. TINDEMANS ; E. VAN BEMMEL, dir. de la *Revue
trimestrielle* ; A. WAUTERS, archiv. de la ville de Bruxelles ; — J. D. BLAVIGNAC,
archit. à Genève ; G. CHAMPSEIX, prof. à Lausanne ; — G. WAAGEN, dir. du Musée
de Berlin ; — baron RASTAWIECKI, de Varsovie ; B. PODCZASZYNSKI, prof. d'archit.
à l'École des Beaux-Arts, de Varsovie ; — M. C. MARSUZI DE AGUIRRE ; G. PO-
DESTA, etc., etc.

1re ANNÉE. — 2e VOLUME. — No 11. — FÉVRIER 1856.

PARIS

BUREAU CENTRAL DE LA REVUE UNIVERSELLE DES ARTS,

chez

BORRANI ET DROZ, LIBRAIRES-ÉDITEURS,

9, RUE DES SAINTS PÈRES.

REVUE UNIVERSELLE DES ARTS.

DEUXIÈME VOLUME.

La REVUE publiera dans ses prochaines livraisons :

LES CABINETS D'AMATEURS, EXISTANT À PARIS, EN 1854; — BIBLIOGRAPHIE DES LIVRES À GRAVURES, PUBLIÉS AU XVIe SIÈCLE; — EXPLICATION NOUVELLE DE LA FORMULE SÉPULCHRALE SUB ASCIA; — ÉPITAPHES DES ARTISTES DANS LES ANCIENNES ÉGLISES DE PARIS, suite, par PAUL LACROIX (BIBLIOPHILE JACOB);

RECHERCHES SUR LES TRAVAUX D'ART, EXÉCUTÉS DANS LES CHATEAUX DE SAINT-GERMAIN ET DE FONTAINEBLEAU, aux XVIe et XVIIe siècles, par le comte LÉON DE LABORDE;

LA GALERIE D'ARENBERG; — LES ARTS EN ESPAGNE; — ÉPITAPHES DES ARTISTES DANS LES ÉGLISES DE ROME, par C. MARSUZI DE AGUIRRE;

JEAN GERNAY, peintre de Spa; — ÉPITAPHES DES ARTISTES DANS LES ÉGLISES DE BELGIQUE, par FÉLIX DELHASSE;

LA VIEILLE IMAGERIE, par A. BONNARDOT;

LES ARTISTES BORDELAIS, par GUSTAVE BRUNET, de Bordeaux;

LE BANQUET DES MUSES, poëme du 17e siècle, sur la querelle des Rubénistes et des Poussinistes; — NICOLAS DE LA FAGE, brodeur du roi; LES STATUES ÉQUESTRES EN ANGLETERRE, par A. DE MONTAIGLON;

JEAN PESNE, par L. DUSSIEUX;

L'ORFÈVRERIE FRANÇAISE AU XVIIIe SIÈCLE, par P. MANTZ;

DE LA BEAUTÉ DANS LES ARTS, par W. BURGER;

LA SUITE À LA 3e PAGE DE LA COUVERTURE

LE MUSÉE D'AMSTERDAM ET REMBRANDT, par J. VAN DEN BERGHE ;
LES SALONS DE DIDEROT, par VALENTIN DUCHESNE ;
EXCENTRICITÉS ARTISTIQUES ; — LES PEINTRES DE MOEURS, TE-
NIERS, BRAUWER, etc. ; — LES PEINTRES INCONNUS, par F. DE FONTAINE ;
LA SCULPTURE EN ANGLETERRE ; —EXAMEN CRITIQUE DE LA NOUVELLE
CLASSIFICATION DU MUSÉE DE SCULPTURE DU LOUVRE, par TARRAL ;
L'ART GAULOIS, par HENRY MARTIN ;
ÉTUDES SUR LES MONUMENTS DRUIDIQUES, par E. VAN BEMMEL ;
LE MUSÉE D'ARMURES, D'ANTIQUITÉS ET D'ETHNOLOGIE, de Bruxelles,
par SCHAYES ;
NOTICES BIOGRAPHIQUES D'ARCHITECTES BELGES DU XVᵉ SIÈCLE, par
A. WAUTERS ;
LES HÔTELS-DE-VILLE DE BELGIQUE, § 1 : l'Hôtel-de-ville de Bruxelles,
par A. WAUTERS ; § 2 : l'Hôtel-de-ville de Louvain, par SCHAYES, etc.
LES PORTES DES ÉGLISES DE PLOTZK ET GIESEN, EN POLOGNE, 1117
ET 1155, par JOACHIM LELEWEL ;
INVENTAIRES DE PLUSIEURS COLLECTIONS D'ART DU MOYEN-ÂGE, par
PAULIN PARIS ;
EXTRAITS DES ARCHIVES DÉPARTEMENTALES, relatifs à l'histoire des
arts en France ; — LES PEINTRES LORRAINS ; extraits des comptes de la
cour de Lorraine, par AIMÉ CHAMPOLLION ;
INVENTAIRE DE CHARLES-QUINT, au point de vue de l'art, par FRANCIS-
QUE MICHEL ;
NOTICE SUR LA VIE DE PETITOT, et catalogue de ses portraits peints en
émail ; — LES PORTRAITS HISTORIQUES APOCRYPHES, par FEUILLET DE
CONCHES ;
LES TABLEAUX D'APPARAT, mémoire inédit d'ÉMERIC DAVID ; — NOTICES
BIOGRAPHIQUES SUR DES PEINTRES DU XVIᵉ SIÈCLE, fragments inédits, par
LE MÊME ;
RECHERCHES SUR LA PEINTURE DES ANCIENS MANUSCRITS, mémoire
inédit de l'abbé RIVE.
LETTRES DU PEINTRE HOUASSE, relatives à l'ancienne Académie de pein-
ture, avec des notes, par A. DE LA FIZELIÈRE ;
MARQUES D'IMPRIMEURS ET DE LIBRAIRES, dessinées par des artistes
célèbres, en France, en Belgique, en Italie et en Allemagne, par W ;
LES PEINTRES BELGES, MM. GALLAIT, WIERTZ, LEYS, STEVENS, etc.
LA CATHÉDRALE DE FRIBOURG (Suisse) ;
LE MONASTÈRE D'EINSIEDELN (canton de Schwyz, Suisse) ;
LES MAÎTRES ALLEMANDS du XVIᵉ siècle ;
LES COLLECTIONS PARTICULIÈRES, en Hollande ;
MÉMOIRES ORIGINAUX DU XVIᵉ SIÈCLE SUR L'ÉGLISE DE BROU ;
INVENTAIRE DESCRIPTIF DU TRÉSOR DE L'ABBAYE DE SAINT-DENIS, à
la fin du XVIᵉ siècle ;
LES MUSÉES D'ARMES ANCIENNES, en Angleterre ;
LES ROIS, LES REINES, LES PRINCES ET LES PRINCESSES ARTISTES,
avec le catalogue de leurs ouvrages ;
DOCUMENTS ET COMPTES ORIGINAUX pour servir à l'histoire des Bâti-
ments du Roi, sous le règne de Henry II ;
RECHERCHES SUR LES FAYENCES FRANÇAISES ;
LE CATALOGUE DES ESTAMPES, à la Bibliothèque nationale ;
LETTRES INÉDITES DES ARTISTES ITALIENS DU XVIᵉ SIÈCLE, avec la
traduction en regard ; DES ARTISTES FRANÇAIS DU XVIIIᵉ SIÈCLE, etc., etc.

La Revue universelle des Arts paraît le 15 de chaque mois, par livraison de 5 feuilles grand in-8°, et formera chaque année 2 forts volumes.

PRIX D'ABONNEMENT :

Paris et Bruxelles :		Départements français et provinces belges :		Étranger :	
Un an	fr. 15 »	Un an	fr. 18 »	Un an	fr. 20 »
Six mois	» 8 »	Six mois	» 10 »	Six mois	» 12 »
Un numéro	» 2 »	Un numéro	» 2 50	Un numéro	» 5 »

Bureau central de la Revue universelle des Arts,
à Paris,

Chez BORRANI et DROZ, Libraires-Éditeurs,
9, rue des Saints-Pères.

On s'abonne aussi :

A Paris, chez FRANCE, libraire, 9, quai Voltaire.
A Bruxelles, chez Ph. HEN, libraire, 22, rue de l'Empereur.
A Londres, chez BARTHÈS et LOWELL, 14, Great Marlborough street.
A Leipzig, chez KIESSLING, SCHNÉE et Cie.
A Livourne, chez MELINE, CANS et Cie.
Les demandes d'abonnements doivent être adressées, *franches de port*, avec un mandat sur Paris ou sur Bruxelles.
Toutes les correspondances littéraires, toutes les communications artistiques, doivent être adressées, *franches de port*, soit à M. PAUL LACROIX (bibliophile Jacob), à Paris, rue des Martyrs, 47, soit à M. MARSUZI DE AGUIRRE, à Bruxelles, rue Royale, 96.

Le premier volume, grand in-8° d'environ 500 pages, est en vente au *Bureau central* et dans les autres bureaux d'abonnement.

Bruxelles. — Imprimerie de A. LABROUE et Cie,
36, rue de la Fourche.

REVUE UNIVERSELLE

DES

ARTS

PUBLIÉE PAR

M. PAUL LACROIX (BIBLIOPHILE JACOB),

AVEC LA COLLABORATION DE MM. É. BÉGIN ; CH. BLANC, anc. dir. des Beaux-Arts ; A. BONNARDOT ; E. BRETON, de la Soc. des Antiquaires de France ; G. BRUNET, de l'Acad. de Bordeaux ; CHAMPOLLION-FIGEAC, biblioth. du palais de Fontainebleau ; AIMÉ CHAMPOLLION, chef au Bureau des Arch. départ. ; GEORGES DUPLESSIS ; J. DU SEIGNEUR ; L. DUSSIEUX ; FEUILLET DE CONCHES ; A. DE LA FIZELIÈRE ; A. JUBINAL, de la Soc. des Antiquaires ; comte LÉON DE LABORDE, de l'Acad. des inscr. et b.-l. ; A. LASSUS, archit. de Notre-Dame et de la Sainte-Chapelle ; LEROUX DE LINCY, de la Soc. des Antiquaires ; A. DE LONGPÉRIER, de l'Acad. des inscr. et b.-l. ; CH. LOUANDRE ; P. MANTZ ; HENRY MARTIN ; P. MÉRIMÉE, de l'Acad. franç. et de l'Acad. des inscr. et b.-l. ; A. MICHIELS ; FRANCISQUE MICHEL, corresp. de l'Institut ; CH. MONSELET ; A. DE MONTAIGLON ; CH. NISARD ; LOUIS PARIS, dir. du Cabinet hist. ; PAULIN PARIS, de l'Acad. des inscr. et b.-l. ; TARRAL ; baron TAYLOR, de l'Acad. des Beaux-Arts, prés. des Soc. artist. de France ; VALLET DE VIRIVILLE, prof. à l'École des Chartes ; F. VILLOT, cons. de la peinture, au Musée du Louvre ; — L. ALVIN, dir. de la Biblioth. r. de Bruxelles ; E. DE BUSSCHER, de l'Acad. r. de Belgique ; F. DELHASSE ; CH. DE BROU ; É. GACHET, chef du Bureau paléogr. ; A. HENNE, secr. de l'Acad. des Beaux-Arts, de Bruxelles ; J. LELEWEL ; A. PINCHART, empl. aux Archives ; CH. PIOT, empl. aux Archives ; CH. POTVIN ; A.-G.-B. SCHAYES, cons. du Musée d'armures, etc., de Bruxelles ; A. STERCKX, anc. dir. du *Bibliophile belge* ; F. TINDEMANS ; E. VAN BEMMEL, dir. de la *Revue trimestrielle* ; A. WAUTERS, archiv. de la ville de Bruxelles ; — J. D. BLAVIGNAC, archit. à Genève ; G. CHAMPSEIX, prof. à Lausanne ; E. H. GAULLIEUR ; — G. WAAGEN, dir. du Musée de Berlin ; — baron RASTAWIECKI, de Varsovie ; B. PODCZASZYNSKI, prof. d'archit. à l'École des Beaux-Arts, de Varsovie ; — M. C. MARSUZI DE AGUIRRE ; G. PODESTA, etc., etc.

2e ANNÉE. — 3e VOLUME. — No 1. — AVRIL 1856.

PARIS

BUREAU CENTRAL DE LA REVUE UNIVERSELLE DES ARTS,

chez

BORRANI ET DROZ, LIBRAIRES-ÉDITEURS,

9, RUE DES SAINTS-PÈRES.

REVUE UNIVERSELLE DES ARTS.

IIe ANNÉE. — IIIe VOLUME.

No 1. — **AVRIL** 1856. — JACQUES D'ANGOULÈME (inédit), par feu *Emeric David ;* — ICONOGRAPHIE DU VIEUX PARIS, suite, par *A. Bonnardot ;* — ANTOINE PESNE, par *L. Dussieux ;* — GALERIE DU DUC DE DEVONSHIRE, à Londres, par *G. Brunet ;* — GALERIE LAZIENKI, à Varsovie, par *B. Podczasynski* et *X. Kaniewski ;* — SUR L'HISTOIRE DE L'ART, à propos du livre de M. de Mercey, par *M. C. Marsuzi de Aguirre ;*—CHRONIQUE, ETC.

Le prochain numéro de la REVUE contiendra :

LES ARTISTES ÉTRANGERS EN FRANCE, série de monographies biographiques, par le marquis DE CHENNEVIÈRES : I. Sergell.

La REVUE publiera dans ses prochaines livraisons :

LES CABINETS D'AMATEURS, EXISTANT À PARIS, EN **1734** ; — BIBLIOGRAPHIE DES LIVRES À GRAVURES, PUBLIÉS AU XVIe SIÈCLE ; — EXPLICATION NOUVELLE DE LA FORMULE SÉPULCHRALE SUB ASCIA ; — ÉPITAPHES DES ARTISTES DANS LES ANCIENNES ÉGLISES DE PARIS, suite, par PAUL LACROIX (BIBLIOPHILE JACOB) ;

RECHERCHES SUR LES TRAVAUX D'ART, EXÉCUTÉS DANS LES CHATEAUX DE SAINT-GERMAIN ET DE FONTAINEBLEAU, aux XVIe et XVIIe siècles, par le comte LÉON DE LABORDE ;

LA GALERIE D'ARENBERG ; — LES ARTS EN ESPAGNE ; — ÉPITAPHES DES ARTISTES DANS LES ÉGLISES DE ROME, par C. MARSUZI DE AGUIRRE ;

JEAN GERNAY, peintre de Spa ; — ÉPITAPHES DES ARTISTES DANS LES ÉGLISES DE BELGIQUE, par FÉLIX DELHASSE ;

LA VIEILLE IMAGERIE, par A. BONNARDOT ;

LES ARTISTES BORDELAIS, par GUSTAVE BRUNET, de Bordeaux ;

LE BANQUET DES MUSES, poëme du 17e siècle, sur la querelle des Rubénistes et des Poussinistes ; — NICOLAS DE LA FAGE, brodeur du roi ; — LES STATUES ÉQUESTRES EN ANGLETERRE, par A. DE MONTAIGLON ;

L'ORFÉVRERIE FRANÇAISE AU XVIIIe SIÈCLE, par P. MANTZ ;

DE LA BEAUTÉ DANS LES ARTS, par W. BURGER ;

LE MUSÉE D'AMSTERDAM ET REMBRANDT, par J. VAN DEN BERGHE ;

LES SALONS DE DIDEROT, par VALENTIN DUCHESNE ;

EXCENTRICITÉS ARTISTIQUES ; — LES PEINTRES DE MOEURS, TENIERS, BRAUWER, etc. ; — LES PEINTRES INCONNUS, par F. DE FONTAINE ;

LA SCULPTURE EN ANGLETERRE ;—EXAMEN CRITIQUE DE LA NOUVELLE CLASSIFICATION DU MUSÉE DE SCULPTURE DU LOUVRE, par TARRAL ;

LA SUITE A LA 3e PAGE DE LA COUVERTURE.

L'ART GAULOIS, par HENRY MARTIN ;

ÉTUDES SUR LES MONUMENTS DRUIDIQUES, par E. VAN BEMMEL ;

LE MUSÉE D'ARMURES, D'ANTIQUITÉS ET D'ETHNOLOGIE, de Bruxelles, par SCHAYES ;

NOTICES BIOGRAPHIQUES D'ARCHITECTES BELGES DU XVe SIÈCLE, par A. WAUTERS ;

LES HÔTELS-DE-VILLE DE BELGIQUE, § 1 : l'Hôtel-de-ville de Bruxelles, par A. WAUTERS ; § 2 : l'Hôtel-de-ville de Louvain, par SCHAYES, etc.

LES PORTES DES ÉGLISES DE PLOTZK ET GIESEN, EN POLOGNE, 1117 ET 1155, par JOACHIM LELEWEL ;

INVENTAIRES DE PLUSIEURS COLLECTIONS D'ART DU MOYEN-ÂGE, par PAULIN PARIS ;

EXTRAITS DES ARCHIVES DÉPARTEMENTALES, relatifs à l'histoire des arts en France ; — LES PEINTRES LORRAINS ; extraits des comptes de la cour de Lorraine, par AIMÉ CHAMPOLLION ;

INVENTAIRE DE CHARLES-QUINT, au point de vue de l'art, par FRANCIS-QUE MICHEL ;

NOTICE SUR LA VIE DE PETITOT, et catalogue de ses portraits peints en émail ; — LES PORTRAITS HISTORIQUES APOCRYPHES, par FEUILLET DE CONCHES ;

LES TABLEAUX D'APPARAT, mémoire inédit d'EMERIC DAVID ; — NOTICES BIOGRAPHIQUES SUR DES PEINTRES DU XVIe SIÈCLE, fragments inédits, par LE MÊME ;

RECHERCHES SUR LA PEINTURE DES ANCIENS MANUSCRITS, mémoire inédit de l'abbé RIVE.

LETTRES DU PEINTRE HOUASSE, relatives à l'ancienne Académie de peinture, avec des notes, par A. DE LA FIZELIÈRE ;

MARQUES D'IMPRIMEURS ET DE LIBRAIRES, dessinées par des artistes célèbres, en France, en Belgique, en Italie et en Allemagne, par W ;

INVENTAIRE DU TRÉSOR DE L'ABBAYE DE SAINT-DENIS, avec les pièces originales relatives à la fonte des objets d'or et d'argent jugés inutiles, à l'époque de la Révolution.

LES PEINTRES BELGES, MM. GALLAIT, WIERTZ, LEYS, STEVENS, etc.

LA CATHÉDRALE DE FRIBOURG (Suisse) ;

LE MONASTÈRE D'EINSIEDELN (canton de Schwyz, Suisse) ;

LES MAÎTRES ALLEMANDS du XVIe siècle ;

LES COLLECTIONS PARTICULIÈRES, en Hollande ;

MÉMOIRES ORIGINAUX DU XVIe SIÈCLE SUR L'ÉGLISE DE BROU ;

LES MUSÉES D'ARMES ANCIENNES, en Angleterre ;

LES ROIS, LES REINES, LES PRINCES ET LES PRINCESSES ARTISTES, avec le catalogue de leurs ouvrages ;

DOCUMENTS ET COMPTES ORIGINAUX pour servir à l'histoire des Bâtiments du Roi, sous le règne de Henry II ;

RECHERCHES SUR LES FAYENCES FRANÇAISES ;

LE CATALOGUE DES ESTAMPES, à la Bibliothèque nationale ;

LETTRES INÉDITES DES ARTISTES ITALIENS DU XVIe SIÈCLE, avec la traduction en regard ; DES ARTISTES FRANÇAIS DU XVIIIe SIÈCLE, etc., etc.

REVUE UNIVERSELLE DES ARTS.

Après une année d'existence, la *Revue universelle des Arts* ayant réuni des collaborateurs dans tous les pays de l'Europe et de nombreux manuscrits très-intéressants pour l'histoire de l'Art, est dans la nécessité d'agrandir son cadre. Le 15 de chaque mois, elle donnera à ses abonnés 6 feuilles (au lieu de 5), et elle formera ainsi, chaque année, deux forts volumes d'environ 700 pages chacun.

PRIX D'ABONNEMENT :

Paris et Bruxelles :		Départements français et provinces belges :		Étranger :	
Un an	fr. 24 »	Un an	fr. 28 »	Un an	fr. 32 »
Six mois	» 12 »	Six mois	» 14 »	Six mois	» 16 »
Un numéro	» 2 »	Un numéro	» 2 50	Un numéro	» 3 »

Bureau central de la *Revue universelle des Arts*,
à Paris,

Chez BORRANI et DROZ, Libraires-Éditeurs,
9, rue des Saints-Pères.

On s'abonne aussi :

A Paris, chez France, libraire, 9, quai Voltaire.
A Bruxelles, chez Ph. Hen, libraire, 22, rue de l'Empereur.
A Londres, chez Barthès et Lowell, 14, Great Marlborough street.
A Leipzig, chez Kiessling, Schnée et Cie.
A Livourne, chez Meline, Cans et Cie.
A Rome, chez Archini, libraire, Via del Collegio, 205.

Les demandes d'abonnements doivent être adressées, *franches de port*, avec un mandat sur Paris ou sur Bruxelles.

Toutes les correspondances littéraires, toutes les communications artistiques, doivent être adressées, *franches de port*, soit à M. Paul Lacroix (bibliophile Jacob), à Paris, rue des Martyrs, 47, soit à M. Marsuzi de Aguirre, à Bruxelles, rue Royale, 96.

Les deux premiers volumes, grand in-8°, (ensemble 1000 pages environ), sont en vente au *Bureau central* et dans les autres bureaux d'abonnement. — Prix : 15 francs.

Bruxelles. — Imprimerie de A. Labroue et Cie,
36, *rue de la Fourche.*

REVUE UNIVERSELLE

DES

PUBLIÉE PAR

M. PAUL LACROIX (BIBLIOPHILE JACOB),

AVEC LA COLLABORATION DE MM. É. BÉGIN ; CH. BLANC, anc. dir. des Beaux-Arts ;
A. BONNARDOT ; E. BRETON, de la Soc. des Antiquaires de France ; G. BRUNET, de
l'Acad. de Bordeaux ; CHAMPOLLION-FIGEAC, biblioth. du palais de Fontainebleau ;
AIMÉ CHAMPOLLION, chef au Bureau des Arch. départ. ; marquis CH. DE CHENNE-
VIÈRES ; GEORGES DUPLESSIS ; J. DU SEIGNEUR ; L. DUSSIEUX ; FEUILLET DE CON-
CHES ; A DE LA FIZELIÈRE ; A. JUBINAL, de la Soc. des Antiquaires ; comte LÉON DE
LABORDE, de l'Acad. des inscr. et b.-l. ; A. LASSUS, archit. de Notre-Dame et de
la Sainte-Chapelle ; LEROUX DE LINCY, de la Soc. des Antiquaires ; A. DE LONG-
PÉRIER, de l'Acad. des inscr. et b.-l. ; CH. LOUANDRE ; P. M. VZ ; HENRY MARTIN ;
P. MÉRIMÉE, de l'Acad. franç. et de l'Acad. des inscr. et b.-l ; MICHIELS ; FRAN-
CISQUE MICHEL, corresp. de l'Institut ; CH. MONSELET ; A. DE MONTAIGLON ; CH.
NISARD ; LOUIS PARIS, dir. du Cabinet hist. ; PAULIN PARIS, de l'Acad. des inscr.
et b.-l. ; TARRAL ; baron TAYLOR, de l'Acad. des Beaux-Arts, prés. des Soc. artist.
de France ; VALLET DE VIRIVILLE, prof. à l'Ecole des Chartes ; F. VILLOT, cons. de
la peinture, au Musée du Louvre ; — L. ALVIN, dir. de la Biblioth. r. de Bruxelles ;
E. DE BUSSCHER, de l'Acad. r. de Belgique ; F. DELHASSE ; CH. DE BROU ; E. GA-
CHET, chef du Bureau paléogr. ; A. HENNE, secr. de l'Acad. des Beaux-Arts, de
Bruxelles ; J. LELEWEL ; A. PINCHART, empl. aux Archives ; CH. PIOT, empl. aux
Archives ; CH. POTVIN ; A.-G.-B. SCHAYES, cons. du Musée d'armures, etc., de
Bruxelles ; A. STERCKX, anc. dir. du Bibliophile belge ; F. TINDEMANS ; E. VAN
BEMMEL, direct. de la Revue trimestrielle ; A. WAUTERS, archiv. de la ville de
Bruxelles ; — J. D. BLAVIGNAC, archit. à Genève ; G. CHAMPSEIX, prof. à Lausanne ;
E. H. GAULLIEUR ; — G. WAAGEN, dir. du Musée de Berlin ; — baron RASTAWIECKI,
de Varsovie ; B. PODCZASZYNSKI, prof. d'archit. à l'École des Beaux-Arts, de Var-
sovie ; — M. C. MARSUZI DE AGUIRRE ; G. PODESTA, etc., etc.

2e ANNÉE. — 3e VOLUME. — N° 3. — JUIN 1856.

PARIS

BUREAU CENTRAL DE LA REVUE UNIVERSELLE DES ARTS,

chez

BORRANI ET DROZ, LIBRAIRES-ÉDITEURS,

9, RUE DES SAINTS-PÈRES.

REVUE UNIVERSELLE DES ARTS.

IIe ANNÉE. — IIIe VOLUME.

La REVUE publiera dans ses prochaines livraisons :

LES ARTISTES ÉTRANGERS EN FRANCE, suite, par le marquis DE CHENNEVIÈRES ;

LES ARTISTES ÉTRANGERS EN BELGIQUE, I, Conrad Meyt, par A. PINCHART ;

LES CABINETS D'AMATEURS, EXISTANT À PARIS, EN 1734 ; — BIBLIOGRAPHIE DES LIVRES À GRAVURES, PUBLIÉS AU XVIe SIÈCLE ; — EXPLICATION NOUVELLE DE LA FORMULE SÉPULCHRALE SUB ASCIA ; — ÉPITAPHES DES ARTISTES DANS LES ANCIENNES ÉGLISES DE PARIS, suite, par PAUL LACROIX (BIBLIOPHILE JACOB) ;

RECHERCHES SUR LES TRAVAUX D'ART, EXÉCUTÉS DANS LES CHATEAUX DE SAINT-GERMAIN ET DE FONTAINEBLEAU, aux XVIe et XVIIe siècles, par le comte LÉON DE LABORDE ;

LA GALERIE D'ARENBERG ; — LES ARTS EN ESPAGNE ; — ÉPITAPHES DES ARTISTES DANS LES ÉGLISES DE ROME, par C. MARSUZI DE AGUIRRE ;

JEAN GERNAY, peintre de Spa ; — ÉPITAPHES DES ARTISTES DANS LES ÉGLISES DE BELGIQUE, par FÉLIX DELHASSE ;

ICONOGRAPHIE DU VIEUX PARIS, suite ; — LA VIEILLE IMAGERIE, par A. BONNARDOT ;

LES ARTISTES BORDELAIS, par GUSTAVE BRUNET, de Bordeaux ;

LE BANQUET DES MUSES, poëme du 17e siècle, sur la querelle des Rubénistes et des Poussinistes ; — NICOLAS DE LA FAGE, brodeur du roi ; — LES STATUES ÉQUESTRES EN ANGLETERRE, par A. DE MONTAIGLON ;

L'ORFÉVRERIE FRANÇAISE AU XVIIIe SIÈCLE, par P. MANTZ ;

LE MUSÉE D'AMSTERDAM ET REMBRANDT, par J. VAN DEN BERGHE ;

LES SALONS DE DIDEROT, par VALENTIN DUCHESNE ;

EXCENTRICITÉS ARTISTIQUES ; — LES PEINTRES DE MOEURS, TENIERS, BRAUWER, etc. ; — LES PEINTRES INCONNUS, par F. DE FONTAINE ;

LA SUITE A LA 3e PAGE DE LA COUVERTURE.

LA SCULPTURE EN ANGLETERRE ; — EXAMEN CRITIQUE DE LA NOUVELLE CLASSIFICATION DU MUSÉE DE SCULPTURE DU LOUVRE, par TARRAL ;

L'ART GAULOIS, par HENRY MARTIN ;

ÉTUDES SUR LES MONUMENTS DRUIDIQUES, par E. VAN BEMMEL ;

LE MUSÉE D'ARMURES, D'ANTIQUITÉS ET D'ETHNOLOGIE, de Bruxelles, par SCHAYES ;

NOTICES BIOGRAPHIQUES D'ARCHITECTES BELGES DU XVᵉ SIÈCLE, par A. WAUTERS ;

LES HÔTELS-DE-VILLE DE BELGIQUE, § 1 : l'Hôtel-de-ville de Bruxelles, par A. WAUTERS ; § 2 : l'Hôtel-de-ville de Louvain, par SCHAYES, etc.

LES PORTES DES ÉGLISES DE PLOTZK ET GIESEN, EN POLOGNE, 1117 ET 1155, par JOACHIM LELEWEL ;

INVENTAIRES DE PLUSIEURS COLLECTIONS D'ART DU MOYEN-ÂGE, par PAULIN PARIS ;

EXTRAITS DES ARCHIVES DÉPARTEMENTALES, relatifs à l'histoire des arts en France ; — LES PEINTRES LORRAINS : extraits des comptes de la cour de Lorraine, par AIMÉ CHAMPOLLION ;

INVENTAIRE DE CHARLES-QUINT, au point de vue de l'art, par FRANCISQUE MICHEL ;

NOTICE SUR LA VIE DE PETITOT, et catalogue de ses portraits peints en émail ; — LES PORTRAITS HISTORIQUES APOCRYPHES, par FEUILLET DE CONCHES ;

LES TABLEAUX D'APPARAT, mémoire inédit d'EMERIC DAVID ; — NOTICES BIOGRAPHIQUES SUR DES PEINTRES DU XVIᵉ SIÈCLE, fragments inédits, par LE MÊME ;

RECHERCHES SUR LA PEINTURE DES ANCIENS MANUSCRITS, mémoire inédit de l'abbé RIVE.

LETTRES DU PEINTRE HOUASSE, relatives à l'ancienne Académie de peinture, avec des notes, par A. DE LA FIZELIÈRE ;

MARQUES D'IMPRIMEURS ET DE LIBRAIRES, dessinées par des artistes célèbres, en France, en Belgique, en Italie et en Allemagne, par W ;

INVENTAIRE DU TRÉSOR DE L'ABBAYE DE SAINT-DENIS, avec les pièces originales relatives à la fonte des objets d'or et d'argent jugés inutiles, à l'époque de la Révolution.

LES PEINTRES BELGES, MM. GALLAIT, WIERTZ, LEYS, STEVENS, etc.

LA CATHÉDRALE DE FRIBOURG (Suisse).

LE MONASTÈRE D'EINSIEDELN (canton de Schwyz, Suisse) ;

LES MAÎTRES ALLEMANDS du XVIᵉ siècle ;

LES COLLECTIONS PARTICULIÈRES, en Hollande ;

MÉMOIRES ORIGINAUX DU XVIᵉ SIÈCLE SUR L'ÉGLISE DE BROU ;

LES MUSÉES D'ARMES ANCIENNES, en Angleterre ;

LES ROIS, LES REINES, LES PRINCES ET LES PRINCESSES ARTISTES, avec le catalogue de leurs ouvrages ;

DOCUMENTS ET COMPTES ORIGINAUX pour servir à l'histoire des Bâtiments du Roi, sous le règne de Henry II ;

RECHERCHES SUR LES FAYENCES FRANÇAISES ;

LE CATALOGUE DES ESTAMPES, à la Bibliothèque nationale ;

LETTRES INÉDITES DES ARTISTES ITALIENS DU XVIᵉ SIÈCLE, avec la traduction en regard ; DES ARTISTES FRANÇAIS DU XVIIIᵉ SIÈCLE, etc., etc.

REVUE UNIVERSELLE DES ARTS.

Après une année d'existence, la *Revue universelle des Arts* ayant réuni des collaborateurs dans tous les pays de l'Europe et de nombreux manuscrits très-intéressants pour l'histoire de l'Art, a été dans la nécessité d'agrandir son cadre. Le 15 de chaque mois, elle donne à ses abonnés 6 feuilles (au lieu de 5), et elle formera ainsi, chaque année, deux forts volumes d'environ 700 pages chacun.

PRIX D'ABONNEMENT :

Paris et Bruxelles :	Départements français et provinces belges :	Étranger :
Un an fr. 24 »	Un an fr. 28 »	Un an fr. 32 »
Six mois » 12 »	Six mois » 14 »	Six mois » 16 »
Un numéro » 2 »	Un numéro » 2 50	Un numéro » 3 »

**Bureau central de *la Revue universelle des Arts*,
à Paris,**
Chez BORRANI et DROZ, Libraires-Éditeurs,
9, rue des Saints-Pères.

On s'abonne aussi :

A Paris, chez France, libraire, 9, quai Voltaire.
A Bruxelles, chez Ph. Hen, libraire, 22, rue de l'Empereur.
A Londres, chez Barthès et Lowell, 14, Great Marlborough street.
A Leipzig, chez Kiessling, Schnée et Cie.
A Livourne, chez Meline, Cans et Cie.
A Rome, chez Archini, libraire, Via del Collegio, 205.

Les demandes d'abonnements doivent être adressées, *franches de port*, avec un mandat sur Paris ou sur Bruxelles.

Toutes les correspondances littéraires, toutes les communications artistiques, doivent être adressées, *franches de port*, soit à M. Paul Lacroix (bibliophile Jacob), à Paris, rue de Sully, 1, soit à M. Marsuzi de Aguirbe, à Bruxelles, rue Royale, 96.

Les deux premiers volumes, grand in-8° (ensemble 1000 pages environ), sont en vente au *Bureau central* et dans les autres bureaux d'abonnement. — Prix : 15 francs.

Bruxelles. — Imprimerie de A. Labroue et Cie,
36, rue de la Fourche.

REVUE UNIVERSELLE

DES

PUBLIÉE PAR

M. PAUL LACROIX (BIBLIOPHILE JACOB),

AVEC LA COLLABORATION DE MM. É. BÉGIN ; CH. BLANC, anc. dir. des Beaux-Arts ; A. BONNARDOT ; E. BRETON, de la Soc. des Antiquaires de France ; G. BRUNET, de l'Acad. de Bordeaux ; CHAMPOLLION-FIGEAC, biblioth. du palais de Fontainebleau ; AIMÉ CHAMPOLLION, chef au Bureau des Arch. départ. ; marquis CH. DE CHENNE-VIÈRES ; GEORGES DUPLESSIS ; J. DU SEIGNEUR ; L. DUSSIEUX ; FEUILLET DE CON-CHES ; A. DE LA FIZELIÈRE ; A. JUBINAL, de la Soc. des Antiquaires ; comte LÉON DE LABORDE, de l'Acad. des inscr. et b.-l. ; A. LASSUS, archit. de Notre-Dame et de la Sainte-Chapelle ; LEROUX DE LINCY, de la Soc. des Antiquaires ; A. DE LONG-PÉRIER, de l'Acad. des inscr. et b.-l. ; CH. LOUANDRE ; P. MANTZ ; HENRY MARTIN ; P. MÉRIMÉE, de l'Acad. franç. et de l'Acad. des inscr. et b.-l. ; A. MICHIELS ; FRAN-CISQUE MICHEL, corresp. de l'Institut ; CH. MONSELET ; A. DE MONTAIGLON ; CH. NISARD ; LOUIS PARIS, dir. du Cabinet hist. ; PAULIN PARIS, de l'Acad. des inscr. et b.-l. ; TARRAL ; baron TAYLOR, de l'Acad. des Beaux-Arts, prés. des Soc. artist. de France ; VALLET DE VIRIVILLE, prof. à l'Ecole des Chartes ; F. VILLOT, cons. de la peinture, au Musée du Louvre ; — L. ALVIN, dir. de la Biblioth. r. de Bruxelles ; E. DE BUSSCHER, de l'Acad. r. de Belgique ; F. DELHASSE ; CH. DE BROU ; E. GA-CHET, chef du Bureau paléogr. ; A. HENNE, secr. de l'Acad. des Beaux-Arts, de Bruxelles ; A. LACOMBLÉ, chef de bur. à l'Hôtel-de-ville de Bruxelles ; J. LELEWEL ; A. PINCHART, empl. aux Archives ; CH. PIOT, empl. aux Archives ; CH. POTVIN ; A.-G.-B. SCHAYES, cons. du Musée d'armures, etc., de Bruxelles ; A. STERCKX, anc. dir. du Bibliophile belge ; F. TINDEMANS ; E. VAN BEMMEL, direct. de la Revue trimestrielle ; A. WAUTERS, archiv. de la ville de Bruxelles ; — J. D. BLA-VIGNAC, archit. à Genève ; G. CHAMPSEIX, prof. à Lausanne ; E. H. GAULLIEUR ; — G. WAAGEN, dir. du Musée de Berlin ; — baron RASTAWIECKI, de Varsovie ; B. POD-CZASZYNSKI, prof. d'archit. à l'École des Beaux-Arts, de Varsovie ; — M. C. MAR-SUZI DE AGUIRRE ; G. PODESTA, etc., etc.

2ᵉ ANNÉE. — 3ᵉ VOLUME. — Nᵒ 4. — JUILLET 1856.

BRUXELLES

A. LABROUE ET Cⁱᵉ, IMP. | PH. HEN, LIBRAIRE,
RUE DE LA FOURCHE.   RUE DE L'EMPEREUR.

REVUE UNIVERSELLE DES ARTS.

IIᵉ ANNÉE. — IIIᵉ VOLUME.

La **REVUE** publiera dans ses prochaines livraisons :

LA SUITE A LA 3ᵉ PAGE DE LA COUVERTURE.

REVUE UNIVERSELLE

DES

PUBLIÉE PAR

M. PAUL LACROIX (BIBLIOPHILE JACOB),

AVEC LA COLLABORATION DE MM. E. BÉGIN ; CH. BLANC, anc. dir. des Beaux-Arts ; A. BONNARDOT ; E. BRETON, de la Soc. des Antiquaires de France ; G. BRUNET, de l'Acad. de Bordeaux ; CHAMPOLLION-FIGEAC, biblioth. du palais de Fontainebleau ; AIMÉ CHAMPOLLION, chef au Bureau des Arch. départ.; marquis CH. DE CHENNE-VIÈRES ; GEORGES DUPLESSIS ; J. DU SEIGNEUR ; L. DUSSIEUX ; FEUILLET DE CON-CHES ; A. DE LA FIZELIÈRE ; A. JUBINAL, de la Soc. des Antiquaires ; comte LÉON DE LABORDE, de l'Acad. des inscr. et b.-l.; A. LASSUS, archit. de Notre-Dame et de la Sainte-Chapelle ; LEROUX DE LINCY, de la Soc. des Antiquaires ; A. DE LONG-PÉRIER, de l'Acad. des inscr. et b.-l., CH. LOUANDRE ; P. MANTZ ; HENRY MARTIN ; P. MÉRIMÉE, de l'Acad. franç. et de l'Acad. des inscr. et b.-l.; A. MICHIELS ; FRAN-CISQUE MICHEL, corresp. de l'Institut ; CH. MONSELET ; A. DE MONTAIGLON ; CH. NISARD ; LOUIS PARIS, dir. du Cabinet hist.; PAULIN PARIS, de l'Acad. des inscr. et b.-l.; TARRAL ; baron TAYLOR, de l'Acad. des Beaux-Arts, prés¹. des Soc. artist. de France ; VALLET DE VIRIVILLE, prof. à l'École des Chartes ; F. VILLOT, cons. de la peinture, au Musée du Louvre ; — L. ALVIN, dir. de la Biblioth. r. de Bruxelles ; E. DE BUSSCHER, de l'Acad. r. de Belgique ; F. DELHASSE ; CH. DE BROU ; E. GA-CHET, chef du Bureau paléogr.; A. HENNE, sécr. de l'Acad. des Beaux-Arts, de Bruxelles ; A. LACOMBLÉ, chef de bur. à l'Hôtel-de-ville de Bruxelles ; J. LELEWEL ; A. PINCHART, empl. aux Archives ; CH. PIOT, empl. aux Archives ; CH. POTVIN ; A.-G.-B. SCHAYES, cons. du Musée d'armures, etc., de Bruxelles ; A. STERCKX, anc. dir. du *Bibliophile belge* ; F. TINDEMANS ; E. VAN BEMMEL, direct. de la *Revue trimestrielle* ; A. WAUTERS, archiv. de la ville de Bruxelles ; — J. D. BLA-VIGNAC, archit. à Genève ; G. CHAMPSEIX, prof. à Lausanne ; E. H. GAULLIEUR ; G. WAAGEN, dir. du Musée de Berlin ; — baron RASTAWIECKI, de Varsovie ; B. POD-CZASZYNSKI, prof. d'archit. à l'École des Beaux-Arts, de Varsovie ; — M. C. MAR-SUZI DE AGUIRRE ; G. PODESTA, etc., etc.

Administrateur : M. FAUCHEUX.

2ᵉ ANNÉE. — 3ᵉ VOLUME. — Nº 6. — SEPTEMBRE 1856.

PARIS

AU BUREAU DE L'ADMINISTRATION, RUE DES DEUX PONTS, 12,

et chez

J. F. DELION, LIBRAIRE, SUCCESSEUR DE R. MERLIN,

QUAI DES AUGUSTINS, 47.

REVUE UNIVERSELLE DES ARTS.

IIe ANNÉE. — IIIe VOLUME.

La REVUE publiera dans ses prochaines livraisons :

LA SUITE A LA 3e PAGE DE LA COUVERTURE.

LE BANQUET DES MUSES, poëme du 17e siècle, sur la querelle des Rubénistes et des Poussinistes; — NICOLAS DE LA FAGE, brodeur du roi; — LES STATUES ÉQUESTRES EN ANGLETERRE, par A. DE MONTAIGLON;

L'ORFÉVRERIE FRANÇAISE AU XVIIIe SIÈCLE, par P. MANTZ;

LE MUSÉE D'AMSTERDAM ET REMBRANDT, par J. VAN DEN BERGHE;

LES SALONS DE DIDEROT, par VALENTIN DUCHESNE;

EXCENTRICITÉS ARTISTIQUES; — LES PEINTRES DE MŒURS, TENIERS, BRAUWER, etc.; — LES PEINTRES INCONNUS, par F. DE FONTAINE;

LA SCULPTURE EN ANGLETERRE; — EXAMEN CRITIQUE DE LA NOUVELLE CLASSIFICATION DU MUSÉE DE SCULPTURE DU LOUVRE, par TARRAL;

L'ART GAULOIS, par HENRY MARTIN;

ÉTUDES SUR LES MONUMENTS DRUIDIQUES, par E. VAN BEMMEL;

LE MUSÉE D'ARMURES, D'ANTIQUITÉS ET D'ETHNOLOGIE, de Bruxelles, par SCHAYES;

NOTICES BIOGRAPHIQUES D'ARCHITECTES BELGES DU XVe SIÈCLE; — INAUGURATION DE LA STATUE DE VAN EYCK, à Bruges, par A. WAUTERS;

LES HÔTELS-DE-VILLE DE BELGIQUE, § 1 : l'Hôtel-de-ville de Bruxelles, par A. WAUTERS; § 2 : l'Hôtel-de-ville de Louvain, par SCHAYES, etc.

LES PORTES DES ÉGLISES DE PLOTZK ET GIESEN, EN POLOGNE, 1117 ET 1155, par JOACHIM LELEWEL;

INVENTAIRES DE PLUSIEURS COLLECTIONS D'ART DU MOYEN-ÂGE, par PAULIN PARIS;

EXTRAITS DES ARCHIVES DÉPARTEMENTALES, relatifs à l'histoire des arts en France; — LES PEINTRES LORRAINS; extraits des comptes de la cour de Lorraine, par AIMÉ CHAMPOLLION;

INVENTAIRE DE CHARLES-QUINT, au point de vue de l'art, par FRANCISQUE MICHEL;

NOTICE SUR LA VIE DE PETITOT, et catalogue de ses portraits peints en émail; — LES PORTRAITS HISTORIQUES APOCRYPHES, par FEUILLET DE CONCHES;

NOTICES BIOGRAPHIQUES SUR DES PEINTRES DU XVIe SIÈCLE, fragments inédits, par EMERIC DAVID;

RECHERCHES SUR LA PEINTURE DES ANCIENS MANUSCRITS, mémoire inédit de l'abbé RIVE.

LETTRES DU PEINTRE BOUASSE, relatives à l'ancienne Académie de peinture, avec des notes, par A. DE LA FIZELIÈRE;

MARQUES D'IMPRIMEURS ET DE LIBRAIRES, dessinées par des artistes célèbres, en France, en Belgique, en Italie et en Allemagne, par W;

INVENTAIRE DU TRÉSOR DE L'ABBAYE DE SAINT-DENIS, avec les pièces originales relatives à la fonte des objets d'or et d'argent jugés inutiles, à l'époque de la Révolution.

LES PEINTRES BELGES, MM. GALLAIT, WIERTZ, LEYS, STEVENS, etc.

LA CATHÉDRALE DE FRIBOURG (Suisse);

LE MONASTÈRE D'EINSIEDELN (canton de Schwyz, Suisse);

LES MAÎTRES ALLEMANDS du XVIe siècle;

LES COLLECTIONS PARTICULIÈRES, en Hollande;

MÉMOIRES ORIGINAUX DU XVIe SIÈCLE SUR L'ÉGLISE DE BROU;

LES MUSÉES D'ARMES ANCIENNES, en Angleterre;

LES ROIS, LES REINES, LES PRINCES ET LES PRINCESSES ARTISTES, avec le catalogue de leurs ouvrages;

DOCUMENTS ET COMPTES ORIGINAUX pour servir à l'histoire des Bâtiments du Roi, sous le règne de Henry II;

RECHERCHES SUR LES FAYENCES FRANÇAISES;

LE CATALOGUE DES ESTAMPES, à la Bibliothèque nationale;

LETTRES INÉDITES DES ARTISTES ITALIENS DU XVIe SIÈCLE, avec la traduction en regard; DES ARTISTES FRANÇAIS DU XVIIIe SIÈCLE, etc., etc.

REVUE UNIVERSELLE DES ARTS.

Après une année d'existence, la *Revue universelle des Arts* ayant réuni des collaborateurs dans tous les pays de l'Europe et de nombreux manuscrits très-intéressants pour l'histoire de l'Art, a été dans la nécessité d'agrandir son cadre. Le 15 de chaque mois, elle donne à ses abonnés 6 feuilles (au lieu de 5), et elle formera ainsi, chaque année, deux forts volumes d'environ 700 pages chacun.

PRIX D'ABONNEMENT :

Paris et Bruxelles :		Départements français et provinces belges :		Étranger :	
Un an	fr. 24 »	Un an	fr. 28 »	Un an	fr. 52 »
Six mois	» 12 »	Six mois	» 14 »	Six mois	» 16 »
Un numéro	» 2 »	Un numéro	» 2 50	Un numéro	» 3 »

Bureau de l'administration de *la Revue universelle des Arts*, rue des Deux-Ponts, 17, à Paris,

On s'abonne aussi :

A Paris, chez BORRANI et DROZ, libraires–éditeurs, rue des Saints-Pères, 9, et chez FRANCE, libraire, 9, quai Voltaire.
A Bruxelles, chez PH. HEN, libraire, 22, rue de l'Empereur.
A Londres, chez BARTHÈS et LOWELL, 14, Great Marlborough street.
A Leipzig, chez KIESSLING, SCHNÉE et Cie.
A Livourne, chez MÉLINE, CANS et Cie.
A Rome, chez ARCHINI, libraire, Via del Collegio, 205.
Les demandes d'abonnements doivent être adressées, *franches de port*, avec un mandat sur Paris ou sur Bruxelles.
Toutes les correspondances littéraires, toutes les communications artistiques, doivent être adressées, *franches de port*, soit à M. PAUL LACROIX (bibliophile Jacob), à Paris, rue de Sully, 1, soit à M. MARSUZI DE AGUIRRE, à Bruxelles, rue Royale, 96.

Les deux premiers volumes, grand in-8° (ensemble 1000 pages environ), sont en vente au *Bureau central* et dans les autres bureaux d'abonnement. — Prix : 15 francs.

Bruxelles. — Imprimerie de A. LABROUE et Cie,
36, rue de la Fourche.

REVUE UNIVERSELLE

DES

PUBLIÉE PAR

PAUL LACROIX (BIBLIOPHILE JACOB)

AVEC LA COLLABORATION DE MM. E. BÉGIN ; CH. BLANC, anc. dir. des Beaux-Arts,
A BONNARDOT ; E. BRETON, de la Soc. des Antiquaires de France ; G. BRUNET, de
l'Acad. de Bordeaux ; CHAMPOLLION-FIGEAC, biblioth. du palais de Fontainebleau ;
AIMÉ CHAMPOLLION, chef au Bureau des Arch. départ.; marquis DE CHENNEVIÈRES ;
GEORGES DUPLESSIS ; J. DU SEIGNEUR ; L. DUSSIEUX ; FEUILLET DE CONCHES ; A. DE
LA FIZELIÈRE ; A. JUBINAL, de la Soc. des Antiquaires ; comte LÉON DE LABORDE,
de l'Acad. des inscr. et b.-l.; A. LASSUS, archit. de Notre-Dame et de la Sainte-
Chapelle ; LEROUX DE LINCY, de la Soc. des Antiquaires ; A. DE LONGPÉRIER, de
l'Acad. des inscr. et b.-l ; CH. LOUANDRE ; P. MANTZ ; HENRY MARTIN ; P. MÉ-
RIMÉE, de l'Acad. franç. et de l'Acad. des inscr. et b.-l.; A. MICHIELS; FRANCISQUE
MICHEL, corresp. de l'Institut; CH. MONSELET ; A. DE MONTAIGLON ; CH. NISARD ;
LOUIS PARIS, dir. du Cabinet hist. ; PAULIN PARIS, de l'Acad. des insc. et b.-l.;
TARRAL ; baron TAYLOR, de l'Acad. des Beaux-Arts, prés. des Soc. artist. de
France ; VALLET DE VIRIVILLE, prof. à l'École des Chartes ; F. VILLOT, cons. de
la peinture, au Musée du Louvre ; —L. ALVIN, dir. de la Biblioth. roy. de Bruxel-
les ; E. DE BUSSCHER, de l'Acad. r. de Belgique ; F. DELHASSE ; CH. DE BROU ;
E. GACHET, chef du Bureau paléogr.; A. HENNE, secr. de l'Acad. des Beaux-Arts,
de Bruxelles ; A. LACOMBLÉ, chef de bureau à l'Hôtel-de-ville de Bruxelles ;
J. LELEWEL ; A. PINCHART, empl. aux Archives ; CH. PIOT, empl. aux Archives ;
CH. POTVIN ; A.-G.-B. SCHAYES, cons. du Musée d'armures, etc., de Bruxelles ;
A. STERCKX, anc. dir. du *Bibliophile belge* ; F. TINDEMANS ; E. VAN BEMMEL, dir.
de la *Revue trimestrielle* ; A. WAUTERS, archiv. de la ville de Bruxelles ; —
J. D. BLAVIGNAC, archit. à Genève ; G. CHAMPSEIX, prof. à Lausanne ; E. H. GAUL-
LIEUR ; —G. WAAGEN, dir. du Musée de Berlin ; —baron RASTAWIECKY, de Var-
sovie ; B. PODCZASZYNSKI, prof. d'archit. à l'École des Beaux-Arts, de Var-
sovie ; —M. C. MARSUZI DE AGUIRRE ; G. PODESTA , etc., etc.

Administrateur : M. FAUCHEUX.

2ᵉ ANNÉE. — 4ᵉ VOLUME. — N° 7. — OCTOBRE 1856.

PARIS

AU BUREAU DE L'ADMINISTRATION, RUE DES DEUX PONTS, 12,
et chez
J. F. DELION, LIBRAIRE, SUCCESSEUR DE R. MERLIN,
QUAI DES AUGUSTINS, 47.

REVUE UNIVERSELLE DES ARTS.

IIe ANNÉE. — IVe VOLUME.

No 7. — OCTOBRE 1856. — LES ARTISTES ÉTRANGERS EN FRANCE : III, Wertmüller, par *Ch. de Chennevières;* — ICONOGRAPHIE DU VIEUX PARIS, suite, par *A. Bonnardot;* — DE L'ÉCLECTISME DANS L'ART, par *A. Lassus;* — LE BANQUET DES CURIEUX; — DOCUMENTS INÉDITS SUR LES ARTISTES FRANÇAIS : IX, Lettre de N. Poussin; — RELATION DE CE QUI S'EST PASSÉ EN L'ÉTABLISSEMENT DE L'ACADÉMIE DE PEINTURE ET DE SCULPTURE, suite; — ANTIQUITÉS DRUIDIQUES, par *F. Troyon;* — CHRONIQUE, ETC.

La Revue publiera dans ses prochaines livraisons :

LA SUITE A LA 3e PAGE DE LA COUVERTURE.

LE MUSÉE D'AMSTERDAM ET REMBRANDT, par J. VAN DEN BERGHE ;
LES SALONS DE DIDEROT, par VALENTIN DUCHESNE ;
EXCENTRICITÉS ARTISTIQUES ; — LES PEINTRES DE MŒURS, TE-
NIERS, BRAUWER, etc. ; — LES PEINTRES INCONNUS, par F. DE FONTAINE ;
LA SCULPTURE EN ANGLETERRE ; — EXAMEN CRITIQUE DE LA NOUVELLE
CLASSIFICATION DU MUSÉE DE SCULPTURE DU LOUVRE, par TARRAL ;
L'ART GAULOIS, par HENRY MARTIN ;
ÉTUDES SUR LES MONUMENTS DRUIDIQUES, par E. VAN BEMMEL ;
LE MUSÉE D'ARMURES, D'ANTIQUITÉS ET D'ETHNOLOGIE, de Bruxelles,
par SCHAYES ;
NOTICES BIOGRAPHIQUES D'ARCHITECTES BELGES DU XVᵉ SIÈCLE ; —
INAUGURATION DE LA STATUE DE VAN EYCK, à Bruges, par A. WAUTERS ;
LES HÔTELS-DE-VILLE DE BELGIQUE, § 1 : l'Hôtel-de-ville de Bruxelles,
par A. WAUTERS ; § 2 : l'Hôtel-de-ville de Louvain, par SCHAYES, etc.
LES PORTES DES ÉGLISES DE PLOTZK ET GIESEN, EN POLOGNE, 1117
ET 1155, par JOACHIM LELEWEL ;
INVENTAIRES DE PLUSIEURS COLLECTIONS D'ART DU MOYEN-ÂGE, par
PAULIN PARIS ;
EXTRAITS DES ARCHIVES DÉPARTEMENTALES, relatifs à l'histoire des
arts en France ; — LES PEINTRES LORRAINS ; extraits des comptes de la
cour de Lorraine, par AIMÉ CHAMPOLLION ;
INVENTAIRE DE CHARLES-QUINT, au point de vue de l'art, par FRANCIS-
QUE MICHEL ;
NOTICE SUR LA VIE DE PETITOT, et catalogue de ses portraits peints en
émail ; — LES PORTRAITS HISTORIQUES APOCRYPHES, par FEUILLET DE
CONCHES ;
NOTICES BIOGRAPHIQUES SUR DES PEINTRES DU XVIᵉ SIÈCLE, fragments
inédits, par EMERIC DAVID ;
RECHERCHES SUR LA PEINTURE DES ANCIENS MANUSCRITS, mémoire
inédit de l'abbé RIVE.
LETTRES DU PEINTRE HOUASSE, relatives à l'ancienne Académie de pein-
ture, avec des notes, par A. DE LA FIZELIÈRE ;
MARQUES D'IMPRIMEURS ET DE LIBRAIRES, dessinées par des artistes
célèbres, en France, en Belgique, en Italie et en Allemagne, par W ;
INVENTAIRE DU TRÉSOR DE L'ABBAYE DE SAINT-DENIS, avec les pièces
originales relatives à la fonte des objets d'or et d'argent jugés inutiles, à l'é-
poque de la Révolution.
LES PEINTRES BELGES, MM. GALLAIT, WIERTZ, LEYS, STEVENS, etc.
LA CATHÉDRALE DE FRIBOURG (Suisse) ;
LE MONASTÈRE D'EINSIEDELN (canton de Schwyz, Suisse) ;
LES MAÎTRES ALLEMANDS du XVIᵉ siècle ;
LES COLLECTIONS PARTICULIÈRES, en Hollande ;
MÉMOIRES ORIGINAUX DU XVIᵉ SIÈCLE SUR L'ÉGLISE DE BROU ;
LES MUSÉES D'ARMES ANCIENNES, en Angleterre ;
LES ROIS, LES REINES, LES PRINCES ET LES PRINCESSES ARTISTES,
avec le catalogue de leurs ouvrages ;
DOCUMENTS ET COMPTES ORIGINAUX pour servir à l'histoire des Bâti-
ments du Roi, sous le règne de Henry II ;
RECHERCHES SUR LES FAYENCES FRANÇAISES ;
LE CATALOGUE DES ESTAMPES, à la Bibliothèque nationale ;
LETTRES INÉDITES DES ARTISTES ITALIENS DU XVIᵉ SIÈCLE, avec la
traduction en regard ; DES ARTISTES FRANÇAIS DU XVIIIᵉ SIÈCLE, etc., etc.

REVUE UNIVERSELLE DES ARTS.

DEUXIÈME ANNÉE.

La *Revue universelle des Arts* paraît le 15 de chaque mois, par livraison de 6 feuilles grand in-8°, et forme ainsi, chaque année, deux gros volumes d'environ 600 pages chacun.

Bureau de l'administration de la *Revue universelle des Arts*, rue des Deux Ponts, 12, à Paris,

---

PRIX D'ABONNEMENT :

Paris et Bruxelles :	Départements français et provinces belges :	Étranger :
Un an fr. 24 »	Un an fr. 28 »	Un an fr. 32 »
Six mois » 12 »	Six mois » 14 »	Six mois » 16 »
Un numéro » 2 »	Un numéro » 2 50	Un numéro » 3 »

On s'abonne aussi :

A Paris, chez BORRANI et DROZ, libraires-éditeurs, rue des Saints-Pères, 9, et chez FRANCE, libraire, 9, quai Voltaire.

A Bruxelles, chez PH. HEN, libraire, 22, rue de l'Empereur.

A Londres, chez BARTHÈS et LOWELL, 14, Great Marlborough street.

A Leipzig, chez KIESSLING, SCHNÉE et Cie.

A Livourne, chez MELINE, CANS et Cie.

A Rome, chez ARCHINI, libraire, Via del Collegio, 205.

Les demandes d'abonnements doivent être adressées, *franches de port*, avec un mandat sur Paris ou sur Bruxelles.

Toutes les correspondances littéraires, toutes les communications artistiques, doivent être adressées, *franches de port*, soit à M. PAUL LACROIX (bibliophile Jacob), à Paris, rue de Sully, 1, soit à M. MARSUZI DE AGUIRRE, à Bruxelles, rue Royale, 96.

Les deux premiers volumes, grand in-8° (ensemble 1000 pages, environ), sont en vente au *Bureau central* et dans les autres bureaux d'abonnement. — Prix : 15 francs.

Bruxelles. — Imprimerie de A. LABROUE et Cie,
36, *rue de la Fourche.*

REVUE UNIVERSELLE

DES

ARTS

PUBLIÉE PAR

PAUL LACROIX (BIBLIOPHILE JACOB)

COLLABORATEURS DE LA REVUE UNIVERSELLE DES ARTS

FRANCE. E. BÉGIN; CH. BLANC, anc. dir. des Beaux-Arts; A. BONNARDOT; E. BRETON, de la Soc. des Antiquaires de France; G. BRUNET, de l'Ac. de Bordeaux; CHAMPFLEURY; CHAMPOLLION-FIGEAC, bibl. du palais de Fontainebleau; AIMÉ CHAMPOLLION, chef aux Arch. départ.; marquis PH. DE CHENNEVIÈRES; GEORGES DUPLESSIS; J. DU SEIGNEUR; L. DUSSIEUX; FEUILLET DE CONCHES; A. DE LA FIZELIÈRE; A. JUBINAL, de la Soc. des Antiq.; comte LÉON DE LABORDE, de l'Ac des inscr. et b.-l.; A. LASSUS, archit. de Notre-Dame et de la Sainte-Chapelle; LEROUX DE LINCY, de la Soc. des Antiq.; A. DE LONGPÉRIER, de l'Ac. des inscr. et b.-l.; CH. LOUANDRE; P. MANTZ; HENRY MARTIN; P. MÉRIMÉE, de l'Ac. franç. et de l'Ac. des inscr. et b.-l.; A. MICHIELS; FRANCISQUE MICHEL; CH. MONSELET; A. DE MONTAIGLON; CH. NISARD; LOUIS PARIS, dir. du *Cabinet hist.*; PAULIN PARIS, de l'Ac. des inscr. et b.-l.; TARRAL; baron TAYLOR, de l'Ac. des Beaux-Arts, prés. des Soc. art. de France; VALLET DE VIRIVILLE, prof. à l'École des Chartes; F. VILLOT, cons. de la peint., au Musée du Louvre.

BELGIQUE. L. ALVIN, dir. de la Bib. r. de Bruxelles; E. DE BUSSCHER, de l'Ac. r. de Belgique; F. DELHASSE; CH. DE BROU; A. HENNE, secr. de l'Ac. des Beaux-Arts, de Bruxelles; A. LACOMBLÉ; J. LELEWEL; A. PINCHART, empl. aux Arch.; CH. PIOT, empl. aux Arch.; CH. POTVIN; A.-G.-B. SCHAYES, cons. du Musée d'armures, etc., de Bruxelles; A. STERCKX; F. TINDEMANS; E. VAN BEMMEL, dir. de la *Revue trim.*; A. WAUTERS, archiv. de la ville de Bruxelles.

HOLLANDE. W. J. M. ENGELBERTS et H. A. KLINKHAMER, cons. du Musée d'Amsterdam; Dr P. SCHELTEMA, archiv. d'Amsterdam.

SUISSE. J. D. BLAVIGNAC, archit. à Genève; W. BURGER; G. CHAMPSEIX, prof. à Lausanne; E. H. GAULLIEUR; F. TROYON.

PRUSSE. G. WAAGEN, dir. du Musée de Berlin.

POLOGNE. B. PODCZASZYNSKI, prof. d'archit. à l'École des Beaux-Arts, de Varsovie; baron RASTAWIECKI, de Varsovie.

ITALIE. M. C. MARSUZI DE AGUIRRE; G. PODESTA, etc., etc.

Administrateur : M. FAUCHEUX.

3e ANNÉE. — 6e VOLUME. — N° 2. — NOVEMBRE 1857.

PARIS

VEUVE JULES RENOUARD, LIBRAIRE,

RUE DE TOURNON, 6.

REVUE UNIVERSELLE DES ARTS.

IIIᵉ ANNÉE. — VIᵉ VOLUME.

La **REVUE** publiera dans ses prochaines livraisons :

LES ARTISTES ÉTRANGERS DANS LES PAYS-BAS, par A. PINCHART;

JOSEPH VERNET, sa vie, sa famille, son siècle, d'après des documents inédits, suite, par LÉON LAGRANGE;

DES ORIGINES DE LA GRAVURE, par CH. DE BROU, conservateur des estampes du duc d'Arenberg;

LES ARTISTES ÉTRANGERS EN FRANCE, par PH. DE CHENNEVIÈRES;

ICONOGRAPHIE DU VIEUX PARIS, suite, par A. BONNARDOT;

LES CABINETS D'AMATEURS, EXISTANT À PARIS, EN 1734; — BIBLIOGRAPHIE DES LIVRES À GRAVURES, PUBLIÉS AU XVIᵉ SIÈCLE; — ÉPITAPHES DES ARTISTES DANS LES ANCIENNES ÉGLISES DE PARIS, suite, par PAUL LACROIX (BIBLIOPHILE JACOB);

ANALYSE DU RAPPORT SUR L'APPLICATION DES ARTS A L'INDUSTRIE, de M. de Laborde; — LA GALERIE D'ARENBERG; — LES ARTS EN ESPAGNE, par M. C. MARSUZI DE AGUIRRE;

JEAN GERNAY, peintre de Spa, par FÉLIX DELHASSE;

GOVERT FLINCK; — REMBRAND, par le Dʳ P. SCHELTEMA;

ÉTUDES SUR LES PEINTRES HOLLANDAIS, par W. BURGER;

DOCUMENTS SUR LES ARTISTES FRANÇAIS ET ÉTRANGERS, etc., etc.

REVUE UNIVERSELLE DES ARTS.

TROISIÈME ANNÉE.

La *Revue universelle des Arts* paraît le 15 de chaque mois, par livraison de 6 feuilles grand in-8°, et forme ainsi, chaque année, deux gros volumes d'environ 600 pages chacun.

Bureau de l'administration de *la Revue universelle des Arts*, rue des Deux-Ponts, 12, à Paris.

On s'abonne à Paris,

A la librairie de Vᵉ J. RENOUARD, rue de Tournon, 6.

PRIX D'ABONNEMENT

Paris et Bruxelles :	Départements français et provinces belges :	Étranger :
Un an fr. 24 »	Un an fr. 28 »	Un an fr. 32 »
Six mois » 12 »	Six mois » 14 »	Six mois » 16 »

On s'abonne aussi :

A Bruxelles, chez MELINE, CANS ET Cᵉ, Boulevard de Waterloo, 55, et chez A. LABROUE et Cᵉ, rue de la Fourche, 56.

A Londres, chez BARTHÈS et LOWELL, 14, Great Marlborough street.

A Leipzig, chez KIESSLING, SCHNÉE et Cⁱᵉ.

A Livourne, chez MELINE, CANS et Cⁱᵉ.

A Rome, chez ARCHINI, libraire, Via del Collegio, 205.

Les demandes d'abonnements doivent être adressées, *franches de port*, avec un mandat sur Paris ou sur Bruxelles.

Toutes les correspondances littéraires, toutes les communications artistiques, doivent être adressées, *franches de port*, soit à M. PAUL LACROIX (bibliophile Jacob), à Paris, rue de Sully, 1, soit à M. MARSUZI DE AGUIRRE, à Bruxelles, boulevard Botanique, 53.

Chaque volume de la collection se vend séparément 12 francs.

Il reste très-peu d'exemplaires des deux premiers volumes.

Bruxelles. — Imprimerie de A. LABROUE et Cⁱᵉ, 56, rue de la Fourche.

LA SCULPTURE EN ANGLETERRE; — EXAMEN CRITIQUE DE LA NOUVELLE CLASSIFICATION DU MUSÉE DE SCULPTURE DU LOUVRE, par TARRAL;

ÉTUDES SUR LES MONUMENTS DRUIDIQUES, par E. VAN BEMMEL;

LE MUSÉE D'ARMURES, D'ANTIQUITÉS ET D'ETHNOLOGIE, de Bruxelles, par SCHAYES;

NOTICES BIOGRAPHIQUES D'ARCHITECTES BELGES DU XVe SIÈCLE, par A. WAUTERS;

LES HÔTELS-DE-VILLE DE BELGIQUE, § 1 : l'Hôtel-de-ville de Bruxelles, par A. WAUTERS; § 2 : l'Hôtel-de-ville de Louvain, par SCHAYES, etc.

LES PORTES DES ÉGLISES DE PLOTZK ET GIESEN, EN POLOGNE, 1117 ET 1155, par JOACHIM LELEWEL;

INVENTAIRES DE PLUSIEURS COLLECTIONS D'ART DU MOYEN-ÂGE, par PAULIN PARIS;

EXTRAITS DES ARCHIVES DÉPARTEMENTALES, relatifs à l'histoire des arts en France; — LES PEINTRES LORRAINS; extraits des comptes de la cour de Lorraine, par AIMÉ CHAMPOLLION;

INVENTAIRE DE CHARLES-QUINT, au point de vue de l'art, par FRANCISQUE MICHEL;

ÉPITAPHES DES ARTISTES DANS LES ÉGLISES DE ROME; — LES ARTS EN ESPAGNE, par C. MARSUZI DE AGUIRRE;

ÉPITAPHES DES ARTISTES DANS LES ÉGLISES DE BELGIQUE, par FÉLIX DELHASSE;

LES PEINTRES BELGES, MM. GALLAIT, WIERTZ, LEYS, STEVENS, etc.

NOTICE SUR LA VIE DE PETITOT, et catalogue de ses portraits peints en émail; — LES PORTRAITS HISTORIQUES APOCRYPHES, par FEUILLET DE CONCHES;

LES TABLEAUX D'APPARAT, mémoire inédit d'ÉMERIC DAVID; — NOTICES BIOGRAPHIQUES SUR DES PEINTRES DU XVIe SIÈCLE, fragments inédits, par LE MÊME;

RECHERCHES SUR LA PEINTURE DES ANCIENS MANUSCRITS, mémoire inédit de l'abbé RIVE.

LETTRES DU PEINTRE HOUASSE, relatives à l'ancienne Académie de peinture, avec des notes, par A. DE LA FIZELIÈRE;

MARQUES D'IMPRIMEURS ET DE LIBRAIRES, dessinées par des artistes célèbres, en France, en Belgique, en Italie et en Allemagne, par W;

LA CATHÉDRALE DE FRIBOURG (Suisse);

LE MONASTÈRE D'EINSIEDELN (canton de Schwyz, Suisse);

LES MAÎTRES ALLEMANDS du XVIe siècle;

LES COLLECTIONS PARTICULIÈRES, en Hollande;

MÉMOIRES ORIGINAUX DU XVIe SIÈCLE SUR L'ÉGLISE DE BROU;

INVENTAIRE DESCRIPTIF DU TRÉSOR DE L'ABBAYE DE SAINT-DENIS, à la fin du XVIe siècle;

LES MUSÉES D'ARMES ANCIENNES, en Angleterre;

LES ROIS, LES REINES, LES PRINCES ET LES PRINCESSES ARTISTES, avec le catalogue de leurs ouvrages;

DOCUMENTS ET COMPTES ORIGINAUX pour servir à l'histoire des Bâtiments du Roi, sous le règne de Henry II;

RECHERCHES SUR LES FAYENCES FRANÇAISES;

LE CATALOGUE DES ESTAMPES, à la Bibliothèque nationale;

LETTRES INÉDITES DES ARTISTES ITALIENS DU XVIe SIÈCLE, avec la traduction en regard; DES ARTISTES FRANÇAIS DU XVIIIe SIÈCLE, etc., etc.

La Revue universelle des Arts paraît le 15 de chaque mois, par livraison de 5 feuilles grand in-8°, et formera chaque année 2 forts volumes.

PRIX D'ABONNEMENT :

Paris et Bruxelles :	Départements français et provinces belges :	Étranger :
Un an ..... fr. 15 »	Un an ..... fr. 18 »	Un an ..... fr. 20 »
Six mois ..... » 8 »	Six mois ..... » 10 »	Six mois ..... » 12 »
Un numéro » 2 »	Un numéro ..... » 2.50 »	Un numéro » 5 »

Bureau central de la _Revue universelle des Arts_,
à Paris,

Chez BORRANI et DROZ, Libraires-Éditeurs,
9, rue des Saints-Pères.

On s'abonne aussi :

A Paris, chez France, libraire, 9, quai Voltaire.
A Bruxelles, chez Ph. Hen, libraire, 22, rue de l'Empereur.
A Londres, chez Barthès et Lowell, 14, Great Marlborough street.
A Leipzig, chez Kiessling, Schnée et Cie.
A Livourne, chez Meline, Cans et Cie.

Les demandes d'abonnements doivent être adressées, _franches de port_, avec un mandat sur Paris ou sur Bruxelles.

Toutes les correspondances littéraires, toutes les communications artistiques, doivent être adressées, _franches de port_, soit à M. Paul Lacroix (bibliophile Jacob), à Paris, rue des Martyrs, 47, soit à M. Marsuzi de Aguirre, à Bruxelles, rue Royale, 96.

Le premier volume, grand in-8°, d'environ 500 pages, est en vente au _Bureau central_ et dans les autres bureaux d'abonnement.

Bruxelles. — Imprimerie de A. Labroue et Cie,
36, rue de la Fourche.

ICONOGRAPHIE DU VIEUX PARIS.

(SUITE) (1).

DESSINS.

AUGUSTINS (GRANDS-). — Les bâtiments de ce couvent, placés presque au centre de Paris et construits sous Charles V, renfermaient de vastes salles, où l'État et le clergé tenaient de temps à autre des assemblées solennelles, à la condition, du moins je le suppose, d'une indemnité aux religieux. Le chœur, ainsi que la nef de l'église, n'avait qu'une voûte de bois en forme de coque de navire renversé, comme celle de la grand'salle du palais de Justice à Rouen.

Je connais un assez grand nombre d'estampes, mais fort peu de dessins, qui concernent ce couvent, démoli en 1811 et remplacé par la halle à la Volaille. J'ai cité deux ou trois tableaux où on l'aperçoit de loin, sur le quai qui portait son nom, mais ces vues générales ne donnent de son apparence extérieure qu'une idée imparfaite ; les estampes nous en fourniront des images spéciales plus précises.

J'avais remarqué vers 1840, je ne sais plus en quelle collection, un plan géométral manuscrit, levé en avril 1731 et très-détaillé, de l'ensemble des bâtiments des Grands-Augustins, mais il m'a été impossible de le retrouver pour le décrire. Dans le recueil in-folio de la *Topogr. de Paris,* au Cabinet des Estampes (quartier de l'École de médecine, fol. 13) est une petite esquisse à la mine de plomb, sans ligne d'encadrement, représentant l'ancienne flèche de l'église, dégradée par un coup de tonnerre qui la frappa, je ne sais précisément en quelle année, car l'inscription en tête du dessin ne porte aucune date. On y lit : « Clocher et partie de l'église des Grands-Augustins, où « l'on voit ce qui a été détruit par le tonnerre du... jour de la « Fête-Dieu. »

(1) Voir la livraison d'août.

Le *Journal d'un bourgeois de Paris* sous Charles VI et VII signale deux accidents de ce genre arrivés à ce clocher, l'un, le 13 juin 1428; le second, le 30 mai 1449. Ce dernier advint vers quatre heures du soir. La foudre « découvrit tout le clo- « chier des Augustins d'ung costé et d'autre et rompist le bras « à ung Crucifix sur l'autel et abbaty de la couverture du mous- « tier grant partie. » Sur le dessin en question le clocher est dé- pouillé de ses ardoises, ainsi qu'une portion voisine de la toiture qu'il domine. Le dessinateur aurait-il eu pour but de représenter l'événement du xve siècle? ce n'est guère probable. Il aura voulu conserver le souvenir d'un effet de la foudre produit de son temps, c'est-à-dire sous Louis XV, avec des circonstances ana- logues à celles de l'accident constaté en 1449.

Quoi qu'il en soit, cette esquisse a pour nous une certaine importance, en ce qu'elle nous donne une idée probablement exacte de la construction de ce clocher obéliscal. Il était octo- gone, ainsi que le soubassement de pierre ou de charpente qui le soutenait. Ce soubassement, percé à jour, présentait sur chaque face, à sa naissance, deux ouvertures de front, de forme ogivale, et, au-dessus, deux arcades étroites et trilobées ; c'était une imi- tation de l'élégante flèche qui s'élançait, avant 1790, de la croisée du transept de Notre-Dame. Celle des Grands-Augustins se dressait sur le comble du chœur de l'église, comble plus élevé que celui de la nef; cette disposition est fort commune au xive siècle. On la voit figurer, mais sans détails précis, sur des estampes d'Israël Silvestre, Pérelle et autres. Sur la vue qu'en a fait graver Millin, vers 1789, l'ancien soubassement, vague- ment dessiné, porte, non plus un clocher, mais un petit dôme en forme de cloche, établi sous Louis XV, probablement après le dégât occasionné par la foudre, dont le dessin signalé serait un souvenir.

On trouve dans le même volume un projet, dessiné à la plume, de M. de Cotte, pour la *restauration* (vers 1731) de l'église des Augustins. Un autre dessin, lavé à l'encre de Chine, représente quatre des fenêtres ogivales du chœur ou de la nef à l'état res- tauré, c'est-à-dire dépouillées de leurs élégantes broderies de pierre et de leurs splendides vitraux. Suivent deux esquisses, offrant la coupe de bâtiments à réparer. L'une donne le profil du dortoir des religieux, au-dessous duquel est le réfectoire, grande

salle soutenue au milieu par un rang de piliers. Telle était en
général au Moyen-âge la disposition des réfectoires, et il en existait en ce genre quelques-uns d'un aspect vraiment grandiose,
comme celui de Saint-Martin des Champs, aujourd'hui bibliothèque du Conservatoire des Arts et Métiers.

Sur l'autre esquisse est tracé le profil d'un bâtiment à trois
étages ; sous les combles est établie la bibliothèque des religieux ; au-dessous est encore un dortoir, divisé en cellules ;
enfin, le rez-de-chaussée, « servant de salle pour les assemblées, »
comme l'indique le dessinateur, est partagé en deux dans sa
longueur par un rang de piliers placés au centre. Dans un texte
qui suit, d'une écriture de la fin du xviiie siècle, il est question
de l'embellissement de deux salles pour l'ordre du Saint-Esprit,
d'après un projet « extrait des registres du couvent, en date du
21 juillet 1732. »

Je ne crois pas avoir noté aux Archives, dans la section topographique, de plans concernant les Grands-Augustins ; néanmoins je n'oserais l'affirmer, vu que j'ai perdu six ou sept titres
de pièces, copiés sur le catalogue par fiches du département de
la Seine (1).

AVE-MARIA. — Je ne cite ce monastère, élevé sous saint Louis
pour une communauté de Béguines et « restabli de neuf en 1461, »
selon Corrozet, que pour rappeler un plan géométral des Archives, coté IIIe classe, n° 739, dont j'ai reproduit un calque dans
mes *Dissertations sur les enceintes de Paris*. Ce couvent avait
pour limites à l'orient le gros mur de Philippe-Auguste, flanqué
de deux tours cylindriques, dont une subsiste toujours dans la
caserne dite de l'Ave-Maria. L'autre tour, située à l'angle nord-
est de l'enclos du couvent, n'existe plus, mais le mur légèrement
cintré d'une maison de la rue des Prêtres-Saint-Paul, qui jadis
s'y appuyait, en a gardé l'empreinte. Or, sur le plan, levé vers
1700, cette tour est nommée : *de Montgommery*; elle servait
alors de cage à un escalier aboutissant à la plate-forme du gros
mur, sur lequel était établi un corridor.

Je n'ai pu parvenir à trouver aucun renseignement écrit sur

(1) Cette perte ne saurait se réparer qu'à la condition de revoir toutes ces fiches,
partie de plaisir dont je me priverai, vu qu'en ce moment j'ai bien d'autres recherches à poursuivre.

l'origine de cette dénomination, et je serais ravi qu'un amateur
du vieux Paris en rencontrât quelqu'un dans un mémoire contemporain du xvie siècle. Quand Henri II fut blessé mortellement
à la tête par le comte Gabriel deMontgomery, seigneur de Lorges,
capitaine de sa garde Écossaise, il paraît naturel qu'on ait songé
à détenir provisoirement l'auteur de ce meurtre involontaire.
Supposerons-nous qu'on l'enferma dans cette tour, assez voisine
de la lice où fut donné le tournoi ? Mais on eût pu trouver, ce
me semble, au palais des Tournelles, un lieu tout aussi convenable. D'ailleurs, près de l'église Saint-Paul existait encore, c'est
probable, l'ancienne prison de Saint-Éloy, où furent massacrés
en 1418 les partisans du duc d'Armagnac. En attendant que
lumière se fasse, je prends le parti d'admettre que de Montgomery laissa son nom à deux anciennes tours de la capitale (1).
Ce qu'il y a de très-probable, c'est que le nom donné à celle de
l'Ave-Maria n'a point été inscrit au hasard.

Le susdit plan n'offre du reste que quelques détails d'une portion très-limitée du monastère, dont on voit l'ensemble tracé,
mais d'après une bien plus petite échelle, sur l'Atlas de Verniquet.
J'ai visité, vers 1846, plusieurs cours de la caserne, et n'ai rien
remarqué, en fait d'anciens bâtiments, que l'intérieur de la tour
murale encore debout, dont l'extérieur est incorporé à une maison
de la rue des Jardins. Néanmoins, il doit rester, je le présume,
plusieurs débris gothiques, plus ou moins défigurés et dissimulés
sous un plâtre moderne.

BASTILLE. — On a noirci bien du papier au sujet de la Bastille, avant ou après Millin ; on l'a tant de fois représentée sous
toutes ses faces, sur d'anciennes miniatures, sur des plans de
Paris, sur des estampes ; on a, à l'époque de sa démolition (2),
prodigué au public tant d'images, de médailles, de dessus de
tabatières, de reliefs, voire de boutons d'habits, où on la voyait

---

(1) On sait que la grosse tour de la Conciergerie du Palais, d'où Montgomery
sortit en 1576 pour être décapité, a retenu son nom. Cette tour, dont nous signalerons deux dessins, fut détruite un peu après l'incendie de 1776 qui l'avait endom-
magée.

(2) On lit dans un article de la *Gazette des Tribunaux* (25 nov. 1842) que la maison de la rue de Tracy, no 7, a été bâtie avec des pierres de la Bastille. J'ignore où
ce journal a pris ce renseignement.

soit debout, soit à l'état de ruine, qu'en vérité citer des dessins
de cet édifice, c'est se fourvoyer dans un lieu commun, c'est encourir l'indifférence du lecteur tant soit peu initié à l'archéologie
parisienne. Aussi bien en ai-je déjà trop parlé dans cette revue
et ailleurs, sans compter qu'à propos du Catalogue des estampes,
je serai forcé d'y revenir. J'ai donc retranché du présent article
la description de plusieurs dessins, description que j'avais eu la
bonhomie de rédiger, sans songer qu'elle ne fournirait aucun
document inédit, après tant de reproductions. Je dirai donc ici
fort peu de chose de l'extérieur de cette célèbre prison d'État, et
rien de son inséparable compagne la porte Saint-Antoine, celle,
s'entend, qu'on rebâtit sous Louis XIV, époque où fut abattue
une autre porte plus ancienne, contemporaine de Charles VI,
et très-imparfaitement connue dans ses détails.

Pour signaler du neuf sur la topographie de la Bastille et de
ses accessoires, il faudrait trouver des dessins antérieurs au
moins à l'an 1660, et mieux encore, pour la curiosité de l'archéologue, au règne de François Ier. J'ai néanmoins à mentionner
quelques plans géométraux manuscrits, conservés au Cabinet des
Estampes, soit dans la collection topographique de Paris (tome II,
du quartier de l'Arsenal), soit dans un grand portefeuille supplémentaire, du 31e au 36e quartier. Parlons d'abord de ceux renfermés dans ce portefeuille.

L'un d'eux, de 92 centimètres de long sur 61 de large, lavé
avec soin, ne contient que le bâtiment de la Bastille et le fossé
qui l'entourait ; son échelle doit être approximativement de 4 à
5 centimètres pour mètre. Quant à sa date, non indiquée, elle
est de 1789 ou un peu antérieure à cette année. Les huit tours
y sont désignées par des noms particuliers que Millin et autres
nous ont assez fait connaître et qu'il serait superflu de rappeler
ici. Le plan, tel qu'il apparaît, offre tous les détails du rez-
de-chaussée, c'est-à-dire de la portion des murailles au niveau
des deux cours et du tablier du pont-levis ; mais ce tracé est exécuté sur une feuille mobile, annexée au plan : si l'on soulève
cette feuille, collée par un de ses bords, on découvre dessous un
second plan : celui des cachots inférieurs au pavé de la cour et
dont le sol est de plain-pied avec celui des fossés.

Il est regrettable qu'on n'ait pas appliqué aux autres étages
supérieurs ce système de superposition : nous eussions pu visiter

toutes ces chambres redoutables, que certains prisonniers ont eu
le triste privilége de connaître à fond. Le dessinateur a eu soin
d'indiquer toutes les vis qui établissaient une communication
entre tous les corridors et reliaient entre eux les divers étages de
ces huit formidables cylindres de pierre. Au bas du plan sont
46 renvois écrits en ronde et de main de maître, renvois correspondants aux lettres et chiffres tracés sur les diverses parties
de l'édifice.

Passons à une autre feuille. On y voit figurer le plan géométral de la plate-forme de la Bastille, hérissée de cheminées de
brique, de lanternons et de guérites de pierre. Sur une autre est
tracé un plan, levé vers 1700, où le bâtiment de la Bastille est
d'assez petite dimension ; mais, en compensation, on distingue en
détail le bastion à deux faces qui la précédait à l'est, et, dans
toute sa longueur, le large fossé qui débouche encore aujourd'hui
dans la Seine, avec le petit bastion casematé qui servait de dépôt
de poudre et celui, de forme irrégulière, qui fortifiait son extrémité. On y voit de plus figurer l'ensemble des bâtiments du Petit
Arsenal, et, en retour d'équerre, le Grand Arsenal, avec son enfilade de cinq cours.

Le tome II du quartier de l'Arsenal renferme, entre autres dessins sur la Bastille, deux plans géométraux manuscrits, sans
date, et assez inhabilement lavés de plusieurs teintes. Ils furent
présentés, lit-on sur le titre du haut, à M. le Gouverneur, par
N. S. Chalandat. On peut leur attribuer la date approximative de
1750. Du reste, l'examen des armoiries qu'on y voit tracées
(celles sans doute du gouverneur) pourrait fournir, au besoin,
une date plus précise. L'un d'eux nous offre le plan détaillé de la
plate-forme, et une note nous apprend que (à l'époque où il fut
levé) il y avait dix canons sur les tours (1), et que la garnison
se composait de soixante-dix soldats. L'autre dessin, représentant le rez-de-chaussée de l'édifice, est d'un faible intérêt, vu

(1) On comprend que des canons placés à cette hauteur (environ 34 mètres) ne
pouvaient guère servir qu'à faire du bruit dans les fêtes publiques. Qu'on se figure
un canon plongeant sur la place et faisant feu. Ses projectiles causeraient peu de
mal, et son affût risquerait fort de faire un saut de carpe et d'écraser les canonniers.
La prise de ce fort n'est pas un *fait d'armes* sérieux, bien qu'il y eût alors onze
canons, je crois, sur la plate-forme. Le petit bastion de l'est, garni de ces onze
pièces, eût été autrement difficile à prendre que la Bastille elle-même.

qu'on en trouve de plus détaillés et de plus précis ; mais un point curieux mérite notre attention.

Ici figure, comme sur beaucoup d'autres plans, une arche de pierre, adhérente au mur de contrescarpe du fossé, mur qui soutenait les terres du bastion placé devant l'édifice. Cette arche, tronçon d'un ancien pont dormant, faisait face à la porte établie jadis entre les deux tours du milieu, en saillie sur la ligne de la façade orientale. La baie de cette porte, surmontée de cinq statues sous un arc ogival, était murée déjà au XVIIe siècle. Il est hors de doute que, dans l'origine, un pont de pierre, suivi d'un pont-levis, y aboutissait directement, puisque les deux tours saillantes, les premières construites, étaient destinées à servir de porte de ville (1). Or, sur ce dessin, on distingue, au fond du fossé, les restes de plusieurs autres piles de pierre, dont la position nous apprend qu'à une certaine époque un pont dormant en zigzag allait aboutir, non pas entre les deux tours du milieu, mais bien à une entrée ouverte entre la plus orientale de ces tours et celle de l'encoignure sud-est, dite de la Comté.

Cette disposition stratégique ne doit pas nous surprendre : loin d'être une exception, c'était la règle. Elle avait pour but d'obliger les assaillants, qui voulaient forcer l'entrée, de se présenter de flanc aux défenseurs du fort. On trouve, en effet, sur les plans détaillés et en élévation de la Bastille, les traces d'une porte à cet endroit, au dehors comme aussi à l'intérieur, du côté de la grande cour. Cet édifice, qui en 1789 n'avait plus qu'une seule entrée, entre les deux tours formant la façade du sud, en avait jadis possédé une sur chaque face et même deux sur celle qui regardait le faubourg Saint-Antoine. J'ai plusieurs fois disserté sur les diverses portes de cette forteresse, notamment dans un article relatif à une fête qu'on y donna en 1518 (*le Pays*, numéro du 4 avril 1856), mais alors je n'avais pas remarqué le curieux renseignement fourni par le plan que je viens de signaler.

Je citerai encore un autre petit plan manuscrit, du même recueil, d'environ 40 centimètres sur 29, teinté de carmin et représentant la coupe longitudinale des huit tours. Ces tours étant mises à découvert dans toute leur hauteur, leur construction

---

(1) Cette porte ou *bastide* dite Saint-Antoine, annexée à la nouvelle enceinte commencée sous le roi Jean, devait remplacer la vieille porte Baudets ou Baudoyer placée près de la rue Culture-Sainte-Catherine.

intérieure est facile à saisir. On remarque que les deux en saillie vers l'est, les premières bâties, je le répète, pour constituer la porte Saint-Antoine, se composent de deux hauts étages voûtés en ogives aiguës avec arêtes à nervures. Plus tard on a doublé le nombre des étages au moyen de planchers rapportés.

Quant aux six autres tours, construites en même temps et d'après un plan uniforme sous Charles V, elles furent dès l'origine, du moins c'est probable, divisées en cinq étages dont le dernier, sous la plate-forme, est voûté en forme de dôme un peu surhaussé, nommé *calotte*. C'était dans une de ces chambres, je crois, qu'était enfermé Latude, quand il opéra son audacieuse évasion. Le quatrième étage de chaque tour, d'après le plan que nous analysons, avait un double plancher, formant un vide d'environ un mètre. Dans plusieurs ouvrages sur la Bastille, il est question de cette disposition, postérieure sans doute à l'époque de Charles V.

J'ai parlé de cinq étages : c'est y compris les cachots qui, souterrains du côté de la cour, avaient leur sol de niveau avec le fond des fossés. Je ne crois pas qu'il ait existé, comme on l'a avancé, un autre étage de caveaux complétement souterrains ; du moins le plan qui nous occupe ne les a pas figurés. Au reste, les cachots situés au-dessous du pavé de la cour pouvaient passer pour de véritables oubliettes assez malsaines, puisqu'une étroite fissure y laissait à peine parvenir un faible rayon de lumière et une très-chétive portion d'air, infecté par un ruisseau fétide, qui serpentait à travers les herbes du fossé.

Quand un jour on remuera, pour y bâtir, le terrain aujourd'hui occupé par les piles de bûches du chantier dit de la Bastille, on retrouvera sans aucun doute quelques vestiges de ces cachots, car les démolisseurs de la *prison de la tyrannie* auront renoncé à arracher du sol les dernières racines de l'édifice de Charles V. N'était-ce pas assez d'avoir rasé les huit tours et leurs courtines, comblé les fossés, et préparé sur leur emplacement un terrain uni, où les patriotes purent se livrer à des danses pittoresques, à des rondes échevelées ?

Ce plan manuscrit est sans date ; il aura été dressé probablement vers l'époque de la démolition. Il mérite d'être reproduit par la gravure, s'il ne l'a point encore été, ce que je n'oserais affirmer, car on s'est de nos jours occupé souvent de la Bastille.

Avant de fermer le volume du quartier de l'Arsenal, signalons un plan manuscrit et détaillé du gros bastion à deux faces, situé au nord de la Bastille, au delà de la place où commençait le faubourg Saint-Antoine. Il se nommait depuis Henri II le grand *boulevard* ou *boulevert* Saint-Antoine, dénomination qui a entraîné La Tynna dans une singulière méprise : il a cru que l'avenue ou cours planté d'arbres, ainsi nommé aujourd'hui, datait du temps de Henri II. Ce plan, tracé à la plume et lavé d'encre de Chine, remonte aux premiers temps de Louis XIV, car, si mes souvenirs ne me trompent pas, il n'est pas encore garni d'un double rang d'arbres. Il m'a semblé assez curieux à consulter.

Quelques lignes encore avant de quitter la Bastille. M. Danlos, marchand d'estampes, possédait, l'année dernière, et possède peut-être encore, un assez grand dessin à la sépia, qui représente une cour bordée de hautes murailles, formant çà et là des ressauts, et percées de longues baies rectilignes, le tout offrant l'aspect d'une ruine, due à la main de l'homme plutôt qu'à celle du temps. Serait-ce une vue de la démolition de la Bastille, prise de l'intérieur de la grande cour? L'examen minutieux des détails m'a convaincu que ce dessin est relatif à un autre événement, étranger peut-être à l'histoire de Paris. Il est impossible de reconnaître dans ce cadavre d'édifice celui de la Bastille, puisqu'aucune portion de tour cylindrique ne ressort sur la surface de ces murs, dépouillés de leurs revêtements et en partie démantelés ; d'ailleurs, la Bastille fut démolie étage par étage, et s'abaissa progressivement sur toute la surface de son plan général. On n'y peut voir non plus le squelette d'un édifice incendié, car la fumée y eût laissé les traces d'un dépôt noirâtre qui n'existent pas. En un mot, c'est un dessin *à deviner* (comme j'en possède plusieurs), dont le sujet peut se révéler un jour par sa confrontation avec une autre pièce, pourvue d'une inscription authentique. Les costumes de quelques personnages qui visitent ces ruines indiquent l'époque de Louis XVI.

BAYEUX (COLLÈGE DE). — On voit encore en ce moment (juin 1857), mais on ne verra peut-être plus dans quelques mois, rue de la Harpe, ancien n° 93, vis-à-vis des bâtiments du collége Saint-Louis, jadis d'Harcourt, une porte encadrée d'un arc ogival à plusieurs rangs de moulures. La voussure de l'arc, qui a peu de profondeur, retombe de chaque côté sur une double colonnette à chapiteau orné de feuillages. La baie de la porte, en arc légèrement cintré, introduit dans une étroite et sombre cour, qui établit une communication entre la rue de la Harpe et celle des Maçons-Sorbonne.

A la naissance de l'arc ogival est sculpté de côté et d'autre un haut-relief de pierre ; à droite, on distingue un aigle qui soumet et menace un lion couché ; à gauche, un lion debout qui déchire je ne sais quel quadrupède étendu sous ses griffes. Dans le plein ou tympan de l'ogive est creusée une petite niche, d'une ouverture également ogivale, et ornée de deux minces colonnettes. En 1839 un tableau (l'enseigne d'un maître d'armes ou d'un estaminet) masquait cette niche aujourd'hui libre, mais vide de la statuette de la Vierge ou d'un saint quelconque qui la décorait autrefois. Au-dessous est incrustée une plaque de marbre noir où se lit, gravée en creux, cette inscription, en majuscules romaines, refaite sous Louis XIII ou XIV : « COLLEGIVM/BAJOCENSE / FUND. ANNO 1308. »

Telle était la porte d'entrée de cet ancien collége. Quant au bâtiment qui la surmonte aujourd'hui, il est d'une construction peu ancienne : c'est une surface de pierre, insignifiante, percée de fenêtres dépourvues de toute espèce d'ornements.

Dans la crainte que personne ne songeât à dessiner avant sa démolition cette sorte de petit portail, curieux échantillon du XIVᵉ siècle, j'en ai fait moi-même un médiocre croquis il y a environ quinze ans. Il est probable que, depuis, un artiste bien avisé aura eu l'idée d'en prendre une esquisse. S'il disparaissait tout à coup un beau matin, à l'insu des amateurs du vieux Paris, il serait regrettable qu'il n'en restât aucun souvenir, vu que les restes de notre ancienne architecture civile sont devenus fort rares à Paris.

J'ai vu, il est vrai, il y a quelques années, un dessin de cette porte (chez M. Muller peut-être) ; malheureusement le dessinateur n'avait nullement fait sentir les sculptures décrites ci-dessus, dont les sujets avaient sans doute un sens allégorique. Espérons qu'un photographe ira braquer l'œil si clairvoyant du daguerréotype en face de cette porte, avant l'heure de sa démolition, qui ne peut tarder à sonner, au train dont on bouleverse tout ce pauvre quartier Saint-Jacques.

Parlons maintenant d'un autre débris du même collége, qui
n'a plus à redouter la pioche du démolisseur : il n'existe plus
depuis le mois de juin 1845. Je vais me charger de son oraison
funèbre, autrement dit faire ressortir les qualités qu'il possédait
de son vivant et que sauront apprécier les archéologues. A l'é-
poque où j'allais écouter à la Sorbonne MM. Villemain, Thénard
et Gay-Lussac, vers 1829, je traversais tous les jours les deux
étroites cours servant de passage, cours bordées de bâtiments
modernes. Un seul, qui regardait le nord, avait survécu à la
ruine des anciennes et solides murailles du collége de Bayeux.
De ce côté s'ouvrait une des entrées intérieures de l'édifice. Le
corps de logis, dont ses ornements égayaient la triste surface,
subsiste toujours, mais défiguré par une hideuse excroissance de
plâtras, qui remplit presque la petite cour d'où l'on pouvait contempler la porte gothique que je vais décrire (1). Elle donnait
accès à un escalier dont la cage n'offrait de curieux que son *arbre*
de chêne sculpté en torsade. Le sommet de la baie d'entrée, en
forme d'arc surbaissé, était entouré d'une double moulure surmontée d'une pointe en accolade, et reposant de part et d'autre
sur un socle ou piédouche de pierre. Sur chaque socle était
sculpté un écusson où apparaissait un relief assez fruste, représentant une vache ou un taureau ; au-dessus de l'accolade, un autre
écusson, soutenu par deux chérubins debout, offrait des armoiries (peut-être des armes parlantes), effacées à tel point qu'il
m'a été impossible d'y rien déchiffrer. Plus haut on voyait une
niche, où l'on avait fourré une Vierge moderne, en plâtre et sans
caractère. Cette niche, fort remarquable par son haut dais de
pierre découpé à jour et brodé de délicats ornements, était formée
de deux petites arcades en ogive, à pointe prolongée, accouplées
de biais, de manière à ressortir en triangle sur le nu de la muraille
légèrement creusée. Les retombées de l'arc s'appuyaient d'une
part sur de frêles colonnettes, adhérentes au mur, et d'autre
part, se confondant en une pointe, constituaient un gracieux pendentif.

Ces deux arcades étaient surmontées de trois étages d'arcs en
ogive trilobés, réunis par d'autres ornements à jour, difficiles à

(1) J'ai cru longtemps que ce pavillon en appendice masquait seulement l'ancienne
porte, mais j'ai pu me convaincre que la riche ornementation qui l'accompagnait
n'existe plus.

décrire, d'où résultait un fouillis d'élégantes découpures. L'ensemble, de forme obéliscale et prismatique, était couronné d'un panache de feuilles recourbées.

Je n'ai jamais, je l'avoue, rencontré de lignes plus rebelles aux efforts du crayon ; c'était un tel entrelacement de segments de cercle et de fleurons, encroûtés de poussière, que j'en devinais plutôt que je n'en déchiffrais les sveltes contours. Aussi n'ai-je pu produire en 1839 qu'une esquisse timide, incertaine, et d'une perspective équivoque. Néanmoins je ne crois pas avoir oublié ces petits riens qui font connaître une époque, soin que ne prennent pas toujours les artistes, partisans en général d'une exécution rapide de l'ensemble après un examen superficiel des détails.

A gauche de cette décoration, au rez-de-chaussée, était percée une baie de fenêtre longue et de forme ogivale, fermée de vitres modernes ; elle subsiste encore aujourd'hui. A droite bâillaient, superposées et séparées par un grand intervalle, deux autres baies de même forme, mais très-basses et sans vitres, destinées à donner du jour et de l'air à l'escalier.

J'ai, depuis 1839, acquis un petit croquis de cette porte moins *inartistique* que le mien ; mais la décoration qui la surmonte est d'un vague désespérant. La courbure de l'arc est trop cintrée ; on ne distingue rien sur les petits écussons latéraux, etc., de sorte que mon esquisse, malgré ses défauts de touche et de perspective, en apprend davantage à l'archéologue.

M. Destailleurs possède aussi de cette porte un petit dessin à la mine de plomb exécuté avec finesse. S'il était reproduit, avec quelques détails de plus que fournirait le mien, on pourrait donner aux amateurs une idée exacte de ce débris du vieux collége. Peut-être un architecte, dessinateur patient, en a-t-il relevé le portrait ; mais je doute, vu son exposition au nord dans une cour obscure, qu'un photographe ait essayé, avant 1845, d'en saisir l'image, d'autant plus qu'à cette époque les daguerréotypes et les daguerréotypeurs étaient deux machines (qu'on me pardonne le mot) encore fort imparfaites.

BENOÎT (ÉGLISE SAINT-).—Inutile de m'étendre ici sur l'architecture de cette église, reconstruite sous François Ier : Millin, dans ses *Antiquités,* et M. Alb. Lenoir, dans sa *Statistique,* en ont reproduit

les détails intérieurs et extérieurs. Je me bornerai à signaler une
esquisse à la mine de plomb (30 centimètres sur 24), de la collection de M. Destailleurs, exécutée peut-être par le dessinateur
Goblain. On y voit de trois quarts la façade de cette église, dans
laquelle on *bâcla* (pour emprunter une expression à M. Victor
Hugo) un théâtre, qui s'ouvrit le 18 mars 1832 et n'eut jamais
de succès. Arrivons tout de suite au point curieux de ce dessin.

En face du portail de l'église une baie toujours ouverte conduisait, par une allée étroite et mal éclairée, de la cour dite le
cloître Saint-Benoît à la rue de Sorbonne. Cette allée, je l'ai par-
courue au moins mille fois, entre 1827 et 1829. Or, sur ce dessin
la baie est décorée d'une sorte de portail, d'un style analogue à
celui de l'église qu'elle regardait. Elle est encadrée dans un arc
ogival, retombant sur des faisceaux de colonnettes. Au-dessus de
la pointe de l'ogive, prolongée en accolade, est placé l'écu de
France. Plus haut s'élance un second arc en forme de poire, dont
la pointe allongée est décorée de plusieurs étages de fleurons
épanouis. De chaque côté de ces deux arcs superposés s'élèvent
des piliers ou contre-forts à moulures, que couronnent des clochetons panachés sur leurs arêtes. Cette porte, en harmonie avec
la façade de Saint-Benoît, a-t-elle réellement existé, ou n'est-
elle qu'une fantaisie du dessinateur? C'est ce que je ne saurais
décider. Je ne me souviens pas d'avoir jamais remarqué cette
pompeuse décoration qui, même en 1827, aurait dû fixer mon
attention, vu que dès lors je ne passais jamais devant un débris
gothique sans l'examiner avec intérêt.

M. le baron Jérôme Pichon possède un dessin au crayon et au
trait, qui représente le même point de vue que le précédent; mais
qui est de plus petite dimension et dont les lignes sont plus nettes
et mieux arrêtées. L'entrée du passage du cloître Saint-Benoît
est ornée du même portail. Sur le mur septentrional de l'église
on remarque une enseigne qui se voyait encore vers 1840, celle
de « Boucher, maître d'armes, rue Saint-Jacques, n° 113. » Le
dessin de M. Destailleurs, inachevé sur certains points, paraît
être un croquis d'après nature; l'autre probablement en est une
copie réduite, destinée peut-être à être gravée dans la suite de
Vues de Paris de M. Goblain.

Je pourrais citer ici plusieurs autres dessins relatifs à l'intérieur de l'église Saint-Benoît, qui fut occupée par un forge-

ron avant d'être plus complétement profanée par l'installation d'un théâtre de grisettes ; mais, les détails que présentent ces dessins ayant été reproduits par la gravure, je ne m'occuperai plus de Saint-Benoît que dans la catégorie des estampes.

En 1843 j'ai visité une étroite galerie voûtée à nervures, faisant suite à l'allée de la maison n° 104 de la rue Saint-Jacques (1). Cette galerie était une dépendance des charniers du cimetière Saint-Benoît. Quant à l'emplacement de ce cimetière, je l'ai reconnu dans une petite cour sombre et moussue, à laquelle aboutissait l'allée du n° 108 ; dans un coin s'arrondissait la margelle d'un ancien puits.

BERNARDINS (COLLÉGE DES). — Ce collége ecclésiastique fut fondé au xiii⁰ siècle ; au xiv⁰, un pape et un cardinal, qui l'avaient habité, le firent rebâtir avec une magnificence qui malheureusement n'arriva pas à maturité. L'ensemble grandiose resta, toujours à l'état d'ébauche, comme une belle statue qui n'est pas encore sortie du marbre ; ce qui en a survécu, bien que défiguré par diverses transformations successives, n'en est pas moins un curieux spécimen d'architecture claustrale.

L'église, dont il ne subsiste plus que quelques traces insignifiantes, était remarquable par les belles proportions de sa haute et longue nef dont la moitié seule fut achevée dans sa masse, sinon dans ses détails. Si les fonds destinés à la finir n'eussent été pillés pendant les troubles du règne de Charles VI, si, de plus, elle eût échappé aux pioches de 1793, Paris posséderait aujourd'hui un monument intermédiaire entre la Sainte-Chapelle et Saint-Eustache. Quelques estampes nous donneront une idée de son état au xvii⁰ siècle. Sous Louis XVI on ne l'appelait déjà plus que « les ruines des Bernardins. » De nos jours on eût abrité et disputé aux ronces ces grands arcs solides qui ne demandaient pas mieux que de vivre.

En fait de dessins concernant cette église, je citerai d'abord une gouache sans inscription, attribuée à Demachy, laquelle *peut-être* représente l'intérieur de la nef vers 1780. Une suite

(1) Les numéros des maisons sont de vagues indices à Paris, où le numérotage change si souvent; mais on peut se rendre compte du point désigné, en consultant le plan de Paris de M. Jacoubet, dressé vers 1836, avec indication des numéros. Je prie les amateurs du vieux Paris de ne pas oublier cette remarque.

d'arcades, vues en enfilade, repose sur des piliers ronds sans ornements caractéristiques. La voûte de bois est trouée et délabrée
de toutes parts; entre les piliers rampent des masures en planches déjetées; autour des baies sans réseaux de chaque fenêtre
retombent en festons des touffes de plantes pariétaires dont le
dessinateur a été prodigue. Comme aucun détail particulier ne
ressort sur le nu de cette architecture, comme aucun *paysage*
lointain n'aide à reconnaître la position de l'édifice, il n'est pas
sûr que ces ruines monotones ne soient pas une pure composition. Aussi n'ai-je pas été tenté d'acquérir cette gouache, que
possède peut-être encore un marchand de cartes et d'estampes
du quai Voltaire.

Un dessin à l'encre de Chine (19 centimètres sur 13 et demi),
appartenant à M. Destailleurs et signé *Sarrazin* 1783, représente
une partie des ruines de l'église des Bernardins, comme l'indique
une inscription contemporaine. On voit fuir devant soi quelques
arcades reposant sur des piliers formés de faisceaux de colonnettes. Ces piliers ne ressemblent guère à ceux du dessin précédent, qui sont de simples cylindres, mais le point de vue embrasse ici sans doute une portion du chœur. Du reste, aucun
détail saillant n'attire l'attention.

Je possède un dessin au crayon noir, portant au haut cette
inscription : « Reste de l'église des Bernardins à Paris en 1801, »
et rappelant assez le genre des lithographies éditées par Bourgeois
vers 1820. Au delà d'un mur et au-dessus de quelques masures
de plâtre, s'élèvent deux hautes travées ogivales et les arrachements
de l'arcade d'une troisième. Le vide d'une de ces travées a été
muré et converti en une habitation à plusieurs étages; au-dessus
de son ogive est établi un logis qui s'étend sur la travée voisine,
laquelle, restée à claire-voie, ressemble à un porche très-élevé.
Les arcs, que séparent des contre-forts, ont pour supports, comme
sur le dessin précédent, des colonnettes en faisceaux, et les
arêtes des voûtes sont bordées de nervures; sur la droite s'élancent trois hauts peupliers, peut-être imaginaires.

Ces arcades hardies, qui révèlent une église importante, appartenaient sans doute au chœur, la seule portion voûtée en pierre,
et vantée par les historiens de Paris du dernier siècle, si peu
prodigues d'éloges, comme on sait, à l'égard du style gothique.
Une petite eau-forte gravée au commencement de notre siècle

15

représente aussi ces deux travées, mais prises d'un autre point de vue.

En avril 1841 j'ai fait une tournée archéologique dans ces parages. Je ne rencontrai d'autres traces de la nef de cette longue église qu'un pilier rond, son chapiteau formant l'encoignure d'une maison n° 12, à l'entrée du passage dit du *Cloître des Bernardins*. Ce pilier, haut d'environ sept mètres, n'a jamais supporté d'arcade ; c'était un des derniers élevés du côté de l'ouest. La même maison conservait encore deux grands arcs en ogives incorporés à sa façade méridionale (1).

J'entrai dans un chantier (toujours subsistant) et, vers l'endroit où aboutissait le chevet, je dessinai un haut mur construit d'assises régulières et regardant le nord, sur lequel ressortaient, indiquées par des moulures, deux grandes arcatures ogivales, dont une seule est entière aujourd'hui. Ce mur est le débris d'un bâtiment, placé entre le chevet de l'église et la sacristie, dont je vais parler bientôt.

Sur cette face, à une hauteur de douze ou quinze mètres, était percée une ouverture rectiligne (aujourd'hui murée), dont le vide laissait entrevoir les degrés d'une vis de pierre. Plus bas, sur une portion de surface concave, couraient obliquement des vestiges de moulures en zigzag, indiquant trois spirales d'un escalier qui aboutissait à celui plus étroit que je viens de signaler. Les historiographes parisiens du dernier siècle citent un certain escalier *à double-vis* comme la merveille du couvent des Bernardins ; j'en avais probablement les débris sous les yeux (2).

Rue de Poissy, n° 10 (aujourd'hui 18), je rencontrai un bâtiment en retour d'équerre vers le sud, par rapport à l'axe de l'église : c'était la sacristie, qui subsiste encore, mais ne conserve plus, au dehors, qu'une partie de l'aspect qu'elle offrait en 1841, époque où je l'ai dessinée de mon mieux. On l'aperçoit au delà d'un mur, qui la sépare de la rue (3). Cet édifice est remar-

(1) Ces restes se voient encore ; seulement la maison porte le n° 18.
(2) On voit encore une partie de ces zigzags.
(3) Depuis 1841 on a planté, devant ce bâtiment et celui qui lui fait suite au sud, des arbres déjà fort élevés qui finiront par les masquer complétement. Le tout appartient, depuis la suppression du couvent, à la Ville, qui en a fait successivement un dépôt de farines, un magasin d'huiles pour l'éclairage, une école primaire, et enfin une caserne de sapeurs-pompiers, qu'on y voit en ce moment.

quable par trois larges arcades de front, à cintre surbaissé, sorte
de portique qui sert d'appui à une terrasse et de base à un bâtiment, moderne je crois, à un seul étage, dont les chambres sont
de plain-pied avec la terrasse. Au fond de chaque arcade, qui
ressemble à une vaste niche isolée, se dessine en relief, sur la
muraille, la ligne d'un arc ogival. Deux de ces arcs, sur mon
dessin, sont subdivisés en trois compartiments par trois autres
petits arcs de même forme, retombant sur de frêles colonnettes.
Peut-être autrefois ces arcs étaient-ils à claire-voie, décorés de
sveltes réseaux de pierre et de vitraux, auxquels plus tard on aura
substitué un mur plein, percé seulement de petites ouvertures
carrées dans les tympans aveuglés de la grande ogive. Peut-être
aussi n'exista-t-il dès le principe que des arcatures ou fenêtres
simulées.

Le grand arc du milieu était le plus orné des trois. Les ogives
de subdivision avaient leurs pointes en accolades, et leurs contours étaient dentelés de délicats trilobes. Ces derniers détails
n'existent plus, et mon dessin en est peut-être l'unique souvenir.
On a percé, dans les tympans des arcs, de grandes fenêtres à six
vitres, qui éclairent en ce moment l'appartement du capitaine des
sapeurs-pompiers. Un officier de service m'a fait voir l'intérieur
de ce logis, établi dans le bâtiment de l'ancienne sacristie partagée en deux étages. Les chambres du premier ont de curieux
plafonds, tout ondulés de voûtes à nervures entrelacées, et si
solides, qu'on pourrait se croire au donjon de Vincennes. Le portique envahi en partie par des plantes grimpantes, la terrasse et
le bâtiment en retrait, tout cet ensemble, vu du dehors, affecte
une physionomie italienne et ressemble assez à une villa des
environs de Rome, établie dans une ruine d'aqueduc restaurée.
On dirait que l'architecte a rappelé à dessein le souvenir du pays
qu'habitaient les deux bienfaiteurs du collége.

Au delà du mur de clôture, commence, annexé au portique
décrit, un très-long bâtiment qui s'étend le long de la rue de
Poissy sans être parallèle à son axe, car il s'en écarte à mesure
qu'il avance vers le sud. Son pignon méridional était flanqué
autrefois d'un pavillon carré en encorbellement, qui a été démoli.
Le premier étage, couvert d'un haut comble de tuiles (aujour-
d'hui refait et beaucoup plus bas), servait de dortoir aux étudiants-
Bernardins. Au rez-de-chaussée était leur réfectoire, un des plus

vastes et des plus curieux débris du Moyen-âge encore subsistants à Paris. Le tout malheureusement a été défiguré à diverses époques, sous prétexte de réparation et d'appropriation à de nouveaux besoins.

Le dortoir, remanié pour servir aux écoles gratuites, a perdu nécessairement sa physionomie claustrale. Vingt-quatre (ou vingt-neuf) ouvertures ogivales, percées sans aucune prétention à la symétrie, éclairaient ce premier étage, partagé probablement en cellules. Plusieurs de ces fenêtres ont été murées, d'autres repercées de forme rectiligne ; aucune n'a conservé le moindre échantillon de ses anciennes vitrines (1).

Cette même année 1841, je visitai le réfectoire en compagnie de M. Rébillot, alors colonel de la garde municipale, amateur passionné des restes du vieux Paris. La salle servait de magasin pour l'éclairage à l'huile de la capitale, car le gaz ne courait pas encore jusqu'aux extrémités de nos faubourgs, surtout du côté de la rive gauche. Une partie de la longue salle était donc encombrée de barils d'huile, aux exhalaisons nauséabondes, et, si j'ai bonne mémoire, de monceaux de réverbères réformés. On y commençait des réparations : circonstance qui me chagrina fort, car à cette époque M. Lassus était presque le seul architecte habile à traiter le style Moyen-âge, et nos vieux édifices estropiés étaient en général confiés à de terribles chirurgiens.

Le réfectoire recevait du jour d'une file de dix-sept grandes fenêtres ogivales, percées dans une épaisse muraille, consolidée, entre chaque baie, par des contre-forts qui montaient jusqu'au comble. Partout, bien entendu, des vitres modernes avaient remplacé les petits losanges enchâssés dans des résilles de plomb. Quelques fenêtres néanmoins avaient conservé (et conservent encore) leurs réseaux de pierre ; mais ces découpures, ébauchées seulement, n'étaient pas évidées ; elles attendaient le ciseau de l'ornemaniste. La vieille salle était encombrée, pas assez pourtant pour empêcher le regard d'embrasser l'ensemble des trois

---

(1) A cette heure, ces fenêtres, refaites encore depuis 1841, sont toutes à peu près uniformes. En 1844 on lisait au bas d'un fronton (abattu depuis) qui surmontait la porte cochère attenante au mur : ÉCOLE DES BERNARDINS. Cette école, confiée aux soins de l'humble corporation des Frères, faisait contraste avec l'importance de l'ancienne institution, dirigée par d'illustres professeurs de théologie, dont un devint le pape Benoît XII, celui-là même qui fit reconstruire le collège.

nefs ou allées, formées par un double rang de seize colonnes. Ces sveltes supports monolithes, d'une hauteur approximative de trois mètres, étaient couronnés de chapiteaux dont on devinait la structure à l'état d'embryon : ils devaient se composer d'une dizaine de palmettes, galbées en forme de crosses. Entre le chapiteau et le fût de la colonne, apparaissaient des traces de plomb. Ces trente-deux piliers soutenaient les retombées de voûtes entrelacées avec grâce, bordées sur leurs arêtes de bourrelets destinés à devenir des nervures, et s'appuyant du côté du mur sur des piédouches qui attendent encore le sculpteur.

Je viens de parler au passé, et pourtant le bâtiment est toujours debout; mais on l'a tant remué depuis 1840, du rez-de-chaussée à la toiture, que ma description exacte en 1841 ne l'est plus à certaines égards en 1857 (1). Au reste j'aurais pu me dispenser peut-être de la faire, puisque M. Alb. Lenoir a publié l'élévation de ce réfectoire tel qu'il était dans son origine. Une estampe fidèle parle mieux et plus vite aux yeux, que deux pages de texte à l'imagination du lecteur. Assurément, si j'avais, dès le jeune âge, cultivé le dessin et pratiqué l'art du graveur, j'aimerais mieux offrir aux amateurs du vieux Paris une planche exacte, qu'une page de description ; mais le sort en a décidé autrement: je ne me suis exercé à dessiner qu'avec des mots; aussi m'efforcerai-je désormais, pour tirer bon parti de ce mode de s'exprimer, de donner le plus possible de ces renseignements que le crayon ne saurait fournir.

Sur ce, j'abandonne le couvent des Bernardins pour n'y plus revenir qu'à l'article *Estampes;* je lui souhaite de ne jamais se trouver dans l'axe d'un projet, plus ou moins opportun, et je termine en signalant quatre plans géométraux manuscrits qui le concernent et qu'on voit aux Archives. J'en ai pris note, mais ne les ai pas examinés. — Plan levé en 1678, IIIe classe, n° 115, — autre de 1698, n° 113, — autre de 1743, n° 115, — de 1743, n° 114, — de 1779, n° 117.

---

(1) Aujourd'hui une portion des piliers se trouvent engagés dans des cloisons de plâtre qui empêchent de voir l'ensemble. Je viens de retrouver dans mes notes l'indication d'une pièce que je n'ai pas eu le temps de consulter : c'est le rapport de M. de Montalembert sur l'état des bâtiments des Bernardins en 1845. (Voir l'*Alliance des Arts* du 10 août de cette année-là.)

BLANCHE (MAISONS DITES DE LA REINE-). — Si l'on devait espérer de trouver à Paris une maison qui eût été authentiquement habitée par une reine Blanche quelconque, c'était dans la rue de ce nom, au haut du faubourg Saint-Marceau ; mais je n'ai jamais de ce côté rencontré le moindre vestige d'une demeure attribuable, soit à Blanche de Castille, mère de saint Louis, soit à une veuve de l'un de nos rois (1). Si le dire des portiers, mâles et femelles, était article de foi, on compterait à Paris un assez bon nombre d'hôtels de la Reine-Blanche, mais par malheur les traditions recueillies par ces bonnes gens sont fondées sur des méprises ou sur de fragiles hypothèses. J'en signalerai deux, qui ont été désignés sous ce nom par de graves historiographes parisiens.

Le premier était situé au coin de la rue Saint-Hippolyte et de celle des Marmousets-Saint-Marcel ; on le nommait aussi, et certes bien à tort, maison de Saint-Louis. Depuis 1844 il n'en reste plus, sur cette dernière rue, qu'un bâtiment, remarquable par ses fenêtres à croisillons de pierre, construit vers la fin du xve siècle, ou au commencement du xvie, mais non pas à coup sûr au xiiie siècle. Quand les autres corps de logis subsistaient, leur ornementation révélait la même époque.

C'était une de ces propriétés seigneuriales, où l'on allait *s'esbattre* et qu'on nommait *Folies* (2). Elles se pressaient en ce quartier, au xve siècle. C'était alors sur les bords de la Bièvre que la noblesse se réfugiait pendant l'été pour échapper aux fétides exhalaisons des rues centrales. Le fait est que la position était et est encore ravissante, et plus d'un bourgeois parisien, aujourd'hui même, y transporterait volontiers ses pénates, si le quartier avait les avantages d'autrefois ; il abonde en souvenirs du vieux Paris, mais aussi en tanneries infectes.

Le bourg de Saint-Marcel était l'Auteuil du Moyen-âge. Des

(1) Selon Sauval, l'hôtel de la Reine-Blanche, situé dans cette rue, aurait été le théâtre du funeste accident qui ôta la raison au roi Charles VI, et ce roi en aurait lui-même ordonné la démolition.

(2) Le mot *folie* signifie : maison de plaisance, où l'on jette le masque de la gravité. Il y avait jadis *lez-Paris* un assez grand nombre de ces folies, nommées : Méricourt, Regnault, Gobelin, etc. M. A. Bouchardat, dans son *Traité de chimie* (édit. 1848, p. 465), avance que l'établissement de teinturerie de Gilles Gobelin parut une entreprise si téméraire, qu'on nomma sa maison *Folie-Gobelin*. Erreur étymologique, bien pardonnable à un chimiste qui n'est pas tenu d'être antiquaire.

fenêtres des maisons, situées près du moulin de Croulebarbe, au
champ de l'Alouette, sur la butte aux Cailles, etc., on découvrait le profil de la capitale, océan de toits aigus, hérissé de plus
de deux cents clochers, frappés en plein midi par les rayons du
soleil, le tout encadré par les collines, rangées sur divers plans, de
Meudon, Saint-Cloud, Sannois, Montmorency, Montmartre, Belleville, du mont Louis et de Charonne. C'était des asiles champêtres
fort pittoresques, et ceux qui connaissent ce site conviendront que
les seigneurs de la cour de Charles VI avaient bon goût. Mais c'est
qu'alors, sans doute, la petite rivière, qui l'arrosait, coulait limpide, et n'avait sur ses bords ni lavoirs de laines, ni tanneries,
ni laboratoires de teinturiers. Ses environs offraient une mosaïque
de clos (dont quelques noms subsistent encore), de prairies, de
petits parcs, de vergers, de délicieux bosquets. Le double bras
de la Bièvre serpentait au milieu des pâquerettes, tandis qu'aujourd'hui, siècle d'industrie, il traîne, entre deux levées de
pierres noirâtres et imprégnées de miasmes malsains, ses eaux
plombées, livides, épaisses, ici ternies par le savon, là brunies
par le tan, partout infectées par le lavage de peaux saignantes
ou de laines putrides.

La propriété en question, sise rue des Marmousets, aboutissait
vers l'ouest à un bras de la Bièvre, au delà duquel s'étendait son
jardin, contigu au mur de clôture des Cordelières. Je vais la
décrire telle que je l'ai vue.

La baie de la porte d'entrée (1) faisait face, avant 1789, au
portail de l'église Saint-Hippolyte. Elle avait la forme d'un arc
surbaissé, dont l'archivolte consistait en un faisceau de moulures,
retombant sur des culs-de-lampe, décorés de larges feuilles
galbées et renversées. Je viens de revoir chez M. A. P. M. Gilbert une petite peinture à l'huile, représentant cette porte, telle
que je l'ai vue plusieurs fois.

M. Destailleurs possède une esquisse au crayon, intitulée :
« Couronnement de la porte d'une maison située en face de l'é-
glise Saint-Hippolyte. Sept. 1818. » La baie est surmontée d'un
grand arc ogival, dit : en doucine (en forme de poire), accosté
de clochetons, avec une statue de saint dans le tympan. Il ne

---

(1) Aujourd'hui le corps de logis où s'ouvrait la porte cochère est remplacé par
une maison de moellons, en retrait, occupée par une manufacture de produits chi-
miques et portant le n° 7.

s'agit pas ici, je pense, de la principale entrée de l'hôtel qui nous
occupe. Pour moi, je n'ai jamais remarqué cette ornementation.
Aurait-elle disparu entre 1818 et 1840, époque où j'ai visité
cette maison pour la première fois? C'est peu probable; je croirais
plutôt que le susdit dessin représente une porte intérieure, que
je citerai bientôt, sinon celle d'un autre hôtel.

Après avoir franchi une voûte, on se trouvait dans la cour. On
laissait à gauche le profil du bâtiment à croisillons de pierre, qui
subsiste encore, et l'on apercevait devant soi un pavillon sans
ornements, suspendu en appendice et soutenu au sud par un pilier de pierre carré. Ce pilier était décoré de sculptures, où
dominaient l'ogive et les panaches de feuillage. Si l'on montait
quelques degrés, on était sous le pavillon, dans un petit vestibule.
Ce perron couvert était bordé, sur la gauche (côté du sud), d'un
mur d'appui incliné, portant sur son rampant arrondi l'effigie
d'un lévrier couché. En face de soi s'ouvrait la porte d'une cage
d'escalier. La baie en arc déprimé était, comme sur le dessin cité
ci-dessus, surmontée d'une arcature en forme de cloche ou de
poire, terminée par un panache brodé de touffes de feuilles et de
chimères recourbées en volutes. A main droite, une autre porte,
placée en retour d'équerre, était couronnée d'une ornementation
un peu différente. Elle était remarquable par son vantail de bois
sculpté, offrant trois étages de statuettes de saints (trois ou quatre
de front) placées dans des niches. Ce vantail m'a toujours semblé
d'une exécution antérieure à l'époque du bâtiment, mais, ne pouvant le revoir, je n'oserais l'assurer. M. Arnaud, tanneur, propriétaire de cette maison en 1840, me disait qu'on lui avait offert
1,200 francs de ce battant de porte. J'ignore qui l'aura acheté
lors de la démolition. Il est gravé, si j'ai bonne mémoire, dans
les *Monuments inédits* de N. X. Willemin.

Les curieux vulgaires se bornaient à jeter un coup d'œil sur
les ornements de ce petit portique, mais les antiquaires pur sang
allaient plus loin : ils s'engageaient dans l'escalier à vis, dont la
cage, fort peu attrayante vue du dehors, contenait à l'intérieur, au
sommet, un intéressant détail. Après avoir escaladé une soixan-
taine de marches, on avait, au-dessus de sa tête, une voûte de
pierre sculptée, figurant un berceau de feuillage. Le noyau de
pierre, formé par la superposition de chaque marche dansante, se
prolongeait au delà du dernier degré sous forme d'un pilier

cylindrique. Cette sorte de svelte piédestal portait la statue, un peu plus petite que nature, d'un jardinier tenant dans ses bras un seau (ou une corbeille?) d'où s'échappaient trois robustes pieds de lierre, enroulés en spirales, lesquels, se disjoignant à une certaine hauteur, se subdivisaient en branches feuillues et s'épanouissaient sur toute la voûte.

Cette disposition, qui rappelle le donjon de l'hôtel de Bourgogne (rue Pavée-Saint-Sauveur), produisait un effet gracieux et pittoresque. Un de mes grands regrets d'antiquaire, c'est de n'en avoir pas fait faire un dessin exact; heureusement M. Albert Lenoir, si j'ai bien compris ce qu'il m'a dit à ce sujet, doit en publier un qu'il possède, dans sa *Statistique monumentale* (1).

Cette curieuse maison fut démolie en 1844, pendant que je faisais une tournée en Belgique. Selon plusieurs historiens, notamment Germain Brice, elle aurait été le théâtre du funeste accident qui occasionna la démence de Charles VI, le 1er janvier 1393 (ou plutôt 1392, puisque l'année conservait alors son millésime jusqu'à Pâques de l'an suivant), mais rien n'est moins certain. En tout cas, il faudrait admettre qu'elle a été rebâtie. Gilles Corrozet assure, dans son édition de 1561, fol. 131 verso, je ne sais d'après quel document, que la maison dite de la Reine-Blanche (située, je suppose, rue du même nom) où le roi faillit être brûlé, fut « razée rez pieds rez terre. »

M. de Gaulle avance, dans une de ses notes, que la maison de la rue des Marmousets fut habitée probablement par la reine Marguerite de Provence, veuve de saint Louis (qui portait le deuil en blanc, selon l'usage); il aurait dû ajouter qu'elle fut remplacée depuis, vers l'an 1500. Un acte que cite Du Breul atteste que cette reine donna en 1294 sa maison aux Cordelières; or, celle-ci a toujours été en dehors de la clôture de ce couvent. Son nom est, je le présume, fondé, ainsi que celui de maison de Saint-Louis (2), sur une fausse tradition, ou lui vient d'une reine en deuil, vivant à une époque plus moderne. S'il s'était trouvé en

(1) Un de mes amis de collége, professeur au Lycée Bonaparte, m'a décrit une cage d'escalier décorée du même sujet, qu'il a vue à Dijon. J'ai visité deux fois les vieux édifices de cette ville, mais n'ai pas souvenance d'avoir remarqué ce détail.

(2) Germain Brice prétend (1684) que cette maison a été bâtie sous saint Louis. Cette assertion prouve simplement son inaptitude à juger de l'architecture gothique. Brice est peut-être le premier auteur qui l'ait signalée.

quelque endroit des armoiries, on aurait pu en savoir davantage ; mais, pour mon compte, je ne me souviens pas d'en avoir remarqué la moindre trace.

Il nous reste, sur cet hôtel, vu de la cour, plusieurs estampes. La plus détaillée est une lithographie de Delpech d'après le dessin de Rouargue (vers 1836) ; mais ce dessin n'est pas très-fidèle et a été arrangé pour l'effet. Quant aux détails, ils ont été quelquefois mal compris. Par exemple, à l'effigie d'un lévrier couché sur le rampant du mur d'appui du perron, on a substitué une statuette de chérubin étendu sur le dos. C'est une méprise ; j'ai examiné de près ce détail cinq ou six fois, et j'y ai toujours vu un lévrier, en partie mutilé, mais très-reconnaissable.

L'aquatinte médiocre, gravée vers 1808, qu'on trouve dans le *Tableau de Paris* de M. de Saint-Victor, représente l'ensemble des côtés nord et est de la cour. Quant aux détails, ils sont sèchement et gauchement rendus. J'ai vu plus d'un artiste dessiner cette cour ; à coup sûr, il en doit exister quelque part des croquis exacts, mais où les trouver ? Quelqu'un aura-t-il eu, avant 1844, l'idée de daguerréotyper sur plaque cette habitation monumentale ? J'en doute, vu que l'invention était encore presque à son origine. Le fait pourtant n'est pas impossible ; celui qui en posséderait une représentation photographiée ferait grand plaisir aux amateurs du vieux Paris, s'il la faisait graver.

Aucun des anciens plans généraux de Paris n'a représenté ni même désigné cette maison. On en a tracé le plan géométral, dans un des treize volumes in-folio manuscrits, conservés au Cabinet des Estampes, et intitulés : *Limites de Paris,* recueils de plans, dressés de 1724 à 1726, par les architectes Beausire père et fils. On y apprend simplement qu'en 1724 cette maison appartenait au sieur Loinville, teinturier.

Dans son voisinage, rue des Gobelins, existait autrefois une autre habitation fort curieuse, qui faisait face à la rue des Marmouzets, et dont je n'ai jamais vu que l'emplacement vide. Au rapport de vieillards du quartier, elle était à l'intérieur ainsi qu'au dehors ornée de nombreuses sculptures. C'est peut-être même cette maison, sinon celle dite de la Reine-Blanche, qui a donné son nom à la rue des *Marmousets,* mot qui désigne des figures sculptées tenant des banderoles, ou *phylactères,* chargées d'inscriptions. Aujourd'hui le vide est rempli par un grand bâtiment de plâtre. La cour de la maison contiguë vers l'est offre, à l'intérieur, des bâtiments d'un style assez ancien, et la porte cochère, du côté de la rue, est ornée encore de deux marmousets sculptés sur bois, dont j'ai vu un dessin, chez M. Destailleurs, je crois.

Sur le plan (gravé) de la Cité par l'abbé Delagrive, on voit figurer sans désignation une étroite impasse qui, de la rue des Deux-Ermites se dirige vers celle de Perpignan. Cette impasse, qui a disparu depuis l'établissement de la rue de Constantine, était en 1841 fermée d'une barrière de planches. Les voisins lui donnaient par tradition le nom de : la Reine-Blanche. Cette dénomination ne prouve rien, mais le nom de la rue très-proche, dite des Marmousets, semble attester l'existence d'un ancien hôtel orné de sculptures. Cet hôtel aurait-il été l'habitation ou la propriété d'une reine Blanche? C'est une question que la découverte d'anciens actes pourrait seule résoudre.

Il me reste à parler d'une autre maison, appelée à tort ou à raison : de la Reine-Blanche. Elle était encore debout vers le milieu de mai 1857, au coin des rues Boutebric et du Foin-Saint-Jacques. Elle frappait au premier abord par le bizarre aspect de son entrée, placée dans l'encoignure et percée dans un pan coupé. L'angle du bâtiment s'avançait en saillie au-dessus de la porte cochère, et était soutenu par des potences de bois, appuyant sur des consoles.

Les dehors de cette maison n'offraient rien de remarquable, que quelques fenêtres rectilignes, à croisillons de pierre, du xvie siècle. Contre la muraille de la rue du Foin était appliquée une borne-montoir à l'usage des dames qui se plaçaient en croupe derrière un cavalier. Le profil de ses trois degrés était parallèle au mur, et son sommet avait été endommagé par les moyeux de roues qui la heurtaient au passage, vu l'étroitesse de la rue. La Tynna, le premier peut-être, a signalé cette borne dans son *Dictionnaire*, à l'article : Rue du Foin.

Vers 1818, époque où l'on commença à multiplier les trottoirs à Paris, on pouvait encore rencontrer çà et là des bornes-montoirs. Je crois me souvenir d'en avoir escaladé plusieurs, notamment dans la rue Vieille-du-Temple, avant l'établissement du Marché-des-Blancs-Manteaux. Aujourd'hui je ne connais guère que celle en question, laquelle, à cette heure, doit être déposée

au Musée de Cluny. Malgré d'actives recherches (vers 1840), je
n'ai pu retrouver dans les vieilles ruelles de la Cité aucun monument de ce genre. A cette époque, je remarquai, rue du Faubourg-
Saint-Jacques, vis-à-vis de la Maternité, une sorte de borne à
trois degrés, assez informe, qui peut-être avait servi de montoir
en cet endroit même, ou en un autre lieu, si l'on suppose qu'elle
a été déplacée. Sous Louis XIII encore, peu de carrosses circu-
laient dans les rues centrales, et bien des seigneurs ou bourgeois continuaient à *chevaucher*, comme au Moyen-âge, menant
en croupe leurs chères moitiés ; les bornes-montoirs devaient donc
alors subsister en assez grand nombre (1).

J'ai pris, il y a longtemps, un croquis de l'entrée de l'hôtel dit de
la Reine-Blanche, rue du Foin, 18 (2), entrée remarquable uniquement par sa disposition, dont on trouve encore des exemples,
notamment rue du Gindre. En entrant dans la cour, on apercevait
sur la droite, dans le bâtiment qui regardait le sud, la porte du
principal escalier, décorée de pilastres cannelés et de légères
arabesques de style Renaissance. Cette décoration a été lithographiée par M. Champin dans l'ouvrage, fort peu archéologique,
intitulé : *Promenades dans les rues de Paris.*

Du côté de l'ouest était un hangar dont le toit en appentis
était soutenu par deux ou trois frêles colonnettes de pierre, du
xvie siècle. Les lucarnes, en forme de mansardes, étaient bâties
de briques disposées en losanges. Cet appareil, en usage à Paris
sous Louis XII et François Ier, était un genre de bâtisses importé
d'Italie, pays où nos armées guerroyaient à cette époque.

Vers le commencement de mai dernier, j'allai revoir cette
maison. Un imprimeur qui l'habitait venait de déménager, et
tous les étages à peu près étaient déserts. Il était tard, je remis
mon examen au lendemain, puis je différai ma visite, et, quand
je revins, l'hôtel avait disparu. Par bonheur, tout ce qu'il contient de curieux aura été relevé par M. Albert Lenoir et ses collè-

---

(1) Il existe sur ce sujet, dans les *Mém. des Inscr.*, t. III, p. 275 (1728), une
dissertation de Moreau de Mautour. L'auteur y parle aussi d'une borne de la rue
Saint-André-des-Arcs, qu'on regardait comme une grossière effigie de Périnet-le-
Clerc. Il est à regretter qu'on ne nous en ait pas conservé le dessin.

(2) Depuis quelques années, cette maison portait le n° 74 de la *rue des Noyers*.
La rue du Foin avait pris ce nouveau nom, parce qu'elle faisait suite à la rue des
Noyers.

gues en archéologie. Cette démolition n'a donc pas troublé mon
sommeil, puisque j'étais certain que des sentinelles vigilantes,
plus rapprochées que moi de la rue où s'élevait cet hôtel, étaient
prêtes à en conserver le souvenir. Un jour, sans aucun doute,
seront gravés tous les détails qui peuvent révéler l'époque précise de sa construction, avec accompagnement d'un texte qui
éclaircira l'origine de son nom.

BLANCS-MANTEAUX (COUVENT DES). — L'église actuelle de ce nom
est un échantillon de cette architecture nue, sans pittoresque,
fort propre, comme on disait au dernier siècle, qui caractérise
Saint-Roch. Le couvent de religieux mendiants, dits : Blancs-
Manteaux, fondé en 1358 (1), offrait encore, avant 1658, époque
où il fut reconstruit, un ensemble de bâtiments de style ogival.
Je n'ai jamais rencontré ni dessin, ni estampe, qui offrît une
représentation du monastère primitif. Les plans de Paris où les
édifices sont tracés en élévation, et qui sont antérieurs à 1685,
en donnent une idée bien incomplète. On n'y distingue guère que
l'église, qui borde, dans le sens de sa longueur, la rue des
Blancs-Manteaux. Le toit est surmonté d'une flèche, et son chevet regarde l'orient, tandis que la nouvelle nef, bâtie sur un
autre emplacement, a son chevet tourné vers le nord.

C'est dans l'ancienne église, que fut déposé, dans la soirée du
23 novembre 1407, le corps mutilé du duc d'Orléans, assassiné
près de ce couvent, non loin de la poterne Barbette, par ordre
du duc de Bourgogne. Ce fut là que, le lendemain matin, son
hypocrite meurtrier vint visiter le cadavre, avec des témoignages
d'affliction. Mais dès le même jour il jetait le masque et se glo-
rifiait de ce guet-apens.

Cette église, ainsi que le cloître contigu, renfermait de curieuses tombes, dont Millin a fait graver les figures couchées, d'après
un recueil de Gaignières; mais M. Albert Lenoir en possède
aujourd'hui des dessins beaucoup plus complets et plus détaillés,
qu'il doit reproduire un jour dans sa *Statistique monumentale* (2).

J'avais ouï dire, vers 1840, que M. Callet père, architecte,
possédait dans son jardin (rue de la Pépinière, 64, vis-à-vis de

(1) Environ quarante ans plus tard il fut occupé par des Guillemites, qui ne portaient pas de manteaux blancs; le nom n'en est pas moins resté au monastère.

(2) Le recueil qui contient ces tombes provient de la vente Bignon, signalée au
numéro de février 1857, p. 407.

la rue Ville-l'Évêque), plusieurs tombes provenant des Blancs
Manteaux. A l'époque de la vente de sa collection en 1854, je
n'ai rien vu de semblable. J'ai remarqué seulement, incrustée
dans une muraille de la cour, une inscription tumulaire. On voit
encore sur la rue quelques pilastres et des arcs de style Renaissance, transportés là et remis en place, peut-être sous l'Empire.
Ces débris du XVIe siècle proviendraient-ils d'un monument funèbre du couvent qui nous occupe?

On conserve aux Archives (IIIe classe, nos 452 à 435) plusieurs
plans géométraux, relatifs aux anciens et aux nouveaux bâtiments de ce monastère. J'ai eu en communication et calqué en
partie celui numéroté 432. Un autre, que je n'ai pas vu, est coté
IIIe cl., n° 9, et porte la date 1674. Enfin, je signalerai, à la
bibliothèque du Louvre, dans un recueil d'estampes, grand in-folio,
intitulé : *Topographie* (E. 131 — o), un plan géométral, tracé et
ombré à la plume vers 1650. J'en possède un calque que je compte
un jour reproduire, réduit au tiers. Il a environ 56 centimètres
de long sur 39 de haut. L'ancienne église est une longue nef sans
transept, ni piliers, ni bas-côtés ; l'abside est de forme polygonale.
On y distingue le plan de l'autel isolé, celui des stalles, etc. De
chaque côté de l'entrée du chœur est une chapelle, établie aux
dépens de la largeur de la nef. Celle du nord se nomme : de
Notre-Dame-de-Pitié, celle du sud : de l'*Assumption*. Il est regrettable que le dessinateur n'ait pas indiqué les places des tombes
monumentales élevées contre les murs de la nef ou du chœur.

Au nord de l'église est le cloître, quadrilatère irrégulier,
bordé de portiques et décoré d'un petit parterre de forme circulaire, avec douze allées disposées en rayons, et figurant une roue.
On a désigné, en écriture cursive, les divers bâtiments du
monastère, la sacristie, le chapitre, le cellier, le réfectoire, l'in-
firmerie, la boulangerie, la buanderie, les cuisines, la menuiserie, etc. On compte six escaliers et quatre puits. Le jardin, peu
étendu, avait pour limites, au nord, en certains endroits du
moins, la rue de Paradis (ici non désignée), et il était séparé du
cloître et des autres corps de logis par le gros mur d'enceinte de
Philippe-Auguste, flanqué dans cette portion, vers le milieu de
son cours, d'une tour cylindrique, engagée d'environ un tiers
dans la muraille. D'après l'échelle du plan, ce mur, en partie
abattu à une certaine époque, conserve une longueur approxima-

tive de 18 toises, sur une épaisseur d'un peu plus de 7 pieds. La *grosse tour*, comme la nomme le plan, paraît avoir été amincie, agrandie si l'on préfère, à l'intérieur.

A une petite distance, vers l'est, est percé dans le gros mur un passage étroit, ou couloir, de forme courbe, communiquant à une vis pratiquée dans son épaisseur. Ce couloir est peut-être l'*huisserie* que Philippe de Valois, en 1334, permit aux Guillemites de pratiquer, afin qu'ils pussent se rendre à leur jardin sans sortir de l'enclos de leur monastère. Deux ans plus tard, il leur fit don de la tour, et leur accorda la jouissance du mur de la ville, à la charge d'une redevance annuelle. La muraille avait alors une longueur de 39 toises et 2 pieds, mesure représentant à peu près l'étendue de leur couvent, dans le sens de l'est à l'ouest. Sur le plan que je décris, on voit que des portions de cette muraille ont été supprimées pour l'établissement de cuisines et de plusieurs cours.

Ce dessin tracé vivement paraît être un plan original, un plan-minute, levé sur mesures par un toiseur, ou peut-être par un des religieux. Je ne sais si ceux que je n'ai pas vus aux Archives sont aussi curieux que celui-ci, mais je doute qu'ils soient plus détaillés. L'antiquaire, que la matière intéresserait spécialement, devra les consulter tous.

(HÔTEL DU PETIT-BOURBON). — J'ai déjà signalé parmi les tableaux plusieurs représentations de cet hôtel princier, qui avoisinait le Louvre. Je décrirai un jour quelques estampes qui le concernent; je vais citer ici deux dessins non gravés. Vers 1844, M. Bénard, dessinateur-topographe, me signala un dessin à la plume de Perelle, appartenant à un amateur, qu'il ne m'a pas nommé, et provenant de la vente du cabinet Mariette. Il m'en apporta un jour un calque au crayon, et plus tard une petite vue réduite, à la sépia. Je vais ici décrire le calque (1).

La ligne d'encadrement porte 203 millimètres de long sur 130 de haut. Le spectateur est placé sur le quai de l'École, presque au coin de la rue du Petit-Bourbon, à laquelle faisait suite celle des Poulies. Il a sous les yeux un mur délabré, le long duquel passe

(1) Le même artiste donna à M. F. C. Muller, alors mon concurrent pour la topographie parisienne, un autre calque, qui a passé dans la collection de M. Destailleurs.

un cavalier. Ce mur, situé à peu près où nous voyons à cette heure la nouvelle grille du Louvre, se relie, vers la gauche du dessin, à un vieux corps de logis, percé de deux longues fenêtres ogivales et flanqué d'une tourelle en encorbellement, dont la toiture est fort disgracieuse. Cette tourelle se retrouve sur plusieurs estampes, notamment sur la *Perspective dv Pont Nevf* de La Belle. Le mur se prolonge un peu au delà de ce bâtiment et fait un retour d'équerre vers l'ouest, sur le quai de l'École. Au loin, on aperçoit quelques maisons du quai Malaquais et le pavillon occidental du collége Mazarin (l'Institut), au-dessus duquel s'élève un des trois clochers de l'abbaye Saint-Germain.

Le point le plus curieux du dessin, c'est le profil latéral d'un assez long bâtiment, parallèle à la rue du Petit-Bourbon, et dont on ne voit guère ailleurs que la façade à pignon du côté du quai, façade remarquable par une grande fenêtre à balcon, surmontée d'une sorte de dais de pierre. La toiture élevée du bâtiment en question est dominée par celle d'un pavillon du Louvre, assez éloigné, qui fut, sous Louis XIV, abaissé et fondu dans la nouvelle façade méridionale, que nous voyons aujourd'hui.

Sur la surface du mur de l'édifice qu'on a sous les yeux, on compte quatre contre-forts et autant de fenêtres ogivales sans décoration. Tout cet ensemble, j'en conviens, est peu de chose et rappelle assez une grange seigneuriale ; mais il est à noter que, dès le temps de Louis XIII, on avait établi un théâtre au Petit-Bourbon ; or, ce fut *peut-être* dans cette galerie, vaste et assez élevée, que Molière obtint, en 1658, la permission d'établir sa troupe. J'hésite à le croire, puisque plusieurs auteurs du temps avancent que ce théâtre fut détruit vers 1660 ou 1665, quand on commença à agrandir le Louvre. On démolit en effet, à cette époque, une portion des bâtiments du Petit-Bourbon, mais la galerie qui nous occupe, s'étendant du sud au nord, subsistait encore en 1714, comme l'atteste le plan de La Caille, et ne disparut même, c'est probable, que vers 1766, lorsque le Garde-meuble de la Couronne, dont elle faisait partie, fut effacé du sol pour démasquer la colonnade du Louvre.

Je signalerai un autre dessin de ma collection (46 centimètres sur 35), tracé à la mine de plomb et rehaussé d'encre de Chine, représentant la démolition (vers 1766) des derniers restes de l'hôtel du Petit-Bourbon qui, du côté du quai, cachaient la per-

spective du chef-d'œuvre de Claude Perrault. Ce dessin a appartenu à feu M. Muller, déjà cité. Il doit en exister quelque part
un calque, d'un champ un peu plus étendu, car j'ai été obligé
d'en rétrécir l'original, vu la détérioration incurable du papier sur
les bords. Un réseau de lignes croisées, tracées au crayon sur
toute sa surface, atteste qu'on en a fait une réduction.

Ce dessin est assez remarquable sous le rapport de la perspective. Sur la gauche, on voit fuir de trois quarts la colonnade du
Louvre, dont les détails sont finement rendus. Au premier plan,
l'œil embrasse un amas de pierres de taille, de poutres et de
gravois ; ici, des tronçons cylindriques de colonnes renversées ;
là, des fragments de moulures et des chapiteaux de piliers gothiques. On voit encore debout des murs à chaînes de pierre et trois
arcades, dont deux à plein cintre surhaussé retombent sur des
piliers ronds à chapiteaux de feuillage, accusant le xiv\ :e siècle.
Ces arcs étaient peut-être, dans l'origine, des ogives dont on aura
modifié la forme, quand, sous Louis XIV, on établit là le Garde-
meuble. Les arcades servaient d'appui à un plancher de poutres, soutenu çà et là par des piliers de bois ; c'est ce qui semble
résulter de l'examen du dessin en question. Je n'ose affirmer que
cette démolition s'applique au théâtre témoin des débuts de
Molière, mais ce qu'il y a de sûr à mes yeux, vu la position de
la colonnade en perspective, c'est que ces arcades décoraient
l'intérieur de la salle, dont le dessin précédemment décrit représentait l'extérieur.

Je terminerai ce chapitre par la citation de quelques événements passés en l'hôtel du Petit-Bourbon. Le 10 mars 1415 (selon
le *Journal d'un bourgeois de Paris* sous Charles VI et VII), l'empereur de Hongrie, qui était logé au Louvre, invita à dîner, dans
une des salles, « les damoiselles et bourgeoises de Paris les
plus honnestes. » En 1426, le régent, duc de *Betford* « print
l'Ostel de Bourbon pour sien et là firent moult grant feste, qui
cousta moult, etc. » (*Ibid.*) En 1432, la femme du même personnage, Anne, sœur du duc de Bourgogne, « bonne et belle et
de bel aage (28 ans) trespassa en l'Ostel de Bourbon empres le
Louvre, le treiziesme iour de novembre, deux eures apres mynuict
entre le jeudy et vendredy. » (*Ibid.*)

En 1523, François I\ :er, à l'occasion de la trahison du connétable de Bourbon, fit briser les armoiries sculptées en divers

16

endroits et barbouiller les murs de jaune, par la main du bour-
reau. En 1572, le jour de la Saint-Barthélemy, ce fut *peut-être*
du haut du balcon de la grande salle ci-dessus décrite, et non
d'une des fenêtres du Louvre, que Charles IX arquebusa des
huguenots qui traversaient la Seine. Le 14 mai 1585, selon
Pierre Mathieu, on décapita devant cet hôtel, sur le quai sans
doute, un gentilhomme gascon nommé Montaud. En août 1589,
la Ligue, réunie dans la grande salle de cet hôtel, élut roi de
France, sous le titre de Charles X, le vieux cardinal de Bourbon,
alors prisonnier du roi de Navarre. En 1621, il y avait déjà un
théâtre établi dans une des salles, on y dansa le « grand Ballet
de la Royne, représentant le Soleil » (*Catal.* Soleine, n° 3261).
Le 23 novembre 1653, on y donna un grand ballet de nuit,
détaillé dans la *Gazette* de Renaudot de cette année-là (pages 222
à 236). Le 3 novembre 1658, Molière y débuta avec sa troupe,
dans *l'Étourdi* et *le Dépit amoureux*. Vers 1660, ou un peu plus
tard, une partie du Petit-Bourbon, y compris *peut-être* la salle du
théâtre, fut abattue pour l'accroissement et la reconstruction des
façades du Louvre, du côté de l'est et du sud. Ce qui resta des
bâtiments, notamment celui dont nous venons de signaler deux
dessins, servit de Garde-meuble pendant environ un siècle ; puis,
ces derniers débris furent rasés du sol.

Nous n'aurons plus à revenir sur le Petit-Bourbon, que pour
citer plus tard un assez grand nombre d'estampes qui le concernent. Le Louvre, son royal voisin, a fini par l'absorber tout entier.
On a, l'an dernier, abattu encore bien des maisons, pour ajouter
à la majesté de l'orgueilleux colosse. Espérons que son ambition
sera désormais assouvie, et qu'il ne réclamera pas un jour, sous
prétexte de perspective, l'ouverture d'une large avenue, qui
rognerait ou supprimerait en totalité l'église Saint-Germain-
l'Auxerrois, la vieille paroisse de tant de monarques très-chrétiens.

A. BONNARDOT.

(La suite prochainement.)

ICONOGRAPHIE DU VIEUX PARIS.

(suite) (1).

DESSINS.

CARMÉLITES DE LA RUE SAINT-JACQUES. — Je regrette de n'avoir à signaler ni plans ni dessins détaillés concernant le couvent où mourut en 1710 la duchesse de La Vallière ou plutôt la sœur Louise de la Miséricorde. Cet ordre religieux fut aboli en 1790, et les bâtiments anciens ou modernes ont disparu du sol, sauf *peut-être* quelques portions, depuis le commencement du siècle. Les compositeurs d'estampes destinées au vulgaire ne sont jamais embarrassés : ils inventent des localités, même quand ils pourraient s'en procurer des représentations exactes. L'infortunée maîtresse de Louis XIV a passé par toutes les épreuves réservées aux célébrités : on a déformé ses traits par tous les procédés connus de gravure ; on l'a cent fois peut-être représentée debout ou agenouillée sous les voûtes d'un cloître imaginaire, d'une architecture gothique plus ou moins ridicule.

Mademoiselle de La Vallière se retira, en 1671, chez les religieuses de la Visitation Sainte-Marie, à Chaillot. Ce fut probablement dans cette retraite que le roi lui fit une visite pour l'engager à reparaître à la cour ; mais sa résolution était irrévocable : en 1675 elle entrait, pour y finir ses jours, au couvent des Carmélites de la rue Saint-Jacques, dont les bâtiments, accompagnés de vastes jardins, ne remontaient qu'au commencement du siècle et n'offraient aucuns détails gothiques. La seule partie intéressante pour l'archéologie, c'était la chapelle, qui dépendait jadis d'un prieuré dit : de Notre-Dame-des-Champs ou des Vignes, et avait été rebâtie au xiie ou au xiiie siècle, sur l'emplacement d'une autre plus ancienne (2).

Après l'achèvement des bâtiments du cloître, on songea à

---

(1) Voir la livraison de décembre 1857.

(2) Sous Charles VI, quelques maisons, dont l'ensemble portait le nom de *Ville de Notre-Dame des Champs,* se groupaient autour de l'antique église. Les Anglais ravagèrent cette ville en 1435 et 1438. Cette même année, on y déposa en grande

décorer la vieille nef, à dissimuler son style *barbare,* comme on disait alors : on commanda, en conséquence, à Philippe de Champagne, Le Brun, Laurent de la Hire et Jacques Stella, des tableaux destinés à masquer les murailles séculaires. Deux estampes, dues à Isr. Silvestre et à J. Marot, nous ont conservé le souvenir du bâtiment extérieur.

L'unique dessin que j'aie à signaler au sujet des Carmélites ne doit pas nous occuper longtemps, car l'eau-forte de Silvestre (que je décrirai dans la catégorie des estampes) en est la reproduction fidèle, peut-être en plus petit. Ce dessin à l'encre de Chine, rehaussé de quelques teintes de couleur, faisait partie de la vente de M. Gourlier, architecte, vente faite à l'hôtel de la rue Drouot le 16 mars 1857. Il était sous cadre et portait le n° 49 du catalogue. J'ignore qui le possède à cette heure. C'était peut-être le dessin original, mais non signé d'Isr. Silvestre; j'en ai vu plusieurs du même genre attribués au même artiste.

M. F. de Guilhermy (*Itin. Arch. de Paris,* p. 244) s'exprime ainsi : « On assure que la crypte de l'église Notre-Dame-des-Champs « existe encore (1855) sous le sol de la rue qui met le Val-de- « Grâce en communication avec le jardin du Luxembourg. Il « paraît même qu'un second souterrain se trouverait au-dessous « de celui-là, et l'abbé Lebeuf pensait que ce pouvait être « quelque reste de sépulture gallo-romaine. » J'ai fait vers 1840 des recherches sur l'emplacement des Carmélites et n'ai rien vu de semblable; je dois ajouter que je n'ai pu librement parcourir les diverses propriétés bâties sur son emplacement.

Plus loin (*ibid.*) je lis : « Quelques Carmélites, héritières des « anciennes, sont revenues y planter leur pacifique drapeau.... « Dans une portion de l'ancien enclos, aujourd'hui transformé « en chantier de menuiserie, on montre une petite chapelle « construite au xviie siècle, sculptée à sa porte des noms de « Jésus et de Marie, dans laquelle l'*on prétend* que le corps de la « sœur Louise resta longtemps déposé. »

---

pompe le corps du comte d'Armagnac, avant de le transporter dans son pays. C'était un grand honneur, car cette église avait le privilége de recevoir les dépouilles mortelles des rois et princes du sang, ramenées des provinces. De là ces dépouilles étaient portées à Saint-Denis à travers la capitale. On trouve dans l'*Hist. de l'Acad. des Inscr.*, t. III, p. 500, une curieuse dissertation de Moreau de Mautour, sur Notre-Dame des Champs.

CARMES DE LA PLACE MAUBERT (ou GRANDS-CARMES). — Millin, dans ses *Antiquités nationales,* nous a laissé sur ce couvent une suite d'estampes assez médiocres mais curieuses, gravées d'après les dessins de Garnerey et Duchemin, dessins sans doute bien supérieurs aux gravures, et que possède peut-être un amateur ignoré. Les cour et jardin du couvent, après la suppression de l'ordre en 1790, devinrent des passages publics. On y établit le Prytanée, puis, en 1793 (selon M. G. de Saint-Fargeau), une manufacture d'armes. Un article du *Recueil polytechnique,* rédigé vers 1808, atteste que sous l'Empire le terrain et les bâtiments appartenaient toujours, en partie au Prytanée, en partie à l'État. Cet article sent d'une lieue l'architecte de la Ville, toujours ardent à voter la ruine des vieux édifices : « Observons que la démolition « produirait des matériaux immenses ; car on sait que ces anciens « bâtiments ont été construits avec profusion de matériaux, bois « et ferrements ; en sorte que cette démolition produirait quantité « de pierres, bois, fers, tuiles et autres objets nécessaires à la « bâtisse, et couvrirait une partie considérable de la dépense « qu'entraînerait (*sic*) les constructions nouvelles. Les revenus « des propriétaires, loin d'être diminués, en seraient beaucoup « augmentés. »

Le Siècle du 27 février 1844 annonce que le 23e de ligne vient de s'installer dans le *couvent des Carmes* de la place Maubert. L'auteur de l'article désignait sans doute ainsi, par méprise, le collège de Lisieux, situé dans le voisinage et servant aujourd'hui encore de caserne.

Selon Dulaure on commença à démolir l'église en 1812 ; en 1813 tout avait disparu, et, sur l'emplacement, on établissait le marché projeté dès 1800 et terminé seulement en 1823.

Je me souviens d'avoir remarqué, avant 1830, sur un mur, au nord de ce marché, des vestiges d'arcades ogivales, aujourd'hui effacés.

J'ai enregistré, il y a longtemps, au Cabinet des Estampes plusieurs plans et dessins de l'architecte Vaudoyer, concernant le marché des Carmes. Il me semble qu'il s'en trouvait un ou deux, représentant des restes du cloître ; mais je n'ai pu retrouver cette suite, faute d'avoir pris l'indication du portefeuille qui la contenait.

M. Albert Lenoir a gravé dans sa *Statistique monumentale* une

26

série de sept ou huit curieux dessins de Nicolle (1) relatifs à la
démolition de ce couvent; je décrirai les gravures qui les
reproduisent quand je ferai un jour l'analyse de cet immense
atlas. Je me bornerai aujourd'hui à quelques remarques au
sujet de l'un de ces dessins signé *V. Nicolle* et donné comme
représentant le cloître des Grands-Carmes tel qu'il était avant 1790.
L'original fait maintenant partie (ainsi que le reste de la même
suite) de la collection de M. Destailleurs. Tous ces dessins avaient
appartenu à M. F.-C. Muller qui les communiqua à M. Lenoir
vers 1845 ou 1846. Les six ou sept, où figurent diverses parties
du couvent en démolition, ont été croqués avec verve, évidemment
d'après nature, et les traits en ont été repassés à la plume, puis
rehaussés d'encre de Chine; mais celui dont je vais parler est
une aquarelle aux teintes patiemment fondues, offrant une cour
de cloître entourée de galeries gothiques et en parfait état
d'intégrité.

Cette vue de V. Nicolle représente-t-elle en réalité les
Grands-Carmes de Paris? A mes yeux il n'y a pas certitude :
aussi, dans l'intérêt de la vérité, dans le but d'éviter peut-être
une méprise aux futurs historiens du vieux Paris, ai-je cru devoir
expliquer ici mes doutes.

En 1842 ou 1843, dans une de mes tournées d'iconophile,
j'aperçus cette aquarelle exposée sous l'auvent de zinc de
M. Lemière, marchand d'estampes étalagiste, rue du Carrousel.
Il en voulait quatre francs, prix qui étonnera peut-être les
amateurs de nos jours, peu habitués à trouver des dessins de
Nicolle authentiques et bien finis à si bon marché. J'étais donc
libre de l'acquérir, et pourtant je m'en abstins : en voici la raison.

L'examen des détails, malgré plus d'un trait de ressemblance,
me donna à croire qu'il ne s'agissait probablement pas des
religieux de la place Maubert. Le style et la disposition des

___

(1) Cette vague expression *sept ou huit* semble témoigner que je n'ai pas cet
atlas sous les yeux : en effet, je ne le possède pas. On trouve occasion d'acquérir
dans les ventes les livraisons parues, mais sans certitude de pouvoir les compléter.
Publié sous les auspices du ministère de l'Inst. publique, cet ouvrage fut dans l'origine distribué gratuitement à un grand nombre de membres du gouvernement, dont
plus d'un sans doute n'y a jamais jeté les yeux. En 1853, croyant avoir acquis des
titres pour en obtenir un exemplaire, j'adressai au ministère une demande accompagnée de l'envoi de trois ouvrages sur les antiquités de Paris ; j'attends encore une
réponse. .

arcades trilobées rappelait, il est vrai, l'architecture de leur cloître; les plafonds des galeries étaient formés de solives comme aux Carmes; sur les murs opposés aux arcades apparaissaient de profil des peintures qu'on pouvait volontiers supposer représenter la vie du prophète Élie; mais deux points du dessin semblaient attester que Nicolle ou n'avait pas eu l'intention de représenter ce couvent, ou s'était permis, pour l'effet, d'ajouter d'une part et de retrancher de l'autre. Millin nous a laissé une minutieuse description des moindres détails du cloître : or, il ne dit mot d'une statue qu'on voit ici figurer dans un angle du portique. C'est un ange debout, grand comme nature, tenant une trompe, emblème du jugement dernier. Cette effigie me rappela l'intérieur d'un cloître que j'avais visité en 1835 quelque part en Lombardie, peut-être aux environs de Milan.

Autre remarque : sur ce dessin, tel que je le vis à l'étalage de M. Lemière, apparaissait au second plan, au delà du portique du fond, le flanc d'une église de style ogival. Celle des Carmes, comme l'attestent les anciens plans, entre autres celui de Verniquet, se prolongeait vers l'orient au delà des bâtiments du cloître. Ici la nef était trop courte du côté du chevet d'au moins trois ou quatre travées pour être celle des Carmes, à moins que Nicolle n'ait eu la fantaisie de la raccourcir pour donner à sa perspective plus d'air, plus d'horizon. Une dalle tumulaire offrait sur le premier plan quelques lignes de majuscules; à coup sûr, si j'avais pu y lire le nom du libraire Gilles Corrozet, qui fut inhumé sous les galeries du couvent le 4 juillet 1568, je n'aurais conservé aucun doute sur le sujet de l'aquarelle de Nicolle; mais impossible de déchiffrer un nom ou une date sur cette inscription. En définitive je n'achetai pas le dessin. De son côté M. Gilbert, habile appréciateur, qui, dans sa jeunesse avait vu debout le cloître des Carmes (1), avait eu connaissance de cette pièce, et

(1) Au moment même où je rédigeais ce passage, j'apprenais le décès, à l'âge de soixante et douze ans, de M. Antoine-Pierre-Marie Gilbert, le doyen peut-être des archéologues parisiens. Il avait exercé longtemps les fonctions de maître-sonneur et de gardien des tours de Notre-Dame ; aussi, bien que domicilié dans la circonscription d'une autre paroisse, son service a-t-il été célébré, le 6 janvier 1858, dans la cathédrale, dont il avait écrit l'histoire et sur laquelle il possédait des pièces fort rares. C'était un ami éclairé et vraiment passionné de nos antiquités nationales.

ne s'était pas soucié de l'acquérir, par des motifs identiques
aux miens.

Quelques jours après, M. C.-F. Muller l'acheta. La grande
analogie que ce dessin offrait dans son ensemble avec les croquis
de Nicolle, qu'il possédait déjà, le persuada qu'il ne pouvait avoir
fait une méprise. Il demeurait boulevard Saint-Denis, et, comme
alors j'habitais dans son voisinage, il avait l'habitude de venir me
montrer toutes ses nouvelles acquisitions relatives au vieux
Paris. Chacun de nous trouvait son avantage dans ces relations :
j'apprenais de lui à juger du mérite d'un dessin ou d'une
estampe, et je l'éclairais en retour sur le mérite, sous le rapport
archéologique, des pièces qu'il avait rencontrées. Je lui exposai
les raisons qui m'avaient détourné d'acheter cette aquarelle, tout
en convenant que le sujet présentait beaucoup d'analogie avec les
Carmes. M. Muller parut désappointé, vivement contrarié que ce
dessin curieux ne pût passer pour le complément authentique de
ses croquis de Nicolle.

Quelques années plus tard, feuilletant la *Statistique monumentale de Paris,* je vis la reproduction de cette suite, et mon
étonnement fut grand au sujet de l'estampe gravée d'après le
dessin en question : la nef de l'église se trouvait allongée de trois
travées. Je compris que M. Muller avait mis en pratique mes
observations, et corrigé la négligence topographique de Nicolle,
supposé que Nicolle ait en effet voulu représenter les Carmes.
J'allai revoir l'original chez son possesseur, qui l'avait modifié,
comme je viens de le dire à propos de la copie gravée; mais
M. Muller se refusa à convenir franchement d'une métamorphose
évidente pour moi qui avais examiné au moins dix fois cette
pièce avant son insertion dans la *Statistique.* Cette retouche, au
reste, avait été exécutée avec le talent incontestable que possédait
cet artiste en miniature pour la réparation des anciens dessins
ou peintures à l'huile. Grâce à cette addition, dont Nicolle
lui-même n'eût pas désavoué le style, cette aquarelle pouvait à la
rigueur passer à mes propres yeux pour une vue des Carmes de
Paris, bien que dans l'origine elle représentât peut-être un cloître
de Lombardie ayant beaucoup d'analogie avec l'architecture du
couvent parisien.

On comprendra le motif de cette digression si l'on songe que
je me suis voué à la recherche des portraits authentiques du

vieux Paris et que ce dessin a été gravé dans un recueil aussi
sérieux que pittoresque. Sur l'aquarelle de Nicolle ainsi recorrigée
reste l'effigie de pierre (ou de marbre), représentant un ange qui
tient une trompe dont l'embouchure touche le bas de sa robe.
C'est un détail d'ornementation assez remarquable, et pourtant,
je le répète, ni Millin, ni aucun autre des auteurs qui ont décrit
ce cloître avant lui n'en ont fait mention. Du reste, il me serait
impossible de retrouver dans ma mémoire le nom et la position
du couvent italien où j'ai vu des statues semblables, placées dans
les angles d'un portique claustral, que décoraient également des
fresques sur les murs à l'opposite des arcades.

Je terminerai par un reproche à l'adresse de l'artiste qui a
reproduit l'aquarelle de Nicolle, que j'ai récemment revue deux
fois chez M. Destailleurs. La trompe du jugement dernier, que
tient l'ange, a été métamorphosée par le graveur en un encensoir
à trois chaînes. Il est à présumer que l'original aura été rendu à
M. Muller avant l'achèvement de la copie gravée. Pour éviter ces
sortes d'erreurs un artiste ne saurait mettre trop de soin à confronter sa copie avec le modèle. Il faut examiner plus d'une fois
les objets qu'on veut dessiner ou décrire, sinon il est impossible
d'échapper aux méprises de détails. C'est par cette raison qu'il
ne m'est permis à moi-même de signaler avec précision que les
pièces en ma possession ou du moins celles dont je puis avoir
facilement communication si je désire les revoir. La mémoire la
plus fidèle est sujette à faillir quand elle s'exerce sur des détails
que les yeux n'ont pas examinés assez longtemps pour en garder
un souvenir fidèle. Au reste, cette inexactitude, d'une importance
secondaire, est sans aucun doute une exception dans le travail
d'exécution de l'atlas publié par M. Albert Lenoir.

Je mentionnerai encore d'autres dessins concernant les Grands-
Carmes. J'en possède trois, dont un douteux. Ce dernier est un
petit croquis en hauteur, de 153 sur 104 millimètres, vivement
tracé à la plume et aquarellé, représentant l'intérieur d'une église
à voûtes ogivales, dont les dalles sont en partie enlevées. Au
fond on entrevoit une cour et des bâtiments assez analogues à
ceux qui figurent sur les croquis de Nicolle reproduits dans la
Statistique. Du reste, les détails en sont insignifiants et trop
vaguement accusés pour nous éclairer.

Un autre dessin à la plume, rehaussé d'encre de Chine et de

sépia (327 millimètres sur 204), représente avec évidence la
cour du cloître en démolition et vue sur deux côtés. Il ne reste
plus debout que les grands arcs en plein cintre un peu surbaissé
de la galerie, contenant chacun trois arcades ogivales trilobées,
tels qu'on les voit figurer sur les gravures de Millin. De plus on
distingue à gauche, de trois quarts, de hautes murailles et des
arrachements d'arcades provenant de l'église. Au bas, à gauche,
sur une poutre on lit : *la D^e Duchâteau*. 1813.

Un second dessin du même style (290 millimètres sur 205)
est signé en bas à gauche : *D. Duchâteau* 1813. Le premier plan
est occupé par un énorme pan de mur, dont la surface offre des
traces d'arcs en ogive, deux fenêtres carrées treillissées, et des
débris de faisceaux de colonnettes. Vers le milieu, au delà d'une
vaste ouverture rectiligne, déformée par la pioche, on aperçoit, de
profil et sur un second plan, plusieurs arcades dont deux soutenues par des piliers ronds; c'est l'intérieur des Carmes, ou d'une
autre portion du couvent. Le sol, ici comme sur le dessin qui
précède, est encombré de pierres et de dalles.

En somme, il y a peu de nouveaux renseignements à tirer de
mes dessins, pour qui a vu ceux reproduits dans les *Antiquités* de
Millin et la *Statistique monumentale;* mais le nom de *Duchâteau*
doit nous occuper un instant. J'ai acheté à la vente Maingot
(citée n° de février 1856) une quinzaine de dessins ainsi signés,
avec dates. Madame Duchateau, que M. Albert Lenoir m'a dit
avoir connue dans son enfance, se plaisait à prendre des croquis
de nos vieux monuments en proie aux démolisseurs. J'en citerai
d'assez curieux à propos de l'abbaye Ste-Geneviève et du cimetière
des Innocents. Sur l'un d'eux elle s'est représentée elle-même, assise
sur une pierre et traçant un croquis ; elle porte un costume fort
simple, de la fin du dernier siècle. Sa signature est toujours précédée de la lettre D ou D^e qui signifie, je pense, *dame* ou *demoiselle*. Ses dessins sont peu remarquables sous le rapport des tons
et de la touche des détails, mais la perspective en est habilement traitée. Les traits ne manquent pas de hardiesse et accusent des esquisses d'après nature. Il est à regretter que cette
femme artiste n'ait pas eu la patience de faire mieux sentir les
menus détails de l'ornementation : certaines parties de ses dessins offriraient aujourd'hui beaucoup d'intérêt. Elle doit en avoir
produit beaucoup d'autres, tombés je ne sais entre quelles mains.

En tous cas son nom doit être ajouté à la liste des dessinateurs qui ont recueilli les derniers souvenirs des monuments religieux abattus à Paris vers la fin du xviii° siècle ou au commencement du xix°.

CARMES-DÉCHAUSSÉS. — J'ai peu de chose à dire sur ce couvent, achevé en 1620 et subsistant encore rue de Vaugirard. Le dôme de son église est, je crois, le premier modèle de toiture de ce genre, exécuté à Paris; pour qui a vu Saint-Pierre de Rome, c'est une bien chétive ampoule, et l'édifice tout entier pourrait disparaître du sol sans mettre les archéologues en grand émoi. Ce couvent de Carmes est connu par l'eau de mélisse qu'y distillaient les religieux, et, sous le point de vue historique, par les terribles massacres de septembre 1792, où trois cents prêtres furent immolés.

A ceux qu'intéresserait cet édifice assez piteux je signalerai un grand dessin à la mine de plomb, ombré de sépia, qui se trouve dans le *Recueil de dessins des villes de France* (voyez n° de févr. 1857), suite attribuée à François Stella, frère cadet du célèbre peintre Jacques Stella. Le couvent est représenté tel qu'il était vers 1635. On lit en un coin : « Aspet de L Eglize des Carmes Dechausés à Paris. » Si je ne fais une méprise, il est suivi d'un autre dessin du même édifice, daté 1637. Ce couvent a été acheté de nos jours par l'Archevêché de Paris (voir le *Bulletin de l'Alliance des Arts* du 25 juin 1844).

CARROUSEL (PLACE DU). — J'aurais voulu trouver au sujet de cette place un plan antérieur au moins au règne de Louis XIII, un plan détaillé où figurât le passage de l'enceinte, fortifiée de remparts et de fossés, achevée sous Charles VI; mais cette bonne rencontre est encore à faire. Je n'ai vu, en fait d'anciens dessins relatifs à la place du Carrousel, que des plans de l'époque de Louis XIV. A ces plans se rattachent des projets de réunion du Louvre aux Tuileries, question aujourd'hui résolue avec plus ou moins de bonheur, selon les manières de voir.

On trouve au Cabinet des Estampes (*Topographie de Paris*, quartier des Tuileries, tome I) quelques plans manuscrits dont un géométral, très-détaillé, concernant le terrain dit depuis 1662 place du Carrousel. Il en existe aussi, je crois, plusieurs autres dans un grand carton supplémentaire. J'en ai noté deux (dont je n'ai pas pris communication) sur le catalogue des Archives; ils sont datés de 1734 et représentent, d'après le titre, « la place du Carrousel et environs » (IIIᵉ classe, nᵒˢ 646 et 796). Ces divers plans peuvent fournir des documents sur les anciens hôtels situés entre le Louvre et les Tuileries.

CATHERINE DU VAL DES ÉCOLIERS (PRIEURÉ DE Sᵗᵉ-). — Ce couvent fondé par saint Louis et démoli en 1782 (1) renfermait entre autres sépultures remarquables celle des d'Orgemont. Guillebert de Metz nous apprend vers 1432 qu'on voyait en cette église une copie du Saint-Sépulcre de Jérusalem et une *ymage* (peinte ou sculptée) de Bertrand du Guesclin. En avril 1436, pour remercier Dieu de l'expulsion des Anglais de Paris, on fit à Sainte-Catherine du Val une solennelle procession composée de plus de quatre mille personnes, prêtres ou écoliers, tenant chacun un cierge allumé (*Journal de Paris sous Charles VI et VII*).

Je ne connais que deux dessins concernant ce prieuré, où furent établis vers 1630 des chanoines de la congrégation de Sᵗᵉ-Geneviève. J'ai calqué aux archives (IIIᵉ classe, nᵒ 74) un plan géométral, d'une assez vaste échelle et sans date, ayant environ 48 centimètres sur 40. Il est tracé à la plume et lavé à l'encre de Chine ou au bistre. Il aura été levé au xviiiᵉ siècle, vers l'époque où il était question de supprimer le couvent.

L'enclos du prieuré était de toutes parts borné par des propriétés particulières. L'entrée principale s'ouvrait rue *Couture* (Culture) Sᵗᵉ-Catherine; une autre issue, pratiquée dans le pignon du transept méridional de l'église, débouchait sur une longue allée aboutissant à la rue Sᵗ-Antoine. Sur ce plan, l'entrée du côté de la rue Culture est précédée de quatre bornes et paraît percée dans un bâtiment, refait, je pense, sous Louis XIV, en remplacement d'un autre plus ancien.

Germain Brice, dans sa *Description de Paris* (édition de 1717), s'exprime ainsi : « La première entrée sur la rue est ornée de « quatre colonnes corinthiennes ovales ou aplaties, qui ne pro- « duisent pas un effet agréable. » Un autre portail, qui ne fut jamais

(1) Des lettres patentes de mai 1767, rappelées en octobre 1777, ordonnent la construction d'un marché sur son emplacement.

terminé, celui de la Merci (dont les restes encore debout font face
à la porte occidentale des Archives), devait être également décoré
de colonnes ovales, dans le but, sans doute, d'éviter un excès de
saillie sur la voie publique.

Cette entrée plus ou moins monumentale introduit dans une
cour, où se présentait de face le pignon occidental de l'église du
couvent, pignon décoré jadis, comme l'attestent les anciens plans,
d'un portail en style du xiiie siècle, reconstruit, hélas! sous le
Grand roi, d'après les dessins du père de Creil, selon Brice, ou,
selon d'autres, de François Mansard, un des plus redoutables
ennemis de notre vieille architecture. Ce portail moderne figurait un hémicycle orné de pilastres, statues et bas-reliefs. Au milieu s'avançait en manière de péristyle un petit portique carré,
soutenu de deux colonnes, sorte de contrefaçon des porches du
Moyen-âge, traduite en style gréco-romain. Patte nous a laissé
une élévation gravée de ce portail fort admiré de son temps, et
qui annonçait plutôt l'entrée d'un hôtel que celle d'une église.

La cour où s'étalait avec orgueil ce prétendu chef-d'œuvre,
substitué aux ogives de saint Louis, fut témoin, selon plusieurs
chroniques, d'un épisode historique assez notable. On y exposa
en août 1358 les corps des complices d'Étienne Marcel, tués
près de la porte ou bastide St-Antoine, qui fut un peu plus tard
incorporée aux bâtiments de la Bastille.

D'après le plan qui nous occupe l'église a un transept et des
chapelles latérales. Les grands arcs de la voûte reposent sur de
gros faisceaux de colonnettes alternant avec des piliers ronds. De
chaque côté de la nef sont établies trois vastes chapelles. L'abside,
de forme polygonale, n'a pas de bas côtés. A l'endroit où le transept croise la nef sont quatre gros piliers flanqués de colonnettes,
destinés à soutenir le poids d'une haute flèche de charpente
plombée, qui surmontait le comble de l'édifice. Au nord de la
nef, selon la coutume, s'étend le cloître de forme carrée, entouré
de quatre galeries qui se composent dans leur ensemble de vingt-
quatre arcades. A l'est du cloître s'élève un grand bâtiment percé,
du côté du jardin, d'un rang de treize fenêtres ; il renfermait sans
doute en bas le réfectoire et le dortoir au-dessus.

Le marché actuel Ste-Catherine et les rues qui y aboutissent
représentent, je crois, la surface totale, et de forme très-irrégulière, de la clôture du prieuré. Sur une feuille annexée au plan

est tracé le dessin d'une des fenêtres de l'église : c'est un arc
ogival encadré d'un triple rang de moulures et subdivisé en deux
arcs plus étroits que surmonte une rosace quadrilobée, genre de
fenêtres presque exclusivement adopté pour les églises au
XIIIe siècle.

Au tome I des Recueils de costumes de Gaignières (Cabinet des
Estampes) se trouvent deux dessins représentant saint Louis,
des sergents d'armes, etc., figures en pied, sculptées en creux, qui
décoraient le portail primitif de l'église. Ces dessins ayant été
gravés dans plusieurs ouvrages, notamment dans les *Monuments
inédits* de X. Willemin, je ne les décrirai pas ici. On trouve dans
les *Mémoires de l'Académie des Inscriptions*, tome XVII, une dissertation de Bonamy sur ces sculptures intéressantes.

CAVES ANCIENNES A PARIS. — Je n'ai à citer aucun dessin relatif
à ces caves, mais j'ai l'espoir que quelque architecte en aura levé
les plans ; ce que je vais en dire étant une simple digression, je
serai bref. J'ai vu çà et là dans mes recherches en nature sur le
vieux Paris (sans compter les cryptes de Saint-Bon, de Saint-Sym-
phorien, etc.) des salles souterraines fort anciennes et remplissant
de nos jours l'office de simples caves. Je citerai d'abord celles que
je visitai en 1843, rue de la *Chanverrerie,* n° 8 ; c'était une suite de
plusieurs galeries solidement voûtées, servant de dépôt pour des
fromages de Marolles qui y étaient superposés par dizaines de
mille. Ces caves, disait-on, étaient destinées *autrefois* à détenir
les condamnés à mort qui devaient être exécutés aux Halles : *on*
m'assura en outre qu'elles s'étendaient jusque sous le pavé de la
rue des Prêcheurs. Je ne puis apporter ici aucunes preuves positives à l'appui de cette tradition populaire vraie ou fausse. Ces
caves ont été, en partie du moins, démolies, ainsi que la maison
fort vulgaire qui y donnait accès, lors de la reconstruction des
Halles.

J'ai visité en 1840 et 1843, rue des Cordiers (parallèle à celle
des Grès), une cave remarquable par ses voûtes et quelques
piliers ronds sans chapiteaux ; elle faisait probablement partie
du couvent des Jacobins, et, comme toutes les maisons de la rue
des Cordiers sont encore debout, elle doit toujours subsister.

Enfin, je signalerai une sorte d'ancienne crypte que j'ai visitée
deux fois. Elle se trouvait sous la maison n° 5 de la rue Pierre

Sarrazin, maison qui dépend aujourd'hui du n° 2 ou 4 de la rue
de l'École de Médecine. Cette salle souterraine appartenait sans
aucun doute au collége de Dainville (ou Daimville) fondé
en 1380 (1). Les voûtes, bordées de moulures sur leurs arêtes,
reposaient sur trois piliers centraux dont les chapiteaux offraient
des feuilles grossièrement sculptées, ou plutôt à l'état d'ébauche ;
de chaque côté de la salle, dans le sens de sa longueur (parallèle,
je crois, à la rue Pierre Sarrazin), étaient creusés dans la muraille quatre hémicycles ou grandes niches, correspondant aux
intervalles qui séparaient les piliers.

La maison n° 5 a été, depuis, réparée et badigeonnée ; mais il
est très-probable qu'on n'aura rien changé à la crypte. D'après
mes notes, je visitai pour la première fois cette cave en 1840. S'il
n'y a pas confusion avec celle de la rue des Cordiers, elle était
louée alors à un brasseur ou un liquoriste qui y descendait des
tonneaux par une porte basse, ouverte sur la rue. Je demandai la
permission de l'examiner à loisir, et je la revis quelques années
plus tard. J'y suis tout récemment retourné, mais n'ai pu remarquer aucune trace de la porte basse. Le concierge du n° 2 de la
rue de l'École m'a dit que la maison et celle voisine reposaient
sur de magnifiques caves voûtées dont quelques-unes à piliers. A
la première occasion, je compte éclaircir la question et lever un
plan approximatif de cette curieuse cave, dont les détails décrits ci-dessus sont encore présents à ma mémoire.

CÉLESTINS (COUVENT DES). — Louis Beurrier et Millin ont
laissé peu de choses à dire sur ce couvent, auquel se rattache
plus d'un événement historique (2). Des lettres patentes du
13 mai 1779 supprimèrent l'ordre des Célestins, et, dès 1783,

(1) On voyait encore en 1779, à côté de la porte de ce collége (vis-à-vis de
l'église Saint-Côme, rue de l'École de Médecine), un bas-relief relatif à sa fondation ; il représentait les rois Jean et Charles V, accompagnés des trois fondateurs,
les frères Michel, Gérard et Jean de Dainville, présentant à la Vierge le principal et
les boursiers du collége.

(2) Je citerai, entre autres, la cérémonie des obsèques de la duchesse de Bedfort,
sœur de Jean Sans-Peur, duc de Bourgogne. Ce service eut lieu le 8 janvier 1432,
dans l'église, voisine de la chapelle où était inhumée la victime de Jean de Bourgogne,
Louis d'Orléans, assassiné rue Barbette, en 1407. En 1432, suivant le récit de
Guillebert de Metz, cette église était décorée de nombreuses *peintures*, représentant,
entre autres sujets, le Paradis et l'Enfer.

il n'y avait plus de religieux. On y établit d'abord, selon M. de
Saint-Fargeau, un hospice médico-électrique ; en 1785, on y installa les Sourds-Muets. Après 1790, les monuments funéraires
furent transportés au musée des Petits-Augustins. En 1795,
l'église, qui servait alors de magasin à un charron, fut incendiée. La Restauration convertit les bâtiments en une caserne,
dite du Petit-Musc, occupée par la garde royale. Après 1830,
on y logea je ne sais plus quel corps d'infanterie ou de cavalerie ;
aujourd'hui c'est la grande caserne des Célestins, rebâtie à neuf
et occupée par la troupe de ligne.

En 1840, j'allai visiter le cloître rebâti sous François Ier et
achevé en 1550. Il en subsistait à peine quelques vestiges. On
avait récemment découvert, sous les dalles de la galerie orientale,
une sorte d'oubliette où l'on trouva un squelette et à ses côtés
une bouteille. Contre les murs du cloître j'ai pu lire ces deux
inscriptions tumulaires, fort peu importantes pour l'archéologie :
— *Citrovillard*. 14 *aug.* 1643 ; P. E. *Bavdovin*, 1er *juillet* 1658 ;
ces noms sont probablement ceux de deux religieux.

A l'époque où l'on allait, pour agrandir la caserne, raser
tous les anciens bâtiments (1847), j'allai les visiter en compagnie de M. Rebillot, qui y avait ses entrées libres en sa qualité de colonel de la garde municipale de Paris. Du côté de la rue
du Petit-Musc s'élevaient de hideux bâtiments, lézardés et irrégulièrement percés de fenêtres sans décorations, replâtrages
du XVIIe siècle, que surmontaient de vieilles lucarnes. Sur le portail de l'église existaient encore les niches où s'élevaient avant
1793 les statues des fondateurs. Sur le socle de gauche on lisait en
lettres gothiques très-allongées : *Carolus quintus fundavit*, 1352 ;
sur celui de droite : *Jehanne de Bourbon espouse de Charles
quint*. La nef était divisée en deux étages par un plancher moderne. Je n'ai pu voir que la partie inférieure, peu remarquable ;
celle supérieure, où passaient les voûtes à nervures, portait encore, assurait-on, quelques traces de sculptures, mais on ne put
en ouvrir l'entrée.

Il ne restait plus rien de la chapelle d'Orléans fondée en 1392,
et adossée à la muraille méridionale de l'église ; on distinguait
seulement contre cette muraille quelques vestiges de tombes
murales, d'une sculpture assez grossière. Le chevet, de forme
polygonale, donnait sur une petite cour pleine d'orties, de gra-

vois et d'immondices. Çà et là sur ses pierres grises saillaient des
débris d'armoiries et d'emblèmes, restes de la décoration d'une
très-petite chapelle que l'orgueilleuse famille de Rostaing avait
élevée à l'orient de celle des ducs d'Orléans. En 1848 les dernières pierres du couvent avaient disparu, sauf quelques portions
de bâtisses du xviiᵉ siècle, incorporées à l'immense caserne actuelle des Célestins.

A diverses époques on a levé des plans ou dessiné des vues de
ce monastère ; je n'ai que quelques pièces à citer, car je m'abstiendrai, bien entendu, de décrire ici celles gravées dans la
Statistique monumentale. J'ai mentionné (nº de février 1857,
p. 399) le titre d'un recueil in-4º, contenant des dessins exécutés de 1585 à 1587, par Jacques Cellier de Reims, calligraphe.
Au folio 93 se trouve un grossier dessin à la plume, intitulé :
« Aspect de la maison des Celestins de Paris avec l'arsenac à re-
« garder d'icy qui est sus le ques de la rue de Bieure, et a
« prendre du meilleux du couing de ladicte rue de la Tournelle. »

Il n'y a, à mon grand regret, aucun renseignement à tirer de
cette pièce, dont le dessin est tout à fait enfantin, inexact, et
sans perspective ; elle aura été exécutée non d'après nature, mais
de souvenir, par un homme qui ne savait tracer que des ornements ; elle n'eût offert un peu d'intérêt que dans le cas où il
n'eût rien existé sur cette portion du vieux Paris. On y distingue
l'église du couvent accouplée à une nef plus petite : la chapelle de
la famille d'Orléans. Le long de la berge, court un mur crénelé,
flanqué de cinq ou six maisonnettes ou pavillons carrés qui sont
censés représenter les massives et hautes tours d'enceinte, élevées de ce côté sous Charles VI. L'île Louviers y figure piteuse-
ment au milieu de la Seine ; le terrain en est hérissé de quelques
arbustes effarés, qui ressemblent à des goupillons. Au premier
plan un pavillon ineptement dessiné et flanqué de deux tourelles
indique la Tournelle, espèce de châtelet fortifié de tours, dont
un pont, bâti dans le voisinage de son emplacement, a retenu
le nom.

Ce griffonis, aussi sauvage que l'orthographe de l'inscription,
semble avoir survécu pour attester qu'en tout temps l'habileté à
dessiner des lettres, la calligraphie, a été incompatible avec le
talent d'artiste. M. Pernot lui a fait l'honneur de le prendre pour
base d'un de ses dessins et l'a tout à fait métamorphosé à force

d'en corriger les lignes. A quoi bon tant de peine? Mieux eût valu simplement le fac-similiser, en lui conservant sa naïveté *inartistique,* ou mieux encore, le laisser inédit.

Je possède un grand plan géométral (55 centim. sur 42) tracé à la plume et rehaussé d'encre de Chine, représentant les bâtiments des Célestins, appropriés à l'établissement des Sourds-Muets, plan levé vers 1785. Les jardins n'y figurent pas en entier du côté de l'orient, mais l'ensemble des bâtiments y est retracé avec de nombreux détails. On lit au haut ce titre, dont je conserve l'orthographe : « Plan du Rez de chaussé des Bâtimens « de la Maison conventuelle des Celestins de Paris destiné aux « sourts et muets. » Onze renvois indiquent l'usage spécial des divers corps de logis. On y distingue nettement l'église et le grand autel, mais non les places occupées par les tombes monumentales. L'étroite chapelle de la famille d'Orléans contient cinq autels, et des chapelles latérales du côté du sud. Son chevet, qui regarde l'est, ne s'étend pas aussi loin que celui de l'église du couvent ; à sa suite est tracé le plan de la petite chapelle qui renfermait des sépultures de la famille Rostaing. Au nord de l'église règne le cloître quadrilatéral, achevé vers 1549. On a indiqué avec précision les jambages de ses vingt-huit arcades à plein cintre et de style Renaissance, arcades géminées, dont les arcs retombent sur des couples de colonnes d'ordre corinthien ; les quatre portiques du cloître bordent un préau disposé en parterre. Plus loin, vers le nord, est une cour dite de la Dépense, dont je vais parler. Enfin, le plan offre divers autres corps de logis, parallèles, les uns à la nef de l'église, les autres à la rue du Petit-Musc (1).

En 1845, deux ans avant la démolition à peu près totale de ce monastère, j'y entrai avec mon ami M. Eug. Grésy, qui dessina la cour de la Dépense, dite aussi des Cuisines, parce que les cuisines étaient établies là depuis la fondation. Le croquis de M. Grésy offrant aujourd'hui un certain intérêt, je vais le décrire d'après le calque que j'en possède. Il a environ 29 centimètres sur 23 ; la perspective est prise de l'est. Au fond s'étend de face un vieux bâtiment, à tel point replâtré, modifié depuis le

(1) Il existe un vaste plan manuscrit des bâtiments de l'Arsenal (sous Louis XV), dans une des salles de la bibliothèque de ce nom ; mais on y a laissé en blanc le terrain occupé par le couvent des Célestins.

xiv° siècle, qu'il n'a plus de caractère précis ; il est divisé en
deux étages, et quatre mansardes, inégalement espacées, sont
accroupies sur la pente de son long toit de tuiles tout déjeté.

Ce bâtiment, qui longe la rue du Petit-Musc, ne présente que
quelques détails dignes de notre attention ; telle est, au rez-de-
chaussée, une large fenêtre en arc surbaissé et à double croisillon de pierre. Les autres fenêtres, qui s'ouvrent dans cette
surface de moellons, sont rectilignes, placées à des distances
irrégulières et sans aucune symétrie dans leurs dimensions. Les
cheminées de brique qui surmontent le toit remontent peut-être au
temps de Charles V, bien qu'on en construisît du même genre
encore sous François Ier. Celle qui s'élève à l'extrémité méridionale a sa souche sillonnée de trois cannelures ou rainures verticales, de forme prismatique ou angulaire, résultat de la disposition en biais des briques. L'autre, qui s'élève à l'extrémité nord,
a son sommet en forme de toit à deux pentes, muni d'un rang de
trois petit frontons aigus, assez semblables aux clochetons qui
accompagnent la base de certains clochers de pierre. Ces sortes
de lucarnes, qui donnent à sa souche l'apparence d'un petit bâtiment à toit *mansardé*, avaient pour but de garantir du vent et de
la pluie l'orifice de la cheminée ; leurs ouvertures arquées étaient
destinées à livrer à la fumée une issue.

En avant du bâtiment en question est adossé un pavillon bas,
servant d'appendice aux cuisines, percé d'une seule fenêtre étroite
à treillis de fer. Dans l'épaisseur de sa face se dessine en creux
un segment de cercle, qui fait suite à la paroi d'un puits ouvert à
cet endroit et dont la poulie est protégée par la saillie du toit du
pavillon.

A droite, le spectateur voit fuir de profil un bâtiment peu élevé,
sans décoration, percé de fenêtres rectilignes et sans symétrie.
C'est peut-être une construction du xv° siècle, modifiée à diverses
reprises selon les besoins des religieux. A gauche, se déploie de
trois quarts, de l'est à l'ouest, un bâtiment d'un style mieux
caractérisé. De hautes baies ogivales, interrompues par un avant-
corps, en forment le rez-de-chaussée. Ces fenêtres, contemporaines, je pense, de Charles V, ont été défigurées à diverses époques et en partie murées ou rétrécies. Au-dessus de ces ogives
règne un rang de fenêtres carrées, de style moderne. Cette
aile de logis servait probablement de réfectoire dans l'origine,

et peut-être était-elle surmontée d'un étage servant de dortoir.

L'ensemble de cette cour présente en somme un mélange hybride de constructions conservant à peine des traces de leur type primitif, et si dénaturées, que leur démolition ne mérite guère nos regrets. Néanmoins l'image de cette cour est à conserver ; aussi je compte un jour la faire graver, à moins que le dessin de M. Grésy ne soit reproduit dans la *Statistique monumentale*.

Quant à l'intérieur des bâtiments décrits, je ne me souviens pas d'y avoir rien rencontré de remarquable ; les salles avaient été subdivisées par des cloisons et des appendices de tout genre qui en rompaient l'unité ou en masquaient la décoration. Du reste, les ornements en avaient peut-être été depuis longtemps dénaturés, soit à l'époque où François Ier fit restaurer et reconstruire en partie le monastère, soit du temps de Louis XIV. Sous le *Grand roi* on s'avisait souvent de raboter les sculptures saillantes du Moyen-âge, afin de rendre la bâtisse plus *propre*, comme on s'exprimait alors. Ce qui pouvait subsister de la physionomie primitive des Célestins aura reçu le coup de grâce en 1785, année où l'on y établit l'école des Sourds-Muets.

Il existe, au sujet des Célestins, un rapport du Comité des monuments historiques, cité dans les *Débats* du 17 février 1852 ; j'y renvoie le lecteur. On trouve sur l'inondation de leur couvent en 1658 une intéressante dissertation de Bonamy dans les *Mémoires de l'Acad. des Inscriptions*, tome XVII.

CHAMPAGNE (MAISON DE PHILIPPE DE). — Je possède un petit croquis (227 millimètres sur 176) assez artistement tracé, d'après nature, à la mine de plomb. Au bas est cette inscription à l'encre, d'une écriture du XVIIe siècle, dont je reproduis fidèlement l'orthographe : « Dessing de la maison ou demeuroit M^r de « Champagne en 1654 fauxbourg S^t-marceau rue mouftar ou sont « presentement les Religieuse hospitaliers. » Ce dessin faisait partie d'une suite décomplétée, dont j'ai trouvé en 1840 six feuillets chez M. Guichardot, alors établi rue Saint-Thomas du Louvre. Les cinq autres pièces, que je décrirai plus tard, sont dessinées sur un papier identique, avec inscriptions de la même main, et représentent des sites du faubourg Saint-Marceau. Sur l'une d'elles, sans date, on lit : « Veüe des maison qui se voyoient du « iardin ou demeuroit Mr de Champagne fauxbour S^t. Marceau. »

Sur une autre : « Veüe des maisons que voyoient du jardin ou
« demeuroit M. de Champagne 1649. » Un troisième dessin
porte : « Veüe d'une boucuerie et d'une partie des maisons du
« faux bour S¹ marceau que voyoit du cote droit de la maisons
« ou demeuroit M. de Champagne en 1656. » Ces diverses
inscriptions semblent attester que le célèbre peintre habita successivement plusieurs maisons dans le même quartier en 1649,
1650 et 1656, maisons représentées peut-être en trois dessins,
dont un seul en ma possession. On lit enfin sur une autre pièce :
« Veüe de l'eglise de S¹ medar auec le chasteau de bisetre (au loin)
designé par Philipe de Champagne. » Cette dernière esquisse,
tracée d'après nature avec une certaine verve, n'est pas une
copie servile, mais ne saurait être assurément attribuée à la
main du maître.

Occupons-nous du premier de ces dessins. Il est certain que
l'inscription qui est au bas n'a pas été mise au hasard ; la naïveté
de l'orthographe et de l'écriture en fait foi. Il a été gravé dans
le *Magasin Pittoresque*, je ne sais au juste en quelle année
(antérieure à 1848), car je n'ai pas encore songé à demander à
M. Charton le numéro où il est reproduit, et n'ai jamais lu le
texte qui accompagne la gravure.

La maison habitée par Ph. de Champagne en 1651, vue de
face, se compose de trois étages ayant chacun trois fenêtres de
front. Le toit porte quatre *mansardes* inégales, et au-dessus
s'ouvrent trois étroites ouvertures. Ce toit est dominé à droite
par une bâtisse, par une sorte de pavillon carré, assez semblable
à un belvédère. A côté et à la suite du principal corps de logis,
sur la droite, s'étend un bâtiment moins élevé, auquel adhère
un avant-corps, en retour d'équerre, dont la partie supérieure
surplombe, soutenu, sur les côtés, par deux consoles et, vers le
milieu, par un pilier de bois. Dans le pan de mur auquel se relie
ce pavillon en encorbellement, on distingue une porte dont l'arc
est en accolade. Une portion de cette habitation semi-gothique,
rebâtie sans doute en partie vers la fin du xvi° siècle, repose sur
une terrasse, formée de huit arcades de front et dominant un
jardin au sol inégal, qui s'avance sur le premier plan.

Ces mots de l'inscription « rue Mouftar ou sont *presentement*
les Religieuse hospitaliers » annoncent que le dessin est postérieur
à 1651, puisque la maison occupée d'abord par le grand a:tiste

27

était devenue un couvent de femmes. A l'époque où je fis l'acquisition de cette suite de dessins, je n'eus rien de plus pressé que d'aller à la recherche de cette maison, que j'avais l'espoir de retrouver en nature quelque part au faubourg Saint-Marceau : mes démarches furent inutiles. Il n'y eut jamais rue Mouffetard d'autre couvent de religieuses hospitalières que celui dit : les Filles de la Miséricorde de Jésus, et aussi : Filles de Saint-Julien et de Saint-Basilisse. Elles furent établies en juillet 1655, selon plusieurs auteurs, en 1657 selon Sauval (t. I, p. 596). Leur couvent, d'après les vieux plans de Paris, celui entre autres de La Caille (1714), avait son entrée principale rue Mouffetard, presque en face et un peu au-dessus de la rue du Pot de Fer Saint-Marcel; or, il fut supprimé en 1790, et, vers 1830, on bâtit sur son emplacement la grande caserne que nous voyons aujourd'hui. A cette dernière date, sinon bien des années auparavant (peut-être même dès celle où les religieuses s'y établirent), l'habitation occupée en 1651 par Ph. de Champagne aura disparu.

C'est dans ce couvent, selon M. de Saint-Fargeau (*Les quarante-huit quartiers de Paris*), que se retira madame de Maintenon après la mort de Scarron, son mari, c'est-à-dire vers 1660. A cette époque, les plus fervents admirateurs du peintre bruxellois (qui avait encore quatorze ans à vivre) n'eussent pas fait deux pas sans doute pour visiter son atelier abandonné; mais deux siècles ont passé sur sa cendre et propagé sa gloire; de nos jours, si cette vulgaire maison était encore debout, plus d'un ami des arts ferait tout exprès le voyage de Bruxelles à Paris pour venir lui adresser un salut patriotique.

A. BONNARDOT.

(*La suite prochainement.*)

ICONOGRAPHIE DU VIEUX PARIS.

(suite) (1).

DESSINS.

Change (Pont au). — Il a déjà été question, dans la catégorie des tableaux, de ce pont établi sur le grand bras de la Seine et dit par excellence le *Grand Pont*. Il en existait un de bois, vers ce point du fleuve, dès l'époque de Jules César; depuis, il a été plusieurs fois détruit, puis rebâti, soit en pierre, soit en charpente, à peu près, sinon précisément, à la même place. L'histoire complète de ses reconstructions et des événements dont il fut le théâtre m'entraînerait dans les embarras d'un volume de cinq à six cents pages. Je me bornerai ici à parler de celui incendié dans la nuit du 23 au 24 octobre 1621, ainsi qu'un autre très-proche, dit, du nom de son constructeur, pont *Marchant*, et aussi : *aux Oiseaux* (voir le numéro de juin 1856, p. 208), lequel remplaça, vers le commencement du xviie siècle, celui dit *aux Meuniers*, qui *peut-être* occupait lui-même l'emplacement du pont de bois bâti sous Charles le Chauve contre les invasions des Normands (885 à 886). De Sainte-Foix, compilateur d'anecdotes, nullement archéologue, a confondu avec le pont au Change ce dernier pont qui, le touchant presque du côté de l'ouest, l'accompagna pendant plusieurs siècles. Plus d'un auteur mal informé, et peu soucieux de consulter les anciens plans, est tombé dans la même méprise (2).

Le large pont de pierre que nous voyons encore aujourd'hui fut construit entre 1635 et 1642 sous la direction du fils ou du neveu d'Androuet Ducerceau, comme l'atteste le compte manuscrit cité

---

(1) Voir la livraison de février.

(2) On trouve dans les *Mém. de l'Acad. des Inscr.*, au tome XVII, une intéressante dissertation de Bonamy, sur le pont au Change. Les trois tomes de preuves de Félibien fournissent seize arrêts ou pièces diverses qui le concernent de 1520 à 1642. On lit de curieux détails sur cet incendie dans un arrêt du Parlement petit in-8° de 12 p , impr. par F. Morel et Métayer.

au numéro d'octobre 1856, p. 29, note 2. Il va être incessamment
rebâti un peu plus rapproché vers l'est et peut-être à la place
même qu'il occupait avant l'incendie de 1621. Je ne connais pas
de portrait du pont de bois antérieur à celui-ci, par cette raison
que, sur les anciennes peintures ou les vieux plans à vol d'oiseau,
il est masqué par celui dit successivement *aux Meuniers* et
Marchant; la perspective étant toujours prise de l'ouest, c'est
tout au plus si l'on aperçoit les toits de ses maisons. Un dessin,
tracé avant octobre 1621, d'une des fenêtres des bâtiments qui
surchargeaient le pont Notre-Dame, pourrait seul nous en donner
une juste idée; pour moi je n'en ai jamais rencontré aucun. On
a sans aucun doute eu l'intention de le représenter sur un des
bois insérés dans un recueil d'ordonnances de la prévôté et
échevinage de la ville de Paris (1), mais cette image informe ne
nous apprend rien de positif. Les maisons sont figurées par une
suite de pignons, dessinés probablement de fantaisie, et il en est
ainsi des autres ponts.

Je vais ici décrire un petit dessin curieux (203 millimètres de
large sur 95 de haut) qui fait partie de ma collection. Les traits
en sont à l'encre tournée à la rouille et à peine visible, le tout
rehaussé d'un peu d'encre de Chine; quelques contours ont été,
postérieurement, c'est probable, ravivés au crayon (2). Il me fut
adjugé, il y a quinze ans, en vente publique, au prix de 5 francs.
Il porte deux estampilles : à gauche, un timbre sec représente une
croix à quatre branches dentée, entourée d'un cercle; à droite est
imprimé un L majuscule dans un triangle. C'est, m'a-t-on dit,
la marque des pièces de Lagoy, artiste-amateur, qui, vers la fin
du dernier siècle, je crois, avait formé une collection de dessins (3).
Celui-ci a été attribué à La Belle. Les détails en sont très-finement
accusés, mais, en somme, difficiles à déchiffrer sur certains

(1) Ouvrage dont il existe des éditions datées 1500, 1528, 1582 et 1608, avec
des titres un peu différents. Je citerai celui de la plus ancienne, petit in-4° gothique, daté à la fin : janvier 1500. « Le present livre faict mention des ordonances
de la prevoste des marchans et eschevinaige de la ville de Paris. » C'est, je crois,
cette première édition que j'ai vue à la Bibliothèque impériale, sous le n° F. 1069.

(2) J'ai plus d'une fois été tenté de rétablir le noir de l'encre à l'aide de l'acide
gallique, mais j'ai craint de détruire l'effet général du dessin.

(3) Lagoy a gravé, à titre d'amateur, je pense, et à l'eau-forte, un assez grand
nombre de dessins. On conserve au Cabinet des Estampes un petit recueil de ces
eaux-fortes. Il doit exister un catalogue imprimé de sa collection.

points. Néanmoins, en l'examinant de près sous divers angles d'incidence de lumière, j'ai fini par en saisir chaque trait de manière à être en mesure d'en donner une description précise.

Sur un arrière-plan se développe, vu de l'orient, le flanc d'un pont de charpente, qui occupe environ les deux tiers de la longueur du dessin ; il paraît bordé de chaque côté de boutiques dont les toits en appentis, de bois ou de toile, sont inclinés du côté de la Seine ; vers le milieu s'élève une croix de bois. Au-dessus de ces toits, sur la droite, apparaissent les combles lointains du Louvre et des Tuileries. Près des piles, formées de poutres de ce pont, évidemment provisoire, sont deux moulins à eau, bâtiments bas, établis sur des bateaux amarrés et pourvus chacun d'une roue à aubes. Au delà d'une des arches (celle que surmonte la croix) on aperçoit, vers un point peu éloigné du pont Neuf, un moulin semblable. Tout près du pont, sur le premier plan, et aussi sur un plan intermédiaire, surgissent au-dessus du fleuve des groupes de pieux ou plutôt de perches, destinées sans doute à signaler aux navigateurs les endroits dangereux, embarrassés par les décombres des deux ponts.

Sur un plan de Paris en deux feuilles avec texte, édité en 1625 par Melchior Tavernier, on retrouve tous ces détails, mais vus de l'ouest : pont, croix, boutiques, perches et moulins. Ils figurent encore sur les éditions de 1630, 1631 et 1635 (1). Ce dessin de La Belle aura été exécuté vers 1636, année où l'on dut commencer à jeter les fondements du pont de pierre actuel.

Le pont de bois représenté sur notre dessin occupe, à mon avis, la place du pont Marchant, car son extrémité sud débouche tout près de la tour carrée de l'Horloge, très-reconnaissable aux accessoires de cette horloge, rétablis en 1844, époque où la tour fut reprise en sous-œuvre. Plus loin on aperçoit les deux grosses tours de la Conciergerie, qui paraissent presque n'en faire qu'une seule en raison du point de perspective près de la berge où s'étend aujourd'hui la levée du quai aux Fleurs. Sur cette berge s'élève à gauche une vieille construction, dont une portion en saillie est soutenue par trois potences de bois et forme repoussoir sur la face orientale de la tour de l'Horloge. Tout près de cette mai-

(1) Ce plan, calqué sur celui de Mathieu Mérian de 1615, porte des corrections en rapport avec les dates de ces diverses éditions (voir le nᵒ d'avril 1857, p. 27). L'édition de 1630 a été adjugée 67 fr., à la vente Lassus, le 11 mars dernier.

son (1) on remarque des débris d'une solide maçonnerie qui s'avance comme un promontoire sur la Seine et accuse par sa forme les vestiges d'une culée et une naissance d'arcade. C'est, à mon avis, un reste du pont au Change incendié. Ses arches, il est vrai, étaient de charpente, mais ses culées pouvaient bien être celles d'un pont antérieur. Là, donc, était probablement placé le pont au Change subsistant avant 1621, dont l'axe aboutissait, à l'aide d'une légère déviation, vers le sud-ouest à l'entrée de la rue de la Barillerie ou plutôt de Saint-Barthélemy.

Revenons au pont de bois provisoire. Il ne communique pas de plain-pied avec le sol du quai de l'Horloge, mais rencontre une arche de bois plus élevée que les autres et surmontée d'une maison à pignon et à trois étages de fenêtres, maison formée de poutres et de plâtre, qui paraît être la seule survivante du pont Marchant. Quand on avait traversé la Seine sur cette sorte de passerelle, on devait monter à cet endroit, pour se rendre au Palais, une dizaine de degrés. A cette maison se relie sur la gauche, c'est-à-dire à l'entrée de la rue Saint-Barthélemy, une barrière en planches. Entre la rue et le pont on voit la foule qui circule, mais les détails sont ici trop faiblement accusés pour être bien saisis. Au premier plan sont deux femmes assises sur la berge, et non loin deux bateaux, ayant chacun son batelier. Sur un plan plus éloigné, près de la construction en saillie sur la berge, trois personnages debout révèlent par leurs manteaux courts l'époque de Louis XIII et en même temps le style des figures de La Belle.

M. Destailleurs possède une petite aquarelle de V. Nicolle, représentant le pont au Change, achevé vers 1649 et couvert de maisons abattues en 1788. Il serait inutile de le décrire, car, sans compter plusieurs tableaux, il nous reste de ce pont un assez grand nombre de portraits, gravés sous Louis XIV ou Louis XV; d'ailleurs, le dessin signalé a été reproduit par M. C. Meryon, artiste moderne bien connu des amateurs par ses eaux-fortes hardies, imitant avec bonheur la touche d'Isr. Silvestre, de Zeeman et d'autres anciens artistes.

(1) C'est probablement une des masures qui bordaient, entre les ponts au Change et Notre-Dame, la rive où s'étend aujourd'hui la chaussée du marché aux Fleurs. Ces vieilles maisons étaient occupées par des tanneurs et des teinturiers. Je décrirai un jour, à la lettre F, un croquis où figure cet ancien quai, bordé de constructions d'une physionomie très-pittoresque.

CHANOINESSE (MAISON RUE). — Rue Chanoinesse, n° 18? (n° 14 sur
le plan détaillé de la Cité par Vasserot) s'élève au fond de la cour,
à droite, une sorte de donjon ou de tour carrée un peu déjetée,
qui accuse à vue d'œil une hauteur approximative de 30 mètres et
se divise en quatre étages au-dessus du rez-de-chaussée. La face
qui regarde le sud est percée à chaque étage d'une petite fenêtre
en arc légèrement surbaissé. Au rez-de-chaussée s'ouvre une porte
rectiligne, que précède un perron de quatre marches. Le sommet
sans corniche est coiffé d'une vulgaire toiture en tuiles. Sa face
septentrionale se relie à un corps de logis du xviie ou xviiie siècle.
Elle sert tout simplement de cage à un escalier à vis, dont les
degrés de pierre conduisent aux divers étages d'un bâtiment sans
intérêt et sans élégance. A l'intérieur rien de curieux. Le sommet,
qui ne supporte aucune terrasse, ne se termine pas par une voûte
décorée de sculptures comme on en voyait à la maison dite *de la
Reine Blanche,* rue des Marmouzets-Saint-Marcel. De petits cubes
de pierre en constituent l'appareil, mais l'épaisseur de ses murs
n'a rien de formidable; son ensemble seul a je ne sais quelle
apparence féodale, que dément l'examen des détails.

J'ai, depuis 1840, visité trois fois cette cage d'escalier, dont
M. Eug. Grésy m'a dessiné un croquis à la mine de plomb,
rendu avec beaucoup d'exactitude. J'ai déjà fait mention de cette
construction dans mes *Dissertations sur les enceintes de Paris,*
page 8. Le portier de l'immeuble la désigne, avec un aplomb que
je souhaiterais à l'édifice qui nous occupe, comme un reste de la
résidence du vieux monarque qui mettait ses chausses à l'envers,
à en croire une chanson niaise, dix fois plus populaire (je le dis à
notre honte) que les strophes sublimes de Victor Hugo. Le renseignement est bouffon, mais le Pipelet de céans se révolte contre
quiconque ose nier l'authenticité d'une tradition dont il est le
dernier écho. Les visiteurs peu soucieux d'approfondir cette
généalogie mérovingienne l'acceptent sans discussion ; pour moi,
je suis un peu moins accommodant. Il me serait difficile de bien
préciser l'âge de cette vieille bâtisse ; je crois être à son égard
très-généreux en la faisant remonter au xve siècle. Ce n'est pas
tout à fait l'époque du bon roi Dagobert, mais je ne puis faire à
personne une plus large concession.

Dans la face occidentale de la tour est percée une autre porte,
surmontée d'un auvent. Si on la franchit, après avoir descendu

quelques marches, au bout d'un couloir obscur et tortueux, on débouche dans une seconde cour dont le pavé est de niveau avec la rue Basse-des-Ursins sur laquelle cette maison a une issue. Cette petite cour morne, solitaire, moussue, offre une physionomie digne en vérité de la riche palette de Balzac. Elle est dominée par une terrasse cultivée en jardinet, et, au delà, on a pour perspective des jardins voisins, assez verdoyants ma foi ! pour la partie septentrionale de la Cité, et qu'on ne s'attendait guère à rencontrer à proximité de la rue Basse-des-Ursins.

Le susdit jardinet, exhaussé d'environ deux mètres au-dessus du sol de cette rue, m'a toujours apparu comme une énigme à résoudre, et je n'ai pu me défendre d'y voir le tronçon d'une jetée ou d'un rempart élevé à une époque fort ancienne contre les invasions, soit de la Seine, soit des Normands. Le site assurément exhale, bien qu'encaissé dans des constructions presque modernes, je ne sais quel arome de vieux manoir. Je me promets de publier un jour le dessin de M. Grésy.

Pendant que nous sommes rue Chanoinesse, j'ajouterai que j'ai visité en 1840 la cour de la maison alors numérotée 22. J'y ai vu incorporées, je crois, au pavage de la cour, plusieurs tombes plates, sculptées en creux, fort détériorées. Sur l'une d'elles j'ai déchiffré : *Cy gist.... Iehan Millot;* c'était celle probablement d'un chanoine de la cathédrale ; car cette maison était comprise dans le cloître Notre-Dame, séparé comme une juiverie, par quatre portes, du reste de la Cité laïque. Contre un mur qui regardait l'orient était sculpté en relief un blason d'évêque. Sur l'écu on distinguait trois figures dont j'ignore le nom héraldique : elles ressemblent à l'extrémité des branches d'une croix dite ancrée, ou, si l'on veut, à un fer de flèche debout sur sa pointe. Les caves de cette maison sont (ou du moins étaient en 1840) divisées en cellules d'un aspect fort ancien.

CHANVERRIE (PUITS RUE DE LA). — J'ai dans le précédent article parlé de caves curieuses dépendantes du n° 8 de cette rue, qu'absorba le percement de la rue Rambuteau. Le 13 octobre 1843, comme me l'apprennent mes notes, j'ai visité et dessiné au n° 21 (voir le plan de Paris de Jacoubet) un puits situé sous un vestibule d'escalier et accosté de sculptures assez intéressantes, remontant à l'époque d'Henri II. La margelle était fort vulgaire : elle consistait

en deux assises de grosses pierres, et le dessus offrait une portion
avancée en forme de triangle, et destinée à poser un seau. On voit
encore plus d'un échantillon du même genre à Paris, notamment
dans la cour de la maison de Ph. De Lorme, rue de la Cerisaie.
Sur un pilier ou sur le profil d'une épaisse muraille contiguë à la
margelle saillait une sculpture en haut-relief, dont mon dessin,
malgré son imperfection, donnerait tout de suite une idée, mais
qu'il n'est pas aisé de décrire : essayons pourtant.

A l'endroit où le susdit pilier forme retour d'équerre avec un
plafond de pierre qui plane au-dessus du puits, apparaît une tête
barbue, coiffée d'une autre tête, celle d'un lion aux yeux éteints,
dont les deux pattes inertes pendent à droite et à gauche du cou
du personnage. Il est facile de reconnaître Hercule vêtu de la
dépouille du lion de Némée. La tête du demi-dieu ne s'appuie pas
sur un buste, mais bien sur une console à enroulements, bizar-
rement entrelacés de divers ornements galbés, de glands à
franges, etc. La console elle-même retombe sur un grand mascaron antique, décoré de volutes en guise de barbe. Plus bas se
dessine sur la pierre un cadre à moulures, dont l'intérieur est nu.
Derrière ce pilier ou profil de mur s'élance une potence en fer
ouvré, scellée dans la muraille. Le travail en est fort remarquable :
les ornements consistent en élégantes spirales contournées en
forme de feuillage dentelé. A l'extrémité, galbée avec grâce,
du bras de la potence est suspendue une poulie dont l'axe
a pour point d'appui un ornement semblable à une fleur de
jacinthe renversée.

Je regrette aujourd'hui de n'avoir pas sollicité un artiste ou un
photographe de venir prendre une image fidèle de cette curieuse
œuvre de serrurerie, dont il n'existe plus, à ma connaissance, un
second échantillon à Paris, et qui aura disparu obscurément. Mon
dessin, par malheur, n'est ni assez finement détaillé ni assez correct sous le rapport de l'agencement des lignes, car j'avais eu à
lutter, dans un espace étroit, contre une perspective difficile à
saisir pour qui n'en connaît pas les principes ; néanmoins j'ai
l'espoir que, rectifié par un artiste-archéologue, habile à deviner
la réalité sur de simples indices, il pourra donner aux amateurs
une idée approximative des accessoires qui accompagnaient cet
ancien puits.

CHAPELLE (SAINTE-). La Sainte-Chapelle subsiste à cette heure, à quelques détails près, telle qu'on la voyait, sinon sous saint Louis, du moins sous Charles VI, et nous devons cette résurrection au zèle, au talent éclairé de feu M. Lassus, qui commença en 1837 à la restaurer sous la direction de M. Duban, puis seul à partir de 1844 (1). Il serait ici superflu de décrire les détails d'un édifice qui fait partie du vieux Paris *vivant*, car c'est le vieux Paris *mort* qui est surtout l'objet de nos recherches ; aussi parlerai-je plus volontiers des portions absentes de ce chef-d'œuvre d'architecture religieuse, telles que l'escalier en portique du sud, le bâtiment du Trésor des Chartes, qui se reliait à son profil septentrional, etc. Je vais donc citer plusieurs dessins dont les points les plus curieux en général ne seront pas la Sainte-Chapelle elle-même, mais bien ses accessoires, qui du reste seront plus spécialement détaillés au rang des lettres initiales de leurs noms particuliers.

J'ai feuilleté deux fois avant 1848 un fort précieux missel in-folio, manuscrit sur vélin à l'usage du diocèse de Poitiers, exécuté vers le milieu du xve siècle pour Jean-Juvénal des Ursins, archevêque de Reims. Ce missel faisait alors partie de la splendide collection d'objets d'art de M. Debruge-Duménil, échue par héritage à M. Jules Labarte, son neveu. Sur les deux catalogues de cette collection (2), il porte le n° 646. Je l'ai vu adjuger le jeudi 7 février pour 9,900 fr. outre les frais, à M. le prince de Soltikoff ; mais il appartenait déjà avant la vente au prince, qui, dit-on, avait acheté à l'amiable la collection en masse, et l'avait fait mettre en vente dans un double but : se défaire des objets dont il ne se souciait pas, et savoir à quel prix le feu des enchères ferait monter ceux qu'il conservait.

Ce missel contient un grand nombre de miniatures grandes et petites, dues à trois mains différentes. Certains fonds offrent

(1) Voir sur la critique ou l'éloge de cette restauration *les Débats* du 15 juin 1841 et le *Bulletin de l'Alliance des Arts*, numéros d'août 1843, de janvier, août, septembre et novembre 1844 ; de juillet et décembre 1845 ; de juin 1846 ; de février 1847. Félibien a enregistré vingt-cinq pièces ou ordonnances concernant la Sainte-Chapelle de 1245 à 1642.

(2) M. Labarte en a publié, en 1847, une description très-détaillée, gr in-8° de 858 p. Le catalogue de vente, de 222 p., est daté 1849. La vente dura du 23 janvier 1850 au 12 mars suivant.

de curieux intérieurs de maisons au xv⁰ siècle, car autrefois, c'est un fait connu de tous les amateurs, on garnissait le palais du roi David, ou l'humble domicile de la Vierge, de meubles usités à l'époque où était exécuté le manuscrit; ainsi des costumes. Sur plusieurs de ces fonds perce aussi l'intention, plus ou moins heureusement réalisée, de représenter certains sites parisiens; la plupart sont à peu près méconnaissables; j'en parlerai en leur lieu.

Parmi ces gouaches topographiques, une des plus curieuses est celle qui va nous occuper : on y voit le chœur de la Sainte-Chapelle vers 1450. Je l'ai revue l'été dernier dans la collection du prince; elle se trouve au verso du folio 83. Elle m'a paru n'être pas, comme toutes les autres, tracée de souvenir ou d'imagination, mais avoir pour origine une esquisse d'après nature. On y distingue les voûtes à nervures du chœur, et, au-dessous, un riche pavillon carré, vaste baldaquin à arcades trilobées, semé de fleurs de lis sur fond d'azur. Ce baldaquin planc au-dessus du grand autel, richement paré de reliquaires, parmi lesquels brille la châsse contenant la couronne d'épines. On remarque sur la gauche plusieurs stalles sculptées et un lutrin en forme d'aigle aux ailes déployées. Devant l'autel se dresse l'effigie coloriée d'un saint, probablement celle de Louis IX.

Cette miniature, où ne figure aucun personnage, a été copiée (un peu agrandie, je crois) dans le *Recueil* lithographié, publié par M. Dusommerard, tome II, 7⁰ série, pl. XI. Au tome I⁰ʳ se trouve une autre grande lithographie représentant aussi le chœur de la Sainte-Chapelle, restauré en partie d'après la même miniature : c'est la reproduction d'un tableau à l'huile exécuté par M. Jules Lauré sur les dessins de M. Albert Lenoir, chez qui j'ai vu l'original.

Quelques lignes maintenant sur une miniature qui fait partie de ma collection. Elle provient d'un livre d'heures de la fin du xv⁰ siècle, qu'une main vandale a disloqué. Elle a 140 millimètres de haut sur 90 de large. Au premier plan à gauche, Job, maigre et nu, est assis sur son fumier, ou plutôt sur un énorme monceau de bottes de paille d'une teinte bistre foncée, dont l'une remplace, à la satisfaction des regards pudiques, une feuille de vigne absente. Cinq personnages engagent la conversation avec le vieillard à barbe blanche,

Le fond de cette gouache, assez habilement touchée, offre de trois quarts et vus du sud-est le chœur et le flanc méridional de la Sainte-Chapelle. La base de la flèche et la crête du toit sont dorées. A côté du chevet, une nef moins élevée, qui le flanque au nord, représente le Trésor des Chartes. Un petit pavillon sans toit, près de la naissance des travées du chevet, peut passer pour l'oratoire de Louis IX. A droite, un demi-pignon figure une portion du portail de Saint-Michel du Palais, dominé par deux hautes tours crénelées, celles qui fortifiaient la porte du Palais sise vis-à-vis la rue de la Calandre.

Au delà du bâtiment du Trésor des Chartes, sur un arrière-plan, se présente une moitié de la principale façade du Palais (dit alors : du Parlement), dont le comble est hérissé de deux lucarnes gothiques. Sur la gauche, au-dessus de la tête de Job, s'élève un bâtiment à fenêtres ogivales, que couronnent une crête dorée et deux hautes lucarnes décorées de sveltes clochetons. Le dessinateur a voulu indiquer sans doute la Chambre des Comptes, qui venait d'être, ou allait être construite par ordre de Louis XII. Une longue rampe en pente douce ou plutôt un escalier droit, à ciel ouvert, bordé d'une balustrade, occupe le milieu de la miniature ; cinq personnages, dont une femme, stationnent sur la plate-forme à laquelle il aboutit, ou descendent les degrés. Cet escalier est censé représenter, je pense, celui de la Chambre des Comptes, qui avait l'apparence d'une galerie couverte ; cet accessoire est donc de pure invention. Au reste, on peut admettre qu'à l'époque où fut exécutée la miniature, la Chambre des comptes, bâtie en 1504, n'était encore qu'un édifice projeté. Il est certain que la présence de la Sainte-Chapelle aide beaucoup à reconnaître les localités voisines, qui, vues isolément, seraient assez énigmatiques, en raison du peu d'exactitude des détails et de la manie, commune à tous les anciens miniaturistes, de mêler la fantaisie à la réalité.

Dans le Recueil de dessins à la plume du calligraphe Jacques Cellier (recueil signalé à l'article précédent, au mot *Célestins*), on trouve, au folio 89, une représentation de la Sainte-Chapelle, vue du sud vers 1585. Ce griffonnis sans art, comparé à une photographie du monument, paraîtrait une monstruosité ; sa date seule lui donne quelque intérêt. L'escalier-portique de Louis XII y figure, mais fort mal rendu. Le chef-d'œuvre de Pierre de

Montereau est partout bordé d'un rang serré d'échoppes, probablement occupées par des écrivains publics. Chacune de ces échoppes, sorte de niche à dogue, est taillée sur un même patron : la façade est un pignon ; la porte est surmontée d'un châssis vitré ; à côté s'ouvre une large fenêtre formant boutique ; une petite ouverture carrée est percée dans le triangle du pignon. Je crois qu'il devait y avoir plus de variété soit dans les proportions, soit dans les détails de ces excroissances ligneuses, qui jadis envahissaient la base de tout édifice civil ou religieux, comme des groupes de champignons accumulés au pied d'un grand chêne.

Le feuillet suivant du même recueil représente l'orgue de la Sainte-Chapelle ; c'est une boiserie de style Renaissance, fleurdelisée et semée de lettres H, initiale désignant le nom d'Henri II ou celui d'Henri III, qui aura fait réparer ou reconstruire l'ancien jeu d'orgues.

Au folio 7 du *Recueil de vues de France* de F. Stella (voir le n° de février 1857), un dessin à la plume, rehaussé d'encre de Chine, représente vers 1630 « la Sainte-Chapelle de Paris après l'incendie, » comme s'exprime une inscription tracée sur une fontaine à dôme de pierre, sise sur la droite (près de l'entrée de la rue Sainte-Anne du Palais). Le toit de l'élégante nef a été consumé tout entier ; à la place où s'élançait la flèche de Charles VI est établie une grue destinée à monter les pièces d'une nouvelle charpente. L'escalier, protégé par son portique, parait avoir peu souffert. On distingue parmi ses ornements sculptés des dauphins et des L couronnés, en souvenir de Louis XII qui l'avait fait construire en même temps que la Chambre des Comptes. On voit encore au pied de l'édifice un chapelet d'échoppes, épargnées par les flammes, ou refaites après l'incendie.

Ce dessin doit avoir été exécuté d'après nature, peu après le 26 juillet 1630, date du fatal sinistre qui nous ravit l'élégante flèche, rétablie avec le plus de fidélité possible par M. Lassus. La portion la plus intéressante du dessin de F. Stella, c'est, à mon avis, celle de droite, qui représente la fontaine de pierre, une partie du portail de Saint-Michel et la rangée d'anciennes maisons qui bordaient la cour de la Sainte-Chapelle du côté de la rue de la Barillerie. Toutefois, les détails me semblent mériter notre confiance, à un bien moindre degré que ceux exprimés sur le tableau de Versailles (décrit dans cette Revue au n° de septembre 1856), reproduisant en 1715 les mêmes localités (1). Si l'on compare le dessin de Stella à la toile de J. B. Martin, on remarque dans les édifices représentés de notables différences, dues pour la plupart au peu d'exactitude qui signale en général les œuvres des dessinateurs topographes sous Louis XIII, ensuite, à diverses modifications, qu'un intervalle de près d'un siècle a pu opérer dans les détails des édifices. Je ne citerai qu'un exemple. Dans le bâtiment de pierre, décoré, au sommet, de dauphins couronnés alternant avec des fleurs de lis (bâtiment reconstruit sous Louis XII, pour mettre en harmonie avec la Chambre des Comptes la porte du Palais qui lui faisait face), on remarque, sur le dessin de Stella, une fenêtre du rez-dechaussée, qui domine un rang d'échoppes : sur le tableau de Martin cette fenêtre, à laquelle conduit un perron, est devenue l'entrée du cabaret de l'Épée de Bois. Il serait curieux de reproduire le dessin de 1630 en regard du tableau de 1715; le parallèle offrirait une intéressante étude sur ce coin du vieux Paris, sur cette cour de la Sainte-Chapelle, si fréquentée, au temps de Boileau, par les plaideurs de Racine et les fureteurs d'ouvrages nouveaux, allant assiéger la boutique du célèbre Barbin.

J'ai vu deux fois au Cabinet des Estampes, dans un grand portefeuille supplémentaire à la Topographie de Paris (coté : *Seine,* n° 5466 — du 37ᵉ au 48ᵉ quartier), un long dessin tracé assez habilement au trait et à la plume sur un épais vélin, de 152 centimètres de long sur 35 de large. On y lit cette inscription : « Face du portail et du clocher de la Sᵗᵉ Chapelle de Paris. » Au bas, à gauche, est marqué à l'encre rouge le n° 2580. On y distingue la partie supérieure du portail refait de l'édifice. Quant à la flèche qui occupe presque toute la bande de vélin, c'est vraisemblablement un projet proposé peu de temps après l'incendie et conçu dans un style gothique abâtardi. Ce n'est certes pas d'après ce grand dessin que M. Lassus, l'artiste si judicieux, eût entrepris de ressusciter la flèche de la chapelle de saint Louis; néanmoins, je suis d'avis que, dans la disposition de son ensemble, sinon dans les détails de ses ornements, il devait

(1) M. Lassus possédait de cette portion du tableau un calque, qui, lors de sa vente, faisait partie d'un lot adjugé à M. J. Gailhabaud.

rappeler l'ensemble du clocher détruit en 1630. Les statues qui décorent ce projet s'écartent prodigieusement des types religieux des xive et xve siècles. Quant au portail, c'est également un projet de restauration qui s'éloigne beaucoup de la majesté de la façade primitive.

M. Lassus, dont on a vendu les dessins et estampes, les 10, 11 et 12 mars dernier, possédait naturellement sur l'intérieur et l'extérieur de la Sainte-Chapelle un grand nombre de croquis, estampes et calques d'anciens dessins ou de miniatures gothiques. La plupart de ces dessins, que je n'ai pu voir à loisir à l'hôtel Silvestre, dans l'étroite salle de vente où ils n'étaient exposés qu'en partie, ont passé entre les mains de M. Gailhabaud. Les pièces les plus importantes contribueront probablement à enrichir la *Statistique Monumentale de Paris*. Cette pensée me console de n'en avoir rien recueilli.

Je me souviens d'avoir vu, dans les tiroirs de M. Lassus, les calques des principaux détails de sculpture qui décoraient l'escalier de dix-huit marches, en forme de portique rampant et de style gothico-renaissance. Les sveltes piliers étaient ornés de cannelures en torsades, parsemés de grandes fleurs de lis et de dauphins. J'appris que ces calques avaient été levés sur des dessins originaux, tracés en 1809 par Garnerey, à qui l'on doit un grand nombre de vues de nos vieux édifices, dessinées sous Louis XVI et sous l'Empire. J'aurai plus d'une occasion de reparler de cet artiste, que M. Lassus m'a dit avoir connu en son enfance. Les dessins de Garnerey ont servi de modèles à plusieurs vignettes, d'une exécution fort médiocre, annexées aux éditions de l'*Histoire de Paris* par Dulaure. Il est à regretter que Dulaure n'ait pas employé de meilleurs graveurs, ou plutôt n'ait pas accompagné son ouvrage d'un atlas in-folio. Ces dessins, au reste, ne sont pas perdus, j'aime à le croire, mais seulement dispersés ; j'en signalerai quelques-uns appartenant à divers collectionneurs.

Vers le commencement de l'année 1857, M. Lassus m'avait engagé à venir un matin examiner dans ses cartons des calques de certains croquis de Garnerey sans inscriptions, mais vraisemblablement relatifs à d'anciens édifices parisiens. J'espérais parvenir à deviner quelques-unes de ces pièces en les comparant avec le souvenir de plusieurs autres, entrevues çà et là ; par malheur j'ai toujours différé cet examen, et j'ai perdu peut-être sans espoir cette chance d'heureuses découvertes.

Je me souviens encore d'avoir remarqué dans la même collection un dessin, de grandeur naturelle, de la boîte de plomb trouvée à la Sainte Chapelle en mai 1843, boîte qu'on supposa, à tort ou à raison, contenir le cœur de saint Louis et dont l'exhumation donna lieu à de nombreuses brochures, publiées par MM. Pàris, Letronne, Berger de Xivrey, etc.

Je regrette de ne pouvoir signaler ici plusieurs dessins concernant la Sainte-Chapelle, exécutés vers 1700 et contenus au tome II du Recueil en 15 volumes conservés à Oxford (voy. le nº de févr. 1857, page 406). Quant au Recueil de topographie parisienne du Cabinet des Estampes, il n'en renferme aucun qui mérite une mention.

Voici venir une pièce dont la description divertira tout lecteur qui s'intéresse à nos chefs-d'œuvre de pierre du Moyen-âge : c'est un dessin d'environ 45 centimètres de large sur 33 de haut, que j'ai acquis vers 1840, moyennant la bagatelle de 25 centimes. Il est tracé hardiment à la plume et rehaussé d'encre de Chine. On y lit au bas, à gauche : « Projet du peron de la Ste-Chapelle de « Paris par ou le Roy monte au Palais ; » à droite : « Dressé par « Couture Lainé, architecte des domaines du Roy en octobre « 1783. » C'est, on en sera bientôt convaincu, une bonne fortune pour les archéologues d'aujourd'hui que ce projet n'ait pas été réalisé.

On a sous les yeux le flanc méridional du vénérable édifice jusqu'à l'arête du toit et une partie du chœur, et l'on ne voit que le soubassement, en forme de piédouche, de la flèche élégante, sinon rationnelle, élevée après l'incendie de 1630 au-dessus de la troisième travée de la nef, à partir de la façade. L'architecte du roi ne songeait à refaire ni une flèche en harmonie avec l'architecture du xiiie siècle, ni la crête dorée du comble, ni l'ange à pivot mobile qui domine la toiture du chevet : il voulait simplement tout à la fois consolider et rendre *propre* l'ensemble de cette *vieille bâtisse.*

Au premier coup d'œil, le sieur Couture paraît assez bonhomme : il consent (par nécessité, je le soupçonne fort) à laisser subsister la forme ogivale des fenêtres, voire les clochetons des contre-forts ; il se borne à établir une communication entre les

larges frontons qui couronnent les arcs en ogive, au moyen d'une
balustrade de son goût. Mais bientôt il devient féroce : il sup-
prime net les réseaux, les armatures et les vitraux peints de chaque fenêtre ; il substitue à tout ce *fatras de l'ancien temps,* comme
on disait alors, six rangs superposés de grandes vitres rectilignes,
nues, d'une diaphanéité tout à fait attrayante. Dans le tympan
de chaque ogive, dépouillée de ses broderies de dentelle, il établit un simple cercle que six traverses, disposées en rayons, relient à une bande de bois horizontale, placée à la naissance de
l'arc ; il convertit l'ensemble de ces splendides verrières en une
gigantesque devanture de magasin de modes.

Voilà pour l'extérieur ; j'ignore ce qu'il tramait au sujet de
l'intérieur et de la façade, puisque le dessin est muet à cet égard.
Hâtons-nous maintenant de jouir de son projet de perron. Après
avoir supprimé l'élégant oratoire de saint Louis, il s'empare de
la moitié inférieure du flanc de la nef, et il masque toute cette
portion par un *superbe* portique, affectant — Pasque-Dieu ! — des
allures Moyen-âge assez gaillardes. Onze colonnettes, mi-gothi-
ques, mi-corinthiennes, soutiennent la galerie du premier étage.
Les arcades sont... ogivales, mais (circonstance qui atténue une
pareille hardiesse) surmontées d'une manière d'entablement romain, orné de triglyphes également espacés. On compte sept
arcades, y compris celles des extrémités qui forment des pavillons, offrant sur les côtés des pilastres de style Renaissance. Dans
les intervalles triangulaires qui séparent les arcs, sont sculptés
des ornements en feuillage disposés en trois pointes ou lancettes :
ce sont des sortes de trèfles perfectionnés. Ce premier étage est
couronné d'une toiture basse, bordée d'une balustrade à jours
ovales et décorée, au milieu, d'un large écu de France bombé et
entouré d'ornements-rocailles.

Au fond de l'arcade du milieu, plus large que les autres et
placée devant la seconde travée de la chapelle, apparaît, au haut
d'un perron de quelques marches, un groupe de marbre représentant, comme celui qui surmonte le maître-autel de Notre-Dame,
Marie au pied de la croix, soutenant le corps du Christ. A partir
du palier que décore ce groupe, l'escalier se subdivise en deux
autres montées, dont l'une se dirige à droite, l'autre à gauche.

Quelques lignes sur l'ordonnance du rez-de-chaussée : elle
consiste en une suite de six arcades basses, quatre en ogives

et les deux des extrémités en plein cintre, fermées de grilles à
barreaux de fer. Ces deux dernières, servant de bases aux deux
pavillons latéraux, semblent être là pour attester le repentir de
l'architecte du roi, d'avoir osé tremper dans l'ogive.

Tel fut l'horrible danger qu'encourut en l'an de grâce 1783
cette pauvre et candide Sainte-Chapelle. Il s'en est fallu de bien
peu qu'elle ne fût, comme le portail central de notre cathédrale,
rudement *soufflottée*, qu'on me passe l'expression. Par bonheur,
les préludes de la révolution de 89 conjurèrent l'orage, et l'on
doit savoir gré à cette révolution, qui a tant d'actes de vandalisme sur la conscience, d'avoir indirectement sauvé ce chef-
d'œuvre des sinistres desseins du sieur Couture, d'avoir reculé
l'époque de sa restauration jusqu'en 1837, année où le gouvernement pouvait disposer d'architectes tels que MM. Duban,
Lassus et Viollet-Le-Duc.

Quelques pages sur M. Lassus. — L'un des trois architectes
que je viens de nommer, M. J.-B.-A. Lassus, n'est plus de ce
monde depuis bientôt neuf mois. Sans doute, à son entrée dans
l'autre (cette hypothèse ne semblera pas ridicule à quiconque a
foi dans la vie d'outre-tombe), il aura reçu les félicitations du
saint roi et de Pierre de Montereau.

Bien que j'aie pris avec moi-même l'engagement d'éviter les
digressions, je ne puis, surtout après le signalement du projet
de M. Couture, résister au désir d'en consacrer une assez longue
à l'artiste qui nous a procuré la jouissance d'admirer dans leur
splendeur originale la Sainte Chapelle et Notre-Dame de Paris.
Parler de l'habile et consciencieux architecte, n'est-ce pas
d'ailleurs traiter un sujet en harmonie avec le but de cette
Revue ?

Je n'allais voir M. Lassus que rarement, tant je craignais de
le distraire de ses multiples occupations, qui ont contribué sans
doute à hâter sa dernière heure. Je comptais, au mois de mai
dernier, feuilleter pour la troisième fois ses cartons, mais je différai, et la mort vint tout à coup s'interposer entre ma dernière
visite et celle projetée. En lisant le *Moniteur universel* du 19 juillet 1857, j'appris à la fois la fatale nouvelle et l'annonce du service qui devait être célébré le lendemain. Je ne devais plus revoir
cette physionomie où perçait une intelligence supérieure, ces

traits qui, de profil, rappelaient le type des effigies sculptées au
XIVᵉ siècle!

Le lundi 20, à midi précis, par une chaleur tropicale, j'arri-
vai sur la place du parvis Notre-Dame. La sonnerie de la tour
du Nord faisait vibrer les vieilles ogives, et dardait ses lugubres
tintements à travers ses abat-son tout neufs. Un corbillard fort
simple stationnait sur la place : il devait prendre un cercueil
amené de Vichy, pour le transporter au Mont-Louis, dernière
étape de tant de célébrités parisiennes. Ce cercueil renfermait les
restes de l'habile réparateur de notre vieille cathédrale. Spectacle
douloureux et solennel! Cette tenture noire appliquée au portail
du milieu annonçait son service funèbre. Le corps de M. Lassus,
déjà placé sous un catafalque, allait repasser bientôt sous ce bas-
relief du Jugement dernier qu'il avait si savamment rendu à son
état primitif.

Quand on assiste sous ces mêmes voûtes aux pompeuses funérailles des grands de la terre, en général la curiosité domine :
ici, avant tout, le cœur était ému. Bien des amis ou des admirateurs du défunt ont dû manquer à l'appel, éloignés de Paris
par leurs travaux ou leurs plaisirs, et pourtant, la nef tendue
jusqu'à l'entrée du chœur était remplie d'artistes, d'ouvriers,
d'ecclésiastiques, de savants, qui n'avaient qu'une voix, celle du
regret et de l'éloge. Le clergé de l'église métropolitaine a dignement honoré la mémoire de son architecte; le chapitre était au
complet et les curés des diverses paroisses s'étaient empressés
de venir rendre hommage à la mémoire de l'artiste religieux qui
comprenait si bien la majesté des temples consacrés à l'Éternel.
Pour moi, je n'ai jamais avec plus d'émotion jeté d'eau bénite
sur un cercueil.

L'accueil de M. Lassus était si bienveillant, si cordial, qu'en
le quittant j'ai toujours cru prendre congé d'un ami intime et de
vieille date. Le seul lien qui nous rapprochât, c'était le culte des
souvenirs religieux du Moyen-âge; seulement nos positions respectives étaient bien différentes! J'étais la mouche du coche : je
décrivais ces merveilles auxquelles il savait rendre la magnificence et la vie.

M. Lassus était aussi habile à construire une phrase qu'un clocher gothique en nature. Les trois articles intitulés : *de l'Éclectisme dans l'art,* dont le dernier (posthume, hélas!) a paru dans

le numéro de décembre 1857, sont écrits avec une clarté, une précision, une énergie, qui peuvent passer pour un modèle du genre. Il est à regretter qu'il n'ait pas eu le temps de publier plus d'ouvrages ; c'est que l'archéologue praticien ne peut trouver le loisir de développer des théories. L'éloge du style ogival est nettement justifié dans ces trois articles dirigés contre la routine de notre école moderne d'architecture. Il prouve que, passé l'époque dite : *Renaissance*, elle a commencé à se fourvoyer dans l'application à notre climat d'un style grec dégénéré. Il présente le style ogival comme le principe de notre véritable architecture nationale et compte le faire prévaloir, surtout dans la construction des églises, sur le plein cintre et les colonnes antiques. Il prouve *à priori* une vérité que sent toute âme douée du sens de la poésie religieuse : c'est que les formes et les décorations que l'architecture a improprement nommées *gothiques* s'harmonisent seules avec la sublimité et la splendeur du culte catholique. L'opinion de M. Lassus a pour elle l'assentiment de la majorité. Le public s'intéresse plus vivement aujourd'hui aux souvenirs du XIIIᵉ siècle qu'à la beauté réelle de ces temples antiques, qui s'accordent très-bien avec le ciel bleu et les sites escarpés de la Grèce, mais fort peu avec nos villes plates, brumeuses, sans horizon et presque sans verdure (1).

La dernière fois que j'entendis la voix de M. Lassus, ce fut dans un omnibus qui descendait de Belleville. Il venait de visiter les travaux de la majestueuse église qu'il a su élever si rapidement, à si peu de frais, et qui suffirait seule à immortaliser un nom (2). Comme je lui demandais s'il donnerait bientôt dans cette Revue la suite de son article sur l'*Éclectisme dans l'art*, il me répondit : « Je n'ai encore que *fustigé* l'école moderne ; je compte lui donner bientôt *le coup de massue.* »

Il se passera bien des années peut-être avant que M. Lassus soit dignement remplacé ; mais le secret de l'architecture du Moyen-âge n'est pas mort avec lui : M. E. Viollet-Le-Duc peut continuer seul l'œuvre de son collègue, et plus d'un jeune archi-

____

(1) J'excepte toutefois de cet ostracisme la Madeleine, véritable reflet de la perfection antique ; la colonnade de Perrault ; le portique de Saint-Sulpice, moins les tours ; les deux palais de la place de la Concorde ; la porte Saint-Denis ; l'arc de l'Étoile, et cinq ou six autres monuments.

(2) J'ai ouï dire que le corps de M. Lassus avait été réclamé par le curé de cette paroisse. J'ignore les suites de cette demande.

tecte aura, je pense, puisé la science à cette école, ressuscitée
après trois siècles de décadence et de mépris. Toutefois, ceux
qui se vouent spécialement à l'étude pratique du style ogival font
encore exception; ils ont à lutter contre une coalition classique,
moutonnière, qui continue à ramper dans l'ornière de l'art antique mal compris.

La vente de la bibliothèque et des collections de M. Lassus a
été terminée le 12 mars. Je ne sache rien de plus triste que de
s'enrichir des dépouilles d'un homme qu'on connaissait et surtout qu'on estimait. Il m'en est revenu seulement quelques estampes, qu'un jour aussi la mort me ravira, pour les faire passer
en d'autres mains; car ainsi va le monde : on n'est propriétaire
de rien ici-bas, mais seulement usufruitier pendant une période
de temps, dont la limite est le secret de la Providence.

A. BONNARDOT.

(La suite à un prochain numéro.)

ICONOGRAPHIE DU VIEUX PARIS.

(SUITE) (1).

DESSINS.

CHARLEMAGNE (HOTEL DU PASSAGE). — Ce passage, qui doit son nom au collége voisin, traverse quatre cours et met en communication la rue Saint-Antoine avec celle des Prêtres-Saint-Paul, à laquelle, depuis quelques années, une décision municipale a imposé le nom plus sonore de Charlemagne. Franchissons la porte ouverte sur cette dernière rue, presque vis-à-vis celle des Fauconniers, où, vers la fin du XIIIᵉ siècle, on trouvait « por deniers — Femmes pour son cors soulacier; » nous serons dans une grande cour, devant des bâtiments dont le style révèle l'époque de Henri II et même, sur certains points, une époque antérieure. Sur un plan de Paris gravé avant 1570, et attribué à Ducerceau, plan dont la bibliothèque de l'Arsenal possède une épreuve, on lit à cet endroit : L (logis) DV PREVOST DE PARIS.

Cette habitation subsistant encore en partie, je devrais, à la rigueur, l'exclure de ma liste; mais, comme elle rentre dans la catégorie du vieux Paris *invalide,* elle est susceptible de disparaitre tout à coup incognito; il suffit pour cela qu'un nouveau propriétaire, au lieu de se contenter d'en plâtrer les lézardes, ait l'idée de la remplacer par de nouvelles constructions plus productives. Les portions qui regardent le sud sont seules intéressantes. L'aile orientale aura sans doute été ajoutée depuis 1570; car, sur le plan signalé, la cour de l'hôtel du prévôt a pour limite, de ce côté, le mur d'enceinte de Philippe-Auguste, fortifié d'une tour. Cette partie du terrain a été employée à l'établissement de la maison professe des Jésuites vers 1623 (2).

---

(1) Voir la livraison de mai 1858.

(2) L'ancienne maison professe des Jésuites, aujourd'hui lycée Charlemagne, fut établie sur l'emplacement des hôtels de Rochepot et de Danville. L'un de ces deux noms s'applique peut-être à l'ancienne demeure du prévôt. L'auteur du *supplément* à l'ouvrage de Du Breul dit (en 1639) que, vers 1623, les jésuites achetè-

Le logis du prévôt est aujourd'hui occupé par divers ateliers.
Les braves locataires qui l'habitent, pour peu que j'eusse pris le
temps de les faire causer, me l'eussent présenté sans doute
comme une habitation de la belle Gabrielle ou de la reine
Blanche, pourquoi pas une résidence de Charlemagne (qui n'a
jamais habité Paris), puisque ce nom est si vulgaire dans ce coin
de la capitale?

On m'a signalé d'anciennes caves solidement voûtées sous
chacun des corps de logis. J'ai accepté le renseignement en toute
confiance; mais, quand on a ajouté que l'une d'elles communiquait avec la Bastille, je n'en ai rien cru. Ces traditions de souterrains prolongés se rattachent à presque tous les bâtiments
anciens. J'ai visité, en France et à l'étranger, je ne sais combien
de vieux châteaux qui passent pour contenir des tunnels voyageant
jusqu'à deux lieues de distance et traversant même des rivières.
Partout aussi, ces galeries mystérieuses se trouvaient obstruées,
circonstance qui permet à l'imagination de croire sans se donner
la peine de vérifier. Ici, il en est de même : la cave qui allait
joindre les cachots de la Bastille est interceptée.

L'archéologue qui tient à sa dignité doit rejeter ces banales
traditions, toutes les fois qu'il n'y a point possibilité (et c'est le
cas le plus ordinaire) d'en acquérir la preuve. On acceptera donc
cet on dit, dont je me suis fait l'écho, comme une fable curieuse
en ce qu'elle s'applique à un de nos vieux édifices.

Autre confidence que j'ai reçue : il y a dans ces caves de gros
anneaux de fer, et l'on en conclut qu'elles servaient de prisons.
La conséquence n'est pas péremptoire; toutefois, vu les fonctions
de l'ancien maître du logis, j'admettrais volontiers la destination
assignée à ces anneaux. Le prévôt de Paris ou grand prévôt
(qu'il ne faut pas confondre avec celui des marchands), étant le
chef de la justice du royaume, pouvait fort bien avoir sous la
main ses prisons, à l'exemple d'un autre prévôt de Paris, Guillaume de Tignonville, à qui Charles VI, en 1402, assigna pour
résidence le Petit-Châtelet.

Cette digression à propos de prisons me suggère une hypothèse
qui ne manque pas d'une certaine vraisemblance. Lorsque Henri II

rent, pour s'y installer, la maison de M. Moran, rue de Jouy (rue dite plus tard : des
Prêtres, et de nos jours : Charlemagne) ; cette maison était sans doute une dépendance de l'ancien hôtel du prévôt.

fut blessé à mort (1559) dans un tournoi, à quelques cents pas de là, le prévôt de Paris (1), qui, probablement, habitait déjà cet hôtel, se sera chargé de détenir provisoirement le meurtrier involontaire du roi, Gabriel de Lorge, comte de Montgomery. Où loger ce noble prisonnier? Ce n'était pas dans une cave humide, car il ne s'agissait ni d'un roturier, ni d'un criminel. Or, il existait alors au delà de la rue des Prêtres une vieille tour dont j'ai parlé au mot *Ave Maria*, une des deux qui fortifiaient la poterne Saint-Paul, touchant à l'hôtel du prévôt. Ce magistrat aura jugé cette tour un lieu de détention honorable pour un gentilhomme. Ce qu'il y a de certain, c'est qu'elle a, selon un plan des archives que j'ai reproduit, retenu le nom de Montgomery. Toutefois, n'ayant rencontré aucun document contemporain qui vînt confirmer cette hypothèse, je me hâte de revenir à notre cour du passage Charlemagne.

En mai 1841, j'avais dessiné à la sepia l'aile de logis qui regarde le sud; j'ai été tout récemment confronter mon croquis avec le modèle : rien n'avait changé depuis, hormis quelques nouveaux noms de fabricants substitués à d'autres noms sur les murs; on avait bouché çà et là des crevasses et badigeonné quelques parties supérieures; rien de plus; il n'y a pas à crier au vandalisme. Depuis longtemps, les vitres et les balcons des fenêtres avaient été remplacés et les chambres intérieures complétement défigurées. Du reste, la plupart de nos vieux édifices appartenant soit à l'État, soit à des particuliers, ont rarement échappé à la nécessité des modifications.

Mon dessin est peu artistique, mais il a le mérite de n'avoir omis aucun des détails essentiels. Devant nous s'étend un corps de bâtiments à un seul étage avec trois fenêtres de front auxquelles correspondent trois mansardes. Les lignes du toit et des corniches ne sont pas parfaitement horizontales. J'ai dit *mansardes*

---

(1) Antoine Duprat, seigneur de Nantouillet, etc., fils du personnage du même nom ; il fut nommé le 19 février 1553, à cette charge, qu'il conserva jusqu'en 1589. En 1573, il logeait quai des Augustins dans son hôtel dit d'Hercules, comme l'atteste un récit de Brantôme (Voir cette *Revue*, n° de juin 1856, page 205.) On comprendra aisément le motif de ce changement de domicile : sous Henri II, il était logé près du palais des Tournelles, où ce roi demeurait; mais, sous Charles IX, il se sera rapproché du Louvre, alors résidence royale, et se sera installé dans l'hôtel du quai des Augustins, qui appartenait à sa famille.

pour désigner plus clairement ces sortes de lucarnes, qu'on élevait bien avant la naissance de Mansard, pour utiliser l'intérieur
des combles et surtout pour rompre la monotonie de leur surface
d'ardoise. Celle du milieu, dont la maçonnerie est en alignement
avec le mur de face, est percée d'une grande ouverture cintrée;
ses pieds droits sont ornés de sortes de pilastres cannelés renflés
en haut et en bas par des volutes. Le sommet de la lucarne offre
une simple ligne droite : je soupçonne qu'on lui aura enlevé son
fronton; les deux lucarnes latérales, plus petites, ont conservé
les leurs, de forme triangulaire; du reste, elles sont dépourvues
d'ornements.

Les hautes fenêtres du premier étage sont des plus vulgaires
et leurs balcons de fer révèlent la fin du dernier siècle; mais de
chaque côté de celle du milieu est sculpté en haut relief un buste
de femme enchâssé dans une gaîne, et portant sur la tête une
corbeille de fleurs. Ces statues qu'on pourrait appeler *canéphores,*
soutiennent la corniche du toit. L'une tient des palmes à la main
gauche, l'autre (celle de droite) repose ses deux bras sur un grand
médaillon circulaire, dont le champ nu contenait probablement
autrefois une sculpture ou une fresque représentant soit un portrait, soit des armoiries. Au-dessous de cette fenêtre s'ouvre une
grande baie rectiligne sans aucune décoration; elle sert de passage
à la seconde cour et aura été pratiquée à une époque moderne.
A gauche de cette porte, au rez-de-chaussée, est une fenêtre
encadrée en partie d'une moulure et de l'autre côté une petite
porte moderne.

Cette bâtisse peut remonter à Henri II; toutefois, sous Henri IV,
on en élevait encore du même genre. Sur la gauche, elle se relie
à un bâtiment octogone servant de cage d'escalier, sorte de donjon peut-être un peu antérieur à François Ier, construit en pierres
de petit appareil. Trois de ses faces seulement sont libres et
donnent sur la cour; sur l'une d'elles se dessine en saillie une
grande arcature dont le sommet en ogive atteint à la hauteur d'un
second étage. Entre les jambages de cette arcade aveugle s'ouvre
une petite porte, surmontée de trois étages de fenêtres qui éclairent un escalier à vis et à noyau de pierre. Au-dessus de la pointe
de l'ogive est un simple cordon, qui se prolonge autour des autres
faces visibles et non engagées. Plus haut, un second cordon est
interrompu par une fenêtre moderne, au-dessus de laquelle est le

toit. L'escalier se terminait peut-être dans l'origine par une voûte richement sculptée, qu'on aura remplacée ou masquée par un plafond.

Sur la face contiguë au grand bâtiment, il n'y a rien qu'une petite porte sans décoration; sur celle qui regarde le sud est une entrée de cave, et au-dessus une fenêtre cintrée. Beaucoup plus haut, se dessinent quatre rangs de corniches assez distantes les unes des autres, dont l'une (celle au-dessus de la pointe de l'ogive) repose sur quatre petites consoles de pierre.   .

Une autre tour est comme soudée, vers la gauche, à celle que je viens de décrire; elle est de la même forme et de la même hauteur, mais beaucoup plus étroite et plus coquettement parée; nous sommes ici en pleine renaissance. Les trois pans ou faces qui se présentent au regard sont ornés, au rez-de-chaussée, de moulures et, à la hauteur du premier étage, de petits pilastres à chapiteaux, surmontés d'une large corniche que décorent les enroulements gracieux nommés *postes*. Au-dessus se dessinent de petites arcatures en plein cintre.

Cette espèce de tourelle contient aussi son escalier à vis; la face qui regarde l'est est percée d'une simple porte, précédée de deux marches et surmontée de trois petites baies carrées, formant autant d'étages. Entre la première de ces baies et la corniche qui règne au-dessus de la porte est sculpté un cadre, en forme de carré long, contenu dans un autre, dont les lignes forment çà et là des ressauts, entrecoupés de segments de cercle. Au bas est un mascaron accompagné d'une sorte d'écharpe plissée et disposée en guirlande. Le grand bâtiment qui s'étend vers l'ouest, et dont la tourelle flanque l'encoignure, est de la même époque, à en juger par les moulures de ses fenêtres; mais, comme il borde une allée étroite, il serait difficile d'en prendre le dessin.

Tel est le signalement de la demeure de notre grand prévôt sous Charles IX, hôtel qui a dû porter le nom d'une famille notable. S'il venait à être démoli, je souhaite qu'un architecte de la ville se trouve là pour en relever les détails et le plan général. J'ajouterai qu'il a été déjà daguerréotypé au moins une fois; vers 1850, j'en ai vu, exposé sous cadre, près du perron du Palais-Royal, une représentation sur plaque assez médiocre. Je me suis repenti depuis de ne l'avoir pas achetée, mais je n'ai pu retrouver le photographe, qui a changé de domicile. J'espère un jour publier une vue de ces curieux restes, non d'après mon dessin, mais d'après une image héliographique bien réussie.

Un antiquaire belge, habitué à rencontrer dans toutes les villes de son pays de splendides échantillons d'habitations du moyen-âge, sourira sans doute de me voir suer sang et eau pour décrire quelques saillies de pierre ressortant sur de vieux murs crevassés; qu'il sache donc que notre capitale est aujourd'hui si pauvre en anciens édifices civils, que le moindre vestige d'ornementation du xvi° siècle est une aussi précieuse trouvaille pour le Parisien que l'est une touffe d'herbe pour l'habitant du Spitzberg. Paris possède des milliers de maisons brodées de riches, de trop riches sculptures modernes, mais à peine y compterait-on dix hôtels du temps de François Ier, de ces hôtels auxquels se rattachent les souvenirs de notre histoire.

CHARTREUX (COUVENT DES). — J'ai toujours ressenti une profonde vénération pour les religieux de cet ordre, établis vers 1257 près d'une des portes de Paris dite alors : Gibard, et plus tard : Saint-Michel. De tous mes voyages, celui qui m'a le plus vivement impressionné, c'est l'excursion que je fis en octobre 1832 à la Grande Chartreuse. Si j'étais né sous Louis XIV, il me semble que, passé le demi-siècle, j'aurais été me constituer *prisonnier* (1) dans une des cellules élevées sur les ruines de l'antique manoir de Vauvert. Mais l'idée est aujourd'hui irréalisable, du moins par rapport à la Chartreuse de Paris, puisqu'elle a disparu vers la fin du dernier siècle.

On a remarqué que ces religieux, tout à fait détachés des intérêts temporels par les statuts de leur ordre, n'ont jamais, à l'exemple de tant d'autres couvents, pris part aux troubles politiques qui agitèrent la capitale, notamment sous Charles VI et sous la Ligue. Exclusivement préoccupés de leur salut, ils passaient leur vie au milieu de leur immense enclos sans prendre souci des bruits de guerre qui retentissaient de temps à autre du côté de la vieille

(1) C'est, je crois, le véritable sens du mot *chartreux*. Plusieurs auteurs ont avancé après Du Breul que le nom de *chartreuse*, en latin *cartusia*, était celui de l'endroit où Bruno s'établit. A mon avis, il est bien plus probable que ce nom aura été créé postérieurement pour désigner l'établissement de ces religieux voués à une reclusion perpétuelle, du moins dans un certain rayon, au milieu de leur désert.

porte Saint-Jacques. Cette fidélité au but de leur institution ne s'est jamais démentie. Leur ambition s'est bornée à reculer à diverses époques les limites de leur solitude et à conserver un privilége précieux pour eux qui faisaient maigre à perpétuité : celui de choisir aux Halles les meilleurs lots de poissons.

Le catalogue des estampes nous fournira sur ce monastère de précieux renseignements, mais la liste des dessins qui le concernent sera courte. Ceux que Millin a fait graver, sans indication des noms de dessinateurs, doivent être de beaucoup supérieurs à leur reproduction par le burin. J'aime à croire qu'ils ne sont pas perdus et qu'ils se retrouveront un jour dans quelque collection publique ou particulière.

A la Grande Chartreuse, près de Grenoble, on voyait, avant la Révolution, de grandes fresques datant de la reconstruction du couvent après l'incendie de 1676 et offrant des vues à vol d'oiseau de toutes les Chartreuses de l'Europe, celle de Paris comprise. La plupart ont été détruites par l'action du temps ou par les dévastateurs de 1793, qui ont laissé partout des traces de leur passage. Je ne me souviens pas d'y avoir remarqué celle représentant la Chartreuse de Paris. Cette fresque, au reste, vu sa date peu ancienne, ne nous apprendrait sans doute rien de plus que le plan en élévation, tracé sur le ciel du tableau d'Eust. Lesueur (voir cette *Revue*, n° de juillet 1856, p. 308) ; si elle eût remonté au XVe siècle, sa perte serait bien autrement regrettable.

Dans le recueil topographique sur Paris du Cabinet des Estampes (Q^{er} du Luxembourg, t. I), on voit un plan, de 54 centim. sur 40, dessiné à la plume, avec quelques inscriptions, dont les caractères accusent l'époque de Louis XIII. Une note, d'une écriture du XVIIIe siècle, annexée au bas, lui sert de titre : « Plan geome-« tral de la Chartreuse de Paris où l'on voit l'ancienne enceinte « des Chartreux , la position de l'ancienne et de la nouvelle rue « d'Enfer ; les Terres des Chartreux scituées à gauche de l'an-« cienne rue formant aujourd'hui leur Petit clos...... le projet « d'avenue pour servir d'entrée à la dite Chartreuse par la nou-« velle rue d'Enfer ; la nouvelle clôture du Petit clos, la ferme de « l'Hôtel Dieu et quelques anciens chemins. On croit ce plan de « *Beausire,* architecte de la ville vers 1618. » Le nom de Beausire est peut-être une distraction de l'annotateur. Pour moi, je ne connais que deux architectes de ce nom, père et fils, employés dans les Domaines du roi vers 1725.

Ce plan est curieux et mériterait d'être reproduit; il est en quelque sorte l'interprète des lettres patentes du 16 juin 1618, imprimées dans *Félibien* (t. V, p. 56), relatives au don, fait par le roi à ces religieux, de l'ancienne rue tortueuse qui conduisait à la porte de leur couvent et le séparait de vastes terrains qu'ils possédaient au delà, sous la condition de clore cette rue et d'élever un mur « attenant la ferme de l'Hostel Dieu, » etc. On y voit, indiquées nettement, les limites primitives, à quelques additions près, du terrain où les Chartreux s'établirent au temps de saint Louis, sur les ruines du château de Vauvert et de ses dépendances. Du reste, plusieurs plans de Paris détaillés, du dernier siècle, rendent également compte de la configuration de l'ancienne rue d'Enfer nommée ici « le vieil chemin »; sa direction en zigzag est encore reconnaissable sur ces plans, puisqu'on y voit figurer le vieux mur qui la bordait à l'ouest.

Ce plan manuscrit semblerait établir que la rue dite : faubourg Saint-Michel ou d'Enfer ne fut ouverte qu'après la suppression de l'ancienne voie concédée au couvent en 1618; cependant le plan de Mathieu Mérian, édité en 1615, représente déjà cette nouvelle rue; il nomme rue *des Chartreux* le vieux chemin en zigzag, et rue *de Fer* celle que nous nommons aujourd'hui d'Enfer. Aucun des plans du xvie siècle n'indique, passé la porte Saint-Michel, d'autre rue que celle, probablement en pente (1), faisant un retour d'équerre vers l'ouest, pour passer devant l'unique porte du couvent.

Sur le plan manuscrit qui nous occupe, dans la partie coudée de la rue en question, se trouve l'entrée de la *ferme* de l'Hôtel-Dieu, nommée, sur le plan de Ducerceau et autres, « le *Pressoire* de l'Ostel-Dieu. » Le terrain où était située cette ferme s'est appelé aussi : clos des Forges.

---

(1) J'ai toujours été disposé à partager l'avis des auteurs qui admettent que le nom d'Enfer donné à cette rue provient de la traduction altérée des mots latins *via inferna* (rue basse, voie creuse) et non de la légende des prétendus diables installés dans le château de Vauvert. Ce mot de *Vauvert* ou *Val-vert* (*vallis viridis*) implique lui-même l'idée d'un terrain bas. Cette même rue qui passait devant les Chartreux, avant 1618, s'est aussi nommée chemin de Vanves, d'après les recherches de M. Ad. Berty.

La rue d'Enfer, telle qu'elle figure encore sur les plans du
xixᵉ siècle, indique par ses sinuosités la forme précise de la limite
orientale du couvent des Chartreux, passé l'an 1618, époque de
la réunion dans la même clôture de toutes leurs terres; mais, de
nos jours, ces sinuosités ont été en partie dissimulées par le percement de la rue de l'Est.

A l'endroit où la *nouvelle rue d'Enfer,* comme s'exprime le
plan, forme une pointe avec les terrains ajoutés au monastère,
est une sorte de poterne fortifiée de deux tours rondes, qui ne fut
sans doute jamais exécutée; car, sur ce point voisin de la rue de
la Bourbe (aujourd'hui du Port-Royal), il n'y a rien sur les plans
de Paris du xviiᵉ siècle, et sur ceux du siècle suivant figure un
simple bureau d'octroi avec une barrière, qu'on nommait, je crois,
des Chartreux, et que représente encore le plan de Jaillot 1772.

Ces religieux ayant donc, vers 1620, ajouté à leurs terrains
l'ancienne voie, dite tantôt d'Enfer, tantôt des Chartreux (1),
durent songer à ouvrir sur la rue du faubourg Saint-Michel, nommée à son tour d'Enfer, une avenue conduisant à l'entrée de leur
couvent. Cette avenue désormais nécessaire est indiquée au pointillé sur le plan manuscrit avec cette inscription : « L'aduenue
« que lon pretend faire de neuf pour lentree des Chartreux. »
Elle fut, en effet, exécutée et plantée de quatre rangs d'arbres. Elle
aboutissait à un corps de logis construit vers 1623, en avant de
l'ancienne porte. Ce grand pavillon, à toiture élevée, subsiste
encore. Quant aux arbres, ils ont été renouvelés. L'avenue (rue
d'Enfer, 46) fait presque face à la rue dite naguère : des Deux-
Églises et, depuis peu, de l'Abbé-de-l'Épée. Au delà de cette
maison, on rencontrait de suite une première cour remarquable
par un portique et des sculptures de diverses époques qu'il ne
nous est plus permis de voir.

Sur le plan de 1618 figurent, mais sans désignation spéciale,
tous les bâtiments et cours de la Chartreuse. Cet ensemble est
d'une faible importance, vu qu'il se retrouve sur le plan de Ver-

---

(1) Les plans du xviiᵉ siècle antérieurs à celui de Gomboust (1652), plans en
général copiés d'après de plus anciens, sauf peut-être ceux de Boisseau, continuent
à représenter l'ancienne rue d'Enfer avec ses sinuosités. Faut-il admettre que les
Chartreux ont négligé, jusqu'en 1650 environ, de profiter de la concession de cette
ancienne voie? Je crois plutôt qu'ils l'avaient laissée subsister pour le service de
leurs terres, mais qu'elle n'était pas ouverte au public.

niquet à peu près tel qu'il était sous Louis XIII. On y compte,
autour du grand cloître, comme sur ce dernier plan, vingt-huit
cellules ou maisonnettes ayant chacune un jardin derrière et ouvrant sous un vieux portique qui bordait le cloître. On ne voit
rien au milieu de cet immense quadrilatère; il y avait pourtant
un puits couvert avec manége, comme l'attestent les anciens
plans, y compris celui de Mathieu Mérian (1615). Le hangar de
bois qui recouvrait le manége fut également renouvelé vers 1620;
j'en parlerai plus loin.

J'ajouterai que plusieurs de ces anciens plans représentent,
sur la portion la plus méridionale des terrains des Chartreux le
long de la rue actuelle d'Enfer, une sorte de clôture féodale fortifiée de tours rondes et contenant plusieurs bâtiments. On y ver-
rait volontiers l'antique domaine de Vauvert, si les chroniques ne
nous apprenaient que les bâtiments de la Chartreuse furent construits sur les ruines mêmes de ce château. Le plan manuscrit
de 1618 n'offre plus aucune trace de cet enclos flanqué de tours.
Peut-être cette année même fut-il abattu pour fournir des matériaux aux nouvelles murailles du couvent; en tout cas, il n'est pas
effacé sur les copies de Mérian de 1621 à 1635. Ce passage du
Théâtre des antiqvites du père du Breul, p. 470, pourrait bien être
relative à cette localité : « Maistre Thierry de Biencourt, Doyen de
« Toul,... fit bastir (au xiv*e* siècle) vn hostel audit lieu de Vau-
« uert sur les grands murs deuers Nostre Dame des Champs, où
« depuis il demeura, et fit quelques autres biens audit Monastere
« (des Chartreux). »

Dans le même volume du cabinet des estampes, qui renferme
le plan décrit, se trouve, quelques feuillets plus bas, un plan
géométral lavé à l'encre de Chine, représentant le *nouveau*
maître-autel de l'église des Chartreux, autel isolé, selon la
coutume de Rome, au milieu de l'abside. C'est un des dessins
les plus baroques qu'ait pu enfanter l'imagination d'un architecte
rococo du siècle de Louis XV. Trois marches aux lignes
contournées conduisent à l'autel, qui ressemble assez à une
commode-Pompadour. Le baldaquin qui le domine repose sur
six colonnes singulièrement disposées. Passons vite sur ces
conceptions absurdes, dont Gènes et Turin offrent de si déplorables
échantillons. Le seul bon côté de ce dessin d'un projet qui fut
sans doute réalisé, c'est de nous donner une idée des piliers

et de l'abside de forme polygonale. De chaque côté de la nef
figurent les plans détaillés de six stalles ; on y a même indiqué
ces étroites planchettes en saillie dites *miséricordes* ou *patiences,*
qui permettent de s'asseoir *un peu,* dans les moments où la
règle ordonne de se tenir debout, — il est avec le ciel des
accommodements ; — mais il ne s'agit pas ici, c'est probable,
des anciennes stalles gothiques. Celles-là sont plutôt les
chefs-d'œuvre de menuiserie d'un certain frère convers nommé
Henri Fuzilliers, qui, vers 1680, utilisa si bien son goût pour le
rabotage, qu'il finit par remplacer toutes les vieilles sculptures
de bois du couvent, à la grande joie des religieux et des historiens
de Paris du temps, qui nous ont transmis son nom.

Le feuillet suivant représente en élévation le superbe baldaquin,
dont l'aspect eût, à coup sûr, donné des nausées à M. Lassus.
Toutes les lignes en sont tordues comme des serpents, tourmentées
par des ondulations indescriptibles. On n'a oublié, ni les chérubins
de style maniéré, ni le grand soleil doré, appendice inévitable,
accroché au sommet de ce grand ciel de lit. Il y a cependant sur
ce dessin un renseignement à recueillir : l'abside, voûtée en bois,
forme une sorte de demi-dôme de coupe polygonique. Les fenêtres
sont en ogive, mais munies de vitres unies et froides et non de
splendides vitraux. Cette substitution est probablement un détail
du projet qui aura été mis à exécution. Après tout, peu nous
importe, puisque l'église a été saccagée d'abord, puis démolie.

J'ai enregistré, d'après le catalogue de la section topographique
des Archives, deux plans géométraux levés en 1772 de la
Chartreuse de Paris (III° classe, n°ˢ 608 et 609). Je ne me
souviens pas s'ils m'ont été communiqués. Au reste, le tracé de
cette localité, exécuté vers la même époque par Verniquet, doit
nous donner les renseignements les plus précis. J'ai vu aussi aux
Archives un gros in-folio (n° 20 des atlas) où l'on a représenté
(sous Louis XIV, je crois) les diverses terres appartenant aux
Chartreux aux environs de Paris, et quelques maisons qu'ils
possédaient dans la ville. Ces cartes, dessinées et coloriées avec
une patience de religieux, ne m'ont rien offert sur le couvent
de Paris ; du moins, je n'ai aucune note à ce sujet, et je n'eusse
pas manqué d'en prendre si j'y avais rencontré le moindre
renseignement de quelque valeur. Ces cartes peuvent fournir des

documents assez intéressants pour certaines portions du territoire
des environs de la capitale.

Je n'ai pas le moindre dessin relatif aux Chartreux. M. Destailleurs (dois-je ajouter : plus heureux que moi?) possède une
petite aquarelle provenant de la collection de M. Muller, qui
l'aura exhumée dans un carton en plein vent, sous la latitude
de la rue du Carrousel ou des arcades de l'Institut. Elle représente
les bâtiments du grand cloître après l'ouragan de 93, à une
époque où le monastère, abandonné, offrait des cours pleines
d'orties et des pans de murs en ruine. Un tel sujet, traité
artistement ou du moins avec de nombreux détails, serait une
source de jouissances pour un archéologue de 1858 ; par malheur,
il s'agit ici d'une copie ou, du moins, d'une pauvre imitation
du genre de V. Nicolle, dont M. Destailleurs possède de remarquables échantillons. C'est, en un mot, un dessin *de demoiselle*
en ce sens qu'il paraît être l'œuvre d'une de ces jeunes personnes
qui, sans goût pour les arts, et pour contenter leurs grands
parents, s'exercent, soit à *pianoter* une romance, soit à char-
bonner une grosse tête d'étude, soit enfin à couvrir d'une verdure
patiemment léchée et pointillée, un paysage sans perspective
aérienne. Ce n'est pas que nous n'ayons des femmes artistes
qui produisent des chefs-d'œuvre ; assurément, un dessin de
mademoiselle Rosa Bonheur aurait dans ses lignes et son coloris
une virilité que nos premiers artistes ne désavoueraient pas ;
mais celui dont je parle n'a rien à démêler avec l'art et offre un
bien faible intérêt archéologique.

Sur la gauche, à travers un rideau d'arbres assez semblable
au travail d'une mouche, qui se serait longtemps promenée sur
un papier au sortir d'un plat d'épinards, on aperçoit ces deux
tours de Saint-Sulpice que Victor Hugo a traitées de grosses
clarinettes. Sans ces deux tours, nous aurions peine à deviner
où nous sommes. Devant nous posent, tant de face que de profil,
les divers bâtiments des Chartreux, dépourvus de tout style
caractéristique, avec leurs fenêtres sans vitres. Cet ensemble
n'a d'intéressant que son apparence d'abandon et de désolation.
Du reste, il n'y a guère plus de détails à recueillir sur l'estampe
de Millin, prise du même point de vue. Tous les trésors de
sculpture du moyen âge de ce couvent ne se découvraient que
du côté des cours ; un seul point se détachait avec un certain

pittoresque au milieu de ces masses de pierres percées de trous
carrés : c'était la tour de l'horloge, bâtiment de brique octogone
ayant l'air sombre et sévère d'un vieux beffroi.

Sur le devant est un petit pavillon isolé, ici gauchement rendu,
dont Millin a fait graver une vue à part. Il était orné d'arcades
à plein cintre d'architecture en bossage, de style Louis XIII.
Il était placé au centre même du vaste préau dit le grand cloître
et on le nommait : la Pompe. Ce pavillon existe encore parmi les
arbres de la pépinière du Luxembourg. En mai 1840, je l'ai
visité; à l'intérieur, on voyait l'ancien tambour du manége destiné
à faire monter l'eau du puits; son toit élevé était surmonté d'un
drapelet de tôle.

Pour faire oublier au lecteur l'insignifiance de cette chétive
aquarelle, je lui citerai un passage du *Génie du Christianisme*
(III⁰ partie, livre V, ch. 3), véritable esquisse vigoureusement
tracée, non au crayon, mais avec des mots : « Nous nous
« promenions un jour derrière le palais du Luxembourg, et nous
« nous trouvâmes près de cette même Chartreuse (celle de Paris)
« que M. de Fontanes a chantée. Nous vîmes une église dont
« les toits étoient enfoncés, les plombs des fenêtres arrachés, et
« les portes fermées avec des planches mises debout. La plupart
« des autres bâtiments du monastère n'existoient plus. Nous
« nous promenâmes longtemps au milieu des pierres sépulcrales
« de marbre noir, semées çà et là sur la terre; les unes étoient
« totalement brisées, les autres offroient encore quelques restes
« d'épitaphes. Nous entrâmes dans le cloître intérieur; deux
« pruniers sauvages y croissoient parmi de hautes herbes et
« des décombres. Sur les murailles on voyoit des peintures à
« demi effacées, représentant la vie de saint Bruno (1) ; un cadran
« étoit resté sur un des pignons de l'église; et dans le sanctuaire,
« au lieu de cet hymne de paix qui s'élevoit jadis en l'honneur
« des morts, on entendoit crier l'instrument du manœuvre
« qui scioit des tombeaux. »

(1) Il n'est pas ici question des tableaux de Lesueur, aujourd'hui conservés au
Louvre, mais des vieilles fresques qu'ils ont remplacées et qu'explique un livre
de 1578 cité ci-après. Il y avait au bas des inscriptions en vers latins. Les toiles
de Lesueur recouvraient ces fresques peintes, je ne sais au juste à quelle époque,
sur les murs du petit cloître, d'après Hurtaut. On rapporta, dans des cartouches
placés entre chacun des tableaux de l'illustre artiste, ces anciennes inscriptions.
Millin, qui les cite, ajoute à la suite la traduction en vers français de François Jarry.

7.   28

On trouve des détails sur les Chartreux notamment dans l'ouvrage de Du Breul, de la page 452 à la page 485, et au chapitre III des *Antiquités nationales* de Millin ; mais il n'a jamais été publié sur ce couvent de monographie spéciale comme sur les Célestins, Saint-Germain-des-Prez, etc. On a, sur les peintures de la vie de saint Bruno par Lesueur, la description in-folio de Cousinet (1678), un article du *Mercure de France,* année 1738, et un autre inséré au tome XLV des *Mémoires de l'Académie des Inscriptions.* Tous les historiographes de Paris ont décrit ces tableaux ; mais l'ouvrage suivant offre plus d'intérêt sous le rapport archéologique, en ce qu'il s'applique à des fresques antérieures aux célèbres toiles de Le Sueur, fresques auxquelles Chateaubriand fait allusion : « Description (en vers latins) de « l'origine et première fondation de l'ordre sacré des Chartreux, « naïfuement pourtraicte au cloistre des Chartreux de Paris, « traduicte (en vers) par Fr. Jarry. *Paris, Guill. Chaudière.* 1578. « In-4°. » Cet ouvrage a été réimprimé à 102 exemplaires, en 1838, par M. Colomb de Bâtimes.

Du Breul, à la quatrième page de son avis au lecteur, parle d'un Chartreux de Paris, dom Jacques Patience, qui l'a aidé de ses renseignements, « lequel a fait tout deuoir de chercher, « reduire en ordre, et enuoyer pour *imprimer* ce qui concernoit « l'illustration de son Monastere. » Je n'ai jamais vu ce livre, annoncé par Du Breul, figurer sur aucun catalogue. Peut-être le manuscrit est-il conservé dans une de nos bibliothèques publiques. C'est une recherche à faire.

Peu d'événements historiques se rapportent au couvent de ces paisibles religieux, toujours retirés dans la solitude de leur enclos immense et livrés à d'innocentes occupations, notamment à l'horticulture. J'en citerai un seul qui n'a rien de bien émouvant : selon l'historien contemporain Pierre Mathieu, le 25 mars 1586, Henri III, qui aimait à jouer à la procession, partit de ce monastère pour aller à pied, en habit de pénitent, jusqu'à Chartres.

A. Bonnardot.

ICONOGRAPHIE DU VIEUX PARIS.

(suite) (1).

DESSINS.

CHÂTELET (GRAND). — J'ai à signaler un assez grand nombre de dessins sur cet édifice, qu'on ferait remonter avec raison à l'époque romaine, s'il était vrai qu'on eût trouvé dans ses fondations, quand il fut en partie reconstruit en 1684 et abattu en 1804, des médailles et des débris de machines de guerre antiques.

J'ai vu, en 1843, aux Archives, un plan manuscrit sur papier, coté IIIe classe, n° 63, et intitulé : « Ancien plan de la mouvance du chapitre de Saint-Germain l'Auxerrois. » Ce plan géométral, avec les édifices en élévation, est dessiné à la plume avec assez de hardiesse, et certaines parties sont rehaussées d'une teinte rougeâtre. Il remonte au temps de Charles IX ou d'Henri III et ne peut être, en tout cas, postérieur à 1596, puisqu'on y a tracé le *Pont aulx Musniers,* qui s'écroula le 22 décembre de cette année et fut remplacé seulement en 1608, selon Du Breul, auteur contemporain.

J'ai calqué sur ce plan la portion relative aux abords du Grand Châtelet, avec des inscriptions, en écriture encore à demi gothique. Le point de vue est pris du sud, de l'extrémité septentrionale du pont aux Meuniers, qui paraît fort étroit. Dans l'axe de ce pont s'ouvre une rue (ici non désignée) qu'on appelait Saint-Leuffroy, à cause de la chapelle de ce nom qui la bordait sur la droite. La façade de cette chapelle a ici l'apparence d'un simple pignon (j'en parlerai au mot *Leuffroy* d'après un ancien dessin). On voit se développer son flanc méridional, percé d'un rang de cinq fenêtres à plein cintre, mais en réalité ogivales. Le toit, du côté du chœur, est plus élevé que celui de la nef; c'est une disposition assez commune, et l'église Saint-Médard en offre encore un exemple. Sur le toit de la nef s'élève une sorte

---

(1) Voir la livraison d'août 1858.

de pavillon contenant une cloche et surmonté d'une croix : c'est
le campanile, dont la forme est évidemment mal rendue. A côté
et au sud du portail sont tracés en élévation deux pignons, qui
se retrouvent plus détaillés sur le dessin que je décrirai un jour.
De l'autre côté est une autre maison, d'apparence semblable,
où pend pour enseigne une tête en relief, fichée au bout d'une tige
de fer horizontale, enseigne désignée ainsi sur le plan : *La
teste noire*. C'était une hôtellerie ou un cabaret, probablement
en renom dans ces parages.

A l'extrémité de la rue, s'ouvre une grande voûte, dont l'arc,
ici en plein cintre, avait la forme ogivale, comme l'attestent
plusieurs estampes (1). L'ensemble du Grand Châtelet est dessiné
assez vaguement; quelquefois les lignes s'arrêtent, au lieu de
se joindre pour compléter les formes. Cependant on y reconnaît
le principal bâtiment, celui qui faisait communiquer, au moyen
d'un corridor voûté, la rue Saint-Leuffroy avec celle Saint-Denis.
Il est flanqué de quatre tours rondes à toits coniques, dont deux
sur la face qui regarde la Seine, détail que présente encore le
plan de La Caille (1714). Plus loin, vers la droite, au coin de la
rue « Vieille Joaillerie » et de celle (non désignée) de la Triperie,
s'élève une autre tour cylindrique d'un plus fort diamètre,
crénelée et coiffée d'un toit aigu qui repose sur les cubes de pierre
ou merlons du couronnement.

Cette tour d'encoignure se retrouve, sur tous les plans, dessins
ou estampes que j'ai vus, toujours ainsi représentée. C'est
peut-être la seule, parmi les sept ou huit qui fortifiaient le
Grand Châtelet avant 1684, qu'on pourrait à la rigueur regarder
comme un reste de l'époque romaine; cependant je la crois
plutôt du xiie siècle. Si je ne me trompe, on l'appelait jadis,
à tort ou à raison, *tour de César*; en tous cas, pour éclaircir
mon récit, je lui donnerai ce nom.

Entre le groupe des bâtiments du Châtelet et la rue qui longe
la Seine, est interposé un îlot de maisons tracé géométralement
et sans aucune inscription. La tortueuse rue Pierre à Poisson,
que j'ai visitée maintes fois, n'est pas non plus désignée; son

(1) Ceux qu'intéresse l'ancienne topographie savent que les dessinateurs des
trois derniers siècles traduisent le plus souvent l'ogive par le plein cintre, soit que
cette dernière forme leur parût plus facile à tracer, soit qu'ils crussent embellir
leurs dessins, en arrondissant les ogives.

extrémité méridionale débouche sur une petite place dite :
« La Vallée de Miserre, » dénomination qu'on n'a jamais bien
expliquée, non plus que celle d'une rue très-courte, parallèle à la
Seine, faisant suite à celle de Gèvres, et aboutissant à cette
même place, sous le nom bizarre de *Trop va qui dure* (1).

Cette portion du plan des Archives, sinon le plan entier, mériterait d'être reproduite, en raison de son ancienneté et parce
qu'on possède très-peu de représentations du Châtelet prises du
sud. Il existe (*ibid.* iiie classe, n° 476) deux autres plans du
Grand Châtelet, dessinés en 1676 : ce sont, je crois, des projets
d'agrandissements et de restauration. On reconstruisit une partie
de l'édifice et on y ajouta des bâtiments en 1684; sans doute,
ces deux plans-projets se rapportent à ces travaux. Je crois bien
les avoir examinés et jugés peu intéressants, puisque je n'ai pris
à leur sujet aucune note ; cependant il y a doute. On pourrait
m'objecter que j'aurais dû aller les voir et les revoir ; je répon-
drai que, vu les règlements des Archives, cette recherche, qui eût
probablement été peu profitable, m'eût fait perdre beaucoup de
temps. Celui que la question intéresserait saura où les trouver.

Transportons-nous maintenant de l'ancien hôtel de Clisson, où
sont nos Archives, à l'hôtel Mazarin, qui renferme le Cabinet des
Estampes. Dans un grand portefeuille relatif à la topographie de
Paris (coté : Seine, n° 5464, du 1er au 30e quartier) se trouve un
plan géométral manuscrit du Châtelet, tracé sur parchemin, à
l'échelle d'environ une ligne pour toise. Il a de dimension 88 centimètres sur 85. J'en ai pris, en 1845, une copie très-réduite (2).
Ce plan sans date aura été exécuté vers 1684, année où fut commencée la reconstruction de la portion méridionale du Châtelet.
Peut-être a-t-il été levé à l'occasion du projet de ces travaux et
pour en faire voir l'ensemble.

Le plan de la Grande Boucherie « bâtie en 1416, » dit une

(1) Le nom de *Vallée de Misère* provient peut-être de ce que, à une certaine
époque, on faisait traverser cette place aux prisonniers qu'on menait au supplice.
En 1684, on éleva sur ce terrain des bâtiments qui servaient d'annexes au Châtelet.
Le nom assez moderne de *Trop va qui dure* est dû, soit à un nom propre déformé,
soit à une enseigne accompagnée d'une devise emblématique, que le sujet de
l'enseigne faisait comprendre.

(2) On voit, *ibid.*, un autre plan manuscrit au trait, sur papier, également sans
date, et représentant les mêmes localités. La description du premier me dispensera
d'en parler en détail.

inscription, a une forme très-irrégulière, parce qu'on y aura annexé les plans de divers bâtiments en appendice adossés à ses vieux murs. Entre la grosse tour que nous sommes convenus d'appeler de César et la porte du Châtelet, faisant face à la rue Saint-Denis, est indiquée une suite de *boutiques* ou plutôt d'échoppes, qui rétrécissent la rue de la Triperie, déjà fort étroite. Il y en a d'autres de l'autre côté de la porte, qui s'étendent jusqu'au coin de la rue Pierre à Poisson, puis quelques-unes encore du côté de l'est, au tournant de la rue de la Joaillerie. Toutes ces excroissances de plâtre ou de planches encombraient outre mesure le périmètre de l'édifice; mais alors on acceptait les voies publiques telles quelles : on ne regardait pas à quelques passants de plus écrasés.

A la tour, d'un assez faible diamètre, qui fortifie la porte du côté de l'ouest, est adossé un petit pavillon carré, avec toit à quatre pentes, nommé Barrière des Sergents. Engageons-nous sous la voûte, nous aboutirons rue Saint-Leuffroy, par une issue qui indique un arc ogival au pointillé, contenant trois fleurs de lis et désignée « Porte qui regarde le Palais. » Si, au lieu d'aller au pont au Change, nous tournons tout de suite à droite, c'est-à-dire vers l'ouest, nous entrerons dans la grande cour du Châtelet, qu'une haute muraille, coudée à deux endroits, sépare de l'étroite et sinueuse ruelle dite ici « Rue de la Larderie, *jadis* Pierre au Poisson. » C'est ce dernier nom qui lui a été conservé jusqu'à nos jours. Le dessinateur ne nous fait connaître par aucune inscription la destination des divers bâtiments qui bordent cette cour, dite grande par opposition à celle plus petite, de l'ouest. Dans l'aile méridionale de la grande cour était l'entrée de l'escalier principal, conduisant aux diverses salles judiciaires. A côté du vestibule était la porte du caveau ou geôle, où l'on déposait les corps trouvés dans la Seine ou sur la voie publique.

Entre cette cour et la rue dite l'ancienne Vallée de Misère (où étaient des boutiques de *rôtissiers*) se trouve un îlot de maisons reconstruites et réunies à l'édifice en 1684; on a inscrit au milieu : « Petit Chastellet nouellement basty; » cette expression doit sans doute être prise dans le sens de : appendice au Grand Châtelet, puisque l'édifice connu sous la désignation spéciale de Petit Châtelet était au bas de la rue Saint-Jacques. Cet îlot forme le côté occidental de la rue Saint-Leuffroy. La place de la façade

de cette chapelle (peut-être déjà détruite) est marquée par un arc
ogival au pointillé, avec une croix au milieu. Les prisons occupent la partie nord-ouest de l'édifice (1), dans le voisinage de la
tour de César, qui elle-même en servait.

A la rue Saint-Leuffroy fait suite, passé la rue de l'ancienne
Vallée de Misère (nommée plus tard *Trop va qui dure*), une autre
rue qui dévie vers le nord-est; elle constituait un des côtés du
triangle, dont le sommet tronqué, dit : la pointe du pont au Change,
était décoré d'un monument bien connu où figuraient des statues
de bronze, œuvres de Simon Guillain. A la suite de la rue de la
Joaillerie, à l'est du Châtelet, une autre rue, biaisant en sens
inverse, formait l'autre côté du triangle. L'axe du pont aux Meuniers coïncidait à peu près avec celui de la voûte du Châtelet,
mais l'axe du pont au Change s'en est toujours écarté de plusieurs
toises vers l'orient.

Si l'on compare entre eux les deux plans que je viens de décrire, on y remarque des différences, tenant surtout aux modifications opérées dans le voisinage du Grand Châtelet à l'époque
où l'on commença à reconstruire le pont au Change actuel
(vers 1635), en place des deux ponts de bois placés côte à côte et
incendiés en 1621. Je compte un jour reproduire ces plans sur
la même feuille. Il est à remarquer qu'on a oublié, sur l'un
comme sur l'autre, d'indiquer une grosse tour ronde qui faisait
l'encoignure de la rue Pierre à Poisson ; elle figure pourtant sur
le plan de Du Cerceau (1565) et encore sur celui de Turgot (1734),
deux plans où le Châtelet se présente du côté occidental.

Parlons maintenant de dessins qui représentent l'édifice en
perspective. Les artistes le dessinaient, en général, de face du côté
de la rue Saint-Denis; quelques-uns l'ont pris du nord-est, c'est-
à-dire de l'endroit à peu près où l'étroite ruelle du Pied de Bœuf
aboutissait à la rue de la Joaillerie (2), de manière à en faire voir
la face septentrionale et le flanc qui regardait l'est. Je ne con-

---

(1) SAUVAL, t. III, p. 338, nomme et énumère les cachots du Grand Châtelet.
Le 3 septembre 1432 (voir FÉLIBIEN, t. IV, p. 594) on enferma au Grand Châtelet
la supérieure de l'abbaye Saint-Antoine, comme complice de conspirations contre
la ville de Paris. Il y avait aussi des prisons dans les bâtiments qui bordaient la
rue de Gèvres.

(2) Pour bien suivre mon récit, il serait bon que le lecteur eût sous les yeux
un plan de Paris du dernier siècle, assez détaillé.

8.   4

nais aucun dessin qui nous introduise dans l'intérieur des deux
cours du Châtelet; une petite vignette de 1705, que je décrirai
aux *Estampes*, peut seule nous donner une idée de la grande cour,
qui était ouverte au public.

On a mis sur table, à la vente de M. Lassus, un lot de 32 pièces
(nº 812 du catal.) parmi lesquelles j'ai remarqué deux ou trois
calques concernant le Grand Châtelet, vu du nord ou du nord-est;
j'ignore à qui il a été adjugé, peut-être à M. Gailhabaud.

M. Destailleurs possède deux petits dessins à l'encre de Chine
provenant de M. F.-C. Muller, qui, vers 1844, les avait acquis
rue des Jeûneurs, dans une vente à laquelle j'assistais. Ils faisaient partie d'une suite, d'une sorte d'album, de la fin du dernier siècle, attribué à l'artiste Dunouy. L'un représente la face
du Châtelet du côté de la rue Saint-Denis; l'autre, le profil parallèle à la rue de la Joaillerie. Je possède de ce dernier un calque
levé chez M. Muller, et d'après lequel je vais décrire l'original. Il
a de haut 195 millim. sur 165 de large. On n'y voit aucun personnage dont le costume puisse servir à déterminer la date, qu'on
peut rapporter à l'an 1790. Au milieu du dessin s'élève avec
majesté la grosse tour d'encoignure, celle de César. Sa partie
inférieure est renforcée, comme c'était l'usage depuis qu'on bâtit
des tours de fortification. Sous son toit conique, qui certes n'est
pas antique, apparaissent quatre créneaux. C'est, de toutes celles
qui fortifient l'édifice, la seule qui soit ainsi couronnée. Sur la
portion de sa courbe tournée vers l'ouest, deux très-petites
ouvertures carrées éclairent (si le mot éclairer est admissible) les
cachots qu'elle renferme.

J'avoue que, malgré le grand nombre d'anciens plans géométraux que j'ai consultés, il m'a toujours été impossible de me
faire une idée bien nette de l'ensemble du Châtelet, car le plan
de chacune des tours ne s'y détache pas des bâtiments auxquels
elles sont incorporées; le tout forme une seule masse. Tout ce
que j'ai pu comprendre, c'est que la tour de César s'élevait non
loin de l'angle d'un vaste pavillon carré, peut-être de construction romaine, à en juger par les étages, voûtés en plein cintre,
que sa démolition a mis au grand jour. D'autre part, ce pavillon
était flanqué, aux quatre coins, de tours d'un médiocre diamètre
et percées de quelques étroites ouvertures. Ces tours descendaient-
elles jusqu'au sol, ou étaient-elles suspendues en encorbellement?

C'est ce que je ne saurais décider, parce qu'on n'en voit que le sommet sur tous les dessins, plans ou estampes. Elles avaient peut-être été ajoutées au gros pavillon au XIIIe ou XIVe siècle. Seuls les architectes qui ont restauré, modifié le Châtelet en 1684, et ceux qui l'ont démoli en 1802, auraient pu éclaircir cette question. Si des archéologues, architectes et dessinateurs exacts comme MM. Viollet le Duc et Alb. Lenoir, eussent, à ces deux époques, été là pour lever les dessins, nous saurions à quoi nous en tenir; malheureusement, nous n'avons pour bases d'une dissertation que des traditions incertaines, auxquelles se rattache le nom de César, et le signalement fort vague de découvertes, sur le sol du Châtelet, de médailles ou débris d'anciens engins de guerre, qui sont passés on ne sait où. C'est dans cette partie nord-est de l'édifice que se trouvaient sans doute les principales prisons; mais, d'après plusieurs plans de Paris, il en existait aussi du côté de la rue de Gèvres, sans compter les cachots souterrains, à deux ou trois étages, qui s'étendaient çà et là sous le sol.

Reprenons la description du dessin. A gauche s'élève la haute muraille orientale du gros pavillon; les toits des maisons, formant le rang occidental de la rue de la Joaillerie, y sont adossés. Celle qui limite à gauche le champ du dessin, paraît être une solide construction de pierres de taille; elle est munie de contreforts et percée seulement de trois fenêtres; on peut la regarder comme un appendice aux prisons. Entre ce bâtiment et la tour de César, deux autres maisons contiguës, basses et à pignons fort simples, offrent un aspect moins sévère; elles étaient, selon toute vraisemblance, occupées par des marchands. Si aucune cheminée ne perce les tuiles de la toiture, c'est sans doute une omission du dessinateur. Elles ont chacune deux étages de fenêtres, à raison de deux de front, et une petite porte au rez-de-chaussée. Au-dessus des fenêtres du premier, basses comme celles d'un entre-sol, est établi un auvent. Suit, à droite, la grosse tour d'encoignure, dont la base est flanquée de deux chétives constructions, l'une de forme cylindrique, l'autre carrée, avec un toit en appentis. Passé la tour se développe, vue presque de profil, la face du Grand Châtelet, qui fermait l'extrémité méridionale de la rue Saint-Denis. Entre la tour de César et la porte du Châtelet, un avant-corps à trois étages s'avance sur la rue de la Tri-

perie. Cette bâtisse ne se voit pas sur l'eau-forte de Silvestre,
gravée vers 1650; j'ignore si c'était une propriété particulière;
elle se retrouve avec quelques différences sur toutes les vues du
Châtelet de la fin du xviiie siècle; nous la reverrons de face sur
d'autres dessins.

M. Bérard, amateur distingué, riche en ouvrages anciens, concernant l'architecture et surtout la décoration, possède un grand
album de dessins sur Paris, dont plusieurs fourniront à notre
Iconographie leur tribut de documents. Il s'y trouve quelques
pièces relatives au Grand Châtelet, une, entre autres, prise du
même point de vue que celle ci-dessus décrite. C'est un croquis
vivement tracé au crayon noir, rehaussé de quelques teintes
(215 mill. de large sur 165 de haut), représentant d'après nature
l'édifice en démolition. On y voit de face, au premier plan, les
deux maisons à pignons de la rue de la Joaillerie, adossées aux
murailles orientales du Grand Châtelet. Ces pignons sont ici plus
détaillés que sur le dessin de Dunouy; chacun d'eux est accompagné d'un grand arc de bois en plein cintre, dont les extrémités
retombent sur de doubles consoles de bois ou de pierre. C'est là
le type le plus ordinaire de nos vieilles maisons des xve et
xvie siècles, construites sans luxe, telles qu'on en voyait tant aux
environs des Halles, surtout avant l'ouverture de la rue de Rambuteau. Ce détail ne saurait être une fantaisie de l'artiste, car on
devine qu'il n'a cherché à esquisser que des masses. Ici la tour
de César a perdu son toit conique, et le ciel bleuit à travers ses
créneaux antiques ou du moins séculaires. Sur un arrière-plan,
on entrevoit, éclairé d'une plus vive lumière, le bâtiment moderne où était établie la Chambre des notaires, lequel, jusqu'à 1855, forma le côté occidental de la place du Châtelet. A
notre droite se dresse en repoussoir, sur le premier plan, une
portion du profil de la Grande Boucherie. Une grossière clôture
de planches ferme la rue de la Triperie et interdit aux passants
l'approche de l'édifice en démolition.

Au feuillet suivant du même recueil, un autre petit croquis à
la plume représente à peu près le même point de vue, mais il est
un peu postérieur au précédent; car les deux maisons de la rue
de la Joaillerie sont abattues. A gauche, dans le lointain, s'élèvent les tours du Palais (quai de l'Horloge), qui servent de repères
pour s'orienter.

Je passe maintenant aux dessins représentant de front le Grand Châtelet, vu de la rue Saint-Denis; c'est le côté que choisissaient de préférence tous les anciens dessinateurs, parce que c'était à la fois le point le plus pittoresque et le plus commode, vu qu'on pouvait choisir la distance. J'acquis, pour 13 francs, à la vente après décès de M. Odiot, orfévre, vente faite vers 1848, à son domicile (rue de l'Oratoire, à côté de la cité qui porte son nom), un assez médiocre dessin, d'environ 50 cent. de large sur 30 de haut, tracé à la plume et rehaussé d'encre de Chine. Les costumes annoncent l'époque approximative de 1800. Sur la droite s'élève le profil d'une maison de quatre étages, non loin de laquelle surgit, du pavé de la rue Saint-Denis, un piédestal carré qui sert de fontaine. Il porte un obélisque, couronné, avant les dévastations de 93, d'un ornement, probablement de cuivre doré, qui manque ici. Près de cette fontaine est profilée une rangée de quatre immenses parapluies qui protégent des étalages de marchandes de légumes et de comestibles bouillants quelconques, d'où s'exhalent des tourbillons de fumée. En mon enfance je rencontrais souvent çà et là, par les rues, de ces vastes parapluies en toile cirée rouge, sortes de gigantesques champignons qui abritaient des denrées de tout genre. Je me souviens notamment de ceux de la place du Marché Saint-Jean (vers 1818) et de la rue de Sèvres, encore debout il y a une dizaine d'années. Aujourd'hui, je ne sais si l'on en trouverait à Paris ailleurs qu'au faubourg Saint-Marceau et aussi dans la rue Pauquet, aboutissant à celle de Chaillot. Au siècle précédent, et peut-être de temps immémorial, ces sortes d'auvents circulaires, fixés sur un seul appui central, s'épanouissaient sur presque toutes les places de Paris. Bientôt ils vont faire partie du domaine de l'antiquaire comme nos bornes, nos *coucous* et mille autres vieilleries, supplantées par des inventions modernes plus propres, plus commodes, mais assurément moins pittoresques.

Passons à la gauche de mon dessin. Là se présente de trois quarts la façade de la Grande Boucherie, à peu près sur l'alignement de la rangée orientale des maisons de la rue Saint-Denis. On aperçoit aussi une notable portion de son flanc septentrional. C'est un édifice peu élevé, construit de pierre jusqu'à cinq ou six mètres du sol environ. Au-dessus de cette bâtisse règne jusqu'au toit une ouverture presque continue, munie de rangs de poutres verticales qui forment des claires-voies. Tel est le type des anciennes boucheries dans la plupart des villes de l'Europe. Celle-ci assurément n'est pas, sur tous les points, celle bâtie sous Charles VI ; la toiture, peu élevée, a été refaite ; les murs du rez-de-chaussée seuls, percés de quelques étroites fenêtres, peuvent dater d'aussi loin (1). Contre ces murs sont appliqués de grands auvents en appentis qui abritent des marchands d'herbages. La face du bâtiment sur la rue Saint-Denis offre au milieu une porte précédée de quatre marches de pierre. J'ai vu d'autres dessins où ce perron est plus élevé. Le mien est-il dans son tort ? Je serais disposé à le croire, vu que d'autres détails semblent révéler un dessinateur assez négligent sous le rapport de la précision topographique. Au delà du toit, sur un arrière-plan, à gauche, domine une suite de trois pignons faisant partie du rang oriental de la rue de la Joaillerie.

Maintenant que nous sommes débarrassés des accessions qui entourent le Grand Châtelet, parlons de sa façade, qui se développe sous nos yeux. Que n'ai-je en ce moment sous la main un honnête et vieux bonnetier de la rue Saint-Denis, né vers 1780, en qui la mémoire serait encore assez vivace. Je lui ferais voir mon dessin et lui dirais : « Rétrogradez vers l'an 1800 ; prenez cette loupe et examinez ; vous êtes au bas de la rue Saint-Denis ; vous y reconnaissez-vous ? » A coup sûr, sa réponse vaudrait mieux que ma description, supposé que j'eusse affaire à un vieillard intelligent. J'en ai connu, il y a quelque vingt-cinq ans, plus d'un, capable de me donner de bons conseils au sujet du Châtelet et de bien d'autres édifices du vieux Paris ; mais alors je ne m'étais pas encore voué à cette sorte de culte, et aujourd'hui, comme la plupart de nos anciens monuments, ces précieux guides ont disparu de ce monde (2). Au milieu de la façade s'ouvre une

(1) Le bâtiment de la Grande Boucherie a survécu quelques années au Grand Châtelet. Du moins, le fait paraît attesté par plusieurs estampes gravées sous l'Empire et la Restauration ; par une notamment signée : *Goblain del. Baugean sculp.* Le restaurant primitif du *Veau qui tette* fut établi dans un bâtiment peu élevé qui doit être celui même de la Boucherie ; mais on le rhabilla de manière à l'approprier à cette nouvelle destination, et on le décora, du côté de la rue Saint-Denis, dans le genre gothique. Sous Charles X, on éleva à sa place une grande maison à arcades, que nous avons vu abattre en 1856 pour le percement du boulevard de Sébastopol.

(2) J'ai plusieurs fois, vers 1840, visité un vieillard (M. Collas) qui habitait sur

large ogive qui sert de passage public et que surmontent deux étages, percés chacun d'une fenêtre. Près du bord du toit est un cadran ; au-dessus, une mansarde très-vulgaire.

Cette disposition se retrouve sur toutes les vues du xviii° siècle, mais sur l'eau-forte d'Israël Silvestre, gravée vers 1650, à la place de ce toit bas et de cette froide mansarde s'élance, avec une allure vraiment monumentale, une très-haute lucarne, de style renaissance, décorée de plusieurs frontons brisés et tout brodés d'ornements, le tout surmonté d'un svelte campanile. De plus, au-dessus de la pointe de l'ogive de la porte se dresse une statue de la Vierge, que l'année antireligieuse de 93 a renversée. La statue a subsisté jusqu'à cette année funeste; quant à la lucarne, elle aura été supprimée dès 1684, époque où fut restauré le Châtelet et où régnait la manie de rendre *propres* (on connaît assez le sens de ce mot) tous les vieux édifices.

De chaque côté du bâtiment central s'élance une tour cylindrique de moyenne grosseur, coiffée d'un toit en forme de cône, et percée de quelques rares ouvertures rectilignes, treillissées de barreaux de fer. La tour de droite diffère de celle qui lui correspond ; à quelques mètres au-dessous du toit, elle est renflée de manière à offrir une sorte de balcon circulaire, qui surplombe, et dont le parapet est soutenu par une trompe de pierre. Ce détail se retrouve, tracé avec plus ou moins de fidélité, sur toutes les vues du Châtelet ; je le crois ici assez inexactement rendu.

Mon dessin s'écarte aussi en un point des autres portraits du même édifice : les deux tours descendent jusqu'au pavé. Sur les autres dessins ou estampes, elles sont, à une distance d'environ trois mètres du sol, suspendues en encorbellement et soutenues par un contre-fort carré ou pilastre saillant, engagé dans la muraille. Ici encore, je crois devoir donner tort à mon dessin. En outre, je critiquerai toutes les tours qu'on y voit comme ayant un diamètre exagéré ; la voûte d'entrée elle-même paraît un peu trop large. Je serais porté à croire que l'auteur du dessin était de ceux qui voient les édifices sous un angle trop ouvert dans le sens

le quai des Ormes près du pont Marie. C'était un amateur éclairé des antiquités parisiennes; il possédait sur cette matière un assez grand nombre de livres et d'estampes. Sa conversation m'a beaucoup encouragé dans mes projets d'études sur le vieux Paris. Si alors j'avais rédigé mon *Iconographie*, il m'eût fourni, en fouillant dans les replis de sa mémoire, de bien précieux renseignements.

horizontal, défaut qui tient peut-être à une certaine disposition dans la structure de l'œil.

Notons ici une particularité : au milieu de la baie d'entrée est planté un poteau qui interdit le passage aux voitures. Ce poteau semble là pour rappeler combien de victimes ont été broyées sous cette étroite et sombre voûte, toujours encombrée de charrois. La morgue voisine a dû recevoir en dépôt bien des cadavres mutilés dans cet antre formidable.

La grosse tour crénelée, la tour de César, figure à sa place avec dignité. Entre elle et la porte s'élève la maison à trois étages et peu intéressante dont j'ai parlé plus haut. Ici, on ne lui voit point de toiture, et ses étroites fenêtres munies de grilles semblent lui assigner le rôle d'une prison.

Parmi les trente-trois personnages, la plupart gens de marché, qui font foule sur la place de l'Apport-Paris, on distingue un marchand de mort aux rats, coiffé d'un tricorne et tenant une longue perche garnie d'une grappe de victimes. Sur un plan plus rapproché, se dandine un *mirliflore* du temps. Son chapeau est cylindrique ; sur le collet de son frac à queue de morue frétille une touffe de cheveux noués derrière la nuque, et qu'on nommait, je crois, un *salsifis*; ses bottes, peu élevées, forment sur le tibia une pointe en cœur, dont je laisse au lecteur le soin de retrouver le nom, vu que je suis plus exercé à décrire les détails des édifices que ceux de nos anciennes modes.

M. Destailleurs possède un petit dessin de Dunouy (le pendant de celui décrit plus haut, d'après un calque) représentant le Châtelet vu de face, avec une portion de la Boucherie à gauche. Les proportions des tours doivent être plus exactes que sur mon grand dessin ; mais, au résumé, il offre trop peu de détails pour mériter de nous occuper plus longtemps. Le même architecte en possède un autre tracé à l'encre de Chine, de 255 millim. sur 180, qui a bien plus de mérite, en ce qu'il est finement détaillé. A en juger par les costumes, il est antérieur à celui que j'ai acquis à la vente Odiot. Il peut être attribué à Lallemant, artiste qui, vers 1780, a dessiné beaucoup de sujets gravés, soit dans les *Antiquités* de Millin, soit dans le recueil de vues de Paris qui font partie du *Voyage pittoresque de la France,* édité par Lamy, en 1787.

J'ai vu récemment chez M. Bérard un dessin exactement de la

dimension de celui de M. Destailleurs et représentant le même
point de vue. Cependant il y a peut-être des différences notables.
On n'y distingue, comme sur le mien, qu'une seule porte d'entrée
à la Boucherie, à laquelle aboutit un escalier droit d'environ dix
marches. Sur celui de M. Destailleurs il me semble qu'il y a deux
portes, comme sur la petite estampe de forme ovale, gravée en
plusieurs couleurs par Le Campion. Il est regrettable que je n'aie
pas sous les yeux, au moment où j'écris, tous ces dessins pour
les confronter. L'un se trouve près de la barrière de l'Étoile, c'est
le mien ; l'autre au haut de la rue du Bac ; le troisième près de
la place Breda ; pour les revoir, il me faudrait perdre deux ma-
tinées.

Quelques alinéas sur la démolition du Grand Châtelet. Ce fut
un événement fort heureux pour l'assainissement du quartier
Saint-Denis, qu'on assainit de nouveau à cette heure sur une
échelle autrement large. Seulement, je regrette que l'administration de la ville de Paris de cette époque, trop peu sou-
cieuse des souvenirs historiques, n'ait pas fait dresser par un de
ses architectes le plan exact et géométrique de l'édifice, avant de
le livrer aux démolisseurs : je ne me donnerais pas à cette heure
tant de souci pour le ressusciter tant bien que mal.

J'ai déjà parlé plus haut d'un petit croquis (collection de
M. Bérard) représentant cette démolition du côté de l'est. Le
même amateur en possède trois autres, dont deux incertains, car
on n'y trouve aucun point de repère qui aide à se reconnaître ;
on a sous les yeux des arcades en ruine, voilà tout. Sur l'un des
trois il est permis de deviner l'arc ogival de la porte, du côté de
la rue Saint-Denis. Le bâtiment qui la surmontait n'existe plus,
mais la tourelle de droite est encore debout.

J'ai aussi un dessin d'après nature, par madame Duchateau,
lequel, bien que dépourvu d'inscription, se rapporte probablement à la même démolition. On y remarque deux étages de voûtes
à plein cintre et des pans de gros murs qui peuvent s'appliquer
au gros pavillon (peut-être de construction romaine) qui longeait la rue de la Joaillerie. A droite est un reste de tourelle à
encorbellement. On retrouve des détails analogues sur une rare
estampe, genre sépia, signée *L. D. L. inv. et sculp. an* x (1802).
M. Destailleurs en possède une épreuve au bas de laquelle on
lit : *Fait par De Moléon, an* x.

Il existe une grande pièce gravée au trait (dont j'ai vu quelques épreuves gouachées), portant au bas cette inscription : « Démolition du Grand Châtelet. » Il m'a toujours été impossible de voir dans cette estampe autre chose qu'une composition de ruines dans le genre d'Hubert Robert, et ne rappelant en rien le Grand Châtelet. On aperçoit, au milieu de ces ruines, de vigoureux arbustes qui n'auraient pas eu le temps de grossir à ce point dans l'interstice des pierres du Châtelet, de 1802 à 1804, temps employé à sa démolition. Deux ans! Aujourd'hui ce serait l'affaire de quelques jours, tant l'art de démolir, tout aussi bien que celui de faire sortir de terre des palais, et de transplanter des allées de marronniers de trente ans, a fait de merveilleux progrès.

En définitive, si je voulais donner au public une exacte représentation du Grand Châtelet, vers la fin du xviiie siècle, où prendrais-je mon modèle? Je l'ignore. Il y a à hésiter, par cela seul que j'en connais plusieurs dessins, qui ne sont pas précisément d'accord pour les détails. C'est, du reste, une difficulté qui arrête sans cesse l'antiquaire voué à la recherche du *vrai*. L'abondance de documents est quelquefois un immense embarras; demandez plutôt à tous ceux qui font des livres consciencieux. Si vous aviez à reproduire un portrait d'Henri IV, à une époque donnée, vous en trouveriez peut-être vingt dans la collection de M. Hennin, mais ils seraient loin d'avoir entre eux une ressemblance identique. Si vous n'en connaissiez qu'un seul et qu'il fût l'œuvre d'un habile artiste (telle serait une peinture de Porbus), vous pourriez passer outre et négliger les autres sources; mais il n'en est pas toujours ainsi. L'archéologue de l'avenir sera plus heureux : la photographie lui viendra en aide. Quant à la résurrection d'un édifice abattu ou d'un personnage des siècles passés, basée sur d'anciens dessins, rarement exacts sur tous les points, on sera en proie à une perplexité d'autant plus vive, qu'on aura sous la main plus de documents, car il est probable qu'ils seront en désaccord sur certains détails. Ainsi des événements historiques qu'on veut décrire après avoir consulté vingt manuscrits en partie contradictoires. En tout, il est bien difficile d'approcher de la vérité : c'est une sorte de fantôme presque aussi insaisissable que cet autre appelé bonheur; la vie de l'homme s'épuise à la poursuite de ces deux problèmes, et le plus souvent il meurt avec le regret de n'avoir pu résoudre ni l'un ni l'autre.

CHÂTELET (PETIT). — Je n'ai à citer qu'un dessin relatif à cet édifice. C'est un médiocre croquis à la plume, rehaussé ou, si l'on veut, barbouillé de quelques couleurs, et mesurant 335 mill. de large sur 235 de haut. On le voit dans la collection historique de Fontettes, à l'an 1718. Il n'a guère qu'un mérite, celui d'être contemporain. On lit au haut, en écriture du temps : « Incendie du petit pont Nôtre Dâme, arriué le 27e auril 1718. »

Il ne reste plus que le pont de pierre à trois arches; toutes les maisons de bois et de plâtre qu'il supportait sont anéanties. Le long du quai du Marché Neuf, sur la berge, est un amas de débris encore enflammés. Sur la gauche s'élève, grossièrement représenté, le double portail de la salle de l'Hôtel-Dieu dite de Saint-Louis, et aussi *salle Jaune*.

Mais je me hâte de fixer l'attention sur le Petit Châtelet. Il figure sur la droite, sous forme d'une grosse tour ronde à trois étages, qui va s'élargissant vers la base; la plate-forme est munie d'un parapet non crénelé, que soutiennent des mâchicoulis.

Cette représentation du Petit Châtelet, vu de profil et de l'ouest, est loin d'être exacte, comme l'attestent plusieurs estampes gravées d'après des dessins détaillés et tracés évidemment sur lieux à diverses époques; mais elle offre une particularité qui, c'est fort probable, n'est pas un caprice du dessinateur : sur la plate-forme s'élève un gros arbre. Ce détail s'accorde avec ce passage d'une *Description de Paris* écrite en 1432 par Guillebert de Metz, dont je vais citer le texte d'après la publication de M. Leroux de Lincy, page 55. « Là est petit Chastelet, si espès « de murs que on y menroit bien par dessus une charrette. Si « sont dessus ces murs beaux *jardins*. »

Un arrêt du Parlement, en date du 3 mai 1718, ordonna une quête pour les incendiés; puis on restaura le pont, mais cette fois sans maisons, tel qu'on le voyait il y a encore quelques années.

Le Petit Châtelet fut démoli vers 1782, après avoir joué un rôle important sous Charles VI, Henri III et la Ligue. Je n'en ai vu que quelques restes de voûtes, lorsque en 1842 on fouilla le sol qu'il occupait, pour reconstruire, sur la rive gauche, le bâtiment de l'Hôtel-Dieu. Cette voûte ressemblait fort à celle d'un égout et ne paraissait pas de construction romaine; toutefois, j'ai lu que, lors de la démolition de l'édifice, on trouva dans ses murs de fondation, comme dans ceux du Grand Châtelet, des médailles et des débris antiques d'ustensiles de guerre, passés je ne sais où.

Félibien signale huit pièces (de 1322 à 1687) qui concernent le Petit Châtelet. Des lettres patentes de novembre 1684 (époque où l'on reconstruisit le Grand Châtelet), lettres datées de Versailles et non citées par cet historien, accordent ces vieilles tours et leurs dépendances à l'Hôtel-Dieu pour s'agrandir. Il paraît que l'Hôtel-Dieu ne se pressa pas, faute de fonds sans doute, de profiter de cette donation, puisque l'édifice continua à servir de prison, et ne fut abattu que près d'un siècle plus tard.

On trouve de curieux renseignements relatifs au Petit Châtelet, dans une suite d'articles sur les prisons de Paris, imprimés dans la *Gazette des Tribunaux* de 1841; entre autres celui-ci : sous Louis XVI, les chambres donnant sur la rivière servirent pendant quelque temps de prison pour dettes.

On lit dans un rapport de M. Albert Lenoir (voir le *Moniteur universel* du 6 septembre 1853), à propos de l'édifice qui nous occupe : « Les tours rondes, les couloirs souterrains qui les fai- « saient communiquer entre elles, les escaliers de dégagement et « autres détails intérieurs nous sont connus aujourd'hui. Les « dragueurs ont recueilli, dans cette partie de la Seine, de nom- « breux objets portatifs, statuettes, armes et bijoux, puis quel- « ques boulets de pierre, du diamètre de 34 à 36 centim., qui « provenaient sans doute du Petit Châtelet. » Aujourd'hui, on n'a plus rien à dire *de visu* sur ce monument, car il n'en reste plus une seule pierre.

A. BONNARDOT.

(*La suite au prochain numéro.*)

ICONOGRAPHIE DU VIEUX PARIS.

(SUITE) (1).

DESSINS.

CHAUMONT (COUVENT DES DAMES DE SAINT-). — Après le mot *Châtelet* se présente, sur mon catalogue de dessins, une pièce si froide, si peu intéressante pour l'archéologie, que j'ose à peine en faire mention. C'est le petit portail du couvent de *Saint-Chaumont* (rue Saint-Denis au coin de celle de Tracy), établi dans un hôtel appartenant au marquis de ce nom. Ce portail, achevé vers 1786, époque où fut ouverte la rue de Tracy, a été converti depuis longtemps en magasin de nouveautés; il est aujourd'hui voisin du boulevard de Sébastopol, qui aurait pu le renverser en passant sans exciter mes regrets.

Ce dessin de ma collection, tracé à l'encre de Chine, représente en grand le portail, modifié depuis, comme on le pense, pour son nouveau rôle. Il offre quatre colonnes de front soutenant un entablement orné de triglyphes et surmonté d'un fronton triangulaire où est sculptée la Religion, couchée majestueusement dans une pose antique. Sous le portique s'ouvre une porte rectiligne, au-dessus de laquelle est un long bas-relief qui représente, je crois, les épisodes de la vie dévote et charitable de la veuve Pollalion (Piganiol écrit : *Polaillon*), fondatrice, vers 1660, de cette communauté, établie là en 1683. A droite et à gauche de la porte est une niche garnie d'un saint drapé à l'antique : celui de droite tient une épée, celui de gauche un crucifix. Ces deux statues ne sont plus à leur place et le bas-relief est masqué ou a disparu. Où toutes ces sculptures ont-elles passé? Je ne suis nullement tenté de me déranger pour prendre des informations : ce *morceau* d'architecture m'est tout à fait indifférent, et, si, un jour ou l'autre, on le jetait par terre, ce n'est certes pas moi qui réclamerais. Passons outre : je me repens presque d'avoir tant causé sans sujet de ces quatre colonnes et de leurs accessoires.

(1) Voir la livraison de septembre 1858.

CHEVAUX (MARCHÉ AUX). — On voit aux Archives (IIIe classe, n° 430) un grand plan manuscrit sans date, intitulé : « Plan de l'ancien Marché aux Chevaux situé à la porte Gaillon. » Ce nom de *porte Gaillon* sonne assez bien aux oreilles d'un antiquaire parisien ; par malheur, si j'ai bonne mémoire, on n'en voit aucune trace ; l'édifice ne fut que commencé et il disparut avant son achèvement.

Le marché aux chevaux, qui, jadis, avait toujours lieu le samedi, était établi, avant 1634, au pied de la butte Saint-Roch, non loin de celui aux pourceaux. Après 1634, on le transféra, comme l'atteste le plan en question, sur le terrain vague où l'on rebâtit plus tard le couvent des Capucins, vers l'endroit où, il y a quelques années encore, étaient les bâtiments du Timbre, portion utilisée du susdit couvent. Le marché occupait en partie l'intérieur d'un bastion qui décrivait un angle très-ouvert : c'était le troisième à partir de la porte de la Conférence. On voit sur ce plan, si je ne me trompe, une des faces du bastion qui le traverse. Tout cela offre peu d'intérêt, car on n'a sous les yeux qu'un grand espace vide. Ce plan aura été dessiné, puisqu'on y remarque l'expression *ancien marché*, à l'époque où il s'agissait de construire le nouveau couvent des Capucins et la place Louis-le-Grand (Vendôme), et de réunir le marché aux chevaux dit du Samedi à celui du Mercredi, déjà établi au haut de la rue Saint-Victor, où il est encore aujourd'hui (1). Le marché aux chevaux installé sur le susdit bastion subsistait encore en 1656, d'après le témoignage du plan en six feuilles de Nicolas Berey.

Il y eut aussi à Paris d'autres emplacements destinés à la vente des chevaux. Sous Henri III, un marché se tenait sur une portion du terrain où s'élevait le palais des Tournelles. Ce fut là qu'eurent lieu les duels acharnés soutenus par les favoris du roi. La construction des pavillons de la place Royale fit disparaître ce marché, qui, dès lors, c'est probable, fut transféré au pied de la butte Saint-Roch, où il est marqué sur le plan de Quesnel, 1609, et sur celui de Mathieu Mérian, 1645.

D'après le *Plan restitué de la paroisse Saint-Sulpice*, par MM. Albert Lenoir et Ad. Berty, il en aurait existé un, très-

_____

(1) Selon Sauval, on trouva, en 1655, des tombes antiques en pierre, sur cet emplacement.

anciennement, non loin de la Foire Saint-Germain, puisque au
xvᵉ siècle le haut de la rue actuelle de Tournon se nommait rue
du Marché aux Chevaux. Cette question pourrait intéresser nos
hippophiles; mais il y a mille livres parisis à parier contre un
simple double qu'aucun de ces messieurs ne lira cet article.

CHINOIS (BAINS). — Du marché aux chevaux, établi sous
Louis XIII, aux Bains, plus ou moins Chinois, dont je vais parler, la distance est courte. On voyait encore, il y a une dizaine
d'années, sur le boulevard des Italiens, au coin de la rue de la
Michodière, cette construction bizarre contrastant avec les maisons de style vulgaire qui l'entouraient. Quand on l'abattit, elle
avait déjà perdu, avec sa base, une grande partie de sa physionomie primitive et pittoresque. Cet immense pavillon élevé sur des
rochers de moellons peints, et qui eût si dignement figuré dans un
parc anglais, ne peut être classé parmi les monuments du vieux
Paris; mais, je dois l'avouer, j'ai un faible pour les établissements *colifichets* qui se relient aux souvenirs de mon enfance et
de ma jeunesse. Celui-ci fait partie de mon vieux Paris person-
nel, de celui qui m'intéressait de 1818 à 1840, tels que le café
Turc, aujourd'hui horriblement rétréci et défiguré; le café des
Princes, son voisin, établi dans le jardin des Filles du Sauveur,
où, vers 1816, j'allais voir des danseurs de corde fonctionner
sous les tilleuls; les jardins Beaujon, Marbœuf et de Tivoli; le
concert Musard de la rue Neuve-Vivienne et tant d'autres établissements, éphémères, aujourd'hui effacés de notre sol tristement
couvert de hautes maisons d'un *excellent rapport.* A l'époque où
j'étais enfant, où le boulevard des Italiens pouvait encore s'appeler une avenue, je contemplais avec une naïve admiration les
Bains-Chinois, cette construction de solives peintes de mille couleurs, reposant sur des rochers roses. J'aimais ses girouettes fantastiques, ses toits relevés en coquille, d'où pendaient mille clochettes; aujourd'hui, à cette place, s'élève un riche bâtiment,
qu'à Rome on nommerait un palais, et qui donne de gros revenus : voilà précisément ce qui explique la disparition de cette
construction fantastique.

Ce fut un peu après l'an 1787 qu'on éleva ces bains, qu'il ne
faut pas confondre avec d'autres bains froids, sorte d'école de
natation voisine du pont de la Tournelle, décrits dans le *Guide*

des amateurs de Thiéry, 1787, t. II, p. 136. Cet édifice, pendant un temps assez long, peut-être jusqu'en 1830, communiqua son nom à cette partie du boulevard des Italiens. Une petite estampe ronde, gravée en couleur par Le Campion, en représente l'intérieur.

Feu M. C.-F. Muller acheta, vers 1845, une aquarelle d'environ 61 cent. de large sur 40 de haut, représentant, avec tous ses menus détails, la façade des Bains-Chinois, devant laquelle circulent de nombreux promeneurs en costumes Louis XVI. Cette aquarelle était l'œuvre de l'architecte même qui projeta l'édifice, M. Lenoir le Romain. Il n'était pas habile à représenter des arbres, comme l'atteste ce dessin; mais la partie architecturale est traitée avec une finesse peu commune. Je soupçonne même qu'on y voit beaucoup de détails d'ornementation qui n'ont jamais été exécutées; du moins, de mon temps, on ne voyait plus qu'une partie de ces sveltes découpures. L'inscription du bas, si j'ai bonne mémoire, est suivie de la date 1788, indiquant l'époque du dessin et probablement aussi celle de la réalisation du projet.

Le 16 décembre 1856, je revis, exposée dans une salle de la rue Drouot, l'aquarelle de M. Lenoir. J'ai ouï dire qu'elle avait été adjugée à près de 200 fr. Je concevrais l'élévation de ce prix, si cette localité n'avait jamais été dessinée; mais les lithographies exactes ne manquent pas et me rappellent, mieux que ce dessin, l'édifice tel que je l'ai vu mille fois.

Je fus affligé, je l'avoue, quand, *vers* 1844 (je ne saurais préciser la date, tant je retiens mal celle des événements contemporains), je vis des ouvriers raboter ces boutiques rocheuses, semblables à des antres, et leur substituer des murailles nues et plates avec des boutiques régulières. On m'avait défiguré mon cher joujou d'enfance, peu m'importait désormais qu'on l'anéantît tout entier; aussi n'ai-je pas même constaté dans mes notes l'époque précise de son décès. Depuis, j'ai vu disparaître sur toute la surface de la capitale tant de rues, d'édifices, de maisons, tant de ces petits riens, précieux à titre de souvenirs de mon jeune âge, que j'y suis devenu presque indifférent, par cette même raison que, une fois embarqué, on doit de toute nécessité s'accoutumer au mal de mer.

CHOLETS (COLLÉGE DES). — Voici un dessin plus intéresant que le précédent pour l'archéologie. Nous allons rétrograder vers la fin du xvᵉ siècle et nous arrêter devant un échantillon gothique dont, au rapport de Dulaure, il ne restait plus rien en 1825. Un peu avant cette époque, le collége des Cholets fut démoli et son terrain employé à agrandir le collége Louis-le-Grand.

Je possède une aquarelle d'artiste, non terminée dans toutes ses parties, ayant un champ de 25 centim. en hauteur sur 19 de large. Elle n'est pas signée, mais elle est, sans aucun doute, l'œuvre de M. Goblain déjà cité, car je la tiens de sa veuve, qui me la céda il y a une quinzaine d'années, par l'intermédiaire d'un artiste qui avait connu son mari. La date de l'exécution de ce dessin est voisine de 1848. Il inspire toute confiance et on l'accepte comme exact, à la première vue, d'autant plus qu'en 1848 un dessinateur n'aurait pu inventer aucun des détails qu'il représente (1).

Nous sommes dans la cour du vieux collége, dont les bâtiments bordaient le côté septentrional de la rue Saint-Étienne des Grès. Fondé vers la fin du xiiiᵉ siècle par le cardinal légat Jehan Cholet, il avait été rebâti, en partie du moins, au xvᵉ siècle. Devant nous s'élève un haut corps de logis, interrompu vers la moitié du troisième étage, car le but du dessinateur était d'attirer les regards sur une porte richement décorée, construite près de deux siècles après la fondation. La baie, en arc déprimé, est encadrée de moulures et surmontée d'une pointe en accolade, brodée de touffes de feuillage. Les traverses en croix et les vantaux de la porte paraissent très-délicatement sculptés. Au-dessus de la baie, entre deux étroites fenêtres grillées et en forme d'ogive prolongée, s'élève une somptueuse niche, sans statue, probablement depuis 1793. Le dais, composé de deux arcades contiguës disposées de biais, est, ainsi que le socle, découpé à jour et d'un travail élégant; une reproduction du dessin pourrait seule donner une idée complète de ses détails compliqués.

Cette niche et les deux fenêtres latérales sont encadrées par un grand arc ogival à moulures multipliées, accosté de pilastres que terminent des clochetons. La voussure de cet arc, assez profonde et couverte de sculptures, ressemble à un petit portail

(1) M. Destailleurs doit posséder une esquisse au crayon du même sujet, tracée par le même dessinateur, mais moins finie.

d'église. Les pieds-droits ne descendent pas jusqu'au sol, mais sont, à une hauteur approximative de deux mètres, soutenus en encorbellement par des culs-de-lampe ornés de feuillage. Ces pieds-droits, vers leur extrémité intérieure, sont creusés de manière à former deux niches semi-circulaires assez étroites. A la pointe du grand arc fait suite un pédicule élevé, couronné d'un gracieux panache. A la gauche de l'arc, entre sa naissance et ce pédicule fleuronné, se dessine en relief, sur le nu de la muraille, un rang de petites arcatures, reliées à leur sommet par une crête, le tout d'une richesse digne de la cathédrale de Reims. L'autre côté de l'arcade n'est pas accompagné de cette sorte de galerie; là, le mur est percé d'une simple fenêtre à croisillons de pierre. Il en résulte une disparate choquante; mais les anciens architectes tenaient peu à la symétrie et sacrifiaient rarement l'utile à l'agréable. Les fenêtres rectilignes du premier étage sont également fort simples et n'ont d'autre décoration qu'une moulure qui les encadre.

A gauche de ce portail se développe de face une portion de bâtiment à un seul étage. Au rez-de-chaussée s'ouvre une porte ogivale surmontée d'un cordon de pierre en saillie, et tout uni, qui suit la forme de l'arc. Au-dessus est percée, entre deux contre-forts, une fenêtre en ogive entourée d'un faisceau de moulures. A travers le treillis de fer, scellé dans les pieds-droits de la baie, on entrevoit, dans le tympan, quelques broderies et trois colonnettes, dont une, placée au centre, divise la fenêtre en deux compartiments.

A droite du portail s'avance en saillie une tour ou cage d'escalier de forme polygonale, dont le toit, probablement terminé par un riche bouquet de plomb, n'est pas visible en raison des limites du dessin. Une des faces de ce bâtiment, construit de pierres mêlées de briques, offre trois étages d'étroites baies sans vitres, destinées à donner du jour à l'escalier. La baie d'entrée, assez basse, est couronnée d'un arc ogival à moulures, au-dessus duquel se dessine sur le mur un cadre ovale ou plutôt piriforme, dont la pointe aiguë est richement panachée. Entre cet arc et les contours extérieurs du cadre, l'intervalle est rempli par des feuillages ressortant en relief sur le nu de la muraille.

Au tome III du *Tableau de Paris* de M. de Saint-Victor (in-4°, 1808-1811) est une petite aquatinte représentant, avec un champ plus étendu, cette partie remarquable du collége des Cholets; mais la plupart des ornements sont mal compris et sèchement rendus. Une estampe sur acier, gravée par Lepetit d'après Rouargue, a reproduit, d'après M. de Saint-Victor, ces détails, qui, déjà fort incorrects sur le modèle, ont, sur cette copie, subi de nouvelles déformations; l'ornementation du vieil édifice a fini par dégénérer en un style bâtard qui, en certaines parties, n'indique plus aucune époque.

De 1830 à 1848, les copistes d'anciennes vues de Paris ont, en général, singulièrement dénaturé leurs modèles. Leurs dessins, même *d'après nature* (à en croire les inscriptions), s'en éloignent quelquefois à tel point, grâce à leur manie de rectifier, d'embellir, de vieillir les originaux, qu'on n'y peut plus voir qu'une composition. C'étaient de terribles amis du vieux Paris! Si un jour je trouve le temps d'analyser leurs œuvres, je tâcherai de séparer le bon du mauvais, le vrai de l'imaginaire, puisque j'ai pris à cœur de reconstruire le vieux Paris *véritable*. Tous nos artistes auraient dû, sur ce point, imiter la sage réserve de MM. Turpin de Crissé et Arnout, qui, à partir de 1830, offrirent au public des vues réelles du Paris d'autrefois.

CLUNY (COLLÉGE DE). — Encore un riche échantillon d'ancienne architecture, dont il ne reste plus qu'un insignifiant vestige. Ce collége ecclésiastique, fondé en 1269, fut vendu vers 1795, à titre de propriété nationale, à des particuliers qui, ne pouvant, on le conçoit, utiliser toutes les parties de cette habitation claustrale, ont fini par la détruire.

J'ai vu bien souvent, au temps où je fréquentais les cours de la Sorbonne, le flanc septentrional de l'église de ce collége, avec ses fenêtres aux riches dentelles de pierre, dépouillées de leurs vitraux. David établit, sous l'Empire, son atelier dans cette vaste nef, car il fallait de l'espace à ses toiles, qui diffèrent beaucoup, sous le rapport des dimensions, de celles de Meissonier. Là, Napoléon Ier, comme semble l'attester une ancienne lithographie, vint contempler l'immense tableau de son sacre; là aussi (selon Dulaure), la foule se pressa devant la composition du *Léonidas*.

Entre 1827 et 1830, j'ai dû voir, une fois au moins, l'intérieur de cette église; mais ce ne fut pas avec cette curieuse attention d'antiquaire qui en grave les détails dans la mémoire. Ai-je vu aussi ce cloître aux sveltes arcades, dont M. de Saint-Victor nous a donné une vue fort sèchement gravée, et néanmoins très-pittoresque? Je n'oserais l'affirmer. Il me semble pourtant avoir entrevu, vers 1827, les ruines du cloître au moment où elles s'écroulaient sous la pioche. Du reste, je puis confondre ce souvenir avec un autre du même genre, car déjà se renouvelaient fréquemment ces sortes d'exécutions capitales. Mais je me souviens nettement d'avoir vu disparaître l'église vers 1833. On aperçoit encore aujourd'hui, en se plaçant au coin N.-E. de la place de la Sorbonne, un pinacle de pierre orné de panaches de feuillage. Cette espèce de clocheton indique le sommet du pignon de la façade, incorporé aux bâtiments d'une maison de la place, bâtiments qui s'élèvent dans une étroite cour, au bout de l'allée du n° 5. C'est à cette heure le seul vestige du collége séculaire.

Où en retrouver l'image fidèle? Le flanc septentrional de l'église, qui bordait au nord la place de la Sorbonne, se voit sur une multitude d'estampes anciennes ou modernes représentant cette place. Mais l'intérieur du cloître, analogue à celui des Cordelières, qui l'a dessiné avec soin, avec un zèle d'antiquaire, depuis la publication, en 1811, du troisième tome du *Tableau de Paris* par M. de Saint-Victor? A coup sûr, à l'époque de sa démolition, antérieure de quatorze ans à l'invention de Daguerre, plus d'un dessinateur a dû en venir prendre l'esquisse. M. Pernot n'a pas manqué l'occasion d'en dessiner les ruines; il a fait lithographier son dessin *d'après nature;* mais j'ose affirmer qu'il n'est pas exact, du moins quant à la disposition des arcades du cloître, consistant (d'après le plan détaillé de Verniquet et autres) en de grands arcs subdivisés par d'élégantes colonnettes en trois autres, ornés, dans leurs tympans, de légers réseaux de pierre. L'aquatinte de l'ouvrage de M. de Saint-Victor a, du moins, le mérite d'être conforme à la réalité. Je ne doute pas qu'un jour il ne se présente, soit dans une vente, soit peut-être dans la *Statistique monumentale de Paris,* une vue très-détaillée, bien rendue et bien comprise, de ce portique du XIIIe siècle; il s'agit d'attendre (1).

---

(1) M. Roger de Beauvoir a publié un roman intitulé : *l'Écolier de Cluny.* Y fait-il la description des merveilles architecturales du collége de Paris ? Je

Je n'ai en ce moment à signaler, au sujet de ce collége, que des dessins d'un intérêt secondaire. M. Destailleurs possède un petit croquis à la mine de plomb représentant une partie des ruines. Au premier plan est un bâtiment flanqué, dans les angles, de tourelles en encorbellement; au fond s'élève le dôme du Panthéon; mais on n'y distingue aucune portion du portique du cloître, soit en raison du point de vue, soit parce qu'il était déjà effacé du sol.

Je possède un dessin de 20 centimètres de haut sur 14 de large, légèrement aquarellé et tracé de verve (vers 1820) par M. Goblain (1), qui a inscrit au verso : « Fragment du cloître de Cluny. » Par *cloître*, il entend parler sans doute du collége dans son ensemble, car on ne voit qu'un vieux bâtiment pris de trois quarts, lequel bordait la rue de Cluny. Au fond, on aperçoit la rue des Grès et l'ancien dortoir des Jacobins, aujourd'hui tronqué, replâtré, déformé, et converti en salle d'asile.

Cette partie du collége de Cluny, qui regardait l'orient, était probablement le bâtiment des cuisines. Il est flanqué dans l'angle, sur la rue des Grès, d'une tourelle en encorbellement assez pittoresque. Au premier plan se dessine de trois quarts, à droite, une fenêtre ogivale dont l'arc est décoré dans son tympan de trois autres petits arcs semblables mais trilobés; l'un occupe le sommet du tympan, et les deux autres sont rangés de front au-dessous. On devine que la baie de cette fenêtre a été murée, *aveuglée,* à une certaine époque. On y a établi une niche en forme d'arcade à plein cintre avec des pieds-droits ornés de volutes, qui révèlent la fin du xvie siècle ou le commencement du xviie. Au-dessous de la niche, une chaîne de pierre dessine l'arcade cintrée d'une ancienne porte, également murée ou *étoupée,* comme on disait autrefois.

Le n° 812 du catalogue de la vente Lassus était ainsi désigné : « Églises; Cluny, Clugny, etc. dessins et calques, 32 pièces. » Dans la soirée du 11 mars 1858, ce lot fut mis sur table; je pus entrevoir, au passage, plusieurs croquis de détails gothiques

l'ignore ; mais, s'il l'a cru utile à sa composition, je souhaite qu'il l'ait faite d'après de bonnes sources.

(1) M. Destailleurs possède le double de ce dessin, tracé au crayon, probablement de la main du même artiste.

concernant peut-être la célèbre abbaye de Cluny, aux environs
de Mâcon. S'y trouvait-il quelques curieux détails du collége
de Paris? C'est ce que j'ignore, car ce lot n'avait pas été soumis
dans la journée à l'examen des amateurs. Il a été adjugé pour
13 fr. 50 c. je ne sais à qui. Il est à regretter que la vente d'une
si importante collection de dessins et d'estampes n'ait pas eu lieu
à l'hôtel de la rue Drouot, dans une salle d'exposition plus vaste,
avec accompagnement d'un catalogue moins laconique.

Avec le collége de Cluny a disparu, à Paris, le dernier
échantillon de nos splendides portiques de cloîtres, construits
au XIIIe. siècle.

CLUNY (HÔTEL DE). — Ici se présente une belle occasion de
parler de l'illustre hôtel des abbés de Cluny, mais je me garderai
bien d'en profiter : le sujet est trop banal. Cet hôtel historique
fait, au plus haut degré, partie du vieux Paris vivant; il a ses
historiens, ses architectes; on l'entretient, on le choie : c'est,
avec la tour Saint-Jacques, l'enfant gâté de l'Hôtel de Ville, qui
a laissé périr, à d'autres époques, tant d'autres édifices du même
rang. Je n'ai plus à m'inquiéter de sa destinée : on a refait ses
corniches et ses balustrades, consolidé ses lucarnes, repeint ses
solives; je ne sais au juste si Jacques d'Amboise, qui le fit
reconstruire, s'y reconnaîtrait à l'intérieur; mais le dehors est
en parfait état de santé. Pour donner ses aises à ce favori du
jour, on abat par douzaines les maisons vulgaires. En sa faveur,
et aussi par considération pour son caduc et intime voisin le
palais des Thermes, on a daigné faire dévier l'axe de l'orgueilleux
boulevard de Sébastopol. Bravo! messieurs les rénovateurs de
notre vieille capitale! Mais je terminerai par une prière : le
donjon de l'hôtel de Bourgogne, dont j'ai parlé plus d'une fois,
m'a paru menacé par certains projets d'alignement, aux environs
des Halles. Songez-y, cette haute tour de pierre crénelée a autant
de droits à votre sollicitude que l'hôtel de Cluny : c'est le dernier,
l'unique reste d'un hôtel princier du Moyen-âge, qui a failli
devenir résidence royale. Il doit subsister, comme un jalon
vivant, dans les souvenirs de notre histoire; il n'appartient pas
à Paris seulement, mais à la France. Ne l'oubliez pas : au
commencement du XVe siècle, il était habité par ce Jean Sans-Peur
qui, sans le drame du pont de Montereau, se fût peut-être, du

haut de ce donjon, fait proclamer roi, à la place du pauvre
monarque en démence, aussi incapable de défendre son trône que
de protéger ses États.

A. BONNARDOT.

(La suite prochainement)

ICONOGRAPHIE DU VIEUX PARIS

(SUITE) (1).

DESSINS.

COMPTES (CHAMBRE DES). — Ce monument, de style renaissance encore allié au type ogival, fut achevé vers 1506. C'était assurément l'un des plus élégants de la capitale. Après l'incendie du 27 octobre 1737, il fut remplacé par un bâtiment vulgaire qui dépend aujourd'hui du Palais ou de la Préfecture de Police. La façade de la Chambre des Comptes regardait la porte du Palais, ouverte rue de la Barillerie, vis-à-vis celle de la Calandre. J'ai cité (n° de sept. 1856) le tableau n° 173 du Musée de Versailles, où cet édifice figure très-détaillé, mais vu trop de profil. M. Du-sommerard a fait lithographier, dans son recueil des *Arts au Moyen Age* (chap. IV, pl. III), cette portion de la toile de J.-B. Martin.

On voit au Cabinet des Estampes (Quartier du Palais) un dessin à la plume qui représente, de face, la Chambre des Comptes. Il a de longueur environ 64 centim. sur 33 de hauteur. On lit au haut : « Eleuation du côté de la cour du Palais. » Ce dessin d'architecte, habilement tracé en élévation avec échelle, aurait-il été exécuté après l'incendie? Je le pense, car les frontons des lucarnes sont brisés, ainsi que les clochetons et les autres accessoires du vestibule de l'escalier, détails que je décrirai ci-après.

Cette façade, toute parée de riches ornements, manquait de symétrie. C'était, en réalité, un assemblage de trois pavillons juxtaposés, percés de fenêtres au même niveau, mais ayant chacun un comble distinct et une ornementation particulière.

L'escalier lui-même, en forme de portique rampant, était un hors-d'œuvre ajouté à cet édifice sans unité. L'ensemble, néanmoins, offrait un échantillon d'architecture d'une majestueuse élégance.

(1) Voir la livraison de décembre 1858.

Le pavillon auquel conduisait l'escalier était remarquable, au premier étage, par une fenêtre jumelle, composée de deux arcs surbaissés, dont les pieds-droits étaient décorés de statues allégoriques, posant sur des piédouches et surmontées de dais sculptés à jour, d'un travail exquis. Au-dessus de cette fenêtre à double arcade, se détachait, sur un toit très-élevé, une haute lucarne de pierre toute brodée de sveltes ornements de style Renaissance, mêlés de formes ogivales. Les bouquets et la crête du toit étaient d'une délicatesse achevée. Le rez-de-chaussée seul offrait une surface nue, percée au hasard de deux petites fenêtres sans moulures et d'une étroite porte gothique.

L'architecte, auteur du dessin qui nous occupe, présentait pour ce pavillon un projet de restauration fort méritoire, eu égard à l'époque où il vivait, projet tracé sur deux petites pièces mobiles superposées au fond. Il conservait la splendide fenêtre en arc double du premier étage, ainsi que la lucarne qui la surmonte. Il rétablissait le comble dans le style de l'époque; seulement, pour donner plus de symétrie au second étage, composé d'un rang de quatre lucarnes, il les réunissait toutes en continuant la balustrade qui reliait les trois premières.

Il proposait aussi une modification qui rendait le rez-de-chaussée digne des étages supérieurs : il substituait à une porte mesquine, accompagnée de deux petites fenêtres percées à l'aventure, un portail décoré dans ses tympans de sculptures dans le goût de l'époque. En un mot, loin de gâter ce magnifique pavillon par de ridicules appendices, il ajoutait à sa majesté en le fondant mieux avec l'ensemble de la façade. Je regrette de ne pouvoir signaler son nom, car ses idées saines font contraste avec les burlesques conceptions en ce genre des architectes de son siècle.

Au résumé, j'admets que ce dessin curieux fut tracé, à titre de projet de restauration, peu de temps après l'incendie de 1737; mais, au lieu de rétablir ce gracieux bijou du règne de Louis XII, on le démolit pour élever à sa place de lourdes murailles enjolivées avec parcimonie de quelques ornements froids et classiques.

L'archéologue doit-il s'en affliger outre mesure? A mon avis, non, puisque l'édifice aujourd'hui n'en serait pas moins effacé du sol. Il était couvert de fleurs de lis au dehors comme à l'inté-

rieur ; ses murs, ses balustrades, ses pinacles, offraient partout
ce symbole monarchique sculpté à jour et en relief. Les dévastateurs de 93 auraient-ils fait grâce à ces pierres toutes revêtues de
l'antique emblème de la royauté ?

On voit *ibid.* un dessin in-folio à la plume et colorié, provenant des recueils topographiques de Gaignières. Il reproduit tous
les détails du vestibule de l'escalier couvert en forme de portique
rampant, à quatre arcades. L'entrée de ce vestibule, une des plus
remarquables décorations de la cour de la Sainte-Chapelle, se
compose en principal d'une arcade à plein cintre un peu sur-
baissée, flanquée de deux contre-forts sculptés avec une élégance
exceptionnelle, qui s'élancent à une même hauteur, bien au delà
de la sommité de l'arc, et se terminent par des pinacles fleuronnés
et couronnés de grosses fleurs de lis.

Examinons d'abord celui de gauche. C'est, dans sa première
moitié, un svelte pilier hexagone qui s'élève sur un soubassement
assez haut, orné de tores ou cordons de pierre disposés en spirales et aboutissant à des arcs trilobés. Un peu plus haut, le pilier
s'amincit et se métamorphose en un cylindre également couvert
de spirales, mais creuses et s'enroulant en sens inverse de celles
en relief du soubassement. Après avoir changé deux fois de direction, elles atteignent à la naissance du pinacle. Ces sortes de cannelures de pierre qui se tordent en divers sens ont un cachet de
grâce exquise qu'il serait difficile de faire sentir autrement qu'à
l'aide du dessin.

Le soubassement du pilier de droite ou septentrional est beaucoup plus haut et plus massif que son pendant, vu qu'il n'adhère
pas à un corps de maçonnerie et soutient la poussée de l'arcade.
Il est orné de colonnettes aboutissant à de petites arcatures fes-
tonnées de trilobes. Il est surmonté d'un mince pilier octogone
fleurdelisé et terminé par un pinacle semblable à celui du pilier
de gauche.

Revenons à l'arcade qui constitue le portail du vestibule. Au-
dessus de son archivolte règne une corniche qui touche aux deux
piliers, et ses tympans(1) sont semés de fleurs de lis sans nombre.
Passé cette corniche, le mur forme, au-dessus de l'arcade, une

---

(1) J'ai quelquefois employé, dans les articles précédents, le mot tympan dans un
autre sens, puisque par ce mot je désignais l'intérieur d'un arc ogival plein. Les
deux sens sont admis.

sorte d'entablement couvert de sculptures que je décrirai, puis
devient un fronton très-aigu, ou, si l'on veut, un pignon, décoré
sur ses rampants de moulures multipliées et de touffes de feuillage recourbées en crosses. Sur la pointe est placée une énorme
fleur de lis qui dépasse les sommets des deux pinacles latéraux.

Ce fronton pyramidal, vers le milieu de ses rampants, se relie
aux deux piliers par une balustrade à jour du plus ravissant effet,
.dentelée, au bas, d'ogives trilobées, et, au sommet, d'une crête
dont les portions les plus saillantes sont des fleurs de lis évidées.

La partie que j'ai nommée l'entablement offre, vers le milieu,
l'écu de. France accosté de deux cerfs ailés portant au cou, en
guise de collier, la couronne royale, d'où s'échappent des draperies flottantes, semées de fleurs de lis. Au-dessus de l'écu, on distingue deux dauphins couronnés; au-dessous, un porc-épic entre
deux tiges de lis. De chaque côté des cerfs est encore un dauphin semblable. Au-dessus de l'ensemble de ces sculptures
héraldiques et allégoriques, et tout près de la corniche, se déploie
un long rouleau horizontal où on lit en lettres gothiques :

« Regia Francorum probitas Ludovicus honesti
Cultor et etheree Relligionis amor. »

Tous les intervalles des sculptures sont remplis par des fleurs
de lis, également prodiguées sur les parties nues du portique
qui protége le grand escalier. Elles sont çà et là entremêlées
de figures de dauphins. Le mur d'appui de l'escalier, mur qui
recevait les pieds-droits des arcades, était divisé en compartiments fleurdelisés où étaient sculptés des dauphins alternant avec des L dont le jambage est enlacé dans une couronne
de France. D'après le dessin de Gaignières que nous décrivons,
les murailles intérieures du portique et du vestibule étaient loin
d'être aussi riches qu'au dehors; elles n'étaient égayées que par
les retombées des voussures sur des culs-de-lampe sculptés.

Un dessin du même recueil donne les détails de deux des
quatre lucarnes qui se découpaient avec grâce sur le fond d'ardoise (ou de plomb) du comble élevé de l'édifice. Les croisillons
de pierre offrent des faisceaux de moulures et soutiennent les armatures de petites vitres en losange. Les pieds-droits sont des
sortes de pilastres cannelés, terminés par des pinacles très-aigus.
Les frontons, en arcs à talon ou plutôt piriformes, sont tout hé-

rissés de fleurons panachés. Ces frontons se relient aux sommets
obéliscaux des pieds-droits au moyen de balustrades à jour d'une
extrême élégance, dans le genre de celles du Palais de Justice et
de l'Hôtel de Bourgtheroulde, à Rouen. L'arête du comble est
garnie d'une crête composée de cercles évidés contenant chacun
une fleur de lis.

Une de ces lucarnes, la plus rapprochée du sud et voisine d'une
tourelle d'encoignure octogone, suspendue en encorbellement,
porte, au milieu de son fronton, un écu écartelé des armes de
France et de celles des Visconti (souverains du Milanais), reconnaissables à un serpent à trois replis; c'est probablement l'écu
de Valentine de Milan; au-dessous est sculpté un porc-épic,
devise du roi. Le fronton de l'autre lucarne contient un écusson
mi-parti des fleurs de lis de France et des hermines de Bretagne
en l'honneur d'Anne, femme de Louis XII. Au-dessous est un
renard passant.

Ces deux dessins du Cabinet des Estampes ont été lithographiés plus petits que l'original et sur une même planche, signée
à gauche : *Schmit del*., faisant partie de l'ouvrage sur le Palais de
Justice publié par Sauvan en 1825. Il en existe, je crois, d'autres copies plus modernes. Il nous reste donc sur l'ancienne
Chambre des Comptes assez d'éléments pour qu'on en puisse
donner aux amateurs une idée complète. M. Albert Lenoir en
fera graver un jour, je l'espère, tous les détails, ainsi que ceux
du même style de l'escalier de la Sainte-Chapelle.

Je n'ai jamais rencontré de dessins ni d'estampes représentant
le côté occidental de la Chambre des Comptes, lequel, d'après
les plans de Paris, donnait sur une cour. On n'avait pas, c'est
probable, prodigué sur cette face les ornements comme sur celle
qui regardait la porte du Palais.

En tête d'un manuscrit des Archives, provenant de l'ancienne
Chambre des Comptes (*section judiciaire*, n° 14,914), est une miniature du xvi° siècle qui représente la grande salle intérieure
de l'édifice. Je n'oserais répondre de l'exactitude du dessinateur;
cette qualité serait à cette époque une rare exception. Toutefois,
on y trouve des détails qui ne peuvent être purement imaginaires.
Cette gouache a été reproduite lithographiée, en 1839, par
M. Dusommerard (qui était membre de la Cour des Comptes),
dans son recueil des *Arts au Moyen Age*, 7° série, pl. XII.

M. Lassus, il y a douze ans au moins, m'a fait voir un calque au crayon, levé sur l'original; c'est d'après ce calque que j'en vais parler (1). Il a environ 32 cent. de haut sur 30 de large. La salle, vue, je pense, dans le sens de sa profondeur, est éclairée par deux grandes fenêtres rectilignes qui se présentent de face au dernier plan du dessin. Chaque fenêtre est divisée en quatre compartiments par un croisillon de pierre. Les vitres consistent en petits losanges enchâssés dans des résilles de plomb. Au milieu des compartiments inférieurs sont peints des écussons dont celui de France. Dans l'intervalle qui sépare les deux fenêtres, est un tableau (ou peut-être un bas-relief?) représentant, comme celui de la chambre Dorée du Palais, la Crucifixion. Le plafond est soutenu par des poutres qui paraissent dépourvues d'ornements. Les parois de la salle sont décorées d'un semis de fleurs de lis sans nombre; j'ignore si elles étaient sculptées ou peintes. Le plancher est formé de losanges de marbre blancs et noirs. Au milieu de la pièce est une grande table vue en raccourci, autour de laquelle sont assis douze graves personnages en robe. Celui du fond paraît présider une séance. Sur la droite se tiennent assis, près d'une autre petite table isolée, deux autres personnages que je suppose remplir l'office de greffiers.

CONCORDE (PLACE DE LA). — Avant Louis XV, cette localité était un immense terrain, en partie marécageux, offrant çà et là quelques arbres et plusieurs masures. La partie contiguë au fossé creusé devant le bastion qui terminait à l'ouest le jardin des Tuileries (bastion commencé sous Charles IX) servait de port aux marbres. Là, dans un enclos, étaient déposés les blocs destinés aux statues qui devaient décorer soit nos églises, soit les résidences royales. Les plus précieux venaient d'Italie par le détroit de Gibraltar. Arrivés au Havre, on les chargeait sur des bateaux plats qui remontaient la Seine.

Cette place, nommée Louis XV dans l'origine, puis de la Révolution en 1793, a conservé le nom moderne de Concorde. On y a dressé l'obélisque en 1836. Elle a subi, depuis, diverses modifi-

(1) A la vente de feu M. Lassus, ce calque faisait partie du lot n° 830 du catalogue, lot adjugé à M. Gailhabaud, le 11 mars 1858.

cations dont l'histoire rentre dans les attributions des rédacteurs de Guides à l'usage des étrangers.

Depuis son établissement (1763-72), on a publié à ce sujet tant d'estampes, qu'un dessin, même très-détaillé, ne nous apprendrait rien de nouveau, sinon peut-être relativement à quelques localités lointaines. Le peintre qui voudrait représenter les événements dramatiques dont cette place fut le théâtre ne serait guère embarrassé de trouver des renseignements topographiques.

Je citerai un seul dessin que je n'ai pas sous les yeux. Tous les ouvrages sur Paris racontent l'accident funeste arrivé le 28 mai 1770, à l'occasion du mariage du Dauphin, depuis Louis XVI. Par suite de l'imprévoyance de Bignon, prévôt des marchands, un grand nombre de personnes furent écrasées à l'entrée de la rue Royale par une foule compacte qu'effraya la chute de pièces d'artifice enflammées. J'ai vu, il y a bien dix-huit ans, une grande aquarelle en largeur, pièce assez remarquable d'un artiste contemporain (Moreau le jeune, peut-être), laquelle représentait cet accident vu de la berge de la rive gauche. Le possesseur, dont j'ai oublié le nom, l'estimait 300 francs. Depuis, j'ai vu figurer ce dessin dans une exposition de vente; j'ignore à qui il appartient aujourd'hui. On n'y distinguait qu'une masse confuse de personnages sans détails appréciables, d'autant plus que l'épisode du drame se passait sur un plan reculé. Quant à la localité, elle n'offrait rien qui ne se retrouve sur les nombreuses estampes du temps. J'ajouterai que les événements importants pour l'histoire de la capitale ne peuvent être ces accidents fortuits, où les victimes sont des particuliers sans nom, amenés par le hasard sur une scène où ils devaient perdre la vie.

CONDÉ (HÔTEL DE). — La rue actuelle de Monsieur-le-Prince (dont on a récemment retranché, à tort, le mot caractéristique de *fossés*) était, avant 1690, le chemin de contrescarpe qui longeait le fossé creusé, sous le roi Jean, autour du mur d'enceinte de Philippe-Auguste. Cette rue fut bordée, un peu avant l'année 1700, par les bâtiments de l'hôtel du prince de Condé, d'où elle prit son nom, tronqué aujourd'hui. Quand, vers 1778, on vendit les vastes terrains où s'étendaient les corps de logis, cours et jardins de l'hôtel, dont le théâtre de l'Odéon occupe une partie, on fit dresser et graver un plan indiquant le partage en lots de ces divers emplacements. La disparition des bâtiments de style classique et sans pittoresque ne saurait exciter les regrets de l'antiquaire; toutefois, comme elle peut intéresser ceux qui s'occupent des résidences des hauts personnages, je signalerai plusieurs dessins, et d'abord un plan géométral manuscrit, grand in-folio, qu'on voit au Cabinet des Estampes (Topographie de Paris. Quartier de l'École de Médecine). Il est tracé à la plume, teinté d'encre de Chine et de vert. Ce plan, très-détaillé, représente l'ensemble des constructions du rez-de-chaussée de l'hôtel, des cours et des jardins. Au haut, à gauche, on lit dans un carré au trait : « Plan/ de l'hôtel de Condé / avril 1753. » Au sommet est indiquée la rue des Fossés-Monsieur-le-Prince, et, au bas, celle de Condé.

On trouve *ibid.* trois autres dessins à l'encre de Chine, anonymes, représentant en élévation quelques portions de l'hôtel. Ils sont assez insignifiants et moins détaillés que les gravures insérées dans le recueil d'architecture de J. Marot.

Le catalogue des Archives (Topogr. IIIᵉ cl., nᵒˢ 93 et suiv. et aussi 231, etc.) signale des plans manuscrits, ceux-là mêmes peut-être de l'architecte qui construisit l'hôtel de Condé. L'un d'eux, levé géométralement, a pour titre : « Plan de l'hôtel de Condé, rue de Condé et des Fossés-Monsieur-le-Prince, 1698. » Je n'en ai examiné aucun.

CONTI (HÔTEL DE).—La Monnaie a remplacé l'hôtel de ce nom, qui, plus anciennement, nommé de Nevers, puis Guénégaud, avait été élevé sur les ruines de celui de Nesles. Il ne reste aujourd'hui de l'hôtel de Conti que la porte cochère (œuvre de Fr. Mansard), dans l'impasse du même nom, et quelques ailes de logis au fond des cours de la Monnaie du côte de l'ouest. Il se composait, à l'époque de sa démolition (vers 1770), de quelques anciens bâtiments de l'hôtel de Nevers, mêlés à d'autres plus modernes, ajoutés par Fr. Mansard, entre 1675 et 1718. D'après les estampes du temps, on voyait encore sur le quai, avant 1770, le gros pavillon de l'hôtel de Nevers, assez semblable à celui dit *de Flore* du palais des Tuileries. L'ensemble de cette résidence princière, mélange de constructions contemporaines d'Henri IV et de Louis XIV, offrait peu d'attraits à l'archéologie.

On trouve au Cabinet des Estampes (Quartier de la Monnaie, tome I) un plan géométral in-folio de l'hôtel de Conti, plan des-

siné au trait, lavé d'encre de Chine, de rose, de vert et de jaune.
Il offre la masse des bâtiments et les limites de l'hôtel, mais n'est
guère utile, vu l'absence de détails. Il ne porte ni date ni signature. Je le crois de la fin du règne de Louis XV. Dans un grand
portefeuille supplémentaire du 37e au 48e quartier, on en voit un
autre encore plus grand, tracé à l'encre de Chine, levé peut-être
à l'époque où Fr. Mausard agrandit et modifia le vieil hôtel de
Nevers.

Je possède un dessin à la plume, lavé au bistre, d'environ
545 millim. de large sur 230 de haut. Plusieurs parties sont
seulement indiquées au crayon. Il paraît avoir été exécuté sur les
lieux, vers 1770. On lit au haut, en écriture contemporaine :
« Ruines de l'ancien hôtel de Conty. » De trois quarts se développe un corps de logis percé d'un rang de six fenêtres. Le toit
est déjà abattu. Le rez-de-chaussée se compose d'arcades dont les
arcs en plein cintre sont entourés de chaînes de pierre en bossage. Les hautes fenêtres rectilignes du premier étage, ornées
dans le même goût, sont surmontées de frontons, dont quatre
triangulaires, et les deux autres (ceux du milieu) de forme cintrée. Ces deux dernières sont accostées de niches creusées dans
la muraille. Au-dessus s'élève une grande lucarne ou mansarde
double, composée de deux fenêtres juxtaposées, réunies et couronnées par un vaste fronton semi-circulaire, interrompu par un
autre triangulaire contenu dans le premier. Dans l'entre-fenêtres
est un cadran solaire. La corniche qui reçoit la base du toit repose sur un rang continu de petits cubes de pierre. Ce bâtiment
était, je pense, une galerie courant de sud au nord et se reliant
au gros pavillon (ici abattu) qui bordait le quai et portait un étage
de plus. Evidemment, il faut y voir une aile de l'ancien hôtel de
Nevers, conservée par Mansard. Quant aux autres détails de mon
dessin, ils consistent en débris de murs et de voûtes à peu près
méconnaissables.

CORDELIÈRES (COUVENT DES). — Nous voici revenus, à ma grande
satisfaction, au xiiie siècle, dans le véritable vieux Paris. Vers
l'an 1275, existait à Troyes une communauté de religieuses de
l'ordre de Sainte-Claire, nommées Cordelières, à cause de la ceinture de corde qui faisait partie de leur costume. En 1287, un
chanoine de Saint-Omer, Gallian de Poix (de Pisis, en latin), leur

légua trois manoirs qu'il possédait au faubourg Saint-Marcel, sur
le territoire de Lourcine (*de Lorcinis*). Ces manoirs étaient accompagnés d'un pré et d'un parc. Des Cordelières vinrent s'y
installer en 1289 pour y suivre la règle des religieuses de Longchamps. En 1394, Marguerite de Provence, veuve de saint Louis,
laquelle décéda l'année suivante, leur donna, pour agrandir leur
couvent, un manoir qu'elle possédait au même lieu et qui ne
peut être la maison de la rue des Marmouzets-Saint-Marcel, dite
de la reine Blanche (voir n° de décembre 1857, p. 230), puisque
cette dernière fut toujours en dehors de leur clôture. Cette maison, rebâtie au commencement du xvie siècle, peut fort bien avoir
fait autrefois partie de la résidence de cette reine, puisqu'elle en
a conservé le nom; mais il n'en est pas moins certain qu'elle fut
toujours séparée par la Bièvre du clos des Cordelières.

Une autre Blanche, fille de Saint-Louis et de Marguerite de
Provence, après la mort du prince de Castille, son mari, se retira
au couvent des Cordelières, dans une partie du palais de sa
mère, dont on a supposé, à tort ou à raison, qu'elle avait l'usu-
fruit. Le Père Du Breul avance que l'église fut commencée aux
frais de la reine Marguerite (dite *Blanche*, à cause du deuil qu'elle
portait en blanc selon l'usage). Il ajoute, d'après Du Tillet, que
sa fille Blanche, princesse de Castille, fit achever l'édifice, y mourut, et y fut inhumée en 1322 (1). Il note ensuite que les armes
de Blanche de Castille « restent encores à présent (1612) en beau-
« coup d'endroits du monastère, et principallement aux vitres et
« lambry de l'Église. » Plus loin, il s'exprime ainsi : « La grosse
« tour, qui se void encores aujourd'huy, estoit plus haute, et y
« avoit vn iardin au dessus, mais elle a esté abaissée, pour
« obuier aux dangers qui en pouuoient aduenir. »

Les bâtiments des Cordelières furent en partie démolis vers le
commencement de ce siècle. M. de Saint-Victor écrivait, en
1811 : « Ce qui en reste sert d'atelier à un tanneur. » Vers 1820,
époque où Dulaure publiait son *Histoire de Paris*, on y voyait
une blanchisserie et une manufacture de laines.

Voici tout ce que, pour ma part, j'ai pu retrouver, en 1840, des
bâtiments extérieurs, servant alors de Dépôt de mendicité (c'est

_____

(1) C'est une erreur que relève avec raison Jaillot. Sa sépulture se voyait aux
Cordeliers de Paris.

9.   11

aujourd'hui l'hôpital de Lourcine). De la rue Pascal, on apercevait un vieux pignon de pierre portant des traces d'une vaste fenêtre ogivale murée, mais encore dessinée sur la muraille par les contours de quelques moulures. Les dentelles de pierre avaient été brisées. Rue Julienne, 2, au-dessus d'une petite porte cintrée, deux niches de pierre juxtaposées m'ont semblé être un détail d'un des bâtiments reconstruits du monastère. Si l'on franchissait cette porte, on voyait fuir sur la gauche un reste de corps de logis dont les fenêtres, à croisillons de pierre, révélaient la fin du xve siècle. On m'apprit que les caves de cette maison conservaient d'anciennes dalles avec épitaphes. Ces dalles existent peut-être encore.

Je n'ai pu visiter l'intérieur des bâtiments du Dépôt de mendicité. Le concierge m'affirma qu'on n'y voyait aucun vestige d'architecture ancienne, mais seulement des cloisons modernes, comme je pourrais m'en assurer, ajouta-t-il, en demandant un permis au préfet de police. Ces sortes de sollicitations étant mon cauchemar, je n'ai jusqu'ici donné aucune suite à ces recherches.

Il paraîtrait, au rapport des historiens de Paris, que l'église n'offrait rien de remarquable. Brice, par exemple, est de cet avis; mais il est vrai de dire qu'il était ennemi déclaré du style ogival. M. de Gaulle cite quelques détails d'après une notice annexée au volume des *Preuves de l'histoire manuscrite de saint Louis*, par de Tillemont, notice intitulée : « Briefue et sommaire descrip- « tion du celebre et royal monastere des religieuses sœurs mi- « neures de Sainte-Claire Urbanistes , vulgairement appelées « Cordelières de Saint-Marcel de Paris, 1651-52. » On y vante non les bâtiments, mais « les jardins, vergers, petits bois, prés, « étangs, canaux, le tout consistant en vingt-cinq arpents de « terre ou environ et fort bien enclos de doubles murailles, etc. »

Voici ce qu'en dit, probablement *de visu*, en 1811, M. de Saint-Victor : « L'église n'avoit rien de fort remarquable. Le cloître, « composé d'une suite d'arcades d'un gothique léger et très- « élégant, méritoit plus d'attention. Il avoit été construit par la « princesse Blanche, et l'on y voyoit ses armes gravées sur les « murs en plusieurs endroits. La salle de ses gardes, sa chambre « à coucher, son lit, la chapelle où saint Louis entendoit la « messe, existoient encore dans cette maison au moment de la « révolution. Ces dames possedoient aussi le manteau royal de

« ce saint roi, et en avoient fait un ornement complet, qui ne
« servoit que le jour où l'on célébroit sa fête. Il étoit de velours
« bleu, semé de fleurs de lis d'or, entourées de semences de
« perles fines. » Voilà, certes, une relique qui figurerait dignement sous les vitres de notre Musée des souverains !

Le même auteur a fait graver, dans son *Tableau de Paris,* une
sèche et médiocre aqua-tinte représentant les arcades pittoresques du cloître. Il est à regretter que Millin n'ait pas publié
un chapitre sur ce monastère et sur plusieurs autres du
même temps, au lieu de s'occuper de bâtiments de date moderne, tels que ceux des Blancs-Manteaux, des Feuillants de la rue
Saint-Honoré, etc.

Je passe à la description de quelques dessins relatifs aux Cordelières et je déclare d'abord, à mon grand déplaisir, n'en connaitre aucun qui concerne le cloître gothique. Il est à croire
qu'un jour on en découvrira quelqu'un. Celui qui a servi à l'ouvrage de M. de Saint-Victor, et que je suppose bien supérieur à
l'estampe, végète peut-être à cette heure entre les mains d'un
possesseur inconnu, fort peu soucieux de nos antiquités nationales.

J'ai déjà cité (n° d'avril 1857, page 33) une vue de Paris,
prise du côté du faubourg Saint-Marceau, tracée à la mine de
plomb et attribuable à Israël Silvestre, dessin où l'on distingue,
sur un second plan, le couvent des Cordelières. Entre l'Observatoire, dont la présence fixe à peu près la date du dessin, et le Val-
de-Grâce, se présente, vu de l'est, l'ensemble des bâtiments qui
paraît figuré avec un certain degré d'exactitude. On a sous les
yeux le chevet de l'église.

Sur quelques plans géométraux du xviii° siècle (je citerai celui
de Jaillot, 1772), ce chevet paraît semi-circulaire; mais sur le
plan, plus digne de notre confiance, de Verniquet, on n'y voit
qu'un mur à surface plane, ce qui s'accorde avec le dessin en
question et aussi avec plusieurs estampes que je décrirai un jour.

Ce pignon, qui regardait l'orient, est percé, d'après toutes les
sources iconographiques, d'une vaste fenêtre ogivale. Des meneaux en forme de colonnettes le divisent en trois arcs de même
forme, surmontés d'ornements à trèfles. L'église semble être à
croix latine, mais, en réalité, elle n'avait qu'une branche de transept, du côté du nord, à laquelle faisait pendant un haut bâti-

ment à deux étages, composé, selon le plan de Verniquet, de sept travées et contenant, c'est probable, au rez-de-chaussée, un réfectoire, et un dortoir au-dessus.

Un plan géométral très-détaillé de ce couvent m'eût beaucoup aidé à interpréter les vues que j'en connais, mais je n'en ai rencontré aucun ; j'ignore si, parmi les plans de monastères dessinés par Verniquet et conservés dans les bureaux de l'hôtel de ville, se trouve celui des Cordelières.

Le comble de l'église, à l'endroit où il est croisé par les toits de deux bâtiments, dont l'un remplit seul le rôle de transept, est surmonté d'une flèche aigüe, qui s'élève sur un soubassement à jour, ou campanile, probablement du xiv° siècle, découpé en arcades ogivales, plus ou moins richement décorées, comme toutes celles de la même époque, consistant en assemblages de charpentes revêtues de plomb. Cette flèche figure sur les divers plans de Paris à vol d'oiseau, mais trop en petit pour en révéler avec précision le style et les détails. Sur une rare eau-forte sans inscription, qui certainement représente les Cordelières (1), sa structure rappelle celle de Notre-Dame, des Grands-Augustins et du collége de Lizieux. Cette estampe, dont j'ai un calque, a beaucoup de rapport avec le dessin de Silvestre, qui m'a servi à constater l'authenticité du sujet qu'elle représente.

Les fenêtres qui éclairaient l'église étaient analogues à celles de Saint-Martin des Champs ; entre chacune d'elles, s'élevait un pilier en contre-fort montant jusqu'au toit. Le bâtiment qui se reliait à la nef, du côté du sud, devait être primitivement du même style. Sur le dessin de Silvestre, les fenêtres des deux étages sont rectilignes ; mais c'est probablement par suite d'une négligence assez habituelle à ce dessinateur. A gauche des bâtiments décrits, c'est-à-dire plus au sud, s'étend un autre corps de logis dont le pignon, percé d'une fenêtre ogivale, se termine par un pédicule qui supporte une croix.

Au premier plan du dessin de Silvestre est une masse d'arbres, représentant sans doute le parc, limité par la Bièvre, qui servait de promenade aux religieuses. Quant aux maisons groupées à droite ou à gauche du monastère et dont plusieurs en devaient

---

(1) M. Gilbert possédait cette estampe, que je n'ai pas remarquée à sa vente, faite en décembre dernier. Elle faisait partie, sans doute, d'un lot composé de plusieurs pièces.

être des dépendances, elles m'ont l'air d'avoir été tracées sans aucune prétention à l'exactitude. Leur style n'accuse guère une époque plus ancienne que le xviiᵉ siècle. En réalité, au temps où dessinait Silvestre (vers 1670, puisqu'on y voit l'Observatoire), la plupart de ces maisons étaient gothiques. Leur ensemble ne peut donc passer, à mes yeux, pour une représentation d'après nature de cette portion du faubourg Saint-Marceau. Silvestre, à mon avis, n'a rendu avec fidélité que la disposition générale du couvent, comme aussi celle du Val-de-Grâce et de l'Observatoire. Ces trois édifices sont les parties les plus soignées ; le reste paraît être un remplissage sans importance.

Sur ce dessin ne figure pas la grosse tour tronquée dont parle Du Breul, tour qui faisait peut-être office de clocher isolé, selon un usage fort ancien, dont on voit en Toscane encore beaucoup d'exemples. J'ignore tout à fait la position de cette tour. Sur l'estampe sans inscription citée plus haut, non loin du chevet, s'élève une sorte de tour carrée, couronnée d'un toit aigu. Mais, sur les plans de Paris, géométraux ou en élévation, on ne voit rien indiqué à cet endroit.

La façade de l'église, qui regardait nécessairement l'ouest, n'avait rien de monumental ; c'était, ainsi que le chevet, un simple pignon, percé d'une grande fenêtre ogivale à dentelles de pierre, et masqué vers la base par de basses constructions dont une étroite allée le séparait. D'après le plan de Mathieu Mérian (1615), cette façade était flanquée à chaque angle d'une étroite tourelle octogone ; mais, sur les plans de Braun (vers 1530), de Du Cerceau (vers 1565) et de Louis Bretez (1734), elle est accompagnée d'une seule tour, de cette même forme, du côté du nord. Nous allons retrouver ce détail sur deux dessins tracés d'après nature en 1806 et 1807. Est-ce là la tour dont parle Du Breul ? Assurément, non.

Sur le plan de Du Cerceau (mal interprété sur ce point par Dheulland), on distingue, dans la partie du couvent qui borde la rue de Lourcine (nommée en cet endroit : des Cordelières), une tour carrée et crénelée, coiffée d'un toit élancé à quatre pentes, un véritable donjon. C'est plutôt là la tour que veut désigner Du Breul ; mais, sur ce plan, elle ressemble bien moins à un clocher qu'à un reste du manoir que Marguerite de Provence avait légué aux religieuses.

Sur le plan de Louis Bretez, on distingue, au même lieu, un bâtiment élevé, avec toiture en appentis; c'est probablement la même tour, défigurée, ou plutôt ruinée, car il est à noter que l'enclos du couvent renfermait plus d'un bâtiment ravagé lors du siége de Paris, en 1590, et aussi à l'époque de la Fronde.

M. Destailleurs possède une aquarelle de Goblain (dessinateur souvent cité), sans inscription, mais représentant, à coup sûr, vers 1818, un de nos vieux édifices parisiens, abattus en tout ou en partie à l'époque de la Révolution, ceux que cet artiste se plaisait à reproduire. J'ai pris un calque de ce dessin lorsqu'il appartenait à M. F.-C. Muller. Or, si on le compare à celui d'Isr. Silvestre, signalé précédemment, on remarque entre eux une analogie qui permet d'y reconnaître une partie des Cordelières. Il a environ 275 millim. de large sur 195 de haut. Au milieu s'élève, presque de face, un pignon qui représente, à mon avis, le chevet de l'église. La grande fenêtre ogivale, fermée de simples petites vitres carrées, conserve encore ses grands réseaux de pierre. Elle est divisée, au moyen de deux colonnettes, en trois arcs plus étroits, réunis au sommet par des ornements à trèfles, indiquant la fin du xiiie siècle. A côté, sur la gauche, vers le bas de la grande baie, en est percée une autre beaucoup plus petite et du même style. Autour de ce pignon se pressent divers bâtiments, à fenêtres, les unes rectilignes, les autres ogivales, séparées par des contre-forts. A ces bâtiments adhèrent des masures et des appendices difficiles à décrire. On y reconnaît un vieux monastère çà et là défiguré par des réparations et des modifications modernes, qu'ont nécessitées les besoins d'un établissement industriel; telle serait la blanchisserie de laines dont parle Dulaure.

J'ai acquis, au mois de mai dernier (1858), une gouache sans inscription, signée : *De Machy, f.* 1798. Je n'ai pu encore deviner au juste quel édifice du xiiie siècle, en voie de démolition, elle représente. Assurément, elle a rapport au vieux Paris, car De Machy s'en occupait tout spécialement. Au fond, apparaissent des maisons basses qui rappellent assez celles de la rue de Lourcine; j'ai l'idée qu'elles pourraient bien se rapporter aux Cordelières. J'espère un jour parvenir à fixer mes idées sur ce point.

Je terminerai par la description des deux autres pièces de ma collection avec inscriptions et dates. La première est une esquisse à la mine de plomb, de 252 millim. de large sur 170 de haut,

collée sur un papier gris bleuâtre et entourée d'un double filet.
Au-dessus du filet supérieur on lit : « Ruines du couvent des Cordelières de la rue de l'Oursine. » Au bas, à gauche, dans le champ,
est inscrite la date 1806. Au premier plan, sur la droite, une
muraille ; sur la gauche, le rez-de-chaussée d'un bâtiment encore
surmonté des pans de mur d'un premier étage, sorte de ruine ou
de démolition abandonnée qu'ont envahie les ronces. Sur le mur
de ce rez-de-chaussée se dessinent en saillie de larges arcs en
ogive, décorés de moulures et retombant sur des culs-de-
lampe.

Le point principal du dessin est un haut pignon qui se présente de trois quarts ; le bâtiment auquel il appartient fuit vers
la droite. Sur le mur du pignon se dessine une grande fenêtre
ogivale murée. On ne voit plus trace des élégants réseaux [de
pierre qui soutenaient ses vitraux. Au-dessus de cet arc, vers la
pointe du gable, est percée une autre ouverture, également murée
et d'une forme assez indécise, qui paraît surmontée d'un fronton
triangulaire. L'angle du pignon est flanqué, à droite, d'un contre-fort ; à gauche, d'une tourelle octogone, à toit aigu, et masquée, un peu au-dessous du toit, par l'interposition d'une masure.

L'autre dessin (405 millim. de long sur 280 de haut), étant
pris d'un point de vue mieux choisi et plus rapproché, est plus
clair et plus détaillé. Les ombres en sont teintées à l'encre de
Chine et relevées de traits au crayon noir. Il provient de la collection de M. Muller, mais n'est, je crois, qu'une copie. Au bas,
on lit en majuscules : COUVENT DES CORDELIÈRES, et, à la suite, en
petits caractères romains : « Rue de Loursine, dessiné an 1807. »
Original ou copie, cette pièce n'en a pas moins pour base un
croquis d'après nature, et s'accorde très-bien avec la précédente,
que le hasard m'a offerte à vil prix.

Nous sommes placés au milieu d'une vaste cour non pavée. A
gauche, un mur surmonté de plusieurs piliers de pierre carrés
rappelle un peu les clôtures des villas italiennes. Une grande
porte cochère, fort simple, s'ouvre dans ce mur et communique à
un jardin. Devant nous se dresse un haut pignon, celui qui constituait la façade de l'église. Il est caché, dans sa façade inférieure, par divers bâtiments sans caractère, mais néanmoins pittoresques par leur capricieuse disposition, les uns plus hauts, les
autres plus bas, avec fenêtres irrégulièrement percées. A droite,

au premier plan, s'élève, de profil, le mur d'un bâtiment muni de contre-forts.

La grande baie ogivale de la fenêtre est ici mieux accusée que sur la précédente esquisse; elle est également aveuglée, mais on voit ressortir encore, à la surface du plâtre qui l'obstrue, quelques portions des dentelles qui décoraient l'arc, entre autres une rosace à six lobes allongés, et le haut des colonnettes qui partageaient la baie en trois compartiments. Plus haut, au-dessus de l'ogive, figure une petite ouverture carrée, surmontée d'un fronton triangulaire très-bas, décoré de quelques vagues ornements.

Le pignon est flanqué, à droite, d'un contre-fort que termine un clocheton ou pinacle fort simple. A l'angle opposé s'élève la tour octogone, visible presque jusqu'à sa base. Son toit d'ardoise domine un peu la pointe du pignon. Sur une des bases de cette tour, quatre étages d'ouvertures étroites comme des meurtrières semblent destinées à éclairer une vis communiquant sans doute autrefois avec l'orgue et les tribunes de la nef.

Sur la gauche du dessin, c'est-à-dire du côté du nord, se relie à cette nef, à angle droit, un bâtiment à deux travées, celui qui constituait la branche septentrionale du transept. On distingue, de profil, le pignon qui terminait cette portion de l'église. Cette disposition s'accorde avec le plan de Verniquet. La travée voisine de la nef est masquée par la tour octogone, mais l'autre est libre: Sa fenêtre se subdivise en deux arcs en ogive, décorés de trilobes, et porte de simples vitres modernes. Au-dessous de cette fenêtre est une porte assez large, en arc cintré, évidemment percée à une époque peu ancienne, et précédée de cinq ou six degrés de pierre.

Cette représentation, d'après nature, des restes du couvent en 1807, peut donner une idée du style de l'édifice entier. Fort simple au dehors comme à l'intérieur, d'après le récit des historiens qui l'ont visité, il n'avait d'ornements qu'à l'endroit des fenêtres, semblables, je le répète, à celles de l'église Saint-Martin des Champs, qui, dignement rétablies de nos jours, ont recouvré leur splendeur primitive.

A. BONNARDOT.

(La suite prochainement)

REVUE UNIVERSELLE

DES

BRUXELLES
IMPRIMERIE DE A. LABROUE ET COMPAGNIE,
36, rue de la Fourche.

REVUE UNIVERSELLE

DES

PUBLIÉE PAR

PAUL LACROIX (BIBLIOPHILE JACOB).

TOME DIXIÈME. — 1859.

PARIS

VEUVE JULES RENOUARD, LIBRAIRE,

RUE DE TOURNON, 6.

—

1859

ICONOGRAPHIE DU VIEUX PARIS

(SUITE) (1).

DESSINS.

Fidèle à l'engagement que j'ai pris de ne signaler dans cette *Revue* que les dessins les plus intéressants pour l'histoire du vieux Paris, je vais choisir, parmi des centaines d'articles enregistrés, les pièces vraiment curieuses, disséminées çà et là comme des parcelles d'or au milieu d'une masse vulgaire. Si je suivais la pente naturelle qui m'entraîne de préférence vers certaines localités, j'aborderais de suite le cimetière des Innocents afin d'en compléter l'Iconographie commencée dans la catégorie des tableaux (*Revue* de février et avril 1856); mais, en parcourant mon catalogue, je rencontre avant le mot *Innocents* plusieurs articles dignes de l'attention des amateurs. Ce n'est donc qu'après avoir passé par la porte *Saint-Denis,* l'emplacement du *Marché-aux-Fleurs* actuel, la *Foire Saint-Germain* et l'*Hôtel-Dieu,* que nous ferons une longue station dans cet ancien cimetière, auquel on a substitué un marché qu'on doit remplacer par un jardin anglais, sans doute pour étouffer sous le parfum des plates-bandes les derniers miasmes de son sol insalubre.

DENIS (PORTE SAINT-). La porte Saint-Denis moderne mérite assurément notre admiration qui n'est pas exclusive, mais elle a été représentée tant de fois depuis sa construction, qu'en signaler des dessins serait perdre notre temps et celui du lecteur. Celui qui tiendrait à s'en faire une idée complète n'a qu'à s'en procurer des photographies. Les plus anciennes vues, celles éditées au xviie siècle, sont assez curieuses, non pour cet édifice encore debout, mais pour les détails des localités voisines.

La vieille porte qu'elle a remplacée vers 1676 est bien autrement intéressante pour l'archéologie. Elle était un symbole

(1) Voir la livraison de juin 1859.

vivant. Sous sa voûte ogivale, le nouveau roi de France faisait son entrée à Paris dans un appareil triomphal. Le temps s'écoulait, et l'heure sonnait où son cadavre, reprenant le même chemin en sens inverse, allait prendre rang, avec une pompe royalement funèbre, dans un caveau de l'abbaye de Saint-Denis, le cimetière de pierre des grands morts de la capitale.

Avant Charles V, une porte placée dans le même axe et plus voisine de la Seine était désignée vulgairement sous le nom peu majestueux de *Porte-aux-Peintres;* mais quand le roi de France la franchissait pour venir occuper le trône ou la tombe, en ces jours solennels elle reprenait son nom plus noble de porte Saint-Denis. De cet édifice, bâti sous Philippe-Auguste, je ne connais aucune représentation détaillée et authentique. Le dessin topographique n'existait pas avant Charles V. Quelques anciens plans de Paris du xvie siècle, en général fort grossiers, ont figuré la Porte-aux Peintres à une époque où elle ne servait plus, arcade inutile, qu'à embarrasser la voie publique, ce qui détermina François Ier à l'abattre. Dès ce temps, au reste, elle avait perdu, c'est probable, sa physionomie primitive.

La nouvelle porte bâtie plus loin vers le nord, commencée (et terminée peut-être) sous Charles V, a été *pourtraicte* plus d'une fois, d'abord par les miniaturistes, puis, plus tard, par des graveurs du xviie siècle. Elle subsistait encore vers 1670, mais fort délabrée et envahie par les ronces. Je serai bref sur ce sujet, vu que je l'ai traité de mon mieux (ce qui est loin de signifier complétement) dans mes *Dissertations sur les enceintes de Paris.* Je signalerai donc ici quelques pièces nouvelles exhumées depuis la publication de ce livre dont, à mon grand regret, je n'entrevois pas la possibilité de publier jamais une seconde édition, corrigée et augmentée.

En parcourant, il y a deux ans, une ancienne *Chronique de Saint-Denis* du xve siècle, conservée au département des manuscrits et cotée F. S — 6, j'ai remarqué, au folio 419, une miniature représentant Charles V entrant à Paris par la porte ou *bastide* Saint-Denis alors toute neuve, peut-être même non achevée, et représentée telle par anticipation. Cet édifice a la forme d'un gros pavillon quadrangulaire fortifié à chaque angle d'une tourelle en encorbellement. Ces tourelles sur les anciens plans ont une autre apparence : elles descendent jusqu'au sol. L'eau-forte

d'Is. Silvestre représentant cette porte vers 1650 offre aussi des
tourelles à cul-de-lampe, mais reposant sur des contre-forts cylindriques d'un diamètre moindre. C'était là probablement leur forme
réelle qui, du reste, a pu subir des modifications entre le xive et
le xvie siècle.

Les deux tourelles d'encoignure de la face qui regarde la campagne (campagne devenue le quartier le plus tumultueux de Paris)
sont suspendues au-dessus d'un fossé plein d'eau. L'estampe de
Silvestre, ainsi que tous les anciens plans, donne à ce fossé l'aspect d'une petite rivière, mais en réalité il était probablement
presque toujours à sec ; un tel courant d'eau ne s'explique que
devant les remparts voisins de la Seine, par les crues de ce fleuve,
retenues au moyen de vannes.

La grande baie de la porte, sur la miniature en question, est
à plein cintre bien qu'elle fût, c'est vraisemblable, ogivale ou du
moins en arc surbaissé ; mais, je l'ai déjà fait observer, les anciens
dessinateurs, presque sans exception, Isr. Silvestre compris,
arrondissaient l'ogive, soit que cette forme leur semblât, de profil surtout, plus facile à rendre, soit qu'ils crussent donner à l'édifice plus de majesté en élargissant ainsi le vide supérieur de sa
baie. A côté de cette porte, ouverte à toutes sortes de *charrois*,
s'ouvre une autre très-étroite avec pont-levis à une seule flèche :
c'est l'entrée roturière, la porte des piétons.

Au-dessus de la grande baie, on remarque un détail curieux
qui ne saurait être une fantaisie du dessinateur : on distingue
trois niches creusées dans le mur de face et surmontées de dais
en pierre sculptée. Celle du milieu contient l'effigie de saint
Denis tenant entre les mains sa tête mitrée. A droite et à gauche
sont celles de ses deux compagnons Rusticus et Eleutherius. Au
loin se dresse le gros donjon du Temple, reconnaissable aux quatre
tours à toits coniques qui fortifient ses angles et lui donnent du
pittoresque. Il est probable que sur la façade opposée s'élevait
une statue de la Vierge, regardant la ville qu'elle protége et la
cathédrale qui lui est dédiée. Toutes les portes de Paris construites sous Philippe-Auguste étaient ornées de cette effigie, et
il en était vraisemblablement ainsi des portes de Charles V. Sur
l'estampe représentant, d'après un tableau de N. Bellery,
Henri IV placé à une fenêtre de la porte Saint-Denis, du côté de
la ville, on voit sculptée en relief l'Annonciation au-dessus de

l'ogive de la grande baie, détail fort mal rendu, mais, à mon avis, non imaginaire.

Au folio 446 de la même chronique, figure encore le même édifice avec les trois effigies; mais ici le sommet de la façade est décoré d'un vaste écu de France portant trois fleurs de lis d'or sur fond azur et soutenu par deux figures de chérubins.

Dans un gros in-folio de la Bibliothèque du Louvre, coté E. 131. o. et intitulé *Topographie*, se trouve une petite eau-forte rarissime et anonyme, gravée vers 1650, dont j'ai le calque. Elle a pour titre : « *Description de l'ancien monastère et seigneureries des filles-Dieu*, etc. » Vers le milieu de l'estampe est tracé le plan géométral de la porte Saint-Denis de Charles V, précédée d'un fossé. On distingue les deux piles de pierres qui soutenaient les arches de son pont-dormant. La porte consiste en un pavillon carré, flanqué dans ses angles, du côté de la rue Saint-Denis, de deux tours de même forme et, du côté de la « grande chaussée du fauxbourg Saint-Denis, » de deux tours cylindriques. On ne remarque plus de traces de l'arrière-fossé du rempart de Charles V. A l'occident, le pont de pierre est bordé d'un rang de sept pignons ainsi désignés : « maison adjugée aux filles-Dieu en 1630, comme estant de leur ancien domaine. » Silvestre, sur sa vue de la porte Saint-Denis, a représenté là trois bâtiments dont celui du milieu ressemble à une tour carrée qui fortifie le pont.

Je ne ferai que rappeler ici pour mémoire des miniatures bien connues reproduites par dom Bernard de Montfaucon (*Monum. de la monarchie française*, t. II et III) où figure la porte Saint-Denis du côté soit de la ville, soit de la campagne. Elles sont tirées de chroniques manuscrites du xve siècle et représentent des entrées solennelles. Ces miniatures, reproduites sans goût par le graveur de dom Montfaucon, ont un naïf cachet d'inexactitude qui fait le désespoir des archéologues amis du positif. On peut en tirer des documents relatifs aux costumes, mais aucun, je puis l'affirmer, sur le véritable aspect du vieux Paris.

FLEURS (MARCHÉ-AUX-). Si nous franchissons la vieille voûte de la porte de Charles V et parcourons la « Grand'rue monseigneur Saint-Denis, » comme on disait jadis, nous finirons par arriver à la voûte obscure du grand Châtelet. Le pont au Change traversé, nous voici dans la Cité. Cherchons là une certaine ruelle descendant à la rivière et dite du Port-aux-OEufs : nous nous trouverons sur la berge qui s'étendait jadis entre le susdit pont et celui de Notre-Dame, deux malheureux édifices qui viennent d'être démolis malgré leur parfait état de santé et reconstruits à une faible distance de leur ancien emplacement. Cette berge fut, je ne sais au juste en quelle année, bordée d'une levée de pierres (1) ; plus tard, au commencement de notre siècle, on abattit les maisons qui s'appuyaient sur cette levée et l'on forma la longue place, dite aujourd'hui : Marché-aux-Fleurs, que longe le quai Desaix.

Rétrogradons par la pensée d'un siècle et demi, et nous jouirons d'un site pittoresque, grâce au dessin que je vais décrire, un des plus curieux de ma collection : je l'achetai, il y a quelque vingt ans, à M. Guichardot qui, vu l'absence de toute inscription, n'en connaissait pas le sujet, facile à deviner pour qui fait son étude du vieux Paris.

Avant le premier empire, le sol où l'on a établi le Marché-aux-Fleurs était loin d'exhaler les doux parfums de la rose et du jasmin. On vendait alors les fleurs, denrée si chère aux Parisiennes, aux abords du cimetière des Innocents, et aussi, certains jours, sur le quai de la Mégisserie (2). On voyait à la place du quai Desaix une berge nue, bordée sans symétrie par les arrière-bâtiments de propriétés dont l'entrée était rue de la Pelleterie. Ces vieux corps de logis irréguliers, manquant un peu çà et là d'aplomb, étaient flanqués de diverses bâtisses en appendice et formant des terrasses en saillie que soutenaient des piliers de bois, de pierre ou de briques, déjetés comme les jambes d'un homme ivre et souvent inondés par les crues de la Seine. Sous ces grossiers portiques, travaillaient tout le jour des ouvriers tanneurs.

Le dessin qui va nous reporter à cette époque est exécuté à la

---

(1) Le plan de Paris à vol d'oiseau de Louis Bretez, exécuté de 1734 à 1739, offre déjà une levée de pierre au lieu d'une berge à l'endroit où nous voyons le quai Desaix. Au reste, ce détail du plan, démenti par des plans géométraux postérieurs, paraît être une anticipation.

(2) J'ai possédé un dessin à la sanguine, tracé de verve par Gab. de Saint-Aubin, représentant les marchandes de fleurs du quai de la Mégisserie avec accompagnement de scènes populaires très-animées. J'ai cédé en échange, à feu M. Muller, ce dessin qui fait aujourd'hui partie de la riche collection de M. Destailleurs.

mine de plomb, au simple trait, sans aucune partie ombrée. Il a 328 millim. de large sur 125 de haut. On n'y remarque ni signature, ni monogramme, ni la moindre inscription, mais il s'explique de lui-même. A gauche, se développent de trois quarts les deux arches d'un pont de pierre surchargé d'étroites maisons à pignons : c'est le pont Notre-Dame, vu de la galerie couverte nommée quai de Gèvres. Si, à l'extrême droite, nous ne voyons pas le pont au Change, c'est que le champ du dessin ne se prolonge pas assez ; il s'arrête probablement au niveau de la ruelle du Port-aux-OEufs citée ci-dessus. Le pont Notre-Dame, rebâti vers 1506, est reconnaissable surtout aux divers appentis appliqués à la base de ses maisons et saillant au-dessus de la rivière, soutenus par des consoles. Il suffit de comparer ces détails du dessin avec l'eauforte de Silvestre et plusieurs autres estampes, pour s'assurer de l'identité du sujet. Plusieurs traits assez vagues qui s'élèvent audessus des derniers pignons du pont semblent indiquer les tours lointaines de Notre-Dame qui, aperçues presque de profil, forment une seule masse. Toutefois je ne voudrais pas garantir sur ma tête que nous ayons sous les yeux la rive septentrionale de la Cité. Si l'on suppose que la rangée de maisons du pont est celle qui regardait l'est ou l'hôtel de ville, on aurait devant soi la berge (également occupée par des tanneurs et des teinturiers) qui s'étendait du pont Notre-Dame à la place de Grève, berge exhaussée sous Louis XIV et métamorphosée par le prévôt des marchands Claude le Pelletier en un quai auquel il donna son nom et qui fut élargi plus tard. En ce cas, les traits vagues figurant, dans la première hypothèse, les tours Notre-Dame indiqueraient la tour Saint-Jacques la Boucherie. Mais je m'en tiens de préférence à la première opinion énoncée.

Pour représenter la berge que remplaça en 1675 le quai Pelletier, mon dessin devrait être un peu antérieur à cette époque, et je suis porté à le croire un peu plus moderne, à moins qu'il ne soit une copie.

Son tracé ne révèle pas une main hardie ; néanmoins il ne ressemble pas à un calque. Je le regarde comme une esquisse d'architecte, où la froideur du trait est compensée par le pittoresque même du sujet. Assurément il n'a pas été fabriqué tout exprès pour séduire un amateur du vieux Paris, comme il pourrait arriver aujourd'hui que ces sortes de dessins atteignent dans les ventes des prix si élevés (1). L'époque où je l'ai acquis est pour moi une garantie de son authenticité. Un dessin fictif et frauduleux ne manquerait ni de date ni surtout d'accessoires lointains destinés à en faciliter la reconnaissance. Je le reproduirai donc un jour en toute tranquillité de conscience dans mon *Atlas du vieux Paris.*

Revenons au sujet principal. Le point de vue ne permet pas de voir la pompe établie vers le milieu du pont. On compte, sur la partie visible de ce pont, douze maisons sur une même ligne, à pignons uniformes. La berge de la Cité vue de face présente une rangée de onze maisons dont une seule n'a pas de pignon sur la rivière. La largeur et la hauteur de ces maisons sont fort inégales. Celle qui est la plus proche du pont ne s'y relie pas; elle paraît, en raison de la perspective, en masquer une ou deux autres en retraite sur la ligne générale, circonstance qui concorde avec le plan géométral de la Cité par l'abbé Delagrive. Les murs de face de ces maisons ont l'apparence de bâtisses de plâtre maintenues par des poutres croisées qui ressortent sur le fond. Les fenêtres varient de nombre, de forme et de disposition. Telle maison n'en a qu'une à chaque étage, telle autre quatre de front. Leurs baies sont quelquefois arrondies; le plus grand nombre est de forme rectiligne et de hauteurs diverses. Cinq de ces pignons ont des arcs de bois qui reçoivent le profil de la toiture et reposent sur des consoles simples ou doubles. Jusqu'à la fin du xvie siècle, les maisons vulgaires de Paris ont conservé cette forme, dont il reste encore un assez grand nombre d'échantillons.

Les onze maisons ont toutes de quatre à cinq étages diversement espacés. Devant chacune d'elles une construction appliquée à sa façade constitue une terrasse, soutenue par des poutres ou des piliers et garnie de balustres de bois. Sous ces portiques ou hangars, on aperçoit de vastes cuves de bois cerclées. Une seule maison est privée de terrasse; aussi paraît-elle plus éloignée du

(1) Le fait est pour moi évident. J'ai vu adjuger, dans des ventes récentes, des pseudo-dessins relatifs au vieux Paris ou à ses environs, voire une estampe soi-disant historique, d'une touche évidemment moderne. Je conseille aux amateurs, mes collègues, de se tenir sur le qui-vive. Quand, en tout genre, les objets se vendent à des prix exorbitants, il y a à craindre la contrefaçon. A la fraude il faut opposer la sagacité.

rivage. Une autre est accompagnée de deux pavillons en saillie à la hauteur du second étage.

Me voilà encore engagé dans un ingrat travail! Impossible de décrire un à un tous les détails de ces constructions si compliquées. La reproduction de mon dessin serait bien plus claire que toutes ces phrases, et, si cette *Revue* comportait des planches, j'aurais remplacé toute cette page par une estampe.

On compte plus de vingt grandes cuves disséminées, les unes sur la berge, les autres sur les terrasses. Contiennent-elles de l'eau de teinture ou des peaux? On n'aperçoit nulle part ni cuirs ni étoffes suspendus et en train de sécher; seulement on voit ici et là un ouvrier qui y plonge les bras sans en rien extraire; ces ouvriers sont au nombre de douze, outre un homme chargé de deux seaux, peut-être un porteur d'eau descendu là par la fétide ruelle du Port-aux-OEufs. Aucun costume n'aide à reconnaître l'époque du dessin; pas un bourgeois, pas un pêcheur à la ligne sur cette berge peu abordable au public. Un chapeau suffit quelquefois à révéler une date; les treize personnages qui figurent ici sont tous nu-tête, comme pour attester que ces vieilles maisons regardent le nord. En définitive, je pense que ces braves gens sont des tanneurs, puisque ces maisons dépendent de la rue de la Pelleterie. J'ai remarqué plus d'une fois, vers 1840, au faubourg Saint-Marceau, au fond des cours aboutissant à la Bièvre, des constructions et de vastes cuves du même genre servant les unes à des tanneurs, les autres à des teinturiers ou à des laveurs de laine.

GERMAIN (FOIRE SAINT-). Les quelques dessins que je connais sur l'abbaye de ce nom sont d'un faible intérêt, vu que les nombreuses planches gravées dans l'ouvrage de dom douillart et la *Statistique Monumentale* forment une iconographie à peu près complète de ce célèbre monastère. La topographie de l'ancienne Foire Saint-Germain est moins connue. J'ai décrit déjà (n° de sept. 1856) un tableau de ma collection représentant l'incendie de mars 1762. Je citerai sur le même sujet un dessin à la sépia que M. Muller tenait par échange de M. Hennin, et que possède aujourd'hui, je crois, M. Destailleurs. Le point de vue rappelle celui de mon tableau, mais on y voit les deux grands pignons juxtaposés soutenant l'immense toiture ou *Halle* qui recouvrait toutes les rues de la Foire, tandis que mon tableau plus limité n'en offre qu'un seul.

Une grossière vue d'optique publiée par Basset représente du même point, mais en sens inverse, le même événement. Elle a pour titre : « Vue, de la porte de la Treille, de l'incendie, etc. » Au bas sont douze renvois explicatifs, intéressants en ce qu'ils désignent des localités. Je parlerai plus au long, dans la catégorie des *estampes,* de cette pièce médiocre et de quelques rares eaux-fortes relatives aux débris de divers bâtiments de la Foire.

Les vues de l'édifice antérieures à l'incendie sont assez rares ; je pourrai citer néanmoins plusieurs estampes curieuses, notamment celle publiée par Jollain vers 1700, où figure l'ensemble des constructions, abstraction faite des deux grandes halles ; mais il ne doit être ici question que de dessins. J'en vais signaler un des plus intéressants.

Le mercredi 10 mars 1858, on vendait à l'hôtel de la rue Drouot une collection de riches tabatières provenant de la succession Daugny. L'une d'elles était ainsi désignée sous le n° 204 du catalogue : « Grande boîte carrée en écaille, dont le couvercle « est orné d'un médaillon ovale représentant une parade à la « foire Saint-Germain, miniature signée : *V. Blarenberghe,* 1763, « qui peut être considérée comme l'un des chefs-d'œuvre du « maître ; grandeur de la miniature : 6 centimètres sur 8. » J'assistais à la vente ; elle fut adjugée 2,750 francs. Je me retirai avec le modeste billet de 500 francs que j'avais destiné à cette acquisition et qui, j'en conviens, ne pouvait faire équilibre à la valeur intrinsèque de cette miniature, d'une finesse merveilleuse, offrant mille détails sur un espace de quelques centimètres de surface.

On voit passer de front une des galeries couvertes de la Foire et, sur la droite, une seconde qui, la croisant à angle droit, fuit en enfilade. Sous le toit vitré qui recouvre la première de ces galeries paradent des saltimbanques, hissés sur une estrade où ils exécutent des tours d'équilibre ; on y remarque notamment un jeune bateleur qu'un Alcide soutient dans sa main à bras tendu. Au premier plan circule une foule compacte de promeneurs ; je crois même qu'on y danse. Je me souviens de deux femmes galantes, hautes au plus de trois millimètres, dont la physionomie prenait sous la loupe une expression provocatrice d'un naturel parfait.

Dans la galerie fuyant à droite on discerne une multitude d'enseignes en saillie, indiquant autant de boutiques garnies de marchandises en tout genre. Là se presse une folle cohue de badauds qui devaient fournir aux filous, dont parlent les récits du temps, l'occasion de faire de bonnes affaires. L'ensemble de la composition est fort pittoresque. J'aurais été curieux d'examiner sous la lentille d'un microscope ce tableau lilliputien presque aussi fin que ces petites plaques photographiées dont les sujets se devinent à l'aide de cet instrument. J'aurais sans doute découvert dans ces galeries tout un monde imperceptible à l'œil et déchiffré des lignes sur toutes ces enseignes pendantes. Une œuvre de Meissonnier paraîtrait une grande toile à côté de ce médaillon prodigieux où l'art s'harmonise avec la petitesse.

En vérité, je regrette en ce moment de ne pas être une moitié de millionnaire : ce chef-d'œuvre de poche ferait partie de ma collection. Où a-t-il passé? Je l'ignore. Si j'avais la chance d'en rencontrer l'heureux possesseur, je l'engagerais à le faire graver, bien entendu plus grand que nature, par exemple au moyen du mégascope, sorte de lanterne magique qui grandit l'image des objets opaques. Il pourrait ainsi, sans même avoir besoin de démonter sa miniature, fournir aux amateurs une précieuse estampe.

Une remarque sur la date 1763 qui accompagne la signature de l'artiste. L'ancienne Foire Saint-Germain ayant été incendiée, dans la nuit du 16 au 17 mars 1762 (1), cette miniature a-t-elle été exécutée d'après un dessin antérieur à l'événement, ou représente-t-elle la nouvelle foire bâtie dès cette année et achevée en 1763? C'est une question que je ne saurais résoudre. Il est certain que les nouvelles galeries ne furent pas abritées par une vaste toiture comme celles représentées sur la miniature de Blarenberghe, mais, selon Hurtaut, plusieurs des rues de la nouvelle Foire furent couvertes de « vitrages en forme de toits, » pres-

---

(1) Dulaure dit 1763 ; c'est évidemment une erreur que rectifient les estampes et les écrits du temps. Jaillot et Thiéry, auteurs contemporains de l'événement, écrivent 1762. Hurtaut dans son *Dictionnaire de Paris*, de 1779 (t. III, p. 44), dit que l'incendie arriva en 1763, mais, dans une longue note de la page suivante on lit : « dans la nuit du 16 au 17 mars 1762. »

que entièrement détruits, ajoute l'auteur qui écrivait en 1779.

Vers 1772 l'architecte Lenoir dit le Romain éleva, sur le terrain de la nouvelle Foire, ou plutôt dans le voisinage, une grande
salle ovale de style rustico-pompadour, accompagnée de tribunes,
salons, boudoirs, etc. On la nomma *Wauxhall d'Hiver* pour la
distinguer du *Wauxhall d'été* établi rue de Bondy. La Foire Saint-
Germain ayant lieu à partir du 3 février, cette salle de danse, le
bal Valentino du temps, le rendez-vous des folies carnavalesques,
exigeait comme première condition celle d'être close et bien
chauffée; la température y devait être en harmonie avec sa physionomie toute printanière.

Cet édifice fut aussi éphémère que les parties de plaisir qu'il
abritait : il subsista de 1772 à 1784. Les historiographes parisiens du temps se bornent à le citer avec admiration, mais sans
désigner au juste son emplacement, et tous les plans de Paris
que j'ai consultés sont muets à cet égard (1). Dulaure qui a pu
le visiter se borne à le nommer « un vrai marché de courtisanes.»
Thiéry ne le décrit pas, sans doute par le motif qu'il n'existait
déjà plus de son temps (1787), mais il en parle accidentellement
(t. I, p. 224) à l'article *Panthéon,* salle de danse alors en construction rue Saint-Thomas du Louvre « pour tenir lieu, pendant
l'hiver, du Wauxhall de la Foire Saint-Germain abattu en 1784. »
Il ajoute en note que l'artiste M. Lenoir le Romain, architecte
du Panthéon « avait donné les dessins du délicieux Wauxhall
de la Foire Saint-Germain. »

L'intérieur de l'édifice est représenté en détail sur un dessin
anonyme, à la sépia (L., 900 mill., H., 440) qui, de la collection
de feu M. Muller, a passé dans celle de M. Destailleurs. On reconnaîtrait peut-être la main de Moreau le Jeune dans les personnages. On lit dans l'inscription que le Wauxhall d'hiver fut érigé
par N. Lenoir, architecte du théâtre Saint-Martin (l'Opéra du
temps). C'est une vaste salle ovale dont le champ a été, je crois,
un peu exagéré pour l'effet, car ses proportions, d'après l'échelle
d'un plan que je citerai plus loin, étaient assez limitées. Les
parois sont couvertes de treillis peints ou en relief, décorés de
feuillage et de fleurs, dans le genre du *Jardin d'Hiver* détruit

(1) Peut-être le découvrirait-on en consultant les journaux de l'époque. Hurtaut
(t. III, p. 46) s'exprime ainsi : Les spectacles (de la Foire Saint-Germain)... le
Wauxhall d'hiver, etc., sont dans les *rues voisines.* »

en 1857. On y remarque, dans les surfaces pleines, des peintures représentant des arabesques et des amours dans le style de Boucher. Au plafond sont suspendus plusieurs lustres dont la lumière paraîtrait mesquine à notre génération, habituée au brillant éclat du gaz.

Autour du rez-de-chaussée de la salle règne un portique formé de colonnes accouplées correspondant à des pilastres et enlacées de guirlandes de fleurs disposées en sveltes spirales. Entre les colonnes se dressent, sur des socles richement ornés, de grandes statues de nymphes soutenant des candélabres dorés. Sur un des côtés de la salle, au-dessus du portique, règne une galerie avec deux loges réservées au duc de Chartres et au prince de Conti. C'était un splendide et coquet échantillon de cette architecture-colifichet, spécialité de Lenoir, le même qui éleva les Bains Chinois sur leur base de rochers. Je doute que les plus belles salles en ce genre, construites de nos jours, puissent rivaliser avec le *Wauxhall d'Hiver*.

Quelques alinéas sur les figures, au nombre de plusieurs centaines, qui animent cette localité dédiée au plaisir, ce *temple de Cythère* ouvert seulement en temps de carnaval. Je vais décrire de mémoire ce dessin que j'ai plus d'une fois examiné chez M. Muller qui le conservait sous cadre. Au fond est l'orchestre placé sur les gradins; au centre on se livre à des danses voluptueuses mais non excentriques comme les bonds de macaques qui signalent les quadrilles du *bal Valentino* et du *Jardin Mabille*. On y voit des couples étroitement enlacés, mais non de ces poses presque impossibles, de ces évolutions de jambes qui dépassent le niveau de la tête des danseuses. Les salutations burlesques, les bénédictions narquoises, les gestes de magot, les avant-deux dans une posture accroupie, les mouvements désordonnés de hanches sous le *ballonnage* furieux de la crinoline, tout cela était inusité au siècle des paniers, des menuets, des tricornes, des gavottes, des cadogans et des cheveux poudrés. A part ces innovations fougueuses de notre époque et les costumes, on se croirait dans une de nos salles modernes.

Tandis qu'on danse au milieu du cirque, les promeneurs se pressant sous le portique y parcourent une ellipse sans fin. De jeunes femmes à la démarche cambrée, majestueuse ou frétillante, affectent, sous la poudre et les mouches, ces mines friponnes, ces agaceries de l'œil et des lèvres auxquelles nos pauvres aïeux ne savaient pas résister plus que nous.

Il est fâcheux que ce dessin n'ait pas été traduit par De Bucourt, l'artiste si habile à faire ondoyer les robes de gaze, à rendre les airs provocateurs de ces sirènes, baptisées successivement de tant de noms, dont le dernier, celui de *biches,* est déjà, m'assure-t-on, remplacé. Quant aux *cavaliers,* on les voit sourire, débiter leurs sornettes banales et *exprimer leur flamme.* La plupart paraissent être de jeunes seigneurs de suprême bon ton. Le dessinateur semble avoir oublié les courtauds, les commis, les clercs, les habitués d'estaminets, toutes classes inférieures de soupirants, qui eussent fait ombre au tableau. Si j'ai bonne mémoire, on n'y voit aucune caricature, détail que De Bucourt n'eût pas omis.

Sous le portique règnent deux rangs de banquettes en velours d'Utrecht, mais sans dossiers, hélas! Ce n'est pas en 1859 qu'on négligerait à ce point le confortable! Les unes sont garnies de brochetées de femmes à la taille ondulante, à la tête haute, en train de converser, de combiner leurs plans de séduction et de jeter l'hameçon au poisson de passage ; les autres sont occupées par des groupes des deux sexes qui ont l'air d'être en parfait accord et de fixer l'heure du fin souper. Les restes de tout cela sont enfouis au fond de nos catacombes.

Au milieu de ce monde voué aux conquêtes faciles et à l'amour mercantile, on remarque aussi des groupes de personnages, assis ou en mouvement, en dehors de toutes ces intrigues. Comme de nos jours encore, il y a ici et là quelques physionomies de simples curieux de haut rang, et aussi des échantillons de ces honnêtes et candides bourgeois, fidèles à l'esprit de famille, qui se font une fête de venir lorgner un peu le vice. On y voit même un assez grand nombre d'enfants, pour qui ce spectacle n'est qu'un mélange de couleurs, de musique et de lumière.

Je compte publier un jour une description philosophique du *Jardin Mabille;* on y retrouvera tous ces types sous nos modes modernes. Mais là je ne m'en tiendrai pas aux costumes, aux masques ; je pénétrerai au fond de toutes ces âmes pour en faire jaillir une des faces multiples de notre civilisation avancée — avancée dans le sens qu'on donne à la chair du faisan.

Une remarque encore. Nous n'avons ici sous les yeux que la

10.   2

grande salle, le lieu général du rendez-vous. Sur les côtés s'ouvraient des salons et des boudoirs que le dessinateur n'a pas représentés et j'en suis, en vérité, bien aise, car je n'aurais pu, je le soupçonne fort, trouver des termes assez délicats pour achever ma description du *Wauxhall d'Hiver*, vers l'an de grâce 1780.

On voit au Cabinet des Estampes (Q^{er} *du Luxembourg*, t. III) et je possède une rare planche anonyme, gravée en 1772, qui parait être la reproduction, réduite de moitié, et assez médiocre, du dessin signalé. Elle a 423 millim. de long sur 223 de haut. Il est fâcheux qu'elle ne soit pas l'œuvre de Moreau le Jeune ou de De Bucourt. Le susdit dessin a pu en être le modèle, mais le graveur a supprimé une partie des personnages et n'a rendu qu'à demi ces physionomies galantes et ces attitudes pleines de coquetterie. Je parlerai un jour plus au long de cette estampe. Je dirai seulement qu'on y voit tracés, au-dessous de la ligne d'encadrement, les plans géométraux des deux étages de l'édifice, avec indications des escaliers, salons, café, boudoirs, etc. (1). Au bas, sur la droite, on lit ces huit vers, fort médiocres, à la louange de *l'établissement* :

> Sallon délicieux, vous offrez aux regards
> Les objets les plus doux que notre cœur désire.
> Votre enceinte est l'aimable Empire,
> Des Amans, des Amis, du Bon-Goût et des Arts.
> Rendons grâce à jamais aux bienfaisantes mains
> De ces Hommes dont le Génie
> Rassemble en faveur des Humains
> Toutes les douceurs de la Vie.

M. Paul Lacroix m'a fait don d'un petit livre-almanach, gravé en 1780, et intitulé : LES DÉLICES DE CÉRÈS, etc., *à Paris, chez Desnos*. Il contient des vignettes non artistiques mais curieuses. L'une d'elles représente l'entrée du « Wauxhall de la Foire » comme l'annonce une inscription figurée sur un tableau suspendu entre deux colonnes. L'avenue qui y conduit est vitrée, bordée de boutiques et encombrée d'une foule de « filles du monde, » comme s'exprime le texte gravé en regard. Cette vignette se rap-

---

(1) Ces deux plans m'ont fourni quelques renseignements. On lit tout au bas de la planche, à gauche : *Inventé par Le Noir, architecte.*

porte au mois de Février. Au haut dans un médaillon est le portrait de Pluton « surnommé Februus (dit le même texte) que « l'on croyait attirer autant d'hommes qu'il pouvait dans les « enfers : ce qui peut caractériser le danger des plaisirs. »

HÔTEL-DIEU. — Nous allons passer brusquement d'un lieu soi-disant de délices à un vrai séjour de souffrances : toutefois il y a plus d'affinité qu'on ne pense entre les deux localités. Morale-ment parlant, en 1780 il n'y avait qu'un pas, pour certaines habituées, du *Wauxhall d'Hiver* à l'*Hôtel-Dieu*. Il en serait de même aujourd'hui. Je vais tâcher d'être bref, bien que j'aie à signaler plusieurs dessins importants.

Le plus pittoresque de tous et de grande dimension appartient à M. Albert Lenoir qui tardera peu, je pense, à le faire graver dans sa *Statistique* (1). Il l'attribue à l'architecte Meunier. Au fond s'élèvent les tours Notre-Dame. Au premier plan figurent les restes mutilés, par l'incendie de 1772, des deux façades qui terminaient à l'ouest les salles du Légat et de Saint-Louis, cette dernière dite, aussi *Salle Jaune*. Les sommets en forme de pignons des deux façades n'existent plus, ayant été calcinés et détruits par le feu. Ce dessin abonde en curieux détails, les uns de style renaissance, les autres du temps de Charles V (2). Derrière la double baie ogivale du portail gothique de la salle Saint-Louis s'élève le bâtiment neuf de l'Hôtel-Dieu, celui qui s'étend encore sur la rive droite du petit bras de la Seine et qu'on doit abattre pour former un quai. Cette récente construction atteste que le dessin a été exécuté assez longtemps après l'in-cendie ; il s'écoula en effet plusieurs années avant qu'on relevât l'Hôtel-Dieu de ses ruines. Cette aquarelle, dans le genre de Nicolle, date des dernières années du XVIIIe siècle. Mais je m'arrête ici : le burin du graveur de la *Statistique* nous instruira beaucoup mieux que ma plume ne le saurait faire.

J'ai déjà décrit, dans cette *Revue*, deux tableaux relatifs à l'in-cendie de l'Hôtel-Dieu ; l'un est de Raguenet (n° d'octobre 1856), l'autre d'Hubert Robert (n° de mai 1857). J'ai signalé de plus

(1) M. le baron Jérôme Pichon en possède un double, provenant de M. Muller, qui avait obtenu de M. Lenoir la permission d'en prendre copie.
(2) J'ai vu vers 1825 quelques traces du portail de la salle Saint-Louis, à côté d'un corps de garde placé en tête du Petit-Pont.

(n° d'octobre 1858) un dessin de 1718 représentant le Petit-Pont après l'incendie qui, cette année, consuma ses maisons. On y distingue, mais mal rendu, le portail de la salle Saint-Louis, portail servant d'entrée à une chapelle établie dans la salle même. Le trumeau de la baie la plus méridionale est décoré d'une statue de la Vierge portant l'Enfant Jésus.

On voit au Cabinet des Estampes, dans un grand portefeuille supplémentaire à la topographie de Paris, coté : n° 5465 du 31ᵉ au 36ᵉ quartier, un immense calque offrant le plan géométral très-détaillé de l'ensemble de l'Hôtel-Dieu. Il m'a paru antérieur à l'incendie de 1772, mais postérieur à celui de 1737. Les plans des deux portails cités ci-dessus, et qui bordaient la rue du Marché-Palu, y sont minutieusement détaillés. Peut-être le modèle de ce calque est-il l'immense plan manuscrit de la Cité levé par l'abbé Delagrive vers 1750 et conservé à l'Hôtel de Ville. Celui qui s'occuperait d'une monographie complète de l'Hôtel-Dieu pourrait en tirer parti.

Plusieurs dessins représentent soit l'incendie, arrivé dans la nuit du 29 au 30 décembre 1772, soit les ruines des bâtiments qui ont survécu à cette catastrophe, bien autrement fatale que celle de 1737 (dont je ne connais aucune représentation), puisque les toits embrasés s'écroulèrent, selon Dulaure, sur plusieurs centaines de malades.

Le 9 décembre 1856, j'ai vu passer en vente, à l'hôtel de la rue Drouot, un petit dessin à l'encre de Chine (L. 155 millim., H. 110), signé : *S. Fokkes fec*. 1773, représentant l'incendie de décembre 1772. C'était une vraie mystification. Le dessinateur avait calqué, puis reproduit en sens inverse une eau-forte d'Isr. Silvestre, où se voient à droite l'Archevêché, et au fond le Pont-au-Double, chargé d'un bâtiment peu ancien, dépendant de l'Hôtel-Dieu ; au-dessus de ce bâtiment à large fronton, qui contenait la salle dite de Saint-Côme, s'élèvent des flammes au milieu de nuages de fumée.

Singulier procédé pour léguer à la postérité le souvenir de ce sinistre événement ! C'était ingénieux comme le portrait d'une femme dont on n'apercevrait que le haut de la coiffure au-dessus d'un paravent. Plus d'un dessinateur commet volontiers des compositions de même force. C'est ainsi qu'à Naples, les marchands d'estampes ont en réserve des gouaches offrant au premier plan le môle et au loin le double sommet du Vesuve, avec effet de nuit ou de clair de lune. Vienne une éruption (j'ai vu travailler d'après cette méthode le 1er avril 1835), on ajoute au Vésuve un pana- che de flammes et des flocons de fumée, fuyant dans telle ou telle direction ; on sillonne la mer, on barbouille les premiers plans de quelques vifs reflets de vermillon, et voilà des souvenirs du Vésuve à l'usage des naïfs étrangers qui flânent sur le pavé de la rue de Tolède !

A la vente Lassus (11 mars 1858) on a adjugé pour 77 francs, un dessin habilement tracé à la plume, et légèrement rehaussé de bistre (n° 785 du catalogue). Il représentait les bâtiments de l'Hôtel-Dieu, après l'incendie de 1772, vus du pont Saint-Michel. Au fond, les tours Notre-Dame, sur un plan assez rapproché, le portail gothique de la salle Saint-Louis, sans détails précis ; au premier plan de droite, le profil d'une vieille maison avec étages en encorbellement et rez-de-chaussée baigné par la Seine. Ce dessin, assez semblable au grand tableau d'Hubert Robert, cité plus haut, offrait un trop médiocre intérêt pour m'engager à suren- chérir.

Je possède pour ma part quatre dessins relatifs au même incendie, dont trois remarquables sous le rapport de l'art. Je citerai d'abord le moins artistique (L. 514 mill., H. 278). Il est tracé à la plume, rehaussé d'encre de Chine et de sépia, et signé : *Dupont delineavit*, 1773. Il y a ici-bas bien des *Dupont* : celui-ci ne mérite pas qu'on s'inquiète de sa biographie. Analy- sons son œuvre sous le rapport archéologique. Le point de vue est pris du sol même du Petit-Pont. A gauche est vaguement tra- cée la façade de la salle du Légat, construite par le cardinal Duprat; puis vient le portail gothique de la salle Jaune ou de Saint-Louis, dont les riches sculptures de pierre sont accusées par quelques traits confus. On voit se développer presque de face, au delà du pont, les voûtes ruinées du long bâtiment qui bordait la rive droite de la Seine, le tout dominé par les tours Notre-Dame dont celle du sud est chargée de curieux. Le cam- panile de la chapelle de l'Hôtel-Dieu, qui avait son entrée sur le parvis, subsiste encore avec ses quatre cloches. L'incendie n'est pas précisément éteint, car onze hommes, debout sur les pans de murs, opposent des tuyaux de pompes aux derniers efforts du feu. Çà et là s'exhalent de petits nuages de fumée, dont une partie s'échappe par la double baie du portail gothique. Grâce à cette tricherie, à laquelle trop d'artistes ont recours, le dessinateur s'est épargné le souci de détailler les sculptures.

Sur le Petit-Pont on distingue quinze personnes, dont un soldat en sentinelle et six travailleurs manœuvrant une pompe qu'alimente le réservoir d'une voiture de porteur d'eau. Les autres personnages sont de simples curieux aux gestes très-animés, jouant le rôle de la mouche du coche.

Ce dessin est médiocre, mais assez pittoresque dans son ensemble. Il n'est pas mal en perspective, et les figures décèlent une main passablement exercée. Il rappelle la manière de Lallemant, l'un des dessinateurs de Millin, et il doit avoir été exécuté d'après nature. La date 1773 s'explique d'elle-même. L'événement étant arrivé dans la nuit du 29 au 30 décembre 1772, le feu put conserver encore de l'activité pendant les premiers jours de janvier de l'année suivante.

Mes trois autres dessins vont nous transporter au milieu des ruines des deux grandes salles, ruines qui, restées debout pendant plusieurs années, servirent en quelque sorte de point de mire à nos artistes parisiens. Décrivons d'abord une sanguine relevée de traits à la plume et de touches de blanc, œuvre remarquable d'Hubert Robert. Le point de vue est pris de l'est; on est sous les voûtes qui soutenaient les arcades des deux salles. Ces arcades ont un faux air de ces débris d'aqueducs qui courent au milieu des plaines de Rome. Robert, comme Isr. Silvestre, ne pouvait rien dessiner sans y mêler plus ou moins de ses souvenirs d'Italie. Les arcs sont à plein cintre. Je crois qu'ils étaient, en partie du moins, en ogive, car l'incendie bien moins considérable de 1737 n'avait pas, que je sache, détruit les anciennes voûtes. Le sol inférieur du premier plan est jonché de poutres à demi calcinées, et plusieurs échelles font communiquer les divers étages ravagés par le feu. On aperçoit quelques hommes en train de déblayer les décombres. Sur le devant trois personnages, dont une femme, examinent ces ruines fatales. Trois autres, placés à l'étage supérieur, affectent des poses un peu théatrales, selon l'habitude du même artiste. Au fond, de hauts pans de murs indiquent les bâtiments qui regardaient le Petit-Pont. On y distingue, à l'intérieur, la double baie de la façade gothique. Je n'oserais affirmer que les détails fussent exacts.

Ce dessin est vraisemblablement celui-là même que signale Barbier au mot *Robert*, dans sa *Biographie des peintres*. Au bas, à droite, on lit en écriture cursive du temps : « Vue de l'intérieur de l'Hôtel-Dieu de Paris après l'incendie de 1773. » Ce millésime est inexact en ce sens qu'on doit dater un événement du jour où il a commencé à s'accomplir.

Signalons maintenant un croquis (L. 236 mill., H. 165), fait de verve au crayon noir, rehaussé de plusieurs teintes légères, et au bas duquel, sur un fond ombré, on déchiffre : *Saint-Aubin*, 1773. C'est encore l'intérieur des deux grandes salles, vues cette fois de l'ouest et de plain-pied. Au fond, s'élèvent les tours Notre-Dame; à gauche, fuient de trois quarts une quinzaine d'arcades à plein cintre, sauf les deux plus proches du spectateur qui sont ogivales, toutes calcinées par l'incendie; à droite, le profil d'une partie de bâtiment d'où s'exhale encore de la fumée. On compte huit personnages vivement tracés, dont trois chargent de gravois un tombereau à deux chevaux. Un autre, assis vers la droite sur une pierre près d'un pilier, pourrait bien être l'artiste en personne, car c'est le seul qui ait une mise bourgeoise et les cheveux poudrés. A l'extrême droite, au premier plan, surgit l'extrémité d'une échelle qui plonge dans l'étage inférieur. A cette échelle monte un homme portant sur ses épaules le cadavre d'une femme, l'une des nombreuses victimes de la catastrophe.

L'aspect sinistre de ces piliers calcinés, de ces façades de lucarnes couronnant des pans de murs d'où s'élancent encore des traînées de fumée, tout porte le cachet fougueux d'un habile dessinateur. C'est une des pièces les plus artistiques de ma collection, mais non des plus curieuses, car après tout elle offre peu de documents à l'antiquaire. Sur la gauche, au travers d'une arcade en ogive, au haut d'une sorte de vis de pierre, apparaît une figure nue, accroupie, qui paraît prier. Est-ce une personne réelle, une victime survivante qui implore du secours? serait-ce une effigie de la Madeleine au désert? Je crois qu'on y doit voir simplement un caprice d'artiste, un détail destiné à poétiser cet effet de ruines.

Le dernier dessin qui me reste à décrire est une petite sanguine faite aussi de verve, que ne désavouerait pas un artiste en renom du temps. On y déchiffre au bas à gauche : J (peut-être S ou F), 1774. Sur le carton qui le doublait dans l'origine on lisait cette inscription que j'ai rapportée au-dessous : « Vue de la ruine des restes de l'incendie de l'Hôtel-Dieu en 1772 à Paris. »

Au premier plan est un sol bas que dominent des pans de murs ruinés et trois rangs d'arcades, les unes ogivales, les autres à plein cintre ; c'est tout ce que je puis en dire. Les voûtes délabrées, je le répète, subsistèrent longtemps en attendant les fonds nécessaires pour reconstruire l'Hôtel-Dieu, dont les malades furent transférés dans divers hôpitaux. Leur disposition pittoresque alléchait, à ce qu'il paraît, les artistes, ceux surtout qui ne pouvaient faire le voyage d'Italie. Il est probable qu'il existe plus d'un autre dessin sur le même sujet. Ce qui m'étonne, c'est de n'avoir jamais rencontré la moindre estampe qui représentât soit l'incendie, soit les traces de ses ravages.

Mais quittons l'Hôtel-Dieu pour nous diriger vers le cimetière des Innocents. Parmi les malades, jadis déposés sur les lits malsains de cet ancien hôpital, quelquefois entre un mort et un mourant, plus d'un, porté sur une civière funèbre, a fait le trajet que nous allons parcourir, puisqu'une partie des cadavres de l'Hôtel-Dieu allaient combler les fosses toujours béantes du lugubre sol de Champeaux.

A. BONNARDOT.

(La suite prochainement.)

février 1860 —

ICONOGRAPHIE DU VIEUX PARIS

(SUITE) (1).

DESSINS.

INNOCENTS (CIMETIÈRE DES SS.) — Nous voici revenus au centre
du vieux Paris de la rive droite ; nous allons y faire une longue
station afin de compléter le mieux possible (qui peut se flatter de
compléter un sujet ?) l'intéressante description du cimetière des
SS. Innocents. Ce point lugubre du sol parisien a toujours eu
pour moi un puissant attrait et, quand je jette les yeux sur nos
anciens plans, je les ramène toujours sur le territoire de Champeaux où la voix de la Mort couvrait et forçait à oublier les cla-
meurs des vivants. Le spectacle des splendides édifices, des fêtes
tumultueuses, des salles pleines de lumière et d'harmonie a
bientôt fatigué les yeux, émoussé l'attention ; la vue d'un cimetière retrempe l'âme en l'élevant au-dessus des éphémères fantas-
magories de ce monde de passage.

Nul ne sait le jour où il sera convié à la danse macabre. Si
Dieu m'accorde les dix-neuf ans que me promet M. Deparcieux
dans sa *Table de mortalité*, je publierai la monographie très-détaillée du cimetière des SS. Innocents, y compris toutes les épitaphes recueillies à diverses époques dans l'église, sur les tombes
du cimetière et sous les galeries des charniers. Ce serait là de
mes œuvres la moins imparfaite parce qu'elle aurait pour sujet
une étude de prédilection.

Peut-être me croit-on disposé à regretter la suppression de
cette curieuse localité dont, au siècle dernier, le voisinage avait
tant à souffrir ! Qu'on se détrompe. Ma passion pour les antiquités parisiennes est dépouillée d'égoïsme. Je conçois que l'assainissement de cette immense ruche humaine qu'on nomme Paris
doit être obtenu même au prix du sacrifice de ses plus intéres-

(1) Voir la livraison d'octobre 1859.

sants souvenirs. L'heure de la dissolution devait sonner en 1786 pour le réceptacle de tant de cadavres, comme elle sonnera bientôt pour les cimetières de nos jours. Né trop tard pour en saluer les derniers débris, je me consolerai avec les images de diverses époques que nous ont léguées les artistes, les antiquaires, les architectes contemporains.

Parmi nos vieilles églises, les unes étaient, les autres sont encore décorées de fastueux monuments de marbre rappelant de grands noms qui subsistent dans une descendance pour ainsi dire perdue au milieu de tant de célébrités de nouvelle date; le cimetière central de Paris, plus humble, plus conforme à l'esprit de l'Évangile, était par excellence le cimetière plébéien, le dernier gîte du pauvre. Il recélait aussi les ossements roturiers de la classe bourgeoise d'où je suis descendu. Parmi les amas de crânes rangés ou plutôt entassés sous les galetas des charniers ont figuré sans doute les restes de nos obscurs ancêtres, car ils habitaient des paroisses voisines du grand cimetière. Voilà en partie pourquoi je m'intéresse à cette localité du vieux Paris qui a englouti dans ses fosses multipliées et refouillées sans cesse tant d'honorables vilains.

Les noms illustrés de quatre quartiers de noblesse y étaient rares et se lisaient surtout sous les portiques. Néanmoins plusieurs tombes armoriées y figuraient à ciel ouvert; c'étaient celles de puissants personnages dont les dernières volontés s'étaient mises d'accord avec celle de la Providence qui a décrété le nivellement de tous les rangs devant la mort. L'humilité chrétienne de quelques hommes de haute lignée avait donc parsemé de tombes blasonnées, peut-être même de simples tertres sans épitaphes, le champ funèbre des morts vulgaires.

Je ne reviendrai sur ce que j'ai dit du cimetière des Innocents dans cette Revue (février et avril 1856) que pour ajouter quelques détails recueillis depuis cette époque. Au numéro de février j'ai parlé des chiens qu'on laissait librement errer dans le cimetière jusqu'à la fin du XVIIe siècle. J'ai oublié d'en signaler un qui avait conquis le droit d'y faire sa résidence. Le fait est tout à l'éloge de la race canine (qui se permet de temps à autre de donner à la nôtre des leçons de gratitude); il se trouve consigné dans un livre où un archéologue n'aurait certes pas l'idée de l'aller chercher. C'est un in-4° publié à Lyon en 1665 en trois parties, ayant pour titre : *Journal des voyages de monsieur de Monconys* (1) (en Italie, Égypte, Syrie, Pays-Bas et Allemagne). L'auteur, à la page 439 de la seconde partie, avant de signaler les tableaux qu'il avait vus à Rome en 1660, s'interrompt pour mentionner le trait suivant : « l'ay veu en novembre 1659, un peu avant mon « voyage, un chien dans le cimetiere de Saint Innocent, qui n'en « estoit sorty depuis deux ans et demy que son maistre y estoit « enterré ; c'estoit un villageois qui estoit venu solliciter un « procez à Paris, pendant la poursuite duquel il mourut ; le chien « estoit vilain, noir, la teste et le museau grisastre, les oreilles « droites et courtes. » Si l'on rapproche ce fait de celui tout à fait analogue qui se passa en 1830 au cimetière provisoire établi devant la colonnade du Louvre, on en conclura pour la dix-millième fois qu'il n'y a rien de neuf sous le soleil (2).

J'ai cité les écrivains publics (ou secrétaires des SS. Innocents), les lingères et les modistes installés sous les galeries des charniers. Il faut y ajouter les marchands d'estampes, comme l'attestent les strophes 37 et 38 du *Paris ridicule* de Claude le Petit, poëme satirique écrit vers 1656 et récemment réimprimé par le directeur de cette Revue. Ces marchands couvraient les murs des portiques d'images de piété, de portraits, de vues de villes, etc. L'auteur nomme cela des *tapisseries*. Quelques vers sembleraient faire allusion non plus aux étalages d'imagerie, mais aux vieilles fresques peintes sous les galeries :

> Que je voy d'un œil satisfait
> Là ces vanitez en peinture
> Qui sont vanitez en effet.

Et plus loin :

> On y voit le Paradis même
> Et l'Enfer à la triste gent ;
> On y trouve enfin la Mort blême.

---

(1) De Monconys, conseiller d'État, était passionné pour les beaux-arts, les sciences, et spécialement pour l'alchimie. Il recherchait les secrets de magie et de médecine et surtout celui de la pierre philosophale. Ses récits sont parfois d'une naïveté stupide, et il enregistre des recettes d'une absurdité incroyable. D'autre part il se mettait en relation avec les savants et les artistes célèbres vers le milieu du XVIIe siècle. Il signale çà et là d'ingénieuses inventions et des toiles de maîtres de haute valeur. Les amateurs de peinture feront bien de parcourir ce gros livre d'un style détestable.

(2) Le chien du Louvre a eu l'honneur de figurer sur plusieurs estampes du temps, voire dans une strophe de Casimir Delavigne.

Mon hypothèse est peut être bien hasardée, mais on peut admettre au moins que ces images funèbres de l'Enfer et de la *Mort blême* étaient des représentations d'après les anciennes fresques subsistantes encore en partie, c'est probable, en 1656(1).

Un livre publié en 1704 sous ce titre : *Mélanges d'histoire et de littérature* par Vigneul Marville, trois vol. in-12 (voir cette *Revue* mai 1855, p. 153), confirme l'assertion de Claude le Petit. On y lit au sujet du graveur Nanteuil : « Presqu'au sortir du collège « (vers 1650) il vint à Paris où il vendoit à ces petits marchands « *qui étaient sous les charniers des Saints Innocens* ses coups « d'essai pour avoir de quoi subsister. »

Selon Thiéry (*Guide des amateurs à Paris*, 1787, t. I, p. 493) on trouvait aussi de son temps des marchands de jouets sous la galerie (encore debout) surmontée de hautes maisons qui forment le côté nord de la rue de la Ferronnerie, maisons, dit-il, dont « le rez-de-chaussée, du côté de l'ancien cimetière, forme char- « niers. » Là peut-être aussi se vendoit, comme il y a quel- ques années encore, du côté de la rue aux Fers, des bouquets pour les mariées et des couronnes d'immortelles destinées aux morts.

Dans le même article, j'ai oublié de dire, au sujet de la croix Gastine, qu'on trouve dans Sauval (t. III, p. 634) des comptes de la Prévôté relatifs à la démolition de cette croix et à sa réédifica- tion (1571) au cimetière des Innocents. A la même page on lit qu'on donna, le 9 septembre 1572, 15 livres tournois « aux fos- « soyeurs du cimetière des Saints Innocens pour avoir enterré « les corps morts qui étoient ès environs du couvent de Nigeon « (les Bons-hommes de Passy) pour éviter toute infection. » Il s'agit ici de victimes de la Saint-Barthélemy que la Seine avait rejetées sur la berge. Le 15 septembre les mêmes fossoyeurs tou- chèrent 20 livres « pour avoir enterré depuis huit jours onze cens « corps morts (trouvés) ès environs de Saint-Cloud, Auteuil et « Challuau (Chaillot). »

Il est question aussi dans mon article de la tombe d'Alix la Bourgotte. Thiéry (I, p. 497) nous apprend que l'effigie de bronze

---

(1) J'espère un jour reconnaître dans d'anciens livres d'heures ou des éditions gothiques de la *danse macabre* une représentation positive des fresques peintes sous les voûtes méridionales des charniers.

de cette recluse avait été détachée de son socle en marbre noir et adossée à un pilier de la chapelle de la Vierge en l'église des SS. Innocents. Il est facile de se rendre compte du motif de ce déplacement. Cette tombe en forme de table occupait beaucoup d'espace. A une époque où les sépultures se disputaient pied à pied le sol de l'église, où la voix exigeante de la nécessité criait sans cesse : Place aux morts ! ce souvenir de la piété de Louis XI était bien encombrant ; on imagina pour s'en débarrasser ce moyen fort simple.

Maintenant quelques additions à mon article d'avril 1856. A propos de l'homme *tout noir* peint sur un pilier des galeries de l'ouest et jouant un rôle important dans les recherches des alchimistes, j'aurais dû mentionner plusieurs planches lithographiées du tome II de l'*Art au Moyen-âge* par M. du Sommerard. Elles représentent, d'après le célèbre livre d'heures d'Anne de Bretagne, une danse macabre (réminiscence sans doute de celle des Innocents), où la Mort qui entraîne chaque personnage est un cadavre noir, peut-être par suite d'un mauvais jeu de mots sur le nom de Maure. Nous verrons bientôt une splendide et fidèle reproduction du livre d'heures d'Anne de Bretagne exécutée sous la direction de M. Curmer avec texte de M. Le Roux de Lincy.

Dans un ancien cartulaire provenant des Blancs-Manteaux et conservé aux archives de l'Empire est citée en 1499 une maison de la rue de la Tonnellerie où pendait pour enseigne *La Danse*. Cette enseigne avait-elle pour sujet un épisode de la danse macabre ? Ce ne serait pas impossible. Il est à observer que ces sortes de peintures n'étaient pas toujours spécialement affectées aux cimetières, comme l'attestent les trois groupes que j'ai vus en 1837 autour de l'abside de l'église abbatiale de Chaise-Dieu (Auvergne) et les sujets du même genre peints sous la toiture du pont de bois de Lucerne.

Au xviiᵉ siècle, époque du perfectionnement des arts, ces fresques lugubres, si puissantes autrefois à « esmouvoir les gens « à dévotion » commencèrent à paraître d'une grossièreté repoussante. Elles furent peut-être effacées sous les voûtes du cimetière des Innocents dès le règne de Louis XIII. Toutefois on retrouve encore quelques reflets des vieilles danses macabres dans les œuvres de plusieurs artistes de ce temps. Jérôme Wierix, Crispin

de Pas et La Belle ont gravé certains sujets qui rappellent le genre
de ces peintures sépulcrales.

J'ai de bonnes nouvelles de la statue de la Mort, œuvre de
François le Gentil, jadis attribuée, à tort, à Jean Goujon. Placée
à Notre-Dame à l'époque de la démolition des charniers, elle fut
depuis transférée au Musée des petits Augustins. D'après une
note de M. Lassus (*Projet de restauration de Notre-Dame*, 1843,
in-4°, p. 23), elle n'a pas changé de local : elle se trouve au Palais
des Beaux-Arts (École d'architecture) dans une salle du rez-de-
chaussée, au fond de la troisième cour.

En parlant (page 18) du clocher de Sainte-Opportune, je dis :
« Supposé que cette église en possédât un. » Qu'on me permette
d'anticiper sur l'avenir pour corriger une étourderie. Ce clocher,
qui avait pour base une tour assez élevée, figure sur tous les
anciens plans de Paris en élévation. On trouve d'intéressants
détails sur sa sonnerie dans la *Vie et miracles de sainte Opportune*
par Nicolas Gosset, 1655. Thiéry (t. I, p. 494) avance que « les
tours de cette église portaient des fleurs de lis » comme indice
de sa fondation royale. Un caveau de cette église était destiné
aux recluses volontaires. Le 5 octobre 1403 (selon M. G. de
S. Fargeau), Agnès du Rochier s'y fit enfermer à l'âge de dix-
huit ans et y mourut après quatre-vingts ans de séjour : preuve
qu'un tel régime n'est pas préjudiciable aux chances de longévité.
Avis à qui aspire à l'honneur de figurer dans l'histoire des cen-
tenaires. J'ignore si M. Flourens a signalé ce procédé.

Je passe maintenant à la description de dessins relatifs aux
église et cimetière des Innocents. Pour en finir avec ce site pittoresque du vieux Paris et par exception je m'occuperai en même
temps des estampes, abstraction faite toutefois des planches de
la *Statistique Monumentale de Paris*.

Sur les miniatures des xv° et xvi° siècles qui décorent les livres
d'heures à l'usage de Paris on peut quelquefois reconnaître l'intention de l'artiste d'y représenter le principal cimetière de la
capitale, mais cette bonne intention se réduit à quelques détails
vagues, insignifiants, stériles pour nos études archéologiques.
Sur les sujets gouachés en tête de l'office des morts figure assez
souvent une inhumation bourgeoise. Le défunt, au lieu d'être

placé dans une bière (les cercueils de bois et de plomb constituaient un confortable réservé aux richards et aux grands seigneurs), est simplement enveloppé dans un linceul serré contre le
cadavre, dont il accuse la forme, au moyen de bandelettes disposées en losanges. On emmaillottait de la même façon dans leurs
langes les nouveau-nés. Était-ce à dessein qu'on assimilait ainsi
l'alpha et l'oméga de la vie humaine? C'est bien possible, car
tout était symbole religieux au Moyen-âge.

Le lieu où est creusée la fosse est tantôt l'intérieur d'une chapelle, tantôt le sol du cimetière. C'est dans ce dernier cas que
perce la velléité du miniaturiste, surtout quand il exerçait son art
à Paris, de rappeler aux yeux quelques souvenirs du cimetière
des Innocents. J'en citerai un seul exemple. J'ai parlé, au sujet
de la Sainte Chapelle, d'un missel du xve siècle exécuté pour
Juvénal des Ursins et appartenant aujourd'hui au prince Soltykoff.
Au folio 96 verso une petite miniature, insérée dans un D majuscule, offre la cérémonie d'un enterrement roturier. Au fond de la
miniature apparaît une sorte de portique de bois dont la toiture retombe sur une claire-voie garnie d'un rang de têtes de
morts. A droite s'élève une portion de portail d'église; çà et là
surgissent du sol quelques croix de pierre ou de bois noirci, dont
les branches abritées par deux planchettes inclinées, affectent la
forme d'un if, modèle banal que nos cimetières modernes présentent encore par milliers sur les sépultures sans faste, celles en
général qui sont les plus touchantes. Il est fort probable que ce
dessin médiocre est une réminiscence, un reflet grossier d'un
coin du cimetière des SS. Innocents vers 1450, avec intention
de représenter les greniers ou *galetas* où l'on accumulait les ossements extraits des sépultures provisoires. Que les mânes de ces
cadavres vulgaires se consolent! En dernier résultat les tombes
à perpétuité (expression aussi vide que les crânes de ces galetas)
ont suivi le même chemin, comme nous le verrons à la fin du
présent article. Il en sera ainsi des orgueilleux monuments de
notre Père-Lachaise, ce terrain funèbre que va bientôt envahir
l'ambitieuse Lutèce.

La miniature du folio suivant 97 offre la mise en terre d'un corps
lié dans un suaire, comme je l'ai dit ci-dessus. Peut-être un amateur exhumera-t-il un jour dans un missel du même genre une
image plus fidèle du cimetière en question, mais j'en doute, car

10.   26

celui que feuilletait de son temps Juvénal des Ursins est un des plus soignés qui existent.

Je n'ai plus à reparler de mon tableau (peint environ vers 1565) qui m'a fourni le sujet de deux longs articles en 1856. Je passe aux pièces suivantes, estampes ou dessins, que je décrirai par ordre de date.

1612. — Estampe sur bois incorporée au texte de l'in-4° intitulé : *Les trois traités de Philosophie naturelle*, par Pierre Arnauld de la Chevallerie (1). La ligne de contour de l'estampe a la forme ogivale du tympan de l'arcade où la sculpture en ronde bosse qu'elle représente était appliquée. Cette sculpture religieuse couverte, selon l'usage du temps, de vives couleurs dont les alchimistes tiraient des inductions, constituait un monument commémoratif élevé par Flamel à Pernelle sa femme. J'en ai décrit le sujet au numéro d'avril ; je n'ai plus à m'en occuper. Mais je signalerai une estampe au burin qui en est une reproduction réduite plutôt qu'une nouvelle copie d'après le bas-relief original. Les figures ont bien moins d'expression que celles de l'estampe sur bois. Autour de l'encadrement ogival sont rangés neuf autres sujets, dont sept n'ont jamais existé en réalité, car ce sont des allégories peintes sur un manuscrit idéal, qu'Arnauld, dans l'ouvrage cité, suppose appartenir à Flamel. C'est Flamel lui-même qui est censé décrire ce livre cabalistique et les miniatures qu'il contient, nommées sur l'estampe « Les figures du Juif Abraham ». Chacune d'elles porte un chiffre de renvoi. Je ne sais au juste de quel ouvrage, publié vers le milieu du xviie siècle, provient cette vignette. On voit à ses plis et à ses dimensions qu'elle était insérée dans un volume in-12. Elle se rapporte, c'est probable, à l'un des traités d'alchimie que cite l'abbé Villain dans son *Histoire de N. Flamel*, peut-être à l'édition publiée en 1655 du *Trésor des Recherches* par Borel.

Au bas, à gauche de la naissance de l'arc, on voit dans une niche à plein cintre Flamel agenouillé avec les initiales N. F. A droite, dans une niche semblable, une sorte de docteur, assis sur

(1) Ouvrage déjà cité dans mon article d'avril 1856. Ce livre est assez commun. L'édition primitive est datée 1612 et non 1611 comme je l'ai dit par erreur ; j'ai vu des exemplaires avec trois noms différents d'éditeurs. *Guillemot et Thiboust — Guill. Marette — Jacques d'Allin.* — M. Leroux de Lincy possède, je crois, une édition datée 1682...

une chaise de bois évidée et coiffé d'une toque, a devant lui un
pupitre chargé d'un livre ouvert; au-dessous est un F gothique.
Le premier sujet est l'effigie de Flamel sculptée en ronde bosse à
gauche de la porte principale de l'église Sainte-Geneviève des
Ardents; le seconde représente le même personnage tout entier
à l'examen du livre mystique : c'est évidemment une composition.
Il existe une copie de cette estampe avec des inscriptions dont
les caractères révèlent une époque beaucoup plus moderne. On lit
au haut : Te II, pe 195. J'ignore également de quel livre fait partie cette vignette fort médiocre, peut-être de la *Bibliothèque de
philosophie chymique,* édition de 1741 citée par Villain.

Vers 1650. — Eau-forte (L. 218 mill. H. 116), intitulée :
Veuë de l'Église et cimetiere des Saincts Innocens a Paris. *Israel
Siluestre delin. et sculp.* Cette vue n'est pas rare, mais elle est
pittoresque et paraît assez exacte. Je dis *assez* parce que Silvestre
d'ordinaire se plaît à arranger, pour l'effet, la perspective des édifices. Assurément les réseaux de la fenêtre ogivale, percée dans
la façade de l'église, ne sont pas fidèlement rendus, et les vieilles
maisons de la rue aux Fers qui dominent le portique du nord ne
sont pas précisément dessinées d'après nature. Néanmoins l'ensemble offre un aspect satisfaisant. On y reconnaît à peu près à
leurs places respectives le prêchoir, la tour octogone, la croix
Gastine, etc. Si l'on compare cette eau-forte à mon tableau, on
remarque que les maisons basses placées devant le portail de
l'église, ainsi que celles qui surmontent les six arcades du côté
de la rue Saint-Denis, ont perdu leur physionomie gothique, soit
que l'artiste les eût rajeunies à dessein, soit qu'elles eussent été
modifiées ou reconstruites depuis Charles IX. Ces maisons ne
sont plus des charniers à plusieurs étages, des sortes de terrasses
superposées et chargées d'ossements; elles ont des fenêtres modernes et paraissent habitées (1). Les jambages massifs qui
séparent les arcades sont décorés de statues trop vaguement
tracées pour être reconnues; je pense qu'elles ne sont pas imaginaires.

Sur la toiture du chevet s'élance le svelte campanile contenant

_____

(1) On se demande où l'on aura relégué tous les ossements entassés dans ces
hautes maisons dont une fut construite par Nicolas Flamel; je l'ignore, mais à coup
sûr il fallait de temps à autre transporter quelque part ces débris des générations
passées.

la cloche destinée au glas des morts. Au-dessus du comble de la
nef apparaît le sommet de la vieille tour de l'église ; elle est de
forme carrée et couverte d'un toit bas à quatre pentes de style
moderne ; je doute que ce détail soit exact. Dans le gable du pignon
du portail, que flanquent deux contre-forts couronnés de pinacles,
on voyait vers 1565 une petite rosace en forme de triangle curviligne ; ici elle est masquée ou remplacée par une sorte de petit
encadrement surmonté d'un fronton semi-circulaire. Sur une
estampe du même temps que je vais signaler on y voit figurer un
cadran qui existait encore lors de la démolition de l'église.

Une multitude de petits personnages habilement touchés anime
le cimetière. On y aperçoit un seul chien, tandis que mon tableau
en offre sept : il y a progrès sous le rapport des convenances. On
assiste à trois enterrements auxquels président des prêtres tenant
des cierges et des croix. Çà et là l'œil rencontre un tertre ou une
fosse béante qui ne chômera pas longtemps. Cette eau-forte, qui
a été plusieurs fois reproduite de nos jours, est peut-être l'unique
souvenir gravé qui nous reste de l'ensemble du cimetière. Je
regrette que Silvestre n'y ait pas représenté l'ancien portique
méridional reconstruit vers 1680.

On a du même artiste une autre pièce plus petite que la précédente (L. 118 millim, H. 69) intitulée « Veue de la fontaine
Sainct Innocent à Paris, » et gravée vers 1650. La fontaine, dont
je n'ai pas à m'occuper ici, apparaît sur la droite, au premier
plan ; l'église vient à la suite. On y voit le chevet de la principale
nef près duquel s'élève la tour carrée de très-ancienne construction, consolidée jusqu'au sommet par des contre-forts et flanquée
à l'angle nord-est, d'une mince tourelle cylindrique contenant
une vis. Sur la face de cette tour qui regarde la rue Saint-Denis
est appliqué un porche de bois très-profond dont le toit à double
pente forme pignon sur la rue. Sous le porche apparaît vaguement
une porte qui paraît décorée de vieilles sculptures : c'était l'entrée
orientale de l'église. A droite et à gauche, le porche est accosté
de masures basses, munies d'auvents en saillie et occupées par
des boutiques, dont plusieurs sans doute étaient approvisionnées
de livres de piété, de chapelets et d'autres menus objets de dévotion. Tous les détails de cette estampe ne peuvent passer pour
des reflets fidèles de la nature, mais donnent nécessairement
quelque idée de la physionomie de ce point de la capitale. Il faut

nous en contenter, vu l'absence d'autres sources iconographiques
de la même époque relatives à la même localité. Ce qui choque
surtout l'archéologue dans cette eau-forte hardiment tracée, c'est
que, selon son habitude, Silvestre lui a donné pour fond un
paysage : une colline boisée et un moulin à eau. En réalité on
devrait voir fuir un rang de hautes maisons, prolongé, sauf
quelques interruptions, jusqu'à la façade du Grand-Châtelet; mais
Silvestre, comme la plupart des dessinateurs de son temps, né-
gligeait ces accessoires trop compliqués, satisfait d'avoir rendu
tant bien que mal l'édifice annoncé dans l'inscription. Accueillons
avec indulgence ce que nous a légué l'artiste qui a préparé tant
d'aliments à la curiosité du Parisien de 1860. Ce qui le justifie,
c'est l'énorme quantité de vues qu'il a gravées ; c'est surtout cette
considération qu'en 1650 il était difficile de retracer une voie
étroite, encombrée sans cesse de marchands établis en plein air
et de milliers de charrois qui s'accrochaient à chaque détour de
rue. Au milieu de cet écheveau inextricable, c'était risquer sa vie
que de stationner au coin d'une borne pour prendre un croquis.

Vers 1650 ou quelques années plus tôt, le graveur florentin
Stefano della Bella, que ses travaux ont comme naturalisé
Parisien et que nous nommons *La Belle*, fit paraître deux eaux-
fortes de forme ovale en hauteur, représentant des sujets inspirés
par la réminiscence des danses macabres du moyen-âge et rentrant dans notre cadre. Le grand axe de l'ovale a 173 millimètres;
le petit, 142. Toutes deux représentent la Mort qui enlève un
enfant; sur l'une, elle a l'apparence d'un squelette, à l'air farouche,
couvert à la partie supérieure d'un suaire flottant comme une
écharpe. Sur un plan plus éloigné, est un groupe analogue. Plus
loin, un religieux, accompagné de trois autres, porte sur l'épaule
le cercueil d'un enfant. Au fond on reconnaît la façade de l'église
des Innocents qui domine des constructions basses dont une,
comme sur l'eau-forte de Silvestre, soutenue par des piliers,
forme, devant l'entrée principale de l'église, une sorte de porche.
Dans le triangle du pignon se remarque aussi l'arcature à fronton
cintré, mais elle contient un cadran, sans doute oublié par
Silvestre; à gauche, s'élève la tour, surmontée d'un toit, non plus
à quatre pentes, mais en forme de cloche. Qui de Silvestre ou de
La Belle a raison sur ce point? Je l'ignore. A droite de l'estampe,
on remarque la tour octogone derrière laquelle s'élève la croix

Gastine. Assurément ce fond paraît plutôt esquissé de mémoire que d'après nature, mais il n'en est pas moins curieux. Je possède le même sujet, même genre d'eau-forte avec détails identiques, mais la vue est en sens inverse. Cette dernière est signée au bas : *S. D. Bella inv.* — *Melchior Küsell excud.* Laquelle est l'original, laquelle la copie ? Je ne saurais décider la question.

Sur l'autre estampe, la Mort est un cadavre à demi décharné, également drapé en partie d'un suaire flottant. Sur le premier plan de droite se profile une portion du portail de l'église. Au fond se développe de face une longue et basse galerie, composée de quatorze ou quinze arcades gothiques, masquées, sur quelques points, par divers objets, tels que la tour octogone et la croix Gastine, plus finement détaillées ici que sur l'eau-forte précédente. Le soubassement de ce dernier monument sert de siége à des femmes qui tiennent des enfants ; çà et là sont des personnages agenouillés devant des tombes et des croix. A droite un enterrement, auquel assistent plusieurs prêtres en camail, dont l'un tient une croix. Au-dessus des arcs se dessine, comme une sorte d'entablement funèbre, un amas d'ossements que recouvre un toit à lucarnes, dominé par un rang de vieilles maisons, celles de la rue de la Lingerie, à en juger d'après la position de la croix Gastine. La même vue existe aussi retournée, mais sans signature.

Ces deux eaux-fortes, que La Belle a peut-être recopiées lui-même, sont entièrement artistiques. Il y a beaucoup de verve dans la physionomie et l'attitude de la Mort. Les autres figures, disséminées sur divers plans, isolées ou en groupes, sont traitées avec talent.

1724. — Entre 1650 et 1724 je n'ai découvert aucune représentation de l'église ou du cimetière (1). En 1724 parut le tome IV du *Supplément aux Antiquitez expliquées* de Dom Bernard de Montfaucon. A la page 54 se trouve une élévation de la « tour octogone du cimetière des Innocens de Paris. » Au-dessous est le plan géométral avec configuration des premières marches de la vis pratiquée à l'intérieur. J'ai déjà cité

(1) Le recueil de dessins de Gaignière, conservé à la biblioth. Bodléïenne à Oxford, contient-il quelques curieuses pièces sur cette localité ? Nous le saurons un jour si, comme je l'ai ouï dire, un artiste en donne une reproduction.

cette estampe. Montfaucon, qui tenait à y voir une bâtisse gallo-
romaine, a donné aux huit baies de la lanterne la forme d'arcs
en plein-cintre. Mais au-dessus du cintre se dessine une arcature
dite en accolade. Sur l'eau-forte de Silvestre citée ci-dessus, cette
arcature est cintrée et surmonte une baie rectiligne. La planche
lithographiée de la *Statistique monumentale* offre des arcs positivement en ogive. Est-il certain que le dessin détaillé reproduit
par M. Albert Lenoir ait raison? Je n'oserais l'affirmer, car le
judicieux abbé Lebeuf, parlant, *de visu* sans doute, de la galerie
supérieure de cette *turricule,* comme il l'appelle, assure que les
huit ouvertures étaient de forme *carrée* surmontées de *cintres un
peu pointus,* c'est-à-dire en accolade. Je dois ajouter que ces
baies figurent à peu près comme les décrit Lebeuf, sur un dessin
lavé d'encre de Chine que possède M. Destailleur. Elles sont *rectilignes* et encadrées de moulures *ogivales* au sommet. Sur le
même dessin est tracée la coupe de la vis intérieure.

1756. — Le recueil topographique du cabinet des estampes
contient peu de pièces sur le sujet qui nous occupe, mais on y
trouve un grand et curieux plan géométral (anonyme) du cimetière. Il est dessiné à la plume et teinté de carmin et d'encre de
Chine. La ligne d'encadrement a 853 millimètres de large sur
485 de haut. On lit à la partie supérieure : « Plan du cimetière
des Saints-Innocents, levé géométriquement sur les lieux en
juillet 1756. » A gauche, un texte manuscrit, compris dans la
limite du dessin, a pour titre : « Toisé du cimetière des Saints-
Innocents et de ses environs. » Ce texte donne les noms, accompagnés de mesures précises, des portes du cimetière indiquées
sur le plan par des lettres de renvoi. Trois de ces portes tiraient
d'édifices plus ou moins proches, leurs dénominations de Saint-
Eustache, Saint-Germain (l'Auxerrois) et Saint-Jacques (la Boucherie). Sous la *petite porte de la rue aux Fers* débouche un passage ménagé entre cette rue et celle de la Ferronnerie et bordé
d'un côté par le mur en zigzag qui, depuis environ 1680, séparait l'église du cimetière. La *porte du milieu de la rue de la Ferronnerie* est la double arcade très-haute qui subsiste encore. Les
autres lettres de renvois désignent les points qui suivent : le
charnier des Écrivains (longeant la rue aux Fers, puis, en retour
d'équerre, celle de la Lingerie) ; la chapelle d'Orgemont (adossée
au portique occidental, composée de deux travées avec entrée

tournée vers le nord); la chapelle de Villeroy (soudée dos à dos
à la précédente, consistant en une seule travée et ayant sa façade
au sud); la chapelle Pommereux (appliquée contre deux arcades
du même portique, vers le coin sud-ouest du cimetière et composée d'une seule voûte); *la Rigole* (sorte de tranchée ouverte
dans le cimetière le long du portique méridional où, selon Thouret (1), on jetait des maisons voisines des immondices de toutes
sortes); le charnier des Lingères (au sud du cimetière). Sans le
témoignage de ce plan précis, on serait tenté de croire que ce
nom s'appliquait à la galerie adossée aux maisons de la rue de la
Lingerie, mais il s'agit ici du portique parallèle à la rue de la
Ferronnerie.

Ce plan signale encore : les *pompes* qu'on voit figurer, au
nombre de trois, au-devant de la rigole qui longe le charnier des
Lingères; le *charnier de la Vierge*, portique de cinq travées seulement, parallèle à la rue de Saint-Denis, et tirant sa dénomination
d'un autel établi au fond de la galerie, contre le flanc méridional
de l'église; le *passage devant l'église*, l'étroite allée en zigzag citée
ci-dessus, pratiquée entre l'église et le mur du cimetière; les
logement et jardin des commis du Bureau des convois, occupant
une superficie de près de dix-neuf toises et situés près de la porte
du cimetière ouverte vis-à-vis de la façade de l'église; le *terrain
de l'Hôtel-Dieu*, s'étendant à l'extrémité-ouest du cimetière dans
presque toute sa largeur, entre la chapelle Pommereux et la porte
Saint-Eustache.

Six autres renvois en chiffres indiquent le *Prêchoir*, la *Piramide*,
(tour octogone), la *croix Gâtine*, la *tombe des religieuses de Sainte-
Catherine*, terrain réservé à la sépulture des corps déposés à la
Morgue du Grand-Châtelet (2), entre la tour et le prêchoir; la
tombe Moran (Morin), édifice carré, situé vers le centre du cime-

(1) Rapport sur les exhumations du cimetière et de l'Église des SS. Innocents.
Paris. Ph. Denys Pierres, 1789, in-4° de 52 p. Il existe une réimpression in-12 de
128 p. même date, même éditeur, *peut-être* avec modifications en certains passages. Thouret est peu exact quand il dit en note, à la page 2 : Il régnoit *au
pourtour* du cimetière une rigole très-étendue », puisqu'il n'y avait de fenêtres
donnant sur le cimetière qu'au-dessus des charniers du sud et de l'est.

(2) Thiéry, t. 1, p. 46, cite une autre morgue établie à Chaillot, sur le quai (dit
actuellement de Billy), dans un vieux bâtiment servant jadis de prison aux seigneurs de Chaillot, non loin de la Savonnerie.

tière. Le N° 6 des renvois s'applique à plusieurs « tombes de différents particuliers » indiquées sur le plan ; il est à regretter que le dessinateur n'ait pas inscrit leurs noms.

Les plans de chaque voûte et des jambages qui séparent les arcades gothiques sont tracés avec soin. On a fait sentir la différence de leur construction avec celle des vingt-cinq travées qui composent le portique du sud, portique surmonté de maisons, élevé vers 1680, non sur la ligne de l'ancien charnier, mais suivant une direction oblique vers le nord-est, de sorte qu'il rétrécit de plus en plus le cimetière à mesure qu'il s'avance vers la rue Saint-Denis.

La vieille galerie de la rue aux Fers a dix-neuf travées, celle de la rue de la Lingerie dix-neuf ou vingt, en comptant une arcade qui s'ouvre de biais sur la rue Saint-Honoré ; celle parallèle à la rue Saint-Denis, dite charnier de la Vierge, est très-courte en raison de l'emplacement considérable qu'occupent en largeur les nefs et les bas-côtés de l'église ; elle n'offre que cinq travées, vu qu'en 1672 elle en avait perdu deux ou trois, sacrifiées à l'élargissement de la rue de la Ferronnerie.

On ne pourrait exiger un tracé plus clair, ni plus détaillé. L'église seule figure en bloc, sans la moindre indication de sa distribution intérieure. On s'est borné à marquer ses trois entrées, à l'ouest, au sud et à l'est, cette dernière presque vis-à-vis la rue Aubry le Boucher. Je renverrai au plan l'amateur qu'intéresserait l'arpentage de la superficie occupée par les diverses localités du cimetière.

Le catalogue par fiches de la section topographique des Archives (département de la Seine), catalogue que j'ai parcouru en 1843, enregistre, je crois, plusieurs plans relatifs au cimetière des Innocents : par malheur j'ai perdu les copies de sept ou huit de ces fiches ; parmi elles peut-être en était-il une relative à ce cimetière. Aujourd'hui, pour consulter ce catalogue, il me faudrait perdre bien du temps en formalités. Je renonce donc à cette recherche par la raison surtout, que si le catalogue eût annoncé un vieux plan antérieur à Louis XIV, je l'aurais examiné et en aurais pris le calque. Je n'ai jamais vu le cimetière avec son ancienne forme de parallélogramme un peu irrégulier que sur les vieux plans de Paris jusques et compris celui en douze feuilles de Bullet et Blondel. A partir de la publication de

celui en neuf feuilles, levé par Jouvin de Rochefort vers 1690,
cette localité est telle que la présentent tous les plans du
XVIIIe siècle.

Après la description du plan manuscrit de 1756, il est presque
superflu d'en signaler d'autres un peu postérieurs, moins détaillés
et tracés à l'occasion de projets pour l'agrandissement des halles.
J'en citerai un que je possède, gravé avant 1780, ayant de large
304 millimètres sur 397 de haut, et signé en bas : *Bonnet de
Bois-Guillaume Inv. — Dela Gardette sculp.* Le cimetière y figure,
mais sans entrer dans le projet, car c'est du côté de Saint-
Eustache qu'on taille de l'espace aux nouvelles halles. Le plan
géométral de chaque travée des galeries est au pointillé, mais
l'ensemble a sans doute moins de précision que le dessin du
Cabinet des estampes. Il existe de cette pièce des épreuves de
second état, où le tracé du cimetière est surchargé de projets de
bâtiments qui le convertissent en marché supplémentaire.

Le plan de Verniquet, qu'on aime à consulter sur toutes les
questions relatives au vieux Paris, n'offre qu'un vide à la place
où s'étendaient l'église et le cimetière. Il ne reste plus que le
côté qui borde la rue de la Ferronnerie et, au coin des rues aux
Fers et Saint-Denis, un bâtiment isolé, celui sans doute auquel
était adossée la fontaine de Jean Goujon, déjà établie au milieu
du nouveau marché. En 1790 en effet (date du plan de Verniquet),
tous les accessoires du vieux cimetière avaient disparu.

Une petite image médiocre et anonyme porte au bas l'inscription : « Vue du cimetiere des Inocents. » C'est la copie
partielle de l'eau-forte d'Israël Silvestre, qui a pour titre : « Veües
et perspective de l'Église et de la Cour du Temple. » Je signale
cette pièce apocryphe, uniquement pour éviter une méprise aux
amateurs encore novices.

Je possède trois estampes in-4° sans inscriptions ni signatures, gravées au burin sous Louis XVI, représentant chacune
une croix à tige annelée, à soubassement gothique, avec quelques ossements épars sur le sol. On y reconnaît des croix du
cimetière des Innocents, dont une est la tombe de la famille
Bureau. Je n'ai jamais rencontré nulle part d'autres épreuves de
ces trois planches. Auraient-elles été gravées d'avance (vers
1787) pour un nouvel article de Millin dont le texte n'a jamais
paru? Je croirais plus volontiers qu'elles auraient été exécutées

pour un ouvrage projeté dont Thouret parle ainsi à la page 14 de
son *rapport* (édit. in-4°) : « Tout (ce qu'on voyait au cimetière) a
« été recueilli avec attention ou dessiné avec soin. Les dessins
« des monuments seront dus à MM. Cochin et Choffart, dont la
« célébrité est si justement acquise. » A la page 50 il revient sur
cet ouvrage dont une part de rédaction lui était confiée. « On y
« réunira tous les renseignements historiques relatifs à l'antiquité
« du cimetière, avec les dessins de ses divers monuments, *gravés*
« par des mains habiles ». Peut-être aussi les dessins reproduits
par M. Albert Lenoir dans sa *Statistique Monumentale de Paris*
étaient-ils de ceux destinés à l'ouvrage qu'annonce Thouret. J'ai
vu, soit dit en passant, chez M. Destailleur une suite d'empreintes
de dessins à la sanguine qui sont des doubles en sens inverse de
ceux de M. Lenoir. Elle est précédée de ce titre : « Contre-épreuves
« des dessins des monuments des SS. Innocents détruits en 1786,
« levés, mesurés, dessinés par ordre du Gouvernement..., par
« M. Bernier architecte ».

Tous les amateurs du vieux Paris connaissent les planches
curieuses de la *Statistique*. Les détails de ces planches sont d'une
netteté parfaite, mais, à en juger par les contre-épreuves, les originaux qui ont servi de modèles à M. Lenoir seraient plus vagues
dans leurs détails que les planches qui en dérivent. J'aurais préféré des fac-simile parfaits, car lorsqu'on interprète un modèle
on risque toujours un peu de tomber, quoi qu'on fasse, dans la
composition. Toutefois ma confiance en la sagacité de M. Lenoir
est telle, qu'à mon avis les moindres détails de ses planches
devaient exister, du moins en germe, sur les dessins originaux.

Inutile de décrire ici les deux aquatintes gravées vers 1808
dans le *Tableau de Paris* de M. de S. Victor, représentant l'une
la chapelle de Villeroy, l'autre, le charnier de la rue aux Fers,
plusieurs croix, etc. Ces deux vues fort médiocres paraissent
gravées d'après les dessins dont M. Lenoir nous a donné des
reproductions en grand et bien autrement détaillées. Encore
moins parlerai-je de la lithographie de M. Nousveaux d'après le
dessin de M. Pernot. C'est une sorte de vue à vol d'oiseau du
cimetière, composée en partie d'après celle, mal comprise, de
M. de S. Victor. Le dessinateur, entraîné par son amour du pittoresque, a voulu donner l'ensemble de cette localité si curieuse.
Par malheur il a pris la rue aux Fers de son modèle pour la rue

de la Ferronnerie, comme l'atteste la position de l'église. Je suis
désolé, je l'avoue, de pouvoir si rarement citer une pièce de cet
artiste de talent et d'imagination, sans être obligé de faire une
sévère critique de ses œuvres qui, à peu d'exceptions près,
donnent du vieux Paris, des portraits faux ou pleins d'anachronismes.

A. BONNARDOT.

(*La suite prochainement.*)

ICONOGRAPHIE DU VIEUX PARIS.

DESTRUCTION DE L'ÉGLISE, DU CIMETIÈRE ET DES CHARNIERS DES SS. INNOCENTS.

En décembre 1785, commença l'anéantissement de cette curieuse localité, après au moins huit siècles d'existence. Plus d'un artiste, plus d'un antiquaire dut songer à en dessiner les pittoresques vestiges. On a cité les noms d'Hubert Robert, Cochin, Choffart et Bernier; nous y ajouterons ceux de Demachy, de l'architecte Sobre et de madame Duchâteau. J'ai le pressentiment que les catalogues de ventes nous en révèleront encore d'autres.

Nous voici arrivés au plus émouvant épisode de l'histoire du grand cimetière de Paris : nous allons assister à ses derniers moments. En deux années, tout disparut : église, vieux portiques et tombeaux. La terre elle-même, cette terre dont un évêque de Paris, Louis de Beaumont, voulut qu'on entourât son cercueil, fouillée à plusieurs mètres de profondeur, fut portée aux catacombes (2). Le sol d'un cimetière exhumé sur toute sa surface et dans toute son épaisseur, tel est l'événement peut-être unique dont nos pères ont été témoins. Si, dès lors, comme aujourd'hui, on l'eût voulu convertir en square, on aurait pu utiliser en qualité d'engrais ce terreau formé de détritus humains, mais il s'agissait, en 1785, d'établir là un marché réclamé depuis longtemps.

Outre la nécessité d'agrandir les halles, un motif plus pressant, l'assainissement du quartier, présida à cette décision. La suppression du cimetière, sinon celle de l'église, avait été proposée depuis fort longtemps. Signalons d'abord l'arrêt du Par-

---

(1) Voir la livraison de février 1860.
(2) Avant le mur dont l'entoura Philippe-Auguste, roi qui avait la manie des clôtures, le cimetière s'étendait plus loin vers l'ouest, car en creusant, vers 1786, les fondements de la Halle aux Draps, on rencontra plusieurs amas d'ossements provenant du cimetière primitif.

lement de 1372 (en latin), imprimé au tome III, p. 70, de l'*Histoire de Paris* de Félibien. On y rappelle que le cimetière fut fermé en 1348, vers la Quadragésime « *ne aër Parisius ratione* « *mortalitatis seu epidemiæ tunc currentis inficiaretur.* » On se bornait, au xive siècle, à des ordres de fermeture temporaire. « En 1554, dit Thouret, Jean Fernel et Houillier, célèbres mé- « decins (1), nommés pour en faire le rapport, s'étoient élevés « contre l'insalubrité de cet emplacement. » Leurs bons conseils n'aboutirent à aucun résultat. Après la mort d'Henri II, survinrent de graves événements politiques qui se prolongèrent jusqu'à la fin du siècle. Sous les règnes d'Henri IV, de Louis XIII et de son successeur, personne ne songea plus à cet inconvénient. On se plaignit probablement moins que jamais sous Louis XIV, car lorsque, vers 1680, on reconstruisit en entier le charnier du Sud, on rétrécit, loin de l'agrandir, le cimetière, qui continua à absorber à satiété des milliers de cadavres. D'après le *Mémoire historique* lu en 1781 par Cadet de Vaux (in-4° de 8 pages, 1783), les habitants du voisinage réclamèrent en 1724, 1725, 1737, 1746 et 1755. Un autre mémoire manuscrit, rédigé vers la même époque, s'élève avec énergie contre le scandale de l'existence d'un cimetière au centre de Paris (2). Je possède un arrêt du Parlement, en date du 21 mai 1765 (imprimé de 12 pages), relatif aux cimetières de Paris en général. On y rappelle qu'en exécution d'un arrêt du 12 mars 1763, les différentes paroisses ont envoyé des mémoires sur les sépultures, l'évaluation des enterrements annuels, etc. On y expose que les cimetières, « trop « resserrés, sont devenus fort à charge à tout leur voisinage, » puis on mentionne les « plaintes journalières sur l'infection que « répandent aux environs les cimetières des paroisses, princi- « palement lorsque les chaleurs de l'été augmentent les exha-

---

(1) Fernel, premier médecin d'Henri II, fut inhumé à Saint-Jacques la Boucherie. Il paraît qu'à l'époque de sa mort, sa demeure était voisine du cimetière, dont il pouvait apprécier les inconvénients. Fernel a aussi habité, rue de la Harpe, une maison « ornée de sculptures gothiques, » selon Brice (édit. de 1717, t. II, p. 478).

(2) Ce Mémoire, relatif au « transport des cimetières hors l'enceinte de la ville de Paris, » se compose de 8 pages in-fol. Les corrections sont de la main de Cochin, qui en est l'auteur. Je l'ai acquis à la vente Renouard, faite le 22 juin 1855, n° 175 du catalogue des autographes.

« laisons, qu'alors la putréfaction est telle que les aliments ne
« peuvent se conserver quelques heures sans se corrompre. »
Enfin, on signale plusieurs fabriques qui ont pris l'initiative de
supprimer leurs cimetières et d'enterrer leurs morts dans des
terrains (non désignés) en dehors de la ville (1). Cet exposé pré-
liminaire est suivi de dix-neuf articles prescrivant la fermeture
de *tous* les cimetières (à partir du 1er janvier 1766) et l'acquisition de « huit terrains hors la ville, au sortir des faubourgs, »
pour les sépultures. On y fixe la hauteur des murs de chaque
enclos, qui doit contenir une *chapelle de dévotion* et un logement
de concierge. On tolère (art. III) les sépultures dans les chapelles et caveaux des églises, mais à la condition de payer deux
mille livres à la fabrique et de placer les corps dans des cercueils
de plomb. Cet arrêt ne fut pas exécuté, sans doute par suite des
objections du clergé, dont il lésait les intérêts, et ce ne fut qu'en
1804 que l'ordre d'inhumer en dehors du mur d'octroi devint
positivement exécutoire.

La réclamation de 1780 eut une solution, car elle s'appuyait
sur le rapport énergique de Cadet de Vaux, au sujet d'éboulements de cadavres dans les caves de la rue de la Lingerie. On
décida cette année même que le cimetière serait fermé (2). Il en
était temps, si l'on ajoute foi aux récits des savants de l'époque,
récits, à mon avis, un peu exagérés. Tant qu'il n'y eut que des
alchimistes, les Parisiens vécurent volontiers avec leurs morts;
mais, au siècle de l'analyse des gaz, on ne pouvait laisser s'exhaler impunément ceux du grand cimetière. La question avait besoin de l'appui moral du clergé : l'archevêque de Paris se mit
enfin de la partie et rendit, en 1786, un décret dont M. Héricart
de Thury (*Histoire des Catacombes*, p. 168) cite le titre (3). Dès

(1) Sur le plan de De Harme, 1763, on voit le cimetière Saint-Roch à
l'endroit où sont les maisons nos 8 et 10 de la rue de la Chaussée d'Antin.
Le cimetière Saint-Eustache, au haut du faubourg Montmartre, avait une
chapelle dite Saint-Jean (où se fit, en 1825, le service funèbre du général
Foy); elle fut remplacée, vers 1847, par une école gratuite. Le terrain du
cimetière de Notre-Dame de Bonne-Nouvelle est occupé par le théâtre du
Gymnase.

(2) J'ignore où les vingt et une paroisses qui avaient droit de sépulture
au cimetière des Innocents enterrèrent leurs morts après 1780.

(3) Décret du 16 novembre 1786 de l'archevêque de Paris (Ant.-Éléonor

la fin de l'année précédente, on avait reconnu en principe la nécessité de vider ce cimetière, dont le sol, selon Thouret, était exhaussé, sous la pression des cadavres, de huit à dix pieds au-dessus du niveau des rues voisines, circonstance qui semble confirmée par le tableau d'Hubert Robert, où l'on voit des personnages qui *descendent* du cimetière dans l'église.

Un arrêt du conseil d'État, du 20 novembre 1785, qui est le prélude d'une destruction générale, ordonne la démolition des échoppes adossées au mur du cimetière, du côté de la rue aux Fers.

Thouret nous fournit d'intéressants détails, mêlés quelquefois d'expressions prétentieuses, sur les diverses phases de l'opération qui eut lieu, dit-il en note, p. 10, de décembre 1785 à mai 1786; de décembre 1786 à février 1787, et enfin d'août à octobre de la même année.

Les historiographes de Paris, contemporains, donnent peu de détails sur cet événement important. Peut-être abondent-ils dans les journaux de 1785 et 1786 (1), que je n'oublierai pas de consulter si j'entreprends un jour la monographie complète du cimetière. Dulaure, dans sa *Nouvelle description des curiosités de Paris*, 1787, livre écrit vers la fin de cette année, se borne à quelques phrases : « La paroisse des SS. Innocents vient d'être « réunie à celle de S. Jacques la Boucherie et l'on a commencé « la démolition le *lendemain* de la fête des SS. Innocents, 1786 « (c'est-à-dire le 29 décembre). La destruction de l'église et des « charniers est encore trop récente pour nous abstenir d'en « donner la description. » Il se plaint de ce qu'on ait exhumé des sépultures pendant les chaleurs en 1786, et nous apprend que les bâtiments du cimetière ne furent démolis qu'après l'église. Dans le même ouvrage se lit l'anecdote de la tête de mort qui marche toute seule, au grand effroi des travailleurs, prodige dû aux évolutions d'un rat malavisé qui s'était réfugié dans ce crâne de niais ou d'homme d'esprit.

Leclerc de Juigné), pour la suppression de l'église et du cimetière des Saints-Innocents; in-fol. de 50 pages; *chez Denis Pierre.*

(1) Les principaux journaux de cette époque sont : la *Gazette de France,* le *Journal des Savants,* le *Mercure de France* et le *Journal de Paris,* la première, feuille quotidienne. Ces journaux furent, pour la plupart, suspendus pendant la Révolution.

Les scènes de ces exhumations, dit Thouret (page 11, note),
« ont été rendues avec la plus grande expression (*et l'harmonie*
« *la plus sentimentale*, ajouta plus tard à la phrase M. de Thury)
« par M. Robert, peintre du Roi, et d'autres artistes de la pre-
« mière réputation. » Le même (page 12, note) nous fait savoir
qu'on a établi au lieu dit *la Tombe Issoire* un cimetière où l'on a
déposé toutes les épitaphes, les croix et les cercueils provenant
du cimetière ou de l'église. En 1815, M. de Thury écrivait :
« La Tombe Issoire ayant été vendue comme domaine national
« pendant la Révolution, *tous* les monuments ont été impitoya-
« blement enlevés, détruits, fondus ou exploités, et il n'en reste
« plus aucun vestige. » Ce récit est exagéré, puisque l'effigie
de la Mort est à l'École des Beaux-Arts et la croix Gastine à
Saint-Denis. Quant au monument en l'honneur de Pernelle, déposé à Saint-Jacques la Boucherie, j'ignore ce qu'il est devenu
lors de la démolition de cette église, vers 1790 ; peut-être le
retrouvera-t-on quelque jour.

En 1840, j'ai visité l'enclos de la ferme dite *la Tombe Issoire*.
On n'y voyait plus le moulin de pierre marqué sur tous les plans.
Un cabaretier y était depuis longtemps établi. Je remarquai dans
la cour un soubassement décoré d'ornements gothiques ; je le
pris alors pour le socle de la croix d'Issoire qui se dressait jadis
au milieu d'un carrefour voisin ; mais c'était plus probablement
celui d'une des croix des Saints-Innocents. On me fit voir un
large puits comblé qui, de 1785 à la fin du siècle, servait d'orifice aux catacombes. Ce fut par cette ouverture qu'on descendit
les ossements recueillis dans nos cimetières. Un vieillard me dit
y avoir vu apporter les débris d'un corps décapité, lacéré, couvert de sang et de boue : c'était celui de la princesse de Lam-
balle.

Thiéry, auteur du *Guide... à Paris,* 1787, parle, au t. I, de
l'église et du cimetière des Innocents comme s'ils existaient toujours. Il se borne à signaler (page 479) leur prochaine suppression. A coup sûr, l'ouvrage est antidaté d'au moins une année ;
Thiéry l'écrivait, je pense, vers le commencement de 1786. A la
fin du tome II, page 681, il annonce qu'on vient de réunir à
la paroisse Saint-Jacques la Boucherie l'église des Innocents,
qui *va être démolie.* Ce millésime met l'auteur en désaccord avec

les autres écrits contemporains. Mais ce qui atteste que la date
en est anticipée, c'est qu'à la page 690 du tome II il est question d'un « cabinet de tableaux qui *doit être* vendu dans les premiers jours de janvier 1787. » J'adresse cette remarque à nos
historiographes modernes et leur conseille de toujours mettre à
la fin de leurs livres une date réelle et précise : c'est le moyen
d'épargner des méprises aux antiquaires de l'avenir.

Quand l'évacuation du cimetière fut résolue, il s'éleva des
réclamations de la part de familles riches qui avaient payé cher,
à telle ou telle paroisse, des places pour leur sépulture, de la
part aussi de pauvres ouvriers qui avaient leurs tertres près desquels ils venaient prier; réclamations qui se renouvelleront de
nos jours quand on rejettera nos cimetières actuels au delà de
l'enceinte bastionnée. Mais on indemnisera les familles au moyen
d'autres concessions *à perpétuité*. Je ne vois nulle part qu'on ait
songé, sous Louis XVI, à cette question. Le clergé de telle paroisse, qui avait vendu à une famille un terrain, ne pouvait lui
en fournir un nouveau en échange, puisque l'État, représenté par
le lieutenant de police, se réservait le droit de disposer désormais des emplacements affectés aux sépultures. Il y avait au
cimetière des Innocents beaucoup de caveaux funéraires particuliers, surtout sous les arcades des charniers : ils devaient également disparaître. Au reste, peu de familles prirent souci des
tombes de leurs aïeux (1). Tout finit par la translation aux catacombes des corps exhumés, avec ou sans cercueils. Quant aux
monuments, on les déposa dans une cour de la Tombe Issoire,
où plus tard, selon M. de Thury, ils furent mis au pillage. La
question du déplacement des sépultures de famille est discutée
dans le Mémoire de Cochin ci-dessus cité, mais sous un point
de vue religieux qui intéresserait peu le public de nos jours,
puisque aujourd'hui le clergé n'est plus pour rien dans l'affaire.

Le rapport de Thouret semble donner à entendre que, malgré
une nécessité bien démontrée, confirmée par le décret de l'ar-

(1) Il paraît qu'il en fut de même en 1816, quand l'État ordonna la resti-
tution, aux familles, des monuments funéraires déposés au Musée des Petits-Augustins. « Nos grandes familles historiques, dit M. de Guilhermy
(*Itinér. archéol. de Paris,* p. 561), les Montmorency, les Rohan, les Brissac
ne redemandèrent pas les tombes de leurs ancêtres. »

chevêque, on appréhendait quelque émeute; c'est que déjà sans doute fermentait dans les cerveaux une inquiétude vague, un besoin de révolte à la recherche d'un prétexte, tous signes précurseurs de la révolution terrible qui devait éclater trois ans plus tard. Pour calmer les consciences, l'archevêque décida que les fosses communes seraient évacuées au milieu d'une grande pompe ecclésiastique, et chargea les abbés Motret, Mayet et Asseline de présider aux exhumations. De son côté, le lieutenant général de police, Louis Thiroux de Crosne (qui fut exécuté pour crime de royalisme, le 29 avril 1793), fit transporter avec toutes les précautions possibles, à la Tombe Issoire, les ossements et les pierres tumulaires; il couvrit ces fouilles hideuses et répugnantes du vernis d'une imposante solennité. Il n'y eut qu'une faute de commise, c'est d'avoir exhumé des sépultures trop récentes pendant le chaud printemps de 1786, opération qui infecta ce quartier de la ville. On employa treize mois, en trois reprises, comme nous l'avons vu plus haut, pour extraire toutes les sépultures de l'église, du cimetière et des charniers, et encore ne toucha-t-on pas à d'anciennes fosses creusées à une grande profondeur.

Cette superficie, depuis si longtemps consacrée aux morts de tant de paroisses, était relativement bien étroite, et pourtant, d'après le *Rapport* de Thouret (pp. 7 et 10), elle contenait quatre-vingts caveaux creusés tant à l'intérieur de l'église que sous les portiques et dans le sol à ciel ouvert du cimetière, lequel contenait, en outre, plus de quarante fosses communes ayant de 25 à 30 pieds de profondeur et recevant douze ou quinze cents cadavres (1). Le sol de l'église était donc lui-même une sorte de cimetière couvert de dalles. Son intérieur, dit ailleurs Thouret en style peu correct, était « souillé par les funérailles les plus nom-« breuses et les plus récentes. »

François Poutrain, homme *très-expérimenté*, fut le dernier

---

(1) On commença probablement par vider les fosses de l'Hôtel-Dieu du côté de la rue de la Lingerie, puisqu'il y avait eu dans les caves des maisons de cette rue un suintement de matières fétides et des éboulements de corps qui étaient loin d'être métamorphosés en cette matière analogue au savon, que les savants Vicq d'Azir, Thouret et Cadet de Vaux nommèrent *adipocire*.

fossoyeur des Innocents. Ce nom me semble curieux à conserver.

Nous allons voir maintenant en quelque sorte se traduire en
action ce long récit, grâce à plusieurs dessins ou peintures du
temps, dont un jour, je l'espère, la liste s'augmentera. Occupons-nous d'abord des exhumations et de la démolition de
l'église. Je ne ferai que rappeler ici le tableau d'Hubert Robert
(V. mai 1857, p. 169), adjugé 310 francs, en octobre 1852, à
la vente du comte de Gervilliers, et revendu 300 francs en février 1857. J'ajouterai qu'ayant été remis aux enchères, à l'hôtel
des commissaires-priseurs, par M. Boussaton, le 21 novembre
1859 (sous le n° 82 d'un catalogue anonyme sur papier bleu), il
fut, comme en 1857, adjugé, je ne sais à qui, pour la même
somme de 300 francs. J'ai pu, cette fois encore, l'examiner avec
une nouvelle attention pendant une heure : je n'ai rien à modi-
fier au jugement que j'en ai porté. Un jour, peut-être, l'un de
ses possesseurs se décidera à le faire graver (1). Une vue de
l'église en démolition est insérée dans la *Statistique monumentale de Paris ;* c'est une lithographie de Danjou d'après un dessin
de Demachy. La perspective est prise à peu près du même point
que sur le tableau de Robert, c'est-à-dire du bas-côté septentrional de la principale nef, près du chœur, auquel le spectateur
tourne le dos. On distingue ici les détails des chapiteaux des piliers, composés de deux rangs de feuillage recourbés, tandis que,
sur la toile de Robert, ces piliers ressemblent aux colonnes frustes
d'un temple romain en ruine. Les tribunes de la nef sont formées de trois arcades ogivales, retombant chacune sur deux colonnettes placées l'une devant l'autre (2).

(1) C'est ce tableau, sans doute, qui est ainsi désigné sous le n° 51 du
Livret du Salon de 1787 : « Par M. Robert, l'un des Gardes du Musœum du
« Roi et Dessinateur des Jardins de Sa Majesté, Conseiller. — L'intérieur
« de l'église des SS. Innocents, dans le commencement de sa destruction.
« 4 pieds 7 pouces de large sur 4 pieds de haut. »
(2) Le Livret du Salon de 1787 signale les trois tableaux suivants : « Par
« M. Demachy, professeur de perspective. — 25. Vue de la démolition de
« l'église des Saints-Innocents, prise de la rue Saint-Denys. 2 pieds
« 5 pouces de large sur un pied 1/2 de haut. — 26. Autre vue intérieure
« de la même église, éclairée par la lumière d'un feu. 1 pied 8 pouces de
« haut sur 1 pied 3 pouces de large. — 27. Autre vue du même édifice.
» 1 pied 11 pouces 1/2 de long sur 1 pied 9 pouces de haut. »

Je possède une aquarelle fort curieuse dont je signalerai plus loin la provenance. Elle représente les exhumations faites dans cette église. Ce dessin, monté sur papier gris-bleu, a 425 millimètres de large sur 260 de haut. Au bas est cette inscription de deux lignes en lettres rondes : « Vue de l'intérieur de l'église « des Saints-Innocents, dont la démolition a été ordonnée, en « 1787, par Monsieur De Crosne, lieutenant général de police, « sous la direction de J.-G. Legrand et J. Molinos, architectes. » Au-dessus, à gauche : *Sobre d.*

Remarquons, d'abord, que la date 1787 n'est pas une erreur, bien que Dulaure affirme que l'on a commencé la démolition de l'église en 1786, le lendemain de la fête des Saints-Innocents. Or, cette fête tombant le 29 décembre, il est évident que la démolition continua pendant le premier mois de 1787.

L'auteur du dessin, Sobre (architecte qui a construit la Cour Batave, rue Saint-Denis, près du cimetière des Innocents), est signalé, je ne sais plus dans quelle biographie, comme dessinateur habile : mon aquarelle confirme cet éloge (1). Legrand et Molinos, chargés de présider aux exhumations et démolitions de l'église et du cimetière, étaient deux intimes amis qui associaient tous leurs travaux. Ils sont connus notamment pour avoir construit l'ingénieuse coupole de charpente (remplacée après l'incendie de 1802) de la Halle au Blé, le théâtre Feydeau et la Halle aux Draps, dont la toiture a été la proie des flammes il y a quelques années. Molinos vivait encore en 1818 et fut chargé, lui quatrième, du transport de la nouvelle statue équestre d'Henri IV, depuis la fonderie du Roule (au coin de la rue actuelle Balzac) jusqu'au Pont-Neuf : il avait alors le titre d'inspecteur général des travaux du département de la Seine.

La perspective du dessin de Sobre est prise du bas-côté méridional de l'église. Le spectateur est transporté sous des voûtes basses à nervures avec clefs décorées de rosaces. Les chapiteaux des piliers qui reçoivent les nervures consistent en quatre consoles fort simples. Ces détails peu élégants se retrouvent sur

---

(1) Sobre a dessiné plusieurs projets pour la ville de Paris, projets signalés dans les Livrets des Salons de 1791, 1795, etc. On le désigne ainsi : *Jean-Nicolas Sobre, élève du citoyen Ledoux.*

toutes les vues, hors sur la lithographie de la *Statistique monu-mentale*. Sous la galerie du premier plan de gauche, sept ou-vriers, à l'aide de hottes et de brouettes, enlèvent les décombres provenant d'une vaste fosse ouverte. Le sol inégal, bossué par les déblais de la fosse, est parsemé d'ossements et de cercueils de bois ou de plâtre. Un bon bourgeois obèse regarde faire, la canne à la main et le tricorne sur la tête. A droite sont trois figures, dont un ecclésiastique en camail noir et un personnage qui tient une sorte de règle, peut-être l'un des deux architectes. Près de ce groupe, au premier plan de l'extrême droite, s'élève un énorme pilier, celui de la première travée qui séparait la nef du chœur. Son épaisseur donne à penser qu'on avait eu le des-sein d'élever une flèche sur l'église. Du reste, sa lourde masse était allégée par des colonnettes à chapiteaux ornés de feuillages du xive siècle. Contre une de ces colonnettes, à hauteur de l'œil, est appliqué un cul-de-lampe soutenant une statuette drapée.

La base du gros pilier est splendidement illuminée par un brillant rayon de soleil provenant de la grande fenêtre de la fa-çade. Ce rayon jette beaucoup de pittoresque sur le dessin ; tou-tefois, si l'on réfléchit à la position de la fenêtre qui regardait l'ouest, on reconnaît qu'il n'y pouvait pénétrer en hiver qu'un reflet pourpré du soleil couchant. L'observation paraîtra peut-être trop minutieuse : mettons, en ce cas, que je n'ai rien dit.

Au second plan, on aperçoit de face le côté septentrional de la grande nef, éclairé d'une vaporeuse lumière, telle qu'en produit le passage d'un rayon solaire à travers une atmosphère pou-dreuse. Plusieurs amateurs qui ont vu ce dessin lui ont trouvé, sous le rapport de l'effet, un vrai mérite artistique. Outre les quatre arcades de la nef, on entrevoit au delà, dans l'ombre, plusieurs autres piliers à chapiteaux peu remarquables. Au-dessus de chaque grand arc ogival se découpent, comme dans les sujets précédents, trois petites arcades formant triforium et soutenues par des colonnes géminées. La porte rectiligne percée dans le mur de la façade est gardée par une sentinelle couverte d'un manteau ; le tableau de Robert offre le même détail. Ici également, à droite de la porte ouverte, flambe un feu destiné à combattre le froid et les miasmes infects qu'exhalaient ces caves sépulcrales. Cette aquarelle fera partie de mon atlas du vieux Paris.

J'ai acheté, en novembre 1851, à la vente Maingot (1) (la même qui m'a procuré le tableau du cimetière peint sous Charles IX), trois dessins tracés à la plume et lavés de seppia, assez curieux à consulter comme souvenirs. Ils portent la signature de Mme Duchâteau, femme artiste dont j'ai eu déjà occasion de parler. Elle professait la perspective et savait assez bien entrelacer les arêtes multipliées des arceaux gothiques ; mais, moins patiente que Peter Neffs, le grand maître en ce genre, elle omettait les fins détails ou les indiquait de manière à ôter à l'antiquaire la possibilité d'en constater la forme, les sujets, et, partant, l'époque. Elle se bornait, à l'exemple d'Hubert Robert, à rendre l'ensemble. Comme ce peintre aussi, elle se complaisait à donner un air romain aux figures taillées et aux pierres tumulaires du moyen âge. Sous son crayon, les images en relief qui décorent les tombes ou les autels ressemblent à des sarcophages antiques et sont si vaguement accusées qu'on n'en peut rien saisir.

Au résumé, il y a peu de renseignements à extraire de ces trois pièces montées sur papier gris-bleuâtre et sans inscriptions. Il est facile, au reste, après l'examen de celles déjà décrites, de reconnaître ces vieilles voûtes ; et les mots *Église des Innocents,* tracés au crayon au verso par un ancien possesseur, sont un témoignage superflu.

L'un de ces dessins (L. 372 mill., H. 483) représente, comme ceux de Sobre et de Demachy, l'intérieur de la nef ; mais ici le spectateur voit tout à fait de face le mur intérieur de la façade, percé d'une porte rectiligne sans ornements et dépouillée de ses vantaux. Au-dessus de cette baie, un linteau de pierre en forme une seconde, très-basse, ainsi que sur le tableau de Robert. Au dehors, deux ouvriers remuent de grosses pierres qui obstruent

---

(1) M. Maingot, architecte, inspecteur des travaux de la ville de Paris, avait réuni un certain nombre de pièces originales et de calques sur le cimetière des Innocents. Ce fut lui, je crois, qui établit, vers 1813, les quatre portiques de bois en forme d'équerre qui entouraient le marché du même nom, portiques abattus à la fin de l'année dernière.

le passage. Au-dessus de la baie d'entrée, une plateforme sail-
lante, garnie, excepté dans la portion médiane, d'une balustrade
gothique, soutenait vraisemblablement un orgue. Au-dessus,
s'ouvre la grande fenêtre de la façade; elle est murée dans sa
partie inférieure, à laquelle, je le suppose, l'orgue était adossé.
La pointe de l'ogive conserve quelques réseaux de pierre, des
espèces de trilobes négligemment rendus. Le reste de la baie est
divisé en soixante-dix petits châssis carrés, dont les vitres sont,
pour la plupart, absentes ou brisées. Tout cela est tracé assez
vivement, mais sans le moindre sentiment de l'architecture du
moyen âge. A gauche du spectateur fuient, vus de profil, quatre
grands arcs en ogive soutenus par des consoles qui constituent,
de ce côté de la nef, les chapiteaux des piliers. Au-dessus sont
les tribunes formées d'arcs retombant sur de doubles colonnes,
dont l'agencement est assez mal compris. Sur la droite se pro-
filent trois autres arcades, dont un des piliers, celui du premier
plan, est décoré de feuilles grossièrement figurées. La base
de tous ces piliers a pour ornements trois tores superposés.

Sous le sol de la nef, entr'ouvert à deux endroits, on entrevoit les voûtes et les piliers de caveaux dont on a enlevé les sépultures. Vers le milieu du premier plan, et sans doute pour
l'effet, gît, sur les dalles disloquées, le chapiteau d'un gros
pilier; non loin de là, une tombe à soubassement carré présente
un de ses flancs couvert d'un bas-relief indéchiffrable; sur la
table sont couchées deux effigies en costume monacal. A droite,
on remarque plusieurs tombes plates, sur l'une desquelles sont
sculptées trois figures, et une pierre inclinée portant en chiffres
romains la date 1787; à côté, sur la face d'une dalle levée, on
lit : *D'Etour* (je ne garantis que les trois premières lettres) *Duchateau*, M.D.CCC.X. Ce dernier millésime annonce que le dessin a été exécuté vingt-trois ans après la démolition. Le vague
des ornements et le style antique de plusieurs accessoires don-
neraient à penser que l'artiste a pu copier un tableau de Robert,
autre toutefois que celui décrit. Il peut en être de même des deux
autres dessins. Mme Duchâteau a dessiné surtout des édifices en
démolition au commencement de notre siècle, tels que l'église
de Sainte-Geneviève, celle des Feuillants, etc. Cependant, il ne

serait pas impossible qu'elle eût, dès 1787, esquissé d'après
nature ces sujets terminés en 1810 (1).

Un dessin du même genre, de la même touche et de la même
dimension, mais pris d'un point opposé, est le pendant de celui
que nous venons de décrire. On voit, à droite, les trois arcades
de la nef qui, sur l'autre vue, étaient à gauche, et l'on a devant
soi l'abside à trois pans de l'église. Cette abside n'offre rien de
remarquable, dépouillée qu'elle est de sa décoration. Sur le mur
du fond se dessine un arc ogival dont l'intrados, assez profond,
repose sur deux colonnettes. Il est surmonté d'une étroite fenêtre, de même forme, divisée par des châssis modernes sans vitres. Les deux murs latéraux sont percés de deux fenêtres semblables, qui auront perdu leurs réseaux de pierre vers 1760. Le
chœur occupe deux travées, dont les arcs à nervures, ayant pour
appuis de simples consoles, se réunissent à des clefs de voûte.
Mme Duchâteau me semble s'être ici un peu embrouillée dans la
perspective de ces lignes compliquées. Toutes les voûtes ont une
apparence délabrée, qui est sans doute un reflet de la réalité,
mais leurs clefs étaient décorées de découpures plus ou moins
délicates; ici, l'on y voit appliqués des sortes de rosettes, de
pompons, de camellias, si l'on préfère, d'un style fort peu gothique. Au gros pilier carré qui soutient, à gauche, la première
travée du chœur, est une niche sans ornement, occupée par une
statue drapée, d'un dessin fort vague. Sous le chœur, exhaussé
de quatre degrés au-dessus de celui de la nef, apparaît un grand
vide, une crypte où les siècles avaient entassé les sépultures.
Quant au sol de la nef, il est tourmenté comme un pays de collines et hérissé de dalles avec ou sans inscriptions. Sur l'une de
ces pierres figure, en relief, une Vierge tenant l'Enfant Jésus. Au
premier plan gît un tronçon de pilier cylindrique *godronné,* autrement dit à cannelures convexes. Plus loin, un autre tronçon
de même genre se relie à un chapiteau d'ordre ionique. Ces colonnes sont peu en harmonie avec le style général de l'église; il
est possible néanmoins qu'à une certaine époque on ait taillé
ainsi plusieurs anciens piliers pour *embellir* l'édifice. Au bas, à

_____

(1) Le Livret du Salon de 1791 signale, sous le n° 318, un Paysage avec
figures, peint par *Mme Duchâteau*, P. Rue des Deux-Boules, n° 6.

droite, sur un socle, on lit : *D. Duchâteau*, 1810, et, à gauche, sur un écriteau appliqué à un pilier, la date : 1787.

Le troisième dessin, plus petit que les précédents (L. 317 mill., H. 414), offre peut-être une vue de l'abside de l'ancienne église Saint-Michel, qui, d'abord isolée, fut plus tard soudée à l'église principale, comme le démontre le plan géométral détaillé, publié par M. Albert Lenoir. La réunion des deux églises, y compris leurs bas-côtés, formait un rang de quatre nefs à peu près de même profondeur, mais de largeurs diverses. Il en résultait à l'intérieur un quinconce de piliers disparates supportant des voûtes de dimensions et de hauteurs inégales. La nef de l'église Saint-Michel, placée au nord de la grande, est un peu plus étroite. L'abside est aussi à trois pans et exhaussée de quelques marches, avec des caveaux au-dessous. On a peine, au reste, à bien s'expliquer l'agencement de toutes les voûtes et la position des piliers dont une partie a été abattue. Le sol est jonché de décombres de toute sorte, de pierres équarries et de dalles. Au premier plan de droite, un débris de pilier offre le nom déjà cité, et sur un pilier de premier plan est la seule date de 1810. A gauche, on remarque, au milieu de débris informes, une ancienne tombe ou un autel décoré d'un bas-relief compliqué. Au second plan sont quelques ouvriers en train de déplacer des pierres, et deux femmes, dont l'une, assise, semble dessiner. Leur costume, trop vague, n'indique pas une époque précise. Au-dessus de la date 1810, un socle gothique supporte une statue nue, une sorte de Vénus herculéenne. Plus haut, on voit, abritée sous un dais gothique à double arcade et sculptée à jour, une effigie de la Vierge tenant l'Enfant Jésus. Ce dessin, qui ne porte pas la date de 1787, est peut-être relatif à un autre édifice de Paris, malgré l'inscription du verso et sa grande analogie avec les deux autres.

Au résumé, il résulte de tous les documents écrits ou dessinés qui nous restent sur cette église, qu'elle était fort peu curieuse et nullement regrettable, du moins sous le rapport de l'art. Hâtons-nous donc de quitter ses voûtes lézardées pour gagner le cimetière, où nous allons assister à des exhumations vraiment solennelles. Ce dernier tableau terminera dignement cette longue suite de pages.

Et d'abord, expédions un petit croquis au crayon noir, rehaussé de bistre, représentant la démolition extérieure de l'église, du côté de la rue Saint-Denis. Je l'ai vu une seule fois, dans la collection de M. Bérard, et je n'en conserve que le souvenir des masses, vu qu'il n'offrait pas de détails appréciables. On y remarque la Fontaine des Innocents, au coin de la rue aux Fers, la tour carrée dont le clocher qu'elle supportait est abattu, enfin, au delà de l'église en ruine, plusieurs arcs isolés, derniers débris des charniers de l'Est. Plus détaillé, ce sujet mériterait de nous arrêter plus longtemps; mais c'est une véritable pochade. Je regrette de n'avoir pas rencontré le tableau de Demachy, désigné sous le n° 25 du Livret du Salon de 1787, et représentant en plus grand le même point de vue.

Le peintre, qui faillit mourir de faim au fond des catacombes de Rome, Hubert Robert, était l'artiste appelé à rendre dignement les scènes lugubres des exhumations du cimetière des Innocents. A-t-il laissé du moins une toile pour consacrer le souvenir de ces fouilles nocturnes? Thouret paraît l'affirmer; mais où se cache-t-elle à cette heure? Le Livret du Salon du 1787 n'en fait pas mention. Du reste, je n'éprouve qu'un faible regret de ne point la connaître; cet artiste, ami des ruines, est prodigue d'effets, mais avare de détails, qu'il sacrifie aux masses. D'un châssis de trois mètres de long, que son actif pinceau aurait couvert de couleurs, je tirerais à peine deux ou trois documents utiles à mes recherches. Passons-nous donc de son concours. Le dessin d'architecte que je vais décrire fera, je crois, notre affaire. On y retrouve le nombre des fenêtres, les détails de la moindre corniche : c'est ce qu'il faut à qui veut *ressusciter* un édifice. A l'aide d'un dessin de ce genre, un habile artiste, en y prodiguant la richesse de son coloris et les trésors de sa verve, produirait un chef-d'œuvre qui contenterait tout le monde.

Je possède une aquarelle, œuvre anonyme d'un architecte qui a eu la bonne fortune d'assister aux exhumations du cimetière des Innocents. Sobre, qui en a signé le pendant, est peut-être également l'auteur de ce dessin pittoresque, tout à la fois exact et assez artistique. Cette aquarelle a 430 millimètres de large sur 260 de haut, à peu près la dimension de celle de Sobre, décrite ci-dessus.

Je tiens ces deux curieux dessins, acquis à la vente de l'architecte Belanger (faite vers 1820), d'un amateur riche en objets d'art, spécialement en précieuses miniatures sur cuivre et sur ivoire. Il m'avait fait voir ces aquarelles en 1857. Leur souvenir, je dois l'avouer, m'empêchait de dormir de temps à autre. L'année dernière, je me décidai à demander au possesseur la permission de les revoir et d'en prendre, sinon un calque, au moins une copie qui en fixât mieux les détails dans ma mémoire. Un amateur sur trois m'eût refusé cette grâce ; M. R*** (le nommer ce serait encourir le reproche d'indiscrétion) m'a épargné l'agréable souci de calquer ses dessins : il m'en a fait présent. Heureux jour ! Cependant, mon sommeil n'en était guère plus calme ; je cherchais un moyen, non de me libérer à l'égard de M. R*** de la reconnaissance, cette dette dont rien n'acquitte, mais de lui rendre, s'il était possible, le plaisir que m'avait causé un don si généreusement offert. J'ai pu enfin m'écrier, comme Archimède : *J'ai trouvé !*

Revenons au dessin en question. Au bas est cette inscription : « Vue de l'église et du presbytère des Saints-Innocents, dont la « démolition a été ordonnée, en 1787, par Monsieur de Crosne, « lieutenant général de police, sous la direction de J.-G. Le- « grand et J. Molinos, architectes. » Il est nuit, mais de grands feux allumés dissipent assez les ténèbres pour permettre de distinguer mille objets. Le spectateur, tournant le dos à la rue de la Lingerie, stationne près de l'endroit où s'élevait la tour octogone qui n'existe plus sur ce dessin. A droite, au premier plan, s'ouvre une grande excavation en partie recouverte de planches, pour prévenir les accidents. Ce trou représente, à mon avis, le souterrain de la susdite tour, le gîte où M. Paul Lacroix, dans un roman bien connu, a logé la hideuse Giborne, la voleuse de linceuls. Veut-on un document plus positif, bien qu'il ne soit qu'une hypothèse? L'abbé Lebeuf a été tenté d'y voir la prison assignée en 1485 à une recluse forcée, à l'adultère Renée de Vermandois, qui avait fait assassiner son mari.

Auprès du trou sont accumulés des blocs de pierre provenant de la démolition de cet édifice, assez semblable à un pilori, qui a eu l'insigne honneur d'embarrasser bien des savants. Décrivons dans le moins de lignes possible la curieuse localité qui pose devant nous.

Vers le milieu du dessin, se dresse le haut pignon de l'église des Saints-Innocents, dont on peut compter toutes les assises de pierres. Le cadran de l'horloge est toujours abrité sous un fronton semi-circulaire, mais les deux contre-forts qui flanquaient les angles de la façade ne sont plus couronnés de sveltes pinacles, comme sur l'eau-forte de Silvestre. A travers une partie de la grande fenêtre ogivale, on entrevoit nettement les arcs intérieurs de l'église. Rappelons ici qu'on avait substitué, vers 1760, aux élégants réseaux de cette fenêtre, de simples châssis garnis de vitres. Piganiol (édit. de 1765, t. III, p. 300), après s'être plaint de l'obscurité de la nef, ajoute : « Depuis quelques années, on « n'a rien épargné pour l'éclairer et l'embellir, autant que l'a « pu permettre cet édifice gothique et du goût le plus grossier... « Son aspect n'a rien à présent qui ne soit *propre et agréable.* »

Au-dessus du comble de l'église, s'élance un clocher qui ressemble peu à celui de Silvestre : c'est une masse pyramidale assez lourde, couverte de plomb ou d'ardoises, couronnée par une sorte de champignon et flanquée à chaque angle d'un clocheton du même genre. Cette forme, très-usitée à Paris et aux environs, est assurément symbolique : elle fait peut-être allusion au Christ entouré des quatre évangélistes (1). Du reste, ce clocher ne date que du milieu du xviiie siècle. Lebeuf, qui publia, en 1734, le tome Ier de son *Histoire du diocèse de Paris*, écrit à la page 75 : « La tour, dont le *haut* vient d'être *refait.* » Cette reconstruction était le prélude du projet bien arrêté de rendre l'église plus *agréable.* Son flanc méridional est percé de six fenêtres ogivales. Sa voûte, peu élevée, car ce n'était qu'un bas-côté, porte un logis de deux étages. Cette partie de l'édifice rétrécissait beaucoup de ce côté le cimetière et lui donnait l'apparence d'une aire étroite ajoutée en appendice au terrain principal. Cet espace avait pour limites, au sud, le charnier neuf

(1) On ne saurait trop le répéter : tous les détails de nos vieilles églises sont des symboles. C'est ainsi que, le plus souvent, dans les façades à deux tours, celle du nord est plus forte, plus haute ou mieux décorée que celle du sud, parce que, sans doute, relativement au chœur qui représente la tête du Christ, elle figure le côté droit du Sauveur, le côté des élus, la place d'honneur, celle où la Vierge a reçu le dernier soupir de son fils, dont la tête s'inclinait vers elle.

11.   17

surmonté de hautes maisons qui bordaient la rue de la Ferronnerie. Ces maisons se présentent ici tout à fait de profil, à l'extrême droite du dessin, et servent de repoussoir. Au fond de cette
portion du cimetière, se dessinent en noir trois larges arcs en
ogive, dont un fermé d'une grille : ce sont les restes du portique
de l'est ou de l'autel de la Vierge ; ils supportent encore quelques
fragments de murs en ruine. Au delà passe la rue Saint-Denis,
vaguement éclairée, et remarquable à cet endroit par une rangée de trois maisons dont les larges pignons sont ornés d'arcs
de bois en saillie. J'ai vu souvent, avant 1850, ces maisons,
ainsi que celle, d'une époque moderne, qui leur fait suite vers
la gauche ; l'espèce de belvédère qui la surmonte existait encore
il y a quelques années, et paraissait servir de pigeonnier. Sans
l'interposition des bâtiments à cinq étages du premier plan de
droite, on distinguerait, à la suite des trois pignons, la maison du
n° 90 de la rue Saint-Denis, dessinée dans le Recueil de M. Turpin de Crissé, et remarquable par ses sculptures-renaissance. Ce
fond pittoresque est vivement tracé et surtout très-exact.

Au milieu de l'espace du cimetière que rétrécit la largeur de
l'église, se dresse encore avec majesté la croix Gastine, reconnaissable à son élégant obélisque. Entre le terrain qui nous occupe et le flanc de l'église, se profile un mur qui fait un retour
d'équerre, passe devant la façade, puis, après un zigzag, aboutit
à une vieille arcade ouverte sur la rue aux Fers. Le parcours de
ce mur constituait le passage signalé plus haut. A l'endroit du
retour d'équerre, il forme un pan coupé auquel est adossée la
maison dite, sur le plan de 1756, « du commis du Bureau des
Convois. » Le petit jardin, qui jadis l'accompagnait vers le nord,
n'existe plus : il avait fallu en faire le sacrifice aux morts.
A gauche de cette maison nette, qui n'a qu'un rez-de-chaussée, le
mur interrompu livre passage à la porte du cimetière : c'est une
baie recouverte d'un petit toit en tuiles à deux pentes, surmonté
d'une croix et semblable à l'entrée d'un pauvre cimetière de village. Cette baie s'ouvre vis-à-vis de la façade de l'église, masquée
en partie par deux corps de logis. L'un, le plus à droite, a trois
rangs de fenêtres et des mansardes ; l'autre n'a qu'un premier
étage suspendu sur des consoles, et son rez-de-chaussée forme
une sorte de porche substitué à un autre, de style gothique, sous

lequel il fallait passer pour se rendre de l'église au cimetière. Ces chétives constructions figurent sur l'eau-forte de Silvestre, mais y ont une apparence beaucoup plus ancienne ; elles auront été modernées ou refaites dans les mêmes proportions depuis 1650. Elles sont ici tracées si nettement, qu'on y compterait les feuillures des persiennes. Une maison neuve, qui les domine sur la gauche et dont l'autre face borde la rue aux Fers, s'avance vers le spectateur par un retour d'équerre curviligne. Le plan du cimetière, gravé, vers 1780, par De la Gardette, et cité au précédent article, p. 394, fait sentir la concavité de cette façade, destinée probablement à border le côté d'une petite place projetée devant l'église, dont on aurait dégagé le portail. Thiéry, dans son *Guide*, t. II, p. 681, fait allusion, je pense, à cette maison dans une phrase où il exprime l'espoir qu'on démolira bientôt le « bâtiment neuf qui est à l'entrée de la rue aux Fers. » Elle a quatre étages et deux rangs de mansardes. Les fenêtres ont des balcons sans saillie; on y voit apparaître çà et là des personnages qui regardent à travers les vitres. Comme la scène que nous allons décrire avait lieu en janvier 1787, il était sain de tenir ses fenêtres closes en raison du froid et aussi des miasmes qui s'exhalaient d'une grande fosse commune ouverte à l'angle nord-est du cimetière. Cette fouille est pratiquée devant une vieille croix à tige annelée, placée à l'intérieur de la clôture. Au fond de l'excavation flambent des feux destinés à purifier l'air et à éclairer les travaux. Les reflets de la flamme font ressortir le pignon de l'église, les bâtisses contiguës et quelques points plus éloignés vers la droite. Un double nuage de fumée s'échappe de ces deux foyers, cachés aux yeux du spectateur; mais rassurons-nous : l'artiste est homme de conscience; il a donné à cette vapeur assez de légèreté et de transparence pour ne masquer aucun détail important. La réverbération de cette lumière souterraine jette sur les divers bâtiments des ombres fantastiques prolongées de bas en haut. A l'orifice de la fosse surgissent les extrémités de dix échelles, à l'aide desquelles de nombreux travailleurs hissent des cercueils. Entre la croix et la porte du cimetière, se presse une foule compacte de curieux, qu'une haie de gardes françaises empêche de dépasser le niveau de la croix; plusieurs ont trouvé le moyen de s'installer sur la crête du mur. Quelques sentinelles, placées devant la porte, en interdisent l'entrée aux nouveaux arrivants.

Près des bords de la fosse sont rangés environ cinquante prêtres en surplis, dont l'un porte une croix; la plupart tiennent des cierges allumés. Sur le devant du groupe, quatre hommes robustes soulèvent, avec des cordes, un lourd cercueil de chêne, dont l'ombre s'allonge sur la paroi lumineuse de la fosse. Un curé, sans doute l'un des trois désignés par l'archevêque pour présider aux exhumations, agite un goupillon au-dessus de la lugubre tranchée. A son côté, un desservant, vêtu d'une robe écarlate, tient le bénitier. A droite de la fosse, une trentaine d'hommes du guet, à cheval, forment un cordon pour contenir la foule autour d'une grande place vide où stationne un tombereau noir attelé de quatre chevaux caparaçonnés de draps funèbres. Deux hommes y introduisent un cercueil, et deux autres apportent une nouvelle charge. Sur cette portion du sol réservée au chargement des cadavres, on distingue une petite croix obéliscale et une tombe levée, sculptée à jour, de style gothique flamboyant. Au premier plan du dessin, se détache, dans l'ombre, un groupe nombreux de spectateurs de toutes conditions. Sur le devant, deux vauriens se gourment des pieds et des poings. Autour de la croix Gastine et près d'une tombe en forme d'ogive, surmontée d'une croix, apparaissent plusieurs autres personnages à travers les ténèbres à peine éclairées par une lointaine échappée de lumière.

On reconnaîtra de suite une grande conformité entre la composition de ce dessin et le passage du *Rapport* de Thouret où il est rendu compte de ces cérémonies, auxquelles présida le bon ordre, grâce à l'appareil religieux déployé par le clergé et à la prévoyance du lieutenant de police. On retrouvera, sans doute, un jour d'autres représentations du même sujet, mais je doute qu'elles fournissent des documents plus précis, car l'architecte-artiste qui a tracé cette aquarelle paraît avoir eu à cœur de n'oublier aucun détail.

En 1788, l'église des Saints-Innocents avait disparu, ainsi que les monuments et les trois anciens portiques du cimetière. Il ne reste plus aujourd'hui que la galerie du Sud ou des Lingères, servant de base aux maisons de six étages qui séparent la place du marché de la rue de la Ferronnerie. Ce souvenir est peu intéressant, puisqu'il n'appartient pas au moyen âge, mais à la fin du xviie siècle (1).

Une petite estampe coloriée par impression, de 110 millim. de diamètre et signée *Sergent del., Campion sculp.*, représente, vers 1788, la fontaine des Innocents isolée au coin de la rue aux Fers, telle qu'on la voyait avant sa translation au milieu de la place. Une haute maison y est encore attenante vers l'ouest. Sur la gauche, fuit vers le sud la rue Saint-Denis, tracée au hasard. Au fond, s'élèvent les bâtiments établis sur les voûtes massives du charnier des Lingères, voûtes que j'ai parcourues bien des fois, et qui ne conservaient plus aucune inscription funéraire. Toutefois, il est possible que le sol de la galerie, converti depuis environ quinze ans en boutiques, recèle plus d'une sépulture oubliée. Les locataires des entre-sols fort bas de ces maisons habitent, à leur insu, je pense, le réceptacle des carcasses humaines exhumées du cimetière, lesquelles achevaient de se dessécher à travers des barreaux de fer, en partie encore subsistants devant des vitres modernes.

Sur l'estampe de Campion, on ne voit plus, au lieu d'un champ parsemé de croix, de tombes et de chapelles, qu'un terrain vide, nivelé, rasé de frais, qui attend de l'emploi. Son nouveau rôle de marché était décidé depuis longtemps. Plusieurs architectes avaient, à ce sujet, présenté des plans plus ou moins acceptables. Les uns conservaient et utilisaient les vieux portiques ; les autres jetaient tout par terre, et c'est le projet qui a prévalu, peut-être avec raison : ces galeries où s'étaient consumés tant de cavadres n'étaient pas une destination convenable pour

---

(1) Je viens de trouver enfin, dans la *Descr. de Paris* de G. Brice (1717, t. I, p. 171), un renseignement sur ces maisons au sujet de la *rue Saint-Honoré*. « On trouve d'abord, dit l'auteur, une longue ligne de maisons « d'une même symétrie, construites en 1671, qui appartiennent au cha- « pitre de Saint-Germain l'Auxerrois, qui en tire un revenu considérable. « Cet endroit, le plus large de toute la rue de Saint-Honoré, a été pris sur « le terrain du cimetière de Saint-Innocent, qui est derrière. Cette partie « étoit *autrefois* nommée la rue de la Ferronnerie, à cause de quantité « d'ouvriers en fer-blanc. » Prudhomme, dans son *Miroir de Paris*, 1807, t. VI, dit, en note, qu'en 1787 le terrain du cimetière « fut fouillé pour y « établir le marché et y construire le rang de maisons que l'on voit du « côté de la rue de la Ferronnerie. » C'est une erreur évidente.

la vente des denrées alimentaires, même les supposât-on bien
purgées des miasmes dont leurs murailles étaient comme saturées.
Deux de ces projets, conservés au Cabinet des Estampes (quartier des marchés), sont assez remarquables. L'un, gardant l'église
et les charniers, divise le sol en cinq compartiments et y élève
des halles couvertes. La halle aux fruits occupe la portion rétrécie où se dressait la croix Gastine. Les quatre autres, établies
sur le grand terrain du cimetière et isolées, sont destinées à la
vente de la volaille, du poisson, des légumes et des œufs. L'autre
projet (grand in-folio replié), laissant également debout l'église,
bâtit sur l'emplacement du cimetière une immense halle ovale,
une sorte de cirque antique. Les galeries paraissent conservées,
mais modifiées et subdivisées en nombreuses boutiques. On y
laisse même subsister les vieilles maisons de la rue de la Lingerie, dont les caves avaient été envahies, en 1780, par les
morts de l'Hôtel-Dieu, et, dans l'étroit espace de la partie orientale, on plante une halle aux fleurs. Mais inutile de disserter
plus longtemps sur le Paris projeté par les architectes : j'ai
bien assez de besogne avec le vieux Paris réel, mort ou vivant.

L'histoire du marché qui succéda au cimetière, vers 1790,
est peu intéressante pour l'archéologue. Dès 1788, on transféra
au milieu de la place les trois portiques de Jean Goujon, et, au
moyen d'un quatrième, on en fit une fontaine carrée. En attendant un heureux plan de halles couvertes et aussi des temps
plus propices, car l'orage révolutionnaire commençait à gronder
et à suspendre toutes les entreprises, on se contenta de fixer sur
le sol renouvelé du cimetière de vastes parapluies de toile cirée
rouge, dont l'ensemble, vu de haut, ressemblait assez à un semis
de champignons gigantesques. Ils figurent sur plusieurs estampes
du temps, les uns ouverts, les autres fermés. En l'an IX (1801),
J.-B. Pujoulx s'exprime ainsi, à la page 30 de son *Paris à la fin
du* XVIIIe *siècle :* « Cette place est garnie, dans certains jours, de
« quatre à cinq cents parasols... qui ont douze à quinze pieds
« de diamètre. Chaque parasol est une boutique *ambulante,* sous
« laquelle on vend de la lingerie de hasard. » Sur une estampe
médiocre, anonyme (L. 198 millim., H. 263), représentant, vers
1804, la « Fontaine des Innocents, élevée sur la place de la
« Halle, » on voit, sous les toitures pliantes, pendre de vieilles

hardes (1). Ce fut seulement en 1813 qu'on établit autour de la
place (sous la direction, je crois, de M. Maingot) les quatre galeries à piliers de bois, en forme d'équerre, qui viennent de disparaître avec le mois de décembre 1859. On y installa des marchands de fruits et de légumes, et, le long de la rue aux Fers,
comme en souvenir du vieux cimetière, des marchandes de
fleurs, qui *tenaient* à la fois des couronnes pour les morts et des
bouquets pour les mariées.

En 1830, le territoire de Champeaux, bien que dépouillé de
son écorce funèbre, dut tressaillir de surprise. Il y avait juste
un demi-siècle qu'il avait été sevré de sa ration quotidienne de
cadavres. Le 29 juillet, on lui confia, une fois encore par exception et pour un temps provisoire, les dépouilles des *citoyens
morts pour la liberté,* événement dont plusieurs estampes, que je
ne citerai pas ici, ont conservé le souvenir. Je laisse à nos historiens de Paris moderne le soin de décrire le jardin anglais qui
bientôt aura remplacé le bruyant marché substitué, en 1788, à
notre antique cimetière.

A. BONNARDOT.

(1) « A dix heures, dit Prudhomme, *Miroir de Paris,* 1807, t. VI, les
« paysans disparoissent et la place se trouve couverte de grands para-
« sols..., sous lesquels se rangent des marchands de toutes sortes de
« vieilles hardes pour hommes et pour femmes. Ce marché est très-re-
« nommé. » Au tome II (1809) du *Tableau de Paris* de M. de Saint-Victor,
est une Vue du marché ; il est couvert d'une innombrable quantité de ces
parasols.

Errata de l'article précédent (février 1860). — Page 380,
ligne 16 : de nos obscurs, *lisez :* de mes obscurs. — Page 390,
ligne 25 : entièrement artistique, *lisez :* certainement artistique.
— Page 391, lignes 7 et 8 : Est-il certain que le dessin détaillé
reproduit par M. Albert Lenoir ait raison? Je n'oserais l'affirmer,
car... *Tous ces mots sont à supprimer.*

Dans le même numéro, page 399, ligne 4, après le mot PE-
TRVS, il faut fermer la parenthèse.

ICONOGRAPHIE DU VIEUX PARIS.

SUITE (1).

SUR LES EXHUMATIONS DU MARCHÉ DES INNOCENTS,

DE JUIN A OCTOBRE 1860.

Qu'on me permette de revenir une dernière fois sur le cimetière des Innocents. Je comprends toute l'étendue de mon indiscrétion. Je vais être plus que jamais obligé de recourir au
lugubre vocabulaire d'Young. C'est abuser, je l'avoue, de l'indulgence des lecteurs, qui préfèrent, sans aucun doute, à mes
tableaux de fantasmagorie sépulcrale, le signalement des gracieux produits de nos célèbres artistes. Je suis las moi-même
de figurer ici comme repoussoir et d'usurper en quelque sorte le
rôle de Macabre, le grand ménétrier de la mort. Toutefois, j'ai
une bonne raison à faire valoir en faveur de cette réclamation :
il s'agit de rétablir la vérité, en rectifiant, dans mon article de
juillet 1860, une erreur capitale et pourtant bien excusable,
comme on va être à même d'en juger.

Je ne pouvais donner de détails sur les exhumations du cimetière des Innocents en 1786 et 1787, que d'après les récits contemporains, parmi lesquels le Rapport de Thouret a toujours
passé pour le plus officiel. Après la lecture de ce rapport, je me
suis cru en droit d'écrire : « Le sol d'un cimetière exhumé sur
« toute sa surface et dans *toute son épaisseur*, tel est l'événement,
« peut-être unique, dont nos pères ont été témoins. » Il était
logique de croire qu'il en avait été ainsi, puisqu'on avait consacré près d'une année, en trois reprises, à en retirer les sépultures. On ne trouve guère dans ce mémoire qu'une seule restric-
tion; à la page 10 de l'édition in-4°, l'auteur donne à entendre
qu'on ne vida pas en totalité plusieurs anciennes fosses creusées

(1) Voir la livraison de juillet 1860.

12.

à une grande profondeur ; mais, en somme, il a caché la vérité au public. Les faits tout récents que je vais exposer prouvent que le grand cimetière central de Paris a conservé jusqu'à nos jours presque toutes ses fosses communes au grand complet.

Il est affligeant de penser qu'un historien, muni de documents en apparence incontestables, puisse être, à son insu, l'écho de vieilles erreurs jusqu'au jour où un événement fortuit vient anéantir ses prétendues pièces de conviction. A notre époque de recherches actives, ces déceptions ne sont pas rares. Presque chaque jour un document inédit apparaît qui bat en brèche ou modifie singulièrement certains détails de notre histoire réputés jusqu'ici authentiques. On ne saurait donc, sur ce point, pousser trop loin la défiance et la circonspection.

Peut-être me serais-je tenu en garde contre les assertions de Thouret, si j'avais eu la bonne inspiration de relire certains faits relatés par Dulaure dans son *Histoire de Paris* (édition de 1825, t. IX, p. 273). En avril 1808 les travaux faits au marché pour l'aqueduc du canal de l'Ourcq ayant mis au jour des sépultures, on transporte les os aux catacombes et les cercueils au cimetière Montmartre. En 1809 on découvre des *fosses inconnues*, dont les ossements sont portés aux catacombes. En 1811 on fouille à *cinq* mètres de profondeur pour asseoir les portiques de bois du marché, et l'on rencontre beaucoup d'anciennes sépultures. Une partie des ossements est répartie entre les cimetières Montmartre et du Père-Lachaise; mais la plus grande masse, portée aux catacombes, remplit une fosse de *soixante-dix mètres cubes*.

Le signalement de ces exhumations opérées sur une portion assez restreinte de l'ancien cimetière devait faire présumer que des fouilles exécutées sur les autres points de sa surface amèneraient des résultats analogues. En effet, quand le 29 juillet 1830 on creusa une fosse entre la fontaine centrale et le portique de la rue de la Lingerie, on exhuma des amas d'ossements qui furent replacés au fond de la fosse et recouverts d'une couche de chaux. Le fait est signalé dans la *Notice* sur ces opérations, rédigée en 1830 et publiée, en 1837, par M. Troche, chargé de ces inhumations à titre de chef du bureau de l'état civil du 4e arrondissement. En 1841 on retira les débris consumés par

la chaux des victimes de la Révolution de 1830 pour les porter
sous la colonne de Juillet, et le vide fut comblé avec des terres
rapportées.

Depuis cette époque ce sol funéraire cessa d'être entamé par
la pioche jusqu'à l'année 1859. On recula alors la fontaine vers
la rue Saint-Denis et on l'entoura d'un square. Je ne crois pas
qu'on ait découvert de sépultures en creusant les fondations du
nouveau soubassement de la fontaine. J'ai vu planter le square
et n'ai pas remarqué le moindre ossement parmi les déblais.
Cette même année furent abattus les quatre portiques de bois.
On ne trouva dans leurs fondements aucune sépulture, et il n'y
a pas lieu de s'en étonner puisque, selon Dulaure, on les avait
toutes retirées lors de l'établissement de ces portiques. Seulement on découvrit, sur l'emplacement qu'ils occupaient, notamment dans la partie la plus occidentale, un nombre prodigieux
de grosses pierres noirâtres provenant des fondations des voûtes
bâties sous Charles V, ou de celles de caveaux construits en
divers points du cimetière.

Quand j'écrivais mon dernier article, j'étais donc persuadé
que l'ancien sol n'existait plus ou du moins avait été dépouillé
à peu près complétement, d'après le rapport de Thouret, de tous
ses dépôts de cadavres. Or voici la vérité, quant à la portion
du marché en dehors du square. A moins d'un mètre au-dessous du pavé de la place, le terrain était formé, sauf à de rares
intervalles, uniquement de débris humains enfouis depuis des
siècles avec ou sans cercueils.

Le samedi 30 juin, passant rue Saint-Denis, j'aperçus une
vaste clôture quadrangulaire en planches, élevée entre le square,
les nouveaux pavillons de fer des halles, la rue de la Lingerie
et les hautes maisons qui séparent la place de la rue de la Ferronnerie. A l'intérieur de cette clôture s'ouvraient çà et là des
tranchées, encore peu profondes, commencées depuis huit jours,
plus ou moins. Chaque coup de pioche faisait ébouler des débris
de cercueils et des ossements incrustés dans une sorte de boue
noire desséchée. Vers l'angle nord-est de l'enclos était percée
une porte destinée aux charrois; une autre porte s'ouvrait à
l'ouest. Les fouilles les plus actives avaient lieu du côté de la rue
de la Lingerie et dans toute la largeur du terrain enclos, à peu

près dans l'espace qui jadis séparait la chapelle Pommereux de celle d'Orgemont, espace nommé, sur le plan levé en 1726 : le terrain de l'Hôtel-Dieu.

Cet hôpital possédait déjà, au commencement du dernier siècle (témoin les plans de Paris édités par De Fer), un cimetière auquel il donnait son nom, situé au faubourg Saint-Marceau, près de la croix Clamart. On y transportait, entiers ou morcelés par la dissection, les corps non réclamés; mais on continuait à inhumer au cimetière central et dans des cercueils les morts dont la famille payait les frais de sépulture.

Ce jour-là on attaquait spécialement les anciennes fosses de l'Hôtel-Dieu. Le long de la clôture voisine de la rue de la Fer-ronnerie s'élevait un monceau énorme de débris de bières, et, du côté opposé, vers les nouvelles halles, étaient accumulés pêle-mêle des ossements, en général noirs comme de la houille. On ne distinguait guère que des fémurs et des crânes dont plu-sieurs garnis encore de quelques touffes de cheveux. Il paraît que toutes les autres parties du squelette se disloquaient, une fois exposées à l'air libre et se résolvaient en une sorte de ter-reau. Je pensai aussi que ces restes pouvaient provenir des anciens galetas des charniers et avoir servi de remblais pour combler les vides des fosses évacuées en 1787. Dans tous les pays où j'ai vu des ossuaires symétriquement rangés, leur con-struction n'admettait que ces deux sortes de débris. Il en était ainsi sans doute à Paris au temps où chacune de nos églises avait ses charniers. Nous possédons encore un monument de ce genre, formé d'après la même méthode : il se trouve aux cata-combes, endroit où le Parisien ne peut pénétrer, sinon à la remorque d'un Anglais ou d'un Russe recommandé à son ambas-sadeur.

A chaque interstice des planches stationnait un groupe de curieux dissertant sur les produits des fouilles. La majorité voyait là des restes des victimes de juillet; c'était admettre qu'on avait fait semblant, en 1841, de les transporter sur la place de la Bastille; c'était aussi en exagérer le nombre au delà de toutes les bornes. A mes yeux, ces sépultures étaient plus ou moins séculaires. Interrogeons les procès-verbaux officiels, imprimés à la suite de la notice de M. Troche; nous y lisons

qu'on enterra là, les 29 et 30 juillet, seulement *cinquante-cinq*
corps, y compris ceux (mis à part dans la fosse) de quelques
personnes, hommes ou femmes, décédées de mort naturelle,
qu'on n'avait pu transporter au cimetière à cause des barricades.

Dans le voisinage de l'emplacement où s'élevait, avant sa
récente reconstruction, la fontaine centrale du marché, je vis
surgir de terre plusieurs pilotis noirs et pourris. A cet endroit
peut-être était établie la fosse où les hospitalières de Sainte-
Catherine inhumaient d'une part les personnes décédées dans
leur couvent, d'autre part les corps inconnus provenant de la
basse geôle du Grand-Châtelet, que leurs statuts les obligeaient
à ensevelir (1). D'après un renseignement donné par un des
ouvriers, on avait découvert un squelette accompagné d'une
ancienne épée et un cerceuil de chêne intact, renfermant un
corps momifié, qu'on avait déposé au milieu des déblais, du
côté de la rue de la Ferronnerie (2).

Le 2 juillet, seconde visite. Cette fois je me promenai librement au milieu des travaux, sous prétexte d'en chercher le directeur, M. Blondel, qui était absent. La tranchée s'était notable-
ment élargie et, de toutes parts, roulaient sous mes pas les
crânes rejetés par les terrassiers sur la portion du sol non
encore entamée. La teinte noire des crânes et des fémurs et leur
apparence de vétusté offraient toujours le point de curiosité le
plus remarquable. Je ne vis partout sortir de terre que ces deux

(1) Je viens de relire une ordonnance de Charles V, datée du 29 janvier 1372, rédigée en latin (déjà citée dans mon article précédent). Il y
est question du devoir imposé à ces religieuses d'ensevelir au cimetière
des Innocents « corpora de suo hospitio et *de castello nostro*. » Il y avait
donc déjà, en 1372, une *Morgue* au Grand-Châtelet. En 1780, on assigna,
je crois, à ces religieuses, pour leurs sépultures, un terrain contigu au
cimetière de Clamart ou de l'Hôtel-Dieu. Le plan de Verniquet indique là,
en 1789, le cimetière Sainte-Catherine qui, au rapport de Dulaure, fut supprimé en 1793. Néanmoins son nom figure encore sur le plan-atlas de
Paris, par Maire, édition de 1808.
(2) Plus tard (3 novembre), un jeune architecte attaché à l'inspection
des travaux m'a donné quelques détails sur ces fouilles qu'il a constam-
ment suivies. Il a nié la découverte d'une ancienne épée et m'a dit n'avoir
remarqué dans les déblais qu'une petite médaille de piété en laiton et un
chapelet fort vulgaire. Il m'a affirmé qu'aucun architecte de la ville n'avait
relevé le plan ou rédigé le procès-verbal de ces fouilles curieuses.

sortes d'ossements. De nombreux chariots de l'administration des pompes funèbres enlevaient, les uns les débris de cercueils (portés, disait-on, au cimetière Montmartre), les autres les ossements, dirigés vers l'ancien cimetière de Vaugirard. Ce cimetière, situé hors de la barrière des Fourneaux (dite aussi de la Voirie), fut fermé à l'époque de l'établissement de celui du Mont-Parnasse. On le nomme quelquefois l'*ossuaire de Vaugirard*.

Au nord de la clôture de planches gisait toujours l'amas d'ossements remarqué le 30 juin. Du côté opposé étaient accumulés des fragments de cercueils à remplir trente chariots. Quant à la terre proprement dite, on la chargeait sur des tombereaux ordinaires qui la transportaient je ne sais où. On avait mis à découvert, vers l'angle nord-ouest, les fondements, soit de trois travées de l'ancien charnier, soit plutôt des deux chapelles adossées, dites d'Orgemont et de Villeroi-Neuville.

Le 12 juillet, parut dans le *Moniteur universel* un article de cinquante lignes sur ces lugubres travaux. Le rédacteur semble avoir lu le rapport de Thouret, mais ne fait pas la remarque que ce rapport est contredit par les fouilles mêmes signalées (1). Ce même jour, les excavations atteignaient, sur certains points, une profondeur d'au moins quatre mètres. Des centaines de crânes, isolés ou en groupes, semblaient grimacer à l'aspect des rayons solaires, perdus depuis plusieurs siècles. Un grand nombre offraient, ainsi que les fémurs extraits des mêmes fosses, des proportions anormales qui frappaient les groupes de curieux collés aux planches ou stationnant près des deux portes. Le fait est que c'était à croire à une race de géants, car il n'est pas admissible que l'humidité puisse produire le gonflement de la matière osseuse. Va donc pour une race de géants ! Plus d'un de ces énormes fémurs conservait encore des traces rougeâtres de muscles et de cartilages que la pluie avait lavés. La coupe de cette terre de deuil avait l'aspect d'une mine de charbon de terre, entrelardée (le mot est vulgaire mais juste) de couches

---

(1) La dernière phrase de l'article mentionne « le square verdoyant « où se dresse restaurée, rajeunie, la fontaine qu'illustra le ciseau de « Jean Goujon. » A mon avis, les proportions mesquines du nouveau soubassement à degrés ôtent au monument la majesté qui le distinguait lorsqu'il faisait face aux deux arcades de la rue de la Ferronnerie.

d'un sable jaunâtre dont, en 1787 sans doute, on avait comblé les vides de quelques fosses évacuées.

Le long des planches qui bordaient la rue de la Lingerie, et comme en contraste avec les débris de colosses, je vis un dépôt de têtes et d'ossements d'enfants en bas âge, extraits sans doute d'une fosse spéciale de l'Hôtel-Dieu. Vers l'angle sud-ouest de la clôture, la pioche avait mis à découvert quatre pans de murs dont les profils regardaient le nord. Ces sortes de cloisons de pierre, séparées les unes des autres par une distance uniforme d'environ deux mètres, avaient une direction parallèle. Fallait-il y voir les fondations de trois travées de l'ancien charnier méridional, remplacé vers 1671? Dans cette hypothèse, ils auraient dû toucher aux fondements des maisons interposées entre la rue de la Ferronnerie et la place. C'étaient plus probablement les substructions des caveaux de la chapelle Pommereux. Ces quatre pans de murs sont restés dans le même état pendant plus d'un mois.

Le 25 juillet, l'excavation plus profonde, progressant toujours comme un chancre hideux, avait rongé presque toute la surface de l'espace clos de planches. Du côté des nouvelles halles, cette mine inépuisable de cadavres offrait de curieuses stratifications de bières déjetées, écrasées les unes contre les autres comme des couches d'ardoises. Celles-ci présentaient leur étroit profil; celles-là, en plus grand nombre, leur face longitudinale. Le plus suprenant, c'est qu'à chaque coup de pioche appliqué contre ces planches pourries, on ne voyait sortir du vide que quelques mottes de terre et des vestiges de crânes à peine reconnaissables. La substance de ces corps avait été comme annihilée par le temps ou par la nature du terrain. Quelquefois, au moment où la planche tombait, j'ai pu saisir une apparence de squelette entier, mais il s'écoulait aussitôt en poussière. Du côté de l'ouest, non loin des fondements présumés de la chapelle de Villeroi-Neuville, on avait dégagé un énorme cube de pierres grises : c'étaient, je le suppose, les substructions d'un piédestal soutenant une haute croix en forme d'obélisque, qu'on voit figurer géométralement sur tous les plans du cimetière et en élévation sur une des planches lithographiées de la *Statistique monumentale*.

Le mardi 7 août, presque toute la surface de l'enclos était défoncée à une profondeur approximative d'au moins six mètres. Çà et là gisaient des amas nombreux d'ossements. Il y en avait bien d'autres à extraire de ce sombre dépôt de détritus humains !

Dans l'angle nord-est de la clôture, près de la porte destinée aux charrois, la paroi de l'excavation offrait de nouvelles stratifications de cercueils affaissés les uns sur les autres et tordus par la pression du sol. Du même côté on remarquait plusieurs vides assez semblables à des terriers. Ces vides étaient dus, je pense, à l'anéantissement de groupes de cadavres inhumés là sans bières et réduits par les siècles ou par l'action de la chaux à quelques débris terreux. Ce jour-là, pour la première fois, je vis des piles de moellons amoncelés le long des clôtures de l'est et du sud, sur les bandes étroites du terrain maintenu au niveau du pavé.

17 août. — Même aspect que le 7, sauf que l'excavation commence à prendre une forme régulière. Les massifs de terres à enlever présentent toujours dans leurs profils de vastes places noires, d'anciens amas d'ossements agglutinés pêle-mêle par une sorte de mastic, produit de la décomposition des chairs. Le gros cube de pierres grises, signalé le 25 juillet, avait disparu ainsi que toutes les substructions que je présume avoir appartenu aux chapelles Pommereux, de Villeroi et d'Orgemont. A partir de la porte de l'angle nord-est, on avait ménagé une pente douce, en forme de croissant, pour le passage des voitures et tombereaux. On commençait à faire parvenir au fond de cette espèce de vallée d'énormes pierres par le procédé suivant : du côté des halles, un assemblage de deux fortes poutres parallèles était appuyé comme un forte échelle sur les bords du talus. Cet appareil constituait une voie en pente très-rapide. On engageait entre les deux poutres chaque pierre qui, glissant par son propre poids, roulait jusqu'au fond de la fosse.

23 août. — Les parois de l'excavation étaient taillées en talus réguliers, sauf du côté du square, où existait encore la rampe pour les voitures. Dans la coupe du terrain, vers l'angle nord-ouest de la clôture, on voyait toujours les stratifications de vieux cercueils signalées précédemment. Ceux qui se présentaient par

leur face la plus étroite, avaient la plupart perdu leur planche
et l'on en voyait surgir en relief des crânes jaunâtres, lavés par
la pluie. On continuait à faire glisser de grosses pierres au fond
de l'excavation, mais cette fois il y avait deux plans inclinés.
De ce même côté, la paroi talutée était aplanie sur toute sa
surface, sauf vers sa partie médiane où, du haut en bas, dans
une largeur d'environ deux mètres, elle était hérissée d'une centaine de fémurs saillant hors de terre. Cette bizarre disposition
était-elle due au hasard? Je l'ignore. En tout cas, elle avait une
hideur tout à fait pittoresque. Vers la fin du mois, cet amas
d'ossements avait été enlevé, ou encaissé par le revêtement du
talus. On abattait encore çà et là des buttes formées d'agglomé-
rations de sépultures. On battait le sol sur lequel on jetait des
tombereaux de cailloux et de sable. Les travaux de maçonnerie commençaient de toute part à effacer ceux des fouilles; la pierre en-
vahissait la place des morts ou refoulait dans leurs fosses ceux
qu'on n'avait pas dérangés. Contre la clôture occidentale, vis-
à-vis l'étroite façade de la Halle aux Draps, étaient adossés des
baraques de planches destinées à servir de bureaux aux inspecteurs des bâtiments; elles s'appuyaient d'un côté sur les portions
du sol non entamées, de l'autre sur des poutres formant consoles
et engagées obliquement dans le talus. Sous l'une de ces baraques, dans l'angle nord-ouest de la clôture, avait été déposé un
énorme tas d'ossements blanchis qu'on a plus tard retirés ou
renfermés dans la maçonnerie.

Dans le courant de septembre, j'ai été revoir plusieurs fois
l'état des travaux. Le sol était consolidé et les talus revêtus,
sauf du côté du square où apparaissaient toujours, au milieu
des bâtisses, des bières entassées. La rampe réservée aux voitures avait disparu sous la construction de gros murs de fondation qui se croisaient de toute part. Ces murs formeront au
moins deux étages de caves, sur lesquelles s'appuiera l'îlot de
maisons interposé entre le square et la rue dite encore de la
Lingerie, rue qui, privée depuis 1787 de son rang oriental de
maisons, va perdre bientôt une dénomination aujourd'hui insignifiante. Vers la fin de septembre, on ne voyait plus qu'un
dédale de murailles élevées presque au niveau du pavé des halles.
Toutefois, à travers ces constructions, on apercevait encore, du

côté du square, les couches de cercueils qui ne furent enlevés
que vers la fin du mois suivant.

Je n'ai fait aucune visite à l'ancien marché pendant le cours
du mois d'octobre. Le 1er novembre, étant passé le soir dans le
quartier, je crus que j'allais trouver des maisons élevées d'au
moins deux étages. A ma grande surprise, les nombreux murs
de fondations des doubles caves ne dépassaient pas encore le
niveau de la place. Du reste, ces caves sont des modèles de solides
constructions ; on n'y a employé que des matériaux de choix et
des traverses de fonte. J'y remarquai des tuyaux de chauffage ou de
ventilation en briques creuses. Tout l'emplacement était couvert
d'une immense halle de charpente, destinée, je pense, à mettre
à l'abri de la pluie les ouvriers qui vont élever les maisons.

Telles sont mes notes recueillies *de visu*. Elles attestent assez
que Thouret avançait à tort, pour tranquilliser sans doute les
habitants du voisinage, que les entrailles de ce terrain funéraire
recélaient tout au plus et à une grande profondeur quelques restes
d'anciennes sépultures. En réalité, en 1787, on n'en avait pas
défoncé la vingtième partie. En est-il de même dans la moitié
où est établi le square? Probablement oui. Pour peu que la
pioche pénétrât à une certaine profondeur, on trouverait aussi
soit d'anciens caveaux dépendant de l'église ou des charniers,
soit même des fosses communes. La rue actuelle de la Ferronnerie, établie de biais par rapport à l'ancienne clôture du cimetière, et dans son extrémité orientale, sur son sol même, doit
recéler dans cette partie de nombreuses sépultures qu'en 1671
on se sera dispensé de faire disparaître. Je suis persuadé aussi
que des milliers de corps gisent encore à quelques pieds au-
dessous des plates-bandes du square et que le phosphore de
leurs os contribuera à entretenir la vigueur des plantations. Ces
morts, c'est probable, ne reverront jamais la lumière du soleil
et leur cendre immobile sera encore intacte à l'époque bien
éloignée, je l'espère, où l'emplacement de notre capitale ne sera
plus qu'une vaste plaine accidentée par les décombres de ces
splendides édifices, l'orgueil de notre génération.

LE CHARNIER DES INNOCENTS AU CIMETIÈRE DE VAUGIRARD.

Depuis qu'un îlot de maisons croît à vue d'œil sur la moitié occidentale de l'ex-marché des Innocents, je pensais avoir dit un éternel adieu aux ossements séculaires qu'on en avait exhumés, mais voici qu'une nouvelle occasion s'est offerte à moi de leur adresser un dernier salut. Je les ai revus réunis en un monceau énorme, attendant l'heure prochaine de leur translation aux catacombes. Une partie, mise à part à titre de *premier choix,* y sera symétriquement alignée et décorera les parois de ces galeries souterraines qui bientôt, je l'espère, seront rouvertes à la curiosité parisienne. Le vieil adage : *la mort égalise tout,* ne serait-il pas une vérité absolue?

M. Foulon, secrétaire de la mairie du quinzième arrondissement, m'a proposé une partie assez attrayante : une visite à l'ancien cimetière de Vaugirard, qu'on est en train de défoncer pour en vendre le terrain. Ce sol, abandonné depuis plus de trente ans, a été désigné pour recevoir en dépôt provisoire toutes les sépultures extraites des fouilles qu'on opère depuis 1852 sur le passage de nos grandes voies publiques. Cet ossuaire, pour lequel on n'a fait aucun frais de toilette, ne peut se comparer à ceux établis en permanence dans certaines localités de l'Europe; il a l'apparence d'un vaste tas d'immondices d'au moins deux cents mètres d'étendue, exposé à toutes les intempéries.

Un alinéa sur le susdit cimetière. Ouvert aux morts en 1801 ou 1802, déjà encombré en 1810, il fut fermé vers 1825, époque où celui beaucoup plus vaste dit du Mont-Parnasse fonctionnait déjà avec activité. Ce *champ du repos,* comme on le nommait jadis, figure sur les plans de Paris détaillés jusqu'aux environs de l'année 1830. Depuis, il a été oublié des géographes et de bien des familles qui y avaient leurs morts, à tel point qu'aujourd'hui il peut passer pour une sorte de découverte archéologique. On n'y enterrait guère que des petits rentiers ou des indigents; il ne s'y trouve donc aucune tombe monumentale, mais plusieurs portent des noms illustres. En 1803, on y enterra Mlle Clairon, le froid académicien de La Harpe et un certain François Lebeuf (peut-être parent du fameux historiographe parisien), dont le seul titre à notre intérêt est d'être mort âgé de 102 ans, exemple rare, car il n'y a guère à Paris que certaines veuves qui se permettent de dépasser la limite du siècle. Là aussi reposent un Montmorency-Robecq, une fille d'Alexandre Lenoir et le marquis Chamans de La Valette, célèbre par l'ingénieux dévouement de sa femme.

Le 5 décembre 1860, en compagnie de M. Foulon, je m'arrêtai, à l'entrée de la grande rue de Vaugirard, devant une porte étroite, percée dans un mur composé d'anciens matériaux et surmonté d'une petite croix de bois des plus mesquines. Un coup de sonnette attira le gardien, fils de celui préposé au cimetière dès l'époque de sa fondation.

Ce sol funèbre m'apparut dans un état de bouleversement triste à voir, surtout sous un ciel nuageux. D'immenses et profondes tranchées, sous lesquelles passe une galerie des catacombes, représentaient l'emplacement des fosses communes, dont les débris formaient un vaste quadrilatère. Une centaine de hauts cyprès, récemment abattus, gisaient renversés pêle-mêle parmi des tombes disloquées couvertes d'une mousse épaisse, celles-ci debout, celles-là couchées, d'autres accumulées par tas en qualité de vieux matériaux. Au milieu de ce capharnaüm de ronces, de pierres et de branches fracassées, s'élevait une vieille masure, contiguë à un puits profond, dont le revêtement est près de s'écrouler : c'est la fantastique demeure du gardien des morts.

Dans un angle de la clôture, une petite porte s'ouvrit; je vis fuir devant moi une longue allée, resserrée entre deux murs grisâtres et inondée de flaques d'eau qu'on traversait à l'aide de planches provenant d'anciens cercueils. Une moitié de la largeur de cette ruelle, longue d'une centaine de mètres, était encombrée de dépôts d'ossements et de bières tirés de diverses fouilles pratiquées au centre de Paris. Un de ces dépôts se composait de débris fournis, je crois, par celles du marché des Innocents, lors de la translation de la fontaine; les autres étaient les dépouilles des cimetières de la Trinité, de Saint-Barthélemy, etc.

Au bout de l'allée, une porte cochère, dont une mare impure

inondait les abords, nous donna issue sur la rue de Sèvres. Là, une autre grande porte voisine nous introduisit dans une nouvelle allée, bordée à gauche par le vieux mur du cimetière et à droite par de vastes champs en contre-bas, cultivés par des maraîchers.

C'est le long de ce mur, courant de la rue de Sèvres à la grande rue de Vaugirard (espace d'environ deux cent soixante mètres), qu'on a exposé aux rayons d'un soleil presque toujours absent l'énorme masse d'ossements et d'éclats de bières extraits de la moitié occidentale de l'ex-marché des Innocents, pendant les mois de juillet, août et septembre 1860. Sept cent quatrevingts chars de l'administration des pompes funèbres ont versé là ces deux sortes de débris qui constituent une éminence en talus d'environ deux mètres de haut sur trois de base. Les restes de vieux cercueils formaient des tas distincts disséminés çà et là. Parmi ces dépôts de matière ligneuse, se trouvaient des échantillons assez sains, nonobstant un séjour sous terre d'un ou de deux siècles, pour pouvoir servir encore à des travaux de menuiserie. Quant au bois réduit à l'état de terreau, il avait été transporté ailleurs avec les déblais du sol. Les averses qui, depuis deux mois, arrosaient cette colline cadavéreuse, avaient formé, en s'écoulant, des flaques d'eau d'où s'exhalaient des émanations *sui generis*. J'ai passé une heure, en dépit d'une pluie fine intermittente, à examiner en détail cet immense trophée de la mort. Il y avait là des os de toute teinte, y compris celle rougebrique provenant de l'action d'un sol ferrugineux; on y pouvait apprécier tous les degrés possibles de la décomposition osseuse. Ils étaient, en général, incomplets et corrodés, qui par la longue influence d'une terre humide, qui par de hideuses maladies; ces derniers sortaient sans doute des fosses de l'Hôtel-Dieu. Ici, comme sur le terrain du marché, dominaient presque exclusivement les têtes et les fémurs. Certains crânes étaient lourds et compactes, d'autres poreux et d'une légèreté extrême; une douzaine au plus avaient conservé des portions de chevelure. La plupart des ossements, que j'avais vus si noirs au moment de leur exhumation, avaient été éclaircis, ramenés soit au bistre, soit au rouge-brique, sous l'influence alternative des averses et du soleil. J'ai cherché en vain les têtes gigantesques trouvées dans les fouilles du marché : elles étaient probablement cachées sous la base du monceau dont je ne voyais guère que la superficie, c'est-à-dire au plus la vingtième partie de la masse entière. Plusieurs fonds de cercueils avaient retenu des fragments de suaires et de colonnes vertébrales auxquelles adhéraient encore des restes de chairs saponifiées dont l'eau avait dissous et entraîné presque toute la substance. On nous fit remarquer en ce genre les débris à peine reconnaissables d'un corps de femme, auxquels se mêlaient ceux d'un enfant, mort dans son sein ou enterré près d'elle. Près de la petite porte d'entrée du cimetière (grande rue de Vaugirard), est déposé un échantillon plus complet, réservé à la curiosité des savants, d'un corps saponifié au fond de sa bière ; c'est une masse informe assez semblable à du plâtre, noirâtre à la surface, blanc et onctueux à l'intérieur. On avait mis à part plusieurs cercueils de très-jeunes enfants. L'un d'eux offrait quelques vestiges de petits os adhérents à un suaire encore noué à l'endroit des pieds, et conservant la forme du pauvre petit corps annihilé qu'une mère peut-être avait elle-même enseveli. Plusieurs de ces coffres funèbres présentaient une particularité curieuse : les planches latérales et celle du fond, bien que de fort petite dimension, se composaient de trois traverses de chêne taillées en forme d'angles très-aigus. A coup sûr, une disposition aussi compliquée révèle une intention, une idée emblématique, peut-être une allusion au mystère de la Sainte-Trinité.

Mais je me hâte de clore ce chapitre, tant j'appréhende de me laisser entraîner à de banales déclamations. La mort, ce monotone artisan de ruines, ne saurait plus aujourd'hui inspirer que des idées rebattues, témoin toutes ces inscriptions farcies de lieux communs, que la douleur naïvement plagiaire des familles grave incessamment sur les tombes de parents plus ou moins regrettés.

A. BONNARDOT.

P. S. — Dans mon dernier article (n° de juillet), j'avais l'intention, à la page 140, de désigner par son initiale le nom du généreux amateur d'objets d'art qui m'a fait don des deux curieux dessins décrits. Par suite d'une erreur venant du compositeur, ou de moi, on a deux fois écrit M. R*** au lieu de M. S***. Je prends ici le parti de rétablir le nom entier, dût ce témoignage indiscret de ma reconnaissance m'attirer des reproches. Ce collectionneur, bien connu à Paris de tous ses collègues, se nomme M. R. Soret.

REVUE UNIVERSELLE

DES

ARTS

PUBLIÉE PAR

PAUL LACROIX (BIBLIOPHILE JACOB)

Avec la collaboration de MM. E. Bégin ; Ch. Blanc, anc. dir. des Beaux-Arts, A Bonnardot ; E. Breton, de la Soc. des Antiquaires de France ; G. Brunet, de l'Acad. de Bordeaux ; Champollion-Figeac, biblioth. du palais de Fontainebleau ; Aimé Champollion, chef au Bureau des Arch. départ.; marquis de Chennevières ; Georges Duplessis ; J. Du Seigneur ; L. Dussieux ; Feuillet de Conches ; A. de la Fizelière ; A. Jubinal, de la Soc. des Antiquaires ; comte Léon de Laborde, de l'Acad. des inscr. et b.-l.; A. Lassus, archit. de Notre-Dame et de la Sainte-Chapelle ; Leroux de Lincy, de la Soc. des Antiquaires ; A. de Longpérier, de l'Acad. des inscr. et b.-l ; Ch. Louandre ; P. Mantz ; Henry Martin ; P. Mérimée, de l'Acad. franç. et de l'Acad. des inscr. et b.-l.; A. Michiels; Francisque Michel, corresp. de l'Institut; Ch. Monselet ; A. de Montaiglon ; Ch. Nisard ; Louis Paris, dir. du Cabinet hist. ; Paulin Paris, de l'Acad. des insc. et b.-l.; Tarral ; baron Taylor, de l'Acad. des Beaux-Arts, prés. des Soc. artist. de France ; Vallet de Viriville, prof. à l'École des Chartes ; F. Villot, cons. de la peinture, au Musée du Louvre; — L. Alvin, dir. de la Biblioth. roy. de Bruxelles ; E. de Busscher, de l'Acad. r. de Belgique ; F. Delhasse ; Ch. De Brou ; E. Gachet, chef du Bureau paléogr.; A. Henne, secr. de l'Acad. des Beaux-Arts, de Bruxelles ; A. Lacomblé, chef de bureau à l'Hôtel de ville de Bruxelles ; J. Lelewel ; A. Pinchart, empl. aux Archives ; Ch. Piot, empl. aux Archives ; Ch. Potvin ; A.-G.-B. Schayes, cons. du Musée d'armures, etc., de Bruxelles ; A. Sterckx, anc. dir. du Bibliophile belge ; F. Tindemans ; E. Van Bemmel, dir. de la Revue trimestrielle ; A. Wauters, archiv. de la ville de Bruxelles ; — W. J. M. Engelberts et H. A. Klinkhamer, conservateurs du Musée d'Amsterdam ; Dr P. Scheltema, archiviste d'Amsterdam ; — J. D. Blavignac, arch. à Genève ; W. Burger ; G. Champseix, prof. à Lausanne ; E. H. Gaullieur ; F. Troyon ; — G. Waagen, dir. du Musée de Berlin ; — baron Rastawiecky, de Varsovie ; B. Podczaszynski, prof. d'archit. à l'École des Beaux-Arts, de Varsovie ; — M. C. Marsuzi de Aguirre ; G. Podesta, etc., etc.

Administrateur : M. FAUCHEUX.

2ᵉ ANNÉE. — 4ᵉ VOLUME. — Nᵒ 11. — FÉVRIER 1857.

BRUXELLES

A. LABROUE ET Cᶦᵉ, IMP. | PH. HEN, LIBRAIRE,
RUE DE LA FOURCHE. | RUE DE L'EMPEREUR.

REVUE UNIVERSELLE DES ARTS.

IIᵉ ANNÉE. — IVᵉ VOLUME.

La REVUE publiera dans ses prochaines livraisons :

ORIGINES DES ANCIENNES CORPORATIONS D'ARTS ET MÉTIERS, par feu ÉMÉRIC DAVID (*inédit*);

QUELQUES ADJONCTIONS A L'OEUVRE GRAVÉ DE REMBRANDT, par H. A. Klinkhamer;

SUR REMBRANDT, avec une foule de documents historiques; VAN DER HELST et GOVAERT FLINCK; LES TABLEAUX DE L'HOTEL DE VILLE D'AMSTERDAM, par le Dʳ P. Scheltema;

ÉTUDES SUR LES PEINTRES HOLLANDAIS, par W. Burger;

LES ARTISTES ÉTRANGERS EN FRANCE, suite, par PH. DE CHENNEVIÈRES;

LES ARTISTES ÉTRANGERS EN BELGIQUE, I, Conrad Meyt, par A. PINCHART;

LA SUITE A LA 3ᵉ PAGE DE LA COUVERTURE.

REVUE UNIVERSELLE DES ARTS.

DEUXIÈME ANNÉE.

La *Revue universelle des Arts* paraît le 15 de chaque mois, par livraison de 6 feuilles grand in-8°, et forme ainsi, chaque année, deux gros volumes d'environ 600 pages chacun.

Bureau de l'administration de *la Revue universelle des Arts*, rue des Deux Ponts, 12, à Paris,

PRIX D'ABONNEMENT :

Paris et Bruxelles :	Départements français et provinces belges :	Étranger :
Un an fr. 24 »	Un an fr. 28 »	Un an fr. 32 »
Six mois » 12 »	Six mois » 14 »	Six mois » 16 »
Un numéro » 2 »	Un numéro » 2 50	Un numéro » 5 »

On s'abonne aussi :

A Paris, chez BORRANI et DROZ, libraires-éditeurs, rue des Saints-Pères, 9, et chez FRANCE, libraire, 9, quai Voltaire.

A Bruxelles, chez PH. HEN, libraire, 22, rue de l'Empereur.

A Londres, chez BARTHÈS et LOWELL, 14, Great Marlborough street.

A Leipzig, chez KIESSLING, SCHNÉE et Cie.

A Livourne, chez MELINE, CANS et Cie.

A Rome, chez ARCHINI, libraire, Via del Collegio, 205.

Les demandes d'abonnements doivent être adressées, *franches de port*, avec un mandat sur Paris ou sur Bruxelles.

Toutes les correspondances littéraires, toutes les communications artistiques, doivent être adressées, *franches de port*, soit à M. PAUL LACROIX (bibliophile Jacob), à Paris, rue de Sully, 1, soit à M. MAR-SUZI DE AGÜIRRE, à Bruxelles, rue Royale, 96.

Les deux premiers volumes, grand in-8° (ensemble 1000 pages environ), sont en vente au *Bureau central* et dans les autres bureaux d'abonnement. — Prix : 15 francs.

Bruxelles. — Imprimerie de A. LABROUE et Cie,
36, *rue de la Fourche.*

REVUE UNIVERSELLE

DES

ARTS

PUBLIÉE PAR

PAUL LACROIX (BIBLIOPHILE JACOB)

AVEC LA COLLABORATION DE MM. E. BÉGIN ; CH. BLANC, anc. dir. des Beaux-Arts, A BONNARDOT ; E. BRETON, de la Soc. des Antiquaires de France ; G. BRUNET, de l'Acad. de Bordeaux ; CHAMPOLLION-FIGEAC, biblioth. du palais de Fontainebleau ; AIMÉ CHAMPOLLION, chef au Bureau des Arch. départ. ; marquis DE CHENNEVIÈRES ; GEORGES DUPLESSIS ; J. DU SEIGNEUR ; L. DUSSIEUX ; FEUILLET DE CONCHES ; A. DE LA FIZELIÈRE ; A. JUBINAL, de la Soc. des Antiquaires ; comte LÉON DE LABORDE, de l'Acad. des inscr. et b.-l.; A. LASSUS, archit. de Notre-Dame et de la Sainte-Chapelle ; LEROUX DE LINCY, de la Soc. des Antiquaires ; A. DE LONGPÉRIER, de l'Acad. des inscr. et b.-l ; CH. LOUANDRE ; P. MANTZ ; HENRY MARTIN ; P. MÉRIMÉE, de l'Acad. franç. et de l'Acad. des inscr. et b.-l.; A. MICHIELS ; FRANCISQUE MICHEL, corresp. de l'Institut ; CH. MONSELET ; A. DE MONTAIGLON ; CH. NISARD ; LOUIS PARIS, dir. du Cabinet hist. ; PAULIN PARIS, de l'Acad. des insc. et b.-l.; TARRAL ; baron TAYLOR, de l'Acad. des Beaux-Arts, prés. des Soc. artist. de France ; VALLET DE VIRIVILLE, prof. à l'École des Chartes ; F. VILLOT, cons. de la peinture, au Musée du Louvre ; — L. ALVIN, dir. de la Biblioth. roy. de Bruxelles ; E. DE BUSSCHER, de l'Acad. r. de Belgique ; F. DELHASSE ; CH. DE BROU ; A. HENNE, secr. de l'Acad. des Beaux-Arts, de Bruxelles ; A. LACOMBLÉ, chef de bureau à l'Hôtel de ville de Bruxelles ; J. LELEWEL ; A. PINCHART, empl. aux Archives ; CH. PIOT, empl. aux Archives ; CH. POTVIN ; A.-G.-B. SCHAYES, cons. du Musée d'armures, etc., de Bruxelles ; A. STERCKX, anc. dir. du *Bibliophile belge* ; F. TINDEMANS ; E. VAN BEMMEL, dir. de la *Revue trimestrielle* ; A. WAUTERS, archiv. de la ville de Bruxelles ; — W. J. M. ENGELBERTS et H. A. KLINKHAMER, conservateurs du Musée d'Amsterdam ; Dr. P. SCHELTEMA, archiviste d'Amsterdam ; — J. D. BLAVIGNAC, arch. à Genève ; W. BURGER ; G. CHAMPSEIX, prof. à Lausanne ; E. H. GAULLIEUR ; F. TROYON ; — G. WAAGEN, dir. du Musée de Berlin ; — baron RASTAWIECKY, de Varsovie ; B. PODCZASZYNSKI, prof. d'archit. à l'École des Beaux-Arts, de Varsovie ; — M. C. MARSUZI DE AGUIRRE ; G. PODESTA, etc., etc.

Administrateur : M. FAUCHEUX.

2e ANNÉE. — 4e VOLUME. — N° 12. — MARS 1857.

BRUXELLES

A. LABROUE ET Cie, IMP. | PH. HEN, LIBRAIRE,
RUE DE LA FOURCHE. | RUE DE L'EMPEREUR.

REVUE UNIVERSELLE DES ARTS.

IIᵉ ANNÉE. — IVᵉ VOLUME.

La REVUE publiera dans ses prochaines livraisons :

LA SUITE A LA 3ᵉ PAGE DE LA COUVERTURE.

REVUE UNIVERSELLE DES ARTS.

DEUXIÈME ANNÉE.

La *Revue universelle des Arts* paraît le 15 de chaque mois, par livraison de 6 feuilles grand in-8°, et forme ainsi, chaque année, deux gros volumes d'environ 600 pages chacun.

Bureau de l'administration de *la Revue universelle des Arts*, rue des Deux Ponts, 12, à Paris.

PRIX D'ABONNEMENT :

Paris et Bruxelles :	Départements français et provinces belges :	Étranger :
Un an fr. 24 »	Un an fr. 28 »	Un an fr. 32 »
Six mois » 12 »	Six mois » 14 »	Six mois » 16 »
Un numéro » 2 »	Un numéro » 2-50	Un numéro » 3 »

On s'abonne aussi

À Paris, chez Borrani et Droz, libraires-éditeurs, rue des Saints-Pères, 9, et chez France, libraire, 9, quai Voltaire.

À Bruxelles, chez Ph. Hen, libraire, 22, rue de l'Empereur.

À Londres, chez Barthès et Lowell, 14, Great Marlborough street.

À Leipzig, chez Kiessling, Schnée et Cie.

À Livourne, chez Meline, Cans et Cie.

À Rome, chez Archini, libraire, Via del Collegio, 205.

Les demandes d'abonnements doivent être adressées, *franches de port*, avec un mandat sur Paris ou sur Bruxelles.

Toutes les correspondances littéraires, toutes les communications artistiques, doivent être adressées, *franches de port*, soit à M. Paul Lacroix (bibliophile Jacob), à Paris, rue de Sully, 1, soit à M. Tarsuzi de Aguirre, à Bruxelles, rue Royale, 96.

Les deux premiers volumes, grand in-8° (ensemble 1000 pages environ), sont en vente au *Bureau central* et dans les autres bureaux d'abonnement. — Prix : 15 francs.

Bruxelles. — Imprimerie de A. Labroue et Cie, 36, rue de la Fourche.

REVUE UNIVERSELLE

DES

ARTS

PUBLIÉE PAR

PAUL LACROIX (BIBLIOPHILE JACOB)

COLLABORATEURS DE LA REVUE UNIVERSELLE DES ARTS :

FRANCE. É. BÉGIN; CH. BLANC, anc. dir. des Beaux-Arts; A. BONNARDOT; E. BRETON, de la Soc. des Antiquaires de France; G. BRUNET, de l'Ac. de Bordeaux; CHAMPFLEURY; CHAMPOLLION-FIGEAC, bibl. du palais de Fontainebleau; AIMÉ CHAMPOLLION, chef aux Arch. départ.; marquis PH. DE CHENNEVIÈRES; GEORGES DUPLESSIS; J. DU SEIGNEUR; L. DUSSIEUX; FEUILLET DE CONCHES; A. DE LA FIZELIÈRE; A. JUBINAL, de la Soc. des Antiq.; comte LÉON DE LABORDE, de l'Ac. des inscr. et b.-l.; A. LASSUS, archit. de Notre-Dame et de la Sainte-Chapelle; LEROUX DE LINCY, de la Soc. des Antiq.; A. DE LONGPÉRIER, de l'Ac. des inscr. et b.-l.; CH. LOUANDRE; P. MANTZ; HENRY MARTIN; P. MÉRIMÉE, de l'Ac. franç. et de l'Ac. des inscr. et b.-l.; A. MICHIELS; FRANCISQUE MICHEL; CH. MONSELET; A. DE MONTAIGLON; CH. NISARD; LOUIS PARIS, dir. du *Cabinet hist.*; PAULIN PARIS, de l'Ac. des inscr. et b.-l.; TARRAL; baron TAYLOR, de l'Ac. des Beaux-Arts, prést. des Soc. art. de France; VALLET DE VIRIVILLE, prof. à l'École des Chartes; F. VILLOT, cons. de la peint., au Musée du Louvre.
BELGIQUE. L. ALVIN, dir. de la Bib. r. de Bruxelles; E. DE BUSSCHER, de l'Ac. r. de Belgique; F. DELHASSE; CH. DE BROU; A. HENNE, secr. de l'Ac. des Beaux-Arts, de Bruxelles; A. LACOMBLE; J. LELEWEL; A. PINCHART, empl. aux Arch.; CH. PIOT, empl. aux Arch.; CH. POTVIN; A.-G.-B. SCHAYES, cons. du Musée d'armures, etc., de Bruxelles; A. STERCKX; F. TINDEMANS; E. VAN BEMMEL, dir. de la *Revue trim.*; A. WAUTERS, archiv. de la ville de Bruxelles.
HOLLANDE. W. J. M. ENGELBERTS et H. A. KLINKHAMER, cons. du Musée d'Amsterdam; Dr P. SCHELTEMA, archiv. d'Amsterdam.
SUISSE. J. D. BLAVIGNAC, archit. à Genève; W. BURGER; G. CHAMPSEIX, prof. à Lausanne; E. H. GAULLIEUR; F. TROYON.
PRUSSE. G. WAAGEN, dir. du Musée de Berlin.
POLOGNE. B. PODCZASZYNSKI, prof. d'archit. à l'École des Beaux-Arts, de Varsovie; baron RASTAWIECKI, de Varsovie.
ITALIE. M. C. MARSUZI DE AGUIRRE; G. PODESTA, etc., etc.

Administrateur : M. FAUCHEUX.

3e ANNÉE. — 5e VOLUME. — No 1. — AVRIL 1857.

PARIS

VEUVE JULES RENOUARD, LIBRAIRE,

RUE DE TOURNON, 6.

REVUE UNIVERSELLE DES ARTS.

IIIe ANNÉE. — Ve VOLUME.

La REVUE publiera dans ses prochaines livraisons :

Librairie de Vve Jules Renouard,

RUE DE TOURNON, 6.

Publications sur les Beaux-Arts.

TRÉSORS D'ART

EXPOSÉS À MANCHESTER EN 1857,

ET PROVENANT

des collections royales, des collections publiques et des collections particulières

DE

LA GRANDE BRETAGNE

par W. BURGER.

1 vol. de 460 pages.

CATALOGUE RAISONNÉ

DE TOUTES LES ESTAMPES QUI FORMENT L'ŒUVRE

D'ISRAËL SILVESTRE,

PRÉCÉDÉ D'UNE NOTICE SUR SA VIE,

PAR L. E. FAUCHEUX,

Un vol. in-8°.

LE TRÉSOR DE LA CURIOSITÉ

Tiré des catalogues de vente de tableaux, dessins, estampes, marbres, bronzes, terres cuites, ivoires, médailles, armes, meubles, porcelaines et autres objets d'art et de curiosité, depuis 1730 jusqu'à nos jours ; avec notices sur les artistes et les amateurs, etc., par M. CHARLES BLANC. 2 vol. in-8°, ornés de figures. Tome Ier. Papier ordin., 8 fr.; papier de Hollande, 16 fr.

HISTOIRE DE LA PEINTURE EN ITALIE,

Par J. COINDET, ancien prés. de la classe des Beaux-Arts de Genève. Nouvelle éd., revue et corrigée. Un vol. in-18. Prix : 4 fr.
Un tirage à part de 80 pl. accompagne des exempl. dont le prix est fixé à 12 fr. 50 c.

MÉMOIRES ET JOURNAL DE J. G. WILLE

GRAVEUR DU ROI,

Publié d'après les manuscrits de la Bibliothèque Impériale, par G. DUPLESSIS, avec une préface, par EDMOND et JULES DE GONCOURT, 2 vol. in-8°.

En préparation et pour paraître prochainement:

RAPHAEL D'URBIN ET SON PÈRE GIOVANNI SANTI,

Par J.-D. PASSAVANT, inspecteur de l'Institut des Beaux-Arts de Francfort-sur-Mein. Édition française, entièrement refondue et augmentée par l'auteur, et traduite avec sa collaboration par M. J. LUNTESCHUTZ, peintre, revue et annotée par M. PAUL LACROIX. Deux forts volumes in-8°, ornés d'un portrait et fac-simile.

REVUE UNIVERSELLE DES ARTS.

TROISIÈME ANNÉE.

La *Revue universelle des Arts* paraît le 15 de chaque mois,
par livraison de 6 feuilles grand in-8°, et forme ainsi, chaque
année, deux gros volumes d'environ 600 pages chacun.

**Bureau de l'administration de *la Revue universelle des Arts*,
rue des Deux-Ponts, 17, à Paris.**

On s'abonne à Paris,

A la librairie de Vᵉ J. RENOUARD, rue de Tournon, 6.

PRIX D'ABONNEMENT :

Paris et Bruxelles :	Départements français et provinces belges :	Étranger :
Un an fr. 24 »	Un an fr. 28 »	Un an fr. 32 »
Six mois » 12 »	Six mois » 14 »	Six mois » 16 »

On s'abonne aussi :

A Bruxelles, chez MELINE, CANS ET Cᵉ, Boulevard de Waterloo, 35,
et chez A. LABROUE et Cᵉ, rue de la Fourche, 56.

A Londres, chez BARTHÈS et LOWELL, 14, Great Marlborough street.

A Leipzig, chez KIESSLING, SCHNÉE et Cⁱᵉ.

A Livourne, chez MELINE, CANS et Cⁱᵉ.

A Rome, chez ARCHINI, libraire, Via del Collegio, 205.

Les demandes d'abonnements doivent être adressées, *franches de
port*, avec un mandat sur Paris ou sur Bruxelles.

Toutes les correspondances littéraires, toutes les communications
artistiques, doivent être adressées, *franches de port*, soit à M. PAUL
LACROIX (bibliophile Jacob), à Paris, rue de Sully, 1, soit à M. MAR-
SUZI DE AGUIRRE, à Bruxelles, boulevard Botanique, 35.

Chaque volume de la collection se vend séparément 12 francs.
Il reste très-peu d'exemplaires des deux premiers volumes.

Bruxelles.—Imprimerie de A. LABROUE et Cᵉ,
36, rue de la Fourche.

REVUE UNIVERSELLE

DES

PUBLIÉE PAR

PAUL LACROIX (BIBLIOPHILE JACOB)

COLLABORATEURS DE LA REVUE UNIVERSELLE DES ARTS :

FRANCE. E. BÉGIN ; CH. BLANC, anc. dir. des Beaux-Arts ; A. BONNARDOT ; E. BRETON, de la Soc. des Antiquaires de France ; G. BRUNET, de l'Ac. de Bordeaux ; CHAMPFLEURY ; CHAMPOLLION-FIGEAC, bibl. du palais de Fontainebleau ; AIMÉ CHAMPOLLION, chef aux Arch. départ.; marquis PH. DE CHENNEVIÈRES ; GEORGES DUPLESSIS ; J. DU SEIGNEUR ; L. DUSSIEUX ; FEUILLET DE CONCHES ; A. DE LA FIZELIÈRE ; A. JUBINAL, de la Soc. des Antiq.; comte LÉON DE LABORDE, de l'Ac. des inscr. et b.-l.; A. LASSUS, archit. de Notre-Dame et de la Sainte-Chapelle ; LEROUX DE LINCY, de la Soc. des Antiq.; A. DE LONGPÉRIER, de l'Ac. des inscr. et b.-l.; CH. LOUANDRE ; P. MANTZ ; HENRY MARTIN ; P. MÉRIMÉE, de l'Ac. franç. et de l'Ac. des inscr. et b.-l.; A. MICHIELS ; FRANCISQUE MICHEL ; CH. MONSELET ; A. DE MONTAIGLON ; CH. NISARD ; LOUIS PARIS, dir. du *Cabinet hist.*; PAULIN PARIS, de l'Ac. des inscr. et b.-l.; TARRAL ; baron TAYLOR, de l'Ac. des Beaux-Arts, prés^t. des Soc. art. de France ; VALLET DE VIRIVILLE, prof. à l'École des Chartes ; F. VILLOT, cons. de la peint., au Musée du Louvre.

BELGIQUE. L. ALVIN, dir. de la Bib. r. de Bruxelles ; E. DE BUSSCHER, de l'Ac. r. de Belgique ; F. DELHASSE ; CH. DE BROU ; A. HENNE, secr. de l'Ac. des Beaux-Arts, de Bruxelles ; A. LACOMBLÉ ; J. LELEWEL ; A. PINCHART, empl. aux Arch.; CH. PIOT, empl. aux Arch.; CH. POTVIN ; A.-G.-B. SCHAYES, cons. du Musée d'armures, etc., de Bruxelles ; A. STERCKX ; F. TINDEMANS ; E. VAN BEMMEL, dir. de la *Revue trim.*; A. WAUTERS, archiv. de la ville de Bruxelles.

HOLLANDE. W. J. M. ENGELBERTS et H. A. KLINKHAMER, cons. du Musée d'Amsterdam ; Dr P. SCHELTEMA, archiv. d'Amsterdam.

SUISSE. J. D. BLAVIGNAC, archit. à Genève ; W. BURGER ; G. CHAMPSEIX, prof. à Lausanne ; E. H. GAULLIEUR ; F. TROYON.

PRUSSE. G. WAAGEN, dir. du Musée de Berlin.

POLOGNE. B. PODCZASZYNSKI, prof. d'archit. à l'École des Beaux-Arts, de Varsovie ; baron RASTAWIECKI, de Varsovie.

ITALIE. M. C. MARSUZI DE AGUIRRE ; G. PODESTA, etc., etc.

Administrateur : M. FAUCHEUX.

3e ANNÉE. — 5e VOLUME. — N° 5. — AOUT 1857.

BRUXELLES,

IMPRIMERIE DE A. LABROUE ET COMPAGNIE,

RUE DE LA FOURCHE, 36.

REVUE UNIVERSELLE DES ARTS.

IIIe ANNÉE. — Ve VOLUME.

La REVUE publiera dans ses prochaines livraisons :

JOSEPH VERNET, sa vie, sa famille, son siècle, d'après des documents inédits, par LÉON LAGRANGE;

DES ORIGINES DE LA GRAVURE, par CH. DE BROU, conservateur des estampes du duc d'Arenberg;

EXPOSITION DE TRÉSORS D'ART À MANCHESTER, suite, par G. F. WAAGEN;

LES ARTISTES ÉTRANGERS EN FRANCE, par PH. DE CHENNEVIÈRES;

ICONOGRAPHIE DU VIEUX PARIS, suite, par A. BONNARDOT;

LES CABINETS D'AMATEURS, EXISTANT À PARIS, EN 1754; — BIBLIOGRAPHIE DES LIVRES À GRAVURES, PUBLIÉS AU XVIe SIÈCLE; — ÉPITAPHES DES ARTISTES DANS LES ANCIENNES ÉGLISES DE PARIS, suite, par PAUL LACROIX (BIBLIOPHILE JACOB);

ANALYSE DU RAPPORT SUR L'APPLICATION DES ARTS A L'INDUSTRIE, de M. de Laborde; — LA GALERIE D'ARENBERG; — LES ARTS EN ESPAGNE, par M. C. MARSUZI DE AGUIRRE;

JEAN GERNAY, peintre de Spa, par FÉLIX DELHASSE;

GOVERT FLINCK; — REMBRAND, par le Dr P. SCHELTEMA;

ÉTUDES SUR LES PEINTRES HOLLANDAIS, par W. BURGER;

DOCUMENTS SUR LES ARTISTES FRANÇAIS ET ÉTRANGERS, etc., etc.

Publications sur les Beaux-Arts.

CATALOGUE RAISONNÉ
DE TOUTES LES ESTAMPES QUI FORMENT L'ŒUVRE

D'ISRAEL SILVESTRE,
PRÉCÉDÉ D'UNE NOTICE SUR SA VIE
PAR E. FAUCHEUX.
Un vol. in-8°.

LE TRÉSOR DE LA CURIOSITÉ
Tiré des catalogues de vente de tableaux, dessins, estampes, marbres, bronzes, terres cuites, ivoires, médailles, armes, meubles, porcelaines et autres objets d'art et de curiosité, depuis 1730 jusqu'à nos jours ; avec notices sur les artistes et les amateurs, etc., par M. Charles Blanc. 2 vol. in-8°, ornés de figures. Tome Iᵉʳ. Papier ordin., 8 fr. ; papier de Hollande, 16 fr.

HISTOIRE DE LA PEINTURE EN ITALIE,
Par J. Coindet, ancien prés. de la classe des Beaux-Arts de Genève. Nouvelle éd., revue et corrigée. Un vol. in-18. Prix : 4 fr.
Un tirage à part de 80 pl. accompagne des exempl. dont le prix est fixé à 12 fr. 50 c.

MÉMOIRES ET JOURNAL DE J. G. WILLE
GRAVEUR DU ROI,
Publié d'après les manuscrits de la Bibliothèque Impériale, par G. Duplessis, avec une préface, par Edmond et Jules de Goncourt, 2 vol. in-8°.

En préparation et pour paraître prochainement :

RAPHAEL D'URBIN ET SON PÈRE GIOVANNI SANTI,
Par J.-D. Passavant, inspecteur de l'Institut des Beaux-Arts de Francfort-sur-Mein. Édition française, entièrement refondue et augmentée par l'auteur, et traduite avec sa collaboration par M. J. Lunteschutz, peintre, revue et annotée par M. Paul Lacroix. Deux forts volumes in-8°, ornés d'un portrait et fac-simile.

TRÉSORS D'ART
EXPOSÉS A MANCHESTER EN 1857,
ET PROVENANT
des collections royales, des collections publiques et des collections particulières
DE
LA GRANDE BRETAGNE,
par W. BURGER.

REVUE UNIVERSELLE DES ARTS.

TROISIÈME ANNÉE.

La *Revue universelle des Arts* paraît le 15 de chaque mois, par livraison de 6 feuilles grand in-8°, et forme ainsi, chaque année, deux gros volumes d'environ 600 pages chacun.

Bureau de l'administration de *la Revue universelle des Arts*, rue des Deux-Ponts, 12, à Paris.

On s'abonne à Paris,

A la librairie de Vᵉ J. RENOUARD, rue de Tournon, 6.

PRIX D'ABONNEMENT :

Paris et Bruxelles :	Départements français et provinces belges :	Étranger :
Un an fr. 24 »	Un an fr. 28 »	Un an fr. 32 »
Six mois » 12 »	Six mois » 14 »	Six mois » 16 »

On s'abonne aussi :

A Bruxelles, chez MELINE, CANS ET Cᵉ, Boulevard de Waterloo, 35, et chez A. LABROUE et Cᵉ, rue de la Fourche, 36.

A Londres, chez BARTHÈS et LOWELL, 14, Great Marlborough street.

A Leipzig, chez KIESSLING, SCHNÉE et Cⁱᵉ.

A Livourne, chez MELINE, CANS et Cⁱᵉ.

A Rome, chez ARCHINI, libraire, Via del Collegio, 205.

Les demandes d'abonnements doivent être adressées, *franches de port*, avec un mandat sur Paris ou sur Bruxelles.

Toutes les correspondances littéraires, toutes les communications artistiques, doivent être adressées, *franches de port*, soit à M. PAUL LACROIX (bibliophile Jacob), à Paris, rue de Sully, 1, soit à M. MARSUZI DE AGUIRRE, à Bruxelles, rue Royale, 96.

Chaque volume de la collection se vend séparément 12 francs.

Il reste très-peu d'exemplaires des deux premiers volumes.

Bruxelles. — Imprimerie de A. LABROUE et Cⁱᵉ,
36, *rue de la Fourche*.

REVUE UNIVERSELLE

DES

ARTS

PUBLIÉE PAR

PAUL LACROIX (BIBLIOPHILE JACOB)

COLLABORATEURS DE LA REVUE UNIVERSELLE DES ARTS :

France. E. Bégin; Ch. Blanc, anc. dir. des Beaux-Arts; A. Bonnardot; E. Breton, de la Soc. des Antiquaires de France; G. Brunet, de l'Ac. de Bordeaux; Champfleury; Champollion-Figeac, bibl. du palais de Fontainebleau; Aimé Champollion, chef aux Arch. départ.; marquis Ph. de Chennevières; Georges Duplessis; J. Du Seigneur; L. Dussieux; Feuillet de Conches; A. de la Fizelière; A. Jubinal, de la Soc. des Antiq ; comte Léon de Laborde, de l'Ac. des inscr. et b.-l.; A. Lassus, archit. de Notre-Dame et de la Sainte-Chapelle; Leroux de Lincy, de la Soc. des Antiq.; A. de Longpérier, de l'Ac. des inscr. et b.-l.; Ch. Louandre; P. Mantz; Henry Martin; P. Mérimée, de l'Ac. franç. et de l'Ac. des inscr. et b.-l.; A. Michiels; Francisque Michel; Ch. Monselet; A. de Montaiglon; Ch. Nisard; Louis Paris, dir. du *Cabinet hist.*; Paulin Paris, de l'Ac. des inscr. et b.-l.; Tarral; baron Taylor, de l'Ac. des Beaux-Arts, prés¹. des Soc. art. de France; Vallet de Viriville, prof. à l'École des Chartes; F. Villot, cons. de la peint., au Musée du Louvre.

Belgique. L. Alvin, dir. de la Bib. r. de Bruxelles; E. de Busscher, de l'Ac. r. de Belgique; F. Delhasse; Ch. De Brou; A. Henne, secr. de l'Ac. des Beaux-Arts, de Bruxelles; A. Lacomblé; J. Lelewel; A. Pinchart, empl. aux Arch.; Ch. Piot, empl. aux Arch.; Ch. Potvin; A.-G.-B. Schayes, cons. du Musée d'armures, etc. de Bruxelles; A. Stercxx; F. Tindemans; E. Van Bemmel, dir. de la *Revue trim.*; A. Wauters, archiv. de la ville de Bruxelles.

Hollande. W. J. M. Engelberts et H. A. Klinkhamer, cons. du Musée d'Amsterdam; Dʳ P. Scheltema, archiv. d'Amsterdam.

Suisse. J. D. Blavignac, archit. à Genève; W. Burger; G. Champseix, prof. à Lausanne; E. H. Gaullieur; F. Troyon.

Prusse. G. Waagen, dir. du Musée de Berlin.

Pologne. B. Popczaszynski, prof. d'archit. à l'École des Beaux-Arts, de Varsovie; baron Rastawiecki, de Varsovie.

Italie. M. C. Marsuzi de Aguirre; G. Podesta, etc., etc.

Administrateur : M. FAUCHEUX

3ᵉ ANNÉE. — 5ᵉ VOLUME. — Nº 3. — JUIN 1857.

PARIS

VEUVE JULES RENOUARD, LIBRAIRE,

RUE DE TOURNON, 6.

REVUE UNIVERSELLE DES ARTS.

IIIe ANNÉE. — Ve VOLUME.

REVUE UNIVERSELLE DES ARTS.

TROISIÈME ANNÉE.

La *Revue universelle des Arts* paraît le 15 de chaque mois, par livraison de 6 feuilles grand in-8°, et forme ainsi, chaque année, deux gros volumes d'environ 600 pages chacun.

Bureau de l'administration de *la Revue universelle des Arts*, rue des Deux-Ponts, 12, à Paris.

On s'abonne à Paris,

À la librairie de V° **J. RENOUARD**, rue de Tournon, 6.

PRIX D'ABONNEMENT :

Paris et Bruxelles :	Départements français et provinces belges :	Étranger :
Un an fr. 24 »	Un an fr. 28 »	Un an fr. 32 »
Six mois » 12 »	Six mois » 14 »	Six mois » 16 »

On s'abonne aussi :

A Bruxelles, chez MELINE, CANS ET C°, Boulevard de Waterloo, 35, et chez A. LABROUE et C°, rue de la Fourche, 56.

A Londres, chez BARTHÈS et LOWELL, 14, Great Marlborough street.

A Leipzig, chez KIESSLING, SCHNÉE et C¹°.

A Livourne, chez MELINE, CANS et C¹°.

A Rome, chez ARCHINI, libraire, Via del Collegio, 205.

Les demandes d'abonnements doivent être adressées, *franches de port*, avec un mandat sur Paris ou sur Bruxelles.

Toutes les correspondances littéraires, toutes les communications artistiques, doivent être adressées, *franches de port*, soit à M. PAUL LACROIX (bibliophile Jacob), à Paris, rue de Sully, 1, soit à M. MAR-SUZI DE AGUIRRE, à Bruxelles, rue Royale, 96.

Chaque volume de la collection se vend séparément 12 francs.

Il reste très-peu d'exemplaires des deux premiers volumes.

Bruxelles. — Imprimerie de A. LABROUE et C¹°,
56, *rue de la Fourche.*

REVUE UNIVERSELLE

DES

PUBLIÉE PAR

PAUL LACROIX (BIBLIOPHILE JACOB).

COLLABORATEURS DE LA REVUE UNIVERSELLE DES ARTS :

France. E. Bégin; Ch. Blanc, anc. dir. des Beaux-Arts; A. Bonnardot; E. Breton, de la Soc. des Antiquaires de France; G. Brunet, de l'Ac. de Bordeaux; Champfleury; Champollion-Figeac, bibl. du palais de Fontainebleau; Aimé Champollion, chef aux Arch. départ.; marquis Ph. de Chennevières; Georges Duplessis; J. Du Seigneur; L. Dussieux; Feuillet de Conches; A. de la Fizelière; A. Jubinal, de la Soc. des Antiq ; comte Léon de Laborde, de l'Ac. des inscr. et b.-l.; A. Lassus, archit. de Notre-Dame et de la Sainte-Chapelle; Leroux de Lincy, de la Soc. des Antiq.; A. de Longpérier, de l'Ac. des inscr. et b.-l.; Ch. Louandre; P. Mantz; Henry Martin; P. Mérimée, de l'Ac. franç. et de l'Ac. des inscr. et b.-l.; A. Michiels; Francisque Michel; Ch. Monselet; A. de Montaiglon; Ch. Nisard; Louis Paris, dir. du *Cabinet hist.*; Paulin Paris, de l'Ac. des inscr. et b.-l.; Tarral, baron Taylor, de l'Ac. des Beaux-Arts, prés. des Soc. d'art. de France; Vallet de Viriville, prof. à l'École des Chartes; F. Villot, cons. de la peint., au Musée du Louvre.
Belgique. L. Alvin, dir. de la Bib. r. de Bruxelles; E. De Besscher, de l'Ac. r. de Belgique; F. Delhasse; Ch. De Brou; A. Henne, secr. de l'Ac. des Beaux-Arts, de Bruxelles; A. Lacomblé; J. Lelewel; A. Pinchart, empl. aux Arch.; Ch. Piot, empl. aux Arch.; Ch. Potvin; A.-G.-B. Schayes, cons. du Musée d'armures, etc., de Bruxelles; A. Stercks; F. Tindemans; E. Van Bemmel, dir. de la *Revue trim.*; A. Wauters, archiv. de la ville de Bruxelles.
Hollande. W. J. M. Engelberts et h. A. Klinkhamer, cons. du Musée d'Amsterdam; Dr P. Scheltema, archiv. d'Amsterdam.
Suisse. J. D. Blavignac, archit. à Genève; W. Burgers; G. Chaussein, prof. à Lausanne; E. H. Gaullieur; F. Troyon.
Prusse. G. Waagen, dir. du Musée de Berlin.
Pologne B. Podczaszynski, prof. d'archit. à l'École des Beaux-Arts, de Varsovie; baron Rastawiecki, de Varsovie.
Italie. M. C. Marsuzi de Aguirre; G. Podesta, etc., etc.

Administrateur : M. Faucheux.

3e ANNÉE. — 6e VOLUME. — N° 3. — DÉCEMBRE 1857.

PARIS

VEUVE JULES RENOUARD, LIBRAIRE,

RUE DE TOURNON, 6.

REVUE UNIVERSELLE DES ARTS.

IIIe ANNÉE. — VIe VOLUME.

La Revue publiera, dans ses prochaines livraisons :

PARIS

VEUVE JULES RENOUARD, LIBRAIRE,

REVUE UNIVERSELLE DES ARTS

TROISIÈME ANNÉE.
Publications sur les Beaux-Arts.

La *Revue universelle des Arts* paraît le 15 de chaque mois, par livraison de 6 feuilles grand in-8°, et forme ainsi, chaque année, deux gros volumes d'environ 600 pages chacun.

**Bureau de l'administration de la *Revue universelle des Arts*,
rue des Deux-Ponts, 12, à Paris.**

On s'abonne à Paris,

A la librairie de Ve J. RENOUARD, rue de Tournon, 6.

PRIX D'ABONNEMENT

Paris et Bruxelles :	Départements français et provinces belges :	Étranger :
Un an fr. 24 »	Un an fr. 28 »	Un an fr. 32 »
Six mois » 12 »	Six mois » 14 »	Six mois » 16 »

On s'abonne aussi,

A Bruxelles, chez MÉLINE, CANS ET Cᵉ, Boulevard de Waterloo, 35, et chez A. LABROUE et Cᵉ, rue de la Fourche, 36.

A Londres, chez BARTHÈS et LOWELL, 14, Great Marlborough street.

A Leipzig, chez KIESSLING, SCHNÉE et Cⁱᵉ.

A Livourne, chez MÉLINE, CANS et Cⁱᵉ.

A Rome, chez ARCHINI, libraire, Via del Collegio, 205.

Les demandes d'abonnements doivent être adressées, *franches de port,* avec un mandat sur Paris ou sur Bruxelles.

Toutes les correspondances littéraires, toutes les communications artistiques, doivent être adressées, *franches de port,* soit à M. PAUL LACROIX (bibliophile Jacob), à Paris, rue de Sully, 1, soit à M. MARSUZI DE AGUIRRE, à Bruxelles, boulevard Botanique, 33.

Chaque volume de la collection se vend séparément 12 francs.

Il reste très-peu d'exemplaires des deux premiers volumes.

Bruxelles. — Imprimerie de A. LABROUE et Cⁱᵉ,
36, rue de la Fourche.

REVUE UNIVERSELLE

DES

ARTS

PUBLIÉE PAR

PAUL LACROIX (BIBLIOPHILE JACOB)

COLLABORATEURS DE LA REVUE UNIVERSELLE DES ARTS :

FRANCE. É. BÉGIN; CH. BLANC, anc. dir. des Beaux-Arts; A. BONNARDOT; E. BRETON, de la Soc. des Antiquaires de France; G. BRUNET, de l'Ac. de Bordeaux; CHAMPFLEURY; CHAMPOLLION-FIGEAC, bibl. du palais de Fontainebleau; AIMÉ CHAMPOLLION, chef aux Arch. départ.; marquis PH. DE CHENNEVIÈRES; GEORGES DUPLESSIS; J. DU SEIGNEUR; L. DUSSIEUX; FEUILLET DE CONCHES; A. DE LA FIZELIÈRE; A. JUBINAL, de la Soc. des Antiq ; comte LÉON DE LABORDE, de l'Ac. des inscr. et b.-l.; A. LASSUS, archit. de Notre-Dame et de la Sainte-Chapelle; LEROUX DE LINCY, de la Soc. des Antiq.; A. DE LONGPÉRIER, de l'Ac. des inscr. et b.-l.; CH. LOUANDRE; P. MANTZ; HENRY MARTIN; P. MÉRIMÉE, de l'Ac. franç. et de l'Ac. des inscr. et b.-l.; A. MICHIELS; FRANCISQUE MICHEL; CH. MONSÉLET; A. DE MONTAIGLON; CH. NISARD; LOUIS PARIS, dir. du Cabinet hist.; PAULIN PARIS, de l'Ac. des inscr. et b.-l.; TARRAL; baron TAYLOR, de l'Ac. des Beaux-Arts, prés. des Soc. art. de France; VALLET DE VIRIVILLE, prof. à l'École des Chartes; F. VILLOT, cons. de la peint., au Musée du Louvre.
BELGIQUE. L. ALVIN, dir. de la Bib. r. de Bruxelles; E. DE BUSSCHER, de l'Ac. r. de Belgique; F. DELHASSE; CH. DE BROU; A. HENNE, secr. de l'Ac. des Beaux-Arts, de Bruxelles; A. LACOMBLÉ; J. LELEWEL; A. PINCHART, empl. aux Arch.; CH. PIOT, empl. aux Arch.; CH. POTVIN; A.-G.-B. SCHAYES, cons. du Musée d'armures, etc., de Bruxelles; A. STERCKX; F. TINDEMANS; E. VAN BEMMEL, dir. de la Revue trim.; A. WAUTERS, archiv. de la ville de Bruxelles.
HOLLANDE. W. J. M. ENGELBERTS et H. A. KLINKHAMER, cons. du Musée d'Amsterdam; Dr P. SCHELTEMA, archiv. d'Amsterdam.
SUISSE. J. D. BLAVIGNAC, archit. à Genève; W. BURGER; G. CHAMPSEIX, prof. à Lausanne; E. H. GAULLIEUR; F. TROYON.
PRUSSE. G. WAAGEN, dir. du Musée de Berlin.
POLOGNE. B. PODCZASZYNSKI, prof. d'archit. à l'École des Beaux-Arts, de Varsovie; baron RASTAWIECKI, de Varsovie.
ITALIE. M. C. MARSUZI DE AGUIRRE; G. PODESTA, etc., etc.

Administrateur : M. FAUCHEUX.

3e ANNÉE. — 6e VOLUME. — No 5. — FÉVRIER 1858.

PARIS

VEUVE JULES RENOUARD, LIBRAIRE,

RUE DE TOURNON, 6.

REVUE UNIVERSELLE DES ARTS.

IIIᵉ ANNÉE. — VIᵉ VOLUME.

La REVUE publiera dans ses prochaines livraisons :

REVUE UNIVERSELLE DES ARTS.

TROISIÈME ANNÉE.

La *Revue universelle des Arts* paraît le 15 de chaque mois, par livraison de 6 feuilles grand in-8°, et forme ainsi, chaque année, deux gros volumes d'environ 600 pages chacun.

Bureau de l'administration de *la Revue universelle des Arts*, rue des Deux-Ponts, 12, à Paris.

On s'abonne à Paris,

A la librairie de Ve J. RENOUARD, rue de Tournon, 6.

PRIX D'ABONNEMENT :

Paris et Bruxelles :		Départements français et provinces belges :		Étranger :	
Un an	fr. 24 »	Un an	fr. 28 »	Un an	fr. 32 »
Six mois	» 12 »	Six mois	» 14 »	Six mois	» 16 »

On s'abonne aussi :

A Bruxelles, chez MELINE, CANS ET Ce, Boulevard de Waterloo, 35, et chez A. LABROUE et Ce, rue de la Fourche, 36.

A Londres, chez BARTHÈS et LOWELL, 14, Great Marlborough street.

A Leipzig, chez KIESSLING, SCHNÉE et Cie.

A Livourne, chez MELINE, CANS et Cie.

A Rome, chez ARCHINI, libraire, Via del Collegio, 205.

Les demandes d'abonnements doivent être adressées, *franches de port*, avec un mandat sur Paris ou sur Bruxelles.

Toutes les correspondances littéraires, toutes les communications artistiques, doivent être adressées, *franches de port*, soit à M. PAUL LACROIX (bibliophile Jacob), à Paris, rue de Sully, 1, soit à M. MARSUZI DE AGUIRRE, à Bruxelles, boulevard Botanique, 55.

Chaque volume de la collection se vend séparément 12 francs.

Il reste très-peu d'exemplaires des premiers volumes.

Bruxelles. — Imprimerie de A. LABROUE et Cie,
36, rue de la Fourche.

REVUE UNIVERSELLE

DES

PUBLIÉE PAR

PAUL LACROIX (BIBLIOPHILE JACOB)

COLLABORATEURS DE LA REVUE UNIVERSELLE DES ARTS :

France. É. Bégin ; Ch. Blanc, anc. dir. des Beaux-Arts ; A. Bonnardot ; E. Breton, de la Soc. des Antiquaires de France ; G. Brunet, de l'Ac. de Bordeaux ; Champfleury ; Champollion-Figeac, bibl. du palais de Fontainebleau ; Aimé Champollion, chef aux Arch. départ.; marquis Ph. de Chennevières ; Georges Duplessis ; J. Du Seigneur ; L. Dussieux ; Feuillet de Conches ; A. de la Fizelière ; A. Jubinal, de la Soc. des Antiq ; comte Léon de Laborde, de l'Ac. des inscr. et b.-l.; A. Lassus, archit. de Notre-Dame et de la Sainte-Chapelle ; Leroux de Lincy. de la Soc. des Antiq.; A. de Longpérier, de l'Ac. des inscr. et b.-l.; Ch. Louandre ; P. Mantz ; Henry Martin ; P. Mérimée, de l'Ac. franç. et de l'Ac. des inscr. et b.-l.; A. Michiels ; Francisque Michel ; Ch. Monselet ; A. de Montaiglon ; Ch. Nisard ; Louis Paris, dir. du *Cabinet hist.*; Paulin Paris, de l'Ac. des inscr. et b.-l.; Tarral ; baron Taylor, de l'Ac. des Beaux-Arts, prés¹. des Scc. art. de France ; Vallet de Viriville, prof. à l'École des Chartes ; F. Villot, cons. de la peint., au Musée du Louvre.
Belgique. L. Alvin, dir. de la Bib. r. de Bruxelles ; E. de Busscher, de l'Ac. r. de Belgique ; F. Delhasse ; Ch. De Brou ; A. Henne, secr. de l'Ac. des Beaux-Arts, de Bruxelles ; A. Lacomblé ; J. Lelewel ; A. Pinchart, empl. aux Arch.; Ch. Piot, empl. aux Arch.; Ch. Potvin ; A.-G.-B. Schayes, cons. du Musée d'armures, etc., de Bruxelles ; E. Van Bemmel, dir. de la *Revue trim.*; A. Wauters, archiv. de la ville de Bruxelles.
Hollande. W. J. M. Engelberts et H. A. Klinkhamer, cons. du Musée d'Amsterdam ; Dʳ P. Scheltema, archiv. d'Amsterdam.
Suisse. J. D. Blavignac, archit. à Genève ; W. Burger ; G. Champseix, prof. à Lausanne ; E. H. Gaullieur ; F. Troyon.
Prusse. G. Waagen, dir. du Musée de Berlin.
Pologne. B. Podczaszynski, prof. d'archit. à l'École des Beaux-Arts, de Varsovie ; baron Rastawiecki, de Varsovie.
Italie. M. C. Marsuzi de Aguirre ; G. Podesta, etc.. etc.

Administrateur : M. FAUCHEUX.

4ᵉ ANNÉE. — 7ᵉ VOLUME. — N° 2. — MAI 1858.

BRUXELLES,

IMPRIMERIE DE A. LABROUE ET COMPAGNIE,

RUE DE LA FOURCHE, 36.

REVUE UNIVERSELLE DES ARTS.

IVe ANNÉE. — Ier VOLUME.

La REVUE publiera dans ses prochaines livraisons :

REVUE UNIVERSELLE DES ARTS.

QUATRIÈME ANNÉE.

La *Revue universelle des Arts* paraît le 15 de chaque mois, par livraison de 6 feuilles grand in-8°, et forme ainsi, chaque année, deux gros volumes d'environ 600 pages chacun.

Bureau de l'administration de *la Revue universelle des Arts*, rue des Deux-Ponts, 12, à Paris.

On s'abonne à Paris,

A la librairie de Vᵉ J. RENOUARD, rue de Tournon, 6.

PRIX D'ABONNEMENT :

Paris et Bruxelles :	Départements français et provinces belges :	Étranger :
Un an fr. 24 »	Un an fr. 28 »	Un an fr. 32 »
Six mois » 12 »	Six mois » 14 »	Six mois » 16 »

On s'abonne aussi :

A Bruxelles, chez MELINE, CANS ET Cᵉ, Boulevard de Waterloo, 55, et chez A. LABROUE et Cᵉ, rue de la Fourche, 36.

A Londres, chez BARTHÈS et LOWELL, 14, Great Marlborough street.

A Leipzig, chez KIESSLING, SCHNÉE et Cⁱᵉ.

A Livourne, chez MELINE, CANS et Cⁱᵉ.

A Rome, chez ARCHINI, libraire, Via del Collegio, 205.

Les demandes d'abonnements doivent être adressées, *franches de port*, avec un mandat sur Paris ou sur Bruxelles.

Toutes les correspondances littéraires, toutes les communications artistiques, doivent être adressées, *franches de port*, soit à M. PAUL LACROIX (bibliophile Jacob), à Paris, rue de Sully, 1, soit à M. MAR- SUZI DE AGUIRRE, à Bruxelles, boulevard Botanique, 55.

Chaque volume de la collection se vend séparément 12 francs.

Il reste très-peu d'exemplaires des premiers volumes.

Bruxelles. — Imprimerie de A. LABROUE et Cⁱᵉ.
56, rue de la Fourche.

REVUE UNIVERSELLE

DES

PUBLIÉE PAR

PAUL LACROIX (BIBLIOPHILE JACOB)

TOME SEPTIÈME.

4e ANNÉE : AVRIL A SEPTEMBRE 1858.

BRUXELLES,

IMPRIMERIE DE A. LABROUE ET COMPAGNIE,

RUE DE LA FOURCHE, 36.

REVUE UNIVERSELLE DES ARTS.

QUATRIÈME ANNÉE.

La *Revue universelle des Arts* paraît le 15 de chaque mois, par livraison de 6 feuilles grand in-8°, et forme ainsi, chaque année, deux gros volumes d'environ 600 pages chacun.

Bureau de l'administration de *la Revue universelle des Arts*, rue des Deux-Ponts, 12, à Paris.

On s'abonne à Paris,

A la librairie de Vᵉ J. RENOUARD, rue de Tournon, 6.

PRIX D'ABONNEMENT :

Paris et Bruxelles :	Départements français et provinces belges :	Étranger :
Un an fr. 24 »	Un an fr. 28 »	Un an fr. 32 »
Six mois » 12 »	Six mois » 14 »	Six mois » 16 »

On s'abonne aussi :

A Bruxelles, chez MELINE, CANS ET Cᵉ, Boulevard de Waterloo, 55, et chez A. LABROUE et Cᵉ, rue de la Fourche, 36.

A Londres, chez BARTHÈS et LOWELL, 14, Great Marlborough street.

A Leipzig, chez KIESSLING, SCHNÉE et Cⁱᵉ.

A Livourne, chez MELINE, CANS et Cⁱᵉ.

A Rome, chez ARCHINI, libraire, Via del Collegio, 205.

Les demandes d'abonnements doivent être adressées, *franches de port*, avec un mandat sur Paris ou sur Bruxelles.

Toutes les correspondances littéraires, toutes les communications artistiques, doivent être adressées, *franches de port*, soit à M. PAUL LACROIX (bibliophile Jacob), à Paris, rue de Sully, 1, soit à M. MARSUZI DE AGUIRRE, à Bruxelles, boulevard Botanique, 55.

Chaque volume de la collection se vend séparément 12 francs.

Il reste très-peu d'exemplaires des premiers volumes.

Bruxelles. — Imprimerie de A. LABROUE et Cⁱᵉ, 56, *rue de la Fourche.*

REVUE UNIVERSELLE

DES

PUBLIÉE PAR

PAUL LACROIX (BIBLIOPHILE JACOB)

TOME SEPTIÈME.

4e ANNÉE : AVRIL A SEPTEMBRE 1858.

BRUXELLES,

IMPRIMERIE DE A. LABROUE ET COMPAGNIE,

RUE DE LA FOURCHE, 36.

REVUE UNIVERSELLE DES ARTS.

QUATRIÈME ANNÉE.

La *Revue universelle des Arts* paraît le 15 de chaque mois, par livraison de 6 feuilles grand in-8°, et forme ainsi, chaque année, deux gros volumes d'environ 600 pages chacun.

Administrateur : M. FAUCHEUX.

Bureau de l'administration de la *Revue universelle des Arts*, rue des Deux-Ponts, 12, à Paris.

PRIX D'ABONNEMENT :

Paris et Bruxelles :	Départements français et provinces belges :	Étranger :
Un an fr. 24 »	Un an fr. 28 »	Un an fr. 32 »
Six mois » 12 »	Six mois » 14 »	Six mois » 16 »

Bruxelles. — Imprimerie de A. LABROUE et Cie,
50, rue de la Fourche.

REVUE UNIVERSELLE

DES

ARTS

PUBLIÉE PAR

PAUL LACROIX (BIBLIOPHILE JACOB)

1e ANNÉE. — 8e VOLUME. — No 1. — OCTOBRE 1858.

PARIS

VEUVE JULES RENOUARD, LIBRAIRE,
RUE DE TOURNON, 6.

REVUE UNIVERSELLE DES ARTS.

IVe ANNÉE. — 8e VOLUME.

La REVUE publiera dans ses prochaines livraisons :

REVUE UNIVERSELLE DES ARTS.

QUATRIÈME ANNÉE.

La *Revue universelle des Arts* paraît le 15 de chaque mois, par livraison de 6 feuilles grand in-8°, et forme ainsi, chaque année, deux gros volumes d'environ 600 pages chacun.

Bureau de l'administration de *la Revue universelle des Arts*, rue des Deux-Ponts, 12, à Paris.

On s'abonne à Paris,

A la librairie de V⁰ J. RENOUARD, rue de Tournon, 6.

PRIX D'ABONNEMENT :

Paris et Bruxelles :	Départements français et provinces belges :	Étranger :
Un an fr. 24 »	Un an fr. 28 »	Un an fr. 32 »
Six mois » 12 »	Six mois » 14 »	Six mois » 16 »

On s'abonne aussi :

A Bruxelles, chez MELINE, CANS ET C⁰, Boulevard de Waterloo, 35, et chez A. LABROUE et C⁰, rue de la Fourche, 36.

A Londres, chez BARTHÈS et LOWELL, 14, Great Marlborough street.

A Leipzig, chez KIESSLING, SCHNÉE et Cⁱᵉ.

A Livourne, chez MELINE, CANS et Cⁱᵉ.

A Rome, chez ARCHINI, libraire, Via del Collegio, 205.

Les demandes d'abonnements doivent être adressées, *franches de port*, avec un mandat sur Paris ou sur Bruxelles.

Toutes les correspondances littéraires, toutes les communications artistiques, doivent être adressées, *franches de port*, soit à M. PAUL LACROIX (bibliophile Jacob), à Paris, rue de Sully, 1, soit à M. MARCHIZI DE AGUIRRE, à Bruxelles, boulevard Botanique, 53.

Chaque volume de la collection se vend séparément 12 francs.
Il reste très-peu d'exemplaires des premiers volumes.

Bruxelles. — Imprimerie de A. LABROUE et C⁰,
36, *rue de la Fourche.*

REVUE UNIVERSELLE

DES

PUBLIÉE PAR

PAUL LACROIX (BIBLIOPHILE JACOB)

COLLABORATEURS DE LA REVUE UNIVERSELLE DES ARTS :

FRANCE. E. BÉGIN; CH. BLANC, anc. dir. des Beaux-Arts; A. BONNARDOT; E. BRETON, de la Soc. des Antiquaires de France; G. BRUNET, de l'Ac. de Bordeaux; CHAMPFLEURY; CHAMPOLLION-FIGEAC, bibl. du palais de Fontainebleau; AIMÉ CHAMPOLLION, chef aux Arch. départ.; marquis PH. DE CHENNEVIÈRES; GEORGES DUPLESSIS; J. DU SEIGNEUR; L. DUSSIEUX; FEUILLET DE CONCHES; A. DE LA FIZELIÈRE; A. JUBINAL, de la Soc. des Antiq.; comte LÉON DE LABORDE, de l'Ac. des inscr. et b.-l.; A. LASSUS, archit. de Notre-Dame et de la Sainte-Chapelle; LEROUX DE LINCY, de la Soc. des Antiq.; A. DE LONGPÉRIER, de l'Ac. des inscr. et b.-l.; CH. LOUANDRE; P. MANTZ; HENRY MARTIN; P. MÉRIMÉE, de l'Ac. franç. et de l'Ac. des inscr. et b.-l.; A. MICHIELS; FRANCISQUE MICHEL; CH. MONSELET; A. DE MONTAIGLON; CH. NISARD; LOUIS PARIS, dir. du *Cabinet hist.*; PAULIN PARIS, de l'Ac. des inscr. et b.-l.; TARRAL; baron TAYLOR, de l'Ac. des Beaux-Arts, prés¹. des Soc. art. de France; VALLET DE VIRIVILLE, prof. à l'École des Chartes; F. VILLOT, cons. de la peint., au Musée du Louvre.
BELGIQUE. L. ALVIN, dir. de la Bib. r. de Bruxelles; A. COUVEZ, prof. à l'Athénée de Bruges; E. DE BUSSCHER, de l'Ac. r. de Belgique; F. DELHASSE; CH. DE BROU; A. HENNE, secr. de l'Ac. des Beaux-Arts, de Bruxelles; A. LACOMBLÉ; I. LELEWEL; A. PINCHART, empl. aux Arch.; CH. PIOT, empl. aux Arch.; CH. POTVIN; A.-G.-B. SCHAYES, cons. du Musée d'armures, etc., de Bruxelles; E. VAN BEMMEL, dir. de la *Revue trim.*; A. WAUTERS, archiv. de la ville de Bruxelles.
HOLLANDE. W. J. M. ENGELBERTS et H. A. KLINKHAMER, cons. du Musée d'Amsterdam; Dr P. SCHELTEMA, archiv. d'Amsterdam.
SUISSE. J. D. BLAVIGNAC, archit. à Genève; G. CHAMPSEIX, prof. à Lausanne; E. H. GAULLIEUR; F. TROYON.
PRUSSE. G. WAAGEN, dir. du Musée de Berlin.
POLOGNE. B. PODCZASZYNSKI, prof. d'archit. à l'École des Beaux-Arts, de Varsovie; baron RASTAWIECKI, de Varsovie.
ITALIE. M. C. MARSUZI DE AGUIRRE; G. PODESTA, etc., etc.

Administrateur : M. FAUCHEUX.

4ᵉ ANNÉE. — 8ᵉ VOLUME. — Nᵒ 3. — DÉCEMBRE 1858.

BRUXELLES,

IMPRIMERIE DE A. LABROUE ET COMPAGNIE,

RUE DE LA FOURCHE, 56.

REVUE UNIVERSELLE DES ARTS.

IVᵉ ANNÉE. — 8ᵉ VOLUME.

La REVUE publiera dans ses prochaines livraisons :

LETTRES A M. PAUL LACROIX, à propos d'un livre de M. de Laborde, suite, par M. C. MARSUZI DE AGUIRRE;

LES ARTISTES ÉTRANGERS DANS LES PAYS-BAS, par A. PINCHART;

LES ARTISTES ÉTRANGERS EN FRANCE, par PH. DE CHENNEVIÈRES;

ICONOGRAPHIE DU VIEUX PARIS, suite, par A BONNARDOT;

CATALOGUE DE L'OEUVRE DES CUVILLIES, architectes, par G. DUPLESSIS;

DES ORIGINES DE LA GRAVURE, par CH. DE BROU;

CATALOGUE DE LA GALERIE DE TABLEAUX DU DUC D'ARENBERG, par W. BURGER;

LES CABINETS D'AMATEURS, EXISTANT À PARIS, EN 1734; — BIBLIOGRAPHIE DES LIVRES À GRAVURES, PUBLIÉS AU XVIᵉ SIÈCLE; — ÉPITAPHES DES ARTISTES DANS LES ANCIENNES ÉGLISES DE PARIS, suite, par PAUL LACROIX (BIBLIOPHILE JACOB);

DOCUMENTS SUR LES ARTISTES FRANÇAIS ET ÉTRANGERS, etc., etc.

REVUE UNIVERSELLE DES ARTS.

QUATRIÈME ANNÉE.

La *Revue universelle des Arts* paraît le 15 de chaque mois, par livraison de 6 feuilles grand in-8°, et forme ainsi, chaque année, deux gros volumes d'environ 600 pages chacun.

Bureau de l'administration de *la Revue universelle des Arts*, rue des Deux-Ponts, 12, à Paris.

On s'abonne à Paris,

A la librairie de Vᵉ J. RENOUARD, rue de Tournon, 6.

PRIX D'ABONNEMENT :

Paris et Bruxelles :		Départements français et provinces belges :		Étranger :	
Un an	fr. 24 »	Un an	fr. 28 »	Un an	fr. 32 »
Six mois	» 12 »	Six mois	» 14 »	Six mois	» 16 »

On s'abonne aussi :

A Bruxelles, chez MELINE, CANS ET Cᵒ, Boulevard de Waterloo, 55, et chez A. LABROUE et Cᵉ, rue de la Fourche, 36.

A Londres, chez BARTHÈS et LOWELL, 14, Great Marlborough street.

A Leipzig, chez KIESSLING, SCHNÉE et Cⁱᵉ.

A Livourne, chez MELINE, CANS et Cⁱᵉ.

A Rome, chez ARCHINI, libraire, Via del Collegio, 205.

Les demandes d'abonnements doivent être adressées, *franches de port*, avec un mandat sur Paris ou sur Bruxelles.

Toutes les correspondances littéraires, toutes les communications artistiques, doivent être adressées, *franches de port*, soit à M. PAUL LACROIX (bibliophile Jacob), à Paris, rue de Sully, 1, soit à M. MARSUZI DE AGUIRRE, à Bruxelles, boulevard Botanique, 55.

Chaque volume de la collection se vend séparément 12 francs. Il reste très-peu d'exemplaires des premiers volumes.

Bruxelles. — Imprimerie de A. LABROUE et Cⁱᵉ, 56, *rue de la Fourche.*

REVUE UNIVERSELLE

DES

PUBLIÉE PAR

PAUL LACROIX (BIBLIOPHILE JACOB)

TOME NEUVIÈME.

5ᵉ ANNÉE : AVRIL A SEPTEMBRE 1859.

BRUXELLES,
IMPRIMERIE DE A. LABROUE ET COMPAGNIE,
RUE DE LA FOURCHE, 36.

REVUE UNIVERSELLE DES ARTS.

CINQUIÈME ANNÉE.

La *Revue universelle des Arts* paraît le 15 de chaque mois, par livraison de 5 à 6 feuilles grand in-8°, et forme ainsi, chaque année, deux gros volumes d'environ 600 pages chacun.

Administrateur : M. FAUCHEUX.
Bureau de l'administration de la *Revue universelle des Arts*,
rue des Deux-Ponts, 13, à Paris.

PRIX D'ABONNEMENT :

Paris et Bruxelles :	Départements français et provinces belges :	Étranger :
Un an fr. 24 »	Un an fr. 28 »	Un an
Six mois » 12 »	Six mois » 14 »	Six mois » 16 »

Bruxelles. — Imprimerie de A. LABROUE et Cⁱᵉ,
56, rue de la Fourche.

REVUE UNIVERSELLE

DES

ARTS

PUBLIÉE PAR

PAUL LACROIX (BIBLIOPHILE JACOB)

COLLABORATEURS DE LA REVUE UNIVERSELLE DES ARTS :

FRANCE. E. Bégin ; Ch. Blanc, anc. dir. des Beaux-Arts ; A. Bonnardot ; E. Breton, de la Soc. des Antiquaires de France ; G. Brunet, de l'Ac. de Bordeaux ; Champfleury ; Champollion-Figeac, bibl. du palais de Fontainebleau ; Aimé Champollion, chef aux Arch. départ. ; marquis Ph. de Chennevières ; Georges Duplessis ; J. Du Seigneur ; L. Dussieux ; Feuillet de Conches ; A. de la Fizelière ; A. Jubinal, de la Soc. des Antiq. ; comte Léon de Laborde, de l'Ac. des inscr. et b.-l. ; A. Lassus, archit. de Notre-Dame et de la Sainte-Chapelle ; Leroux de Lincy, de la Soc. des Antiq. ; A. de Longpérier, de l'Ac. des inscr. et b.-l. ; Ch. Louandre ; P. Mantz ; Henry Martin ; P. Mérimée, de l'Ac. franç. et de l'Ac. des inscr. et b.-l. ; A. Michiels ; Francisque Michel ; Ch. Monselet ; A. de Montaiglon ; Ch. Nisard ; Louis Paris, dir. du *Cabinet hist.* ; Paulin Paris, de l'Ac. des inscr. et b.-l. ; Tarral ; baron Taylor, de l'Ac. des Beaux-Arts, prés^t. des Soc. art. de France ; Vallet de Viriville, prof. à l'École des Chartes ; F. Villot, cons. de la peint., au Musée du Louvre.

BELGIQUE. L. Alvin, dir. de la Bib. r. de Bruxelles ; A. Couvez, prof. à l'Athénée de Bruges ; E. de Busscher, de l'Ac. r. de Belgique ; F. Delhasse ; Ch. De Brou ; A. Henne, secr. de l'Ac. des Beaux-Arts, de Bruxelles ; A. Lacomblé ; J. Lelewel ; A. Pinchart, empl. aux Arch. ; Ch. Piot, empl. aux Arch. ; Ch. Potvin ; E. Van Bemmel, dir. de la *Revue trim.* ; A. Wauters, archiv. de la ville de Bruxelles.

HOLLANDE. W. J. M. Engelberts et R. A. Klinkhamer, cons. du Musée d'Amsterdam ; Dr P. Scheltema, archiv. d'Amsterdam.

SUISSE. J. D. Blavignac, archit. à Genève ; G. Champseix, prof. à Lausanne ; E. H. Gaullieur ; F. Troyon.

PRUSSE. G. Waagen, dir. du Musée de Berlin.

POLOGNE. B. Podczaszynski, prof. d'archit. à l'École des Beaux-Arts, de Varsovie ; baron Rastawiecki, de Varsovie.

ITALIE. M. C. Marsuzi de Aguirre ; G. Podesta, etc., etc.

Administrateur : M. FAUCHEUX.

5e ANNÉE. — 10e VOLUME, N° 1. — OCTOBRE 1859.

PARIS

VEUVE JULES RENOUARD, LIBRAIRE,

RUE DE TOURNON, 6.

REVUE UNIVERSELLE DES ARTS.

Ve ANNÉE. — 10e VOLUME.

La REVUE publiera dans ses prochaines livraisons :

REVUE UNIVERSELLE DES ARTS.

CINQUIÈME ANNÉE.

La *Revue universelle des Arts* paraît le 15 de chaque mois, par livraison de 5 à 6 feuilles grand in-8°, et forme ainsi, chaque année, deux gros volumes d'environ 600 pages chacun.

Bureau de l'administration de *la Revue universelle des Arts*, rue des Deux-Ponts, 12, à Paris.

On s'abonne à Paris,

A la librairie de Vᵉ J. RENOUARD, rue de Tournon, 6.

PRIX D'ABONNEMENT :

Paris et Bruxelles :	Départements français et provinces belges :	Étranger :
Un an fr. 24 »	Un an fr. 28 »	Un an fr. 32 »
Six mois » 12 »	Six mois » 14 »	Six mois » 16 »

On s'abonne aussi :

A Bruxelles, chez MELINE, CANS ET Cᵉ, Boulevard de Waterloo, 35, et chez A. LABROUE et Cᵉ, rue de la Fourche, 56.

A Londres, chez BARTHÈS et LOWELL, 14, Great Marlborough street.

A Leipzig, chez KIESSLING, SCHNÉE et Cⁱᵉ.

A Livourne, chez MELINE, CANS et Cⁱᵉ.

A Rome, chez ARCHINI, libraire, Via del Collegio, 205.

Les demandes d'abonnements doivent être adressées, *franches de port*, avec un mandat sur Paris ou sur Bruxelles.

Toutes les correspondances littéraires, toutes les communications artistiques, doivent être adressées, *franches de port*, soit à M. PAUL LACROIX (bibliophile Jacob), à Paris, rue de Sully, 1, soit à M. MARSUZI DE AGUIRRE, à Bruxelles, rue Belliard, 50, (Quartier Léopold).

Chaque volume de la collection se vend séparément 12 francs.

Il reste très-peu d'exemplaires des premiers volumes.

Bruxelles. — Imprimerie de A. LABROUE et Cⁱᵉ, 56, *rue de la Fourche.*

REVUE UNIVERSELLE

DES

PUBLIÉE PAR

PAUL LACROIX (BIBLIOPHILE JACOB)

TOME DIXIÈME.

5ᵉ ANNÉE : OCTOBRE 1859 A MARS 1860.

BRUXELLES,
IMPRIMERIE DE A. LABROUE ET COMPAGNIE,
RUE DE LA FOULCHE, 36.

REVUE UNIVERSELLE DES ARTS.

CINQUIÈME ANNÉE.

La *Revue universelle des Arts* paraît le 15 de chaque mois par livraison de 5 à 6 feuilles grand in-8°, et forme ainsi, par année, deux gros volumes d'environ 600 pages chacun.

Administrateur : M. FAUCHEUX.

Bureau de l'administration de la Revue universelle,
rue des Deux-Ponts, 12, à Paris.

PRIX D'ABONNEMENT :

Paris et Bruxelles :	Départements français et provinces belges :	
Un an . . . fr. 24 »	Un an . . . fr. 28 »	
Six mois . » 12 »	Six mois . . » 14 »	

Bruxelles. — Imprimerie de A. Labroue et C°,
59, rue de la Fourche.

maur 1860 avril mai juin

15

REVUE UNIVERSELLE
DES

PUBLIÉE PAR

PAUL LACROIX (BIBLIOPHILE JACOB)

ET M. C. MARSUZI DE AGUIRRE.

Collaborateurs de la Revue universelle des Arts :

6e ANNÉE. — 11e VOLUME, N° 4. — JUILLET 1860.

PARIS,
VEUVE JULES RENOUARD,
RUE DE TOURNON, 6.

BRUXELLES,
A. LABROUE ET MERTENS,
RUE DE L'ESCALIER, 22.

REVUE UNIVERSELLE DES ARTS.

VIᵉ ANNÉE. — 11ᵉ VOLUME.

La **REVUE** publiera dans ses prochaines livraisons :

Publications sur les Beaux-Arts.

RECHERCHES

SUR

VIE ET LES OUVRAGES DE JACQUES CALLOT,

PAR MEAUME,

Membre de l'Académie de Stanislas et de plusieurs sociétés savantes;
Chevalier de la Légion-d'Honneur.
Deux volumes in-8°.

RAPHAEL D'URBIN

ET SON PÈRE GIOVANNI SANTI

AVEC LE CATALOGUE COMPLET DE LEURS OEUVRES

PAR J.-D. PASSAVANT

DIRECTEUR DU MUSÉE DE FRANCFORT

TION FRANÇAISE, REFAITE, CORRIGÉE ET CONSIDÉRABLEMENT AUGMENTÉE PAR L'AUTEUR

Sur la traduction de M. Jules LUNTESCHUTZ

REVUE ET ANNOTÉE

PAR M. PAUL LACROIX

CONSERVATEUR DE LA BIBLIOTHÈQUE DE L'ARSENAL

2 BEAUX VOLUMES GRAND IN-8° CAVALIER VÉLIN, ORNÉS D'UN PORTRAIT

Prix des 2 volumes : 20 fr.

traduction, faite sous les yeux de l'auteur, par M. Lunteschutz, peintre, ne reproduit pas
lement le texte de la première édition allemande; elle contient, en outre, les corrections
es additions considérables que M. Passavant a faites lui-même à son livre en continuant
voyages artistiques par toute l'Europe. En outre, la traduction, revue par M. Paul La-
ix, contient un grand nombre de notes de l'Éditeur. Cette publication peut donc être
sidérée comme une nouvelle édition de l'original, donnée par le savant historien de
haël.

ANNUAIRE

DES ARTISTES ET DES AMATEURS

POUR 1860

PUBLIÉ PAR M. PAUL LACROIX

AVEC LA COLLABORATION DE MM.

net, W. Bürger, G. Cheron, Faucheux, Halévy, secrétaire perpétuel de l'Académie des
x-Arts; Horsin-Déon, Arsène Houssaye, inspecteur des Beaux-Arts; Paul Mantz;
i Martin, Paul de Saint-Victor, E. Soulié, conservateur des Musées de Versailles;
t, conservateur de la peinture au Musée du Louvre, etc.

1 BEAU VOL. IN-8°, CAVALIER VÉLIN, ILLUSTRÉ DE NOMBREUSES GRAVURES.

Prix : 5 francs.

REVUE UNIVERSELLE DES ARTS.

SIXIÈME ANNÉE.

La *Revue universelle des Arts* paraît du 15 au 25 de chaque mois, par livraison de 5 feuilles grand in-8°, et forme ainsi, chaque année, deux volumes d'environ 500 pages chacun.

Bureau de l'administration de la REVUE UNIVERSELLE DES ARTS, rue des Deux-Ponts, 12, à Paris.

PRIX D'ABONNEMENT :

Paris et Bruxelles :		Départ⁴ français et prov⁴ belges :		Étranger :	
Un an	fr. 24 »	Un an	fr. 28 »	Un an	fr. 32 »
Six mois	» 12 »	Six mois	» 14 »	Six mois	» 16 »

On s'abonne à Paris,

A la librairie de Vᵉ J. RENOUARD, rue de Tournon, 6.

On s'abonne aussi :

A Bruxelles, chez MÉLINE CANS et Cᵉ, Boulevard de Waterloo, 35, et chez A. LABROUE et MERTENS, rue de l'Escalier, 22.

A Londres, chez BARTHÈS et LOWELL, 14, Great Marlborough street.

A Leipzig, chez KIESSLING, SCHNÉE et Cᵉ.

A Livourne, chez MÉLINE, CANS et Cᵉ.

A Rome, chez ARCHINI, libraire, Via del Collegio, 205.

Les demandes d'abonnements doivent être adressées, *franches de port*, avec un mandat sur Paris ou sur Bruxelles.

Toutes les correspondances littéraires, toutes les communications artistiques, doivent être adressées, *franches de port*, soit à M. PAUL LACROIX (bibliophile Jacob), à Paris, rue de Sully, 1, soit à M. MARSUZI DE AGUIRRE, à Bruxelles, rue Belliard, 50 (Quartier Léopold).

Chaque volume de la collection se vend séparément 12 francs. Il reste très-peu d'exemplaires des premiers volumes.

Bruxelles. — Imprimerie de A. MAHIEU et Comp., Vieille-Halle-aux-Blés, 31.

[illegible]

des

ART[illegible]

publiée par

PAUL LACROIX [illegible]

ET M. C. [illegible] DE AGUIRRE

Collaborateurs de la Revue universelle des Arts :

[illegible] L. B[illegible]; Ch. Blanc, [illegible] dir. des Beaux-Arts; A. Bonnardot; E. [illegible] la Soc. des Antiquaires de France; G. B[illegible], de l'Ac. de Bordeaux; [illegible] Champollion-Figeac, [illegible] palais de Fontainebleau; Aimé Cham[illegible] chef aux Arch. départ.; [illegible] de Ch[illegible]; Georges Duples[illegible]; Du Seigneur; L. Dussieux; [illegible] de Conches; A. de la Fizelière; [illegible], de la Soc. des Antiq.; [illegible] Léon de Laborde, de l'Ac. des [illegible]; [illegible] de [illegible], de la Soc. des Antiq.; A. de Longpérier, de [illegible]; Ch. Louandre; [illegible] Henry Martin; P. Mérimée, [illegible] de l'Ac. des inscr. et b.-l.; A. Michiels; Francisque Michel; Ch. Mor[illegible]; A. de Montaiglon; Ch. Nisard; Louis Paris, dir. du *Cabinet hist.*; [illegible], de l'Ac. des inscr. et b.-l.; Tarral; [illegible] Taylor, de l'Ac. des Beaux-Arts; [illegible] des Soc. art. de France; Vallet de Viriville, prof. à l'École des Chartes; [illegible] de la peint., au Musée du Louvre.

[illegible] L. Alvin, dir. de la Bib. r. de Bruxelles; A. Couvez, prof. à l'Athénée [illegible]; E. de Busscher, de l'Ac. r. de Belgique; F. Delhasse; [illegible]; [illegible] secr. de l'Ac. des Beaux-Arts, de Bruxelles; A. Lacomblé; [illegible], empl. aux Arch.; [illegible], empl. aux Arch.; [illegible] dir. de la *Revue trim.*; A. Wauters, archiv. de la ville de Bruxelles.

[illegible] W. J. M. Engelberts [illegible]; A. Kleinhaber, cons. du Musée d'Amsterdam; [illegible] Scheltema, archiv. d'Amsterdam.

[illegible] J.-D. Blavignac, archit. à Genève; C. Chappuis, professeur à Lausanne; [illegible] Gaullieur; F. Troyon, [illegible]

[illegible] G. Waagen, dir. du Musée de Berlin; le Doct. Julius Friedlaender.

[illegible] et Pologne. De Gilles, [illegible] de l'Empereur [illegible] des collections du palais de l'Ermitage; [illegible], bibliothécaire à la bibliothèque impériale de St-Pétersbourg; B. [illegible], prof. [illegible] à l'École des Beaux-Arts, de Varsovie; Polodensky; [illegible], de Varsovie; [illegible]

[illegible] C. Podesta, Sebastiani, etc. etc.

Administrateur : M. [illegible]

5e ANNÉE. — 12e VOLUME, N° 6. — MARS [illegible]

PARIS, [illegible] Renouard, [illegible], 6 | BRUXELLES, A. [illegible]

REVUE UNIVERSELLE DES ARTS.

VIᵉ ANNÉE. — 12ᵉ VOLUME.

La **REVUE** publiera dans ses prochaines livraisons :

LIBRAIRIE DE VEUVE JULES RENOUARD,

RUE DE TOURNON, 6.

Publications sur les Beaux-Arts,

RECHERCHES

SUR

LA VIE ET LES OUVRAGES DE JACQUES CALLOT,

PAR MEAUME,

Membre de l'Académie de Stanislas et de plusieurs sociétés savantes;
Chevalier de la Légion-d'Honneur.
Deux volumes in-8°.

RAPHAEL D'URBIN

ET SON PÈRE GIOVANNI SANTI

AVEC LE CATALOGUE COMPLET DE LEURS OEUVRES

PAR J.-D. PASSAVANT

DIRECTEUR DU MUSÉE DE FRANCFORT

ÉDITION FRANÇAISE, REFAITE, CORRIGÉE ET CONSIDÉRABLEMENT AUGMENTÉE PAR L'AUTEUR

Sur la traduction de M. Jules LANTESCHUTZ

REVUE ET ANNOTÉE

PAR M. PAUL LACROIX

CONSERVATEUR DE LA BIBLIOTHÈQUE DE L'ARSENAL

2 BEAUX VOLUMES GRAND IN-8° CAVALIER VÉLIN, ORNÉS D'UN PORTRAIT

Prix des 2 volumes : 20 fr.

ette traduction, faite sous les yeux de l'auteur, par M. Lunteschutz, peintre, ne reproduit pas seulement le texte de la première édition allemande; elle contient, en outre, les corrections et les additions considérables que M. Passavant a faites lui-même à son livre en continuant ses voyages artistiques par toute l'Europe. En outre, la traduction, revue par M. Paul Lacroix, contient un grand nombre de notes de l'Editeur. Cette publication peut donc être considérée comme une nouvelle édition de l'original, donnée par le savant historien de Raphaël.

ANNUAIRE

DES ARTISTES ET DES AMATEURS

POUR 1860

PUBLIÉ PAR M. PAUL LACROIX

AVEC LA COLLABORATION DE MM.

Brunei, W. Bürger, G. Cheron, Faucheux, Halévy, secrétaire perpétuel de l'Académie des Beaux-Arts; Horsin-Déon, Arsène Houssaye, inspecteur des Beaux-Arts; Paul Mantz; Henri Martin, Paul de Saint-Victor, E. Soulié, conservateur des Musées de Versailles; Villot, conservateur de la peinture au Musée du Louvre, etc.

1 BEAU VOL. IN-8°, CAVALIER VÉLIN, ILLUSTRÉ DE NOMBREUSES GRAVURES.

Prix : 5 francs.